Das Buch

»Die Edle von Chlipnost trug ein streng geschnittenes Complet aus taubengrauer Seide, hochgeschlossen mit vielen Knöpfen und so gut wie durchsichtig. Ihre Brüste waren kunstvoll mit Szenen aus dem Leben des heiligen Simeon des Einsiedlers bemalt ...« Wer ein Lesevergnügen ganz eigener Art erleben will, der nehme die komischen, manchmal surrealistischen Erzählungen von Herbert Rosendorfer zur Hand. Er betrachtet das bunte menschliche Treiben mit viel Liebe und beschreibt es mit Genauigkeit, Humor und – gelegentlich – beißender Schärfe. Der makabren Titelgeschichte ›Ball bei Thod‹ folgen noch 37 weitere sowie ein besinnliches Nachwort, das der Autor seiner Mutter gewidmet hat. »Auch dieser (scheinbar) sehr geradlinig und einfach gehaltene Text beweist, wie genau Rosendorfer den Wert und das Gewicht jedes einzelnen Wortes kennt, mit welcher Sicherheit er aus Wörtern kleine Kunstwerke schmiedet.« (Neue Zürcher Zeitung)

Der Autor

Herbert Rosendorfer wurde am 19. Februar 1934 in Bozen geboren und studierte zunächst an der Akademie der Bildenden Künste in München und später Jura. Er lebt als Richter in Naumburg. Weitere Werke u.a.: ›Der Ruinenbaumeister‹ (1969), ›Deutsche Suite‹ (1972), ›Stephanie und das vorige Leben‹ (1977), ›Das Messingherz‹ (1979), ›Ballmanns Leiden‹ (1981), ›Briefe in die chinesische Vergangenheit‹ (1983), ›Vier Jahreszeiten im Yrwental‹ (1986), ›Die Nacht der Amazonen‹ (1989), ›Ein Liebhaber ungerader Zahlen‹ (1994), Romane; ›Der stillgelegte Mensch‹ (1970), ›Das Zwergenschloß‹ (1982), ›Die Frau seines Lebens‹ (1985), ›Das Gespenst der Krokodile‹ (1987), ›Die Erfindung des SommerWinters‹ (1994), Erzählungen; ›Vorstadt-Miniaturen‹ (1982); ›Königlich bayerisches Sportbrevier‹ (1984).

Herbert Rosendorfer:
Ball bei Thod
Erzählungen

Deutscher
Taschenbuch
Verlag

dtv

Von Herbert Rosendorfer
sind im Deutschen Taschenbuch Verlag erschienen:
Das Zwergenschloß (10310)
Vorstadt-Miniaturen (10354)
Briefe in die chinesische Vergangenheit (10541; auch als dtv großdruck 25044)
Stephanie und das vorige Leben (10895)
Königlich bayerisches Sportbrevier (10954)
Die Frau seines Lebens (10987; auch als dtv großdruck 25068)
Vier Jahreszeiten im Yrwental (11145)
Eichkatzelried (11247)
Das Messingherz (11292)
Bayreuth für Anfänger (11386)
Der Ruinenbaumeister (11391)
Der Prinz von Homburg (11448)
Ballmanns Leiden (11486)
Die Nacht der Amazonen (11544)
Herkulesbad/Skaumo (11616)
Über das Küssen der Erde (11649)
Mitteilungen aus dem poetischen Chaos (11689)
Die Erfindung des SommerWinters (11782)
... ich geh zu Fuß nach Bozen (11800)

Ungekürzte Ausgabe
Juni 1989
3. Auflage Juli 1994
Deutscher Taschenbuch Verlag GmbH & Co. KG, München

ISBN 3-485-00390-5
Umschlaggestaltung: Celestino Piatti
Gesamtherstellung: C. H. Beck'sche Buchdruckerei, Nördlingen
Printed in Germany · ISBN 3-423-11077-5

Dem Andenken meiner Mutter
Frau Johanna Rosendorfer (1913–1963),
und dem Andenken eines meiner Lehrer,
Alfred Andersch (1914–1980),
gewidmet.

Inhalt

Ich habe die Geschichten nach Farben geordnet. Farben haben Bedeutungen. Ich habe versucht, die Bedeutungen der Geschichten den einzelnen Farben zuzuordnen. Nicht alle Farben sind vertreten. So habe ich noch keine gelbe Geschichte geschrieben.

Durchsichtige Geschichten

Durchsichtig ist nicht farblos. Durchsichtig, gläsern ist eine Farbe. Nicht weiß ist das Gegenteil von schwarz, sondern durchsichtig.

Weiße Geschichten

Weiß ist die heidnische Farbe. Weiß ist eine Morgenfarbe. Weiß ist die Farbe, der die Experten den Farbcharakter absprechen wollen, vielleicht, weil es eine heidnische Farbe ist.

Blaue Geschichten

Blau ist einerseits eine betriebsame, geschäftige Farbe, andererseits – in der Variante Stahlblau – eine sehnsüchtige Farbe. Heimweh ist blau. Nicht umsonst ist die romantische Blume blau.

Rote Geschichten

Rot ist eine direkte, eine unmittelbare Farbe. Rot ist eine vordergründige, oberflächliche Farbe, kann aber in bestimmten Schattierungen auch mysteriös und geheimnisvoll sein, namentlich in der Variante Ziegelrot.

Grüne Geschichten

Grün ist – obwohl keine primäre Farbe – die eigenständigste Farbe. Grün kann eine Welt für sich sein. Grün ist eine schnelle Farbe, sie eilt über die Welt, und es ist schwer, sie zu erfassen.

Schwarze Geschichten

Schwarz ist eine weithinreichende Farbe. Schwarz ist fast so direkt wie Rot. Auch der Farbe Schwarz wurde – wohl aus Angst – von den Experten Unrecht getan, indem sie ihr den Farbcharakter absprachen.

Durchsichtige Geschichten

Ball bei Thod

I

Herr Anastasius von Thod empfing seine Gäste an der Treppe im inneren Schloßhof. Es lag tiefer Schnee, und es war sehr kalt. Herr von Thod trug deshalb eine Pelzpelerine aus Bisamfellen. Zwei Diener stützten ihn, weil die Bisamfelle so schwer waren. Herr von Thod stand drei Stufen über den Dienern, die ihn stützten, er war nämlich sehr klein. In Kreisen seiner Schneider wurde von 1 Meter 51, gelegentlich von 1 Meter 49 gemunkelt. Herr von Thod pflegte, wenn er von seinem zwergenhaften Wuchs sprach, was selten genug der Fall war, sich mit dem berühmten König Vittorio Emanuele III. von Italien zu trösten, für den – wußte von Thod zu berichten – das Mindestmaß für die Armeetauglichkeit von 1 Meter 50 auf 1 Meter 47 herabgesetzt werden mußte, weil sonst er, der König und verfassungsmäßige Oberbefehlshaber der italienischen Armee, mit seinen 1 Meter 48 überhaupt nicht Soldat hätte sein können. Vittorio Emanuele III. habe dann die überlange – und mit den Jahren dann auch ziemlich dicke – Prinzessin Helene von Montenegro geheiratet. Montenegro war gerade noch standesgemäß, *gerade* noch. Aber Helene war die größte aller damals heiratsfähigen Prinzessinnen, etwa 1 Meter 90 groß, und das war für Vittorio Emanuele III. ausschlaggebend, denn, so hoffte er, den Fortbestand des altedlen Hauses Savoyen mit Prinzen und Prinzessinnen von normaler Größe zu sichern. Bei der Trauung in der Hauskapelle des Quirinals war die Braut im Knien so groß wie der stehende Bräutigam. Einmal habe er, erzählte Herr von Thod in solchen gelösten Stunden, das Hohe Paar in Florenz gesehen. Die große, dicke Königin habe, über die Mode der Zeit hinaus, mit Vorliebe enorm breitrandige, überladene Schleierhüte getragen. Der König wirkte neben ihr wie ein Maikäfer unter einem Fliegenpilz.

Es hatte aufgehört zu schneien, einige kalte Sterne kamen heraus. Der innere Schloßhof war hell, weil alle Fenster des Schlosses erleuchtet waren. Herr von Thod hatte, wie er so auf der dritten Stufe der inneren Schloßhoftreppe stand, die Fersen an die vierte Stufe gestellt. Dennoch ragten seine Füße zu mindestens einem Drittel über die Stufe, auf der er stand, hinaus. In seinen enormen Lackschuhen spiegelten sich die Lichter des Festsaales. Herr von Thod hatte Schuhgröße 48. Wie Ghandi, pflegte Herr von Thod zu sagen (aber nicht viel öfter, als er über seine Körpergröße sprach); der große indische Weise und Staatsmann habe Schuhgröße 49 gehabt. Einmal sei Ghandi eine Kutsche über die Zehen gefahren. Der Mahatma habe fürchterlich geflucht, aber der Kutscher habe gar nicht verstehen können, daß er dem Staatsmann über die Zehen gefahren sei. Ghandi habe doch so weit weg gestanden. Ghandi zeigte nur stumm dem Kutscher seine gewaltig großen Füße. Da habe der Kutscher bedauernd genickt. Schuhgröße 49 – wegen der Schwierigkeit, passende Schuhe zu bekommen, habe Ghandi dann die Sandalen vorgezogen oder sei überhaupt barfuß gegangen. Dennoch sei er ein großer Staatsmann gewesen, pflegte Herr von Thod zu sagen, und ein großer indischer Weiser. Überhaupt seien Menschen mit großen Füßen in der Regel beseelter, verinnerlichter; vermutlich, weil das Blut besser abkühlt. Nero, weiß man, habe sehr kleine Füße gehabt und sei, wie nun unstreitig, eine welthistorische Null gewesen.

Es kamen sieben Gäste in sieben Wägen. Der erste Wagen war blutrot, der zweite türkisfarben, der dritte schwefelgelb, der vierte aschengrau, der fünfte pechschwarz, der sechste giftgrün und der siebte braun. Von den Gästen sah man kaum etwas, denn die Diener hoben nur große, unförmige Bündel von Pelz aus den Wagen und setzten sie auf die erste Stufe der Treppe, wo sich die Bündel alsbald nach oben in Bewegung setzten. Herr von Thod nickte jedem Pelzbündel zu und ging dann hinter dem siebenten Bündel ebenfalls die Treppe hinauf. Die sieben stacheligen Bündel und dann der Hausherr in der Bisampelerine verschwanden im Tor. Die Diener schlossen die Türflügel. In dem Moment, als der zweite Flügel ins Schloß fiel, setzte im Festsaal Musik ein.

II

Die Speisenfolge war äußerst feinsinnig und, für einen Außenstehenden gar nicht erkennbar, auf die Gäste abgestimmt:

Taubenpastete in gedünstetem Löwenzahn
Geräucherte Pfauenschenkel
Consommé Pelikan
Spanelefant vom Rost mit verschiedenen Gemüsen
und Pommes dauphins
Schwalben in Armagnac mit Kirschen
Flambierte Pferdeohren
Glace Lion – Maisgefrorenes
Mokka Zigarren Likör

Heddesheimer Honigberg Spätlese 1964
Château de Mouton – Rothschild 1959
Heidsieck dry

Intrada, drei Divertimenti und Cassation in B-Dur
für 2 Oboen, 2 Fagotte, 2 Hörner, Pauken
und Streicher op. 132 von Xaver Popradac.

Die Caprice des Herrn von Thod, auf der Menukarte auch die dargebotene Tafelmusik zu vermerken, war man schon gewohnt. Zwischen den Schwalben in Armagnac und den Flambierten Pferdeohren ließ sich der Hausherr dann herbei, einen ›Marche nocturne silencieuse‹ für Harfe solo des einstmals weltberühmten, später in Madagaskar bei Motivsuche verschollenen und nun zu Unrecht völlig vergessenen Komponisten Otto Jägermeier zu spielen. Höchst selten spielte der Hausherr in Gegenwart Dritter Harfe, obwohl er das Instrument mit unstreitbarem Geschick handhabte. Nach seinem Vortrag kündigte Herr von Thod das für neun Uhr vorgesehene Auftreten des Künstlers Alaska Leitner an.

III

Die Tischdame des Herrn von Thod war, wie nicht anders zu erwarten, Frau Libussa Rozkos Edle von Chlipnost. Die Edle von Chlipnost trug ein streng geschnittenes Complet aus taubengrauer Seide, hochgeschlossen mit vielen Knöpfen und so gut wie durchsichtig. Ihre Brüste waren kunstvoll mit Szenen aus dem Leben des heiligen Simeon des Einsiedlers bemalt (von der Hand des ehemaligen kgl. rumänischen Hofmalers Constantin

Coban), ihr außerordentlich ansehnliches Gesäß trug zwei – in der Manier holländischer Fließen Blau in Weiß gehaltene – symbolische Darstellungen von Andachtsübungen sowie den über dem Ganzen sich hinziehenden ›Triumph der Keuschheit‹ von einem unbekannten Monogrammisten H. A. N.) Die zuletztgenannten Malereien hatten auf Grund ihres Platzes den Nachteil, daß sie nur richtig betrachtet werden konnten, wenn Frau von Chlipnost auf dem Bauch lag.

Neben Frau von Chlipnost – auf der anderen Seite, links saß ja Herr von Thod – saß Emil Ohnvogel Freiherr Livor von Neidenlust, der bekannte Transvestit, der heute eine aparte Nonnenkutte trug (genauer gesagt: die Tracht des mittlerweile nahezu ausgestorbenen Calasanctianerinnen-Ordens mittlerer oder ungarischer Observanz) – weiß mit gelben Ärmeleinfassungen. Die gelben Ärmeleinfassungen waren eine elegante modische Zutat des Barons, die allerdings kaum jemand zu würdigen wußte, weil so gut wie niemandem die Originaltracht der Calasanctianerinnen mittlerer Observanz aus dem Gedächtnis gegenwärtig war. Der Baron, sonst ziemlich empfindlich, war auch gar nicht böse darüber. Er erzählte zum vierhundertsten Male die Schnurre, wie er es nannte, vom schlauen Griechen.

»Ich gebe zu«, sagte Baron Livor, »daß meine Schnurre vom schlauen Griechen, die ich heute genau zum vierhundertsten Male erzähle, den einen oder anderen inzwischen ermüdet. Jedennoch darf man nicht übersehen, daß nicht jeder mit andauernd neuen Einfällen gesegnet ist. Ich bin nun fast neunzig Jahre alt. Im Lauf dieser Jahre ist mir leider nur diese eine einzige Schnurre eingefallen. Ich muß befürchten – ich sehe das völlig nüchtern –, daß sie auch die einzige bleiben wird. Also muß ich sie notgedrungen immer wieder erzählen, wenn ich nicht darauf verzichten will, zur Unterhaltung der Gesellschaft beizutragen. Und so unhöflich will ich nicht sein.«

Die Schnurre vom schlauen Griechen handelte davon, daß in den späten sechziger Jahren ein griechischer Gastarbeiter in München sich trotz völlig fehlender physiognomischer Ähnlichkeit, aber mit der charakteristischen Brille versehen, als Aristoteles Onassis ausgab. Als der von Berufs wegen ziemlich leichtgläubige Gesellschafts-Journalist H. auf den Schwindel hereingefallen war und einige Kolumnen über ihn veröffentlicht hatte, konnte der schlaue Grieche ein Mannequin engagieren, das er für

Jackie Kennedy ausgab, und eine Public Relation-Agentur beauftragen, die die Theresienwiese und ein Zirkuszelt mietete. Sechs Stunden täglich (vormittags von zehn bis eins, nachmittags von drei bis sechs, am Mittwoch auch abends von acht bis zehn Uhr) konnte die Bevölkerung um einen Eintrittspreis von zwei Mark, Kinder und Jugendliche sowie Studenten eine Mark Onassis und Jackie anschauen. Die Leute kamen in Massen. Der schlaue Grieche und das Mannequin saßen je auf einem Gartenstuhl. Vor ihnen war ein Seil gespannt. Hinter dem Seil defilierten die Zuschauer vorbei. Die Sache war für den schlauen Griechen zwar langweilig aber lohnend. Ein Reporter fragte einmal den Public Relation-Manager, wie es denn komme, daß Onassis so viel Zeit habe, da er doch Reeder sei, ein Wirtschaftsimperium verwalte usw. Das habe, sagte der Manager, Onassis in aller Stille aufgegeben. Nun sei er nur noch Onassis und lasse sich als solcher gegen Geld sehen. Er verdiene mehr dabei als vorher als Reeder.

Als der Schwindel aufflog, bekam der schlaue Grieche vier Monate Gefängnis mit Bewährung. Das Mannequin wurde zu einer Geldstrafe verurteilt. Der Public Relation-Manager wurde freigesprochen, weil er sich damit herausredete, er habe selber an die Echtheit des falschen Onassis geglaubt. Das Gericht legte dem Public Relation-Manager nahe, das nächste Mal eine Expertise eines Sachverständigen über die Echtheit eines allenfalls auftauchenden Onassis beizuziehen. Das Ausländeramt sah entgegenkommenderweise davon ab, den schlauen Griechen aus der Bundesrepublik abzuschieben. Er befürchte politische Schwierigkeiten in seiner Heimat, sagte der schlaue Grieche.

Später ließ sich der schlaue Grieche in einem kleineren Zelt, in kleineren Städten als ›der Grieche, der sich als Onassis hat sehen lassen‹, sehen. Die Eintrittspreise wurden auf zwanzig bzw. zehn Pfennig gesenkt. Die Einnahmen waren nicht hoch, aber der schlaue Grieche konnte immerhin so recht und schlecht davon leben.

Das ist die Schnurre vom schlauen Griechen, die Baron Livor zum vierhundertsten Mal erzählte.

Der Hausherr brachte bei dieser Gelegenheit einen Toast aus und erklärte, er hoffe, der Baron werde hoffentlich die Schnurre noch recht oft zu Gehör bringen.

IV

Es waren mehr Damen unter den Gästen des Herrn von Thod als Herren, außer dem Baron Livor nämlich nur noch ein Herr: Lord Covet Hoarding, ein langer, sehr dürrer Mensch mit einer runden Nickelbrille, der einen braunkarierten Knickerbocker-Anzug trug und darüber ein ziemlich schäbiges Löwenfell mit filziger Mähne. Der aufgesperrte Rachen des Löwen diente dem Lord – nach Art der Herkulesdarstellungen – als Kopfbedekkung. Da Lord Covet draußen aber dennoch an den Ohren gefroren hatte, trug er dazu gestrickte Ohrenschützer von starker roter Farbe. Ohne den Rachen des Löwen zu entfernen, konnte der Lord die Ohrenschützer nicht abnehmen. Das Löwenfell aber war durch ein kunstvolles System von Nadeln und Häkchen am Knickerbocker-Anzug festgemacht. Lord Covet, der sich keine Bedienten hielt, hatte das Löwenfell zunächst am Anzug festgenestelt, dann erst den Anzug angezogen. Er hätte sich also, um die Ohrenschützer abzunehmen, nahezu ganz entkleiden müssen. Selbstverständlich verbot ihm das der Anstand. Er behielt also die Ohrenschützer an. Da sie aus sehr dicker Wolle gestrickt waren, war es dem Lord fast gänzlich verwehrt, der Konversation zu folgen.
Lord Covet Hoarding hörte also nichts. Seine Nachbarin zur Linken, die Contessa Maria Annunziata Agostina Lucretia Isabella Athenais etc. etc. de Borioso de Santa Fastidia Superba, Sternkreuz-Ordens-Dame, Grandin I. Klasse von Spanien und Erb-Oberst-Galoschenbewahrerin des Lateinischen Kaiserreiches von Byzanz etc. etc., konnte nichts sehen. Sie trug eine mit bunten schillernden Pfauen bestickte klassische Toga, die eine ihrer ziemlich großen und bereits recht faltigen, stark mit Pigmentfehlern behafteten Brüste freiließ, hatte eine äußerst kostbare Binde um die Augen und einen alten Infanteriesäbel in der linken, eine gußeiserne Küchenwaage mit Kupferschalen in der rechten Hand. Diese beiden Attribute zwar legte sie zum Essen ab, nicht aber die Binde. Sie redete ununterbrochen auf Lord Covet ein, der ihr – er aß Unmengen und hatte stets den Mund voll – mit den Händen bedauernd durch Gesten klarzumachen versuchte, daß er nichts hören konnte, was aber wiederum die Contessa nicht sah.
»Hatte dann», fragte die Marquise de Dommoneçois, die wegen

ihrer bei sonstiger normaler, ja eher überdurchschnittlicher Körpergröße ganz erstaunlich kurzen Beinen stets mit einer kleinen Leiter, die sie deswegen immer bei sich trug, auf die Stühle steigen mußte, »hatte dann der König Vittorio Emanuele III. normal große Kinder?«
»Ich verstehe, daß gerade Sie das interessierte, ma chère marquise«, sagte Herr von Thod süffisant. »Ja, er hatte Kinder von normaler Größe, darunter einen Sohn, den Kronprinzen Umberto, der später als Umberto II. König von Italien wurde. Während seiner Regierungszeit, die nicht länger als ein paar Tage im Mai und Juni 1946 umfaßte, wurde die Insel Sardinien von einer Heuschreckeninvasion heimgesucht. König Umberto II. eilte sofort – er war ja während des Krieges auch Marschall von Italien gewesen – an die Heuschreckenfront. Er besah sich den Schaden, den die Tiere anrichteten, konnte aber auch nichts helfen. Ich weiß nicht, ob er deswegen dann gleich abgesetzt wurde. Jedenfalls blieb das Betrachten des von den Heuschrekken angerichteten Schadens die einzige Regierungshandlung dieses letzten italienischen Königs. Aber von normaler Körpergröße war er, durchaus.«
Die Marquise de Dommoneçois tat so, als habe sie den anzüglichen Ton in Herrn von Thods Rede überhört. Sie hüllte sich in ihren kostbaren, bodenlangen, aus puren Goldfäden gehäkelten Shawl, so daß er ihr schlangenbalgartiges grün-glitzerndes Kleid nahezu gänzlich verbarg.

V

Der Herr von Thod ging in den Tanzsaal voraus. Als die Diener die Türen zu dem mit gut und gern zwölf Kristallüstern erleuchteten grünen Saal aufrissen, spielte die Musik einen sehr lauten Tusch, später, auf ein Zeichen des Hausherrn hin, erklang die leider selten gespielte, temperamentvolle und vor allem lang andauernde Polonaise aus dem zweiten Akt der Oper ›Ein Leben für den Zaren‹ von Michael Iwanowitsch Glinka.
Xaveria Immaculata Prinzessin Obmysl, eine so dürre Person, daß sie bereits durchscheinend wirkte – sie trug ein elefantengraues Kleid, an beiden Armen ein schlangenhaftes Geschmeide, das sich von den Gelenken bis zu den faltigen Schultern hinaufwand –, näherte sich dem Herrn von Thod von hinten und

kratzte ihn mit einer besonders wertvollen alt-chinesischen Läusegabel aus Elfenbein unversehens, aber höchst absichtsvoll zwischen den Genickfalten. Der Griff der Läusegabel stellte übrigens eine sich in einen Elefanten verwandelnde Hyäne dar, ein sehr seltenes, bis heute noch nicht vollständig geklärtes buddhistisches Symbol. Herr von Thod erschrak fürchterlich und bekam einen so heftigen Schluckauf, daß er die Polonaise hüpfend zu Ende tanzen mußte, denn das krampfhafte Aufstoßen der Luftröhre lupfte den sehr kleinen und schmächtigen Hausherrn jedesmal ungewollt um eine Elle von der Erde.

Die auffallendste Erscheinung auf dem Parkett aber war die Herzogin Lucretia de Babylon. Die Herzogin, eine junge Frau von blendender Figur, war in ein enges schwarzes Trikot gekleidet – so eng, daß später gemunkelt wurde, sie sei ganz nackt, aber mit schwarzer Farbe angemalt gewesen – und führte stets zwei Lichttrabanten mit sich. Die Lichttrabanten waren ältere, aber noch rüstige Herren aus dem babylonischen Landadel. Jeder der beiden trug eine starke Laterne. Mittels eines ziemlich komplizierten, aber sinnreichen Mechanismus wurden in regelmäßigem Wechsel vor das Glas der Laternen verschiedene gefärbte Gläser geschoben, so daß das Licht der Laternen abwechselnd bald tiefblau, bald rosa, bald goldfarben erstrahlte. Die Lichttrabanten richteten die Laternen von beiden Seiten stets genau auf die Herzogin, mußten also alle ihre Bewegungen, jeden Tanzschritt mitmachen, was mitunter bei den beiden älteren Würdenträgern nachgerade possierlich wirkte. Sei es – unterstellt, die Herzogin trug ein Trikot –, daß der Stoff mit reflektierenden Fäden versetzt war, sei es – nimmt man an, die Herzogin sei nackt und bemalt gewesen –, die schwarze Farbe habe reflektierende Partikel enthalten, durch den Strahl der Laternen schimmerte das Schwarz der Herzogin im harmonischen Wechsel in Blau, Rosa und Gold. Leider wurde diese feenhafte Erscheinung dadurch etwas getrübt, daß ja elektrische Zuleitungen zu den Laternen notwendig waren. Weitere Kammerherren, Leibjäger und zahlreiche Lakeien der Herzogin waren damit beschäftigt – der Tanzschritt der Polonaise setzte sich dadurch quasi bis ins letzte Glied fort –, die beiden Kabel den Lichttrabanten nachzuschleppen. Dennoch ließ es sich nicht vermeiden, daß stets andere Tänzer über die Kabel stolperten oder in diese verwickelt wurden. Der elektrische Strom wurde in einem dampfgetriebenen Generator erzeugt, der auf den Schultern von achtzehn Leibeigenen der Herzogin ruhte. Auch diese Leibeigenen waren durch die Polonaise gezwungen, mit ihrem Dampfgenerator in groben Zügen dem Tanzgeschehen zu folgen. Ein neunzehnter Leibeigener war ständig damit beschäftigt, den tanzenden Generator nachzuheizen. Aus dem Kamin des Generators entquoll ziemlich dicker, schwarzer Qualm, der bisweilen die Sicht im Saal etwas trübte. Abgesehen davon aber war die Erscheinung der Herzogin, wie gesagt, absolut feenhaft.

VI

Auf der Galerie, die etwa in halber Höhe den Ballsaal umlief, saßen der Almosenier und der Hauskaplan der Herzogin von Babylon und betrachteten das Deckengemälde. Der Almosenier, ein hagerer, finster blickender Mann mit starken schwarzen Locken und geradezu lockigen Augenbrauen, saß auf dem Schoß des Hauskaplans, eines eher dicken Prälaten mit einem fast strahlenden, ja leuchtenden kleinen blonden Schnurrbärtchen. Die Haltung der in ein theologisches Gespräch vertieften Geistlichen erinnerte entfernt an die bekannte Darstellung der Hl. Anna Selbdritt von Leonardo, wobei – anstelle des Jesuskindes – der Irish-Foxterrier Kleopatra (den sein Herr aber scherzhaft Cagofuego d. i. Feuerkacker nannte) des Almoseniers die Gruppe aufs Vorteilhafteste ergänzte.
»Man sieht«, sagte der Hofkaplan und streichelte über die Brokatsoutane des Almoseniers, »daß dieser Herr von Thod ein Neureicher ist. Er hat dieses Palais hier gekauft, mit allem, was darin steht und liegt, und schmückt sich nun mit einem fremden Wappen.« Der Hofkaplan deutete auf das Deckengemälde. »›Der Triumph des heiligen Amintianus‹. Keine schlechte Arbeit. Aber ich möchte wissen, was St. Amintianus mit Herrn von Thod zu tun hat. Der heilige Dongo, der Patron der Zwerge, ja – der wäre angebracht, aber der heilige Amintianus . . .«
Der Almosenier blickte gelangweilt auf. »Das ist der heilige Amintianus?«
»Freilich«, sagte der Hofkaplan sanft, »man erkennt ihn unschwer an seinem Attribut: einer Bettflasche. Er wurde früher gern gegen kalte Füße und Zehenkrämpfe angerufen. Man darf

ihn nicht mit dem heiligen Frigidianus von Aumale verwechseln, dem auf bildlichen Darstellungen zwei Bettflaschen, allerdings mit dem Hals nach unten, beigegeben werden. Leider gibt es schlampige Maler, die glauben, es mit den Bettflaschen nicht so genau nehmen zu müssen oder zu faul sind, die zweite Bettflasche des heiligen Frigidianus zu malen. Dadurch entsteht oft Verwirrung. Für mustergültig halte ich Bolzaninos spätbarockes Sgrafitto im unteren Badezimmer der Villa Campo Sant'Angeli in Sezze, wo St. Frigidianus die beiden Bettflaschen etwa so hält . . .« Der Hauskaplan schob den Almosenier sachte von seinem Schoß, stand auf und zeigte mittels zweier Weinflaschen, wie Bolzanino den Heiligen dargestellt hatte. Der Almosenier blickte gelangweilt.

»St. Frigidianus«, fuhr der Hauskaplan fort, nachdem er sich wie vorher gesetzt und den Almosenier wieder auf seinen Schoß gezogen hatte, »ist nämlich der Schutzheilige der Schwitzbäder, vielmehr: einer der Schutzheiligen, der andere ist, was fast niemand weiß, der heilige Kilma-o-Enmranagh, ein Ire – die Schwitzbäder sind ja bekanntlich irischen Ursprungs –, der häufig zusammen mit einem anderen irischen Heiligen, dem heiligen Mohill, abgebildet wird, dessen Tag der 29. Oktober ist und den man anruft, wenn die Tisch-Messer stumpf sind.«

»29. Oktober«, sagte der Almosenier gedehnt und gähnte. »Ich meine, da wäre Narzissus und Ermelinde.«

»Ja, richtig, *und* St. Mohill, außerdem ist das der Tag des heiligen Petroleus, der bei hartnäckigem Bettnässen an ungeraden Tagen angerufen wurde und als Patron der linkshändigen Zinngießer galt.«

»Galt?« sagte der Almosenier, »*gilt* nicht mehr?«

»Auch er«, seufzte der Hauskaplan, »ist jüngst von der Riten-Kongregation abgeschafft worden. Aber im christ-katholischen Volk lebt er weiter. Gott sei Dank. Wie auch St. Celsius und St. Réaumur, die bei zu großer Kälte respektive Hitze immer noch angerufen werden; oder die besonders in angelsächsischen Ländern verehrte heilige Fahrenheit. Auch der heilige Bedemund, obwohl von der Ehre der Altäre wieder herabgestoßen, hat im gläubigen Volk seine Anhänger behalten – ich erinnere dich etwa an die gut zweitausend Mitglieder zählende St. Bedemundi-Erzbruderschaft im Berchtesgadener Land, deren Prior der verewigte Kronprinz von Bayern war. St. Bedemund, der Patron des außerehelichen Geschlechtsverkehrs. Eine hochinteressante Reliquie wurde im Dom von Grado aufbewahrt, jetzt befindet sie sich, da profaniert, in einer schwedischen Privatsammlung. Oder der hl. Oblongius, der Schutzheilige aller Parallelogramme, die rechte Winkel haben, er wurde in der Regel mit einem Schröpfstiefel dargestellt, zuweilen auch mit einem Regenschirm, denn er wurde in manchen Gegenden bei plötzlichen Wetterumschlägen angerufen, oder mit einem Schuhlöffel, denn er steht bei zu engen Schuhen bei, so wie er auch als Helfer bei schwierigen Kreuzworträtseln verehrt wird.«

Die Musik wurde lauter. Eine Cracovienne begann. Der Dampfgenerator der Herzogin stieß neuen Qualm aus, der sich in länglichen, scharfen Schwaden vom Plafond bis zur Höhe der Galerie herunter sammelte. Der Triumph des heiligen Amintianus war fast nicht mehr zu sehen.

»Und wir müssen hier sitzen und zuschauen«, raunzte der Almosenier und zupfte weinerlich am Ohrläppchen des Hauskaplans.

»Was möchtest du denn da unten?« sagte der Hauskaplan. »Auch so herumhupfen? Ich kann keinen Sinn in diesem Herumhupfen erkennen. Ich wundere mich, daß sich die Leute nicht komisch vorkommen, wenn sie so herumhupfen.«

»Ball bei Thod«, sagte der Almosenier und gähnte. »Die Wollust als Keuschheit verkleidet, der Neid als Caritas, der Geiz als Tapferkeit, die Hoffart als Gerechtigkeit, die Lüge als Treue, die Arglist als Tugend und die Verzweiflung als Hoffnung . . . die sieben Todsünden in der Maske der sieben Cardinaltugenden tanzen auf dem Ball des Narren, der sich als Tod kostümiert.«

»Laß das«, der Hauskaplan wehrte den Almosenier ab, »du weißt, ich mag nicht, wenn man mich an der Nase zupft.«

VII

Die Lichter im Saal wurden verdunkelt. Die Lichttrabanten der Herzogin von Babylon löschten ihre Laternen aus. Der Dampfgenerator wurde gedrosselt und stieß nur mehr kleine, dünne, weiße Wölkchen aus. Die Gäste des Herrn von Thod und auch der Hausherr nahmen auf einer Reihe von Stühlen Platz, die die Diener, kaum daß der letzte Ton der Musik verklungen war, mit offenbar einexerzierter Geschicklichkeit in Windeseile aufgestellt hatten. Dann wurde der Vorhang vor der kleinen Bühne des Saales aufgezogen. Auf der Bühne stand der Künstler

Alaska Leitner.

Alaska Leitner trug eine kreisrunde Nickelbrille und einen fast bodenlangen Mantel aus geflicktem Leder – »So das Übliche«, sagte die Herzogin von Babylon –, die vordere Hälfte des Schädels hatte Leitner kahlgeschoren, auf der hinteren Hälfte wucherte das Haar lang und strähnig nach allen Seiten.
»Er sieht aus wie ein Eichhörnchen, in dessen Schwanz von hinten der Wind fährt«, sagte die Prinzessin Obmysl.
»Das ist doch wohl ein etwas weithergeholter Vergleich, ma chère princesse«, sagte Herr von Thod.

Ansprache des Künstlers Alaska Leitner:

Durchlauchtigste Herzogin, Herr von Thod, meine Idiotinnen und Idioten.
In jedem Zweig der Künste wurden in den letzten zehn Jahren unbestreitbar größere Fortschritte erzielt als in der gleichen Anzahl Jahrzehnten vorher. Der Fortschritt der letzten Jahre ist nicht auf die immer raschere Entwicklung neuer Stilrichtungen beschränkt. Den Fortschritt kennzeichnet vor allem die Emanzipation der Künste vom Material.
Ich nenne einige Beispiele:
Es gibt Musikstücke, die nur mehr aus einem einzigen, lang ausgehaltenen Ton bestehen. Die Musik hat sich damit weitgehend von Melodie, Harmonie und Rhythmus emanzipiert.
Es gibt Bilder, die nur mehr aus unbemalter Leinwand bestehen. Die Malerei hat sich damit weitgehend von Farbe und Gestaltung emanzipiert.
Es gibt Plastiken, die nur mehr aus einer Ansammlung alltäglicher Gegenstände – etwa leeren Flaschen – bestehen. Die Bildhauerkunst hat sich damit von den Fesseln der Form befreit.
Es gibt lyrische Gedichte, die nur mehr aus einer Anzahl zusammenhangloser Konsonanten bestehen. Die Literatur hat sich damit endlich von den Vokalen befreit.
Es gibt Kunstwerke, die in keine Kunstgattung mehr einzuordnen sind, etwa ein ›Loch in einer Museumswand‹. Die Kunst hat

sich damit fast schon vom Material gelöst und ist in den rein theoretischen Raum vorgedrungen.
Aber damit ist es noch nicht genug. Um die Kunst endgültig der gesellschaftlichen Korrumption zu entziehen, muß sie die Materie verlassen. Was Sie jetzt sehen werden, ist ein materiefreies Kunstwerk, ein Triumph des Fortschritts. Ich führe Ihnen nämlich nichts vor. Sie sind gehalten, dieses Nichts-Vorführen als Kunstwerk zu verstehen.
Ich danke Ihnen.

Der Vorhang fiel.
»Köstlich«, sagte die Marquise de Dommoneçois.
Dann verabschiedete Herr von Thod seine Gäste.

(1969)

Jupiters letztes Abenteuer

I. Monolog des olympischen Hausmeisters

Jetzt ist der gnädige Herr das eintausendvierhunderteinundsiebzigste Jahr in Pension.

Die Türangeln sind nicht geölt. Das große äußere Tor ist ganz verrostet. Der gnädige Herr hat gesagt, damals am 24. Februar des betreffenden Jahres, wo sie ihn in Pension geschickt haben, damals hat er gesagt: Das große, heilige Tor, die goldbenagelte Pforte, nimmer soll sie sich Sterblichen, nimmer Unsterblichen öffnen . . . Hat damals noch in Hexametern geredet, der gnädige Herr. Heut längst nimmer. Ehrlich gesagt: ich habe nicht geglaubt, daß er wirklich das große Tor nicht mehr aufmachen läßt. Aber es ist wahr. Es ist so – im eintausendvierhunderteinundsiebzigsten Jahr ist es jetzt zu, das Tor. Ganz verrostet, die goldenen Beschläge fallen ab: ein Jammer. Und die Spinnweben. Es ist natürlich so, daß einer nachlässig wird, wenn er allein ist. Wie noch die gnädige Frau da war, in die ersten vier-, fünfhundert Jahr . . . da haben wir Soiréen gegeben und Matinéen und Diners. Aber dann . . . und er verträgt ja den Nektar nimmer, und das Ambrosia ist halt auch recht schwer, recht schwer für den Magen eines alten Herrn. Wie dann die jungen gnädigen Herren aus dem Haus sind – ist auch schon wieder ein paar hundert Jahre her – der junge gnädige Herr Ares ist Feldmarschall geworden bei Sr. Kaiserlichen Majestät Leopoldus. Gegen die Türken. Und der junge gnädige Herr Dionysos ist Kardinal geworden in Rom. Soll sich sehr gut gemacht haben dort, man hat nur das Beste gehört.

Aber hier heroben ist es halt still geworden mit den Jahrhunderten. Wenn man nicht alle Räume immer heizt, wird das ganze Haus nicht richtig warm. Man täuscht sich, wenn man meint, am Olymp könnte es nicht kalt sein.

Oh! das kann sehr kalt sein. So hoch heroben. Das Dach ist auch nicht mehr das jüngste. Der Schnee hat im Jahr 1793 über der Galerie die Ziegel eingedrückt. Genau 1793, wie in Paris der

Robespierre das Christentum abgeschafft hat. Hat sich zu der Zeit ziemlich große Hoffnungen gemacht, der gnädige Herr, daß sie ihn zurückrufen. Aber der Herr Robespierre hat mehr an sich selber gedacht als an den gnädigen Herrn.

Das gnädige Fräulein – ist auch schon ein paar Jahrhunderte eine gnädige Frau. Sie spielen heute in Paris drunten ein Stück, das von einem angeblichen Skandal von dem gnädigen Fräulein handelt. Ein Stück mit Musik. Sehr kompromittierend. Soll ein Deutscher gewesen sein, der Skandal vom gnädigen Fräulein: ein fahrender Gaukler oder Sänger, ein gewisser Herr von . . . von Tannenberger oder so ähnlich. Der gnädige Herr möchte hingehen und sich das Stück anschauen. Wird sich nicht rentieren; sage ich gleich.

Na ja – jetzt habe ich den Frack ausgebürstet. Ist nicht mehr der neueste. Aber was! Für einen pensionierten Gott genügt's.

II. Die beiden Logendiener sprechen:

1. Logendiener: Seit in der Früh!

2. Logendiener: Ja, ja.

1. Logendiener: Ich bin achtunddreißig Jahre im Dienst. Ich habe Hunderte von Premieren erlebt und Dutzende von Uraufführungen –

2. Logendiener: Ja, ja.

1. Logendiener: Es ist ein schlechtes Zeichen.

2. Logendiener: Ja – ja.

1. Logendiener: Besonders, wenn es schon in der Früh anfängt.

2. Logendiener: Ja – ja.

1. Logendiener: Ein untrügliches Zeichen! Es ist noch jede Oper durchgefallen, wenn mein Knie zieht. Das hat nichts mit dem Wetter zu tun –

2. Logendiener: Ja, ja!

1. Logendiener: Nichts mit dem Wetter, obwohl es ein Sulzknie ist, ein ganz sulziges. Im 23er Jahr habe ich es mir geholt, im spanischen Feldzug, als wir auf den nebligen Höhen von Alt-Kastilien –

2. Logendiener: Jaa, jaa –

1. Logendiener: Habe ich es dir schon einmal erzählt?

2. Logendiener: Ja! Ja!

1. Logendiener: Auch gut. – Aber es ist ein untrügliches Zeichen. Bei dem ›Faust‹ von Monsieur Gounod vor zwei Jahren hat mein Knie so nach dem Mittagessen, so um halb-dreiviertel Zwei angefangen zu ziehen. Die Leute haben faule Eier geworfen – allein aus den vier Logen hier heroben habe ich vierzig gezählt. Davon sind allerdings nur knapp die Hälfte bis auf die Bühne geflogen. Die anderen sind alle in den ersten Parkettreihen geplatzt. Und weißt du, wer als einziger aus den vier Logen hier heroben wirklich getroffen hat –

2. Logendiener: Jaa – jaa –

1. Logendiener: Der alte Professor in Loge 14. War damals schon über siebzig. Dem Mephisto voll aufs linke Auge. Und dabei hat mein Knie erst um halb-dreiviertel Zwei zu ziehen angefangen.

2. Logendiener: Ja, jaa.

1. Logendiener: Heute habe ich schon kaum aufstehen können, so hat das Knie gezogen, schon im Bett um sieben Uhr. Das gibt einen Höllenzirkus.

2. Logendiener: Jaa, ja.

1. Logendiener: Der Professor hat vier Kisten – Guten Abend der Herr. Gehorsamster Diener. Erlauben den Mantel. Gestatten, die Galoschen hierherzustellen. Bedanke mich. Zu gnädig. Bedanke mich. Erlaube mir viel Vergnügen zu wünschen. – Hau dich hin auf deinen Sessel, alter Schäbian. Zwei Sous –

2. Logendiener: Ja! Ja!

1. Logendiener: Und so einen zerschlissenen Frack. Weißt du, wer das ist?

2. Logendiener: Jaja.

1. Logendiener: Das Stück behandelt einige pikante Details aus seiner näheren Verwandtschaft.

2. Logendiener: Ja, ja.

1. Logendiener: Geht sich die Amouren seiner Tochter in der Oper anschauen.

2. Logendiener: Ja, jaaa –

1. Logendiener: Das Stück fängt an. Sieh, die Claqueure lauern. Der Komponist ist herzlich zu bedauern.

III. Dialog der geflügelten Galoschen

Rechte Galosche:
Ich wünsche und wünsch' es auch nicht: die Zeit möge
entfliegen.
Fliegt sie, die Zeit, entrauscht sie, wie's so ihre Art
ist,
Schneller und immer schneller mit jedem verflossenen
Jahr,
So ruf' ich: halt ein, vergeh nicht, vergeude dich
nicht,
Kostbare Zeit – wer ärmer wird, dem wird der einzelne
Pfennig
Kostbar. Was früher ein Tag mir wert war, bedeutet
Heute für mich die Minute, gelegentlich eine Sekunde.
Das Leben bezahlt, je länger es dauert, in kleinerer
Münze.
Andererseits, was gibt es schon groß im Leben eines
Wenn auch geflügelten Überschuhs? Wenn endlich etwas
passierte –
Wenn endlich die öden, langweiligen Stunden und Tage
vergingen!
Ich denke der Nächte, in denen wir, du, mein linker
Kollege,
Der Allvater Zeus, unser Herr, und ich, den Zephyr
benutzend
Oder den ein oder andern der nicht zu zählenden Winde
Um herunterzufahren zur Erde, die damals noch eine
Scheibe
Und relativ übersichtlich, herunterzufahren in drängender
Eile, zum Beispiel nach Hellas ins hunderttorige Theben,
Wo eine gewisse Alkmene . . . aber wem sage ich das!
Weißt du noch, wie wir im Flur von Frau Alkmenes
Gemächern
Auf einem blaßlila, mit kleinen und weißen Lilien
durchwirkten
Fußabstreifer gewartet, derweil unser Herr . . . nun ja,
Oder damals bei Danaë, wo er uns auf dem Balkones-
Geländer

Abgestellt, uns, die beiden geflügelten Überschuh, so daß
Die Dame im Morgengraun uns für zwei Tauben ansah
und seufzte.
Ja, einmal möchte ich noch mit dir und dem hohen Herrn
So etwas erleben; drum wünsch' ich und wünsch' es auch
nicht,
Daß die Zeit möge schneller entfliegen; ich im Innern
zerrißne Galosche.

Linke Galosche:

Alles, Galosche, hat seine Zeit, die Jugend, das Alter.
Alles, die Freude, das Leid, alles das hat seine Zeit.
Wehe dem Sterblichen, wehe selbst uns unsterblichen
Überschuhn,
Der fordert, was ihm nicht mehr zusteht. Zwangsläufig
wird es sich rächen.
Sei, Galosche, zufrieden und lausche den Tönen der Oper
›Tannhäuser oder Der Sängerkrieg auf der Wartburg‹
Aus der Feder des ehemals kgl. sächsischen Hofkapell-
meisters
Wagner, ich glaub', er heißt Richard; horch, und sei
ruhig, mein Bruder.
Auch dem unsterblichen Gummischuh steht es
nimmermehr an
Frevelnd das einmal ins ewige Meer der Zeit Versunkene
Heraufzuwünschen, merk dies, Galosche, schweig jetzt
und lausche.

IV

Ein Garten. Sommer. Ein heißer Tag. Das Sonnenlicht fällt fast senkrecht von oben in die Tomatenstauden, daß neben ihnen dem Salat kein Flecken Schatten bleibt. Rettiche, Petersilie, Schnittlauch, Bohnen. Die feineren Pflanzen stehen jenseits der Hecke. Dahinter: teichgrün und unergründlich tief die Kühle des Waldes. Nichts rührt sich. Herbst. Eine Hand von innen: eine ziemlich schmutzige Hand, braun, grob, mit Rissen; aber der Schmutz ist sozusagen sauberer Schmutz: fast schwarze Erde. Die Hand pflückt die Tomate. Die Welt durch das

Geflecht eines Korbes: das bunte Laub der Hecke, die abgeernteten Beete, die – von dieser Warte aus – unendliche Fläche einer dunkelblauen Gärtnerschürze. Ein dunkler Keller. Eine Essenz in Wasser verleiht der Tomate ewiges Leben. Nicht gerade ewiges Leben, aber man wird immerhin konserviert. Wozu? Was ist der Sinn des Lebens? Man wird sehen. Die Welt, auch wenn es nur ein staubiger Keller ist, sieht durch ein rundes Glas hindurch seltsam verzerrt aus. Vor dem Kellerfenster, das nicht viel mehr ist als ein vergitterter Schlitz, liegt Schnee. Das erregende Abenteuer, die Kellerstiege hinaufgetragen zu werden. Die Schürze der Köchin – fast so blau wie damals die Gärtnerschürze, allerdings weiß gestreift – ist weit wie ein Horizont. Vom Schrank der Blick in das gräßlich rote und knisternde Feuer. Aber nicht alle Tomaten werden gebraten. Wissen Sie, wie das Innere eines Zylinders aussieht? Weiße Seide. Eine Inschrift in Gold auf Schwarz mit Wappen und Jahreszahl: der Hutmacher tut sich etwas auf seine Medaillen zugute. Drei Tomaten haben in einem Zylinder nebeneinander Platz. Im letzten Moment ein ebenfalls seidenes Taschentuch. Aber ich habe den Saaldiener doch gesehen, wie er in den Zylinder geäugt hat. Er hat mich nicht gesehen. Ich durfte als erste fliegen. Gold. Gold und Licht. Es dreht sich alles, blitzende Leuchter, viel Lärm. Mit rasender Geschwindigkeit nähert sich eine männliche Stirn. Ein entsetztes Auge blickt auf mich. Platsch.

Lucine – eine blonde junge Frau. Ist sie schöner bei Tag oder schöner bei Nacht? Eine stolze schöne Frau in einem orangefarbenen Kleid. Sie wirkt etwas hochmütig, ein klein wenig hochmütig. Sie sitzt im Parkett und klatscht verzweifelt gegen das Pfeifen des Jockey-Clubs an. Platsch.

Auch bei einer Tomate ist es so, daß im Augenblick des gewaltsamen Todes ihr bisheriges Leben in Sekundenschnelle an ihrem inneren Auge vorüberzieht. Die innige Vereinigung der sterbenden Tomate mit dem Kopf des ›Biterolf‹ bewirkte, daß sich in mystischer Weise der momentane Gedanke ›Biterolfs‹ – d. h. des Sängers Lebrun – mit den letzten Gedanken der platzenden Tomate vermischt.

Madame Lucine gibt einen kleinen Schrei von sich, als sie sieht, wie ihr Freund Lebrun von der Tomate getroffen wurde.

V

1. Logendiener: Hab' ich's gesagt oder hab' ich's nicht gesagt?

2. Logendiener: Ja, ja.

1. Logendiener: Ein Durchfall. Ein Skandal. Ein kolossales Chaos. Die Oper ist durchgefallen bis – bis – die ist auf der anderen Seite wieder herausgekommen, auf der anderen Seite von der Erdkugel.

2. Logendiener: Ja. Ja.

1. Logendiener: Mein Knie hat in der Früh schon zum Ziehen angefangen. Ein untrügliches Knie.

2. Logendiener: Ja – ja.

1. Logendiener: Der alte Professor hat wieder getroffen. Hat der zittrige Lump doch drei Tomaten im Zylinder hineingeschmuggelt. Müssen sehr weiche Tomaten gewesen sein – wie eine Bombe ist die eine explodiert.

2. Logendiener: Ja . . . ja –

1. Logendiener: Einen Augenblick lang hat der Bariton Lebrun selber wie eine Tomate ausgeschaut. Mitten aufs Hirn. Ein guter Wurf.

2. Logendiener: Ja – ja –

1. Logendiener: Die zwei anderen Tomaten – Fehlschüsse. Aber die eine – Volltreffer. Mitten aufs Hirn. Madame Lucine hat's einen Stich ins Herz gegeben.

2. Logendiener: Ja, ja –

1. Logendiener: Natürlich! Wie sonst – die Frau vom Präfekten, Lucine . . . sie ist dem Präfekten durchgebrannt und lebt jetzt mit dem Sänger Lebrun.

2. Logendiener: Ja. Ja.

1. Logendiener: Freilich ist das nichts Besonderes, einem Präfekten durchzubrennen – aber das Komische: der Präfekt sitzt mit der Frau des Sängers Lebrun auch im Parkett.

2. Logendiener: Ja – ja –

1. Logendiener: Pst – das ist er . . . Ich wünsche einen äußerst angenehmen Heimweg, Herr Präfekt, guten Abend – lausiger Geizkragen, auch nur zwei Sous – hoffe, Herr Präfekt haben einen vergnüglichen Abend gehabt . . . er versucht, erzählt man, alles, um seine Frau, wenn schon nicht zurückzubekommen, so doch wenigstens auch dem Sänger Lebrun ausspannen zu lassen . . . bei dem Geiz! . . . ergebenster Diener,

Herr Präfekt . . . halt! halt! Jetzt hat er die verkehrten Galoschen angezogen . . .
2. Logendiener: Ja! Ja!
1. Logendiener: Schon weg.
Tannhäusers leeres Stroh ist ausgedroschen,
Und der Präfekt entschwebt mit Jupiters Galoschen.

VI. Der Präfekt im olympischen Antichambre

Als allererstes natürlich entschuldigen . . . bedauerliches Versehen – auf den ersten Blick für gewöhnliche Galoschen gehalten . . . erst als bereits in die Höhe schwebend, erkannt, daß es sich um besondere Galoschen handeln müsse . . . zu spät . . . höher und höher gestiegen . . . hoffe, daß der Heimweg nicht zu beschwerlich war in meinen schlichten, präfektlichen Galoschen für . . . wie redet man ihn an? Exzellenz? Dürfte für einen Gott zu wenig sein. Majestät? Sire? Ew. Heiligkeit? Oder schlicht: Mein Gott?
Mein Gott! Dennoch kann ich es nicht bedauern, durch diese Fügung vor Ihr Angesicht gekommen zu sein . . . in Ew. Angesicht . . . wird mir – wird mir doch so die Gelegenheit zuteil . . . die *seltene* Gelegenheit . . . ist besser: die seltene Gelegenheit zuteil, einen innigen, lang gehegten Wunsch Ew. Majestät . . . nein: Ihnen, mein Herr und Gott vortragen zu können.
Wie Sie vielleicht wissen – oder soll ich sagen: wie Sie sicher wissen? Ich glaube zwar nicht, daß er wirklich allwissend ist, aber man sollte wohl so tun, als meine man es: Wie Sie wissen, ist vor Jahresfrist meine mir angetraute Ehefrau Lucine, die mir vor nicht mehr als sechs Jahren am Altar die eheliche Treue geschworen . . .
– nein: den Altar lasse ich besser weg; war ein anderer Altar, wird vielleicht als Affront empfunden. Nur: . . . die eheliche Treue geschworen – ist mir meine mir angetraute etc. etc. . . . davongelaufen . . . nein: hat mich meine etc. etc. . . . verlassen. Schnöde verlassen, um mit niemand Besserem – das ist sehr gut – niemand Besserem als dem Opernsänger Lebrun in ehebrecherischem etc. etc.
Nun sind, mein Herr und Gott, Madame Lebrun, die wie ich

verlassene . . . schnöde verlassene Gattin des Sängers Lebrun und ich übereinstimmend der Meinung –
– Ich möchte wissen, wie lang dieser heidnische Pensionist mich noch warten zu lassen gedenkt. Was der wohl noch groß zu tun hat –
. . . übereinstimmend der Meinung, daß nicht innerer Zwang oder echte Liebe meine Frau bewogen hat, das Band ehelicher Treue abzuschütteln, sondern allein äußerer Glanz. Lucine ist geblendet vom Flitter des vergänglichen Ruhmes. Weder Madame Lebrun noch ich können uns vorstellen, daß Lucine den Sänger Lebrun wirklich liebt. –
Wir haben alles mögliche versucht, werde ich Jupiter sagen: zwar ist der Sänger Lebrun nicht der erste Stern unserer Oper, bei weitem nicht. Trotzdem ist er offenbar doch so prominent, daß ihn drei Tenöre und ein Baßbariton, die wir engagierten, zwei Schauspieler, die immerhin erste Rollen spielen, ein recht angesehener Literat, zwei recht ansehnliche Majore und der berühmte Kanzelprediger Pater Ignace, zu dessen Bußpredigten die Weiber scharenweise hinrennen, besonders um Weihnachten, daß ihn alle nicht ausstechen konnten. Es hat uns eine Masse Geld gekostet, und die Herren haben sich die größte Mühe gegeben: Lucine hat sie alle abblitzen lassen. Es ist uns, Madame Lebrun und mir, unverständlich. Wir können uns das nur so erklären, daß in ihrem Wahn Lebrun nur durch die höchste Prominenz ausgestochen werden kann. Wir haben an den Kaiser gedacht – aber nun, da mich die glückhaft verwechselten Galoschen zum Olymp geführt, erscheint Jupiter noch sicherer . . . wenn ein Gott nicht Prominenz ist . . .
In welcher Gestalt? – Originell, werde ich sagen: mein Herr und Gott! Originell: als Hengst, als Sturmflut, als Forelle, als Symphonie . . . oder – warum nicht als Gott?

VII. Rondo der Uhr, die in Lucines Boudoir steht:

Eins ist schwarz –
Es nimmt mich mit,
Zwei ist ziegelrot –
Wenn still ein Gott ins Zimmer tritt,

Drei ist safrangelb –
Das Kleid entglitt,
Vier ist königsblau –
Wenn still ein Gott ins Zimmer tritt.

Fünf ist lindgrün –
Kein Kuß . . . ein Schritt,
Sechs ist orangefarben –
Obwohl ein Gott ins Zimmer tritt,

Sieben ist moosgrün –
Man ist zu dritt,
Acht ist weinrot –
Wenn still ein Gott ins Zimmer tritt,

Neun ist nußbraun –
Wo bleibt erwarteter Profit,
Zehn ist silbern –
Obwohl ein Gott ins Zimmer tritt,

Elf ist elfenbeinfarben –
Ein Mann sich in den Finger schnitt,
Zwölf ist weiß –
Ein Gott aus einem Zimmer tritt.

VIII. Epilog des olympischen Hausmeisters

Die Fenster vernageln.
Das große Tor ist lang schon vernagelt. Jetzt will er auch die Fenster vernagelt haben. Er will das Sonnenlicht nicht mehr sehen, sagt er. Die Antike sei zu Ende.
Hie und da will er noch ausgehen. Das seitliche Türl rechts soll ich offenlassen. Es ist nicht so, sagt er, daß er sich ganz einsperren will; aber das Sonnenlicht will er nicht mehr sehen.
Ich soll mir Zeit lassen mit dem Vernageln. Ein Hausmeister eines pensionierten Gottes, hat er gesagt, kann sich Zeit lassen. Vielleicht, hat er gesagt, ist er gar nicht pensioniert, vielleicht ist er gar schon tot und hat es nur nicht gemerkt. Aber gnädiger Herr, habe ich gesagt, wer wird denn gleich . . . Er hat mich nicht ausreden lassen, hinausgeschickt zum Fenster vernageln.

Der Olymp hat dreitausendvierhunderteinundachtzig Fenster. 3481 – dreitausendvierhundertachtzig habe ich schon – das ist das letzte. Jetzt ist's drin finster, wie er's haben will. Alles wegen einem Matschakerl.
Als Woge, hat der Herr Präfekt gemeint, der mit die irrtümlichen Galoschen heroben war, als Forelle oder als Symphonie . . . nein: als er selber, als Gott, als Jupiter ist er hinunter zur Frau Präfekt, die wo dem Herrn Präfekten mit einem gewissen Sänger davon ist.
Sie wollte den Sänger, wollte nichts von dem gnädigen Herrn wissen. War so das erste Mal. Ein schwerer Schlag.
Das letzte Fenster. Dann ist Schluß mit der Antike.

(1971)

Zehn literarische Selbstbildnisse im Kostüm

I. Titus Roscius Fabatus, geb. 34 n. Chr. in Mutina (heute Modena), gest. 124 in Rom, stammte aus niederem Stand. Für den Prokonsul G. Ausonius trat er 81 n. Chr. in Rom in einem Privatprozeß als Advokat auf. Er scheint also Jurist gewesen zu sein. Unter Kaiser Domitian wurde er in den Ritterstand erhoben. Zusammen mit dem Rhetor Marcus Fabius Quintilianus hat er an einem literarischen Hoffest Trajans teilgenommen (vgl. Cass.Dio.-Xiph. 68, 2, 4. Entr. 8, 6,6 und Plin. passeg. 52, 4 f.) Suetons ›De poetis‹ erwähnt eine ›Hymne auf Ruinen‹, die möglicherweise von T. Roscius Fabatus stammt. Als er starb, galt er als einer der ältesten Dichter Roms. Seine Leichenrede hielt M. Jubarus Tipho, in der er von »vielen großen Werken« spricht. (vgl. Jub. anal. 16,2 und DID 22, 16) Erhalten ist keines der Werke.

II. Oppianos, geb. 534 auf Kos, gest. 621 in der Nähe von Didymoteichos, spätantiker Schriftsteller. Er kam als Rechtsgelehrter ca. 560 an den Hof Kaiser Justinians I., erfreute sich unter ihm und unter seinem Nachfolger Justinos II. und Tiberios I. einer gewissen Wertschätzung, fiel jedoch kurz nach der Thronbesteigung Kaiser Maurikios (582) – angeblich wegen eines Spottgedichtes auf die großen Füße der Kaiserin – in Ungnade. O. zog sich – unter dem Mönchsnamen Paphnutios – in das Jeremias-Kloster bei Didymoteichos zurück, wo er hochbetagt starb. Eine Zeitlang wurde er in gewissen Gegenden Kleinasiens als Heiliger verehrt. Sein Kult ist jedoch nicht länger als bis etwa 850 nachweisbar. O. hat einen Versroman ›Olympia‹ verfaßt, in dem er die heidnischen Auswüchse der olympischen Spiele geißelte. Isidoros, der das Werk gekannt hat, nennt es oberflächlich und unbedeutend. Sechs Verszeilen, das Wagenrennen betreffend, sind bei Demetrios von Sardes zitiert, aus denen man die literarische Bedeutung O.s jedoch nicht ableiten kann.
Lit.: F. Dölger, Byz.Z. 33, 157 ff.; Brooks, in Engl. Hist. Review 30 (1915) S. 100 ff.

III. Samuel ben Josef ibn Mordekai, geb. ca. 1034 vermutlich in Cordoba, gest. 1118 ebend., talmudischer Dichter und neuplatonischer Philosoph. S. lebte – nach dem Sturz der Omajjaden-Dynastie, als der Glanz Cordobas bereits im Erlöschen war – als Advokat in bescheidenen Verhältnissen. Er hat offenbar seine Heimatstadt nie verlassen, stand aber in Briefwechsel mit vielen Geistesgrößen seiner Zeit, u. a. mit Anselm von Canterbury, Abt Williram und Petrus Abälard. Jehuda Halevi (s. dort) bezeichnet sich als Schüler S's. Al Gazali (s. dort) hält S. für einen mittelmäßigen Dichter. Überliefert sind 6 Briefe S's, die allerdings vermutlich Fälschungen sind.

Lit.: F. Baer: Die Juden im christlichen Spanien (1929), Leo Zwirnsteiner: Jüdische Neuplatoniker, Tüb. Philos. Jahrb. 1929, S. 18 ff.

IV. Evinardus, genannt die Rosenranke, geb. 1134 in Alt-Northeim, gest. 1215 in Rom. E., dessen wahrer Name unbekannt ist, zählt mehr aus Verlegenheit zu den Vagantendichtern. Soweit seine wenigen auf uns gekommenen Verse erkennen lassen, nimmt er eher eine Zwischenstellung zwischen höfischer Dichtung und Scholastik ein. Er scheint ein ungeordnetes Genie gewesen zu sein, auch ein unstetes Leben geführt zu haben. Ein staatsrechtliches Gutachten zur ›Benefizium-Frage‹ auf dem Reichstag zu Besançon (1157) stammte angeblich aus seiner Feder. Mit dem Gutachten zog sich E. sowohl die Erbitterung des Kaisers als auch des Papstes zu. Möglicherweise ist das der Grund, warum er bald darauf ins Heilige Land fuhr und sich mehrere Jahre in Jerusalem, Cypern und Konstantinopel aufhielt. Aus einigen Anspielungen in seinen Gedichten ist zu vermuten, daß er Geistlicher war, andererseits scheint er mindestens zweimal verheiratet gewesen zu sein. In späteren Jahren war er offenbar am kaiserlichen Hof wieder in Gunst, denn er starb auf einer Reise in diplomatischer Mission im Dienste Kaiser Friedrichs II.

Lit.: H. B. Achtzig: Vagantengesänge und Vagantendichtung, 1965.

V. Nickbert von Mondsee, geb. 1234 in Mondsee, gest. 1312 in Salzburg. Unbedeutender süddeutscher Minnesänger. Die Weingartner Liederhandschrift verzeichnet zwei Gesänge von ihm: ›Sit ich die rosebluome hân‹ und ›Wi min nôt gerûger wâre‹. Er hat auch eine Verslegende über den Heiligen Amyntias von Sipontium geschrieben, die jedoch verloren ist. Seine Lieder zeichnen sich durch epigonale Haltung und schwülstigen Stil aus. Er dichtete, wie die ›Neustädter Reim-Chronik‹ berichtet, stets auf einem Birnbaum sitzend und starb infolge eines Sturzes von demselben.

Lit.: P. Dronke: The Rise of European Love-Lyric, Oxford 1965/66; E. Eyer: Nickbert von Mondsee, Diss. Wien 1967.

VI. Rosario **D**onati, genannt Nicomedio, geb. 1434 in Fiesole, gest. 1509 in Empoli. D. gehörte zu den Kleinmeistern der florentinischen Literatur in der Nachfolge Boccaccios. D. verfaßte mehrere Werke in lateinischer Sprache, wandte sich aber später der burlesken Dichtung zu. Sein in Ottava rima abgefaßter Ritterroman ›Boemondo‹ (verloren) erfreute sich eine Zeitlang sogar der Wertschätzung Lorenzo de Medicis. 1484 wurde D. als kirchenrechtlicher Lehrer nach Bologna berufen, was ihn jedoch nicht hinderte, eine bissige, antiklerikale Komödie ›La bella Tita‹ im Stile Alantus zu schreiben. Offenbar mußte er deswegen Bologna wieder verlassen. Er starb verbittert auf seinem Landgut in Empoli. Seine burlesken Dichtungen wurden 1515 in Venedig gedruckt. Sie erschöpfen sich in gesuchter Galanterie und künstlicher Spielerei. Einige Sonette sind allerdings von ergreifender Schönheit. Zwei davon wurden von Gesualdo da Venosa vertont.

Lit.: Crescimbeni, Istoria della volgar poesia, Rom 1697, Venedig 1731, Tiraboschi, Storia letteratura italiana, Modena 1772–83; R. Merseburger, Geschichte der ital. Poesie, Leipzig 1844–47.

VII. William Herbert Seymour Viscount **O**akham, geb. am 10. 7. 1534 in Rutland, gest. 6. 11. 1606 in Wimbledon. O., ein Neffe des Herzogs von Somerset (s. dort), des Regenten für Edward VI., war zunächst für den geistlichen Beruf bestimmt, trat jedoch nach einem Skandal, dessen Ursachen ungeklärt sind, in den Militärdienst und wurde 1567 Lord-Richter. 1587 stellte sich O. auf die Seite jener Juristen, die die Verurteilung der Maria Stuart mißbilligten, O. allerdings lediglich wegen Formfehler beim Prozeß. O. wurde deshalb aus seinem Amt entfernt. Er zog sich auf sein Schloß Oakham-Court bei Rutland zurück und widmete sich astronomischen Studien und dem vergeblichen Versuch, eine Kuh und ein Pferd zu kreuzen. 1592 wurde O. nach London zurückberufen und mit einigen diplomatischen Missionen betraut, die ihn nach Frankreich, Deutschland, in die Niederlande und nach Rußland führten. Nach dem Tod der Königin Elisabeth I. 1603 zog er sich endgültig ins Privatleben zurück. O.s Rolle bei der Regelung der Stuart-Nachfolge ist undurchsichtig.

O. hat zahlreiche kleinere juristische, naturwissenschaftliche und agrartechnische Werke geschrieben, die nicht von Bedeutung sind. Eine Sammlung von Gedichten ›Sonnetts To Orpheus‹ erschien anonym 1570. Auch O. galt eine Zeitlang als Autor der Werke Shakespeares, bis die Handschrift seiner etwas seichten und redseligen Komödie ›Benefactor's Tragedy Or The Man Can Be Helped‹ aufgefunden wurde.

Lit.: J. Churchil: Viscount O., London 1878; F. Churchil: W. H. Seymour, Viscount O., Edinburgh 1921; D. Cooper: O. London and New York 1962; Ellen Casper: Viscount O. und die Shakespeare-Theorie, Diss. München 1971.

VIII. **R**osengast, Adam Julius Herbort von Zephyrau, geb. 26. 6. 1634 in Glogau, gest. 19. 10. 1703 in Neiße. Zweitrangiger Barockdichter, dessen Tragödien (›König Philipp oder Glücklose Großmuth‹, ›Xenia von Syrien‹ oder ›Erst sieghafte, dann gefallene und endlich wiederaufgerichtete Tugend‹, ›Der übermüthige, hernach rasend gewordene, schließlich erlöste und Ihrer Durchlaucht, der Herzogin Sybille Maria von Württemberg-Bernstadt, geborene Herzogin zu Sachsen-Merseburg untertänigst gewidmete Alexander‹) aber bezeichnend für den Stil der späteren schlesischen Dichtung ist. R., zunächst Referendarius am Reichsgericht, später Stadtrichter in Öls, war seit 1684 Domänen-Direktor in Leobschütz (weshalb er manchmal ›der Endymion von Leobschütz‹ genannt wird). 1690 zog er, der sich auf nicht ganz geklärte Weise ein beträchtliches Vermögen erworben hatte, sich auf sein Land- und Lustguth Zephyrau an den Ufern der Hotzenplotz zurück, um sich ganz der Dichtkunst zu widmen. Seine letzten Jahre waren überschattet von einem Prozeß, den sein Gutsnachbar wegen eines Waldraines mit ihm führte. 1691 wurde R. vom Kaiser Leopold I. ein goldener Lorbeerkranz übersandt. R. war Mitglied des ›Schlesischen Tugend-Ordens‹. Außer den genannten und mehreren – insgesamt 44 – Tragödien hat R. zahlreiche deutsche und lateinische Gedichte, Hymnen und Sonette (u. a. den Sonettenkranz ›Teutsche Suite‹) geschrieben, die sich alle durch vollendete Formbeherrschung, aber auch durch manchmal unerträglich schwulstigen Stil auszeichnen.

Ausgaben: Opera Rosengasti, 66 Bände, Breslau 1692–1714; Werke in 4 Bänden 1886; die von Niklas Frank besorgte Gesamtausgabe gedieh nicht über Band I (›Lateinische Jugendgedichte‹) – 1964 – hinaus.

Lit.: F. Willnauer: A. J. H. Rosengast, Leipzig 1914; H. Wielgoß: R., ein verkannter Barockmeister, Wien 1922; J. Jauschke: War R. Jude? Berlin 1935; J. Jauschke: R. und der Frühsozialismus. Berlin 1947; C. Eberhardt: R.s Beziehung zur deutschen Barockoper, Diss. München 1967.

IX. Friand, Jean-Horace-Frédéric, eigentlich Jean-Frédéric-Hieronimus Frélon, geb. 17. 9. 1734 in Vézélay, gest. 30. 10. 1800 in London. F. geriet im Alter von 6 Jahren bei der Überfahrt nach Westindien in die Hände von Piraten. Die Mutter des berüchtigten Piratenkapitäns Vautour fand Gefallen an dem Kind und zog es auf. Nach dem Tod seiner Pflegemutter gelang F. die Flucht. Nach mehreren abenteuerlichen Jahren in Südamerika kehrte er als reicher Mann nach Frankreich zurück. In seiner Begleitung befand sich die – angebliche – Inkaprinzessin Esmeralda, mit der er um 1760 in Paris einen literarisch-spiritistischen Salon unterhielt, der einige Zeit lang großes Aufsehen erregte. Voltaire und Casanova verkehrten dort. Durch üppigen Lebenswandel und erfolglose Spekulationen verlor F. sein Vermögen. 1771 verschwand er aus Paris. Er scheint sich eine Zeitlang in Italien herumgetrieben zu haben. 1779 taucht er in Wien auf, wo er als Zauberkünstler und Jongleur von sich reden machte, 1780 war er mit einer eigenen Theatertruppe in Berlin. 1781 kaufte er in der Mark Brandenburg ein Rittergut und heiratete die reiche Erbin des Grafen Hilzheim, deren Vermögen er jedoch im Laufe des Jahres 1782 durchbrachte. Ende

1782 fingierte er nach erklärtem Bankrott einen Selbstmord und floh wieder nach Wien, wo er sich als persischer Flüchtling ausgab und 1783 unter dem Namen Nadir Zoroaster in die Loge ›Zur Gekrönten Hoffnung im Orient‹ aufgenommen wurde. Er schrieb den Text für Mozarts verlorene Freimaurer-Kantate ›Ihr Mächte der Sonne‹ KV 471a. 1786 mußte er, weil er erkannt wurde, aus Wien fliehen. Er trat 1787 in Bologna in den damals verbotenen Jesuiten-Orden ein und reiste offenbar einige Male nach Polen und Rußland. 1789, mit dem Ausbruch der Revolution, war F. wieder in Paris. Bereits 1790 war er Richter am Revolutions-Tribunal. Er häufte ein Vermögen auf, dessen er jedoch verlustig ging, als er 1793 – nun selber vor dem Tribunal angeklagt – aus Paris fliehen mußte. 1794 tauchte er in London auf, wo er sich als irischer Barde ausgab und in Begleitung einer angeblichen keltischen Prinzessin Deirdre durch Singen zur Harfe ein klägliches Dasein fristete. 1797 gelang es ihm noch einmal, durch Gründung einer Dampfweberei, zu Wohlstand zu kommen. Er übernahm sich aber finanziell, als er in der Nähe von Tunbridge Wells in Kent ein chinesisches Schloß erbaute. 1798 machte er das letzte Mal Bankrott. Er starb in der Irrenanstalt, wo er sich für den römischen Dichter Titus Roscius Fabatus (s. d.) hielt.

Die gesamten Werke F.s sind Imitationen. F. hat ein Shakespeare-Drama, zwei Molière-Komödien, eine Tragödie von Corneille und insgesamt 16 Lustspiele von Lope de Vega gefälscht. Die Zahl der antiken, altfranzösischen, aztekischen und keltischen Gedichte aus seiner Feder ist unüberschaubar. Das Goethe-Gedicht ›Grenzen der Menschheit‹, das ja bereits länger als Parodie gilt, stammt höchstwahrscheinlich von F. Weiters hat F. zwei Romane ›aus dem Persischen übersetzt‹ und zahlreiche Opernlibretti unter verschiedenen Namen verfaßt. Ein einziges Werk, den philosophischen Essay ›Die pädagogische Urschuld‹, hat er 1792 unter eigenem Namen herausgebracht. Das Werk ist verloren.

Ob in F.s vielen Fälschungen und Imitationen ein Kern selbständiger Originalität steckt, ist noch nicht untersucht worden.

F.s Person und Schicksale hat E. Rostand in dem Drama ›Le merle blanc‹ behandelt. Eine wissenschaftliche Biographie F.s fehlt. Die Gemeinde Vézélay hat 1884 F. ein Denkmal errichtet. Das Denkmal wurde jedoch bereits 1891 gestohlen.

X. Ermelman, Alexej Ossipowitsch, geb. 20. 1. (1. 11. neuen Stils) 1834 in Odessa, gest. 18. 11. (30. 11. neuen Stils) 1897 in Staraja Derewnja. E. studierte Jura, wurde 1863 Kollegienregistrator in Twer, 1865 Gouvernementsassessor in Jaroslawl, im selben Jahr Hilfs-Staatsanwalt in Moskau, 1866 Konsistorial-Rezipient II. Klasse in Kiew, 1867 Konzepts-Rat IV. Klasse, 1874 Voluchinats-Akzessist in St. Petersburg. 1880 schied E. aus dem Dienst, wobei er zum Staatsrat ehrenhalber ernannt wurde. Wie aus Äußerungen in seinen Briefen hervorgeht, hat ihn der Staatsdienst meist nicht übermäßig beansprucht. W. Sologub in seinen Erinnerungen schildert ihn als Freund guten Essens und Trinkens. P. Sassodimskij schreibt, E. sei oft und lange in Wirtshäusern gesessen, wo er Karten spielte, aber fast noch lieber über theologische Probleme disputierte.

Unter dem Einfluß der russischen Romantik plante E. ein sechzehnaktiges Drama ›Die Ustjugurten‹, von dem nur Skizzen vorhanden sind. Später, unter dem Einfluß der neu-orthodoxen Mystik, entwarf E. die Dramen-Tetralogie ›Jesus‹ (vier Dramen zu je 22 Akten), die er jedoch nach zwei Jahren inneren Ringens wieder verwarf. Unter dem Einfluß der sozialen Fragen begann E. 1871 die Roman-Oktologie ›Dmitrij Galow und seine Neffen‹ zu schreiben. Nachdem er etwa 2000 Seiten der Einleitung zum ersten Band der Oktologie geschrieben hatte, kamen ihm Zweifel, und er wandte sich, unter dem Einfluß der neo-romantischen Schule, dem Vers-Epos zu. Von seinem Epenzyklus ›Fürst Swjatoslaws II. Wsewolodowitschs Heerzüge‹ hat er nur Entwürfe und einige Fragmente des 400. Gesanges niedergeschrieben. K. Batjuschkow berichtet in seinen Erinnerungen, daß E. mit begeisterndem Feuer nächtelang noch ungeschriebene Gesänge aus seinem Epos vortragen konnte. Seine Freunde hätten ihn bestürmt, die »mächtigen Quadern« dieses Epos niederzuschreiben. E. seien aber nach dem Vortrag immer Zweifel gekommen. 1882 erschien von E. das Buch ›Kann das sog. chinesische Kaninchen das Fleisch-Kaninchen in den transkaukasischen Provinzen ersetzen?‹.

Lit.: A. Galachow, Geschichte der alten und neuen russischen Literatur (Petersb. 1880); Reinhardt, Geschichte der russischen Literatur (Stuttgart 1932); die einzige in deutscher Sprache erschienene Monographie ist L. Bergschneider: E., ein russischer Traum (München 1970).

Rosendorfer, Herbert, geb. 19. 2. 1934 in Bozen; seit 1959 Rechtsreferendar in München, 1965 Gerichtsassessor in Bayreuth, 1966 in München, 1967 Staatsanwalt daselbst und im selben Jahr Amtsgerichtsrat (nunmehr Richter am Amtsgericht). R. ist mit einer Germanistin verheiratet und Mitglied des PEN-Clubs und der Bayerischen Akademie der Schönen Künste. Er ist Verfasser der oben abgedruckten ›Zehn Literarischen Selbstbildnisse im Kostüm‹.

Lit.: B. Weder, Herbert Rosendorfer – Sein erzählerisches Werk (München 1978).

(1971)

Kurtz' Geschichte

Er hieß Kurtz und trug einen Arm in der Schlinge. Was, fragte sich Berenfelder, läßt sich mit einer Feststellung: er hieß Kurtz und trug einen Arm in der Schlinge, anfangen? Wir müssen vor allem darauf achten, sagte sich Berenfelder, daß die Sache nicht irgendwie ausufert, verflacht oder meinetwegen zerrinnt, wenn Sie so wollen.
Kurtz, der den einen Arm in der Schlinge trug, blieb am Randstein stehen und schaute nach links und nach rechts. Irgendwie ist es schon merkwürdig, sagte sich Berenfelder, jetzt hat er sich allenfalls den Arm gebrochen, allenfalls! Nicht einmal das glaube ich, wahrscheinlich hat er nur einen Abszeß am Ellenbogen oder womöglich nur einen eingewachsenen Nagel, und schon benimmt er sich wie ein Krüppel. Tappt mit den Fußspitzen am Randstein hin und her, als wäre er blind. Sehr widerwärtig. Obwohl man natürlich, sagte sich Berenfelder, nicht so einfach in einen Menschen hineinschauen kann; wer weiß, was da alles für merkwürdige Dinge vorgehen. Zum Beispiel in mir, sagte Berenfelder, was zum Beispiel in mir alles vorgeht: ich bin Hypochonder. Hypochonder sind nie krank, das weiß man. Solange ich also Hypochonder bin, das heißt: solange mir alles mögliche weh tut, bin ich sicher, daß mir nichts fehlt. Erst wenn ich spüre, daß mir nichts mehr weh tut, daß ich ohne Tabletten schlafen, daß ich ohne eingelegte Dörrpflaumen aufs Klo gehen kann, wenn ich nicht mehr wegen einer pfenniggroßen roten Stelle auf der Hand gleich meine, mir würde der Arm amputiert, erst dann, wenn mir nichts mehr fehlt, dann bin ich wahrscheinlich wirklich krank. Vor dem Moment fürchte ich mich.
Kurtz ging etwa bis zur Mitte der Straße, dort blieb er stehen, dachte kurz nach, drehte sich um und kehrte zur diesseitigen Straßenseite zurück. Beim Umdrehen, ja, wie soll ich das sagen, fragte sich Berenfelder, beim Umdrehen, das mit einem gewissen Schwung erfolgte, *scherte* der eingeschlingte Arm *aus*. Schwang weg vom Körper infolge der Zentrifugalkraft, als ob der Arm oder besser: der Unterarm nicht zum Körper gehörte, nur mittels der Schlinge am Körper hing, am Körper hing wie zum

Beispiel eine Umhängetasche oder ein Brotbeutel. Man müßte das, sagte sich Berenfelder, viel einfacher ausdrücken können. Zum Beispiel: sein Arm *schweichte*. Schweichte, infinitivum: schweichen, heißt ein Gliedmaß in Schlinge schwingt infolge Einwirkung der Zentrifugalkraft etwa bei raschen Bewegungen (Umdrehen auf Straße etc.) kurz vom Körper weg. Wegschweichen, wieder hinschweichen. Können auch Beine schweichen? Das dürfte begrifflich ausgeschlossen sein. Wenn man ein Bein in der Schlinge hat, kann man keine raschen Bewegungen machen. Höchstens in einem Drehsessel. Wenn also Kurtz, zum Beispiel, sagte sich Berenfelder, statt seines eingebildeten Abszesses am Ellenbogen einen eingebildeten oder meinetwegen sogar wirklichen Abszeß am Bein hätte, am Knie etwa, und er hätte das Bein in der Schlinge, also abgewinkelt und heraufgebunden, storchartig, und er säße auf seinem Drehsessel, sagen wir: am Klavier, und spielte, sagen wir, die Sonate für das Pianoforte Nummer 29 in B-Dur opus 106, genannt ›Große Sonate für das Hammer-Klavier‹, gewidmet dem Erzherzog Rudolph, obwohl ich Kurtz nicht einmal zutraue, daß er ›Hänschen klein‹ (ohne Opus-Zahl, niemand gewidmet) spielen kann, aber egal: und er käme an diese blöde Stelle, wo für sechs Takte statt wie bisher zwei B plötzlich zwei Kreuz vorgeschrieben sind, und dann gleich wieder zwei B, und man vertut sich da natürlich, wenn die neue Notenzeile kommt, und man spielt statt d – fis – h – d d – f – b – d, und Frau Kurtz, die, sagen wir, die Hammerklaviersonate unheimlich gut kennt, schreit: fis! fis! und Kurtz drehte sich mit Schwung – »Wie bitte?« – auf seinem Klavierstuhl um, *schweicht* dann sein eingeschlingtes Bein?
Aber auch das, sagte sich Berenfelder, ist doch eine Schande. Wieviel Wörter man braucht, um einen im Grunde so simplen Sachverhalt: wie einer bei einer zugegeben etwas, aber durchaus nicht übermäßig schwierigen Stelle in der Sonate für Pianoforte Nummer 29 in B-Dur opus 106, genannt ›Große Sonate für das Hammer-Klavier‹, gewidmet dem Erzherzog Rudolph, dadurch, daß unvermutet an einer bestimmten Stelle statt zwei B zwei Kreuz stehen, ein wenig falsch spielt, was die wenigsten merken würden, statt richtig: d – fis – h – d falsch: d – f – b – d, und seine Frau, der das im Grunde genommen ganz gleich sein kann, sich sofort einmischt und sagt: fis! fis! und dabei übersieht, daß er nicht nur statt fis f, sondern auch statt h b gespielt

hat, sehr weit her kann es also mit ihrer Kenntnis der Hammerklaviersonate nicht sein, auf die sie sich soviel einbildet, und er, Kurtz, dreht sich um auf dem Klavierstuhl, mit Schwung, so daß sein Bein, an dem er einen vielleicht wirklich schmerzhaften Abszeß hat, und das er in einer Schlinge zu tragen gezwungen ist, sein Bein also schweicht, und er sagt: »Wie bitte?«, nicht »Ha?« oder »He?« oder »Was?«, nein, völlig die Form wahrend »Wie bitte?« – das alles müßte viel kürzer auszudrücken sein. In einem Wort. Zum Beispiel: Kurtz klehte »Wie bitte?«, zum Beispiel. *Klehen:* sich, am Klavier falsch gespielt habend, dies von Gattin bemerkt worden, darauf angesprochen, sich mit eingeschlingtem Bein, das dabei schweicht, rasch auf dem Klavierdrehstuhl umdrehen.

Kann man auch sagen: ein Polizist *schweicht?* Einen Moment, sagte Berenfelder zu sich selber, erst was anderes. Man müßte überhaupt für alle komplexen Vorgänge einfachere Begriffe finden. Zum Beispiel: wenn der Regen auf die Straße trommelt, und die Tropfen spritzen zurück, und die zurückspritzenden Tropfen prallen mit nachfolgenden Regentropfen zusammen, und beide Tropfen sprühen auseinander, so daß, wenn man sich zum Boden niederbeugt und schaut über den Asphalt hin, man meint, man sähe ein Zwergenfeuerwerk aus Wasser – so ein Phänomen, obwohl es so schön und poetisch ist, hat keinen Namen. Ich schlage vor: das *Bratzlicken.* Tucholsky hat für jenes unnennbare, unbeschreibliche Mittelding zwischen Flirren und Zittern, das das Pappellaub macht, wenn ein leichter Wind durchfährt, ein Wort erfunden, ich weiß nur nicht mehr, wie das Wort hieß, sagte sich Berenfelder; abgesehen natürlich von so hanebüchenen Dingen wie, daß es zwar ein Gegenwort zu hungrig, nämlich satt, gibt, zu durstig aber keines. Ich schlage auch vor: *Es boduhmt. Boduhmen* bedeutet: Ruhe über Gipfeln, kein Hauch über Wipfeln, schweigende Vögel, warten mit Aussicht auf baldige Ruhe; dies am 6. September 1780, einem Mittwoch, an die Bretterwand der Jagdhütte auf dem Gickelhahn bei Ilmenau schreiben. Es boduhmt, wäre viel kürzer, und jeder wüßte doch, was gemeint ist: »Über allen Gipfeln ist Ruh . . .« und so weiter. Oder: *es bodderdommert.* Das bedeutet: »Im dunkeln Efeu saß ich, an der Pforte / Des Waldes, eben, da der goldene Mittag, / Den Quell besuchend, herunterkam / Von Treppen des Alpengebirges . . .« etcetera, sage und schreibe fünf Seiten lang, und zum

Schluß: ». . . oder auch / Bei Nacht, wenn alles gemischt / Ist ordnungslos und wiederkehrt / Uralte Verwirrung.« Sehr schön, aber doch sehr umständlich. Es bodderdommert . . . jeder wüßte Bescheid. *Das Gentz-Letzetten.* Das ist, mehr braucht man nicht zu sagen, die Geschichte von den Brüdern Karamasow. Man müßte alles, und wenn es noch so kompliziert ist, in einem Wort ausdrücken können. Für diese Geschichte hier, die Geschichte mit Kurtz, sagte sich Berenfelder, würde ich *Das Lellof* vorschlagen. *Lellof* bedeutet: . . . ich will das jetzt nicht wiederholen, das bedeutet eben, was bisher mit Kurtz passiert ist, Arm in der Schlinge, Bein in der Schlinge, Klavierstuhl, Hammerklaviersonate, Frau Kurtz, die sich seit Jahren so unheimlich viel auf ihre Bildung zugute hält, das muß einem auf die Nerven gehen, noch dazu so einem kleinkarierten Charakter wie Kurtz, der sich wegen jedem windigen Abszeß das Bein in eine Schlinge legt, daß er dasteht wie ein Storch.
Kann man sagen: ein Polizist *schweicht?* fragte sich Berenfelder. Im übertragenen Sinn: ja, wenn nämlich der Polizist auf dem Trittbrett eines Polizeiautos steht, das gerade um eine Kurve fährt, so daß, sofern der Polizist an der Seite des Polizeiautos steht, das den äußeren Kreis der Spur beschreibt, der Polizist durch die Einwirkung der Zentrifugalkraft vom Auto weggedrückt wird, dort hängt wie ein Brotbeutel, Objekt ist statt Subjekt, sich krampfhaft festhält, daß er nicht davonschnellt, dann, sagte sich Berenfelder, kann man davon sprechen, daß ein Polizist schweicht.
So eine Bildungshyäne sagt *einmal* fis! fis! Sie sagt zweimal: fis! fis! oder so etwas Ähnliches. Es passiert nichts. Sie sagt es hundert Mal; das kann so einem wie Kurtz, der natürlich, wie nicht anders zu erwarten, kein Nervenkostüm aus Gußeisen hat, schon gehörig mitnehmen. Aber sie sagt es nicht hundert Mal, sie sagt es auch nicht tausendmal, sie sagt es – sagen wir, sagte sich Berenfelder. (Fußnote, die um der besseren Übersicht willen nicht unten, sondern im Text abgedruckt ist – abgesehen davon: ziehen Fußnoten das Auge des Lesers magisch an und vom eigentlichen Text ab. Das soll nicht sein. Ich kenne Leser, sagte sich Berenfelder, die lesen in Büchern nur die Fußnoten. Fußnote also: *sagen,* so oft *sagen,* das ist auch so etwas. Natürlich gibt es da Tricks: redete . . ., sprach . . ., flüsterte . . ., eine Zeitlang war es Mode, hier Wörter zu gebrauchen, die mit dem

Akustischen nichts zu tun haben, der ›Spiegel‹ hat das aufgebracht: ». . . der Kanzler drehte sich um: ›Und ich sage Ihnen! . . .‹«, oder »Halloh!« hechtete Freddy über die Mauer . . . Erstens ist das inzwischen schon wieder abgekommen und zweitens ist das so, daß jeder gleich sieht, das soll zwangloser Stil sein, eleganter Stil. Dabei ist es mit dem eleganten Stil so wie mit den englischen Herrenanzügen früher. Elegant ist es nur, wenn man es nicht merkt. Ich schlage deshalb vor, das Wort *sagen* abzuwandeln: *saken, sahgen, saggen, sagän, ßagen.* Aber für diese Geschichte hier ist das schon zu spät.) Es wäre jetzt am besten, sagte sich Berenfelder, man läse noch einmal den Satz vor der Parenthese und dann, ohne nochmals die Parenthese zu lesen hier weiter: es ist ja ganz gleich, was wir für eine Zahl nennen, es muß nur eine hohe Zahl sein, sagen wir, sie sagt es in ihrem Leben sechzehntausendvierhundertdreiundvierzig Mal. Sechzehntausendvierhundertzweiundvierzig Mal passiert nichts, höchstens, daß Kurtz sagt: »Wie bitte?« oder er sagt gar nichts und geht hinaus. Und nach dem sechzehntausendvierhundertdreiundvierzigsten Mal sagt Kurtz zwar auch noch »Wie bitte?«, weil er die Form wahrt, trotz allem, aber es war das letzte Mal. Das Bein schweicht, aber Kurtz sieht da auf einer Konsole – die Alte hat natürlich auch einen Möbeldünkel, die Konsole, wer hat sonst schon sowas, stammt aus dem Besitz einer ihrer Tanten, die mit einem Professor verheiratet war, der einmal in der engeren Auswahl für den Nobelpreis gestanden hat, auch damit hält die Alte natürlich nicht hinterm Berg – sieht da auf der Konsole, was der zigeunerartige Typ vor einer halben Stunde vom Schleifen zurückgebracht hat. Offenbar hat man zuviel bezahlt, denn der Schleifer hat das Beil sogar in Papier eingewickelt. Ohne das Beil auszuwickeln, wohl aber sein Bein aus der Schlinge nehmend, weil er sonst nicht richtig ausholen kann – ja, und dieser Kurtz, nicht nur, daß er statt d – fis – h – d d – f – b – d gespielt hat, er hackt sich auch noch mit dem Beil auf den Daumen der linken Hand, mit der er den Kopf der Alten festhält. Und so war es das letzte Mal, daß sie fis! fis! gerufen hat. Der Polizist, der in der Kurve geschweicht hat, springt herunter. Das gibt natürlich Schwung. So einer wie Kurtz macht zwar noch einen Hupfer, und dann hat er ihn, der Polizist den Kurtz. Wie er ihn umdreht, der Polizist den Kurtz, schweicht noch einmal Kurtz' Arm.

Die Suche nach der verlorenen Zeit, sagte sich Berenfelder, sieben Bände: das ist zwei Wörter wert, da braucht man zwei Wörter, um das auszudrücken: *Das Tempf* und *die Bohweiß*, zum Beispiel, solang nichts Besseres erfunden ist.

(1976)

Weiße Geschichten

Maddalena
und der Mann mit den schönen Fingernägeln

Narziso hatte eine schöne Frau; die Frau liebte ihn aber nicht, das heißt, sie liebte ihn nicht mehr. Er behandelte sie auch durchaus nicht mehr zärtlich; und wie diese Zärtlichkeit früher selbstverständlich war, wurde es bald die duldende Gleichgültigkeit, die damit begann, daß sie ihn am Morgen nach der Hochzeit in langen Unterhosen sah, die er gähnend am Bund mit einer Hand zusammenhielt, während er mit der anderen Hand sich langsam ein wenig Wasser an die Wangen strich. Aber die leidenschaftliche Duldsamkeit der Flitterwochen hob alles auf, und erst nach einigen Jahren wurde die Gleichgültigkeit so groß, daß die Frau ihrem Mann die Schuld daran zuzuschieben begann und sich das Recht zuerkannte, einen Liebhaber zu halten. Das war aber nicht so einfach. Als erstes Problem tauchte auf, daß sie nicht wußte, woher der Liebhaber zu nehmen wäre. Sie kannte niemanden außer einigen Nachbarinnen. Die Frau dachte zuerst an den Buben, der immer mit ihrer kleinen Tochter im Hof spielte, aber der Versuch mißglückte. Als sie nämlich einmal den Jungen zu sich ins Zimmer gerufen und ihren Schlafrock ein wenig vor seinen Augen geöffnet hatte, tupfte er nur mit seinem Finger auf ihre Haut und kicherte: »Sie sind aber schmutzig!« Entflammt hatte sie den Knaben wieder hinausgeworfen.

Aber nach einiger Zeit erfuhr sie von einem Filippo, vielmehr, ihr fiel es ein, daß er als einziger geeignet sein könnte, ihr zu erfüllen, wonach ihr der Sinn stand. Er wohnte am Dorfende im Hause seiner Mutter und sollte den Gerüchten nach an allerlei üblen Geschäften beteiligt sein. Er war deswegen ein großer Herr und galt als ein schöner Mann. So verführte er alle Dorfschönen.

Maddalena begegnete ihm dann zufällig, als sie am Markt Gemüse kaufte. Er stand umringt von Mädchen und kleinen Kindern an die Mauer eines Hauses gelehnt, den einen Fuß vorgestreckt, den anderen rückwärts gegen die Mauer gestemmt.

Er trug weiße Hosen und eine weiße Jacke, darunter ein rotweiß gestreiftes Leibchen. Auf dem Kopf hatte er einen weißen Schlapphut. Er hatte schwarze Haare, und seine Haut war ganz dunkelbraun gebrannt.
Er war tatsächlich ein schöner Mann. Wie seine behaarten Arme fast bis zum Ellenbogen aus dem Rock hervorschauten! Die rechte Hand, mit der er eine Zigarette hielt, war mit einem großen Ring geschmückt, und die Finger hatten lange schwarze Nägel. Aber erst das Gesicht! Filippo lachte immer, um seine großen Zähne zu zeigen. Dabei umschloß sein Schnurrbart die festen und dicken Nasenflügel. Das machte die Frauen so verrückt. Maddalena sah ihn das nächste Mal am Meer, diesmal weniger zufällig, wo er auf einem rötlichen Stein saß und in den hellblauen Himmel starrte. Hier trafen sie sich denn auch häufig. Es war sehr einsam; die Leute im Dorf mochten nicht gerne hierher gehen aus Furcht und Aberglauben: man konnte in dieser Bucht kein einziges grünes Fleckchen sehen. Die Ufer fielen steil ab und bildeten eine Art Nische, am Grund dieser Nische lagen Schottersteine und einige größere Brocken. Es war nichts zu sehen als das Meer, der Himmel und die hellen Felsen. So müßte es eigentlich in der Hölle sein, dachte Maddalena und fühlte außer ihm nur noch die Hitze und den Lärm der Brandung, die sich hier tausendfach brach.
Sie betrachtete oft seine Hände, und ihr gefielen vor allem die langen, schwarzen Fingernägel. Solche Fingernägel trug kein Mann im ganzen Dorf. Alle arbeiteten manchmal und mußten darauf verzichten, ihre Hände zu pflegen. Der Nagel des kleinen Fingers gefiel ihr am besten. Er war so lang, daß er ganz vorne bereits in eine eingerollte Spitze auslief, wie eine Lanze oder wie ein Schilfblatt. Dies sagte sie unvorsichtigerweise einmal ihrem Mann, der zunächst betroffen war, daß sie Filippo so gut kannte. Narziso überlegte eine Nacht, und am nächsten Morgen schlug er die Frau mit einer Zaunlatte und würde sie damit erschlagen haben, wenn er nicht zu weit ausgeholt hätte, so daß er mit einem Nagel, der in der Latte steckte, am Teppich – rot, blau und orange gestreift, mit vielen Löchern – hinten hängengeblieben wäre. Er versuchte, die Latte loszureißen, verwickelte die Angelegenheit noch und warf schließlich alles auf den Boden und sagte:
»Du könntest deinem Filippo mitteilen, daß ich ihn umbringe.

Porco miseria, bestia di bruttura.« Maddalena weinte. Der Mann aber ging fort und sperrte die Haustür zu.
Filippo war zur gewohnten Zeit am Strand und wartete. Er dachte über Maddalena nach, und je länger er überlegte, desto mehr kam er zu dem Schluß, daß sie was ganz Besonderes sei. Es war ihm bis jetzt immer so ergangen, daß, sobald er ein Mädchen besaß, es ihm sofort gleichgültig wurde. Bei ihr aber war es umgekehrt. Am Anfang hatte sie ihm leid getan, aber je öfter er sie besitzen konnte, desto mehr gefiel sie ihm. Jetzt wäre er ihr nachgelaufen. Er umkrallte den Stein, auf dem er saß und biß sich in die Lippen, schmatzte und lachte vor Vergnügen. Er vergaß über seinen Gedanken ganz, daß er bereits einige Stunden auf sie gewartet hatte. Erst als die Bucht schon mit Schatten erfüllt war, stutzte er auf und wurde unruhig. Er ging hin und her, pfiff ein Lied, fluchte dann und begann endlich laut zu schimpfen, daß er ganz rot wurde im Gesicht. Er nannte Maddalena eine Dirne und sich selbst einen Trottel, weil er seinen Stolz von einem Weibe so in den Kot ziehen ließe. Schließlich wurde es ihm zu dumm, und er ging zurück in das Dorf. Er sah Maddalena durch die Spalten der Jalousie schauen. Sie öffnete das Fenster und ließ ihn hereinspringen. Als er in der Küche neben ihr stand, wollte er energisch werden, verstummte aber sofort, als sie ihm die Misere erzählte. Filippo entschuldigte sich als Kavalier; ganz konnte er es im innersten Herzen jedoch nicht verzeihen, daß sie ihn hatte warten lassen.
Aber sie weinte dann, und da versprach er einen Ausweg zu finden, behauptete sogar, schon einen Plan zu haben, und ihre Rolle – die weibliche Rolle – wäre lediglich, sich am Abend in das einzige Bett ihres Heimes zu legen und sich ruhig zu verhalten. Dann verließ er das Haus über die hintere Mauer des Gartens.
Abends stellte sich Filippo am oberen Ende der Straße auf und wartete, bis der eifersüchtige Narziso heimkehrte. Dann steckte er die Hände in die Hosentaschen und schlenderte langsam die Straße hinunter. Er mußte sich häufig ducken, um nicht an die Wäschestücke zu streifen, die an Stricken zwischen den Häusern aufgehängt waren. Als er am Hause Maddalenas vorbei kam, schaute er sehnsüchtig zu ihren rosaroten Unterhöschen hinauf. Er mußte sich vor Rührung in eines der Leintücher schneuzen die vor dem nächsten Haus hingen. Gottlob sah es die Besitzerin nicht.

Als Filippo am unteren Ende der Straße angekommen war, kehrte er um und spazierte gemütlich, wie er heruntergekommen war, die Straße wieder hinauf. Er grüßte einige Bekannte, die jetzt nach dem Mittagsschlaf in das Wirtshaus gingen; spuckte dann den Zigarettenstummel in das vordere Fenster eines Hauses, durch das Zimmer und das hintere Fenster wieder hinaus in den Garten.
Langsam flaute der Verkehr ab; die Kinder mußten ins Bett, und die Männer waren alle schon beim Kartenspielen. Der schmale Streifen Himmel, den man zwischen den Häusern sehen konnte, wurde immer dunkler. Die Petroleumlampen wurden angezündet: die ersten explodierten bereits wieder.
Endlich sah Filippo, daß Narziso am Fenster seines Schlafzimmers im ersten Stock des Hauses hinter den Jalousien hervorlugte. Filippo spreizte seinen Gang, plusterte sich auf, deutete mit den Zeigefingern Hörner auf dem Kopf an und pfiff ein obszönes Lied.

»Carissima, carissima,
tu sei la stupidissima . . .«

Als Filippo noch einmal, jetzt besonders langsam, an dem Haus vorbei ging, geriet Narziso in Wut. Filippo lachte über das ganze Gesicht, ging einige Schritte, drehte dann um und wollte wieder am Haus vorbei.
»He, du Gauner, wenn du noch einmal an meinem Haus vorbeidefilierst, schieße ich dich über den Haufen!« schrie jetzt Narziso und streckte sein Gewehr durch eine Spalte in der Jalousie. Filippo schaute spöttisch zum Fenster hinauf, blieb in der Mitte der Straße stehen, warf seinen Zigarettenstummel in den Postkasten und stellte sich dann unter die Tür des Nachbarhauses. Er drückte sich eng an die Tür, so daß Narziso höchstens seine Fußspitzen sehen konnte, aber auch sehen mußte, und wartete, bis es vollends Nacht wurde. Erst als die Sterne blinkten und aus dem Kanalgitter das dumpfe Schnarchen des Dorftrottels erklang, zog Filippo seinen Dietrich aus der Tasche und öffnete die Tür, an die gelehnt er stand, ohne sich umzudrehen. Dann schlüpfte er aus den Schuhen. Er überzeugte sich noch einmal, daß Narziso seine Wache hielt und die Spitzen seiner jetzt leeren Schuhe sah, dann trat er in das Haus.
Leise schlich er die Treppe hinauf bis in das Dachgeschoß, stieg

aufs Dach und kletterte auf das andere Dach hinüber, worunter Maddalena wartete. Er suchte die Dachluke, stieg hinein, schlich die Treppe hinunter ins Schlafzimmer, ging auf den Zehen bis zum Bett, wo Maddalena ihre Arme nach ihm ausstreckte. Er lachte leise und legte sich zu ihr. Zwischen ihren Küssen sah er den eifersüchtigen Mann auf die Schuhspitzen hinüberlauern.
Am nächsten Morgen stand Narziso noch immer am Fenster, mit dem Gewehr den vermeintlichen Filippo in Schach haltend. Filippo drückte den letzten Kuß auf die Lippen der Schönen und eilte auf dem Weg, den er gekommen war, zu seinen Schuhen zurück, schlüpfte hinein und rief Narziso hinüber:
»He, Narziso, alter Trottel, läßt du mich jetzt vorbei? Ich muß heim.«
Narziso knurrte und steckte sein Gewehr in die Schublade zurück.
Filippo beschloß, das Unternehmen am nächsten Abend gleich zu wiederholen. Er kaufte sich aber zur Vorsicht eine ›Intimità‹ und vergewisserte sich, daß in seinem Horoskop unter ›Liebe und Ehe‹ das Zeichen ›+,%‹ stand: Erfolg und angenehme Überraschung.
Alles ging ungefähr in derselben Reihenfolge wie am letzten Tag vor sich, nur daß Narziso, sobald er von der Arbeit heimkam, das Gewehr nahm und sich mit grimmiger Miene ans Fenster stellte.
Filippo fühlte sich dadurch ungemein erhoben, daß er der Lage nichts mehr zugestehen mußte und daß sich das Auf- und Abparadieren, kurzum die Herausforderung erübrigte. Narziso schrie ihn gleich beim ersten Mal an und verbot ihm ein eventuelles Vorbeispazieren. Filippo stellte sich wieder in die Tür des Nachbarhauses, schlich sich wie gestern über das Dach in Maddalenas Schlafzimmer und warf sich ebenso leise in ihre runden Arme.
Nur ereignete sich gegen zwei Uhr ein Zwischenfall. Narziso legte sich zu den beiden, und ohne sich zu wundern, daß die Bettstatt heute so schmal war, schlief er bald prächtig, was nicht verwunderlich war, wo er doch die ganze letzte und die halbe noch andauernde Nacht wach gewesen war. Am nächsten Morgen allerdings stieg Maddalena als erste sachte aus dem Bett, um sich anzuziehen, und gerade als sie fort war, wachte Narziso auf. Er erblickte den sanft schlummernden Filippo neben sich, die

schönen Fingernägel überm Ohr in das Bettuch gekrallt. Narziso begann zu zittern, seine Augen weiteten sich. Er sprang auf und aus dem Bett direkt zum Fenster hinaus kopfüber in die Kehrichttonne, wo er am nächsten Tag von der Müllabfuhr abgeholt wurde.

(1954)

Die unendlich reiche Stadt Jezradef

Der Prolog

Das Höchstmaß an Freiheit ist der sicherste Käfig.
Diese Erkenntnis kommt mir erst jetzt, da ich dieses Höchstmaß an Freiheit erlangt, ja, nachdem ich meinen Vater, meinen Bruder und meinen Gatten, die beiden letzten sind identisch und gleichzeitig sind sie mein Sohn, verloren, teils durch eigene Schuld, teils durch höhere Gewalt, oder vielmehr: durch Gewalt, die nicht in meinem Herrschaftsbereich stand, weil ich versäumt, sie mir zu unterwerfen.
Als ich geboren wurde aus dem Nabel meines Vaters – die heutige Form der Geburt wurde erst danach von meinem Vater eingeführt, da es ihm nach den ausgestandenen Schmerzen bequemer erschien, die Frau gebären zu lassen –, als meine Geburt also vollendet war, stand ich sogleich in voller Höhe und Größe und mit allen meinen Sinnen vor den staunenden Eltern. (Mein Vater verfügte übrigens, daß die Kinder von nun ab klein zur Welt kommen sollten, um den Frauen als den zukünftigen Gebärerinnen entgegenzukommen.)
Die Welt war noch ungefügig und entbehrte der Erfahrung. Die Steine bewegten sich, dafür standen die Tiere stumm wie heute die Felsen im Grase. Das Gras war rot, der Himmel schwarz, der Mond flach wie eine Scheibe, und die Sonne sandte nur vier Strahlen nach vier Richtungen.
Mein Vater faßte Sympathie zu mir, was meine Mutter schmerzte. Sie starb, als mein Vater eines Tages – ich sage dies so geschmackvoll als möglich – über mich kam, und ich ihm sofort einen Sohn gebar. Darauf richtete es Papa so ein, daß zwischen Zeugung und Geburt jeweils dreimal drei Monate stehen sollten. Er verbesserte übrigens zu Ehren meines Sohnes den Himmelsmechanismus: er befestigte Sterne, ließ die Sonne kreisen und auch den Mond. Er verlieh den Steinen die Gabe zu sprechen.
Nachdem mein Sohn herangewachsen, der, da er auch meines

Vaters Sohn, mein Bruder war, und gelernt hatte, das Sistrum zu schwingen, kam auch er über mich, zum Jähzorne des Vaters. Es war, als gösse man auf mich einen Tropfen flüssigen Metalles, der sich sofort vergrößerte und mich bald abkühlend bedeckte wie eine Folie. Mein Bruder hatte mich vergoldet, wie ich später feststellte, als ich mich im Nil eines Morgens spiegelte. Meinen Vater aber behandelte mein Sohn-Bruder gräßlich: er rief alle Steine zusammen, daß sie sich über den Alten türmten und ihn ganz verdeckten und erdrückten, alsdann nahm er ihnen die Gabe, sich zu bewegen, und die Stimme, so daß keiner mehr den Greuel verraten könne. Die Gabe der Bewegung übertrug er auf die Tiere, die Gabe der Sprache zerstückelte er und verlieh sie getrennt den Tiergattungen ein jeder ein Stück davon, dem Hund ›'au – 'au‹, dem Esel ›i – a‹, und dem Ochsen ›uuuuu‹. Die Konsonanten verteilte er unter die Fische.

Auf daß aber von vornherein und von Anfang an keine Tat ungesühnt bleibe, folgte meines Bruders Verbrechen die Strafe auf den Fuß.

Es war eines Tages, da er ausgeritten und ich daheimgeblieben und nach ihm spähte, ob er bald zurückkäme. Ich sah seine hohe, goldene Gestalt schon weit in der Ferne, aber ich sah auch, wie ein heftiges Unding sich vollzog: am Himmel erschien grauer Dunst, der allmählich schwarz wurde, und er verdeckte die Sonne; ein blendendes Leuchten, so flink, daß nur seine blaßviolette Farbe zu sehen war, erschien immer häufiger und zwar auf drei Seiten: in Ost, West und Süd.

Es war ganz still, und ich Unwissende freute mich, daß mein Sohn-Gemahl im hellen Schein des zuckenden Lichtes zu sehen stand wie ein rechter Gott.

Die blaßvioletten Flammengebilde zuckten bald nicht mehr, sondern standen sekundenlang in eigenartiger Gestalt, als Ball, als Spirale, als Strang, meistens als glühender Stock, von dem feine und feinste Äste ausgingen und sich im schaurigen Filigran verloren.

Immer noch sah ich ihn, der mir liebgeworden war trotz seiner Greueltat, noch immer sah ich ihn, den Goldenen, im sporadischen Lichte dieses Himmelsphänomens auf seinem roten Pferd durch die Sandfelsen reiten.

Da, auf einmal, tat es einen Krach, ein rollendes Gezisch erhob sich, anschwellend zu brüllendem Rollen und schmetterndem

Tusch, nachhaltend dreimal in steigender Weise, zuletzt erschütternd mit einem unmäßigen Dröhnen die Erde, dann erst wieder abflauend bis zu einem knirschenden Grollen, daß mir schwarz wurde vor den Augen. Als ich wieder klar genug schauen konnte, sah ich das Entsetzliche: hoch hinauf in die Luft geworfen hatte es meinen Bruder und herumgewirbelt wie ein Bällchen, dann zerrissen und zu Asche verbrannt und wieder auf die Erde gestreut; die goldene Rüstung hatte den Blitz angezogen.

Eilig schabte und kratzte ich meine goldene Haut von mir und verkroch mich in eine Höhle, wo ich bis jetzt in freiwilliger Gefangenschaft lebe. Denn: ich bin allein, und ich kann tun, kann lassen, was ich will, ich kann auf den Mond fliegen oder auf einen der Sterne. Ich kann mich im Meer wälzen, und ich kann mich mit dem Rücken auf die Erde legen und das Spiel der Zehen gegen den Himmel betrachten. Niemand verbietet mir, niemand gebietet mir. Und dennoch ist meine übergroße, ja, größtmögliche Freiheit eine Zwangsjacke ohnegleichen. Wenn auch meine Grenzen unendlich fern gesteckt sind, sie bilden absolute Grenzen, und außer ihnen ist nichts.

Die wirkliche, die wahre Freiheit ist eine Kette, die lang, aber auch kurz genug sein muß.

Erstes Kapitel: Die unendlich reiche Stadt Jezradef

Diese Feder möchte jetzt gerne die dankbare Aufgabe haben, eine wandernde Kamera zu sein oder vielmehr eine Kamera, durch die der Zuschauer Teile, Ausblicke und Blickwinkel an sich vorüberziehen lassen kann, ohne sich vom Sessel zu erheben. Oder sie möchte wie eine große Lupe sein, die zunächst die Erde als einen kleinen Ball in einen immer größeren heranverwandelt und allmählich die Grenzen zwischen Land und Wasser, dann zwischen Gebirgen und Ebenen, zwischen Wäldern und Wiesen zeigt, zuletzt auf einen bestimmten Punkt der Erde sticht, auf eine Stadt, deren Häuser und Straßenzüge sich bald unterscheiden: endlich auf einer Straße sachte landet.

Die Tageszeit ist die des frühen Morgens im Sommer, wenn die Häuserfronten noch schwarz sind, der Himmel aber schon hell-

blau ist. Gegen das Firmament, das kühl in der Erwartung der Sonne und eines heißen Tages verharrt, stehen die geschnörkelten, mit Adlern, ehernen Fahnen, Türmchen und antikischen Säulen verzierten Silhouetten der Häuser. Durch ein Tor, oder eigentlich: durch eines der beiden kleineren Seitentore eines breiten Durchganges, von dem aus sich rechts und links eine gelbe Mauer hinzieht, sieht der Zuschauer wie durch eine periskopische Lupe einen Park, den schmalen Teil eines Parkes, so schmal, wie eben das kleine viereckige, oben mit einem flacherhabenen, mit etwas Blech gedeckten Dreieck geschmückte Seitentor das Blickfeld freiläßt; ein asphaltierter Gehsteig, auf dem sich bereits leicht die Schatten der Lichtleitungen und Drähte, die über den Park gespannt sind, abzeichnen, eine Reihe von Bäumen auf der einen Seite, auf der anderen eine Reihe von Fahnenmasten, deren reliefartige Basen durch das weiße Taubenpatina erst rechte Plastizität bekommen, dahinter ein Gitter, aus schmiedeeisernen Speeren, durch vergoldete Sonnen in Gruppen zu je fünf zusammengefaßt. Hinter dem Gitter ragt die herrische Fassade der Häuser auf, teils grau, teils gelblich-grau oder aber schwarz-weiß, wobei immer eine horizontale Ziegelreihe schwarz und vertieft gegen eine weiße, erhabene steht, unterbrochen durch große, steinerne Blumenbuketts.
Der Blick wandert aber weiter durch die Straßen der Stadt. Er sieht das Pflaster, kleines Pflaster, so daß man trippeln, großes, so daß man übermäßig schreiten muß, will man immer genau in eine Reihe der Pflastersteine treten.
Die Stadt ist völlig menschenleer, leer von lebendigen Menschen. Denkmäler gibt es genug, aus Backsteinen, rötlichschwarz, einen Monarchen darstellend, die Hand am Knauf des Schwertes, mit Szepter und Knebelbart, zu seinen Füßen an jeder Ecke des girlandengeschmückten Sockels je zwei Männer- und Frauenfiguren. Die Männer kühn ein Buch hinter sich auf die Stufen des Denkmals gestreckt, die Frauenfiguren, mit Diademen und abgezirkelt runden Brüsten, eine Waage oder ein Füllhorn in lässiger Haltung. Andere Menschenfiguren, meist Frauen, stehen auf den Brücken, die Figuren sind wie das flache Geländer aus Gußeisen, unbekleidet sind sie bis auf ein Tuch, das ein ewiger Windstoß um die Hüften weht, und sie tragen in den erhobenen Händen milchig-weiße Kandelaber.
Es ist die Stadt Jezradef, die das Lupenauge auf dem Globus

erblickt hat. Sie ist ganz menschenleer, nicht nur scheinbar, wie eine Stadt sonst zur oben angegebenen Zeit sein kann, sondern wirklich, denn es wohnt in all dem Reichtum kein Mensch, kein einziger Mensch. Die Göttin hat diese Stadt für ihren posthum dem Vater geborenen Sohn geschaffen und an den Fluß gestellt. Sie hat die Stadt ausgerüstet mit Wasserleitungen, Turmuhren, Tabakläden, hat in den Tabakläden sogar schon die Tontöpfe mit Tabak gefüllt, hat die Packungen mit Orient- und Virginia-Zigaretten bunt aufeinander in die Regale geschichtet, hat die Pfeifen – kurze und lange, mit großem Stiel und kleinem Kopf, mit kleinem Stiel und großem Kopf, mit Knochen als Stiel und imitiertem Totenschädel als Kopf, aus Bruyere und Meerschaum mit Landschaftsansichten – auf dunkelblauen Samtkarton mit weißen Gummibändchen, die sich hinten am Karton treffen und überschneiden und verknoten, befestigt. Sie hat die Auslagen geordnet und die Preßluft-Türschließer geölt, sie hat nichts vergessen, weder die grün-weiße Straßenbahn, die noch unbewegt in der kleinen Remise steht, noch die Bänke vor der Steinbalustrade am Fluß, weder dies noch jenes, sie hat an alles gedacht. Es fehlte an nichts.
Trotzdem hat sie alles in einer einzigen Nacht geschaffen, in der Nacht vor dem Sonnenaufgang, den die Lupe gesehen; denn die Sonne sah zum erstenmal die Stadt und umgekehrt.
Erstaunt wäre die Sonne, Helios, gewesen über die glänzende Pracht dieser Stadt, die sie hinfort bis zu einem gewissen Zeitpunkt tagtäglich – ausgenommen die bewölkten Tage – zu bescheinen hatte, erstaunt wäre sie gewesen, und sie hätte sich gewundert, wäre sie nicht so weit, in unbekümmerter Erdenferne gestanden.
Die ganze Stadt und die ganze Pracht hat die Göttin für ihren Sohn erbaut, für Jez-riad, als König dieser Stadt: Jez-riad I., nach dem die Stadt ihren Namen hat: Jezradef, die unendlich reiche Stadt Jezradef, die Perle.

Im großen Ratssaal der Residenz sitzt eine Reihe von Männern, unter ihnen unscheinbar der junge König, der im vergangenen Morgengrauen diese Würde erhalten, der zum Menschen geworden war vor einigen Stunden und dem vorerst so war, als sei er ein Schmetterling, der sich gerade entpuppt hat: das bloße Bewußtsein der eigenen Existenz hatte er mitbekommen, die

Lebensgewohnheiten – den Sinn für das Lebensnotwendige – wurden mit ihm in ihm geboren, so daß ihm nichts unverständlich vorkam, sondern im Gegenteil alles traumhaft selbstverständlich. Dennoch fühlte er sich wie neugeboren – was er schließlich auch war – oder zumindest fühlte er sich wie nach einem ausgiebigen Bad. Er war an diesem Morgen in seinem Prunkbett erwacht und wußte sofort, daß er *er* war. Das ist gar nicht lächerlich, denn bei genauerem Nachsinnen kann es uns durchaus vorkommen, daß wir es merkwürdig finden, daß wir *wir* sind und nicht wer anderer sind, und ob die anderen in einer ganz anderen Welt leben: etwa die Farben ganz anders sehen als wir, nicht nur statt rotviolett blauviolett, nicht einmal statt blau rot und statt gelb schwarz, sondern ganz andere Farben, die wir uns gar nicht vorstellen können, denn es ist nicht gesagt, daß unsere Farbenskala vollständig ist. Oder alle anderen, oder wenigstens einige, sehen alles verkehrt.

Solche Zweifel hegte Jez-riad bei seinem Erwachen nicht, er war da: blond, hellblond, beinahe grau-blond, schmächtig und klein, mit langen Händen. In seiner hochgeschlossenen, blauen Uniform saß er, der Jüngste und Kleinste in der Reihe, im größten Sessel: König Jez-riad I., der von der Göttin zu seinem und dem Wohle der Stadt mit einer eigenartigen Krankheit behaftet wurde.

Wenn vorhin gesagt war, daß er das Bewußtsein bereits im Augenblick seiner Geburt mitbekommen hatte, es sich also nicht wie ein beliebiger Säugling erst unmerklich erwerben mußte, und er also allen anderen Neugeborenen das Vergnügen voraus hatte, seine Neugeborenheit auszukosten, so fehlte ihm doch begreiflicherweise jede Erfahrung. Das zeigte sich, als er aufstand. Er stieg aus dem Bett und fiel über die Schnur, durch die eine Glocke im Vorzimmer bedient wurde. Der Diener kam herein und reichte der jungen Majestät das Waschbecken. Majestät trank das Wasser aus, denn der Durst lebt in der Kreatur eher als das Bedürfnis nach Sauberkeit.

Als der Diener hinausgegangen war, betrachtete der König die Tapeten des Zimmers, die in warmem, dunklen Umbra gehalten, mit unzähligen kleinen rosa, hellblauen, weißen und grünen Blumen bemalt waren. Er streckte die Hand aus und wollte an der Wand entlangfahren, aber sie war zu weit weg. Als er vorsichtig näher hintrat, merkte er, daß die Tapete an einer Stelle der

Wand in der Form eines großen Vierecks viel heller war als die übrige Wand. Er schaute lange hin und rief dann nach dem Diener.
»Schauen Sie einmal, die Wand ist hier viel heller, woher kommt das?«
»Das ist die Sonne, Majestät, die durch das Fenster scheint und ihr Licht auf die Wand wirft.«
»Die Sonne?«
»Ja, Majestät, drehen Sie sich um.«
Der König drehte sich um und sah mit seinen aufgerissenen Augen in die Erscheinung des brennenden Goldpunktes, der Blitze strahlte nach allen Seiten. Obwohl den jungen König sofort die Augen schmerzten, streckte er die Hand aus und lief jubelnd zum Fenster.
»Die Sonne ist zu weit weg, Majestät«, sagte der Kammerdiener und schaute auf die schmalen Füße des Königs, die aus dem Nachthemd gerade noch hervorkamen: mit gespannten Sehnen, die Fersen vom Boden gehoben, die feinen Zehen beinahe im Halbkreis gespreizt.
»Ich bringe Ihnen aber, Majestät, einiges andere, das Sie vielleicht für die Unerreichbarkeit der Sonne entschädigen wird.«
Der Kammerdiener breitete geschickt und doch mit einiger Umständlichkeit das Frühstück auf dem Tischchen aus. Eierbecher und Teller und Tassen. »Majestät wollen belieben . . . hier bitte.« Und er blies kurz über alles weg.
Der König drehte sich um und verzog ein wenig den Mund.
»Nun, Majestät, das Frühstück glänzt zwar nicht so sehr, wie die unerreichbare Sonne, obwohl es direkt von ihr beschienen wird, aber immerhin glänzt es beträchtlich: die goldenen Eier, der Kuchen mit den Rubinen – er glänzt rot . . . Majestät wollen entschuldigen, aber wir können im Augenblick nicht mehr bieten, die Sonne ist leider nicht zu bekommen, auch für Sie nicht.«
Der König schaute noch einmal in die Sonne und setzte sich dann an den Tisch. »Danke, danke, Sie haben es schön gemacht, danke!« Und der König freute sich, daß es so gut gemeint war mit dem Frühstück. Dadurch in gute Laune versetzt, aß er mit Wohlbehagen die goldenen Eier, die Sahnetörtchen aus Platin und Lasurstein, und die frischen Feigen aus Chrysopras.
Danach ging er in den Ratssaal, natürlich nicht, ohne sich vorher umgezogen zu haben. Er trug jetzt die schon genannte Uniform

mit tiefblau und silbern schillerndem Band, das an der rechten Schulter befestigt, an der linken Hüfte eine große Schleife bildete.
»Ausnahmsweise und gegen alle künftige Ordnung«, sagte ein Herold zum König, als er aus den inneren Gemächern getreten war, »aus der mangelnden Erfahrung in derlei Dingen und weil es dem Staatsmechanismus noch des Öls der Übung gebricht«, sagte der Herold und ging gebückt in seinen Farben neben dem König her, gegen jede Regel also fände diesmal der Ministerrat nicht statt im Saal mit den vier großen holländischen Landschaften, wie es in Zukunft gehalten werden solle, sondern man habe sich auf die große Terrasse geeinigt. Der Minister für Auswärtiges habe zwar vorgeschlagen, daß man die Sitzungen im Garten abhalten möge. Endlich seien aber alle Meinungen unter einen Hut gebracht worden, man fand sohin einen Kompromiß und eine Zwischenlösung, und die Minister und hohen Räte waren nun auf der Terrasse versammelt.
Der König war zufrieden, und als er das Gebäude verließ und die Stufen zur Terrasse hinunterstieg, ertönte Musik: das Morgentrio (Blockflöte, Cello und Triangel). Nach den verschnörkelt-kontrapunktischen, perlenden Sätzen mit dem leicht dissonierenden gelegentlichen Erklingen des Triangels, gab der König das Zeichen: die Musikantennische über der großen Glastüre schloß sich wie an einer Spieluhr, und die Räte nahmen ihre Plätze ein.
Es muß noch erwähnt werden, daß der Ministerpräsident vergessen hatte, sich zu rasieren (ebenso wie die Angelegenheit vorhin: aus mangelnder Erfahrung), und es jetzt durch einen Hofbarbier nachholen ließ.
»Guten Morgen«, sagte der König und erhob sich um eine kleine Andeutung. Die Räte folgten dem Vorbilde, standen auf und erwiderten den Gruß des Königs mit einigem schmückenden Gerank.
Der Ministerpräsident hub zu reden an, nachdem ihn der Barbier eingeseift.
»Seit«, – er machte übrigens vor jedem S eine kleine Pause, so, als ob er für sich vor jedes S ein H setzen wollte, »seit heute morgen ist die Bevölkerungszahl erfreulich gestiegen. Hundert Familien oder etwas weniger waren es heute morgen bereits, die sich mit Sack und Pack, mit allen Siebensachen in der Stadt einfanden und

in der Zentralquartierstelle um Wohnungen nachsuchten. Sie wurden alle in die Belgradstraße eingewiesen. Aber bereits vor einer halben Stunde wurde mir wieder die bevorstehende Ankunft eines Dutzends Familien gemeldet. Man hat sie vom Turm«, er zeigte nach oben, »aus gesehen. Wenn es, was im Bereich des möglichen liegt, so weitergeht, es sich vielleicht sogar steigert, so können wir zu Mittag mit einer Gesamteinwohnerzahl von zwölfhundert Seelen rechnen. Alles«, er zeigte in die Runde, »mitgerechnet. Die Nacht hindurch wird der Zustrom etwas nachlassen, für morgen rechne ich jedoch sicher mit einem Anwachsen über die Grenze von zweitausendfünfhundert.«

Er legte das Konzept beiseite und ließ sich ein neues geben.

»Ich will nun schon vor der Ankunft der Majestät Gesagtes wegen seiner Wichtigkeit coram rege wiederholen.

Es ist zwar erfreulich und eine Tatsache, meine sehr verehrten Herren, daß noch nie ein Dichterwort das Leben – ins Große gedacht – geändert hat. Ich sage ›erfreulich‹« – hier geriet ihm etwas Schaum in den Mund, und er schlug mit der Zunge ungewollte Bläschen – »es ist erfreulich«, fuhr er fort, nachdem er den Schaum widerwillig geschluckt, »denn, so ist die Frage: wo wäre unsere Ordnung, die Ordnung des Staates, die heilige, wenn alle auf die Dichter, vornehmlich auf die satirischen hören wollten? Wie wird jede erprobte Institution mit Bedacht und Tücke – mit Hinterlist angegriffen! Wie wird Reim um Reim geschmiedet von diesen Ränkeschmieden! Exemplum: die Sprache des Staates, deren sich die Diener dessen bedienen, also die Diener derer dessen! Hat man je von einem Dichter gehört, einem satirischen – die lyrischen sind allesamt harmlos, sie nehme ich aus – einem satirischen Diener gehört, der nie diese Dienerin der Staatsdiener verunglimpft hätte? Bejahendenfalls: wo?

Aber beruhigen wir uns, beruhigen wir unser Gemüt, die eingangs erwähnte Tatsache ist erfreulich: kein Dichterwort hat je die Welt verbessert, es wird auch in unserer schönen Stadt, die im Entstehen begriffen, keinen Beamten veranlassen, auch nur Minimales vom Gewohnten abzugehen.«

Hier gerät dem Ministerpräsidenten ein zweites Mal etwas vom flockigen Schaum in den Mund.

»Wir dürfen uns aber davon nicht verleiten lassen und die Dichter allzu gering achten – mit Besonderheit die satirischen nicht.

Jeder hat schon versucht, dem Staate einen seiner Köpfe abzuschlagen, aber sofern es gelungen: die Köpfe des Staates wachsen nach, zumindest so schnell wie die der Hydra, schneller zumal als die Dichterköpfe – die satirischen, die lyrischen ausgenommen. Der Staat ist eine Hydra, im besten und edelsten und im glorialischesten Sinn.
Aber nachdem sie geweint, die Dichter, über die Fruchtlosigkeit ihres Bemühens, mit ihrer Wort- und Spiegelfechterei uns –«, hier geriet ihm ein klein wenig Schaum bis in die Gurgel, »uns zu begegnen, nachher zeigt sich so recht erst ihre Gefährlichkeit: sie wollen sodann den Staat und seine Diener nicht mehr geändert haben, denn, so fragen sie sich: woher bekomme ich Dinge darüber zu schreiben, die allseits interessieren und über die jeder lacht, wo gibt es Dinge, die ein Dichter nicht zu erfinden braucht, um den Leser und Zuhörer zu amüsieren, ja, die er gar nicht so amüsant erfinden kann? Worüber sollte er schreiben, wenn nicht über den Staat und seine Diener? Ohne ersteren und die letzteren hätte kein satirischer Dichter Anlaß zu schreiben und Brot zu essen, abgesehen von unserer Stadt Jezradef, die unendlich reich ist, daß sogar Dichter sich nähren mit der Dichtkunst allein.
Der Staat ist keine Volksbelustigung! Das, Majestät, sollten Sie an den Anfang Ihrer Regierung schwätzen – setzen«, berichtigte er sich, denn es war ihm wieder Seifenschaum in den Mund gedrungen.
Nachdem der Unverstand kein Hindernis für Beifall ist, applaudierten die Räte heftig. Der Ministerpräsident erhob sich, bekam das Gesicht mit Puder bestäubt und sagte:
»Sodann will ich den Rat schließen. Ich danke Ihnen, Majestät, ich danke Ihnen, meine Herren.« Wieder spielte das Trio vier verschlängelt durcheinander plätschernde frohe Sätze mit gelegentlich dissonierendem Triangel und geleitete so die Hohen Räte zur Tür. Dann erhob sich auch der König, steckte die abgebrochene Spitze des Eies ein, mit dem er die ganze Zeit gespielt, und ging hinaus.
Nach dem Mittagessen spazierte der König durch den Hofgarten, durch die Arkaden, durch das hintere Tor dem Fluß zu; vorbei an der polypenhaften Kuppel eines Museums, das zwischen seinen Flügeln ein Stück Rasen hielt wie in Fängen, eine Straße hinab und dann den Fluß entlang. Der Kammerdiener

spazierte zwei Schritte hinterher. Der König trug einen engen, braunkarierten Anzug und einen runden braunen Hut. Mit der rechten Hand, die er am Rücken in die linke gelegt hatte, drehte er einen leichten Stock. Der Diener las aus einem kleinen grauen Buch vor, das im auffallenden Hochformat gebunden war. Der König hörte zu.

»Die menschliche Seele«, las der Diener, »ist eine wilde, zerklüftete Felsenlandschaft, und wenn wir in eine menschliche Seele sehen könnten, sähen wir diese Felsenlandschaft, erfüllt mit rotbraunen, grauen und grünen Felsen. Und wir sähen, wie ein Wasser, in einem runden Strahl Häuser, Menschen, Tiere mit sich führend, an Vorsprüngen weiß aufschäumt, die Täler mit den leckenden Wildwassern erfüllt. Bald strudeln die Wasser in einen Kessel, stürzen senkrecht hinab, ändern die Richtung und schießen kreuz und quer, gelegentlich sogar für ein kurzes Stück aufwärts, um eine letzte Hütte oder einen Fliehenden, der sein Bett oder eine Standuhr zum Beispiel, trägt, hinabzureißen. Und soweit wir schauen, sehen wir immer noch mehr reißende Strahle durch die felsigen Täler stürzen, aus der Ferne sieht es gar nicht mehr dämonisch, nicht einmal mehr romantisch aus, sondern eher flink und anmutig. Und ganz in der Ferne sähen wir die Berggipfel, die gerade noch aus einem blauen Meer herausragen, das sich in weißen Dunst verliert. Wir können dort das Meer gar nicht mehr vom Himmel unterscheiden, viel weniger wissen wir, was das Wasser alles unter sich begraben hat.

Das ist die Landschaft der menschlichen Seele.«

»Ach, ach«, sagte der König, »meinst du wirklich, daß es so ist?«

»Hier steht es, Majestät«, der Diener drehte das Buch herum und machte die Bewegung, es dem König zu zeigen. »Ein Bild ist ebenfalls angefügt.«

»Schon, schon, aber es ist doch so: – na ja. Lies weiter.«

»Das Kapitel ist zu Ende. Hier ist das Bild. Wollen Majestät es sehen?«

Der König war stehengeblieben und schaute gespannt in den Flußkies hinunter.

»Das Bild gehört zu diesem Kapitel, Majestät . . .«

Der König lief über die Böschung, stolperte zwar einige Male, wirkte aber nicht ungewandt. Am Kies angelangt, bückte er sich mehrmals, hob anscheinend etwas auf. Er steckte es zu sich und kam zurück. Er kaute mit vergnügtem Gesicht.

»Hier, das habe ich gefunden«, sagte der König und schob dem Diener vier oder fünf Goldstückchen in den Mund. »Ich habe es aufblitzen sehen, und ich habe gleich gewußt, was es ist.« Er hob den Kopf und ließ den Rest der Goldstücke aus seiner Hand in den Mund rinnen.

»Danke schön, Majestät, ich danke Ihnen«, sagte der Kammerdiener noch kauend, »aber ungewaschen! Majestät!«

»Na ja, sie waren ja im Fluß die ganze Zeit. Lassen wir jetzt das Lesen, ich werde schauen, ob ich noch etwas finde. Vielleicht Diamanten, oder wenigstens Perlen. Ich habe eine Nase dafür«, der König lachte.

Der König fand an diesem Tag nichts mehr. Am nächsten Tag aber, als er mit seinem Kammerdiener wieder am Fluß spazieren ging, fand er soviel, daß er gar nicht alles essen konnte, selbst wenn er dem Diener immer wieder von seinen Funden abgab: Perlen, Topase, Chrysoprase, Saphire, Rubine, Smaragde, Diamanten und oft und oft Gold und Silber. Der Diener machte zwar dem König Vorwürfe, daß er das Gefundene immer ungewaschen esse, aber der König gab immer die bereits oben angeführte Antwort.

»Und überhaupt, wenn Majestät mir erlauben, es zu sagen, sind Majestät ein kleines Kind: daheim lassen Majestät immer die Hälfte des Mittagessens stehen, und es sind doch wirklich feine glänzende Sachen, sauber und poliert. Und hier essen Sie das Zeug, das der Fluß wer weiß woher mitgebracht hat.«

»Aber es war doch im Wasser alles, die ganze Zeit.«

»Wasser ist auch schmutzig. Es gibt im Wasser Fische, Tiere, die nicht schlimm sind, denn sie sind sauber, man kann sie sogar in der Fastenzeit essen. Es kann jedoch durchaus sein, daß ein Regenwurm an den Dingen, die Sie ungewaschen essen, geleckt hat. Es kann sogar sein, daß ein Regenwurm ein kleines Goldstück geschluckt, verdaut und wieder von sich gegeben hat.«

»Sei still vom Regenwurm. Aber weil du sagst, daß ich daheim alles stehen ließe – du denkst nicht um so viel.« Er maß zwischen Daumen und Zeigefinger eine winzige Strecke. »Wie lange meinst du«, sagte er nach einer Pause, »daß die Herrlichkeit des Vorrats reicht, der im Schloß ist, wenn ich nicht ab und zu – und nicht nur ab und zu, jeden Tag und regelmäßig von meinen Funden mit heimbringe? Hier, das bringe ich heute mit. Es ist nicht viel gegen die Schätze im Vorrat. Aber jeden Tag . . .! Und dann müßte es systematisch geschehen.« Das sprach er mehr für sich selbst und grub mit seinem Spazierstock im Gehen vor sich den Weg auf. Er trug heute eine dunkle Melone zum karierten Anzug. »Es müßte geregelt sein. Ich suche und zeige, und die anderen graben aus. Die größeren Sachen würden sie sogar alleine finden, aber die kleinen oder die, von denen nur eine Kleinigkeit an der Oberfläche ist, die würde ich aufblitzen sehen. Es muß systematisch geschehen.«

In diesem Augenblick leuchtete die Sonne auf die Front eines Hauses an der Uferstraße, daß die Fenster aufblitzten und glitzerten. Der König stutzte und streckte die Hand in Richtung des Hauses, blieb aber dann stehen.

»Was ist Ihnen, Majestät?« fragte der Kammerdiener.

»Siehst du das Haus? Es ist weit weg . . ., es blitzt und glitzert. Mir wird schlecht.« Und der König drehte sich um und ging eilig zurück.

»Morgen werde ich einen oder zwei aus meinem Ministerrat bestimmen, daß sie mitgehen. Es soll ihnen eine Ehre sein«, sagte der König im Laufen. »Sie sollen dort suchen, wo ich es ihnen zeige. Und sie sollen hohe Stiefel aus Gummi anziehen.«

Die Sonnenstrahlen und die Glocken der Stadt weckten den König auf.

Der Kammerdiener meldete dem König schon beim Anziehen, daß ein merkwürdiger Besuch darauf warte, vorgelassen zu werden. »Ein Dichter«, sagte der Kammerdiener, »einer von den barfüßigen Dichtern.«

»Was ist ein Dichter? Und gibt es nicht-barfüßige?«

»Was ein Dichter ist, kann ich Ihnen nicht sagen. Nicht-barfüßige gibt es wohl. Die barfüßigen behaupten aber, daß sie nicht die Regel oder gerade, daß sie die Regel, und deshalb ordinär seien.«

»Ein Dichter . . . der Dichter soll kommen«, bestimmte der König und der Kammerdiener ging hinaus und holte ihn. Der Dichter erschien im Gemach: klein und geduckt, ein wenig fett und doch nervös, keine Haare auf dem Haupt als einen sogenannten Franziskanerkranz, und mit geschwollenen Augenlidern. Er blinzelte den König an und machte eine ungelenke Verbeugung. Der König schaute auf die bloßen Füße des Dichters und sagte:

»Sie gehen barfuß; ich habe es gehört.«
»Sie haben richtig gehört, Majestät«, der Dichter sprach schnell und immer etwas schmollend. Die Schmollfalten, die von seinem Mund in alle Richtungen auseinanderliefen, waren scharf und tief. »Ich gehe barfuß, am liebsten aber würde ich nackt gehen.«
»Nackt?« Der König wandte sich ein wenig ab in Richtung auf den Kammerdiener, drehte sein Gesicht aus Höflichkeit aber sofort wieder dem Dichter zu. »Warum denn nackt?«
»Das Nackte ist männlich, und ich bin ein ausgemacht männlicher Dichter. Ich liebe alles Männliche: den Geruch, der schon beinahe Dunst ist, ich liebe den Schweiß, ich liebe das Herrische. Ich liebe das Kalte und Besitzende, denn das Herrische ist das Besitzende, weil es herrscht. Das Liebste aber ist mir die Abstraktion, das Freie. Aber dennoch liebe ich die Form, als Männliches, denn in ihr geborgen bin ich gezwungen, jeden Schnörkel und allen Stuck zu vernachlässigen, zu beseitigen, zu verdammen und«, – er wurde erregt –, »zu vernichten. Die Form! Die Form ist die Fessel, in der die Freiheit geboren wird. Die Form! Sie ist das Eisen in meiner Athletenhand, das ich zu zermalmen versuche, bis mir die Pulsadern platzen.«
»Und da gehen Sie barfuß?« fragte der König nach einer Weile.
»Ja, Sire, denn die Barfüßigkeit ist ein Teil der Nacktheit. Die meisten Menschen haben Angst, ihre Zehen öffentlich zu zeigen. Ich habe diese Angst überwunden. Und außerdem ist es gesund. Ich bin durch und durch gesund, müssen Sie wissen, Majestät.«
»Sie schweigen«, fuhr er fort, »Sie wissen nicht, was *gesund* bedeutet, Sie wissen nicht was Krankheit ist, Sire. Krank und krankhaft ist ein Kollege von mir, das möchte ich Ihnen nur als Beispiel nennen. Als Kollege bezeichne ich ihn nur aus bürgerlicher Toleranz. Er ist Hauptmann in Ihrer Garde, Majestät.«
»Ein Hauptmann, der zugleich dichtet?« Der König wandte sich an den Kammerdiener.
»Jawohl, Majestät. Man kann es ihm nicht verbieten.«
»Ist er schon im Schloß?«
»Selbstverständlich, schon vor Sonnenaufgang war er hier.«
»Lassen Sie ihn holen«, sagte der König zu seinem Diener.
»Nein, nein, nein, wenn ich eine Bitte einflechten darf«, sagte der Dichter, »ich wollte ihn nur als gutes krankes Gegenbeispiel genannt haben. Er ist ein kranker Dichter, ich bin ein gesunder. Ich empfehle mich und bitte Majestät, mich zu beurlauben.«

»Einen Augenblick. Was dichten Sie?«
»Lyrik.« Und als der König ein betroffenes Gesicht machte: »Gedichte, Reime, Sprüche . . .«, antwortete der Dichter.
»Und wie heißen Sie?«
»Debatschewski. Alois«, er sprach es sehr pointiert, »Debatschewski, zu Gnaden«, und er stapfte hinaus. Seine schweißigen Fußsohlen klebten bei jedem Schritt am glatten Parkett und lösten sich mit einem feuchten Quietschen.
»Merkwürdig . . .«, sagte der König.
»Darf ich Majestät darauf aufmerksam machen, daß es Zeit ist, in den Ministerrat zu gehen?«
»Oh, danke.«

Die Stadt steht erst etwas mehr als achtundvierzig Stunden, und dennoch sind diesen achtundvierzig Stunden so viele Wörter gewidmet, mehr Wörter als über die folgenden tausend Jahre geschrieben werden sollen, im Verhältnis. Aber es ist eine alte Tatsache der Erfahrung, daß aller Anfang sich überstürzt: das Kind verändert in den neun Monaten im Mutterleib seine Gestalt wesentlicher, als in neun Jahrzehnten nach der Geburt.
So ist der Anfang der Stadt Jezradef von größerem Interesse, als die Jahrzehnte danach, und deshalb soll gleich einmal der dritte Flußspaziergang des jungen König Jez-riad I. beschrieben werden, den er im Anschluß an das Mittagessen (Diamanten, Perlen und etwas Onyx) unternahm, das seinerseits fast unmittelbar an den Ministerrat anschloß. Diesen Spaziergang unternahm der König nicht mehr allein mit seinem Kammerdiener, sondern in Begleitung zweier Minister (Geheimräte), wie er es vorgehabt.
»Was ich Sie fragen wollte, Herr Geheimrat; wissen Sie, was ein Dichter ist?« wandte sich der König an den kleineren Minister.
»Oh, wohl«, antwortete dieser.
»Nun?«
»Ein Dichter ist ein Beschwörer der Schönheit und des Geistes, der sich an der Sphäre klassischer Ideale entlang begibt und die Seele in seiner Brust zu opfern bereit ist.«
»Ich habe nämlich heute morgen einen Dichter bei mir empfangen. Er ging barfuß.«
»Oh, über diese barfüßigen Dichter!«
»Er sagte, er bete die Form an, er sagte das mit einer gewissen Inbrunst.«

»Gewiß, gewiß, ich achte jede Inbrunst. Aber sie wohnt einzig in Hellas.«
»Wo?«
»Hellas; in Hellas, dem hellen. Dem Land der Heiterkeit, der heiteren Weisheit, der marmornen Klippen.«
»Kennen Sie das Land?«
»Nein, Majestät, wenn Sie mich direkt fragen. Aber meine Seele sucht es beständig, und ich habe es gefunden, das unvergleichliche, reiche Teil der Zeit, in seinen Breiten weilt mein Geist.«
»Dichten Sie denn auch, Herr Geheimrat?«
»Untertänigst zu dienen.«
»Es muß schön sein, dichten zu können.«
»Wohl schön. Und erst nicht anders können, als zu dichten! Wenn man so ein weißes Blatt Papieres sieht . . .«
»Sie schreiben auch Lyrik? Entschuldigen Sie, wenn ich sie unterbreche.«
»Ja und nein. Ich schreibe Verse, aber auch alles, was ich nicht in Versen schreibe, ist in der innersten Gesinnung lyrisch.«
»Hochinteressant, hochinteressant«, murmelte der König und zeigte in den Fluß. Die beiden Minister zogen ihre hohen Gummistiefel an und wateten ins Wasser bis zur angedeuteten Stelle. Das Wasser des Flusses sprudelte über die großen Steine, die kleineren knirschten aneinander. Vor den goldgrün bewachsenen Blöcken staute es sich, warf sich nach oben zurück und sprühte Tropfen hoch in die Luft, daneben gluckste es, scheinbar still und grün, kreisend mit einigen weißen Blasen in einen Schlund, weiter glitt es in seiner ganzen Breite, ölig und glatt, kaum die Bewegung verratend, eine natürliche kleine Kaskade hinab.
Sehr angespannt und mit Falten von einer zarten Schläfe zur anderen, die unteren Augenlider kurzsichtig über den Augapfel nach oben gezogen, spähte König Jez-riad, des Namens der Erste, in diesen Fluß. Unfehlbar erkannte er unter allen diesen funkelnden Wellen und Blasen, unter den hinaufschlagenden Tropfen, dem Sprühregen und all den sekundenlangen Reflexen des Sonnenlichtes auf winzigen Wellenkämmen die wirklichen Funken: die für die Stadt so wichtigen Edelsteine. Er sieht oft nur eine kleine Pyramide, einen millimeterhohen Dreikant, und wenn der Geheimrat dann hineingewatet ist und gegraben hat, fördert er einen großen Kristall zutage . . . Der König läßt ihn

dann vor sich bringen, und der Diener etwa dreht ihn vor den Augen des Königs. Der sieht darin die Landschaft um sich, zerrissen durch die Lichtbrechung im Kristall und wahllos wieder zusammengesetzt; ein graues Haus und den blauen Himmel, Bäume und über dem Himmel wieder ein Stück des Flusses. Ein Feld des Steines ist golden und blendend, die Sonne scheint geradewegs hinein. Je mehr der Stein gedreht wird, desto mehr wird sichtbar: ein Gesicht, viele schwarze Linien, die wie ein Käfig aussehen, ein großes Auge, das des Geheimrats vielleicht mit dem schwarzgeränderten Monokel, man sieht die Weltkugel und den nächtlichen Himmel, aus blauem Fell, die zu langen Spitzen der Haare funkeln auf und sind Sterne.
Es ist nicht so, daß der junge König nur Freude daran hätte, die Steine zu sammeln, er muß sie sammeln, so, wie der Geheimrat ein Gedicht schreiben muß, wenn er ein leeres Blatt Papier vor sich sieht. Und sonach ist der König nicht nur glücklich, wenn er die gefüllte Kiste mit Schätzen sieht, die nach dem Spaziergang als Beute mitgebracht werden, sondern auch ungeduldig und hungrig auf den nächsten Tag.

Nachdem es sich so eingebürgert hatte, das heißt: eingebürgert ist ein merkwürdiger Ausdruck für die Gewohnheit eines Königs, die er angenommen hat, und zwar noch dazu erst am gestrigen Tage. Aber immerhin, die Hälfte der bis zu diesem Morgen verlebten Zeit wurde mit dieser Gewohnheit verbracht, und die Hälfte ist viel, gemessen an seinem nur wenige Tage alten Leben. Der König hat es sich also zur Gewohnheit werden lassen, täglich in der Früh einen Dichter zu empfangen, gestern den kerngesunden Debatschewski, heute beauftragte der König seinen Kammerdiener, den dichtenden Hauptmann der Wache heraufzuholen.
Der Hauptmann kam in schweren Schaftstiefeln, die, fettig und mit horizontalen Rillen und Falten, die Stulpen fahlgelb aufgeschlagen, bis an die Hüften reichten. Der Hauptmann war groß und dünn, er hatte schwarzes Haar, wenngleich etwas spärlich, sanfte Bewegungen der Hände und auf der Nasenspitze einige lange, dunkle Haare. (Der König überlegte, ob sich der Hauptmann einmal ohne Absicht und irrtümlich über die Nase rasiert und dadurch die Nasenhaare zu übermäßigem Wachstum angehalten hätte.)

»Majestät wollen Ihn nicht in dienstlicher Hinsicht gerufen haben«, erklärte der Kammerdiener. »Majestät wissen darum, daß Er dichtet, und deswegen haben Majestät Ihn rufen lassen.«
»Ja«, sagte der König schlicht, »gestern war der Dichter Debatschewski hier«, der Hauptmann zog die Nase kraus. Die Haare darauf versammelten sich scheinbar für einige Sekunden auf einem Fleck zu einem Büschel. »Schon gut, Hauptmann, er kann Sie auch nicht leiden. Oh, verzeihen Sie, wenn ich Sie damit verletzt habe ...«
»Er nennt mich krank.«
»Ich weiß, und warum?«
»Weil ich nicht das Heldische verehre, die Form, sondern die Inbrunst, das Gefühl und Gewühl der Seele, die Formlosigkeit. Wenn ich dichte«, der Hauptmann sprach abgehackt und blickte hektisch bald da, bald dorthin, »wenn ich dichte, dann ergreift es mich.«
»Ja?«
»Ich gehe zunächst schwanger mit meinem Plan. Ich spüre es in mir sich regen. Was sag ich: regen. Ich spüre es sausen und brausen, gären, schwären, brodeln und kochen, sieden, und es stampft und trampelt. Bis die Wehen kommen.« Er schaute nach oben und legte die Hand auf den Bauch. »Dann renne ich zum Müllkübel.«
»Herr Hauptmann, mäßige Er sich etwas, Majestät verträgt solchen Stunk nicht«, sagte der Kammerdiener.
»Wenn ich sage, daß es mich ergreift ...?«
»Fahren Sie nur fort. Sei du ruhig.«
Der Hauptmann machte eine Pause und legte den Daumen der rechten Hand auf die linke Schläfe, den Zeigefinger auf die rechte, am Ringfinger kaute er.
»Ich sauge den blutwarmen Verwesungsduft auf. Ich beuge mich hinein in den Kübel und öffne die Nüstern gewaltig, und der Geruch steigt in mich hinein: von verfaulten Eiern, ranzigen Butterresten, von drei noch frischen Zitronen und von Asche. Dann renne ich zum Schreibtisch und explodiere förmlich. Es ist die Geburt. Das Gedicht tritt aus mir mit Macht, als wollte es mich zerreißen, mich, seinen Vater und seine Mutter zugleich. Wenn es ein längeres Gedicht ist, muß ich noch öfter zum Kübel laufen. Bei ganz langen Gedichten muß ich zum Schluß meine Nase buchstäblich in den Kehricht bohren, um die letzten Stro-

phen noch aus mir zu zwingen. Denn die Geburt ist nur zur Hälfte ungestümes Drängen der Frucht, halb ist es zwingender Wille der Kreißenden – des Kreißenden in diesem Fall.
Oh«, schloß er mit einem frommen Blick auf den erstaunten König, »ich wollte, ich besäße einen Dunghaufen, ich würde ein Epos schreiben!«
Der Kammerdiener räusperte sich und legte die Hände hinter dem Rücken ineinander.
»Es mag sein, Majestät«, entschuldigte sich der Hauptmann, »daß man diese Art krank nennen kann.«
»Sagen Sie, Hauptmann, hätten Sie wirklich so große Freude mit einem Dunghaufen?«
»Oh –«
»Ich werde heute im Ministerrat daran denken, bestimmt.« Und leise sagte er zum freudig verstummten Hauptmann: »Sie sollen Ihren Dunghaufen haben.« Wieder laut wandte er sich an den Kammerdiener, die Hand noch auf der Schulter des Offiziers.
»Ich glaube, es ist ohnedies schon Zeit für die Sitzung?«
»Sehr wohl, ich hätte Majestät bereits daran erinnert, hätten Sire mir nicht den Mund verboten.«
Der König geleitete den Dichter und Hauptmann hinaus. »Leben Sie wohl, Herr Hauptmann, ich danke Ihnen vielmals für Ihre hochinteressante Schilderung.«
Der Hauptmann schlug die Hacken zusammen und ging. Als er kurz vor der Tür am Spiegel vorbeikam, blitzten die Orden darin auf, und der König zuckte zusammen.
»Lauter Punkte, leuchtende Punkte. Sie vergehen so schnell, und ich werde nie wissen, was sich hinter den Punkten verbirgt.«
Dann gab er seinem Kammerdiener den Befehl, daß morgen wieder der Lyriker Debatschewski zur Dichterfrühaudienz, zum Literaturlever berufen werden sollte.

Es ist an der Zeit, einen kurzen Blick auf die großartige Entwicklung der Stadt, der unendlich reichen Metropolis Jezradef zu werfen, teils um ein wenig von der Literatur abzulenken, ehe es zu einer entscheidenden Wendung am anderen Morgen kommen sollte, teils, weil die Entwicklung tatsächlich außerordentlich rapide vor sich gegangen ist, und die Bevölkerungszunahme die kühnsten Erwartungen der Regierung übertroffen hat. Es ist auch kein Wunder, wenn man bedenkt, daß es der Sog einer

unendlich reichen Stadt war, der zunächst alles überflüssige Menschengewimmel und später sogar viel von der wertvollen Bevölkerungssubstanz anderer Städte an sich riß. Es war viel Gesindel unter den Zuziehenden am Anfang: Diebe zogen daher, Räuber; Totschläger, Betrüger, Hehler, Scheckfälscher; Brunnenvergifter und Völkermörder; Leute, die Staudämme und Banken mit unredlichen Mitteln gesprengt, Ehebrecher und Bigamisten (letztere oft mit beiden Frauen). Aber der unendliche Reichtum der Stadt, den der König aus dem Fluß förderte und der sich in den Schatzkammern häufte, unterband alle Dieberei und Hehlerei und nahm den Bankrotteuren den Wind aus den Segeln. Warum hätten die Diebe stehlen sollen, wenn sie ohnedies alles bekamen? Und wenn sie stehlen wollten, aus Leidenschaft oder Gewohnheit, so gewährte man ihnen lächelnd. Wie hätte man bei soviel Geld bankrott machen können? Wofür hätte man betrügen sollen? Wofür einen Scheck fälschen? Geld macht moralisch, da ist kein Zweifel, genug Geld fügt alles. Bezeichnend dafür ist, daß einige oder sogar viele der Neuankömmlinge in Jezradef, an der Stadtgrenze alles liegen- und fallenließen und schnurstracks zur Schatzkammer liefen und mit Hamsterblicken rafften. Aber als sie sahen, wie die anderen, schon Eingesessenen, lächelten, wurde ihr Raffen langsamer, und bald lächelten sie ihrerseits je nach Veranlagung über sich selbst (das waren die wenigeren) oder über die noch später Gekommenen.
So wuchs die Stadt. In einem Straßenzug nach dem anderen konnte man sehen, wie die Leute das erstemal in der zugewiesenen Wohnung das Fenster öffneten, um den ›Blick‹ festzustellen. Die Schornsteine rauchten, und einige der ersten, die in die Stadt gekommen waren, hatten schon ihre Lieblingsplätze im Hofgarten, um dem königsblauen Trompetengeschmetter und den sattschlenkernden Bässen der Militärmusik, die im engelgekrönten Pavillon konzertierte, zu lauschen.
In manchen Vierteln sah man Jezradef die taufrische Neuheit gar nicht mehr an.

Am nächsten Morgen kam es nicht zur Audienz, denn der Dichter Alois Debatschewski ließ sich entschuldigen, souverän frech, und sandte statt seiner nur ein Gedicht, das nun der Kammerdiener dem König auf silbernem Tablett überreichte.
Der König war ein wenig verärgert – nicht so sehr wie der

Kammerdiener, aber immerhin zum ersten Mal in seinem Leben fühlbar mißgestimmt, und faltete das Papier schmollend auseinander. Er las:

Dans les rues nous allâmes
Toutes les oeil aia ramure!
et au ciel azur ils lurent
Les oiseaux qui là-haut râment!

Überfluß vergehe schnell
Fluß wirst einmal du zu dick
Überdeckst mit deinem Schlick
Not und Tugend du den Quell.

»Das ist also ein Gedicht«, sagte der König, »ein wirkliches Gedicht. Bis jetzt habe ich nur von Gedichten gehört, aber das war das erste Mal, daß ich ein Gedicht gelesen habe. Ist ein Gedicht nicht länger? Und trauriger?«
»Es gibt lange traurige, lange heitere, kurze traurige und kurze heitere Gedichte, Sire. Eine Regel läßt sich nicht aufstellen.«
»Und welche Gedichte sind besser, die langen oder die kurzen?«
»Die langen traurigen sind langweilig, die langen heiteren sind einschläfernd, die kurzen sind leichter zu lesen, sie treten dafür aber fast nie alleine auf, sondern rudelweise und aneinandergereiht.«
»Welche von allen versteht man?«
»Die kurzen, ob heiter oder traurig, Majestät, sind unverständlich, weil sie die Gedanken des Dichters nicht fassen können, und er deshalb von jedem Gedanken nur den Anfang bringen kann. Majestät müssen sich ein Gedicht vorstellen wie ein Buch, bei dem der Autor nur jedes hundertste Wort niederschreibt. Die langen Gedichte allerdings sind das Gegenteil, der Gedanke des Dichters ist darin versteckt wie in einem Vexierbild. Der Dichter denkt sich einen lapidaren Satz, meinetwegen: ›Hier steht ein Tisch.‹ Und schreibt dann zwischen jedes Wort dieses Satzes viele andere Wörter, zehn oder sechzehn, oder tausend, je nachdem. Es ist bei einem sehr langen Gedicht natürlich ungemein schwer, das können Majestät sich denken, den anfänglichen Satz herauszufinden. Es gibt auch Gedichte, die enthalten keinen Satz. Zur Irreführung der Leser.«
»Ja, und warum machen die Dichter das? Und verstecken den Sinn in soviel Wörtern?«

»Weil die Gedichte sonst nicht so lang würden.«
»Gibt es noch andere Gedichte, außer den von dir angeführten? Ich möchte sehr gerne einmal Gedichte lesen.«
»Es gibt noch andere Arten: Liebesgedichte, Oden auf das Leben oder den Tod von etwas, oder aber polemische Gedichte, religiöse und soziale. Letztlich lassen sich aber alle mehr oder minder schwer auf eine der vier Arten zurückführen.«
»Ich möchte ein Buch mit Gedichten lesen. Gibt es das, ein Buch mit Gedichten? Ich bin sehr neugierig, zu erfahren was in den Gedichten steht, vielleicht finde ich die anfänglichen Sätze heraus.«
»Wohl, es ist ein Vergnügen, bringt aber keinen Gewinn. Was in einem Gedicht steht, können Sie sich, wie jeder, ohnedies denken.«
»Dieses Gedicht war wie ein strahlender Punkt, und ich meine immer, ein Punkt sei nichts anderes als die schmale Öffnung eines versteckten Trichters, wer weiß, wer weiß, was sich alles hinter dem Punkt zeigt, und wie weit sich der Trichter öffnet. Ich habe gar nicht gewußt, daß es etwas wie ein Gedicht gibt.«
Und während die Musik vor Beginn des Ministerrats spielte: eine geschickt sich nach oben schlängelnde Flöte, gefolgt von einer ebenso sich schlängelnden Oboe, die, oben angelangt, gemeinsam weiterschlängelten, sich kreuzten, sich jagten, dazu das gelangweilte, motorische Continuo des Cembalo und das fast überflüssige, unselbständige Zupfen des Basses. Am Ende kamen die beiden Holzbläser nach einer Kapriole zuerst an und nahmen ihren Platz im Schlußakkord ein, noch ehe die anderen hinzugekommen waren. Erst ganz zuletzt trat der Baß – es mag sein eigenmächtig – das erste Mal richtig in Erscheinung, allerdings nur mit einer einzigen, bestätigenden, tiefen Note. Während dieser Musik also dachte der König, Jez-riad, der Erste des Namens, am allerwenigsten an das Geschlängel der Oboen, sondern nur an das Gedicht, das durch den unsichtbaren Trichter aus einem goldenen Land einen Schimmer herüberzusenden schien.
»Ich will aus Dankbarkeit etwas für die Dichter tun«, dachte sich der König, während der Ministerpräsident sprach. Er wartete aber, bis der ausgesprochen hatte, wartete auch noch die Rede des nächsten Ministers und die Zwischenrufe der anderen Minister ab, er wartete so lange, bis keine Meldung zum Wort mehr

vorlag, weil alle Minister schon gesprochen hatten (bis auf den Geheimrat, der dichtete alle weißen Bogen voll, da ihn ja jedes leere Blatt dazu aufforderte), dann erst fragte er den Ministerpräsidenten.
»Exzellenz –«
»Ja, Sire?«
»Ich möchte gern für einen Mann etwas tun –«
»Wie?«
»Ich möchte mich einem Mann gegenüber dankbar erweisen. Es handelt sich um einen Dichter.«
Der Geheimrat sah zum ersten Mal in der heutigen Sitzung auf. Die Fettpolster unter seinen Augen glänzten gelblich.
»Er heißt Alois Debatschewski. Er ist ein – aber das ist gleichgültig. Ich möchte ihm einen Titel geben. Hofpoet soll er werden, oder so.«
Der Geheimrat schaute böse und traurig. Tränen traten ihm in Augen und Nase. Er schneuzte sich. Dann dichtete er weiter.
»Ist das zu machen?«
»Gewiß, gewiß, Majestät, wenn Majestät befehlen, werde ich das Nötige veranlassen lassen. Es besteht keine Erinnerung dagegen. Wann wollen Majestät die Ernennung vornehmen?«
»Morgen früh, ganz in der Früh, um acht.«
Es sollte eine große Enttäuschung für den jungen König werden, um so mehr, als er den Abend vor der Ernennung noch in einer lyrischen Anthologie las und so recht in das Gedicht eindrang. Er eroberte neues Land, Strich um Strich. Einesteils tat es ihm bald leid, das neue Land zu kennen, denn vorher, als er erst nur wußte, daß es dieses Land gab, und nur einige vage Vorstellungen besaß, zumeist nur die Titel der Gedichte kannte: ›Vom grünen Falken‹, ›Zerbrochene Ohnmacht‹ und so weiter, war das Land für ihn märchenhaft, aber da er es kannte oder kennenlernte, durchdrang er es mit seiner Einsicht, und so ganz poetisch, wie wir fühlen können, sind die schönsten Worte, wohlgesetzt wie immer, niemals.
Aber um nichts weniger wurde das Gefühl der Dankbarkeit im jungen König Jez-riad grenzenlos für den Dichter Debatschewski, vor allem, da er wußte, daß er seine Dankbarkeit schon bezeugt hatte, und er es nicht erwarten konnte, bis dies dem Dichter eröffnet wurde.
Er schlief schnell ein, weil er sich dachte, daß Schlafen das beste

Mittel sei, die Zeit mit Knüppeln vorwärts zu treiben. Ohne, daß er sich's versehen würde, wird er eingeschlafen und schon wieder aufgewacht sein, und der Morgen wäre da.
So war's, und feierlich zog er sich dann an, wohlig beruhigt durch den tiefen Schlaf. Der kleine Hofstaat war versammelt (die Minister mit Gemahlinnen), der Kammerdiener führte den barfüßigen Dichter herein, den der König mit Augenzwinkern vorläufig begrüßte.
Dann begann die Musik. Die Geigen rauschten nieder, wie ein plötzlicher Regenguß setzten die Celli und Bässe unisono ein und rauschten ebenso wie die Geigen fort. Das Horn, ein wenig unrein scheinend, rund und etwas gemein, blies langgezogene, alles umklammernde Passagen, dazu hackte immerzu im schnellen Zickzack das Glockenspiel. Mit einem Paukenschlag schloß das Stück, ohne die leiseste Minderung des Tempos zu zeigen, überraschend und doch nicht unerwartet.
Das Hin und Her alsdann entging nur knapp der Gefahr, ins Banal-Herzliche abzugleiten, der König war etwas zu jovial. Der Kammerdiener sah das böse Ende hier bereits voraus. Dann begann der Dichter seine Rede zu halten. Nach den ersten Sätzen hörte das Stühleklappern auf, alle hatten sich gesetzt und beruhigt, und man konnte verstehen, was Debatschewski, der Hofpoet, sprach:
»– nicht gewagt, aus der Unfähigkeit Sire zu beleidigen. Meinen Dank zuförderst.
Aber dennoch, und trotz allem ist mir nicht wohl bei der Sache.«
Er war auch diesmal barfuß, selbstverständlich, aber seine Zehennägel waren gepflegt.
»Nicht wohl bei der Sache aus vielerlei Gründen und doch wieder nur aus einem; will sagen: alle Gründe lassen sich auf den einen zurückführen. Sie werden sich fragen, meine Damen und Herren, was einen Dichter legitimiere, die Gebrechen einer Stadt aufzuzeigen, anzumerken, was mir an den Verhältnissen krank und suspekt erscheint: nichts weniger legitimiert mich dazu, als die Pflicht zur Wahrheit und zur Freiheit.
Ich bin Hofpoet. Gut soweit.«
Es erschien, als habe der Dichter weniger die Worte, als die begleitenden Gebärden geübt. Er war übrigens diesmal sehr schmollend und nervös.
»Ich habe meinen Dank ausgesprochen. Auch gut soweit. Ich

habe leise mein Unwohlsein anklingen lassen und Ihnen meine Legitimation gezeigt, wenn ich so sagen darf, ohne die Ernsthaftigkeit – oder wenn nicht schon die, so doch die Möglichkeit, diesen Vortrag ernstzunehmen – erheblich zu gefährden. Es ist wichtig ernst zu sein. Ich habe mein Leben lang keinen Vers geschrieben, der nicht ernst wäre. Das nebenbei. Was mich beängstigt.«

Er wandte sich zum König und sprach über die Stadt, die unendlich reiche Stadt Jezradef. Sie beunruhigte den Dichter mit ihrem Reichtum, der nichts etwas kosten ließ . . .

»Es gibt keine Dirnen in der Stadt, zum Beispiel. Das kann mir nicht gleichgültig sein. Welche Frau in Jezradef würde sich verkaufen? Verschenkt wird freigiebig, ja, aber so ganz das Richtige ist es wohl nicht. Es ist irgendwie ungesund, unnatürlich . . . Wenn sich eine Frau verschenkt, bald an den, bald an jenen, an Gesindel und Vornehme, dann ist das unmoralisch. Das andere: hier Geld, hier Leistung . . . das ist ein reeller, wenn auch trauriger Tatbestand. Wie gesagt, es ist irgendwie beunruhigend. Aber hier: es kann ja jeder in die Schatzkammern Eurer erlauchten Majestät laufen und sich das Nötige für den Tag oder auch für das nächste Jahr holen. Sie fördern jeden Tag aus dem Fluß, Sire, scheffelweise Gold, Chrysopras, Türkis, Rubin, Platin, Chrysolith und Jaspis, körbeweise, was sich noch dazu in den Schatzhäusern von alleine vermehrt . . .

Es steht schrecklich um die Einwohner, nicht genug, daß es zum Beispiel keine Dirnen gibt: niemand tut etwas, jeder Maler, der in die Stadt zog, hat sofort aufgehört, den Pinsel zu gebrauchen. Mit den Dichtern steht es nicht minder schlimm, es gibt drei in der Stadt, die noch dichten: außer mir – den krankhaften Hauptmann, von dem nur aus bürgerlicher Toleranz die Rede sein soll, und dann –«

Er vergewisserte sich, daß der Geheimrat noch schlief.

»– ein Minister Eurer Majestät. Er muß dichten, wenn er ein leeres Blatt Papier sieht. Das nenne ich aber nicht dichten, das nenne ich eine Zwangsvorstellung.

Keiner tut etwas. Es geschieht nichts in dieser Stadt!«

Er war betroffen, auf wie wenig Widerhall, guten oder bösen, seine Rede stieß.

»Als ob die einzige, dem Menschen angemessene Tätigkeit das Faulenzen wäre.

Ich habe gestern versucht, eine Tabakspfeife zu bekommen: eine ganz einfache Tabakspfeife. Ich kann sie mir nicht selber schnitzen, ich habe es nicht gelernt. Glauben Sie, ich hätte eine Tabakspfeife bekommen? Kein Laden war geöffnet, die Ladenbesitzer schliefen alle in den Loggias, auf den Terrassen, Topaszigarren im Mund, in Liegestühlen, die Füße auf einem Lehnstuhl. (Ein Lehnstuhl mußte es sein, worauf sie ihre Füße legten, ein Schemel wäre zu wenig Überfluß gewesen!) Ich fragte sie, ob sie mir eine Pfeife verkaufen könnten. Nein, keiner wollte mir eine Pfeife verkaufen, wozu Profit machen? Sie bekommen ja alles.«

Er weinte.

»Ich sagte mir: gut, du gehst immer von der Voraussetzung aus, daß es das Geld gibt, geben muß, daß es quasi die Luft bildet zwischen den Menschen, ohne die alle zueinander beziehungslos in einem Vakuum lebten. Denk dir einmal, daß es das Geld nie gegeben hätte. Was tätest du dann? Tauschen natürlich.

Mit Gedichten ist kein Geschäft zu machen, ich trieb also meine beiden Hühner aus dem Stall und führte sie in die Stadt. Dem ersten Pfeifenhändler waren Hühner unangenehm, er bezeichnete sie als dumm und hirnlos. Das hat gewiß seine Richtigkeit, und ich toleriere das. (Ich übe häufig bürgerliche Toleranz.) Der zweite Tabakhändler schlief, der dritte war nicht da, der vierte warf mich hinaus, weil ich ihn von der Seite seiner Gattin gerissen hatte, der fünfte sagte mir wenigstens, wo ein Mann wohne, der Pfeifen aus Spaß mache und verschenke. Ich sagte zu mir: du mußt nicht nur von der Vorstellung abgehen, daß es Geld gibt, und daß es ohne Geld nicht gehen kann, du mußt dir auch vor Augen halten, daß es in dieser Stadt ohne jeden Güterverkehr und -kreislauf zuzugehen hat. Die Nationalökonomie wird durch Höflichkeit ersetzt. Tausch gibt es nur, wo jemand etwas nötig hat. Ich sperrte also meine Hühner wieder ein und ging zu dem Mann, der Pfeifen verschenkte. Er war in der Nacht vorher verstorben.

Ja, was ist da noch zu tun?«

Seine Stimme wurde schrecklich.

»Es wird noch alles böse enden, Majestät. Hier, dieses köstliche Mahl aus Türkisen, Lasurstein und Brillanten, wer trug es auf? Diener, die Sie nicht entlohnen können, weil die Diener selbst zuviel besitzen. Wer bewacht Ihre Tore? Soldaten, die ihren Sold

aus gutem Willen und Anstand beziehen; wer berät Sie in wichtigen Verwaltungssachen? Ehrenamtliche Minister.
Wenn der Augenblick kommt«, seine Stimme hub an zu dröhnen in prophetischer Macht; der Kammerdiener scharrte mit den Füßen, »wo jedem in Eurem Reich, Sire, die Erkenntnis zuteil geworden, daß Arbeit nicht notwendig mit der menschlichen Existenz verbunden ist, dann Majestät, mein König Jez-riad, der Erste dieses Namens, wisse: dann wird die Stadt den Vögeln des Himmels, den Krebsen des Flusses und den Ameisen des Stadtparkes zufallen und vergehen.«
Gewaltig stand er da, und seine Zehen quietschten schweißig auf dem honigfarbenen Parkett.
Der Hofstaat glaubte, daß die Rede zu Ende sei und fing an, wieder zu husten und zu plaudern und mit den Stühlen zu klappern, so daß von der ferneren, wieder von der prophetischen Posaunenhöhe zu sachteren Ausführungen herabsteigenden Rede nichts mehr zu hören war. Dem König aber war's genug. Noch ehe Debatschewski geendet hatte, stand Jez-riad auf.
Die Minister verstummten und sprangen ebenfalls auf. Debatschewski unterbrach sich und schaute zum Kammerdiener hin, der in seine Maske aus Hochmut nichts als ein wenig Freude am Schaden des Dichters mischte. Debatschewski stand hilflos, und der König warf voll Wut und wohl auch Verachtung den Lorbeerkranz, der für Debatschewski vorgesehen war, auf den Boden und stieg mit der Fußspitze auf einige Blätter.
Sofort setzte die Musik ein: die bienenhaft aufschwärmenden Geigen, die aber plötzlich auf einem Ton verharrten und auf das Erscheinen der düsteren Bläserwolke mit den rumorenden Bässen wartete. Dazu züngelten regelmäßig Flötenflämmchen darüber auf, bis ein weit her kommender Paukenwirbel alles verdeckte und wieder fernabdonnernd mit sich nahm.
Aber der König war schon gegangen, gleich ihm die Minister. Nur der Kammerdiener sagte: »Ihre Rede, Herr Debatschewski, war wenig taktvoll.« Er wartete, bis der Dichter gegangen war. Das war das Ende der Feier.

Es wurde schon gesagt, daß den ersten Tagen der Stadt Jezradef gegenüber der darauf folgenden Zeit unvergleichlich mehr Raum gegeben wurde, und es wurde begründet, warum es geschehen. Aller Anfang und alles Ende ist letztlich das Erzählenswerte;

höchstens noch das Anormale dazwischen. Das Normale ist dem Erzähler ein Greuel.
Die Stadt Jezradef gedieh prächtig, ungeachtet der Prophezeiungen Debatschewskis, der übrigens bald aus der Stadt fortzog. Es ist das Faulenzen wirklich die letzten Endes einzig beglückende Tätigkeit für den Menschen, für den gewöhnlichen Menschen. Der König, durchaus kein gewöhnlicher Mann, schon wegen seiner eigenartigen Krankheit, faulenzte mitnichten: ›Macht der Troß sich gute Tage, wählt der Meister schon die Plage‹, und ›Sorgt der König schon für alle, liegen wir noch in der Falle‹, wie sich der Kammerdiener des Königs auszudrücken pflegte.
Jez-riad I. regierte achthundertsechzig Jahre, dann starb er.
Jez-riad hatte im dreißigsten Jahr seiner Regierung, das auch das dreißigste seines Lebens war, eine Witwe zur Frau genommen, die ihm drei Söhne in die Ehe mitbrachte. Der älteste dieser drei Stiefsöhne übernahm Thron und Herrschermacht und nannte sich wie sein Vorgänger: Jez-riad, Jez-riad II., König der noch immer unendlich reichen Stadt.
›Noch immer‹ unendlich reich, obwohl der Quell des Reichtums mit dem Tod des alten Königs versiegt war. Zwar hatte Jez-riad I. mit fortschreitendem Alter begonnen, seine ›Spaziergänge‹ am Flußufer einzuschränken: er wandelte nur mehr einmal in der Woche am Ufer entlang, später, in seinen letzten Lebensjahren, gar nur mehr einmal im Monat, aber das tat nichts, denn die Schatzkammern, Schatzhäuser, Schatzhäuserzüge waren voll von Feuer und Blitzen: von Aquamarin, Saphir und Smaragd, Amethyst, Jaspis und Rauchtopas; Lapislazuli und Perlen: weiße Perlen, schwarze, rosenfarbene und orange; voll von Platin, Osmium, Iridium, ja Uran, Plutonium, Radium, voll von edelsten Gasen: Argon, Krypton, Xenon, Neon und Radon. Die Schätze spalteten sich und vermehrten sich, gelegentlich kamen sogar Kreuzungen vor, etwa zwischen Xenon und Rubin, was eine eigenartige Wirkung hervorbrachte: eine ungreifbar leuchtend rote Masse, zerfließend und in der Luft hin und her schwebend; oder zwischen Silber und Jaspis: ein grüner, schimmernder, aber milchig-durchsichtiger Stoff, oder zwischen Helium und Smaragd: eine sprudelnde, bläulichgrün irisierende, seifig sich anfühlende Flüssigkeit.
Die Wege in den Gärten des Königs waren anstatt mit Kies mit Edelsteinen bedeckt, im Winter wurden Edelsteine zermahlen

und aufs Eis gestreut, es gab Edelsteinuhren anstelle von Sanduhren, und im Waschzimmer des Königs stand ein Lavoir, das aus einem einzigen Kristall geschliffen war. Dennoch trat eine gewisse Beunruhigung in der Bevölkerung ein, als es sich herumgesprochen hatte, daß wohl der Titel und der Name auf den neuen König übergegangen waren, nicht aber die eigenartige, glückbringende Krankheit. (Die Elster mit einem Korund im Schnabel war das Wappen der Stadt.) Zugleich trat noch eine merkwürdige Erscheinung auf: die Bruderschaft kam in die Stadt. Wie sie sich nannte, wußte niemand, sie hatte wohl mehrere Namen. Die Brüder beteten, indem sie die rechte Hand mit der Innenfläche auf den Rücken der linken legten, Fingerspitzen auf Fingerspitzen, nur der Daumen der unteren Hand zwischen Ring- und Mittelfinger hindurch den Daumen der oberen Hand berührend. Festtag war bei ihnen jedesmal, wenn sie sich die Haare schneiden ließen.

Verständlicherweise war das Volk durch eine so geartete Bruderschaft aufgeregt, ein Volk, das bisher nur einige Dichter und einige harmlose Maler gewohnt war. Beunruhigt aber im höchsten Maße, nicht so sehr durch die Bruderschaft als durch das Ausbleiben der Vererbung der Krankheit und durch die langsam sich abzeichnende Krise (die Leute Jezradefs begannen, Schätze zu hamstern und zu horten) war eine Frau: die Frau des Prinzen Anad-Ehi, zweiten Stiefsohns Jez-riads I. Man kann sich diese Frau nicht herrschsüchtig genug vorstellen, dazu sentimental und im Alter zur Frömmelei neigend. Ihr Ziel war, über ihre ganze Umgebung als Tyrann zu herrschen. Dazu redete sie sich mit Erfolg ein, daß dies nur zum Besten der Umgebung geschehe. Weiter bewirkte die mit der Herrschsucht vereinigte frömmelnde Sentimentalität ein starkes Gottvertrauen, das in Wirklichkeit lediglich ein Vertrauen darauf war, daß alles in dem Geleise weiterginge, wie es bisher gegangen. Der geringste Stoß, den ihre Ansichten und – wie später noch zu sehen sein wird – ihr Glück erfuhren, machte sie weinerlich. Und trotz allem muß der Phantasie des Lesers die schwere Aufgabe zugemutet werden, sich diese Frau – aus der Nähe betrachtet – als außerordentlich sympathisch und liebenswürdig, dazu ein wenig unbeholfen, zu vergegenwärtigen, und zwar sympathisch und liebenswürdig von ehrlichem Herzen, nicht aus Heuchelei.

Sie war bereits mit Anad-Ehi verheiratet, als König Jez-riad I.

die Schwiegermutter dieser bemerkenswerten Frau heiratete. Es mag sein, daß sie sogar am Zustandekommen der Eheschließung maßgeblich beteiligt war. Nach der Regierungsübernahme durch ihren Schwager Jez-riad II. überredete sie ihn, sich *vor* den Mauern der Stadt einen Palast bauen zu lassen. Nachdem er fünfzig geworden, ließ sie ihn unter ärztliche Obhut stellen. Ihr Mann, Prinz Anad-Ehi, übernahm formell die Regentschaft. In Wahrheit regierte Prinzessin Sachar.

Ihr großer Kummer war, daß auch an ihr sich kein Funke der Elsternkrankheit zeigte. Nächtlicherweise ging sie an den Fluß, um jene Begabung zu erzwingen, aber es tat sich nichts. Verzweifelt für eine Zeit, dann wieder beruhigt, klügelte sie eine List aus, wodurch die Bevölkerung vom Hamstern abgehalten und wieder – zum Teil jedenfalls – beruhigt wurde. Die List bestand darin, daß sie dem versammelten Volk weismachte, es sei ihr gelungen, ein Verfahren zu entdecken, wodurch die Edelsteine künstlich hergestellt werden könnten. Zum Beweis zeigte sie einige Lasursteine und aß sie sogar vor der jubelnden Menge auf; es waren Steine, die der gute alte König redlich aus dem Fluß gefördert. »Sie sind den echten so ähnlich, daß Ihr sie nicht unterscheiden könnt«, rief sie. Freilich waren sie von den echten nicht zu unterscheiden, da sie selber echt waren.

Die Bürger mußten nun, nach einem Plan, der für jeden eine Tätigkeit von einem Tag im Jahr vorsah (eine erträgliche Belastung), in einer Scheinfabrik an der künstlichen Edelsteingewinnung arbeiten. Genau ausgeklügelt liefen die Fließbänder des Werkes um- und ineinander, die Maschinen surrten und stampften, heftige Getriebe mußten jeweils in Tätigkeit gesetzt werden, aber produziert wurde, ohne daß jemand das ahnte, nichts. Nur: die Bewohner der unendlich reichen Stadt waren zufrieden und lächelten bald wieder über die letzten Hamsterer, die aber auch dem Horten bald entsagten. So schuf der Bürgerfleiß sich selbst die Beruhigung – vermeinend den in Jezradef lebensnotwendigen Überfluß zu schaffen –, obwohl jede Beunruhigung unangebracht gewesen war, da in Wirklichkeit längst die Elsternkrankheit auf Jahrtausende hinaus für die Stadt gesorgt.

Im vierundachtzigsten Jahr der Regentschaft des Prinzen Anad-Ehi – im einhundertsiebenten Jahr der Regierung des alten entmündigten Königs Jez-riad II. – soll das Boot der Erzählung wieder kräftig in den Fluß der Geschehnisse gestoßen werden.

Zweites Kapitel: Das Sudhaus oder Die Türken belagern Troja

Das Boot der Erzählung schießt in den Fluß, dreht sich, des Fahrens noch entwöhnt, einige Male um sich selbst und – die Feder möchte wieder wie ganz am Anfang eine Kamera sein –, je näher wir hinsehen, desto schneller kreisen das Boot und die Bretter, es gibt einen Wirbel von Wanten, Rudern, Kanten, und zuletzt geht daraus eine Szenerie hervor: ein großer Saal mit blendenden Leuchtern und einer glänzenden Gesellschaft auf einem funkelnden Parkett, dekoriert mit strahlenden Orden, die blitzenden Gläser in den Händen. Es herrscht ein allgemeines Gemurmel, das in dem Augenblick unterbrochen wird, wo die Türen auffliegen und die Prinzessin und der Prinzregent eintreten, die, gefolgt von ihren sechs Söhnen und den Enkeln, soweit sie geh- und hoffähig, erschienen sind.

»Oh, mein lieber Graf«, sagte die Prinzessin zu einem blonden Turm, »wie freue ich mich, daß ich Sie sehe.« Sie strahlte ihn an mit Blicken aus ihren blauen Augen, die tief neben der außerordentlich feinen scharfen, aber kleinen Nase saßen. Sie strahlte alle Männer an, auch jetzt noch, im Alter. Deswegen ging auch die Legende, daß nicht alle sechs Söhne von ihrem Mann waren.

»Wie fühlen sich Hoheit?« fragte der Graf.

»Danke, schlecht. Stellen Sie sich vor, aber . . .«, sie winkte leidend ab und wandte sich an einen anderen Mann, um ihn anzustrahlen.

»Die Prinzessin hat den ganzen Tag mit der eisernen Bettflasche liegend verbracht«, sagte zum Grafen einer der vielen Nebenmonarchen (Konstantin, mit dem Titel Kaiser), die in Jezradef residierten, und die von der Stadt, so groß war ihr Reichtum, ohne weiteres mit Apanagen bedacht werden konnten, und sagte im Umdrehen, »sie nahm drei Pillen ohne jede Wirkung zu sich«, zu einer Abordnung von Volksvertretern, deren es in der Stadt unzählige gab; auch die konnten ohne Schwierigkeit mit Diäten versorgt werden.

Die Volksvertreter nickten und schauten zur Prinzessin.

»Sie sieht aber nicht schlecht aus«, meinte Kaiser Konstantin weiter.

»Nein, nein«, antworteten die Volksvertreter, »das kann man nicht sagen.«

Dann gingen sie an das kalte Buffet und nahmen einen Imbiß mit Brötchen.
Der alte Geheimrat war ebenfalls anwesend. Er saß in einer rot gepolsterten Ecke und zitterte. Voller Verehrung standen fünf Professoren in einiger Entfernung.
»Der weißhaarige Greis!« sagten sie, »es ist nicht zu glauben, und doch wiederum zu glauben, wenn man so seine feurigen Augen sieht.«
»In denen mehr Licht ist –«, bemerkte einer und wollte aus der Reihe tanzen, wurde gerügt und sprach dann sofort wieder mit den anderen im Chore: »Der Autor von ›Pappe in Flandern‹, ›Der spanische Journalist‹ oder ›Zwei Stunden Langeweile‹.«
»Nicht zu vergessen ›Der plötzliche Degenstich‹, die Tragödie des Dichtenden! Wo im schönen Gespräch zwischen Staatsmann und Dichter unvermittelt die Degen gezogen werden. Ist es nicht ein Gleichnis für sein eigenes Leben? Der Dichter gegen den Staatsmann! Ahhhh!« riefen sie alle fünf.
»Und erst ›Der zwiefache Hokuspokus‹ –«
Da sanken sie alle in die Knie, denn sobald dieser Name fällt, ist es die Pflicht jedweden Professors, in die Knie zu sinken (in Jezradef, der unendlich reichen Stadt).
»Als Prosaist hat er aber zumindest ebenso Großes geleistet denn als Bühnenautor. Wir nennen nur die Romane ›Allesamt sind mitsammen verwandt‹ und ›Blaufrack und Contretanz‹.«
»Aber am größten ist er in der Lyrik.«
Da starben die Fünfe hin auf das Parkett vor Verehrung. Der Geheimrat aber saß in seinem Sessel und zitterte immer noch, allerdings im Schlaf, denn er war eingenickt und das weiße Haupt mit dem karierten Schildkäppchen auf die gefalteten Hände gesunken.
Die Menschen sind grausam: sitzt nicht dieser alte Minister hier und hat wohl nicht lange mehr zu leben? Seine Frau ist tot, sein Sohn ist tot – er selbst arbeitet wohl noch gelegentlich in seinem Garten und liest ab und zu einige Seiten, meist Eigenes, sonst aber ist er erledigt, sein Leben ist vorbei. Und was geschieht hier mit ihm? Er wird aufs Gröbste verspottet, wie zu bemerken war. Ist es nicht viel eher am Platz, ehrliches Mitleid mit dem Manne zu haben, der da im rotgepolsterten, goldbeschnürten und posamentierten Ehrensessel mit Fußschemel sitzt und schläft? Aber die Menschen sind ohne Mitleid und grausam. Wo fühlt sich ein

erwachsener Mensch von Herzen wohler als am Galgen, mit einer Hand das Bein des Gehenkten umklammernd, fröhlich hin- und herschaukelnd? Wo, so frage ich?
Dieweilen die Prinzessin: »Wissen Sie König«, sie sagte es zu einem Graubärtigen, »ich fürchte den Tod so ganz und gar nicht, viel eher, wollte ich sagen, ich sehne ihn herbei.«
»Aber Prinzessin«, sagte der König – er war auch einer der Nebenmonarchen – beruhigend, zugleich aber besorgt und bekümmert, wie es üblich war.
»Nichts, nichts, kein Aber. Ich wollte, ich wäre tot und läge unter dem Rasen. Ich habe schon soviel hinter mir, wissen Sie –«
»Wohl, das wissen wir bei Gott alle.« Man durfte die Behauptung, daß sie viel hinter sich gebracht hätte, nicht bestreiten.
»Mit meinen sechs Söhnen –«
Der König setzte eine bewundernde Miene auf. Man mußte selbst die sechs ungeratenen Söhne der Prinzessin bewundern, die jetzt gerade einem jungen Mädchen durch den ganzen Saal nachjagten, einer hinter dem anderen, bald der eine vorn, bald der andere – sie trugen kurze, aber für kurze zu lange Hosen, weit und weiß, und ebenso weiße Jacken mit Purpur paspouliert.
»Sie sind völlig ungeraten. Ich stehe Furchtbares mit ihnen aus. Neulich, König, kam einer von ihnen erst um zwei Uhr nach Hause, ich wartete natürlich und blieb auf. Ich sah schon durch das Fenster wie er hinkte, stellen Sie sich den Schreck vor.«
»Du Barmherzigkeit!«
»Ja, und da laufe ich ihm entgegen: aber er hatte nur einen Schuh verloren.«
»Wo?«
»Beim Spiel. Beim Kartenspiel. Meine Söhne bringen mich noch ins Grab.«
Obwohl sie dies anklagend sagte und Mitleid heischend und vorher aber behauptet hatte, daß sie froh wäre, wenn sie stürbe, durfte man jetzt beileibe nicht bemerken, daß sie ja dann hätte, was sie wolle. Im Gegenteil, der Zuhörer hatte die undankbare Aufgabe, zugleich ungläubig – deswegen, weil es sich doch nicht um ungeratene Söhne bei einer solchen Mutter handeln könne – und anerkennend zu sein – nämlich den Schmerz der Mutter anerkennend, den sie mit solchen Söhnen auszustehen hatte.
König Priamos meisterte die Aufgabe:
»Es ist schon schlimm; aber ist es denn so schlimm?«

Trotz dieser äußerst vorsichtigen und, wie gesagt, meisterlichen Wendung, drehte sich die Prinzessin ab.
»Was wissen Sie. Einen Menschen möchte ich haben, dem ich mein Herz ausschütten könnte.«
Der König stand ein wenig betroffen, wenngleich er wußte, wie jeder gewußt hätte, daß es unfehlbar nach einem Gespräch mit der Prinzessin Sachar so enden würde. Er stand da wie ein begossener Pudel. Dieser Vergleich ist auch in anderer Hinsicht treffend, da der König Priamos den Kopf und das Kinn voller schwarzer Löckchen trug.
Die Prinzessin wandte sich an einen anderen Teilnehmer des Festes.
»Chevalier –«
Der Chevalier war unten sehr dünn und wurde erst oben massig. Er trug einen Mittelscheitel und war das, was man einen schönen Mann nennt. Er hieß Sinigaglia.
»Wissen Sie, mein Mann ist ein vollendeter Trottel.«
Der Chevalier de Sinigaglia schluckte unter gleichzeitigem Neigen des Kopfes und machte dazu eine respektierende Geste.
»Sie kennen ihn nicht, Sie kennen ihn alle miteinander nicht. Er ist ein vollkommener Trottel.«
Der Chevalier de Sinigaglia schluckte wieder in derselben Weise.
Die sechs Söhne der Prinzessin hatten das Mädchen inzwischen erwischt und begannen es auszuziehen. Es kreischte.
»Er hat nie etwas anderes im Kopf gehabt als die Weibsbilder. Aber was wissen Sie, Chevalier. Wenn Sie soviel mitgemacht hätten wie ich –« Sie winkte mit der Hand und drehte sich weg.
Die sechs Söhne hatten mittlerweile das Mädchen entkleidet und betasteten das verzweifelt herumhüpfende und sich dabei um sich drehende und schreiende Wesen.
Der alte Geheimrat war, wie schon angedeutet, sanft entschlafen – nicht ganz, natürlich, also nicht im übertragenen und üblichen Sinn, er war noch nicht gestorben. (Er hatte für den Fall aber bereits eine erhebend-lobende Grabrede verfaßt und eine Schallplatte damit besprochen, sowie testamentarisch verfügt, daß sie bei seiner Beerdigung abgespielt werden müsse.)
Die Professoren hatten ihre Seelen ausgehaucht, was ebenfalls bereits erwähnt worden ist, ihre Kadaver wurden von goldbetreßten, grünlivrierten Lakaien beiseite gezogen und an den Füßen aus dem Saal geschleift.

Die übrigen Gäste waren betrunken. Es fiel so nicht unangenehm auf, daß, als einer der sechs Prinzen ausgerutscht war und die anderen und das Mädchen mit sich gerissen hatte, die siebene über das Parkett dahin und unter ein großes Himmelbett glitten. Unten balgten sie sich unvermindert weiter, rumorten, schlugen sich, daß die hohe Bettstatt, bald hier, bald dort aufgehoben, schaukelte wie ein Schiff im Sturm.
Um zwölf Uhr wurden die Lichter gelöscht, um ein Uhr sagte die Prinzessin: »Kein Mensch ist wirklich aufrichtig zu mir, alle sind falsch, alle bestehen aus purer Falschheit. Ach, mir tut der Bauch so weh. Gehen Sie weiter«, das letzte zu einem Kammerdiener, der an der Tür stand und wie ein Kammerdiener den Guß ertrug. Dann ging die Prinzessin hinaus.
Um zwei Uhr wurden die Gäste mit großen Besen von den Putzfrauen aus dem Saal gekehrt, sortiert und verschickt, wohin sie gehörten. Jedes Fest endete so. Nur war noch niemand unter ein Bett gerutscht, und auch ohnedies ist es die Gewohnheit der Putzfrauen, unter Betten nicht zu kehren, so daß die sechs Söhne und das unbekleidete Mädchen rumorend im Saal verbleiben konnten.
»Es gibt nicht nur zwei Sorten von Menschen«, sagte einer der Prinzen, »sondern eigentlich neun.« Er zählte auf: »Männer, Frauen«, das Mädchen quietschte kurz laut und dann lang leise – »Masochisten und Sadisten, Homomasochisten und Homosadisten – wo sich nur Masochisten von Masochisten quälen lassen und Sadisten nur Sadisten quälen –, sowie Homo- und Autosexuelle und Sodomiten.« Er zählte nochmals unter Zuhilfenahme der Finger. »Eventuell noch Autosodomiten: Yogis, die sich in Trance versetzt als Tier glauben, als Geiß vielleicht, und dann – na ja.« Er zählte auf ein Neues und war befriedigt, daß er wirklich alle erfaßt und keine Sorte vergessen hatte.
Sie trieben natürlich auch anderen Unsinn, sangen etwa das getragen-würdige Lied: ›O Jezradef, o Jezradef, wie blau sind deine Reben‹ als Kanon und so fort, sie trugen lyrische Gedichte vor (wo ohnedies lyrische Gedichte coram publico gelesen, je ernster für den Autor, je erheiternder für das Auditorium sind), und hätten sich am Ende gar an den Gebilden des zarten Ministers vergriffen, der entschlummert, gleich den anderen Gästen von den Besen der Putzweiber hinausgewischt worden war.
Soweit kam es nicht, nämlich zum Vergriff an der Lyrik der

Nation, denn hier beginnt das Ende, das erste der beiden Enden, des Doppelendes der Stadt Jezradef.
Denn als der zweite, der Lieblingssohn der Prinzessin Sachar, Jez-riad, benannt nach dem ersten König, einmal sein Haupt kurz unter dem Bette hervorstreckte, sah er, wie die gegenüberliegende Wand zu leuchten begann.
Er wußte, daß dort der große Schlachtenteppich hing, in satten Farben, in alter Zeit kunstreich bestickt. Jetzt hob diese Wand an zu leuchten. Sie leuchtete zuerst schwach, nicht wie eigentliches Leuchten, sondern bloß wie von einem Widerschein, der matt und blaß, von einer Ecke sich ausspannend, über die ganze Fläche kroch. Es war ein fleckiges Leuchten, manche Stellen blieben dunkel, oder dunkler, die ganze Erscheinung erhielt dadurch etwas Stilles, Transparentes. Das Leuchten wurde rötlich, besonders am oberen Rand, und die anfänglich dunklen Flecken bekamen Konturen und wurden sichtlich ausgespart. Das Leuchten wurde immer heller, und je heller es wurde, je schneller wurde es heller, verlor zwar an Transparenz und schöner Unwirklichkeit, stand aber plötzlich in flammendem Glanz. Der obere Rand war blutrot geworden: es waren Flammen.
Und da kamen Reiter, übereinander, unperspektivisch, sie sind als hintereinanderstehend gemeint: Reiter in blauen Kitteln und weißen Helmen, ernst und tierisch aus dem Teppich schauend. Es kamen Elefanten mit einem Rammstachel vor der Stirn, sie schauten scheinbar lustig mit ihren kleinen Äuglein; Zelte, gelb und grün, verstreut über das Gras, leuchtend rot vom Widerschein der Flammen; offene Zelte und geschlossene Zelte, prunkvolle für die Fürsten und weniger prunkvolle für die anderen; Generäle gingen reihab, reihauf, Fässer lagen da, Kanonen, erzene Kugeln, Speere, Lanzen und immer und immer wieder Fahnen, rot, grün, blau, orange und golden kreuzten sich, Marketenderinnen und Kriegsbajaderen liefen hin und her, Feldrabbiner und Wundärzte, und Fußvolk – Fußvolk über Fußvolk, Haufen Volks, Haufen Fußvolks, Weiße und Mohren, nacktes und bekleidetes, gewaffnetes und bloßes, Pulverreiber, Trommler und Pfeiffer, mit jedweder Kopfbedeckung, mit allen Waffen, mit Pfeilen und ein- und zweischneidigen Schwertern, mit Steinkeulen und Musketen; Piqueniere und Füsiliere, Infanterie und Genietruppen, Gemeine, Gefreite, Obergefreite, Hauptgefreite, Chinesen und Indianer, Mulatten und Kreolen und Kreo-

latten, alles, alles wogte und wandelte auf dem roten Gras, auf Befehl, ohne Befehl und gegen Befehl; alle getaucht in das Licht der gleichmäßigen, wellengleich schaumgekrönten Flammen am oberen Rand: die Flammen, die aus den Mauern der Stadt züngelten, der unendlich reichen Stadt Jezradef.
Der junge Prinz vergaß das mühsam enthüllte Mädchen sowie den Kanon und alles, krabbelte unter dem Bett hervor und rannte schreiend zur Mutter: als er den Gang entlanglief, sandte durch die riesigen, vielfach unterteilten Bogenfenster schon das schwarz-rote Geflacker sein erregendes Licht, den Marmorboden sprenkelnd. Gedämpft klangen die Schüsse der Kanonen und das Johlen und Schreien in den Palast. Der Prinz rannte schneller und stürzte in das Zimmer der Mutter.
Sie erfaßte die Lage schnell und ging und ließ die Schatzhäuser sperren, aber zu spät, denn sie waren bereits leer. »Ich dachte es mir: unvernünftig Volk«, sagte die Prinzessin und schob mit dem Fuß einen der Zerquetschten beiseite, die überall am Boden lagen. Dann ging sie zum Fluß, aber in dieser Bedrängnis hatte sie weder Zeit noch Muße festzustellen, ob die Elsternkrankheit Jez-riad I. denn nicht doch noch auf sie übergegangen wäre. Sie eilte weiter zur Fabrik, in der zur Beruhigung des Volkes nichts erzeugt wurde, aber sie stand still. Sie tobte und rannte weiter, heim in den Palast. Dort warteten schon die Generale und die Minister: eine erhaben-makabre Gesellschaft, alle noch angetrunken, mancher noch blau, manche – schneller reagierend – verkatert, einige, vornehmlich die Militärs, in voller Uniform, einige aber auch nur im Nachthemd oder in der Unterwäsche. Sie stritten sich um den Oberbefehl über die Truppen.
»Nur ein Soldat, Herr Minister.«
»Die Soldaten, Herr Feldmarschall, gehören an die Front.«
»Daß ich nicht lache, Herr Minister.«
»Der Ernst der Lage verbietet mir jedenfalls zu lachen, und ich glaube, bald werden auch Sie –«
»Keineswegs, keineswegs –«
Und so fort und so weiter, bis die Prinzessin eintrat. Sie kam langsam und glich im Augenblick einer untersetzten Sibylle.
»Wer ist der Feind?« fragte sie.
»Äh – wir wissen es noch nicht sicher«, sagte einer, ein Plattnasiger mit hoher Stimme.
»Wer ist der Höchste unter euch?«

Alle wollten ›ich‹ schreien, aber dann überlegte es sich jeder und dachte: ›wenn ich als einziger nicht ›ich‹ schreie, falle ich am ehesten auf‹, und so schrie keiner.
»Ich meine der Höchste nach mir – nach dem König und der königlichen Familie?«
Ein junger Rechtsreferendar, der einsah, daß er selber keine Aussicht hatte, als der Höchste zu gelten, sagte: »Vielleicht der Graf Dunois?«
Die Prinzessin strahlte den blonden Turm an: »Übernehmen Sie den Oberbefehl?«
Ehe der Graf antworten konnte, hatten sich einige besonnen, daß sie dagegen waren und schrien »Nein, nein, nicht den Grafen Dunois, nicht ihn, den hier, den Feldmarschall«, und schoben einen Buckligen mit Küraß vor. Gegen ihn waren wieder die anderen, und es gab wieder ein Geschrei, aber wenigstens gab es auch zwei Kandidaten, und die Prinzessin ließ abstimmen. Mit knapper Majorität siegte der bucklichte Feldmarschall und wurde mit dem Reichsschwert, das sonst nur der König trug, für die Zeit der Belagerung belehnt. Alsdann schritt der neue Befehlshaber mit der Prinzessin auf den Turm des Palastes und überschaute die Lage.
Sie war grauenhaft. Die Stadt brannte ringsum. Der Fluß leuchtete rot von Flammen, der Himmel war schwarz, und man konnte die Sterne nicht sehen vor lauter Feuerregen und Funken, die sich unablässig aus den Kanonen über die Stadt ergossen. Draußen wimmelte es vor Zelten und Kriegsvolk, herinnen rasten und tobten die Verängstigten durch die Gassen wie ein tosender Bach.
Die Kugeln der Feuerschlangen und Feldgeschütze zeichneten gepunktete ballistische Kurven in das Rot des Feuerscheins.
»Ist es das Ende, Prinz?« fragte die Prinzessin den Feldmarschall.
»Wenn es das Ende ist, müssen wohl alle sterben«, sagte der Befehlshaber etwas banal.
»Seien Sie doch ruhig, wer wird denn vom Sterben reden«, und sie drehte sich und ging schlafen.
Am nächsten Tag wurde der Mann der Prinzessin Sachar, Prinz Anad-Ehi, zum König ausgerufen, da angenommen werden konnte, daß der vor den Mauern residierende König – Jez-riad II. –, der Geisteskranke, nicht mehr am Leben war: von den

Belagerern umgebracht, oder vor Schreck gestorben. Damit wurde Prinzessin Sachar Königin. Von einer Krönung nahm sie allerdings vorerst Abstand. Die Kathedrale war bereits mehrfach durchlöchert, und ein Krönungszug wäre der Bevölkerung in diesen Zeiten der Not anstößig erschienen.
Endlich spien auch die eigenen Kanonen ihre Kugeln in allen Größen hinaus: von zierlicher Handlichkeit bis zur Größe einer Kirchturmkuppel, etwa wie die der Kugel für das Riesengeschütz ›Weckauf‹, die ein Regiment auf einmal zu zermalmen vermochte, sofern sie traf. Das Riesengeschütz schoß aber während der ganzen Belagerung nur einmal, weil jeder Oberbefehlshaber der Ansicht war, es sei besser, das Geschütz woanders zu verwenden, als es vom Vorgänger geplant gewesen, und es sich somit auf ständiger Wanderschaft durch die Stadt befand. Es war schwer zu transportieren und nahm viel Mühe in Anspruch. Es gelang, wie gesagt, nur einem einzigen Oberbefehlshaber, die Wunderkanone ›Weckauf‹ einzusetzen, der einzige, der in diesem Krieg länger als zwei Tage den Oberbefehl behielt. Dem bucklichten Feldmarschall wurde er schon im Laufe des nächsten Vormittags genommen. Er hatte die große Kanone aus dem Arsenal in die Mitte der Stadt schaffen lassen. Als er abberufen wurde, folgte auf ihn der König Priamos mit dem Pudelhaar für einen Nachmittag und die halbe Nacht. Er ließ die Kanone ›Weckauf‹ wieder in Richtung Arsenal schleppen. Nach ihm übertrug die Königin den Oberbefehl auf den Kaiser Konstantin, aber nur für wenige Minuten, er konnte nur einen einzigen Befehl erlassen, daß nämlich die Kanone nicht mehr weiter in Richtung auf das Arsenal gezogen werden sollte. Dann versuchte es die Königin mit dem alten Minister als Oberbefehlshaber. Er ließ die Kanone vergraben. Am dritten Tag zerstritt sich die Königin Sachar aber auch mit dem Ministergeneral und übergab nach einem kurzen Befehlshaberzwischenspiel des unten dünnen und oben erst massig werdenden Chevaliers die Militärgewalt für einen Tag wieder dem bucklichten Feldmarschall mit dem Küraß. Nach diesem Tag, angefüllt mit Streit zwischen der Königin und ihrem Feldmarschall, legte der bucklichte Prinz das Amt nieder, nicht ohne vorher das Wundergeschütz ›Weckauf‹ ausgegraben und nach dem Westen der Stadt befördert zu haben.
Dann hielt drei Tage lang der blonde Turm, Graf Henri Dunois,

den Befehl über die Truppen der Stadt. Unter seinem Kommando schoß die dicke Kanone das einzige Mal und zermalmte ein Regiment Türken mitsamt den Standarten und der Gulaschkanone. Die Überreste des Regiments waren hernach nicht mehr von den Überresten des Gulasch zu unterscheiden. »C'est la guerre«, sagte damals der Graf und prägte damit den bis heute berühmten Spruch. Ihn setzte die Bruderschaft ab.
Sie kam gerade vom Hochfest des Haarschneidens zur Königin Sachar, als der Graf Dunois den dritten Tag den Oberbefehl hielt. Die Königin gab viel auf die Bruderschaft und empfing sie deshalb sofort.
Der Thronsaal, in dem der Empfang stattfand, war dunkel, weil die Fenster mit Brettern vernagelt hatten werden müssen, um die Granatsplitter einigermaßen abzuhalten. Durch die Ritzen und Fugen zwischen den Brettern blinkte es rot auf das karierte Parkett. Die drapierten Vorhänge, die schwarzledernbezogenen Sessel und die weißgeäderten Kaminsimse waren jedoch dieselben wie in Friedenszeiten. Die Königin saß – der König nebenbei – auf ihrem Thronsessel, schräg, den rechten Arm auf die Lehne gestützt, den linken im Schoß. Sie zog freundlich die Stirn in Falten, fragend, obgleich sie vermeinte, nichts anderes zu hören als seit eh bei den Besuchen der Bruderschaft, nämlich bloße Anstands- und Höflichkeitsformeln, selten untermischt mit mystischen Undeutlichkeiten, die aber keineswegs beunruhigend wirkten.
Diesmal aber traten sie entschiedener auf, trotz des einleitenden Murmelns von: »Wir kommen aus dem Wald, Johannes folgt uns bald, wir bringen miserere, und dadurch eitel Ehre«, auf die sich ansonsten keiner verstanden hätte, weil keiner darauf gehört, die jetzt aber vom spärlich gewordenen Hofstaat – einige Höflinge waren nicht da, befanden sich aber natürlich mitnichten bei der Truppe auf den Wällen, sondern in den Kellern ihrer Häuser – als unzeitgemäß aufgefaßt wurden. Es schien, daß die geduldete Existenz der faulenzerischen Bruderschaft in der Stadt der augenblicklichen Notlage nicht gerade angemessen wäre. Die Folge der gereimten prophetischen Äußerungen war also ungeduldiges Naserümpfen.
Dann fuhr die Bruderschaft fort und erregte unangenehmes Aufsehen: sie bat um die Erlaubnis, ein Regiment bilden zu dürfen.

»Ein Regiment?« sagte der inzwischen zum Hofkriegsrat ernannte (oder degradierte) Kaiser Konstantin.
Ja, antwortete die Bruderschaft, schließlich sei es doch so, daß nicht nur die Türken Teil um Teil in Gulasch und Ähnliches verwandelt seien, sondern daß auch ein erheblicher Prozentsatz der eigenen Bevölkerung bereits ein oder mehrere Gliedmaßen, den Kopf oder zumindest das Augenlicht und das Gehör, wenigstens aber einige Zähne verloren hätte: vielen seien die Gedärme schlängelig aus dem geschlitzten Leib getreten, viele wären in kleine Fetzchen zerrissen, viele langgezogen und wie eine Leberwurst ausgequetscht worden.
»Ja schon«, sagte der Hofkriegsrat, »es freut mich zwar sehr, so unerwartete Hilfe von einer Seite zu bekommen, von der ich es nie erwartet hätte. Aber haben Sie denn Waffen und –«
O ja, Waffen und Uniformen hätten sie, das heißt, die Uniform sei ihre schwarze Kutte und ihr zylindrischer Helm, von dem die breite Passe niederwallte. Und Waffen, naja, man werde sehen. Schießen könne der Feind auf einen, und das sei schließlich das wichtigste. Der Hofkriegsrat täuschte sich, da er glaubte, die Bruderschaft würde auf, auf ins Feld ziehen; sie entfaltete nur die Fahnen und zog durch die Stadt, und hauptsächlich um das aus großen grünen Steinen gebaute Hauptquartier des Grafen Dunois. Der Graf hörte in einer Pause der Beschießung den Lärm und trat ans Fenster.
»Wir sind das neue Regiment!« schrie die Bruderschaft.
»Was?« fragte der Graf seinen Adjutanten, einen Obersten Manrico.
»Ja«, sagte der Adjutant und informierte den Grafen.
»Das neue Regiment, das neue Regiment«, schrie die Bruderschaft, und entfaltete immer wieder die Fahnen unter dem Jubel der Bevölkerung.
»Hm«, sagte der Graf, als er informiert war.
»Wir sind das neue Regiment, das neue . . .«
Der Rest ging in der erneut einsetzenden Beschießung unter. Der Graf brüllte – wenn beschossen wurde, mußte man in diesem, nahe dem Wall gelegenen Viertel immer brüllen, wollte man verstanden werden –, daß die Bruderschaft, wenn sie durch ihren Lärm kund zu tun wünschte, an der Front verwendet zu werden, zu Schanzarbeiten an der Wunderkanone beordert werden sollte.

Der Adjutant, dessen Ohren an den Lärm längst gewöhnt, verstand sofort und ging hinunter. Der Graf wandte sich wieder seinem Tisch zu, wischte mit dem Handfeger die Kreidestriche von der Generalstabskarte weg und zeichnete neue Linien, Kreise, Punkte und Sterne ein.
Der Adjutant kam zurück. Er schleuderte seine Absätze schneidig ein paarmal auf den Marmorboden, fuhr sich mit der rechten Faust von der Magengegend zum Schenkel und wieder hinauf ins Gesicht und schlug sich dann mit der flachen Hand aufs Hirn.
»Melde gehorsamst, Herr General, sie wollen nicht.«
»Was?«
»Die Bruderschaft, neues Regiment, will nicht auf die Schanzen.«
»Warum?«
»Sie wollen nicht schaufeln und überhaupt, wenn sie sich schon freiwillig gemeldet haben, sagen sie, dann könnten sie sich zum mindesten auch aussuchen, wo sie eingesetzt werden.«
»Und was wollen sie machen?«
»Sie wollen in die Schreibstube. Ja, Herr General, ich habe es ihnen schon gesagt, daß es nicht geht, aber –«
»Umstände sind das –«
»– sie haben dann, ja, Herr General, dann haben sie mit Pflastersteinen auf mich geworfen, melde gehorsamst.«
»Wie?«
»Ich habe mich Herr General, gehorsamst, sofort abgesetzt und das Tor zugemacht.«
»Mit Pflastersteinen –?« Er sprang auf und schlüpfte in seine Jacke, dann in seinen pelzverbrämten Mantel. Die Orden klingelten.
»Die Türken von draußen mit Kugeln –«, er suchte seinen Tschako, »– und die Bruderschaft, die Brüder –«, er schnallte sich den Säbel um, »mit Pflastersteinen von innen –.« Er wischte mit dem Handfeger zweimal straff über den Schnurrbart.
»Ich gehe zur Königin. Manrico, wenn was los ist, ich bin im Palast.«
»Zu gehorsamsten Befehl, Herr General.«
»Und machen Sie weiter da Striche auf die Karte.«
»Jawohl.«
»Und das dann –«, die letzten Anweisungen waren schon gemurmelt, der General lief die Treppe hinunter.

Schnurstracks wollte er zur Königin. Er ging dann später auch (nicht gerade schnurstracks) zur Königin, allerdings nicht in den Absichten, mit denen er von seinen Linien und Sternen auf der Generalstabskarte aufgebrochen war; denn im Vorraum zur Treppe erwartete ihn die Bruderschaft.
Sie standen alle, obwohl im Raum rund an den Wänden Bänke angebracht waren, wenn auch wenige und harte Bänke (sie waren für die Freiwilligen bestimmt, die hier immer warten mußten, bis sie Gehör bekamen). Vielleicht stand die Bruderschaft gerade der Bänke wegen, denn alle hätten nicht sitzen können, und es hätte zweifellos den Anschein einer Gradeinteilung oder Hierarchie innerhalb der Bruderschaft gegeben, wenn einige der Brüder gesessen, andere aber gestanden wären. Eine Gradeinteilung war aber nicht vorhanden oder sie sollte verborgen bleiben.
Der General Johann Graf Dunois, Bastard von Orlêans, Oberkommandierender der königlich jezradefischen Truppen, stand Aug' in einigen Augen der Bruderschaft gegenüber. Allen zugleich konnte er nicht ins Auge blicken.
»Wie sind Sie hereingekommen?«
Die Bruderschaft verbeugte sich insgesamt tief und langsam, sehr tief sogar.
»Sie haben auf meinen Adjutanten mit Steinen geworfen!« Er stieß einem der Brüder mit dem Stiefel von unten in das Gesicht und traf die Nase.
Die Bruderschaft zog sich dichter zusammen wie eine berührte Qualle und verbeugte sich noch tiefer.
»Gehen Sie sofort hinaus; Pack!« er wollte wieder einen von unten ins Gesicht stoßen, aber er traf keinen, die zusammengezogene Bruderschaft wich nämlich gerade da zurück, wo der General zuzustoßen sich anschickte.
»Hinaus!« brüllte er jetzt, »hinaus!« Und viele Flüche brüllte er hinterher. Er stieß mit seinen Füßen, traf aber zufolge der quallenhaften Veränderungen der zusammengeschlossenen Brüder keinmal. Er trampelte vor und schloß das Tor auf. Wie die Luft in ein Vakuum, schlüpfte die Bruderschaft mit einem satt-pfropfenden, feuchten Ton ins Freie. Der General lief nach und versuchte wieder zu treten, traf aber hier im Freien noch weniger. Nun erinnerte er sich seines vorherigen Entschlusses und bestieg die Sänfte. Die Sänfte war mit Tarnanstrich versehen.

»Machen Sie schnell: in den Palast«, sagte er zum Soldaten, der vorn an der Sänfte trug. Die Sänfte setzte sich in Bewegung, und der General dachte einige Minuten nicht mehr an die Bruderschaft, sondern an die Lage der Stadt, die er an Hand einer Taschengeneralstabskarte studierte. Dann fiel ihm die Bruderschaft wieder ein, und er beugte sich aus dem Sänftenfenster. Die Brüder liefen vollzählig hinter dem Traggestühl her. Der General spuckte zornig in ihre Richtung, aber die Brüder wichen seinem Speichel, wie vorher seinen Fußtritten, schnell und sicher aus.

Der General spuckte wieder, fester und schneller, daß es nur so knallte beim Abspucken; die Bruderschaft wich um so schneller der Spuckparabel aus.

Der General spuckte Serien, hin und her, er drehte den Kopf, als sei er ein mähendes Maschinengewehr, und spuckte und spuckte, literweise, einmal sogar einen lockeren Zahn. Aber er traf nie.

Dafür kamen sie jetzt auf dem Weg zum Palast an die Stelle, die dem Wall am nächsten gelegen, und plötzlich kam von oben eine türkische Kanonenkugel und schlug mitten in den Haufen der Brüder. Die Kugel verlangsamte sichtlich ihre Geschwindigkeit im Brüderhaufen, und ihrem Lauf folgte ein Wanken und Zukken, kurz bildete sich eine Gasse, schloß sich sofort wieder und zum Schluß liefen die Brüder weiter, als wäre nichts geschehen, so, als ob eine Revolverkugel in einen Haufen Gallerte geschlagen hätte.

Drei- oder viermal passierte dies, zum verständlichen Erstaunen des Generals, der aufgehört hatte zu spucken; dann traf eine Kugel den vorderen Träger der Sänfte und riß ihm den Kopf ab. Die Speiseröhre schob sich etwas nach oben ins Freie. Vielleicht schlug auch das Herz noch ein oder zweimal ganz unnötig und für nichts. Die Sänfte fiel vornüber und der General hinaus. Dank dem Tarnanstrich hatte die Kugel nicht die Sänfte selbst getroffen. Graf Dunois rappelte sich hoch, wobei die Orden wieder klingelten. Er zog den Kopf ein und lief die Straße hinunter. Der übriggebliebene Soldat, der die Sänfte hinten getragen hatte, lief mit.

Der Kugelregen wurde dichter für einige Minuten. Ein brennender Balken stürzte von einem Dach herunter und verwandelte in Sekundenschnelle den armen Soldaten in ein kleines schwarzes

Männchen, das nach verbrannten Haaren stank. Sein Herz tat gewiß keine unnötigen Schläge mehr.
Der General aber lief weiter. Er kam in einen Park, der war jetzt die Leichenstelle für die Armee. Die Müllabfuhrautos brachten die Toten und Verwundeten; kriegsdienstverwendete Frauen und Mediziner zogen die Toten aus. Gut erhaltene Exemplare wurden für die Anatomie konserviert, die ohne Gliedmaßen oder ohne Kopf oder die ganz und gar zerquetschten und verbrannten wurden vergraben. Die Verwundeten bekamen ein Etikett an einem Schnürchen um den Hals und wurden zu großen Quadern aufgeschichtet. Einmal schlug ein türkisches Schrapnell in einen solchen Quader. Er wurde weggeschaufelt.
Nachdem sich Graf Dunois auf einer Parkbank ein wenig ausgeruht hatte, lief er weiter. Er hatte die Bruderschaft nicht mehr gesehen und dachte, sie wäre entweder langsamer gewesen als er oder doch von den feindlichen Kugeln aufgerieben worden. Als er aber an eine Ecke kam, an der zwei Straßen im spitzen Winkel ineinander mündeten, sah er die Brüder vollzählig aus der anderen Straße auf sich zukommen. Er begann wieder zu spucken, ohne Erfolg natürlich, zu treten und zu boxen. Er schlug wild um sich und auf einmal, durch die eigene Kraft, mit der er seine Fäuste ins Leere schleuderte, hin und her gerissen, verlor er den Stand und rutschte in ein heimtückisch und vorsätzlich geöffnetes Kanalloch. Das Loch war nicht abgründig tief, aber als er auftauchte, war er voll Jauche, auch an den Orden.
Die Bruderschaft lachte in orkanischer Weise und wich seinen Schlägen oder vielmehr seinem Geruch immer weiter aus. Da begann der starke blonde Turm zu weinen und gab an der Pforte des Palastes sein Rücktrittsgesuch ab. Daß er weinte, war weniger ein Zeichen der Schwäche als vielmehr dafür, daß es seinen Nerven einfach zuviel geworden war.
Der Weg der Bruderschaft, sie behauptete: ihr vorgezeichneter, war nun frei. Sie besetzte die Schreibstube des Kommandanturgebäudes und schlug der Königin nacheinander die Männer vor, denen der Oberbefehl übertragen werden sollte. Keiner führte ihn nach Willen der Bruderschaft länger als eine Stunde. Es versteht sich, daß die verheerenden Ereignise kaum Platz fanden, einander zu folgen, die Hiobsbotschaften gaben sich gewissermaßen die Türklinke in die Hand.
Unter dem kurzen Oberkommando des bärtigen, kinnstarken

Grafen Trautson am zweiten Tag nach dem Rücktritt des Grafen Dunois wurde das Pulver knapp, zwei Tage später ging es ganz aus. Die Bruderschaft verteilte Speere und Pfeile unter das Volk; dann gingen aber auch die Speere und Pfeile aus, und es mußten von allen Garten- und Parkgittern die lanzenartigen Verzierungen gebrochen werden. Nur die altgriechischen Regimenter unter dem Befehl des Königs Priamos erzielten einigermaßen Erfolge mit diesen Notwaffen.

Nebenbei, weil gerade von ihnen die Rede ist: die Griechen hatten an dem ganzen Krieg keine rechte Freude, weil es soviel Tote auf einmal gab. Eine Mauer stürzte ein und vergrub ein Bataillon. Ist denn da noch die Möglichkeit, eines Heldentodes zu sterben? Eine Kanonenkugel kommt geflogen und reißt einen Trichter in die Erde und hundert Mann in Haschee. Kann da noch die Rede sein von: Aug' in Aug' dem Feinde gegenüber stehen? Eine Kompagnie sitzt friedlich – mehr oder minder friedlich – im Unterstand und spielt Mühle oder Doppelkopf, da geht eine Mine zwischen ihnen los, zerkleinert die Kompagnie in ravioligroße Stücke; wer wollte da noch von wehrhaft' Trutz und Manneswert reden? Ein Schütze verrichtet seine Notdurft im Feldabort, und da kommt eine Garbe aus einem Maschinengewehr und schneidet ihm das Gesäß herunter; was ist da noch übrig von: wird da das Herz noch gewogen? Ist das nicht vielmehr eine bloße Unanständigkeit zu nennen?

Die Griechen liebten es, individuell zu sterben, aber was hilft das jetzt, und so fochten sie mit ihren Notlanzen. Eine übermächtige türkische Angriffswelle fegte das tapfere Regiment hinweg. Ein Kriegsberichterstatter hielt gerade noch im Bilde fest, wie der König Priamos, das pudelige Haar versengt, als letzter der Seinen auf einen Mauerrest stieg, den einen Fuß vorgestemmt auf einen Haufen Tote; sich der Todesnähe bewußt, warf Priamos noch einige Sofakissen, mit Pfauen bestickt (es handelte sich um Prachtstücke aus dem königlichen Palast), zum Schluß schleuderte er einen Gartenzwerg, der einen kleinen Schubkarren schob und eine Pfeife schmauchte, und ein kleines Marmorreh gegen den Feind. Dann umfing ihn der satt aufplatzende Rauch eines Einschlages. Als der Dunst sich verzog, um neuem Platz zu machen, knipste der Kriegsberichterstatter rasch noch die Leiche des Königs: den Bart gegen den Himmel gekehrt, die Kehle blutig, in der mächtigen Faust aber wurfbereit noch eine schwere

Uhr – einen ruhenden Ritter und drei Genien darstellend – aus Bronze.
Drinnen in der Stadt tobte und gärte die Masse, sofern sie noch toben und gären konnte. Weiber rannten um die brennenden Ecken, manche brüllten drohend, manche schwiegen drohend, Greise und Kinder weinten und kreischten, heulten sich gegenseitig an. Gichtleidende hoben die Krücken gegen den Himmel, gegen den Palast oder gegen den Dom.
Die Soldaten meuterten zum großen Teil und überließen den Türken die Schanzen. Daß die Türken nicht gleich in die Stadt eindrangen und den spärlichen Widerstand ausdrückten wie einen Funken mit mächtiger Hand, war nur dem Umstand zu verdanken, daß die Stadt brannte und die Wälle mit Rauch und Flammen umzüngelt waren, und sohin die Türken nicht sehen konnten, wie leer die Wälle und wie schütter die Reihen der Verteidiger bereits waren.
Versuche, zu löschen oder Verwundete und Tote zu bergen, wurden nicht mehr unternommen. Die Zahl der Selbstmorde nahm ständig zu. Es kam vor, daß an einer einzigen Hausfront drei Leute heruntersprangen und gleichzeitig drei andere, die einen schweren Stein an ein Seil gefestigt, das Seil um eine Dachrinne gelegt und das andere Ende des Seiles um den Hals geknüpft, sich in die Höhe schnellen ließen.
Zu höchstem Überfluß hatten die Türken einen Damm getroffen, und das Wasser drang langsam, eine Moräne aus Sand, Steinen und Toten vor sich herschiebend, in die Stadt.
Unter diesen Umständen schlug die Bruderschaft vor und bestätigte die Königin unter Gegenzeichnung des Kriegsministers die Ernennung des dichtenden Hauptmannes, der inzwischen Major und dann Oberstleutnant geworden war und bislang das Amt für Kriegslyrik im Verteidigungsministerium geleitet hatte, zum Oberbefehlshaber. Die Nachricht erreichte ihn gerade, als er die lyrischen Beiträge für die nächste Nummer der Frontzeitung zusammenstellte. Ein Blatt noch in der Hand, eilte er in die Hütte der Kommandantur. (Das Prachtgebäude aus blaßgrünen Steinen war längst niedergebrannt.) In der Hütte stieg der Oberstleutnant auf einen Aussichtsturm – eigentlich mehr ein Anstand für einen Jäger – und begutachtete die Lage. Es braucht nicht gesagt zu werden, daß er nichts von Strategie verstand, er, mit seinen sanften Bewegungen der Hände und den zarten

schwarzen Haaren auf der Nase. Aber er war der einzige Offizier in der Stadt, der noch nicht den Oberbefehl gehabt hatte. Wenn am Anfang der Belagerung der bucklichte Feldmarschall und die – damals noch Prinzessin – Sachar vom Turm des inzwischen zu Asche zersunkenen Palastes die Lage als grauenhaft betrachteten, so bot die Walstatt den Augen des dichtenden Oberstleutnants einen apokalyptischen Anblick.
»Kampfgruppe A 47 Süd«, las er auf dem Zettel, den er immer noch in der Hand hielt. Es war ein Kriegsgedicht.
Kampfgruppe A 47 Süd.

Fern gib acht!
oh, schau bei
tät tüt tum
heut töte!

Mensch find los
trau fahr leib
tät tüt tum
heut töte.

Schieb vor Bauch
ein halb elf
tät tüt tum
heut töte:

Julahu

Eine kleine Kugel des wieder einsetzenden Beschusses riß dem Oberstleutnant das Papier mitsamt zwei Fingern der linken Hand fort. Er schrie auf, steckte die Fingerstümpfe in den Mund und kletterte oder richtig: rutschte hinunter in den Unterstand, gerade als er hinein schloff, zerspellte eine Granate den Anstand in Kleinholz und warf ihn hoch in die Luft.
Diese Beschießung erreichte die höchste Intensität, die während der Belagerung verzeichnet wurde. Alle türkischen Batterien feuerten rhythmisch und synkopisch wie nach den Taktteilen einer Partitur. Manchmal gingen als teuflischer Paukenschlag Hunderte von Kanonenkugeln mathematisch genau zum gleichen Sekundenbruchteil hernieder. Einmal wiederholte sich dieser Paukenschlag fünfmal hintereinander, jedesmal lauter und erschütternder als das vorherige Mal.

Der Oberstleutnant dachte an all die armen Vögel, die jetzt gerade Junge hatten. Die Türken hatten die Stadt endlich sturmreif geschossen. Die Kanonade wurde eingestellt, und die schwerbewaffneten und frischen Stoßkeile warteten bereits formiert darauf, daß sich der Qualm verzogen hätte, als das Wunder geschah.

Das Wunder: von einem Hügel weit westlich außerhalb der Stadt hallte wie eine ferne Rauchsäule eine Trompete. Wer war das? Kein Türke blies so; wer ist das? Wieder hallte die Trompete, länger und näher, eine zweite, dritte, vierte fiel in die Fanfare ein.

Der Türke stutzte wie ein Stier, der plötzlich am Schwanz gezogen wird. Es war der gegebene Augenblick für das rettende Entsatzheer, denn ehe die Türken – die ihre ganze Gewalt mit Übermacht gegen die Stadt zu ausgerichtet hatten – ihre Regimenter umformieren, ihre Geschütze umdrehen und ihre Sturmkavallerie nach außen schwenken konnten, war es zu spät: wie der Igel am Bauch, im toten Winkel getroffen, auf der Seite, wo keine Verteidigung möglich war, traf die Türken der Schlag des Entsatzheeres. Die Trompete schmetterte ein drittes Mal, die Belagerten und Belagerer sahen neue Truppen auf den Feind stürzen, und bald waren die Türken selber zu Belagerten geworden, niedergesäbelt, zertrampelt, geköpft, erschossen, zermalmt, vernichtet, nicht ohne Hilfe der ehemals Belagerten, die jetzt mit zerschossenen, nur notdürftig geflickten, aber dennoch flatternden Fahnen über die Wälle hinausstürmten und die gänzlich verblüfften Türken halbierten, sezierten, strangulierten, amputierten und kastrierten, endlich aber in die Flucht schlugen, einen großen Teil in die Wasser der von ihnen selbst mittelbar herbeigeführten Überschwemmung warfen.

Und die Sieger ziehen in die Stadt.

Selbstverständlich mit Posaunenklang, mit hellen Lerchentönen, der Clarinen und den beinernen Rhythmen der kleinen, den bleiernen Schlägen der großen Trommeln. Vorausreiter in schwarzen und Hintanreiter in roten Uniformen, Panduren, Kosaken und Honveds, Totenkopfhusaren mit Pallasch und dem kleinen Täschchen um die Knie baumelnd, das an ein breitgedrücktes Ridicule erinnert. Feldzeichen, Flaggen, Wimpel, Fahnen und Standarten, rote, blaue, gelbe, grüne, mit silbernen, goldenen Bändern woben und wogten durcheinander, bildeten

über den Köpfen des eigentlichen Zuges noch einen zweiten Triumphmarsch mit dem blaß-blauen Himmel als würdig-heiterem Hintergrund.
Die Meldehunde zogen daher – Spaniel, Bernhardiner, Doggen, Dobermann und alle möglichen, auch Kreuzungen –, die Krankenschwestern und Marketenderinnen, die Feldschreiber in tintenblauen Uniformen mit gefalteten Papierhelmen, die Zahlmeister mit dem kleinen Dollar-Zeichen auf den Achselklappen, am prächtigsten selbstverständlich die Offiziere in goldenen Rüstungen, am allerprächtigsten die Generale mit den grünen Stehkrägen und den Sternen, mit den weißen Schnauzbärten, runden Nasen und dem schwarzen Hahnenfedernbusch auf dem Helm.
Dann, als Kern des Zuges und einsam ritt der Befreier, in einfache Uniform gekleidet (denn noch prächtiger als die allerprächtigsten Generale ging es nicht, und so wählte der Befreier wiederum die Schlichtheit, um sich von der Allpracht zu distanzieren), auf dem Kopf trug er einen Tschako nach Art eines Zylinders, der aber nur vorn eine Krempe hatte, einen einzigen Orden trug er auf der Brust. Die Königin warf Kußhände, als er an ihr vorbeiritt, er küßte symbolisch seine Handfläche.
»Johannes, Johannes!« jubelte es überall, »Johannes«, jubelte und tirilierte auch die Königin, »Johannes!«
Das Pferd des Befreiers tänzelt einen kleinen Bogen und bleibt unter der Tribüne stehen. Der Befreier nimmt seinen Tschako ab, steht in den Steigbügeln auf, und reicht der Königin die Hand. Beide schauen jetzt her zum Betrachter, rund herum die Würdenträger der Stadt, weiter außen das Volk, dazu die Fahne. Tausende von Reportern nehmen dieses Bild photographisch auf, und wir sehen es vor unseren Augen erstarren zum Schwarzweiß-Klischee, grobkörnig, und bei näherem Hinsehen verschwommen, und dennoch ein Zeitdokument, mit der Unterschrift:

DIE GERETTETE STADT JEZRADEF UND IHR BEFREIER

Es ist wieder an der Zeit, das Boot der Erzählung aus der ohnedies zum Zeitungsbild geronnenen Handlung zu ziehen, die jetzt nicht mehr strudelnd um Ecken und Riffe wirbelt, sondern nach der letzten, beängstigenden Klamm frei, aber ruhig und gemächlich, langsam, träge und langweilig dahinfließt.

Der Befreier Jezradefs, der Neffe Johannes aus dem Wald, Neffe deswegen: er war der Sohn des jüngsten Bruders Matthias des Königs Anad-ehi, also ein angeheirateter Neffe der Königin Sachar, wurde weiter gefeiert, mit Gelagen und besinnlichen Feierstunden, mit ihm seine vorausgeschickte Bruderschaft. (Es sei in diesem Zusammenhang auf die mystischen Undeutlichkeiten seinerzeit im Thronsaal verwiesen: ›Wir kommen aus dem Wald, Johannes folgt uns bald‹ und so weiter.) Die Rettung Jezradefs war heimlich schon vorausbestimmt und ganz sicher gewesen, und zwar von einer Seite, von der Rettung am wenigsten zu erwarten gewesen war. Es sei nicht verhehlt, daß Johannes – übrigens nur ein Adoptivsohn jenes Prinzen Matthias, des Einäugigen, also eigentlich nur juristisch ein Neffe des Königs – stets als Außenseiter und Stiefkind behandelt worden war.
Die Stimmung bei den Festlichkeiten und Feiern – bei den Gelagen weniger – war also getragen von einer gewissen fatalen Dankbarkeit, noch dazu, wo der Befreier kein Wort über seine ehemals ihm widerfahrene schlechte Behandlung verlor, die Königin – der König erst recht – nicht davon anfangen wollte, sie im übrigen auch beinah vergessen hatte, wie sie überhaupt die schlechte Behandlung, die sie anderen angedeihen hatte lassen, sehr schnell aus dem Sinn verlor, und dann außerordentlich freundlich zu den Leuten sein konnte. Die Königin war eine Meisterin des aufrechten Ignorierens.
So schwebte das Ungesagte stets zwischen dem Befreier und seinen Befreiten, noch dazu, wo die Dankbarkeit von mancher Seite nur merklich abgeschwächt zur Schau getragen wurde, denn: warum, wenn es schon vorbestimmt gewesen war, daß die Stadt gerettet werden sollte, hatte man sie so lange auf den Entsatz warten lassen? Solange, bis alles zerstört war? Besonders Graf Dunois konnte sich verständlicherweise ganz und gar nicht daran gewöhnen, in den Wühlmäusen von ehedem den triumphierenden Schutzengel von jetzt zu sehen. Aber immerhin: das Vaterland war gerettet.

Drittes Kapitel: Mitternachtsmesse und Blutreigen

Die Feiern für Johannes, den Neffen aus dem Wald, fanden am Nachmittag statt und am darauffolgenden Abend bis tief in die Nacht hinein. Aber noch in derselben Nacht ereignete sich etwas anderes, in der ersten Nacht, in der wieder der Mond scheinen konnte: die Mitternachtsmesse der Bruderschaft im Dom der Stadt.

Ob es ein Dankgottesdienst war oder eine regelmäßige und täglich gebotene Andacht, die nur heute und fortan aus Dreistigkeit in dem Bewußtsein der Siegerschaft und der Pflicht der Bürger Jezradefs zur Dankbarkeit im Dom abgehalten, früher aber in aller Heimlichkeit in Kellergewölben bei Milben und Ratten zelebriert worden war, ist nicht feststellbar. Die Bruderschaft war diesmal nicht in Schwarz gekleidet, nicht in Talaren mit hoher Mütze, von der es herunter wallte, sondern in Grau mit entblößten Oberkörpern. Sie trugen sozusagen einen Rock, aber nicht nach Art der Schotten oder der kleinen Mädchen, sondern lang, und mit wellengleichen Aufbauschungen um die Füße, wie bei den Erzengeln der frühen Meister. Hinten hatte jeder einen Schwanz am Rock befestigt, einen langen, ebenfalls grauen Schwanz, dessen Quaste über den linken Unterarm geschlagen zu tragen war. So zogen sie ein und zelebrierten ihre Messe.

»Ja – ja, ja, ja –«, sagte der Vorbeter, eine Art von Subdiakon. Er stand am zerstörten Altar, über den in der kostbar bemalten Decke eine Bombe ein großes Loch geschlagen hatte, so daß der Mond die Gestalt des Vorbetenden spielerisch mit seinem Strahl erreichen konnte.

»Ja, ja – ja, ja, ja«, sprachen die anderen Brüder wider und nickten mit den Köpfen. Sie hatten sich in das Chorgestühl gesetzt, die ganze Kirche sonst war leer; vielleicht waren Ratten da, von der Überschwemmung her, vielleicht, sicher sah man nur die Heiligen an der Wand.

»Dös is – dös is ja – dös is ja – ja, ja, ja –«, sprach der Subdiakon und

»Dös ja, ja dös ja – dös ja, ja, ja –«, antwortete ihm der Diakon, der auf dem Altarbrett hockte und den Kopf zwischen den Knien, die Knöchel in den Händen hielt.

»Mir – mir – mir wolln a Bier –«, murmelte der Chor der Brüder.
»Ja, ja – ja, ja, ja«, wiederum der Subdiakon.
»Mir – mir – wolln jetzt a –
wolln jetzt a
wolln jetzt
jetzt –«, sangen die Brüder im Chor und legten ein leichtes, drohendes Crescendo an.
»Ja, ja – ja dös ja –«, sang der Diakon.
»A Bier jetzt –«
»A Haferl Bier –«
Und da traten die drei Priester der Bruderschaft ein, plötzlich von hinten, und der erste und mittlere sprachen langsam und mit fester Stimme, so daß es hallte:
»Wo
wo is die –«
Er trat einen bösartigen Schritt vor:
»Wo is die –
wo is ja,
wo is wo –«
Von draußen klangen die Hörner der Festmähler durch das Loch überm Altar in den Dom, sie bliesen das Scherzo aus Beethovens c-Moll-Symphonie.
»Mhm, mhmhm –
hm, hm, mh, mh –«, antwortete die Bruderschaft auf die Frage des Oberen im Pianissimo.
»Muuuuh«, sagte der Diakon. Der Staub wirbelte spiralig um den Mondstrahl, fast senkrecht, kräuselnd auf und ab, letztlich aber doch hinauf.
Das Volk auf der Straße feierte mit, zwar nicht die Mitternachtsmesse, aber die Festgelage, die von der Königin zu Ehren des Johannes aus dem Wald gegeben wurden. Es war Freibier und Wein fürs Volk ausgeschenkt worden, außerdem durfte ein Teil der Bevölkerung, am Polizeispalier vorbeiziehend, in die Orgie Einsicht nehmen, denn schließlich, so sagte sich die Königin vernünftigerweise, wofür sind wir, die königliche Familie denn da, wenn das Volk nicht an unseren intimen Freuden sich verlustieren kann.
Viele humpelten vorbei auf notdürftigen Prothesen, oder sie wurden vorbeigetragen, denn es war am Vormittag noch Krieg gewesen.

Johannes – der Neffe oder eigentlich der Adoptivneffe – aus dem Wald saß auf einem Fasse, seine Lenden umschlang ein buntes Tuch, sein Haar bekränzte Rubinlaub. Er war dicklich und glänzte vor Fett. Er trank.
Die Königin ging als Bajadere verkleidet, mit Armspangen, Fußspangen, barfuß, mit einem Punkt über der Nasenwurzel, dort, wo die Detektive Falten haben. Sie tanzte auch und schlug die Kastagnetten. Dazu war der alte Geheimrat zum Torero geworden und trug unter seiner Nase einen schwarzen Bart, der sich in den charakteristischen Falten verschloff, die seitlich hinunterzogen bis zum Kinn, und, gleich dem Holz, das eine Riese entlang getriftet wird, zu Tale – also zu Kinne – fuhr. Der Geheimrat trug enge, sehr enge schwarze Hosen, die seine gichtigen Greisenbeine gleich gotischen Pfeilerbündeln erscheinen ließen, und ein Bolero zum weißen Hemd, über das sich straff eine schmale rote Krawatte zog. Alles, auch die Krawatte, war mit Silber verbrämt. Er stützte sich auf einen Ebenholzstock und tanzte, indem er abwechselnd langsam eines seiner Beine hob und es dann wieder vorsichtig niederstellte.
Später setzte der Geheime Rat zum Kostüm noch seine karierte Schottenmütze auf, denn diese häusliche Bequemlichkeit wollte er auch hier nicht missen.
Und da geschah es, daß an einen aus dem Volke ein Ton erging, und er meldete es, daß er einen eigenartigen Ton vernommen, der von nirgendwoher gekommen und wesenlos war, und ihn aber dennoch veranlaßt hätte, es zu vermelden. Er meldete es seiner Zimmerwirtin, denn der, an den der Ton wie eine Botschaft ergangen, war ein Untermieter.
Der Ton war gleich dem einer Posaune, nicht ganz, aber doch ähnlich, und der Ton zerschellte an seinem Ende silbern in der Luft und zerteilte sich in viele kleine Töne, die vom Winde weggeblasen wurden und aufwärts schwebten. Es war dies der Beginn für das zweite und endgültige Ende der unendlich reichen Stadt Jezradef, und wie jedes Ereignis von wahrer Umwälzung beginnt es unterirdisch, hinter dem Vorhang, ohne daß ein Mensch – mit Ausnahme des bewußten und begnadeten Untermieters – seiner gewahr wird. Während noch das Jubilate den Tenor der Weltmelodie bildet, beginnen die Bässe schon verstohlen die Fuge des Unterganges.
»Ja, ja – ja, ja, ja«, sangen die Brüder immer noch im Chor in der

beschädigten Kathedrale, auch sie wissen noch nichts von der Kurbel der Vernichtung, die ihre ersten, noch blinden Drehungen schon unternommen hat.
»Ja, ja – dös is ja.«
Der Subdiakon reibt sich den runden Leib, und die Brüder im Chorgestühl ziehen rhythmisch an ihren Fingern, daß es durch das Schiff knackst.
Johannes, der Sieger aus dem Wald, hob seinen Humpen, und setzte sich rittlings auf das Faß. Der Wein floß ihm links und rechts die Backen herunter und auf die Brust, wo er, da sie haarlos, rote Sturzbäche bildete und letztlich über Bauch und Beine, wie Adern gekräuselt, rann. Die Musik spielte einen Tusch und hielt dann inne. Der Geheimrat verharrte in seiner Tanzpose, und in die Königin klapperte einige Male mit den Kastagnetten in die Stille hinein. Der Chevalier, der oben dick, und dessen Beine nach unten spitz zuliefen, der einzige, der nicht vermummt gekommen war, da er es dank seiner venezianischen Tracht nicht nötig hatte, rief ein »Bravo, bravissimo« in den Tusch der Musik und klatschte in die Hände.
Dann kam das Ballett. Es paßte im Kostüm zum Sieger. Die Tänzerinnen trugen Pantherfelle, kühn geschürzt und schürzten sie immer kühner. Sie warfen die Beine in die Luft, klatschten beim Spagat entblößte Schenkel auf das Parkett, fuhren sich mit den Zehen gegenseitig ins Gesicht, stemmten die Hände in die Hüften und wackelten mit dem Gesäß.
Der Geheimrat applaudierte nach der Darbietung begeistert und küßte der Vortänzerin die Hand. Hernach wurden die Tänzerinnen unter das Publikum versteigert, der Erlös sollte für die Opfer der Belagerung und für eine Dankspende an die Sieger und Befreier dienen.
Ich war, nachdem ich am Polizeispalier vorbeigegangen war und einen Blick in das Treiben des Siegesfestes getan hatte, wieder auf dem Weg nach Hause. Ich war nicht der einzige Mensch in der Stadt, dem es auffiel, daß etwas in der Luft lag. Aber wir glaubten alle, daß wir es uns entweder eingebildet hätten oder daß es noch eine Nachwirkung des Vormittags war, wo allerdings im wahrsten Sinne des Wortes einiges in der Luft gelegen und auch durch die Luft geflogen war. Erst viel später merkte ich, daß damals schon wieder etwas in der Luft gelegen hat und daß es nur durch diese Nachwirkungen verdeckt worden war, geradeso wie

es mit dem schwammigen Feuer war, das sich auf die Stadt zu senken begann. Wir sahen es anfangs und glaubten, es käme von den Bränden, die ab und zu in der Stadt noch aufloderten oder jedenfalls versteckt weiterglommen, namentlich in den Vierteln, die nicht von der Überschwemmung erreicht worden sind.
Ich ging heim und mußte einen Umweg machen, denn in der Novarastraße standen noch einige Kanonen mit Leichen. Wenn es nicht unbedingt sein muß, will ich nichts mit Leichen zu tun haben. Wenn ich auch abgestumpft war durch die Zeit der Belagerung, machte ich doch lieber einen Umweg durch die Elilandstraße und die Groß-Ratzburger-Allee.
Mir war komisch zu Mut. Schon daß um diese Nachtzeit soviel Leute auf der Straße waren, war zwar verständlich, aber ungewohnt. Schon im Frieden wäre es ungewohnt gewesen, und erst recht jetzt nach den ewigen Ausgangssperren nach zehn Uhr. Ich dachte mir aber wiederum nichts dabei und sagte zu mir: es ist ja doch nur, weil du Hunger hast und nichts gegessen, und wegen der ganzen Aufregung und so und wegen der Nerven. Aber es war, wie sich später herausstellte, nicht die Aufregung, und wenn es die Nerven waren, haben sie recht gehabt.
Als ich heimkam, waren die Kinder noch auf. Sie wollten natürlich nicht schlafen gehen, weil die ganzen Erwachsenen in der Stadt herumliefen und sogar in unserem sonst ruhigen und etwas abgelegenen Teil Radau machten. Wenn man sich aus dem Fenster beugte, konnte man gerade noch die Lampions vom Wirtsgarten ›Zu den vier Dieben‹ sehen, den der Wirt provisorisch hergerichtet hatte. Die Musik spielte sehr laut. Das gefiel den Kindern, aber ich steckte sie doch sofort ins Bett. Hätte ich allerdings gewußt, daß in der Nacht alles so kommen wird, hätte ich ihnen die Freude gerne noch gegönnt. Ich fühlte mich sehr einsam in unserer Küche, und es war mir sehr kalt, ohne Grund, denn Alfons war hier, und von oben kam bereits die Hitze. Das schwarze Radio und das Nähzeug und aller gewohnte Krimskrams war so nüchtern, mir war einfach komisch. Alfons verstand es natürlich nicht und sagte: du spinnst ja. Er merkte noch lange nichts, wie die meisten Leute. Aber immerhin war ich nicht unter den allerersten, die es gemerkt, die dem Geruch und allem Bedeutung gegeben haben, das zeigte sich später auf der Flucht, als wir glaubten, wir seien vor den anderen dran, und dabei zogen sie vor uns schon haufenweise mit Säcken und

Handwagen und den kleinen Kindern durch die Nacht und zum Tor hinaus, als ob es noch etwas genützt hätte.

Im Palast war das Siegesfest zu Ende gegangen; nicht, daß es ein programmgemäßes Ende gefunden, ein Haushofmeister oder Seneschall dreimal mit dem Stock auf die Erde, das heißt: auf den Marmor geklopft und die Musik einen Hinausmarsch geblasen hätte, vielmehr war das Ende das langsame Einschlafen aller Gäste, der Betrunkenen voran, die unter den Tischen lagen. Einige Paare tanzten noch, ganz müde, und sie stolperten sogar über die Luftschlangen und die heruntergezogenen Tischdekken, fielen hin und blieben liegen. Allmählich wurden die Lichter gelöscht, soweit die Glühbirnen nicht ohnedies aus Mißgeschick oder Übermut zerbrochen worden waren. Im Dunkeln hörte man anfangs noch das Gurren einiger Paare und das heisere Rülpsen derer, denen der Wein zuviel geworden war, und die ihn jetzt – durch die dafür im allgemeinen nicht vorgesehene Öffnung – wieder von sich gaben. Es wurde still, und nur der Geheimrat sagte noch einmal: »Ja, ja, wenn die letzten Milchzähne ausfallen, kommen gleich die ersten grauen Haare.« Dann schlief auch er.

Keiner von der Gesellschaft gehörte zu den Auserwählten; dies ist im ersten Augenblick, da man es betrachtet, traurig; oder es erscheint als Strafe, womöglich als gerechte Strafe für die Unmäßigkeit, aber: wozu hätte es geführt, wenn einer von denen, die hier im Saale schliefen, und die alle die Befähigung zweifellos gehabt hätten, auserwählt zu sein, wirklich auserwählt gewesen wären? Er hätte den allgemeinen Tod verspürt, wäre nach Hause gerannt zu seinen Kindern, hätte es mit Angst und Furcht zu tun bekommen. Er hätte nicht so einfach sein Lebensende verschlafen. So betrachtet, erscheint das Ausgewähltsein eher als Strafe, allerdings als ungerechte Strafe, denn wir müssen bedenken: was taten zum Beispiel die braven Männer der Bruderschaft in der Kathedrale, während jene im Palast zechten und völlerten? Sangen sie nicht ihr frommes ›Ja, ja – ja, ja, ja‹? Und doch waren sie alle auserwählt und dazu ausersehen, ihr letztes Lebensstündlein voll auszukosten in der ganzen lebendigen Pein des wachen Gehirnes.

»Zaglstecher –«, sagte der Prior, mit dem extra langen Schwanz.

»Zaglstecher –«, flüsterten alle nach.

»Wrschzlbrnft –«

»Wrschzlbrnft –«
»Ja, ja – ja, ja, ja«, betete jetzt wieder der Subdiakon und spielte mit den Zehen an den Stickereien der Altardecke.
»Wau – wau, wau – wau –«
»Der O – nu – fri«, brüllte dann unvermittelt die ganze Schar und zog die Silbe ›nu‹ übermäßig lang.
Da tönte aus dem Hintergrund die sanfte Stimme eines Bruders, begleitet von einer Mandoline:
»Schénne – schennéschénne – schénneschennéschénne – Scheh-neh –«
Und im rasenden Zeitmaß wiederholten es alle, eine Gruppe voraus, die andere Gruppe kanonartig einfallend in den Gesang. Eine dritte Gruppe sang die Quint höher, bis ein großes kontrapunktisches Durcheinander entstand, das mit gebelltem, sehr lautem »Ja, ja – ja, ja, ja«, unisono abschloß.
Dann schnupperte der Prior nach oben und sagte:
»Die Feuersäule kommt herab. Riecht ihr sie, Brüder?«
Und alle schnupperten, manche aus Liebedienerei gegenüber dem Prior überlaut, und alle rochen es, manche aus Liebedienerei überdeutlich. Alle waren sie ja auserwählt.
»Es wird Zeit, daß wir uns die Flügel bauen«, sagte jetzt der Prior, und sofort begann die ganze Bruderschaft zu kleben und zu nähen, zu messen und wieder zu kleben. Tausende von Raben hatten schon am Nachmittag für diesen Zweck ihre Federn und einige wohl auch ihr Leben lassen müssen.
Ich ging mit Alfons spazieren, weil ich glaubte, daß uns die frische Luft gut tut, aber ich fürchtete mich draußen nur noch mehr. Ich fürchtete mich, ja, aber Alfons sagte, das sind nur die Nerven, und du hast dich einfach überanstrengt mit den Sorgen, und zu essen hatten wir auch nicht genug. Wir wollten dann in ein Wirtshaus gehen, weil wir meinten, es wird besser, wenn ich unter Leute komme, und wenn es ein wenig lustig ist. Aber die Wirtshäuser waren alle schon voll, so voll, daß die Wirte die Türen schon zugeschlossen hatten. Beim ›Turm von Kamp‹ versuchte es Alfons energisch, aber der Wirt sagte uns, daß die Leute schon am Ofen sitzen und auf der Stiege, und das Bier ist sowieso schon fast aus. Dann hat der ›Turm von Kamp‹ auch nur Löwenbräu.
Dann sind wir hinausspaziert zu den Wällen und ein wenig herum, wo weniger Leute waren, und da habe ich dann auf

einmal genau gewußt, daß es nicht mehr die Brände vom Krieg her sind, die so stinken, sondern daß es tatsächlich in der Luft liegt. Ich habe auch sofort gewußt, daß es keine neue Bosheit von den Türken ist, denn einmal haben wir ja die Türken in die Flucht geschlagen, und dann war es so grausig, was ich gesehen habe, daß auch kein Türke es zuwege gebracht hätte.
Es hing wie feurige Zotteln vom Himmel, und zwar in einem weiten Kreis rings um die Stadt, wie Röhren und brennende Adern, wie glühendes Gekröse, als ob einem Himmelstier der Bauch aufgeschlitzt wäre und die Eingeweide kämen langsam aus dem Dunklen auf uns herunter.
»Schau«, sagte ich zu Alfons, »es ist grausig, gehen wir sofort heim zu den Kindern.« Und jetzt glaubte auch er, daß es nichts mehr mit den Nerven zu tun hatte, und wir kehrten sofort um. Aber schon beim Claudiustor kamen uns die Leute entgegen, die aus der Stadt strömten. Manche trugen kleine Kinder oder schoben sie in den Kinderwagen vor sich her. Manche trugen Federbetten oder das Hauskreuz. Manche trugen ein Bild, eine Uhr oder Flaschen. Einer trug eine Harfe, es war wohl ein Musiker, daß er die Harfe mitgenommen hat. Er war ein alter Mann, und er trug schwer an seiner Harfe. Die Leute gaben gar nicht acht auf ihn, stießen ihn und stießen in die Harfe. Der alte Mann versuchte, seine Harfe zu schützen, aber tragen und schützen zugleich geht nicht. Der goldene Frauenkopf mit dem offenen Mund, der die Harfe zierte, ragte über die Menge.
»Und jetzt gehst du nicht weiter«, sagte Alfons, weil ich dem Mann mit der Harfe nachschaute, »und vorher jammerst du die ganze Zeit.« Wir liefen weiter in die Stadt hinein. Es ging hier noch ganz gut, denn links und rechts der Straße waren nur vereinzelt Ruinen, meist Wiesen, und so konnten wir neben der Straße gegen den Menschenzug gehen. Als wir aber näher an die Stadtmitte kamen, wo die Häuser die Straße unmittelbar säumen, konnten wir nicht mehr vorwärts, denn ein Strom von Leuten lief und rannte aus der Stadt, und die am Rand der Straße liefen, die wurden alle an die Häuser gedrückt. Ich möchte nicht wissen, wieviele auf diese Art schon vorher getötet worden sind. Als ich jetzt hinaufschaute, war schon der ganze Himmel über der Stadt mit so ekelhaftem Zeug bedeckt, und überall zwischen den Zotteln und Röhren waren feurige Warzen und Würmer, und es war schon unerträglich heiß.

Einer der Söhne der Königin Sachar, vielleicht derjenige, der die Türkenbelagerung als erster entdeckt hatte, kroch auch diesmal zum Fenster. Er mußte die Schläfer und Betrunkenen beiseite schieben bis er – selber betrunken – den Vorhang öffnen konnte. Er sah das Unheilsgedärm über der Stadt und wollte schreien, aber die Wörter blieben ihm wie schleimige Brocken in der Kehle stecken, so daß er nur einige Zischer und Gluckser hervorbrachte. Dann ließ er den Vorhang fallen und fiel selbst zu Boden, rollte ein Stück, bis ihn ein Tischfuß aufhielt. Seine letzte Lebenslage – um das Tischbein gekrümmt – war denkbar unbequem.

Die Bruderschaft im Dom hatte ihre Flügel zum großen Teil fertiggestellt und umgeschnallt. Einige der Brüder hüpften schon in großen Sprüngen hin und her oder sie flatterten ein wenig um die Säulen und hockten sich zum Spaß auf die Beichtstühle und hüllten sich in ihr Gefieder. Einige flogen auf die Orgel und segelten von da bis zum Altar, stoppten kurz ab und landeten, andere spielten Fangen, oder hängten sich mit dem Kopf nach unten an die Schlußsteine im Gewölbe. Sie lachten und schnatterten heiser durcheinander, manchmal tönte ein langgezogenes ›O – nu – fri‹ oder ein helles kurzes ›Ka – naa – be‹ heraus.

Endlich waren alle so weit, und es ging los. Der Prior flog voraus, die Masse danach in einem Haufen, ein paar, die es noch nicht so recht begriffen hatten, flogen nach mehrmaligen Versuchen und mit verzweifelten Flügelschlägen hinterdrein. Ganz zum Schluß, als alle anderen die Kirche durch das große Loch über dem Altar verlassen hatten, stiegen zwei oder drei sehr gute Flieger auf, die die Nachhut bildeten.

Alfons sagte: »Wir gehen am besten um die Stadt herum, daß wir auf die andere Seite kommen. Hier kommen wir doch nie durch oder erst, wenn es zu spät ist.« Und so gingen wir wieder ein Stück hinaus und dann links. Wir liefen schnell durch die Straßen, in denen nur wenige Flüchtlinge waren, weil diese Straßen nicht zu einem Tor hinführten. Als wir aber an die nächste große Ausfallstraße kamen, konnten wir gar nicht hinübersehen, so breit war der Menschenstrom. Viele Männer trugen nur ihre Hose, weil sie so schwitzten, viele Frauen waren nackt. So unmoralisch macht den Menschen die Angst und die Hitze.

Wir kamen endlich doch hinüber, und dabei habe ich einen

Schuh verloren. Die nächsten Querstraßen waren wieder fast menschenleer, und so kamen wir zum Fluß. Hier war es am grausigsten. Boote um Boote, manche nur notdürftig geflickt, schwammen hinunter, und immer wieder sprangen Leute in den Fluß, um ein Boot zu erreichen. Dicht vor uns riß sich eine Frau die Kleider vom Leib, um besser schwimmen zu können. So unmoralisch – muß ich wieder sagen – wird die Welt, wenn es recht heiß ist. Ich habe aber kein Boot gesehen, das nicht schon vor der Dantebrücke gekentert ist, so voll von Menschen waren alle, und so unvernünftig sind die Menschen.
Als wir gerade überlegten, was wir tun sollten, flog ein merkwürdiger Schwarm über uns. Die Leute schrien und brüllten, als sie ihn sahen: »Die Todesvögel, die schwarzen Todesvögel!« Aber die Vögel hatten Menschenleiber und ganz lange Schwänze. Sie flatterten und ruderten, dazu lachten sie und krächzten wie echte Vögel. Hier fing auch ich zu weinen an, und ich klammerte mich an Alfons, daß er nicht davonläuft.
Die Hitze war bereits wie körperhaft zu spüren, als die Bruderschaft das Stadtgebiet mit Hilfe ihrer schwarzen Fittiche fliegend verließ. Die Hitze senkte sich wie ein feuriger Schwamm auf die Stadt, wie eine Qualle aus Hitze, die alles aufsaugt. Hier und da erreichte schon eine der Zotteln und Röhren, der Zungen und Warzen einen erhöhten Punkt der Stadt, und sofort brannte alles auf, die Steine verwandelten sich in zittrig-staubigen Moder, der bei der geringsten Erschütterung auseinander- oder in sich zusammenbrach. Der Turm der St. Bardia-Kirche flammte auf wie ein Streichholz.
»Nicht umschauen, keine Zeit verlieren«, befahl der Prior, der an der Spitze flog, und der Befehl wurde von Gruppe zu Gruppe durchgegeben. Und die Bruderschaft flog schneller durch den orange-roten Schleier, der sich vor den dunklen Hintergrund der Nacht gebreitet hatte.
Aber das Schnellerfliegen war für nichts, denn bald begann es feurig zu regnen, und sobald ein Funke einen der Brüder traf, blähte es diesen auf wie einen Ballon, er verzerrte sein Gesicht, und es hob ihn in die Höhe, auch wie einen Ballon. Es sprangen ihm die Augen heraus wie Knöpfe von der Weste, und endlich krepierte er mit einem Knall, und aus seinem Innern kam weißes Feuer heraus. Dieses Feuer traf oft wieder andere, die sofort explodierten, und so hörte es der Prior nur schnell hintereinan-

der ein dutzend Mal schnöllen, und als er umschaute, sanken als Rest eines Teiles der Schar nur noch einige Federn zur Erde. Dann ging das Krepieren immer schneller, und manchmal zerriß es dann mit einem lauten Tusch zwanzig oder dreißig auf einmal, und am Ende tat es nur noch zwei oder drei Mal ›bluff – bluff‹, und der Überrest der Bruderschaft war weg. Erst mit den letzten zerriß es den Prior; wer aus dieser Erzählung die hinterlistige Ruhe der Bruderschaft kennt, wird sich wundern, den Prior beim Anblick des gelichteten Schwarms ganz unmäßig in Zorn geraten zu sehen. Wild hadernd sank er mit heftigem Flattern immer tiefer – als ob das Hadern und der Zorn ihm die Flugfähigkeit minderten –, und sein letzter Fluch, eine Gotteslästerung: »Warum wir! Warum auch wir, wo wir uns ein Privileg verdient hätten! Sei selber zermalmt, du Hund –«, sein letztes Wort flog ihm gleichzeitig mit seinem Gedärm und mit dem weißen Feuer aus dem Mund, als auch er – von Funken getroffen – platzte.

Es war aussichtslos, zu den Kindern zu kommen. Aber eine Mutter denkt eben nur an ihre Kinder, und der einzige Trost, den ich mir einredete, war, daß der Zimmerherr – unser Untermieter – die Kinder an sich genommen hätte und mit ihnen aus der Stadt geflohen sei. Aber eigentlich mußte ich mir sagen, daß er froh gewesen sein wird, wenn er sich selber hat retten können. Wir rannten jetzt hinaus aus der Stadt, und zwar den Fluß entlang. Seit die schwarzen Vögel über uns weggeflogen waren, hatte das Schreien und Weinen nicht mehr aufgehört. Viele Menschen fielen schon um vor Hitze, und ich sah gerade, wie ein Arzt eine Frau niederschlug, die ihn zwingen wollte, ihrem Mann zu helfen, der am Boden lag. Es wäre aber lächerlich gewesen, denn der Mann begann schon zu schwelen und aus den Ohren zu rauchen. Er war vielleicht besonders empfindlich gegen die Hitze gewesen.

An der Torbole-Schule mußte ich mich auf den Gittersockel setzen, weil ich so müde war und nicht mehr konnte. Alfons setzte sich neben mich hin, und als ich aufstehen wollte, konnte ich ihn nicht mehr wecken. Ich rüttelte ihn, und er fiel um und zerbrach sofort. Innen kam Staub heraus. Ich bin natürlich erschrocken, und ich weiß nicht mehr, ob ich weggelaufen bin und in welche Richtung. Ich weiß mich nur noch zu erinnern, daß ich sah, wie die Bardiakirche und dann der Turm des alten

Palastes zuerst von einigen dünnen Blitzen eingesäumt wurden, und dann, wie in einen glühenden Wattebausch getaucht, aufleuchteten. An der Kirche sah man zuletzt gerade noch das Kreuz ganz hell aus der Glut für einen Moment aufblitzen. Dann begann es Funken zu regnen.

Als ich einige Kilometer von der Erde entfernt war, hatte sich die Feuerqualle schon verzogen. Übrig blieben klinkernde Schlaken, mit großen und kleinen verkrusteten Poren, rot und schwarz. Ich konnte kaum noch die zusammengeschmolzenen Menschenknäuel und Knochenhaufen auseinanderkennen, hätte es nie können, wenn ich noch mit meinen irdischen Augen ausgerüstet gewesen wäre: die Gebäude, Brücken, ganze Felsen waren zusammen ein Stück geworden, schmutzig, trocken und schon abgekühlt.

Der Erde war alle Feuchtigkeit entzogen, sie war deswegen viel kleiner geworden, verkrustet und verschrumpft, und sie torkelte, um sich eine neue Bahn im Sonnensystem zu suchen, die ihrem jetzigen Gewicht entspräche. Dies war das letzte, was ich von der Erde sah.

Jetzt, sagte ich mir, ist die Zeit reif für diese Erzählung.

(1954)

Aus dem Tagebuch eines Räubers

Samstag, den elften.
Allein daraus, daß ich heute den ganzen Vormittag die Zeit gehabt und die Ruhe, meine Tagebuchnotizen aus den ersten Jahren meines Räuberlebens durchzulesen – die der geduldige Leser, der er den Aufzeichnungen gefolgt ist, genau kennt –, ist klar genug zu sehen, wie es mit mir und mit dem Räubertum zu Ende geht. Hatte ich früher die Ruhe und die Zeit, alte Tagebucheinträge durchzublättern? Hatte ich vor zwei Jahren noch die Muße, einen ganzen Vormittag – einen Samstagvormittag! –, auf das helle Ahornlaub meiner Höhle hingestreckt oder in der Moosschlucht an einen bequemen Strunk gelehnt, die Hefte zu studieren, die ich zwar sorgfältig, aber nicht um sie unter diesen Umständen selber wieder zu lesen, geführt habe?
Hingestreckt, ja, auf helles und dürres Ahornlaub, bärtig das Kinn und die Hosen an den Knien zerrissen . . . die Flinte, das Räuberinstrument, zwar sauber und geputzt, aber alt und ärmlich; das Messer von Blut gereinigt, aber längst die Spitze durch das Leder der Scheide gebohrt – anständig, mit kurzem Wort, aber ohne Schuld heruntergekommen liege ich hier, der Räuber Therapont, und lese die Tagebuchblätter, die ich – ich seufze – unter was für anderen Umständen beschrieben habe! Unter Umständen, die es mich nicht haben ahnen lassen, daß ich in diese Lage kommen mußte, in der ich mir nur die Erinnerung an jene Wohlhabenheit in diesem schmerzlichen Tabebuch, und etliche Andenken, wie: das Bild meiner Räuber-Mutter und einige Gendarmen-Schrumpfköpfe aus dem Besitz des alten Räubers Therapont, meines Vaters, bewahre.
Zwar habe ich die großen, die ganz großen Zeiten der Räuberei nicht miterlebt. Der Großvater erzählte wohl seinen Enkeln von dem Jahrhundert, wo Räuber die eigentlichen Herren der Welt gewesen sind. Zwar habe ich so den Rinaldo Rinaldini nur aus Erzählungen gekannt, auch Caspar Fuhrknecht und Hernani, aber immerhin bin ich zu Zeiten aufgewachsen, in denen mein

Vater, ein Räuberhauptmann, auf dem Stadtfuß leben konnte, mit einem Abonnement auf eine Theaterloge und einem Schloß in der heiteren Umgebung.
Tagtäglich hatten wir drei oder vier der benachbarten Clarissinnen zu stupiren, ungezählt die Ursulinerinnen und die protestantischen Stiftsfräulein, die wir mochten laufen lassen vor Übermut: »Laß gehn die Geiß und nimm die Kuh!« sagte mein Vater; ja, das war ein Räuberleben gewesen . . . und genau habe ich es beschrieben in den vorliegenden Blättern, genau auch wie es heruntergegangen ist, daß es zu jener Katastrophe hat kommen können, die an einem einzigen Tag die ganze therapontische Räubersippe getroffen hat: Vater, Mutter, Großeltern, Oheime und Vettern, und sogar die kleine Schwester . . . bis auf mich.
So teilt denn der Leser alle Erinnerungen mit mir, und ich kann ihm also in Form der Frage zurufen: Ist es nicht ein wertvolles Räuberleben gewesen? Haben wir nicht unseren Spaß gehabt, zum Beispiel: wo wir das Räuberfahndungskommando in die Zementmühle geworfen haben? »Ja, das war ein Räuberleben, ja, das war ein Räuberspaß . . .«
Aber mein Vater ist tot, wie man weiß, die Großeltern sind's, alle Verwandten, alle Freunde; das Stadthaus ist verkauft, das Schloß zerstört, das Abonnement abgemeldet.
Bis heute allerdings hatte ich den Trost an den Worten meines Großvaters. In Überflußzeiten seine letzten Jahre verbracht – er hat es verdient! –, hatte er noch Fuhrknecht gekannt, den türkischen Räuber Constantin Giöngiön, und den Räuber aller Räuber, den edelsten Hauptmann der korsischen Berge: Matteo Falcone, mit dem er in Briefwechsel gestanden, und dessen Geschichte der Leser aus einer anderen Stelle dieses Tagebuchs kennt. Mein Großvater – und bis heute dachte ich mit Trost daran – warnte bereits in den Zeiten des Stadtpalais, des Lustschlosses und der abonnierten Loge vor dem Luxus, der ein Feind der Räuberei wäre. Wir haben die Wahrheit seiner Warnung gespürt.

»In des Waldes finstrer Mitte,
in der Höhle tief versteckt –«

Die Alten – die alten Räuber, meinte mein Großvater, Pagliavolo, Schinderhannes und Bronislav Tetuj zum Beispiel – haben in Höhlen gelebt, auf Ahornlaub hingestreckt, so wie ich jetzt, und sich von einfachem, selbstgeraubtem Schweizerkäse ernährt, und doch war gerade das die große, die ganz große Räuberzeit gewesen.

»– in der Höhe tief versteckt,
schläft der Räuber allerkühnster,
schläft Rinaldo Rinaldini,
bis ihn seine Rosa weckt.«

Nun, der Leser weiß mit mir, wie es zugegangen, daß ich heute genau auf dem Ahornlaub mich befinde wie Rinaldini und Falcone zur großen Räuberzeit, und im stillen hoffe ich auf sein Mitleid, andererseits aber hoffte ich, und das war mein Trost, daß eben mit mir wieder, weil ich auf dem Ahornlaub mich befinde, eine neue, große Räuberzeit anheben möchte, und daß der Name des jungen Räubers Therapont später einmal neben Schinderhannes und Hernani, vielleicht sogar neben dem Grafen Karl Moor genannt würde.
Dieser Trost ist mir heute genommen, und ich bin nicht mehr zweifelhaft, daß ich neben den Angeführten nur mehr genannt werde wie Commodus neben Cato, wenn nicht gar wie Romulus Augustulus neben Titus und Marc Aurel: er war das Ende, mit ihm ging es zu Grund.
Zu Ende geht es mit mir, zu Ende geht es mit der Räuberei, und war Schinderhannes Pindar und Anacreon des Räuberwesens, so bin ich höchstens noch der Joseph Flavius.

Wie jeden Morgen bin ich heute aufgestanden – regelmäßiges Leben ist wichtig für den Räuber – und bin den Clarissinnen nachgestiegen, den Nonnen aus dem nahen Waldkloster, denen wir es seit alters antun. Aber zu dritt und zu viert sind die ehrwürdigen Schwestern durch den Wald spaziert, ohne miteinander zu sprechen, denn das verbietet ihnen ihre Ordensregel, aber wachsam nach allen Seiten, was ihnen die Ordensregel nicht verbietet. Und was vermag denn ein geschwächter, letzter Räuber gegen vier so wachsame, kräftige Nonnen . . .
Zwei waren es einmal nur, endlich, und ich nahm mir das Herz und schlich ihnen nach. »Hu!« machte ich nach Räubersart, und richtete die Flinte auf sie.
Aber sie sagten nur: »Husch, husch!« und schlugen im Gehen mit dem Rosenkranz nach mir.

Was blieb mir, als mich in die Büsche zurücksinken zu lassen, und durch den Wald, der anfängt, langsam seine Blätter von den Ästen der Bäume zu werfen, heimzuschleichen?
Den Sack, der zu Zeiten meines Vaters mit Klosterschätzen, zumindest mit Kloster-Vorrats-Kammer-Schätzen, mit Speck und Honig, angefüllt war, den Sack füllte ich heute mit einigem Ahornlaub, das ich unterwegs zusammengelesen, um mir in meiner Höhle das Lager ein wenig aufzufrischen. Aber drei Äste habe ich mir frech von den Bäumen gebrochen, für mein nächtliches Wachtfeuer.
Wer weiß, über wie lange oder wie kurz es mit mir und mit der Räuberei ein Ende hat. Wenn der Schweizerkäs, der mich noch nährt – kaum rette ich ihn vor Würmern und Ameisen –, aufgegessen ist, was soll ich dann tun? Was soll ich dann rauben, wen vergewaltigen?
Mag denn die Räuberei – kaum hätten von Moor und Rinaldini dies für möglich gehalten – mit einem wurmstichigen Schweizerkäs beendet sein. Ich werde jetzt noch einmal mein Gesicht schwärzen gehen und sehen, was sich machen läßt, denn: die Hoffnung ist die Mutter der Tat, und keine Mutter nährt die Tochter so reichlich wie sie die ihrige.

(1955)

Seit Wochen hatte Herr Mühlenfeind nichts mehr geschrieben. Auf Seite einhundertvier seines Manuskriptes war er steckengeblieben. Alle Mittel versagten, die ihn sonst anzuregen vermocht hatten. Herr Mühlenfeind war verzweifelt.
Er war verzweifelt. Dabei war es nicht so, daß er es finanziell nötig gehabt hätte, zu dichten – im Gegenteil: er konnte es sich leisten. Schon als Minderjähriger Teilhaber seines Vaters durch das Erbe von seiten seiner Mutter und ein reicher Mann, wurde er nach dem Tod seines Vaters, des alten Herrn Mühlenfeind, der ausschließliche Inhaber der – trotz seines Namens – Mühlenfeind- und Komorellschen Vereinigten Papiermühlen.
Die gesellschaftliche Stellung des jungen Herrn Mühlenfeind war glänzend wie seine wirtschaftliche. Auch darin hätte er es durch Dichterruhm nicht weiter bringen können. Seine Mutter stammte aus dem Hause der Fürsten Preljubović-Angelos-Buondelmonti, welche Familie seit 1408 als aussichtsreichste Anwärterin auf den Thron des Despotats von Epirus gilt. Der Älteste der Familie, derzeit der Bruder von Herrn Mühlenfeinds Mutter, wird gelegentlich in der Gegend von Joannina als ›Nikephor Simeon VII.‹ zwar nicht in Gold, aber in Erbsen aufgewogen. Die Gegend dort ist sehr arm. In vornehmen Kreisen begegnete man daher den Mühlenfeinds mit großer Achtung.
Trotzdem dichtete Herr Mühlenfeind. Früher mußte er es heimlich und pseudonymisch tun, da der Vater Mühlenfeind es nicht gern gesehen hatte. Ungehemmt dichtete der Sohn – nach gemessener Trauerfrist – seit dem Tode des alten Herrn, dessen Arbeitszimmer entsprechend den Wünschen des jungen eingerichtet wurde. Alles Kommerzielle wurde entfernt, so die Ansichten der Fabriken aus der Vogelschau, die Produktionskurven, die mächtigen Abreißkalender (Neujahrsgeschenke von Banken). Statt mit Konferenz-Club-Möbeln wurde der Raum als Wintergarten eingerichtet, mit eigenartigen Pflanzen einheimischer, mediterraner und sogar subtropischer Herkunft.
Dieser Wintergarten war Herrn Mühlenfeind die angenehmste und wirksamste Anregung beim Dichten gewesen. War ihm

einmal nichts eingefallen, so war er von seinem Schreibtisch aufgestanden und zwischen den Pflanzen umhergegangen. Es hatte in der Regel keine vier oder fünf Minuten gedauert, so war ein Gedanke, ein Funke, eine Idee dagewesen. Schnell hatte sich Herr Mühlenfeind dann wieder an seinen Schreibtisch setzen können, um weiterzuschreiben.
Aber auch dieses Mittel versagte seit Wochen. Herr Mühlenfeind mochte zwischen seinen Blumen umhergehen, soviel er wollte: es kam nichts. Er fuhr mit der Hand – wie über das Haar eines Kindes – zum Beispiel über die zarte, blaßrosa Blüte der seltenen Aphenella-Pflanze, Rose von Uzès oder auch Sardellen-Orchidee genannt wegen des Geruchs ihrer zerriebenen Blätter. Herr Mühlenfeind nahm eine kostbare Gießkanne vom Regal, gefüllt mit zwei Tage altem Wasser. Er goß genau dosierte Tropfen an die Wurzeln der Pflanze, einige Tropfen auch in den Untersatz, ein paar auf die Blätter. Er öffnete – nachdem er die Gießkanne aufs Regal zurückgestellt hatte – eine alte Majolika-Dose – aus dem ehemaligen Besitz der Despoten von Epiros – und entnahm mit den ersten drei Fingern der rechten Hand eine Prise der sorgfältig gesammelten Asche von Zigarren bestimmter Sorte. Es hatte Herrn Mühlenfeind Jahre von wintergärtnerischen Experimenten gekostet, die richtigen Zigarren für diese Asche zu finden. Er streute die Prise in die Erde um die Aphenella. Dann löschte er alle Lichter aus bis auf die milde Schreibtischlampe, um das alltägliche Wunder zu genießen, die Aphenella, die Sardellen-Orchidee, auch Rose von Uzès, sich abendlich schließen zu sehen. Zuerst wie Geliebtes umarmend, kroch die Blüte schließlich wie in sich selber hinein, löste sich scheinbar auf und zeigte zum Schluß nichts als die reine, weiße, glatte Unterseite der Blütenblätter.
Herr Mühlenfeind hatte es befürchtet: nichts, es half nichts, wie seit Wochen, wo er auf Seite einhundertvier steckengeblieben war.

In den ersten Tagen war der junge Dichter eher ratlos gewesen als ärgerlich und unzufrieden. Allmählich kamen die Unstimmigkeiten der unerfüllten Schöpferlust, ohne daß aber die Ratlosigkeit wich, die sich erst dann gab, als Herr Mühlenfeind auf einen Plan verfiel, der dieser und auch jeder künftigen Stockung im Verfolg seiner Werke ein für alle Mal abhelfen sollte. Der Plan war ihm in der Nacht gekommen, nicht im Traum – so daß man sagen hätte können, es erfülle sich ein altes Sprichwort –, sondern in einer jener schwülen Stunden giftigen Halbträumens zwischen beengenden und maßlosen Gedanken. Es war wohl nicht ratsam zu untersuchen, wer's dem Seinen im Halbschlaf gegeben hatte.

In jener Nacht hatte Herr Mühlenfeind den Plan strikt zurückgewiesen. Als jedoch wochenlang sein Werk um keine Zeile fortgedieh, so sehr – oder weil – er sich quälte, zog er die Ausführung des Planes zunächst zum Scherz in Betracht, bald aber wohl wissend, daß dieser Scherz nur Vorwand für kommenden Ernst sei.

Der Plan erschien dem Herrn Mühlenfeind – wie gesagt – nicht ungefährlich, aber genausowenig ungewöhnlich. Er wußte genug Beispiele. Er glaubte sich aber in diesem Zusammenhang sehr wundern zu müssen, daß ihm nicht entgegengekommen wurde. Er hätte ein Angebot erwartet. Ein Angebot – wenn nicht jener Gedanke im Halbtraum eines gewesen war – kam aber nicht. So mußte er sich nach langen untätigen, unzufriedenen und ärgerlichen Wochen endlich entscheiden, selber zur Verwirklichung des Planes zu schreiten.

Er nahm eine Injektionsspritze – gereinigt und sterilisiert –, führte die Nadel mit mutigem Ruck in die Vene der linken Armbeuge. Langsam ließ er durch den nachlassenden Druck des rechten Daumens auf die Fortsetzung des Kolbens den kleinen Glaszylinder sich mit seinem – gemischt-kaiserlichen – Blut füllen. Nachher schwindelte ihn, und er mußte sich hinsetzen. Es schien ihm, als wäre das Werk zum größten Teil schon getan. Das aber war es mitnichten.

Er füllte das Blut in ein Porzellanschüsselchen und stellte es in den Eiskasten. Alsdann holte er die Werke.

Die Werke, Folianten in mehr als Großoktav gebunden, mit ledernem Rücken und wülstigen Verstärkungen, standen auf den höchsten Regalen seiner Bibliothek. Einzeln holte er sie, zentnerschwer, herunter und trug sie in das Arbeitszimmer. Es war wichtig, keinen der Bände zu vergessen; die ganze Arbeit mochte sonst für nichts gewesen sein. Einige der notwendigen Werke waren – wie ja nicht erstaunlich – unter seinen Büchern nicht vorhanden. Er beschaffte sie sich aus der Staatsbibliothek.

Nach dem Büchertransport wurde Herr Mühlenfeind –

geschwächt vielleicht durch Blutentnahme und das Tragen der schweren Werke – ängstlich. Er hätte es immer noch gern gesehen, wenn er zumindest ein wenig zu dem Plan gedrängt worden wäre, wenn die Bücher – beispielsweise – wider Erwarten flaumleicht gewesen oder die fehlenden durch mystische Boten ohne vorherige Bestellung aus einem geheimnisvollen Antiquariat geschickt worden wären. Aber nichts dergleichen geschah.
Das nächste war, die Katze zu besorgen. Es mußte eine weibliche – für den Laien schon nicht einfach festzustellen – und eine jungfräuliche Katze sein . . . Zum Glück – war es diesmal ein mystisches Entgegenkommen? – warf eine Kätzin im Hof des Mühlenfeindschen Anwesens Junge. Ein sofort herbeigeholter Tierarzt stellte das Geschlecht der jungen Katzen fest. Ein weibliches Junges wurde nach dem Absäugen unter Verschluß genommen, um ihr bis zu jenem Tag – oder vielmehr: jener Nacht – die Keuschheit zu bewahren.
Die Vorbereitungen waren bei Monatsende abgeschlossen. Herr Mühlenfeind mußte jetzt nur noch den Kalender im Auge behalten. Am Tag, als es soweit war, stellte Herr Mühlenfeind seinen Wecker – eine Handarbeit aus dem Anfang des vorigen Jahrhunderts – für halb zwölf Uhr. Aber es war unnötig. Herr Mühlenfeind konnte angesichts der kommenden Dinge selbstverständlich nicht schlafen. Er hatte sich in Hauskleidern niedergelegt. Um halb zwölf stand er auf und kleidete sich um. Zuvor ging er – ohne das Licht anzuzünden – ans Fenster. Schwere rotseidene Vorhänge bedeckten es. An einer goldenen Schnur waren sie aufzuziehen. Herr Mühlenfeind zog an der Schnur, und mit Feierlichkeit wich der Vorhang. Dann öffnete der junge Herr Mühlenfeind das Fenster. Durch die Spalten der weißen Jalousien leuchtete das helle Mondlicht. Schnell öffnete Herr Mühlenfeind auch die Jalousien, und er sah jetzt den ganzen, vollen, klaren Mond, wie er vom wolkenlosen Himmel den Park mit seinem verkehrenden Licht erhellte. Die großen Kastanien, in die ein nächtlicher Wind fuhr, verwandelte er in rauschhafte Kaskaden eines unwirklichen Wassers, das immerfort Stufen hinabfloß, um durch unsichtbare Mechanismen wieder in Turmeshöhe hinaufgeschleudert zu werden. Den Brunnen dagegen mit dem hohen, senkrechten, dreifachen Strahl verzauberte er in einen Baum aus Marmor, die Bildsäule einer Daphne etwa, wie sie gerade verwandelt wird; die wirklichen Statuen im Park aber

in nächtliche, wundersame Riesenblüten von bleichen Formen. »Vollmond«, sagte Herr Mühlenfeind zu sich selber im halblauten Ton.
Über den Park her schlug von ferne eine Uhr elf Mal und dann drei Mal: dreiviertel Zwölf. Das Mondlicht hat die Kraft, auch Akustisches zu verwandeln, und so erschienen die Schläge der Uhr und ihr Nachklang wie das verwunschene Singen der träumenden Schwäne auf dem Teich. Die scheinbaren Schwäne waren nichts als stille, manchmal nur vom Wind bewegte Reflexe des Mondes und der dunklen, spiegelnden Fenster auf dem Wasser. Die vierzehn schlafenden Pfauen waren wie riesige, welke, herbstliche Blätter auf den steinernen Platten der Auffahrt.
Herr Mühlenfeind hatte keinen Sinn für solch angenehme akustische oder optische Täuschungen. Er machte sich – umgekleidet – auf den Weg, um sein Arbeitszimmer noch vor zwölf Uhr zu erreichen. Dort traf er die letzten Vorbereitungen. Er schlug die Werke an den entsprechenden Stellen auf, setzte die Katze an den für sie ermittelten Platz und zündete die Kerzen an. Kerzen wären nicht unbedingt vorgeschrieben gewesen, aber das elektrische Licht schien Herrn Mühlenfeind unpassend für den Anlaß. An den Vorbereitungen konnte es somit nicht gelegen haben.
Es schlug zwölf Uhr. Die Turmuhr war im Arbeitszimmer nicht zu hören, wohl aber die große Standuhr in der Galerie, deren Ton lang und breit die leeren Gänge erfüllte, abklingend in die entferntesten Flügel, nach kurzer Zeit sich vermischend mit dem Schlag anderer Uhren im Haus, was dadurch, daß sie nicht auf die Sekunde gleich gingen, eine eigenartige und geisterhafte Symphonie von scheintoten oder scheinlebendigen zufälligen Akkorden gab. Herr Mühlenfeind wartete. Als die letzte Uhr – eine Spieldose in der oberen Etage – als Nachzüglerin stockend ihren zwölften Ton von sich gegeben hatte, öffnete sich die Tür. Herr Mühlenfeind erhob sich.
»Guten Abend«, sagte er. Trotz allem stockte ihm ein wenig die Stimme im Hals, »ich habe Sie schon erwartet.«
»Das sehe ich«, sagte der Gast, und wie um höflicherweise nicht sofort auf den Gegenstand der Unterredung zu kommen, fügte er hinzu: »Es ist keine angenehme Nacht heute –.« Herr Mühlenfeind war verlegen. Er hatte sich die Unterredung anders gedacht.

»Darf ich Ihnen einen Platz anbieten?«
»Gern«, sagte der Besucher. »Es ist eine kalte und windige Nacht heute.«
»Mir kam es wie eine warme Septembernacht vor, in der –.«
Herr Mühlenfeind hätte sich quasi verpflichtet gefühlt, hier Poetisches über warme Septembernächte anzufügen, der Gast aber unterbrach ihn.
»Ihnen«, lachte der, und Herr Mühlenfeind sah mit Schrecken, daß das Gebiß seines Gegenübers aus gelben, langen und spitzigen Zähnen bestand, »Ihnen mag sie warm erscheinen, Herr . . .«
». . . Mühlenfeind«, sagte der junge Dichter.
»Richtig, Mühlenfeind. Ich brauche mich ja nicht bekannt zu machen. Ich wollte sagen: bei uns sind wir andere Temperaturen gewohnt.«
Herrn Mühlenfeind durchfuhr es wieder. Und doch hätte er sich die Unterredung anders vorgestellt, dämonischer sozusagen, selbstredend dämonischer, wie auch anders. Er langte nach einer Kiste Zigarren.
»Darf ich Ihnen eine Zigarre anbieten?«
»Danke«, sagte der nächtliche Gast, »danke, ich rauche nur meine eigenen, und das will ich Ihnen nicht antun.«
Herr Mühlenfeind nahm sich selber eine Zigarre und suchte nach Zündhölzern.
»Bitte«, sagte der Gast und hielt seinen Mittelfinger hin, an dem sich die Zigarre sofort entzündete. Herr Mühlenfeind schluckte, teils von der im Moment offensichtlichen Unterweltlichkeit, teils weil die ersten Züge der Havanna nach Schwefel schmeckten.
»Ein Scherz«, sagte der Gast, lehnte sich in seinen Sessel zurück und lachte, »aber womit, verehrter Herr Mühlenfeind«, er betonte den Namen, wie um zu zeigen, daß er ihn endlich behalten hatte, »kann ich Ihnen dienen?«
»Ich«, begann Herr Mühlenfeind, aber seine Stimme versagte nun ganz. Es war ihm, als wären seine Nerven in Unordnung geraten und erfüllten die Befehle des – an und für sich schon verwirrten – Gehirnes ungenau oder verkehrt. Wollte er sprechen, gaben die Nerven den Befehl an die Ohren weiter, zum Beispiel, und die wackelten. Wollte er den rechten Fuß bewegen, klappte ihm der Mund auf und zu. Mehrfach passierte es, daß

sich der Raum langsam, aber deutlich herumdrehte, die Möbel plötzlich vom Plafond zu hängen schienen.
»Ich«, sagte Herr Mühlenfeind unter zwanghaftem Ohrgezucke, »ich dichte.«
»Aha«, sagte der Besucher, als ob es etwas Besonderes wäre, »Sie dichten.«
»Ja . . . und«, Herr Mühlenfeind hatte alle Fragen und Angebote formuliert zu Papier gebracht. Aber es war ihm nicht möglich, aufzustehen und dieses Papier zu holen. »Ich habe alles notiert, mein . . .« Herr Mühlenfeind wollte ›mein Herr‹ sagen, aber in der Sekunde überlegte er, ob diese Anrede auch passend sei. Welche Anrede war für seinen Besuch passend?
»Sie haben Ihre Vorschläge notiert?« sagte der Gast und wartete geduldig, bis Herr Mühlenfeind weitersprechen würde. Der riß sich mit aller inneren Gewalt zusammen: »Ja, mein H . . ., ja. Es wäre vielleicht besser, Sie läsen die Vorschläge.«
»Wie Sie wünschen.«
»Ich hole Ihnen die Notizen.« Herr Mühlenfeind holte tief Luft und stemmte in initialer Bewegung eines Sich-aus-dem-Sessel-Schnellens die Hände auf die Lehnen.
»Nicht nötig«, sagte der Gast und streckte die Hand aus. Das Papier kam ihm entgegengeflogen.
Herr Mühlenfeinds Augen verschlossen sich. Er sah blitzschnell kreisende Sterne. In den Ohren tobte eine Folge von Geräuschen, eine unheimlich geordnete Nicht-Musik, wie sie vielleicht in einem halben Jahrhundert die Tonkunst beherrscht. Im Munde hatte er den Geschmack von Zwiebeln und Staub.
»Aha«, sagte der Besuch. Er hatte sich in die Schrift des Herrn Mühlenfeind vertieft. Als der wieder sehen konnte, saß er manierlich mit dem Sessel am Boden – nicht mehr unterm Plafond –, hatte sich eine dunkel geränderte Brille aufgesetzt und las die Zeilen des jungen Dichters gründlich und aufmerksam.
Das Äußere des Gastes war soweit durchaus menschlich wie seine Sprechweise. Da er sein Haupt beim Lesen gesenkt hielt, fiel ihm eine Locke des grauen, feinen Haares in die Stirn. Gegen den Hinterkopf zu lichtete sich das Haar etwas. Die Statur des Herrn war untersetzt und eher schmächtig, aber von einer heimlichen, wie durchscheinenden, jedoch verbrauchten Kraft, wie von einem ehemaligen Ringkämpfer, wie man überhaupt aus seiner ganzen Gestik auf einen alten, vielleicht schon pensionier-

ten Turnlehrer hätte schließen können, bestenfalls mit Erdkunde im Nebenfach.

Plötzlich aber, nur für Sekunden, verwandelte sich das Bild. Ohne Übergang saß ein großes Tier auf dem Stuhl, ähnlich einem Tiger, aber mit sechs stumpfen Flügeln, die leicht rauschten, und einem Kamm wie ein großer Hahn. Aus Löchern in den Händen und dem Hals krochen kleine, neugierig blickende Kröten. Es war, als wäre dem Gast bei der Konzentration auf die Schrift, die er las, für Momente die Kontrolle über die willkürlich angenommene menschliche Gestalt verlorengegangen, und er wäre, wie an einer Feder, in eine ihm bequemere Gestalt – sozusagen in den Haushabitus – zurückgeschnellt. Zwar bemerkte es der Gast nach wenigen Augenblicken, hatte sich dann sofort wieder unter Kontrolle und lächelte bedauernd, als er wieder in menschlicher Gestalt dasaß. Aber es passierte ihm im Laufe des Abends noch mehrmals.

»Ist es deutlich genug, was für Vorschläge ich machen will?«

Der Gast schaute auf. »Soviel ich sehe, Herr Mühlenfeind, verlangen Sie das Übliche: unsterblichen Ruhm, quellende Einfälle, irdischen Erfolg und eine gesicherte Lebenszeit von sechsundachtzig Jahren . . . Warum eigentlich sechsundachtzig?«

Herr Mühlenfeind lächelte verlegen.

»Na ja«, fuhr der Besuch fort, »Sie bieten dafür Ihre Seele. Wie gehabt. Neu an Ihrem Entwurf scheint mir zu sein, daß Sie auch die vollständige Austilgung Ihrer literarischen Gegner fordern. Nun, es ist Ihre Sache, dies zu wünschen. Schwierigkeiten bereitet es mir freilich nicht, ein paar Rezensenten zu holen.«

›Wenn ich nur wüßte‹, dachte Herr Mühlenfeind, ›wie ich ihn anreden soll. Er nennt mich immer höflich mit meinem Namen, aber ich kann ihn doch unmöglich mit einem der seinigen anreden. Alle sind Verbalinjurien. Exzellenz oder Eminenz? Nein. Wenn man nur wüßte, wie er von den Seinen angeredet wird.‹

»Die Schwierigkeiten, Herr Mühlenfeind, liegen woanders. Auch ich muß kalkulieren. Denken Sie, was es kostet, wenn ich Sie fördere. Für *eine* Seele soll ich die Literatur ändern? Sie werden es nicht ungebührlich finden, Herr Mühlenfeind, wenn ich einige Sicherheit fordere, was *Ihre* . . . Leistung betrifft.«

»Ich bitte Sie –«

»Seien Sie nicht ungehalten, lieber Mühlenfeind, man kennt das.«

»Sie brauchen mich ja –«, Herr Mühlenfeind überlegte blitz-

schnell, ob nicht eine Anrede aus der immerhin irgendwie fürstlichen Stellung seines Gegenübers, wenigstens was gewisse Bereiche anbelangt, abzuleiten sei, »Hoheit brauchen mich ja nur nach abgelaufener Frist holen zu lassen.«
»Man kennt das«, sagte der Besucher, »bitte: nehmen Sie es nicht persönlich. Mit Ablauf der Frist, und je näher der bewußte Tag rückt, wie meinen Sie, wie man da *gut* wird. Bußübungen, Reue, etcetera. Außerdem machen Sie sich keinen Begriff davon, was von . . . der Gegenseite alles unternommen wird. Ich hatte da einmal einen Fall, als Dichter dürften Sie ihn kennen. Formell ordentlicher Vertrag. Mit Blut aus der rechten Armbeuge unterzeichnet, und so fort. Ich habe beträchtliche Aufwendungen machen müssen. Ich habe ihn verjüngt, ihm junge Damen zugeführt, das ganze staubige Hellas, insbesondere diese Helena habe ich wieder einmal heraufgeholt, überhaupt der Sehnsucht des Herrn nach Arkadischem in kostspieligsten Dingen nachgegeben. Und dann –«
»Ich kenne die Geschichte, Hoheit«, sagte Herr Mühlenfeind, »und dann: Wendet zur Klarheit / Euch, liebende Flamme.«
»Abgeschmackt«, sagte der Gast, fast ungehalten.
»Verzeihung, Hoheit.«
»Oder die Geschichte mit Leverkühn. Kennen Sie die?«
Herr Mühlenfeind verneinte.
»Ein Musiker. Auch seinetwegen habe ich riesige Aufwendungen gemacht. Er forderte ein neues musikalisches System von mir. Wir haben monatelang unsere ganze andere Arbeit damit blockiert, die alte Leittonordnung durcheinanderzuwerfen und die Gleichordnung der Töne zu erfinden. Ich habe mit Zahlen herumgefindert . . . kennen Sie das sogenannte ›Zwölf-Ton-System‹?«
»Aber ja –«
»Na: die ganze Richtung ist von mir.«
»Die Folgen für die abendländische Musik waren ja teuf . . ., ganz nach Hoheits Wunsch . . .«, sagte Herr Mühlenfeind lächelnd.
»Ach was, den Webern haben Sie mir erschossen, grad wie er einen frommen Gedanken gehabt hat, und der Leverkühn hat auch nie seine Verpflichtungen erfüllt.«
»Hoheit«, sagte Herr Mühlenfeind stolz, »ich verpfände mein Wort, ich werde schlecht bleiben.«

»Jeder Mensch, mein lieber Mühlenfeind, jeder Mensch kann zuletzt, wenn es der . . . Kuckuck will, dennoch gut werden. Nehmen Sie das nicht persönlich.«

»Hoheit, das Blut – mein Blut steht schon im Eiskasten – ich wäre untröstlich.«

»Allein schon der Zweifel, so nützlich er mir bei den Gläubigen ist, kann einen Verfallenen – so billig ist die Valuta dort oben – wieder hinaufführen. Von meinem Standpunkt aus: hinunter.«

»Fürstliche Durchlaucht«, sagte Herr Mühlenfeind, »was fordern Sie von mir an Sicherheiten und Beweisen?«

»Ihnen steht die Wahl des Beweises zu«, sagte der Gast freundlich.

»Mein Lebenswandel –«

»Sie müssen mich entschuldigen, wenn ich lächle. Haben Sie in Ihrem Leben schon jemals eine wirkliche Schlechtigkeit begangen?«

»Ich habe einmal einem kleinen Priester, der eine fromme Zeitung verkaufen wollte –«

»Ja, ja, ich kenne den Vorfall. Für den Tritt in den Hintern ist der um drei Reihen im Parkett dort oben nach vorn gerutscht. Ich habe es schwerer, als Sie meinen. Aber ich darf Sie nicht länger täuschen. Ich kenne Ihren Lebenslauf. Sie haben nie daran gedacht, Ihren menschlich freien Willen so auszunützen, wie ich es gern sähe. Sie waren sogar neulich am Sonntag in der Messe.«

»Aus Scheinheiligkeit.«

»Sie haben die Tochter Ihres Hausmeisters studieren lassen, ohne auch nur zu versuchen, sie zu verführen.«

»Aber sie hatte doch einen zu kurzen Fuß und eine Hasenscharte.«

»Einen wirklichen Sowieso-Braten stört das nicht.«

»Hoheit, Sie haben mich nicht, wie es sonst der Brauch ist – wenigstens steht es in den Werken so – verleitet. Ganz freiwillig bin ich zu Ihnen gekommen. Und was für Aufwendungen haben Sie mit dieser Flasche, Sie wissen schon, ich sage nur: Stevenson gemacht. Auch nur für *eine* Seele. Ich glaube, es war dann zuletzt ein verkommener Matrose. War das rentabler?«

»Dem versoffenen Matrosen ist der Ausdruck ›aleatorische Musik‹ eingefallen!« Der Gast pfiff greulich durch seine gelben Dolchzähne. »Nein. Nein. Ich halte Sie nicht einmal für fähig, diese kleine Katze zu erwürgen. Welche Sicherheit, sagen Sie

selbst, bieten Sie mir, daß Sie nicht gegen Ende Ihrer sechsundachtzig Jahre zugunsten der anderen Seite verzweifeln?«
»Meine Werke –«, sagte Herr Mühlenfeind.
»Ich bin über die Wirkung der Literatur, selbst der von mir inspirierten, durchaus informiert: sie ist gleich Null. Personen, deren Werke strengstens indiziert sind, ich nenne keine Namen, wurden, wie der Terminus lautet, in Gnaden aufgenommen. Wissen Sie, wo Nietzsche herumspaziert? Und was die Welt anbetrifft: wie die Literatur noch nie fähig war, die Welt zu verbessern, ist sie auch nicht fähig, sie zu verschlechtern. Die ›Phänomenologische Ontologie‹ halte ich für ein völlig harmloses Werk, und für ihren Verfasser – das weiß ich zufällig von hintenherum – haben sie schon ein Plätzchen neben Thomas von Aquin frei gemacht.«
Herr Mühlenfeind war gänzlich verzagt. »Hoheit«, sagte er, »womit verderben dann Hoheit die Menschen?«
»Mit Literatur nicht.« Der Gast lachte laut und dröhnend, mit überdrehter Stimme wie aus einem Lautsprecher. »Mit Literatur verdirbt man höchstens Literaten. Davon habe ich genug. Ich habe –«, jetzt flüsterte der Gast wieder, »gewaltige Pakte und mächtige Verträge mit . . . mit, ich darf ja nichts verraten. Sie brauchen nur darauf zu achten, wo *der* dort oben am häufigsten genannt wird, dann wissen Sie, woran ich beteiligt bin. Jedoch«, er stand auf, »meine Stunde ist um. Der andere hat dreiundzwanzig. Verzeihen Sie, wenn ich in den letzten Teilen unseres Gespräches etwas heftig geworden bin. Gestatten Sie, daß ich mich verabschiede, bevor ich verschwinden muß.«
Herr Mühlenfeind streckte zögernd die Hand hin.
»Nicht doch, lieber Herr Mühlenfeind, denken Sie an die Zigarre. – Es tut mir leid«, er machte eine höfliche Verbeugung, »daß ich nichts für Sie tun konnte. Aber verstehen Sie: auch ich muß kalkulieren. Bei Ihnen steht es mir nicht dafür.«
Herr Mühlenfeind verbeugte sich seinerseits.
Die Tür öffnete sich. Der Gast trat hinaus. Herr Mühlenfeind horchte, aber er hörte keine Schritte sich entfernen. Etwas ängstlich öffnete er nach einer Weile wieder die Tür. Alles war verlassen und ruhig. Nur die Uhren seines Hauses hörte Herr Mühlenfeind schlagen, gleich einem zerstreuten Glockenspiel, jede einmal, und zuletzt die zögernde Spieluhr im oberen Stock.

(1955)

Promenade

Und die *Regalia Elegantes* verlöschte wieder. Kein herbstlicher Wind, kein Hauch hatte sich an dem geschützten Ort bewegt, und doch war zum dritten Mal die *Regalia* verlöscht. Als Herr Baswaldt seine Zigarre zum vierten Mal anzünden wollte, verlöschten drei Zündhölzer hintereinander, ohne daß es einem gelungen wäre, die Spitze des angerauchten Stumpens neu zu entflammen. Ohne Fluch, aber äußerst ärgerlich, warf Herr Baswaldt die *Regalia* mitsamt den restlichen Zündhölzern hinter sich über das Geländer unter eine Pracht-Aloe.

Wenn man Herrn Baswaldt nicht kennt, gibt diese fast heftige und jedenfalls verschwenderische Reaktion (die Zündholzschachtel war noch zur Hälfte voll gewesen) kaum zu denken. Kennt man aber den durchaus stattlichen, arrivierten, in ausgeglichenen Freuden lebenden Dichter von Erfolg mit festem Einkommen und in der ausdrücklichen Körperfülle des fünfen Lebensjahrzehnts, so erscheint es merkwürdig, daß eine immerhin – für einen Zigarrenraucher – alltägliche kleine Ärgerlichkeit ihn zu solchem Tun bringen konnte. Und wirklich war die Zigarre heute seine allergeringste Sorge.

Es war der neunte Tag im Aufenthalt des Herrn Baswaldt in dieser Stadt. Es war diese Promenade der neunte Nachmittagsspaziergang, am neunten Nachmittag, an dem dieser bekannte Dichter – sonst fleißig und routiniert – nichts geschrieben hatte. Länger, als der Herr für die Schöpfung gebraucht, suchte Cosmo Baswaldt nach einem Konzept für sein neues Werk.

Das Moralische versteht sich, ganz besonders für den Dichter, *von selbst;* und von einem Cosmo Baswaldt hätte das gebildete Publikum nichts anderes erwartet, als daß sich die moralische Grundhaltung dieses Autors nur jeweils in neuer, überraschender und anmutiger Weise manifestiere. Worum zu ringen, ist die Form. Nun waren sich aber die moralische Grundhaltung des Herrn Baswaldt und die Art des Stoffes, mit dem er sich trug, so entgegengesetzt, daß nicht daran zu denken war, die Moral sich von alleine verstehen zu lassen. Vielmehr mußte Herr Baswaldt – wie er es nannte – ›gegen den Stoff arbeiten‹ mit einem völlig von

der Handlung selbständigen moralischen Konzept, deutlicher: mit einem Vorwort oder Nachwort.
Die moralische Grundhaltung des Herrn Baswaldt hatte sich nämlich vor kurzem geändert. Als sparsamer Hüter seiner Gaben und Einfälle wollte er jedoch das dankbare Sujet aus der Zeit vor seiner Wandlung keineswegs unbearbeitet fallenlassen. Zu überlegen war also: wie das Publikum durch eine doppelt unerwartete Form über die moralische Inkongruenz der Geschichte hinweggetäuscht werden könnte. Neun Tage – den heutigen eingerechnet – hatte Herr Baswaldt zu ringen gehabt. Kam heute die Erleuchtung?
Die sogenannte Heinrichs-Promenade, die der Dichter seit neun Tagen jeden Nachmittag hinauf zu spazieren pflegte, ist in den Porphyrfelsen des Guntschnaberges hineingesprengt und mit eigenartigen und seltenen Gewächsen bepflanzt, die hier in geschützter Lage ausgezeichnet gedeihen können, selbst wenn sie aus viel wärmeren Regionen stammen. Hart am Fuß des Felsens, am Anfang des Weges, steht die Wandelhalle, von deren ebenfalls bepflanztem Dach die Windungen der Promenade ihren Anfang nehmen. Dort, im Schatten einer ausläufigen, mächtigen Himalaya-Zeder, hatte Herr Baswaldt die *Regalia* zum ersten Mal angezündet und als letzte Erholung vor der bevorstehenden Denkarbeit den bereits weiten Ausblick über die Stadt genossen. Helles Läuten aus der nahen Schule zeigte für die dortigen Schüler das Ende ihrer Pflicht an, für Herrn Baswaldt den Beginn der seinigen. Er drehte sich jetzt um, legte sich seine Probleme zurecht, schwang den Stock unter die Achsel und zog an der Zigarre.
Allein – die Zigarre war ausgegangen.
Vorsichtig setzte Herr Baswaldt einen Fuß auf die Porphyrplatten der Einfassung und schob dabei den üppigen Efeu und den zarten, bunten wilden Wein beiseite. Langsam zog sich ein Skorpion – ein hier harmloses Tier – aus der gefährlichen Nähe des Fußes. Eine Mauereidechse, mit der Zunge schnell hin und her tastend, kroch auf Herrn Baswaldts Schuhspitze. Der Dichter lächelte. Erst als das zierliche Reptil wieder fortgeschlüpft war, stützte er seinen rechten Ellenbogen auf das Knie, bildete umständlich mit beiden Händen einen Schirm für das Zündholz und rieb es an. Die Zigarre brannte wieder, wie sich Herr Baswaldt durch kräftiges Ziehen versicherte.

›Leon, der Hirte, und die Prinzessin Galla Placidia‹ – ein faszinierender Stoff: aber Cosmo Baswaldt wußte den gefundenen Edelstein nicht zu fassen. »Gewiß«, sagte er zu sich, »die Geschichte ist bereits einmal geschrieben worden: Diktys von Sipontum. Aber wer kennt es, und wer liest es? Die alte Geschichte ist einfach und unglaubwürdig. Der Hirte Leon entpuppt sich zuletzt als der Sohn des Kaisers Carolus Magnus und kommt wegen der stolzen Prinzessin in einer Schlucht um (oder in einer Schlacht, wie es im Mailänder Text heißt). So geht das«, Herr Baswaldt schwang seinen Stock, »so geht das natürlich nicht. Aber wie geht es? Ich bin ratlos. Soll ich den Ort der Handlung verlegen? Ist Südamerika in der deutschen Literatur noch en vogue? . . . der Hirte Leon ein *Peon,* der das Lama hütet?
Nun, eigentlich ratlos bin ich noch nicht einmal, höchstens unschlüssig, keineswegs aber verzweifelt.«
Sehr entschieden verzweifelt war aber Cosmo Baswaldt wegen seiner Zigarre, die hier das zweite Mal verlöschte. ›Vielleicht‹, so dachte sich der Dichter, ›habe ich mit dem Stockschwingen zuviel Wind gemacht.‹ Als die *Regalia* dann das eingangs erwähnte dritte Mal verlöschte, warf er sie mitsamt den Zündhölzern unter eine Mondblume oder Pracht-Aloe.
»Scheiß der Hund aufs Feuerzeug, kann man dabei wahrhaft sagen«, sagte Herr Baswaldt hinterher, nahm den runden Hut vom Kopf und wischte sich die Stirn und den vorderen Teil der Glatze trocken.
Und da – nach wenigen Augenblicken – wie ein Wunder: in der Zigarre war offenbar durch den heftigen Flug ein heimliches Feuer genährt worden. Feiner Rauch zog durch die, bald nach dem Boden wie ein allseitiger Federfächer ausgebreiteten Blätter der Pracht-Aloe hinauf, hüllte den langen Stengel der Pflanze ein, zog hinauf über die Blütenstände, wo im Sommer die weißen Dolden hängen werden.
Herr Baswaldt stellte für den Moment alle schriftstellerischen Probleme zugunsten des einen Problems zurück: wie er wieder zu seiner Zigarre kommen könne.
»Ohnedies eine Ungezogenheit, eine unwürdige Entgleisung, wie ich die *Regalia* unter die Mond-Aloe geworfen habe. Brennt sie jetzt dennoch, werde ich sie mir wieder holen.«
Das Geländer, das auf der oft steilen Talseite die Promenade

einfaßte und das Publikum vor dem Sturz in die Tiefe, die wertvollen Pflanzen aber vor dem Publikum schützt, dieses Geländer trennte an dieser Stelle ein großes, dichtbewachsenes Dreieck vom Wege ab. Drei große irdene Vasen, verwittert und durch Eisenbänder zusammengehalten, verzierten die unregelmäßigen Spitzen des Dreiecks. Die äußerste dieser Amphoren ragte über den Abgrund hinaus, die nächste konnte der Dichter mit der Hand erreichen, und auf sie gestützt kletterte der nicht unbeleibte Herr auf das Geländer. Rittlings sitzend, den einen Fuß auf der Wegseite, den anderen bereits im Verbotenen, rastete er.
»Gut, daß mich niemand so sieht. Wenn man Verbotenes tut, sollte man wenigstens nicht lächerlich aussehen.« Eine olivengroße, blau- und violettschillernde Hummel umkreiste dreimal das runde Haupt des Dichters.
»Ins Übermenschliche, ins Außermenschliche müßte die Geschichte von Leon, dem Hirten, und der Kaisertochter gehoben werden –«, gänzlich ungerufen, und vielleicht gerade, weil sie beiseite gelegt worden waren, bis die Zigarre wiedererobert würde, waren die poetischen Gedanken gekommen und umsurbelten den Kopf des Dichters wie die Herbsthummel.
Irritiert von diesem unerwarteten doppelten Anspruch, in Sorge dazu, die Zigarre könnte die Yucca-Palme oder die kleine Rotbuche daneben in Brand stecken, saß Herr Baswaldt auf dem Geländer. Die Hummel zog aber zuletzt alle sorgenden Gedanken des Dichters auf sich. Das Tier umflog jetzt in immer engeren Kreisen und anscheinend in steigender Erregung Herrn Baswaldts Kopf. Die Hummel blieb dicht an ihm, aber ohne Gedanken ans Stechen, denn sie war selber in Gefahr: von einer nahen Zypresse aus beobachtete ein Zyklopensprintz (Nisus cyclops, ein hinterhältiger Räuber), sein konfuses Opfer. Langsam richtete sich der einäugige, gelbbrüstige, rotgefiederte Sperber-Vogel auf.
Herr Baswaldt versuchte vergeblich, mit der Hand die Hummel zu verscheuchen – zweimal zuckte und plusterte der Räuber sein Gefieder und schoß in steilem Flug direkt auf die Hummel nieder, das heißt: auf Herrn Baswaldts Kopf. Der Dichter schüttelte rasch und ärgerlich den Kopf, daß seine Backen flatterten und machte: »Fft – fft!« Herr Baswaldt duckte sich, begann das Gleichgewicht zu verlieren. Der Vogel sauste dicht an seinem

Kopf vorbei. Im letzten Augenblick war die Hummel – kaum war Platz genug – in Herrn Baswaldts linkes Ohr geschlüpft. Eine verlorene rote Feder des Zyklopenvogels wedelte im Haar des Dichters. Der gefoppte Vogel saß völlig fassungslos in einem der unteren Zurgelbäume. Der Dichter schwankte immer mehr auf seiner Stange. Er faßte sie mit beiden Händen, strampelte, die Stange rutschte in seinen Händen, bildete die Achse, um die sich sein Körper drehte, so daß er mit Kopf und Schultern voraus auf den Boden schlug, während seine Füße, am Geländer aufgerichtet, in die Luft ragten.

»Ins Schildkrötische!« Man möchte meinen, es gäbe keinen weniger geeigneten Moment für die Erleuchtung. Aber die Erleuchtung kam justament in diesem Augenblick.

»Ins Schildkrötische muß ich die Geschichte erheben –.« Herr Baswaldt drehte sich, daß er mit dem Bauch nach unten zu liegen kam, als Vorbereitung fürs Aufstehen. Der Sprintz am Zurgelbaum drehte sich auch um und schaute ins breite Tal hinunter. Die gerettete Hummel verließ das Ohr des Poeten, flog hinauf und verschwand hinter einer dichten Ranke von Efeu.

»Die Prinzessin erleidet die Nachstellungen eines bösen Zauberers, eines heidnischen Philosophen etwa, aber auch die reinen Absichten des Hirten Leon gelten ihr, ohne daß sie es weiß . . .« Cosmo Baswaldt schob nacheinander die beiden Knie unter seinen Leib und stemmte den Oberkörper mit den Armen vom Boden. Er atmete schwer: »– der böse Zauberer verwandelt, weil sie ihm ihre Zuneigung verwehrt, die Prinzessin in eine Schildkröte . . .«, der Dichter zog ein Bein nach vorn und setzte die Fußfläche auf, so daß er halb kniete. »Unglückliche Prinzessin! Aber noch unglücklicherer Hirte Leon . . . möchte man meinen. Aber er sieht in ihrem schildkrötischen Zustand, in dem sie sogar der böse Zauberer verschmähen würde, eine Möglichkeit –«, das Geländer mit einer Hand ergreifend, die andere aufs Knie gestützt, erhob sich Herr Cosmo Baswaldt langsam und endgültig, und mit der Bewegung des bedächtigen Applaudierens entfernte er – mehr symbolisch – den Staub von den Händen.

»– die einzige Möglichkeit, sich, wenn nicht ihrer Liebe, so doch ihrer Dankbarkeit zu versichern. Er ärgert irgendwie den Zauberer, der ihn prompt auch in eine Schildkröte verwandelt. (Der Zauberer kann nichts anderes.) Vor die Prinzessin hingekrochen, nimmt er sich diesmal ein Herz, zu sprechen: ›Siehe, Galla

Placidia, kaiserliche Prinzessin, deinetwegen habe ich auf menschliche Gestalt verzichtet, um dir gleich zu sein, laß mich dir nun auch nahe sein.‹«

Der Dichter bückte sich noch einmal, um den Staub von den Knieteilen seiner Hose zu entfernen. Er steckte sich, als großzügige Feier für den Tag, eine neue *Regalia Elegantes* an und stieg weiter die Promenade hinauf.

»Unausgesprochen werde ich lassen, ob Stolz und Verbitterung die Prinzessin veranlaßt haben, den armen, treuen Hirten abzuweisen, oder ob selbst für in Schildkröten verwandelte Prinzessinnen Standesrücksichten zu gelten haben. Kurz: der Hirte Leon stürzt sich in die Schlucht und stirbt. Oder in eine Schlacht . . . eine Schildkrötenschlacht; hm . . . ein starkes Bild, eine Schildkrötenschlacht!«

Herr Baswaldt rastete an der nächsten Serpentine. Noch einmal klingelte das Schulgeläute, wohl um das Ende der Pflichten für die Nachgesessenen anzuzeigen. Herr Baswaldt, der diesmal nicht darauf achtete, pflückte eine der reifen, blauschwarzen zwetschgengroßen Früchte des Kaktus Opuntia nana, die im Geschmack dem Holunder ähnlich sind. Dann zog er an seiner neuen *Regalia.* Sie war nicht verlöscht. Ihr Rauch zog schwer und merkwürdigerweise zugleich leicht hinauf zu den herbstlichen Granatbäumen.

(1956)

Diese Geschichte ist die erste ihres Autors. Sie ist weder erfunden, noch hat sie sich zugetragen, um später aufgezeichnet zu werden, sie ereignet sich, während sie geschrieben wird.
Die Geschichte ereignet sich, während sie geschrieben wird? Ja, und der Autor weiß nicht – ebenso wenig wie der Leser – weiß nicht, wie sie ausgehen wird. Der Autor weiß nicht einmal, welche Handlungen er selbst alles unternehmen wird; vieles kann im Verfolg der Geschichte unvorhergesehen passieren. Der Tod des Autors würde die Geschichte selbstverständlich beenden, beenden wie noch keine Geschichte beendet worden ist. Vielleicht wäre es ein schönes und wünschenswertes Ende.
Diese Geschichte, die vom Herrn Direktor Laforte aufgeschrieben ist – er und der Autor sind identisch –, ist keine Aufzeichnung von Memoiren, von Denkwürdigkeiten, die dem Autor in seinem langen, idealistischen Leben widerfahren sind: nein, sie trägt sich zu, *während* der Autor schreibt. Leider ist es nicht möglich zu veranstalten, daß die Geschichte stattfindet, während der Leser sie liest, Verlag und Druck sind zu langsam dafür. Aber der Leser muß sich eindringlich vorstellen, daß sich die Geschichte zuträgt, *während,* genau während der Autor schreibt, daß der Autor zwar beispielshalber weiß, was er im nächsten Moment tun wird – so wird er in wenigen Minuten, nachdem er diese Absätze geschrieben haben wird, die Laterne vor den Wohnwagen hängen und Herrn Beisel verbieten, daß er so laut singt –, aber er weiß zum Beispiel nicht, was die außer ihm handelnden Personen – sieben oder acht dürften es sein – zu ihm sagen werden, ja, er weiß nicht, wer unvermittelt alles in die Handlung eintreten wird.
(Herr Beisel singt übrigens sein altes Schelmenlied mit dem Anfang: »Ich bin der Narr, du bist der Herr . . .«, das von der Schwierigkeit, Narr zu sein, erzählt und von der Leichtigkeit, ein Herr zu sein.)
Der Leser wird den Autor fragen, ob er denn wisse, daß sich in der Zukunft Ereignisse begeben werden, die aufzuschreiben wert sind? Nein – selbstverständlich weiß es der Autor nicht, er

hat auch keine Ahnung, und kein überirdisches Gesicht hat ihm empfohlen, die Geschichte ›Schelmenlied‹ zu schreiben. Aber es trägt sich in dem Metier, worin der Autor sein langes, idealistisches Leben tätig gewesen ist, jeden Tag Schreibens- und Lesenswertes zu. Dies ist also keine Frage; schwieriger ist, dem Leser Folgenes zu erklären:
(Herr Beisel singt immer noch laut: »Wie schwer ist es, ein Narr zu sein . . . Wie leicht, ein Herr.« Er singt es der Tochter Clara des Herrn Direktor vor; und das Lied gibt dieser Geschichte den Namen. Der Name ist also zufällig, aber welchen Namen sollte ein Autor seiner Geschichte geben, wenn er noch nicht weiß, was sich darin hauptsächlich zutragen wird?)
Aber zu dem zu Erklärenden: wenn der Autor sagt, daß die Geschichte ›Schelmenlied‹ die erste sei, die er schreibt, so sagt er damit nicht, daß er vor hat, noch andere Geschichten zu schreiben. Im Gegenteil, schwerlich wird der Direktor und Autor Laforte noch eine weitere Geschichte schreiben, denn das ›Schelmenlied‹ – auf das dementsprechend die größte Sorgfalt gelegt werden muß – soll von allen anderen Geschichten *besonders* sein.
Der Autor will kein Schriftsteller werden. Er will der Direktor Laforte bleiben. Er will schreiben ohne Schriftsteller, und auch ohne Dichter zu sein, er will nur ›Autor‹ sein.
Warum aber will er nur Autor sein? Treibt ihn die Langeweile, die Eitelkeit oder die Ruhmsucht? Nein, *allein* die Kühnheit hat den Autor bewogen, die Geschichte niederzuschreiben, die Kühnheit nämlich: zu schreiben, wie noch nie geschrieben worden – und die Gewißheit, daß eine besondere Geschichte daraus entstehen müsse.
Der Autor glaubt nicht, daß Geschichten zu schreiben eine anspruchsvollere Tätigkeit ist, als etwa Zirkusdirektor zu sein. Er glaubt nicht, daß es überhaupt etwas Besonderes ist, eine Geschichte zu schreiben, und gerade dadurch glaubt er, etwas Besonderes herstellen zu können, eine ganz besondere Geschichte.
(Für kurze Zeit ist jetzt der Autor von seiner Schreibmaschine aufgestanden, um die Laterne vor den Wohnwagen zu hängen, denn es ist inzwischen dämmrig geworden. Er hat auch dem Herrn Beisel verboten, sein ›Schelmenlied‹ weiterhin so laut zu singen, daß es den Direktor stört, was Herr Beisel auch sofort

befolgt hat. Weder er – Beisel – noch die Tochter des Autors hat irgendein Wort gesprochen. Dann ist der Herr Direktor und Autor Laforte wieder in den Wohnwagen zurückgekehrt und schreibt jetzt weiter:)
Der Autor hat in seinem Leben nicht nur keine Geschichte geschrieben, er hat auch wenig fremde Geschichten gelesen. Er weiß deshalb nicht, was in Geschichten zu schreiben gestattet ist, er weiß nicht, in welchem Ton heutzutage geschrieben wird, er weiß vor allem nicht, ob ihm der Titel ›Autor‹ überhaupt zusteht, und dem ›Schelmenlied‹ die Bezeichnung ›Geschichte‹. Er wird deswegen zukünftig die beiden Ausdrücke vermeiden.
Der Herr Direktor Laforte – es muß gestattet sein, diese wichtige und schwer vorstellbare Eigenart des ›Schelmenliedes‹ ein drittes Mal zu erwähnen – Direktor Laforte schreibt das ›Schelmenlied‹ *während* er es erlebt, der Leser kann es sich wohl wirklich schwer vorstellen, und er kann es vielleicht kaum glauben, daß, wenn es heißt: »Für kurze Zeit ist jetzt Direktor Laforte von seiner Schreibmaschine aufgestanden . . .«, der Herr Direktor Laforte *wirklich* aufgestanden ist, um die Laterne vor den Wohnwagen zu hängen; daß er dann erst sich wieder *wirklich* an die Schreibmaschine gesetzt hat, um weiterzuschreiben, an eben die Schreibmaschine, mit der er jetzt das Wort ›weiterzuschreiben‹ geschrieben, und mit der er hofft, das letzte Wort ›Ende‹ oder ›Schluß‹ unter das ›Schelmenlied‹ zu setzen (vielleicht in Jahren erst, vielleicht morgen schon).
So wirklich wie der Direktor Laforte sind alle Personen, alle Handlungen und Umstände. Nichts, nichts ist erfunden. Selbstverständlich aber ahnen die handelnden, wirklichen Personen nichts davon, daß der Direktor Laforte sie von heute ab genau beobachtet und das Beobachtete niederschreibt; er wird vorgeben, da er sehr viel schreiben wird in der nächsten Zeit, er hätte ungemein umfangreiche Korrespondenzen zu erledigen, und wird fordern, in Ruhe gelassen zu werden, daß er ganz genau beobachten kann und ganz genau schreiben.
Hat der Direktor beobachtet – so muß es sich der Leser vorstellen –, eilt er zur Schreibmaschine; hat er geschrieben, eilt er hinaus und herum, um wieder zu beobachten, und er wird nicht müde werden bis zum Ende, das denn hoffentlich doch nicht der Tod des Direktors sein wird. Es wird wohl gut ausgehen.
Der Direktor Laforte wird jetzt alle vorläufig handelnden Perso-

nen beschreiben, zu dem Zweck wird er sich hinausbegeben vor den Wohnwagen, wird die Personen aufsuchen und mit ihnen sprechen. Vorher aber schreibt er noch eine kleine Information nieder: zwar lebt der Herr Direktor Laforte wirklich, aber Laforte ist nicht sein wirklicher bürgerlicher Name, der ist Stärkle. Laforte ist der Künstlername und zugleich der Name des ganzen Unternehmens, das dem Direktor gehört. Den angetauften Vornamen aber hat Herr Direktor Laforte beibehalten: Fritz.

*

Auch der Herr Beisel führt einen Künstlernamen: Poppo, ebenso der Herr Zink: Riese Ruiz. Er ist der Schwiegersohn des Direktors, der Mann der Tochter Clara, die wieder einen Künstlernamen führt, den ihres Vaters nämlich. Die drei sind außer dem Direktor die wichtigsten Personen des Unternehmens, dazu kommt das Schwein Do, das von so großer Wichtigkeit ist, daß es bereits zu den Personen gerechnet werden kann.
Außer den aufgezählten Personen befinden sich noch einige minder wichtige Leute im Rahmen des Unternehmens Laforte, ein Zwerg, zum Beispiel, und eine Wahrsagerin. Sie führen keine richtigen Namen.
Das Unternehmen Laforte ist von der Art, daß es nicht unbedingt immer am selben Ort betrieben werden muß, ja: nicht betrieben werden kann. Zur Zeit, am heutigen Tag, steht es im Regierungsbezirk N. – Herr Laforte wagt es nicht, den genauen Ort zu nennen; er schreibt ja nur Wahres; wer weiß, ob er nicht Dinge beschreiben muß, die Anstoß erregen und den Ort dann in Mißkredit bringen? – die nächste Kreisstadt ist N. N.
Die Jahreszeit – der Leser kann es nicht wissen, da er leider nicht mit dem Herrn Direktor Laforte das ›Schelmenlied‹ erlebt – ist das Ende des Sommers. Genau auf den Tag ist heute der Herbst gekommen. Das Unternehmen Laforte erfordert, daß sein Direktor und auch sein Personal sich häufig im Freien aufhalten, so daß in ihnen mit den Jahren ein feiner Sinn für den Wechsel der Monate entstanden ist.
Ganz gegen seine Gewohnheit feierlich ist der Herbst erschienen, und diese Feierlichkeit war sicher eine der Anlässe, daß Herr Direktor Laforte dieses ›Schelmenlied‹ begonnen hat und jetzt fortführt, und – vielleicht erst mit dem Einbruch des nächsten Herbstes – zu beenden hofft.

Das ›Schelmenlied‹ – gemeint ist jetzt das ›Schelmenlied‹ des Herrn Beisel, das den Herrn Laforte bei der Niederschrift der ersten Seiten gestört hatte – ist übrigens ein sehr ernstes Lied, wenn es heißt: »Wie schwer ist es, ein Narr zu sein, wie leicht ein Herr.« Es heißt nur ›Schelmenlied‹ aus Demut, denn die Leute, denen es vorgesungen wird, könnten beleidigt sein, wenn es als ernsthaft bezeichnet würde. Ernsthafte Dinge liebt man nicht, und die Kunden des Unternehmens Laforte sind durchwegs Herren, und sie können verlangen, wenn sie bezahlen, daß – wenn es heißt, Herr zu sein wäre leichter als Narr zu sein – diese Behauptung zumindest als schelmenhaft und also unwahr hingestellt wird.
Nun, Direktor Laforte sitzt jetzt schon wieder zehn Minuten an der Schreibmaschine seit dem Sternchen oben, und hat nichts als vom Ort, von der Jahreszeit und vom ›Schelmenlied‹ gesprochen.
Er hat den Eindruck, daß der Tag schlecht gewählt war für den Beginn des ›Schelmenliedes‹, denn es scheint nichts zu passieren, und der Anlaß des hellen Herbsttages war eine Irreführung gewesen. Aber Herr Direktor Laforte wird vorerst einmal weiterschreiben. Soll es tatsächlich nichts geben, das den Ablauf der Handlung würzen kann, wird der Aufschreibende dieses ›Schelmenlied‹ wegwerfen und zu besserem Zeitpunkt ein neues ›Schelmenlied‹ niederzuschreiben beginnen, das er dem Leser dann vorlegen wird.
Der Eindruck, daß der Tag schlecht gewählt sei, ist dem Direktor gekommen, nachdem er die Schreibmaschine verlassen hat, um sich hinaus vor den Wohnwagen zu begeben, wo er mit den Hauptpersonen sprechen wollte. Aber die Tochter Clara war eben dabei, sich neben dem Wohnwagen zu waschen. Die Herren Beisel und Zink waren beim Kartenspiel. Nur die dicke Schwester des Direktors, die dicke Clara, oder: die alte Clara, zum Unterschied zu der jungen Clara, der Tochter des Direktors, saß auf den Stufen vor ihrem Wohnwagen und hielt ihren Pflegling, ein Negerkind, auf den Knien.
Obwohl der Direktor Laforte seine Schwester nicht leiden konnte, hat er beschlossen, mit ihr ein Gespräch zu beginnen, um wenigstens diese Person dem Leser vorzustellen. Der Direktor hätte sich jedoch nicht zu entschließen brauchen, ein Gespräch zu beginnen, denn seine Schwester, die dicke Clara,

hat ihn ihrerseits angesprochen. Allein der Direktor nimmt die Finger von den Tasten seiner Schreibmaschine und überlegt, ob er das Gespräch niederschreiben soll.
Ja. Er wird es niederschreiben: nur Eitelkeit wäre es gewesen und Angst vor dem falschen Eindruck, hätte der Direktor dieses Gespräch verschwiegen oder geändert. Aber das ›Schelmenlied‹ soll ohne Eitelkeit und wahr wie das Leben selbst sein. Also schreibt er alles hin, behält sich aber einen Kommentar für den Schluß vor.
»Na, Fritz«, redete die dicke Clara den Bruder an, »du schreibst mir ja heute fleißig auf der Schreibmaschine. Sollen die Zeiten für uns arme Hunde endlich besserwerden?«
Ihre Rede bezog sich, wie zu erraten ist, auf das Schreiben der ersten Seiten des ›Schelmenliedes‹.
»Was soll dein kreischender Ton«, wies der Direktor seine ewig unzufriedene Schwester zurecht, »und was geht es dich an, wenn ich auf meiner Schreibmaschine schreibe?«
»Lieber Bruder Fritz«, so redete sie den Direktor Laforte an, obwohl sie seine Abneigung durchaus erwiderte, »du weißt, daß wir nie genug zu beißen haben –«
»Du bist mir schön dick dafür, daß du nicht genug zu beißen hast«, der Direktor wurde unwirsch, denn es stimmte; die dicke Clara war wirklich ausnehmend dick, und alles an ihr war dick, die Nase, der Hals, die Beine, die Arme, die Finger, die Zehen.
»Mein lieber Bruder Fritz, hätte ich nicht das kleine Negerkind gegen Geld in Pflege, müßte ich völlig verhungern. Aber wenn du viel auf deiner Schreibmaschine schreibst, bedeutet das immer, daß du Aussicht hast, an einen Ort zu ziehen, wo wir ein paar Tage lang gut Geld verdienen können – vielleicht verhandelst du gar mit München, für das Oktoberfest –«
»Oktoberfest –«, lachte der Direktor, »zum Oktoberfest werden andere Sachen gebraucht, da müßtest du zum Beispiel nicht so fett sein, sondern dünner, und tanzen können, daß es die Männer anzieht, und daß wir Geld einnehmen. Aber wenn du tanzst, laufen höchstens die Männer davon.«
Der Direktor drehte sich um, denn er wollte das unfruchtbare und für das ›Schelmenlied‹ uninteressante Gespräch nicht in die Länge ziehen. Die dicke Clara aber rief ihm nach:
»Geh nur hinein in deinen Wagen und schreib überall hin in die Orte, wo das Geld auf der Straße liegt. *Und* . . .«

Die Schwester vermochte das ›Und‹ so hervorzubringen, daß der Direktor, ohne es zu wollen, neugierig wurde.
»Und zum Oktoberfest können wir ruhig fahren.«
»Willst du vielleicht bis dahin tanzen lernen und dünner werden?«
»Ich nicht; aber wir haben wen, vor der die Männer nicht davonlaufen, sondern zu der sie herkommen würden, um sie zu sehen. Ja.«
»Die junge Clara?«
»Schau sie dir an, wie sie in ihrer Schüssel steht und sich wäscht.«
Die dicke Clara deutete auf die Tochter des Direktors, und setzte ihr Negerpflegekind auf die Erde.
»Was du zu dick bist, dicke Clara, ist sie zu dünn.«
»Na ja, sie hat eben auch nicht genug zu beißen«, sagte die dicke Clara und lachte, weil sie es so gut angebracht hatte.
Endgültig verärgert drehte sich darauf der Direktor um und ging zurück in seinen Wohnwagen, um über den Ort zu schreiben, wo sich das Unternehmen gerade befindet, über die Jahreszeit, und so weiter, was alles am Anfang des Absatzes zu lesen gewesen war.
Es könnte der Eindruck entstehen, das Unternehmen Laforte stünde nicht in rechter Blüte. Aber zu Unrecht behauptet die unleidliche, dicke Clara sie hätte nichts zu beißen und auch die Tochter des Direktors hätte nichts zu beißen, und alle warteten darauf, besseres Geschäft zu machen. Mangelnder Einblick und angeborener Hang zur Nörgelei sind der Grund für die Behauptung der dicken Clara; in Wirklichkeit floriert das Unternehmen Laforte in wünschenswerter Weise.
Soweit der Kommentar des Direktors zum Gespräch.
Darüber allerdings, ob dieses ›Schelmenlied‹ bestehen bleiben soll oder ob es weggeworfen wird, um neuerdings bei besserer Gelegenheit neu geschrieben zu werden, darüber ist sich der Direktor noch nicht schlüssig geworden. Eher neigt er dazu, das Ganze für diesmal zu verwerfen, und er wird jetzt hinausgehen vor die Wohnwagen und als Unbeteiligter herumhorchen und schauen, ob etwas geschieht. Ereignet sich heute abend nichts mehr, wird Herr Direktor Fritz Laforte dieses ›Schelmenlied‹ nehmen und ins Feuer werfen.

*

Der Tag wäre schlecht gewählt gewesen für den Anfang zum ›Schelmenlied‹? Es würde nichts passieren im Unternehmen Laforte? Der Herr Direktor Laforte muß lachen: darüber, daß er der Meinung war, es könnte nichts passieren, und darüber, *was* passiert ist oder noch passieren kann und die Handlung fortführen wird.

Herr Direktor Laforte hält sich die Seite vor Lachen, und er schreibt diese Zeilen nieder, indem er sich ständig unterbricht, um sich die Seite zu halten.

Aber nun wird er ernsthaft. Er weiß nicht, was vom Leserpublikum heutzutage erwartet werden kann – das wurde schon gesagt – und was der Autor von ihm fordern darf. Ist es statthaft, den Leser beim Lesen zu bemühen? Oder ist es heute so, daß der Leser, gleichsam wie ein Besucher des Unternehmens Laforte, sich in einen bequemen Sessel zurücklehnt, und vom Autor erwartet, er würde ihn gänzlich ohne Mühe unterhalten? Herr Laforte weiß die Fragen nicht zu beantworten. Wo liegt die Verantwortung für ein Werk? Beim Autor ausschließlich oder auch beim Leser? Es kümmert Herrn Direktor Laforte nicht, da er kein Autor sein will, und dem ›Schelmenlied‹ soll kein zweites geschriebenes Erlebnis mehr folgen; Herr Laforte legt keinen Wert auf Erfahrung.

Er hätte nur deswegen gerne gewußt, wieweit der Leser heute für seine eigene Unterhaltung aufkommt, weil es dem Herrn Laforte wünschenswert erscheint, daß der Leser in derselben lachlustigen Laune wie er ist, seit er das Gespräch des Herrn Beisel mit der jungen Clara angehört hat. Diese Lachlust ist nicht mitteilbar, und so empfiehlt der Herr Direktor dem Leser, wenn er nicht ohnedies lachlustig ist oder auf Empfehlung allein lachlustig wird, ein lustiges Buch zu lesen oder an eine sehr lustige Begebenheit zu denken, bevor er hier weiterliest.

Direktor Laforte wird jetzt schnell den Absatz zu Ende schreiben, denn er fürchtet, daß er sonst die weiteren Ereignisse versäumen könnte, und es zucken ihm schon die Füße wieder hinauszuschleichen.

Der Leser mag den Ausdruck ›schleichen‹ nicht übelnehmen. Direktor Laforte muß selbstverständlich seine Hauptpersonen beobachten, ohne daß sie davon merken. Es geschieht also dem Leser zuliebe, wenn Direktor Laforte schleicht, und wenn er, wie vorhin, unter einen Wohnwagen gekrochen ist, um zu

hören, was der Herr Beisel mit der Tochter Clara spricht. Sogar beschmutzt hat sich der Herr Direktor; denn neben dem betreffenden Wohnwagen steht der fahrbare Kobel des wichtigen Schweines, und die dicke Clara, die außer ihrem dummen Negerpflegekind auch das Schwein wartet, hat den Schweineunrat unter den Wagen geschüttet. So hat sich der Herr Direktor Laforte dem Leser zuliebe mit Schweineunrat beschmutzt.
Der erste Teil des Gesprächs zwischen dem Herrn Beisel und der Direktorstochter Clara ist in der Eile nicht aufschreibenswert, er drehte sich darum, daß Clara daran denken müsse, wieder Kleider zu tragen, weil es allmählich kälter würde, und daß sie nicht mehr ohne Kleider herumlaufen solle, wie sie es den Sommer über aus Sparsamkeit und um ihr Trikot zu schonen getan.
»Du riechst gut«, sagte dann Herr Beisel (Direktor Laforte kann das Gespräch fast im Wortlaut wiedergeben, denn er hat sich Stichwörter mitnotiert).
»Ich habe mich eben mit Seife gewaschen.«
»Man riecht es; mit Seife! Wo hast du die Seife her?«
»Die Seife hat mir Zink mitgebracht –«
»Zink – ach Zink«, – (der Direktor wiederholt es: Zink ist der Mann der jungen Clara, der Schwiegersohn des Direktors, und sein Künstlername ist: der Riese Ruiz.), – »Zink stinkt immer, das kommt davon, weil er immer den kleinen Affen mit sich herumträgt.«
»Er ist ein Riese; Zink ist ein großer Riese!«
»Was heißt: Riese. Erstens verstehe ich unter einem Riesen, und schon gar unter einem großen Riesen ganz etwas anderes, und zweitens: dafür, daß er ein Riese ist, kann er nichts. Und es hilft ihm nichts, wenn er nach Affe stinkt. Hat er den Affen auch im Bett bei sich?«
»Nein –«
Das stimmt nicht, der Direktor, der es besser weiß, muß es ergänzen: Herr Zink, der mit Clara und mit dem Herrn Direktor im selben Wohnwagen schläft, hat den Affen auch im Bett bei sich.
»Daß man Riese ist, da kann man nichts dafür«, sagte Herr Beisel weiter, »aber dieses Kleid, das ich hier trage, habe ich mir selbst erworben.« Herr Beisel zeigte auf sein Kleid. Es ist wohl sehr schön, rot, grün und blau kariert. An die Schulterteile sind lange Bänder genäht und auf die Brust und auf die Knie goldene

Sterne. Einen passenden Hut mit weißer Spitzenkrempe trug Herr Beisel in der Hand.

»Gefalle ich dir nicht in dem Kleid?«

»Du hast gut protzen mit deinem Kleid, wo du genau weißt, daß ich nichts habe, womit ich protzen könnte. Mein Trikot darf ich nur zu den Vorstellungen tragen, damit nicht die Knie ausgebeult werden. Wenn du so reich bist, wie du tust, kannst du mir ja ein Kleid kaufen.«

»Was bekomme ich, wenn ich dir ein Kleid kaufe?«

»Nichts, weil du mir nämlich gar kein Kleid kaufst.«

Das glaubt Direktor Laforte auch, daß Herr Beisel niemals für Clara ein Kleid kaufen würde. Und die Tochter hatte recht, sich von ihm wegzudrehen.

»Clara!«

»Und?«

»Schau, einen Ring.«

Direktor Laforte konnte nicht sehen, was für ein Ring es war, so sehr er sich darum bemühte (dem Leser zuliebe). Er rutschte hin und her, stieß mit dem Kopf gegen den Fußboden des Wohnwagens und beschmutzte sich noch mehr, aber umsonst, er konnte nicht sehen, was für einen Ring Herr Beisel in der Hand hielt.

»Gib mir den Ring!« bat Clara Herrn Beisel, nachdem sie ihn lange in seiner Hand angeschaut hatte.

»Nein.«

»Gib mir den Ring!« bat sie wieder und versuchte, ihn dem Herrn Beisel wegzunehmen. Der aber lachte, und sagte:

»Du kannst ihn dir heute noch holen, du weißt wo.«

»Aber –«, sagte Clara, und sie überlegte mit offenem Mund. Der Direktor war sehr gespannt, was sie überlegen würde.

»Aber –«, sagte sie endlich.

»Was: aber?«

»– aber: Zink.«

»Was du mit Zink tust, ist mir gleich. Wie du ihn fortschickst, ist deine Angelegenheit. Schließlich ist er dein Mann und nicht meiner. Den Ring jedenfalls, den Ring kannst du dir heute noch bei mir holen. Die Stelle weißt du.«

»Poppo –«, sagte Clara nach einer Weile ganz leise: »Poppo, könntest du mir den Ring nicht auch *so* geben?«

»Ich habe es nicht nötig, meine Liebe. Ich kann mir – zumal mit dem Ring – ganz andere Frauen leisten.«

»Es ist nicht wahr.«
»Haha!«
»Welche Frauen?«
»Andere.«
Clara stand auf, ohne etwas weiter zu sagen, und ging fort. Herr Beisel warf den Ring in die Luft und fing ihn wieder auf, aber so schnell, daß der Direktor wieder nicht sehen konnte, was das für ein Ring war. Dann ging auch Herr Beisel fort, und Direktor Laforte kroch wieder unter dem Wohnwagen hervor, selbstverständlich vorsichtig. Notdürftig säuberte er sich und lief zur Schreibmaschine, um diesen Absatz niederzuschreiben.
Jetzt, nachdem dies geschehen, wird er wieder hinauslaufen, um zu sehen, was sich weiter begeben wird. Sollte die Tochter Clara ihren Mann, den Riesen Ruiz, mit dem Herrn Beisel betrügen? Oder hatte sie es womöglich schon getan? – »den Platz, den du weißt«, hat Beisel zweimal gesagt; welcher Platz ist das? Der Direktor Laforte muß wieder lachen, und er freut sich, daß Herr Zink, ein Mensch, der einen Affen bei sich im Bett hat, betrogen wird. Direktor Laforte kann Herrn Beisel zwar ebensowenig leiden wie die dicke Clara etwa, aber den Riesen Ruiz mag er noch weniger, und so freut er sich für Herrn Beisel und für den Leser, der bald sehen wird, wie es weitergegangen ist.
Vielleicht sieht Herr Laforte diesmal, was das für ein Ring ist.

*

Direktor Laforte hat nicht gesehen, woraus der Ring ist. Er hat auch den Herrn Beisel nicht gesehen und die junge Clara nur, wie sie mit dem kleinen Affen ihres Mannes spielte.
Aber zweifellos haben die beiden, Clara und Herr Beisel, ein zweites Gespräch geführt, wahrscheinlich während Direktor Laforte den vorhergehenden Abschnitt geschrieben hat. Obwohl der Direktor dieses Gespräch nicht belauschen konnte, weiß er, zu welchem Ende es geführt hat, denn Direktor Laforte hat mit dem Herrn Zink gesprochen, nachdem der seinen Affen (mit dem Namen Wendelstein) seiner Frau übergeben hatte und wie er aus dem Kreis der drei Wohnwagen hinaustreten wollte, um auf die Straße zu gehen.
»Warum gibst du heute deinen Affen der jungen Clara? Du nimmst ihn doch sonst sogar mit ins Bett?«

Der Riese Ruiz ist unrasiert, er hat eine niedere Stirn, und um die Hüften ist er aufgeschwemmt vor Fett und Muskeln.
»Ich gehe in das Dorf«, sagte Herr Zink.
Wie schnell ändert der Mensch seine Meinung! Hat Herr Laforte nicht vor wenigen Zeilen erst gesagt, daß er sich freue, wenn der Riese von seiner Frau betrogen würde, weil er den Riesen Zink noch weniger leiden könne als Herrn Beisel? In dem folgenden Gespräch hat Direktor Laforte seine Meinung über Herrn Zink völlig geändert.
»Was tust du im Dorf?«
»Ach«, sagte Herr Zink – Direktor Laforte wird weiterhin immer von Herrn Zink sprechen, weil er ja seine Meinung geändert hat, dafür aber immer nur vom Narren Beisel –, »ach«, hatte Herr Zink gesagt, »meine Frau meint –«
»Ja, was meint deine Frau?«
»Meine Frau meint eben, ich soll in das Dorf gehen.«
Direktor Laforte ahnte hier bereits, daß ein weiteres Gespräch stattgefunden haben mußte zwischen dem Narren und der jungen Clara wegen des Ringes, und der Direktor hütete sich also, den Riesen zurückzuhalten, weil sonst womöglich alles auf einen anderen Tag verschoben würde, und der heutige hätte sich für das Unternehmen, das ›Schelmenlied‹ zu schreiben, zum Schluß doch noch als unglücklich erwiesen.
»Es ist sehr gut, ins Dorf zu gehen, Zink«, sagte der Direktor. »Was wirst du im Dorf tun?«
»Ach, wissen Sie –«, (Direktor Laforte hält viel darauf, daß sein Personal die Anredeform ›Sie‹ für den Direktor gebraucht, während er, als der Vater des Unternehmens, die Anrede ›du‹ für seine Untergebenen benützt), – »ich glaube es nicht so recht –«
»Was glaubst du nicht so recht?«
»Meine Frau meint, ich soll ins Dorf gehen, um, naja – sie hat Zahlen geträumt.«
Direktor Laforte durchschaute mit einem Mal die ganze vorliegende Situation, und er freute sich und mußte das Lachen verbeißen: »Deine Frau, meine kluge Tochter, hat von Zahlen geträumt? Und du sollst jetzt in das Dorf gehen, um diese Zahlen zu setzen?«
»Fünf, zwölf und dreizehn.«
»Fünf, zwölf und dreizehn; sehr gute Zahlen. Ich kann wirklich nur sagen: sehr gute Zahlen.«

Selbstverständlich glaubte Herr Laforte kein Wort von den Zahlen, aber er wollte unter allen Umständen, daß Herr Zink in das Dorf geht, um nicht, wenn er dablieb, die Handlung aufzuhalten. Aber mit der Antwort des Herrn Zink auf die letzte Bemerkung des Direktors begann die Meinungsänderung. Herr Zink nämlich sagte:

»Der Herr Direktor meinen wirklich, daß es sehr gute Zahlen sind? Dann gehe ich mit viel mehr Hoffnung ins Dorf –.«

Direktor Laforte war davon angenehm berührt, fast ergriffen. Aber die wesentliche Meinungsänderung folgte erst.

»Ich wünsche es dir für jeden Fall, daß du den Haupttreffer erzielen wirst. Wie hoch ist wohl ein Hauptgewinn, wie hoch?«

»Man hört, daß bis zu einer – Sie glauben es doch nicht.«

»Oh! Ich etwas nicht glauben – heraus mit dem Hauptgewinn!«

»– eine Million!«

»Sapperdie. Soviel ist das ganze Unternehmen Laforte wert, oder beinahe. Was würdest du denn mit dem vielen Geld machen?«

»Vielleicht einen zweiten Affen kaufen«, sagte Herr Zink schnell, und: »Aber es würde mich gar nicht freuen.«

»Wie – nicht freuen?«

Herr Riese Zink trat ganz nahe an den Direktor heran und sagte:

»Ich würde in allen Zeitungen stehen und womöglich abgebildet werden. Alle Leute würden von mir sprechen, und ich wäre mit einem Male berühmt – aber –«

»Es ist schön, berühmt zu sein.«

»Herr Direktor, freilich ist es schön berühmt zu sein, und für uns ganz besonders. Aber ist es die richtige Art, berühmt zu werden? Ich bin ein Riese, und ich liebe meinen Beruf. Ob ich es aufgegeben habe oder nicht, ist wenig wichtig: ich hoffte einmal – früher – als großer Riese berühmt zu werden:

DER GROSSE RIESE RUIZ!

Herr Direktor; oder:

RUIZ, DER GRÖSSTE ALLER RIESEN . . . TAUSENDE VON MENSCHEN WURDEN ZU TODE GETRAMPELT, WÄHREND HUNDERTTAUSENDE SICH DRÄNGTEN, DEN RIESEN RUIZ ZU SEHEN! sollte es in den Zeitungen stehen.

Und so wollte ich berühmt werden, als ein Riese, als der große, der größte Riese, der ich werden wollte.

Erscheint nicht auch Ihnen daneben die andere Form, die

Berühmtheit durch die Lotterie, unrühmlich, unredlich und ärmlich? Genausogut könnte der Riese Ruiz von einer hohen Brücke springen oder von einem Kirchturm:
RUIZ, DER LOTTOKÖNIG oder RUIZ, DER SELBSTMÖRDER.
Es wäre das gleiche.
Nein, der Lotteriegewinn würde mich nicht freuen.«
»Nun, mein Freund, du hast ihn noch nicht, sei nicht traurig«, tröstete ihn der Direktor, aber schon hatte ihn die Sympathie für den Herrn Zink ergriffen, und wie er sich von ihm verabschiedete:
»Fünf, zwölf und dreizehn, Ruiz«, und wie Herr Zink, traurig durch seine eigene Rede auf die Straße hinausging, der Direktor aber zurück in seinen Wohnwagen, um sofort aufzuschreiben, was er gehört hatte, geschah es dann, daß Direktor Laforte seine Meinung änderte.
Nicht nur Herr Zink war durch seine Rede traurig, auch der Direktor war es und ist es noch. Der vorhergehende Abschnitt wurde unter dauerndem Lachen geschrieben; jetzt aber ist der Direktor Laforte ganz ernst und sehr traurig.
Denn Herr Zink hat recht, wenn er sagt, daß unverdienter Ruhm ärmlich ist:
DER ZIRKUS LAFORTE ZIEHT IN DIE STADT! DREI REGIMENTER ZIEHEN MIT KLINGENDEM SPIEL DEM GROSSEN UND BERÜHMTEN ZIRKUS ENTGEGEN! DER BÜRGERMEISTER ÜBERREICHT DEM HERRN DIREKTOR LAFORTE . . .
Auch Direktor Laforte hatte den Ehrgeiz und die höchsten Träume. Er hat es nie erreicht, richtig berühmt zu sein, nie . . .
Der Leser des ›Schelmenliedes‹ hätte nach dem anfänglichen Willen des Direktors Laforte – der sich damals noch als Autor bezeichnet hatte – über die finanzielle Lage des Unternehmens im unklaren bleiben sollen. Aber die traurige und weiche Stimmung, die Herrn Laforte jetzt befallen hat – und immer mehr befällt, je näher er sie beschreibt, er mußte jetzt sogar das Schreiben unterbrechen, um sich zu schneuzen, er ist gerührt –, veranlaßt ihn, die Wahrheit zu sagen: das Unternehmen Laforte floriert mitnichten, und die dicke Clara hatte es vorhin richtig gesagt, wenn der Direktor sie auch nicht leiden kann. Niemand will uns haben. Es ist keine angenehme Zeit für Unternehmen unserer Art. Wir sind zu klein, und wenn gleich wir alle Straßen des Landes abfahren: auf keiner liegt Geld. Wie oft hat der

Clown Beisel seine Späße vor dreizehn, zwölf oder gar fünf Zuschauern gemacht! Wie oft hat Direktor Laforte sein bemerkenswertes Schwein mit Tränen in den Augen – in den Augen des Direktors – und mit dem Kummer im Herzen durch den Reifen springen lassen! Und dennoch liebt Direktor Laforte sein Unternehmen wie Herr Zink seinen Beruf liebt. Er weiß, Herr Laforte weiß, daß auch ihn ein unverdienter Gewinn und eine zufällige Berühmtheit nicht glücklich machen könnten, im Gegenteil, es ist grausig, zu sagen: sie würden ihn töten.

Weit entfernt davon, daß in Städten durch die Zeitung das Erscheinen des Unternehmens angezeigt wird, muß Direktor Laforte oft genug selbst nach der Ankunft in einer Ortschaft die Plakate aushängen und bei der Abfahrt wieder mitnehmen für den nächsten Ort. Wenig genug Aufsehen erregt der Zirkus Laforte, und es ist vorgekommen, daß ein anderer Zirkus, ein größerer, dem Unternehmen Laforte zuvorgekommen ist, und wir mußten, ohne eine Vorstellung gegeben zu haben – zu der ohnedies niemand gekommen wäre –, zum anderen Ende der Stadt wieder hinausziehen.

Ach, und der arme Herr Zink wird zudem noch betrogen, und er weiß nichts davon. Direktor Laforte aber weiß es, und er schwankt, ob er mehr über sich selber oder mehr über Herrn Zink traurig sein soll. Es tut ihm leid, daß er gelacht hat und daß er es ihm gegönnt hat, betrogen zu werden, und er überlegt, ob er ihm nicht alles sagen soll, wenn er wiederkommt. Direktor Laforte gönnt jetzt – Herr Zink war auch so vertrauensvoll zu ihm in der Angelegenheit mit den Zahlen – eher dem Narren Beisel, daß seine Verführung entdeckt wird, und daß ihn der Herr Riese Zink richtig verprügelt und der Direktor ihm den Ring wegnimmt.

Direktor Laforte weiß noch nicht, ob er selbst in die Handlung eingreifen soll – wäre es statthaft? Er hat bis jetzt nur beobachtet, hat sich sogar beschmutzt dabei. Vielleicht ist es notwendig, daß er eingreift, auch im Sinn des Lesers, weil Herr Zink von sich aus nichts merken würde, und alles verliefe im Sand, und das ›Schelmenlied‹ wäre womöglich trotz allem unglücklich begonnen?

*

Der kleine Stern, den der Leser nach dem letzten Satz des vorhergehenden Abschnittes gedruckt sieht, wurde nicht nach dem letzten Satz des vorigen, sondern vor dem ersten Wort des jetzigen Absatzes eingezeichnet. Das heißt: die Niederschrift des vorigen Absatzes wurde unterbrochen . . .
Mein Gott, mein Gott, der Direktor sitzt hier und schreibt auf seiner Schreibmaschine eine einleitende Sentenz, während das schiere Unglück über das sündhafte Unternehmen hereinbricht, und es wäre besser, wenn er einen sorgenvollen Blick gegen den Himmel höbe. Nun, er wirft im Schreiben sorgenvolle Blicke zum Himmel, reuige Blicke über sein sündhaftes Unternehmen – nicht das Unternehmen Laforte insgesamt ist gemeint, sondern das Unternehmen, dieses ›Schelmenlied‹ zu schreiben. O Gott, o Gott, klagt der Direktor, war es eine Sünde und eine Herausforderung, daß er gehofft hatte, die Handlung würde ja turbulent genug verlaufen, um das ›Schelmenlied‹ interessant zu machen? Jetzt hat er es . . .
Der Leser hat das Schwein schon erwähnen hören. Es war ein kluges Schwein und war ein gutes Schwein; die dicke Clara hat es gepflegt.
Herr Direktor Laforte kann nicht weiterschreiben. Er ist unfähig dazu. Er kann es nicht aussprechen. Was sein Unglück ist, hat der Leser schon erraten: das Schwein ist nicht klug, es *war* klug . . . das Schwein war . . . Entsetzlich, entsetzlich, wenn Direktor Laforte daran denkt, wie er noch gelacht hat und dabei war das Schwein schon fort – ja, das Schwein ist fort. Es war der letzte Mist des klugen Schweines, mit dem sich der Direktor vor kurzem beschmutzt hat, das Schwein ist fort, den letzten Mist hat der Direktor von seinem Rock gebürstet; entsetzlich, entsetzlich . . . wird es wohl wiedergefunden werden?
Nein, der Direktor wagt nicht zu hoffen, ein verlorenes, entlaufenes Schwein ist hilflos wie ein Kind.
Die dicke Clara hat es entdeckt, das Unglücksweib, und ihr Schrei und ihr Alarmgeheul haben den vorigen Abschnitt unterbrochen: »Das Schwein ist fort! Das Schwein . . .«, hat sie geschrien, und der Direktor Laforte ist sofort von seiner Schreibmaschine aufgesprungen und ist hinaus zur Clara, mit der Clara zum fahrbaren Schweinekobel. Die Tür zum Kobel war offen, der Kobel leer. Ratlos stand Herr Laforte und beschimpfte die dicke Clara. Sie aber sagte:

»Was kann ich denn dafür!« und sie fuhr fort – der Leser darf es jetzt wissen, wo er die wirkliche finanzielle Lage des Unternehmens kennt –, »Jetzt werden wir noch weniger zu beißen haben, das heißt: gar nichts mehr, wenn wir das Schwein nicht mehr haben.« Und sie weinte.
»Na«, sagte der Direktor, »der Riese Herr Zink ist keine Attraktion? Oder die junge Clara?«
»Der Riese Zink hin und her, das Schwein war die einzige Attraktion deines Zirkus. Riesen gibt es tausend, aber ein Schwein, das singen kann, gibt es nicht mehr. Das Schwein wird dir der Riese Ruiz nicht ersetzen, und nicht Beisel, und auch nicht die junge Clara, schaue sie an, wie dünn sie ist, weil wir nichts zu beißen haben. Und jetzt wird sie wohl noch dünner werden.«
Es ist nicht abzustreiten, daß die dicke Clara recht hat – großer Himmel, wie ist das Unglück über den armen Direktor Laforte hereingebrochen! Hat er es verdient?
»Was schreit ihr denn so«, sagte die junge Clara – der Direktor Laforte ist ganz konfus und schreibt alles ungeordnet hin, wie es ihm einfällt, ein unverdient geschlagener Mann ist er.
»Das Schwein ist fort«, antwortete ihr der Direktor, »sollen wir da nicht schreien?«
»Du wirst bald nicht mehr schreien können vor Hunger«, sagte die dicke Clara zu ihr, »wenn wir das Schwein nicht wiederfinden, und du wirst von Glück reden können, wenn du noch schnaufen kannst, so dünn wirst du noch.«
Aber das Schwein wird nicht wiedergefunden werden. Das Schwein ist endgültig fort. Clown Beisel, die dicke Clara, die Wahrsagerin und der Zwerg, ja sogar der Direktor selber haben nach Spuren im Gras gesucht, aber ohne Erfolg. Der Zwerg und die Wahrsagerin sind hinaus auf die Straße gegangen. Er geht jetzt die Straße hinauf, sie hinunter. Bald werden sie zurückkommen, ohne das Schwein Do gefunden zu haben, denn ein Schwein ist – einmal dressiert – hilfloser als jedes andere Tier. Ein dressiertes Schwein fällt sofort in einen Bach und ertrinkt, geht auf die Straße und gerät unter einen Wagen oder es läßt sich, da es vom Heimweh nach wenigen Stunden ergriffen ist, von jedem willenlos mitnehmen und schlachten.
O grausam, grausam: schlachten! Ob es schon geschlachtet ist, wie ein gemeines Schwein?

Der Zwerg kommt eben zurück. Der Direktor sieht es durch das Fenster seines Wohnwagens. Aber der Zwerg kommt mit trauriger Miene. Er hat keine Spur vom Schwein gefunden. Der Direktor sieht es ihm an. Trotzdem wird er ihn jetzt hereinrufen und fragen. Danach wird er festzustellen versuchen, wer das Schwein zuletzt gesehen hat, nur um zu wissen, wie lange es höchstens her ist, daß es fortgelaufen ist.

*

Der Leser wird sich wundern oder wird sich längst nicht mehr wundern – daß so viele eigenartige Dinge sich gerade an dem einzigen Tag oder an dem einen Abend innerhalb der beiden vermaledeiten Stunden – als Fluch sind sie über das Unternehmen Laforte gekommen, und einen Fluch schickt ihnen der Direktor nach – zugetragen haben. Er, der Leser, wird daran zweifeln, daß es ein reiner Zufall gewesen wäre, der den Direktor Laforte veranlaßt, das ›Schelmenlied‹ gerade heute zu beginnen. Nein – nichts hat Direktor Laforte von dem plötzlichen Unglück gewußt, das ihn treffen wird, ihn schon zum Teil getroffen hat. Daß es eine Ahnung war, die ihn heute das ›Schelmenlied‹ beginnen hat lassen, will er nicht bestreiten, um so weniger, als es aus bald ersichtlichen Gründen morgen nicht mehr möglich sein würde zu schreiben.
Aus dem ›Schelmenlied‹ wird eine ›Schelmenklage‹, und mit vielem Oweh hätte sie beginnen müssen, denn es sträuben sich dem Herrn Direktor die Haare, wenn er bedenkt, daß er, ohne es zu wissen, den Anfang von seinem eigenen Untergang beschrieben hat. Oweh – oweh, die Zeilen stehen so ruhig da, und doch sind sie von eiligen und vom vielen Tastenschlagen wunden Fingern in die Maschine geschrieben und aus einem Herzen gesprochen, das zu schlagen aufhören wird, unmittelbar, nachdem die letzte Seite des Manuskriptes geschrieben ist.
Der Leser weiß es nun, welchen traurigen Handlungsablauf er zu erwarten hat – wie lustig hatte es begonnen! – Direktor Laforte hat gezögert, ob er es schon verraten soll oder ob er, um des Effektes willen mit der schrecklichen Eröffnung noch bis zum Schluß warten solle. Aber Herrn Direktor Laforte liegt jetzt überhaupt nichts mehr an der Form seines ›Schelmenliedes‹; ohne zu denken, was heute erlaubt sein könnte oder nicht,

sagt er heraus, ohne Bedenken auf den Effekt: Herr Direktor Laforte, der diese Zeilen schreibt, wird sich in weniger als einer halben Stunde mit der Pistole – mit der er sonst dem Schwein Do das Zeichen für den Beginn des sensationellen Laufes am Drahtseil gegeben hat – vor diesem Wohnwagen erschießen. Er wird sich im Freien erschießen, weil es im Wageninnern so dröhnt.
Wie ruhig und regelmäßig stehen die Buchstaben auf dem Papier, nicht anders, als berichteten sie von dem herbstlichen Wetter. Tausend Oweh möchte Herr Direktor Laforte hinschreiben, um das schreckliche Unglück zu bezeichnen, das ihn getroffen hat. Und ein mitleidiger Leser mag ein frommes Amen für ihn sprechen.
Ein Unglück allein aber hätte den standfesten Direktor Laforte noch nicht in die Knie gezwungen. (Es sei denn, man bezeichne das Geschick, daß drei Unglücke, oder vier, auf einmal zusammentreffen, wieder als *ein* Unglück.) Das entlaufene und verlorene Schwein war das erste Unglück, sehr unangenehm deswegen, weil für die Vorstellungen morgen nachmittag und abend das Schwein bereits in großen Plakaten – vier Plakaten – angekündigt war. Aber diese Unannehmlichkeit hätte Direktor Laforte irgendwie überwunden, sowohl in moralischer, wie in finanzieller Hinsicht, denn, was das zweite betrifft, war er in Verhandlungen um eine neue, große und staunenswerte Attraktion: um den versilberten Gummimenschen Valerian, der laut denken und unhörbar sprechen kann. Zwar hätte die Verpflichtung und Bindung Valerians an das Unternehmen Laforte bedeutende Opfer gekostet – den Verkauf eines Wohnwagens –, aber es wären weit größere Einnahmen zu erwarten gewesen. Aber oweh, oweh, was wird nach dem Tod des Direktors aus dem Unternehmen werden? Es ist alles vorbei, und noch auf diesem Fleck, wo es jetzt steht, wird es zugrunde gehen.
Der Zwerg brachte das zweite Unglück: einen Brief, gerichtet an den Direktor Laforte, den ihm der Briefträger gegeben hat. Es war ein Eilbrief. Er kam vom Gummimenschen Valerian.
Der Zwerg ist ein Sohn der dicken Clara. Niemand weiß, wie sie zu ihm gekommen ist, und es besteht nicht die leiseste Vermutung, wer der Vater sein könnte. Es wird jetzt dreißig Jahre her sein, da hat sie ihn geboren, zu einer Zeit, wo sie längst alle Beziehungen und Verhältnisse zu Männern gelöst hatte. Seit jeher war dem Zwerg der Herr Direktor Laforte anstelle des

echten, unbekannten ein sorgender, wenn auch strenger Vater.
Der Zwerg trat gerade in den Kreis der Wohnwagen, als Direktor Laforte aus dem seinen stieg. Er sagte zum Zwerg:
»Ich denke es mir sofort, wie ich dich sehe: du hast das Schwein nicht gefunden.«
Der Zwerg schüttelte den Kopf.
»Ich habe euch beide ohne Hoffnung ausgeschickt: ein Schwein, das sich einmal verlaufen hat, findet man nicht wieder. Ein Schwein ist sehr ungeschickt.«
So sicher und ruhig sprach Herr Direktor Laforte vor wenigen Minuten, und es war in ihm noch kein Gedanke an Selbstmord, selbst in dem Moment nicht, als er den Brief gelesen hatte, den ihm der Zwerg übergab. »So, so, du hast einen Brief für mich«, hatte Direktor Laforte zu ihm gesagt.
Valerian, der Gummimensch, schrieb in kurzen, gewundenen Absätzen, daß er ein anderes, ihm ein günstiger erscheinendes Angebot dem des Direktors Laforte vorgezogen hätte und daß sich Herr Direktor Laforte nicht mehr weiter um ihn bemühen solle.
An keinen Selbstmord noch dachte der Direktor, sogar mit bemerkenswerter Zuversicht ging er daran, einen Antwort-Eilbrief an den Gummimenschen Valerian zu schreiben, um ihn umzustimmen. Aber nicht ganz ohne Ärger und Zorn drehte er das vorhin eingespannte Blatt mit den letzten Aufzeichnungen aus der Maschine und nahm einen Bogen vom besseren Papier für Valerian. Tatsächlich mußte er jetzt tun, was er seiner Schwester, der dicken Clara gegenüber vorgegeben hatte zu tun: Geschäftspost erledigen.
Der Zwerg war seinem Direktor und Onkel-Vater gefolgt. Der Direktor drehte sich um von seiner Maschine und sagte:
»Warum läufst du mir in den Wagen nach? Weißt du nicht mehr, daß es für dich verboten ist hereinzukommen?«
Der Zwerg nickte, zeigte aber auf die Tasten der Schreibmaschine und deutete mit den Fingern beider Hände eine krabbelnde Gebärde an. Dann nickte er wieder, langsam und kräftig und küßte sich die Spitzen von Daumen, Zeige- und Mittelfinger der rechten Hand.
»Freilich werde ich schreiben –«
Der Zwerg küßte seine Finger noch einmal, hob sie dann über seinen Kopf und machte die zählende Bewegung: Geld.

»Hat dir die dicke Clara gesagt, daß ich heute viel schreibe? Ja, es bringt hoffentlich Geld.«
Überdeutlich und übereilig nickte der Zwerg daraufhin, faßte den Direktor am Ärmel und legte dessen Hand mit einer neuen, bittenden Gebärde auf die Tasten.
»Was ist denn? Habe ich noch nicht genug geschrieben?«
Der Zwerg schüttelte den Kopf. Das Verhalten des stillen Zwerges war so eifrig und merkwürdig, daß es den Direktor hinderte, ihn väterlich, aber streng hinauszuweisen.
»Woher willst du denn wissen, ob ich genug geschrieben habe oder nicht?«
Der Zwerg deutete auf die Straße.
»Wegen dem Schwein?«
Der Zwerg schüttelte den Kopf und nickte darauf.
»Ja und nein? Gehen wir auf die Straße.«
Der Zwerg lief eifrig voraus und wie ein junger Bub über die Böschung zur Straße hinauf. Der Direktor Laforte folgte ihm kaum weniger eilig; es war das vorletzte Mal, daß er seinen Wohnwagen verlassen haben wird, das letzte Mal wird es sein, wenn er jetzt dann hinaus tritt um sich zu erschießen.
Durch tausend Oweh hätte Direktor Laforte die Schrecknisse seines Jammers und die Verzweiflung und sein baldiges Ende darstellen wollen. Aber nicht zehntausend O Graus könnten das Grauen darstellen, was ihn jetzt überkam. Um die schreckliche Macht der rollenden und schlagenden Räder wiederzugeben, hätte er das ganze ›Schelmenlied‹ in Versen wie ein richtiges Lied schreiben müssen, und durch einen Wechsel im Versmaß hätte er jetzt die schaurige Wirkung des regelmäßigen Stampfens und Rollens erzielt, wie sie ihn selbst befiel. Hier begann Herr Direktor Laforte langsam an den Selbstmord zu denken.
Der Zwerg hatte mit einem kleinen Teerstück etwas auf den Asphalt der Straße geschrieben. Direktor Laforte suchte nach seiner Brille, um es zu lesen.
»Es sind viele Wagen, du hast sie schon gesehen?«
Der Zwerg nickte.
»Es sind Wohnwagen? Zehn? Vierzehn? Zwanzig? Noch mehr?«
Der Zwerg nickte immerfort.
»Sie ziehen in die Ortschaft? Mit Traktoren? Mit einem zusammengelegten Zelt?«
Der Zwerg nickte. Herr Direktor Laforte hatte seine Brille

gefunden und setzte sie auf: ›KONRAD‹ hatte der Zwerg auf den Asphalt geschrieben.
»So! Der Zirkus Konrad zieht in diese kleine Stadt. Du brauchst mir nichts auf den Asphalt zu schreiben, denn ich sehe den ersten Wagen aus der dunklen Kurve kommen. Sie haben große Scheinwerfer, und die Wagen sind weiß gestrichen.«
Der Zwerg begann zu weinen.
»Heule nicht!«
Der Zwerg weinte aber weiter, trotz des Verbotes seines Onkel-Vaters und Direktors.
»Noch bin ich hier Direktor, also: heule nicht!«
Aber der Zwerg weinte. So gab ihm der Direktor einen Tritt mit dem Fuß, und der Zwerg lief davon. Auch Herr Direktor Laforte mußte zurücktreten, denn der Zug des Zirkus Konrad kam an ihm vorbei, und schon die Spitze, ein breiter Wagen mit Kamin, offenbar die Wohnung des Direktors Konrad oder wie er heißen will, nahm fast die ganze Straße ein.
Ein fremder Zirkus ist in den Ort gezogen, in dem das Unternehmen Laforte morgen zwei Vorstellungen geben wollte. Der Zirkus Laforte ist aus dem Felde geschlagen; achtundvierzig Wagen – Direktor Laforte hat sie gezählt – mit der Aufschrift ›KONRAD‹ in großen, schwarzen Buchstaben folgten dem breiten Direktorswagen. Der letzte Wohnwagen war durch eine Laterne bezeichnet, wie bei einem Schnellzug. Ein Riesenunternehmen im Vergleich zum Zirkus Laforte, der drei Wagen besitzt, ein Riesenunternehmen, ausgestattet sogar mit einem Zelt.
Der Zirkus Laforte, das Unternehmen des Direktors, der diese Zeilen, die ohne seinen Willen ›blutig‹ geworden sind, niederschreibt, ist aus dem Felde geschlagen! Man will uns wieder nicht haben. »Der süßeste Ruhm und der uns am meisten ziert, ist der nachgetragene, der aufgedrängte. Der eroberte Ruhm ist ungültig.« Aber diese Gedanken sind Ausflüchte, und der Leser könnte in Anbetracht der Länge dieses Abschnittes vermuten, daß er von einer dennoch vorhandenen, heimlichen Lebenslust herrührt, daß Direktor Laforte seinen Selbstmord hinausschieben will, indem er seine Gedanken niederschreibt, oder gar: sich Gedanken macht, um sie niederzuschreiben. Nein – nein – nein. Drei feste NEIN hat er jetzt in die Maschine geschlagen. Drei feste Nein, getrennt durch je einen Bindestrich, symbolisierend das endgültige Nein des Direktors Laforte zum Leben.

Schon wieder – ärgerlich – eine Reflexion, und der Leser, der auf den Selbstmord wartet, wird ungeduldig. Sofort – der Direktor hat nur ein neues Blatt eingespannt, eines der besseren, der Korrespondenzblätter –, das alte Blatt war zu Ende geschrieben, und das neue Blatt wird das letzte sein, das er in seinem Leben in die Maschine zieht. Direktor Laforte wird es nicht bis zum unteren Rand ausfüllen, und nur wenige Zeilen stehen auf dieser neuen Seite, vor allem das eine Wort: ENDE. Und der Leser, der liebe Leser, wolle ein wenig bedenken, daß dieses Ende auch das des Herrn Direktor Fritz Laforte ist, und daß diese Blätter den Schuß hören werden und das Fallen und Röcheln.

*

Es ist sehr schwer für Direktor Laforte, an dieser Stelle weiterzuschreiben. Eine lange Pause müßte der Leser zwischen dem vorigen Abschnitt und dem jetzigen machen, oder noch besser: einige leere Seiten müßten zwischen diese beiden Abschnitte gebunden werden. Es ist sehr schwer und sogar fast unmöglich für Direktor Laforte, an dieser Stelle weiterzuschreiben, nicht weil er nur etwa der Geist eines weiland und erschossenen Direktors Laforte ist, der nach dem Tod vollenden muß, was er im Leben begonnen hat – der wirklich echte, leb- und leibhaftige Direktor Laforte schreibt trotz der genannten Schwierigkeit weiter –, es ist schwer, weil Herr Direktor Laforte nicht weiß, wie er sich beim Leser entschuldigen soll, daß er dennoch weiterschreibt, ein ganz neues Blatt einspannt und voraussichtlich sogar noch mehrere neue Blätter – wieder das mindere Papier, nicht mehr die Korrespondenz-Qualität –, daß er, nachdem er es umständlich eingeführt und angekündigt, seine Lebensgeister gelöscht und NEIN zum Leben gesagt, daß er hernach seinen Selbstmord nicht ausgeführt, sich nicht erschossen und den Leser womöglich enttäuscht hat.
Aber – es ist für den enttäuschten Leser vielleicht eine dürftige Entschuldigung – die Entdeckung eines eigenartigen Umstandes in Verbindung mit einem ungerufenen Gedanken haben Direktor Laforte vom Selbstmord abgehalten.
Der ungerufene Gedanke kam, wie der Direktor sein Haar bereits ordentlich auf die Seite gekämmt, die Pistole gegen seinen Mittelscheitel angesetzt und die Augen in Erwartung des Todes

geschlossen hatte, und er wäre jetzt schon tot ohne den ungerufenen Gedanken, oder besser: ohne die gewisse Lebensart, deren sich der Direktor Laforte selber rühmen darf, die den ungerufenen Gedanken als für den letzten vor dem Tod unwürdig gefunden hat: ihm war das Kinderspiel eingefallen, wo man dem anderen einen, zwei oder drei, vier und fünf Fingerspitzen auf den Kopf setzt und den andern raten läßt, wieviel Fingerspitzen es seien. Scheinbar leicht, erraten es wenige.
Und während Direktor Laforte auf einen Gedanken wartete, würdiger der letzte zu sein, öffnete er noch einmal die Augen, und so bemerkte er den erwähnten Umstand: der Schweinekobel war mit der dafür zugeschnittenen Zeltplane bedeckt. Am gestrigen Tag wäre der bedeckte Schweinekobel ordnungsgemäß gewesen und der unbedeckte merkwürdig oder vernachlässigt, heute aber, nachdem das Schwein verlorengegangen war, fragte es sich: warum der Kobel bedeckt ist? Hatte man das Schwein wiedergefunden? Nein, ein großes Freudengeschrei hätte es gegeben, denn jeder im Unternehmen Laforte weiß, was es bedeutet, wenn das Schwein verloren ist, und die dicke Clara hat es deutlich genug gesagt.
Direktor Laforte stellte seinen Selbstmord zurück – ohne zunächst ganz von ihm abzustehen – und ging zu dem Kobel des ehemaligen Kunstschweines Do. Er hob eine Ecke der Plane vorsichtig auf, und er sah, wie im Stroh des Kobels die junge Clara lag und neben ihr der Clown Beisel. Nun ja. *Auf* ihr.
›Aha‹, dachte sich der Direktor, und ließ die Plane schnell wieder fallen, ›aha: also im Schweinekobel.‹ Erst jetzt beschloß Direktor Laforte seinen Selbstmord nicht auszuführen – für sehr enttäuschte Leser ist auch dies wohl noch kein zureichender Grund –, aber nicht, ohne sich wenigstens einen Moment lang zu bedenken, ob er es aus Rücksicht auf das zukünftige Publikum des ›Schelmenliedes‹, für den lieben Leser also, nicht doch tun sollte. Einmal aber entschlossen, überlegte er sich sofort die Entschuldigung, die er dem Leser vortragen wird, der vielleicht – mit Recht – ungehalten ist:
Richtig gedacht bedeutet Selbstmord zu begehen, seinem Leben Unrecht tun. Was hat es Schlechtes gebracht, außer heute ungeschickt gewesen zu sein, und die drei unglücklichen Umstände auf den Tag zu vereinen: das entlaufene Schwein, die Absage des Gummimenschen Valerian und die verlorenen beiden Vorstel-

lungen? Aber der tiefere Grund für den fast vollendeten Selbstmord war nicht das Unglück der drei Unglücke an einem Tag, sondern die außerordentlich traurige Stimmung des Herrn Direktors, die während des Gespräches mit Herrn Zink begonnen und ihren Gipfel oder ihren Abgrund erreicht hat beim Anhören des grausigen Rollens und Schlagens der neunundvierzig Wagen des fremden Zirkus, die vorbeigezogen sind und den Direktor in die Knie gezwungen haben. Ist es nun nötig, daß Herr Direktor Laforte sich vor seinem Wohnwagen erschießt, letztenendes nur, weil ihm der Herr Riese Zink die Laune verdorben hat?

Nein – nein – nein! Das dreimalige Nein, wieder verbunden durch Bindestriche, ist diesmal ein JA zum Leben, und Direktor Laforte sichert seine Pistole und legt sie in die Schublade zurück. Herr Zink, ja, der Herr Riese Zink hat seinen Direktor in schlechte Laune gebracht und beinah ins Verderben, der Riese Zink hat, wenn man es ganz richtig bedenkt, den Direktor zum Selbstmord veranlaßt. Der Riese Zink ist im innersten Kern der Umstände der Mörder seines Vorgesetzten und Schwiegervaters. Deshalb soll er von jetzt ab nicht mehr als Herr betitelt werden, sondern nurmehr als Riese Zink, und es ist nur eine ersparte Mühe, wenn Direktor Laforte nicht alle Herr vor dem Namen des Riesen in den vergangenen Seiten ausstreicht. Und außerdem wird Direktor Laforte sofort hingehen – nachdem er einmal an seinem eigenen ›Schelmenlied‹ ohne seinen Willen mehr denn als bloßer Zuschauer beteiligt ist –, und er wird die junge Clara im Schweinekobel und den Clown Beisel beruhigen, wenn sie gemerkt haben sollten, daß eine Ecke der Zeltplane gehoben worden war. Er wird den beiden nicht nur äußerstes Stillschweigen gegenüber Zink, er wird sie auch seiner Hilfe versichern, damit der Riese Zink sauber hintergangen wird; der dumme, mörderische Riese Zink, der dumm genug ist zu glauben, er würde mit den Zahlen dreizehn, zwölf und fünf eine Million gewinnen. Sauber soll der dumme Zink hintergangen werden, und Herr Direktor Laforte wird ohne Rücksicht auf alle seine Sorgen seinen Spaß daran haben, ja, seinen Mordsspaß, sozusagen.

*

Es gibt Gedanken, die man erfunden hat, und sie können einem wie Lieblingskinder gefallen, so daß sie nicht mehr aus dem Sinn dessen weichen, der sie erdacht: der Gedanke, geäußert am Anfang des vorigen Abschnittes, ist für den Herrn Direktor Laforte ein solcher Gedanke: daß nämlich zwischen dem letzten Wort vor dem Stern (›sozusagen‹ hat es geheißen), und dem ersten Wort danach (›Es‹, wie der Leser noch wissen wird), einige leere Seiten gebunden würden, damit auch dem Leser einige Zeit verstreicht, bevor er weiterliest, und damit sich in dieser Zeit einiges umstellen kann, genauso wie in Wirklichkeit dem Herrn Direktor Laforte einige Zeit verstrichen ist, und wie sich in ihm wahrhaftig einiges umgestellt hat.

In dem vorigen Abschnitt hat Direktor Laforte über den Clown Beisel geschrieben, und daß er ihm helfen wird, den Herrn Zink zu hintergehen. Direktor Laforte kann nicht mehr verstehen, wie er solche Dinge hinschreiben konnte, obwohl diese Dinge auf derselben Seite stehen, und der Direktor sie lesen kann, während er dies schreibt.

Die Hilfe zugesichert hat Direktor Laforte inzwischen dem Clown Beisel zwar, aber nur scheinheilig, und die Zähne knirschen dem Direktor, wenn er daran denkt, wie er freundlich zu diesem verbrecherischen Clown sein mußte, um nicht den Racheplan zu verderben und zu verraten. Die Wut – die rasende Wut packt den Direktor, wenn er an diesen Clown Beisel denkt, und wenn er genau überlegt, was er angestellt hat, und am liebsten würde der Direktor seine Schreibmaschine mit beiden Händen nehmen, und – zum Teufel – aus dem Fenster werfen. »Aber ruhig, ruhig!« sagt Direktor Laforte zu sich selber: »Du kannst den Clown Beisel nicht mit eigener Hand erwürgen, denn er ist stärker, und er ist jünger.« Trotzdem knirscht der Direktor mit seinen Zähnen und fährt ab und zu mit gesträubten Haaren und gerollten Augen in die Höh' vor Zorn, und er denkt sich dabei: ›Jetzt gehe ich hinaus, und brenne ihn mit dem Revolver über den Haufen!‹ Aber wieder sagt Direktor Laforte zu sich selber: »Ruhig, nur ruhig. Über den Haufen schießen geht viel zu schnell für den Clown, er kommt dir nicht aus. Warte, bis der Riese Ruiz aus der Stadt zurück ist.«

Und so wartet Herr Direktor Laforte auf den Riesen Ruiz und schreibt einstweilen nieder, wie es dazu gekommen ist, daß der Direktor wegen des Clowns mit den Zähnen knirschen muß.

Die Neugierde ist ein mächtiges Uhrwerk und sie vermochte den Direktor von seinem Selbstmord zurückzuhalten. Die Wut aber, der Zorn erst über das Verbrechen des Clowns Beisel weckte alle die Lebensgeister und Lebensfeuer, die verlöscht waren.
Direktor Laforte – halt, kommt nicht der Riese Ruiz schon aus der Stadt zurück? Nein, es war eine Täuschung – Direktor Laforte ging, nachdem er den letzten Abschnitt geschrieben hatte, aus seinem Wohnwagen zum Schweinekobel, um das zu tun, was er in eben dem Abschnitt angekündigt und was er jetzt nicht mehr verstehen kann, daß er es ankündigen hatte können. Da begegnete ihm die Wahrsagerin. Sie kam von der Straße, wo sie das verlorene Schwein gesucht hatte.
»Na«, sagte der Direktor zu ihr, »ohne Erfolg zurück? Hast wohl das Schwein nicht gefunden?«
»Nein«, sagte die Wahrsagerin. Ständig ist sie mürrisch, weil sie alt ist und nie als große Wahrsagerin berühmt war, vielleicht auch, weil selten etwas eingetroffen ist, was sie vorausgesagt hat.
»Haha«, lachte der Direktor, weil er vorhin noch lustig war – jetzt knirscht er – in Aussicht auf seinen Mordsspaß, »haha: aber gerade du, als Wahrsagerin, hättest das Schwein finden müssen. Haha!«
»Erstens«, sagte die Wahrsagerin, »bin ich keine Hellseherin, weiß also nicht, wo das Schwein gerade ist. Und zweitens –«
»Scher dich –«, sagte der Direktor, aber die Wahrsagerin unterbrach ihn.
»Nun, ich schere mich, ich sage nichts; ich sage genausowenig wie vorhin, wo ich mich hinausgeschert habe auf die Straße, um das Schwein zu suchen, trotzdem ich gewußt habe, daß es sinnlos ist.«
»Haha –«, lachte der Direktor wieder, »du wußtest, daß es sinnlos ist auf der Straße zu suchen. Woher wußtest du es denn, sag? Wußtest du es, weil du eine Wahrsagerin bist?« Der Direktor zwickte die alte Wahrsagerin mit den Knöcheln von Zeige- und Mittelfinger scherzhaft in ihre Wange. So lustig war der Direktor aufgelegt, aber über ganz kurz änderte es sich.
»Nein – und laß das«, sagte die Wahrsagerin, »ich wußte es, weil ich weiß, wo das Schwein wirklich ist.«
»Hahaha!« lachte der Direktor, aber es war das letzte Mal, daß er lachte. »Du weißt, wo das Schwein wirklich ist. Wo ist es denn, wenn du es weißt?«

»Beim Metzger.«
»Beim Metzger? Bei welchem Metzger –«
»Beim Metzger im Dorf.«
»Ist es tot?«
»Natürlich, sonst hätte doch der Clown Beisel kein Geld dafür bekommen.«
Jetzt hörte Direktor Laforte auf zu lachen.
»Clown Beisel hat unser Schwein verkauft?«
»Na, ja . . .«
»Woher weißt du es? Es ist wohl nicht wahr.«
»Ich soll mich wieder scheren? Zum Teufel? Haha, jetzt lache ich«, sagte die Wahrsagerin, »aber ich habe es *gesehen.*«
»Was hast du gesehen?«
»Wie der Clown Beisel das Schwein auf die Straße hinaufgetrieben hat.«
»Wann war das?«
»Sie haben gerade in ihrem Wohnwagen geschrieben, und es war noch nicht ganz finster.«
Welches Unheil war schon für das ›Schelmenlied‹ vorbereitet, als es eben begonnen war. »Entsetzlich, entsetzlich«, muß der Direktor wieder sagen, aber nicht an Selbstmord denkt er hier, sondern nur an seine Rache am strauchdiebischen Clown Beisel.
»Und was war auf der Straße?«
»Der Metzger aus dem Dorf hat gewartet und hat das Schwein auf seinen Karren geladen und rasch zugedeckt.«
»Und dann?«
»Dann ist der Gehilfe des Metzgers mit dem Karren schnell davongefahren.«
»Und Clown Beisel?«
»Clown Beisel ist beim Metzger stehengeblieben und hat mit ihm gesprochen.«
»Er hat ihn bezahlt?«
»Ja.«
Direktor Laforte drehte sich um und wollte sofort ins Dorf, um zum Metzger zu gehen und den Kauf rückgängig zu machen. Vielleicht war das Schwein noch nicht getötet. Die Wahrsagerin aber hielt ihn zurück:
»Wo gehen Sie hin?«
»Ins Dorf.«
»Das Schwein ist schon tot.«

»Woher weißt du das wieder?«
»Der Clown Beisel wollte die Ohren des Schweines haben.«
»Er hat auch das Hirn eines Schweines, und das Herz, und überhaupt ganz die Denkungsart eines Schweines«, knirschte der Direktor, »aber er ist ein viel schlechteres Schwein, als es das Schwein Do war. Wozu wollte Clown Beisel die Schweineohren haben?«
»Vielleicht braucht er sie, als Talisman . . . nicht? Was weiß ich; möglich, daß für einen Clown Schweineohren notwendig sind.«
»Woher weißt du das alles? Ich glaube nämlich, daß du lügst.«
»Ich lüge? Ich? Eine Wahrsagerin?«
»Du lügst unglaublich. Scher dich –«
»Gut, ich schere mich; ich schere mich zum Teufel. Aber, Direktor, weißt du: ich habe alles *gesehen*, was ich dir erzählt habe.«
»Erstens: sagst du ›Sie‹ zu mir, weil ich der Direktor bin, und zweitens, wenn du den Clown Beisel gesehen hättest, hätte er auch dich gesehen, und er hätte niemals das Schwein gestohlen.«
»Hahahaha! Er und mich gesehen! Freilich hätte er das Schwein nicht gestohlen, wenn er mich gesehen hätte. Aber er hat mich nicht gesehen. Freilich hat er sich sehr vorsichtig umgeschaut, bevor er das Schwein auf die Straße hinauf getrieben hat: keiner hat ihn gesehen, so gewiß war er sich: Sie waren beschäftigt zu schreiben, und die andern waren auch alle irgendwie beschäftigt, und der Riese Ruiz hat geschlafen. Nur ich – aber woher konnte das der Clown Beisel wissen – nur ich bin unter diesen Wohnwagen gekrochen . . . Ja, ja, ja, ich schere mich, meinetwegen zum Teufel, aber *gesehen* habe ich alles.«
»Wieviel hat der Clown Beisel für das Schwein bekommen?«
»Das weiß ich nicht. Geld . . .«
»Und?«
»Einen Ring.«
»Haha!« Grausig lachte der Direktor diesmal, denn seine Rache war schon beschlossen, und beschlossen war es, den Clown zu vernichten. »Du hast also alles gesehen! Und du hast auch gesehen, wie sie dem Schwein die Ohren abgeschnitten haben?«
»Ja. Ganz schnell hat der Gehilfe des Metzgers die Ohren vom Schwein geschnitten. Es war hernach sicherlich ganz leer, und es kann nicht mehr singen.«
»Hat das Schwein geschrien?«

»›Ich bin der Narr, du bist der Herr . . .‹ hat der Clown Beisel gesungen, damit man nicht hört, wie das Schwein schreit.«
»Du wirst auch noch schreien, mein Clown Beisel! Du wirst noch viel schweinischer quietschen als das Schwein gequietscht hat, wenn dir der Riese Ruiz den Hals umdrehen wird . . .!«
Direktor Laforte vergaß sich ein wenig vor Wut und Zorn, und es ist nicht wichtig für den Leser, was er in diesem Zusammenhang dem Clown Beisel alles zugedroht hat und was er ihm für Namen gegeben hat; fünfhundert der kräftigsten Schimpfnamen wird er ihm schon gegeben haben.
Zur Wahrsagerin aber sagte er, noch in Zorn und Wut, nachdem er den Clown Beisel beschimpft hat: »– und du sagst mir jetzt erst, wo ich dich dreimal frage, wohin das Schwein verschwunden ist. Mir scheint –«
»Nichts scheint Ihnen! Aber ich mußte mich ja auf die Straße scheren, wo ich Ihnen erzählen wollte, was ich wußte. Sie haben ja behauptet, daß Sie es besser wissen. Haben Sie es besser gewußt?«
»Scher dich jetzt –«
»Ja, Herr Direktor«, sagte die Wahrsagerin, das ekelhafte und schmutzige Weib, »ich schere mich, meinetwegen zum Teufel . . .«
Es mag sein, daß Direktor Laforte an manchen Tagen übermäßig streng ist gegenüber seinen Untergebenen, und daß er ab und zu väterlich seine Leute ermahnt an die Arbeit zu gehen, anstatt zu schwatzen. Vielleicht hat Direktor Laforte tatsächlich, als er die Wahrsagerin nach dem Schwein zu suchen schickte, gesagt, sie solle sich ›auf die Straße scheren‹, . . . aber der Direktor ist viel zu zornig, als daß er jetzt einer so kleinen Verfehlung nachgehen wollte, wo es ein Verbrechen zu sühnen gilt.
Zitternd vor Wut hat er öfter die Tasten verfehlt, und könnte der Leser das ›Schelmenlied‹ in diesem Absatz so lesen, wie es geschrieben ist, so müßte er oft lachen, trotz der Traurigkeit, weil statt einem O vielleicht ein J steht, und er käme gar nicht in die ernste und düstere Stimmung, die für den folgenden Abschnitt notwendig ist.
Der Riese, Herr Ruiz, wird den Clown Beisel abstechen, wie der Metzger das Schwein geschlachtet hat. Oder er wird ihn langsam zu Tode schlagen, so daß er immer wieder aufhüpft, und wieder zur Erde fällt, bis ihm das Blut aus allen Öffnungen rinnt. Auf

jeden Fall wird der Clown Beisel nicht entkommen, denn er sitzt im Schweinekobel, vielmehr: er liegt darin bei – naja: *auf* – der jungen Clara, und Direktor Laforte hat seinen Zorn unterdrückt und scheinheilig den beiden versprochen, dem Riesen Ruiz nichts zu sagen.
Wie wird der Riese Ruiz in rasende Wut geraten, wenn er die beiden sieht! Direktor Laforte wird nichts zu tun haben, als dem Herrn Riesen Ruiz mit dem Finger zu winken und zu sagen: »Da, ich zeige dir etwas!« und schon wird der Riese Herr Zink in maßlose, eben in riesige Wut geraten, und Direktor Laforte wird sehen, was der Riese mit dem Clown macht; vielleicht fängt er ihn aus dem Kobel heraus und zerreißt ihn, stark wie er ist. Man wird sehen, und auch der Leser wird es erfahren.
Entkommen kann der Clown Beisel nicht, denn zur Sicherheit hat Direktor Laforte, während er den beiden im Kobel scheinheilig seine Sympathie für ihren Betrug am Herrn Zink versichert, von außen, ohne daß es die beiden merkten, den Käfig verriegelt und das Schloß vorgelegt. Dann hat er die Zeltplane darüber gebreitet, und sofort hat er wieder zu knirschen begonnen und zu fluchen.
Bald, so rechnet es sich der Direktor aus, wird Herr Zink, der Riese, aus der Stadt zurückkommen. Bis er kommt, wird Direktor Laforte der dicken Clara, ihrem Zwergensohn und der Wahrsagerin Anweisungen geben, daß alles vorbereitet werden soll für eine baldige Abfahrt. Denn an diesem Ort haben wir nichts mehr zu suchen. Wir werden die Nacht durch fahren.

*

Die Mitternacht ist noch nicht vorüber. Den Herrn Direktor Laforte aber ergreift neuer Schmerz, das heißt: nachdem offener Zorn und seine Wut grundlos geworden waren, nachdem der Herr Riese Ruiz mit dem Clown Beisel verfahren, wie es der Leser vielleicht vermutet und wie es der Direktor Laforte gewünscht hat, danach ist der für die kurze Zeit der Wut verdrängte Schmerz und ist die Wehmut in das Herz des Herrn Direktor zurückgekehrt.
Viel wüßte Direktor Laforte über Schmerz – daß er eine geistige Angelegenheit – und über Zorn – daß der eine körperhafte Angelegenheit ist – zu schreiben. Gerne würde er über seinen

Schmerz schreiben, um ihn nicht zu fühlen, denn damit ist es so wie bei der eigenen Wunde, die man nicht fühlt, solange man sie aufmerksam betrachtet.
Laut, und um die Geräusche zu betäuben, die von außen in den Wohnwagen dringen, wollte Herr Direktor Laforte über Schmerz und über alle Arten des Schmerzes schreiben und mit Lärm in die Tasten schlagen, gleichgültig, ob ihm ein J statt einem O in ein Wort gerät, und ob er statt ›Wort‹ ›Wirt‹ schreibt oder umgekehrt.
Aber zu einem Teil ist es nicht nötig, daß der Direktor überlaut die Tasten schlägt, denn die Räder des Wagens, in dem er sitzt und schreibt, rollen laut auf der Straße, und die Achsen singen ein nächtliches Lied, weil sie zu wenig geölt sind; zum andern Teil aber würde Direktor Laforte, je mehr er die Geräusche von außen vor sich selber durch eigenen Lärm verbergen wollte, desto aufmerksamer, und, ohne es zu wollen, deutlicher auf das Hämmern und Schlagen und auf das Brüllen der wilden Tiere hören.
So wird Direktor Laforte versuchen zu tun, was ohnedies der Zweck des ›Schelmenliedes‹ ist, den Leser von den Vorgängen zu verständigen, die sich abgespielt haben, nachdem der Direktor den letzten Absatz zu Ende geschrieben hatte.
Nein – der Leser mag es verzeihen – nein, der Schmerz und die Wehmut greifen dem Direktor zu sehr ans Herz, und er will den Leser nicht informieren, sondern er wird doch über seinen Schmerz schreiben und über seine Verbitterung, denn er kann es nicht anders: kein Autor von Profession ist Direktor Laforte, sondern nur einer aus Passion, und er kann die Empfindungen der Personen, die er beschreibt, nicht von seinen eigenen trennen, wie sollte er es auch, wo er doch selbst in Erscheinung tritt, er allein eigentlich, und wo das ›Schelmenlied‹ – wie äfft ihn der Titel jetzt – nichts anderes ist als die eigene Leidensgeschichte, die Passion des Direktors, so daß er im doppelten Sinn ein Autor aus Passion ist.
Weh – weh – würde Direktor Laforte am liebsten klagen, am allerliebsten in Versen und Reimen wie König David auf seiner Harfe oder alle die anderen Harfner, und er würde elegisch in die Tasten der Schreibmaschine schlagen und den Rhythmus der Räder, die ihn von dem vermaledeiten Ort immer weiter fort bringen, in seine Verse verweben, und auch den schlagenden

Puls seines Blutes, der seine Finger über die Tasten fliegen läßt, der sich mit jenem Rhythmus überkreuzt und vermischt, wie auch das Hämmern, das jetzt immer näher kommt, und das regelmäßige Brüllen der wilden Tiere.
Aber Direktor Laforte, lediglich ein Autor aus Passion, und nicht aus Profession im reimelosen Schreiben, ist völlig ungeübt im Vers, und obwohl er versucht hat – er gesteht es dem Leser –, einige Zeilen einer Wehklage niederzuschreiben (er hatte zu diesem Zweck die Niederschrift des ›Schelmenliedes‹ unterbrochen, ja, er gesteht es), ist er zum reimlosen Stil und zum verslosen ›Schelmenlied‹ zurückgekehrt, um es zu Ende zu bringen und um wenigstens in Prosa sein Herz auszuschütten.
Oweh – oweh – wie greift der Schmerz an das Herz des Direktors, und es gibt genug Schmerz, den er ausschütten könnte: zuerst und eigentlich hauptsächlich: oweh – oweh – was soll aus uns werden? Nichts ist damit getan, daß der Direktor, das Haupt des Unternehmens, seine Ruhe wiedergefunden hat und vom Selbstmord abgekommen ist, nichts ist damit getan, daß der Clown Beisel tot im Schweinekobel hängt: die traurige Lage des Unternehmens Laforte ist die gleiche geblieben. Das Schwein ist tot, der Clown ist tot, der Gummimensch Valerian hat abgesagt, die beiden Vorstellungen, die wir angekündigt hatten, werden nicht stattfinden: wie würden die Leute in den anderen Zirkus laufen, und niemand würde zu uns kommen, um den Riesen Ruiz zu sehen oder die Tochter des Direktors, wie sie auf dem Seil tanzt, oder den Direktor selbst, der, nachdem das Schwein verloren ist, nichts mehr kann, als einige Kartenkunststücke vorzuführen . . . Direktor Laforte weiß nicht, wie es weitergehen soll, der Zirkus ist ruiniert, ungewiß ist es, wo wir das nächste Mal eine Vorstellung geben werden können, wo ein größerer Zirkus in der Gegend ist. Direktor Laforte weiß nicht, wie es weitergehen wird, und seine Sorgen trägt er für sich allein, denn wie es wirklich um den Zirkus steht, weiß niemand außer dem Leser, denn Direktor Laforte hofft doch, daß nicht etwa der Zwerg die Blätter, die beschrieben worden sind, gelesen hat, oder der Herr Riese Ruiz – nein, sie haben die Blätter nicht gelesen, denn der eine hat nie lesen gelernt, der andere hat es längst vergessen. Sie taugen nicht dazu, in die Sorgen, Schmerzen und Wehmut eines Direktors Einsicht zu nehmen.
O Schmerz, o Wehmut, wie wird es enden? Mit erschrecktem

Ohr hört der Direktor, wie jetzt sein Wagen ganz nahe an jener Stelle vorbeifährt, wo der große Zirkus Konrad sein Zelt aufschlägt. Die Schläge der schweren Hämmer hört er, mit denen die Pfosten in die Erde getrieben werden, und es ist dem Direktor Laforte, als würden die Pfähle in sein wehes Direktorenherz getrieben; und er hört, wie regelmäßig die vielen wilden Tiere des Zirkus Konrad brüllen, und wie es, trotzdem die Vorhänge geschlossen sind, im Wohnwagen heller wird von den Lampen, Laternen und Lichtern, die der Zirkus Konrad ausgesteckt hat, um die Nacht für die Arbeit an seinem Zelt zu erhellen.
O Schmerz, o Grausamkeit, wo soll es enden? So hatte die Elegie begonnen, die der Direktor zu dichten versuchte, aber Schmerz, selbst der heftigste, macht noch nicht zum Dichten in metrischer Form; aber die erste Zeile der Elegie scheint den Direktor Laforte dennoch gelungen und er fügt sie hier ein: O Schmerz, o Grausamkeit, wo soll es enden?
Der Zirkus ist ruiniert, aber noch niemand weiß davon. Der Direktor ist allein in seiner Wehmut, aber es wäre ihm unangenehm, wäre es anders, und es würden alle fragen, wie die dicke Clara: »Was tut ihr da?« als wir den Clown Beisel umgebracht haben. Denn die dicke Clara, und das ist wirklich unangenehm, ahnt manches, wenn sie auch nichts weiß, und sie schleicht umher und sieht Dinge, die sogar dem Direktor entgehen.
»Wir bringen ihn um«, hat ihr der Direktor geantwortet. Die Antwort des Direktors – hier im Kern wiedergegeben – war so gehalten, daß die dicke Clara für eine Weile ohne zu reden dem Herrn Riesen Ruiz zuschaute, wie er die Stangen herbeitrug, die sonst dafür bestimmt sind, den Schauplatz der Darbietungen einzugrenzen.
An der Art, wie der Riese Ruiz den Clown Beisel umgebracht hat, war der Direktor unbeteiligt, sie stammt allein vom Herrn Riesen Ruiz. Man mag sie grausam schimpfen, aber man muß verstehen, daß der Herr Ruiz in höchster Wut die Todesart für Clown Beisel erfunden hat:
»Da komm her«, hatte ihm der Direktor Laforte gesagt, als er ihn aus der Stadt zurückkommen hatte sehen, »ich will dir was zeigen.« Und er hatte den Herrn Riesen Ruiz an den Schweinekobel geführt, und mit einem Riß hat er die Plane entfernt, so daß der Herr Riese Ruiz die junge Clara und den Clown aneinander im Stroh liegen gesehen hat.

Der Herr Riese Ruiz mußte seinen Plan sofort erfunden haben, ohne Geschrei, nur mit Zähneknirschen, denn er war in eine leise Wut geraten, die klug macht, nicht in eine laute, die den Menschen verdummt. Sogleich hat er zur jungen Clara gesagt:
»Komm sofort heraus –«
Aber es war ja der Riegel vorgelegt.
»Ich kann nicht heraus«, jammerte die junge Clara. Der Clown Beisel zitterte.
»Komm heraus«, sagte der Herr Riese Ruiz wieder, nahm den Riegel zurück und öffnete die Tür.
Direktor Laforte fürchtete, daß Clown Beisel diese Gelegenheit benutzen würde, um zu fliehen. Aber Herr Riese Ruiz hatte richtig berechnet, daß sich Clown Beisel im Kobel sicherer fühlen würde als draußen. So schloß Herr Riese Zink den Kobel wieder und legte auch den Riegel vor.
Er gab der jungen Clara eine Ohrfeige und begann dann, die Stangen zu holen.
»Warum bringt er ihn um?« fragt die dicke Clara.
»Weil er ihn hintergangen hat.«
»So –«, sagte die dicke Clara, »aber du hast es ja gewußt.«
»Ich?« sagte der Direktor und deutete der dicken Clara mit dem Finger, daß er annehme, sie spinne.
»Du hast es doch von ihnen gehört«, fuhr aber die alte Clara fort, »wie du unter dem Wagen gelegen bist und dann aufgeschrieben hast, was sie reden.«
Unmöglich kann Direktor Laforte dem Leser wiedergeben, was er sich gedacht, nachdem die dicke Clara so gesprochen und was er zur dicken Clara gesagt hat.
»Na«, sagte aber die alte Clara frech, ohne daß ihr die Rede des Direktors Eindruck gemacht hätte: »Du läßt den Clown umbringen, die junge Clara ist womöglich beleidigt, das gelehrige Schwein ist fort und die beiden Vorstellungen sind unter den Tisch gefallen. Wir stehen sauber da.«
Nun, zum Glück wußte die dicke Clara nichts davon, daß der Gummimensch Valerian – auf den wir alle unsere Hoffnungen gebaut hatten – vom Vertrage zurückgetreten ist, sonst hätte sie noch mehr zu lamentieren begonnen. So aber schaute sie nur zu, wie der Herr Riese Ruiz eine Stange über der anderen quer durch den Kobel steckte, so daß er geteilt und für den Clown halb so groß wurde.

»Sauber stehen wir da –«, sagte die Clara noch hie und da und sagt es wohl auch jetzt noch. Aber sie wird laut zu stöhnen beginnen wie die Achsen der Räder unter dem Wagen, wenn sie hören wird, daß es aus ist und daß selbst der Direktor nicht mehr weiß, wie es weitergehen soll.
O Schmerz, o Grausamkeit, wo soll es enden, heißt jetzt das ›Schelmenlied‹, das ein Wehmutsgesang geworden ist. Die Mitternacht ist eben vorüber, und die Wagen des Unternehmens Laforte haben den Ort, in dem es keine Vorstellungen geben wird, verlassen; das Hämmern und Schlagen und das regelmäßige Schreien der Raubtiere vom Zirkus Konrad ist hinter uns geblieben. Direktor Laforte wird, nachdem er die letzte Seite des ›Schelmenliedes‹ zu Ende geschrieben, auf den Bock des Wagens steigen um selbst den Wagen zu lenken; Wohin; Wer weiß es. Jetzt lenkt den ersten Wagen, an den der zweite gebunden ist, der Herr Riese Ruiz – den der Direktor ablösen wird –, den dritten Wagen lenkt der Zwerg, und an diesen Wagen ist der Schweinekobel angehängt, worin der tote Clown hängt, so, wie ihn Herr Ruiz umgebracht hat.
In einer Ecke des Kobels hängt der Clown, rot gedunsen, mit Stricken an die Käfigstäbe gebunden, denn nachdem Herr Riese Ruiz den Kobel durch die Stangen auf die Hälfte verkleinert hat, begann er, in die andere Richtung Stangen durch den Käfig und durch die anderen Stangen zu schieben, so daß der Kobel schließlich auf ein Viertel verkleinert war, und Clown Beisel sich kaum noch bewegen konnte. Er mochte jetzt bereut haben, nicht geflohen zu sein.
Dann nahm Herr Riese Ruiz einige Stricke und band den Clown ohne Mühe an die Stäbe, nahm die Stangen wieder aus dem Kobel und suchte nach einem Eimer.
Den Eimer füllte er mit heißem Wasser aus dem großen Topf über dem Feuer und schüttete es über den Clown. Der Clown wurde sofort am ganzen Körper rot wie ein Krebs, aber er schrie noch nicht. Erst beim zweiten Mal schrie er, und beim dritten Mal, wo ihm die Haut an einigen Stellen zu platzen begann, weinte er. Beim vierten Mal – oder war es das fünfte Mal – schrie er nicht mehr, aber er lebte noch.
»Es geschieht dir schon recht«, sagte sich der Direktor, »wenn ich denke, daß du dem Schwein bei lebendigem Leib die Ohren hast abschneiden lassen, und das Schwein konnte singen.«

Der Riese Ruiz holte, nachdem der Clown nicht mehr schrie, einen Draht, legte ihn dem Clown durch die Stäbe um den Hals und drehte mit einer Zange die beiden Enden des Drahtes. Für einige Zeit erwachte der Clown noch einmal, aber dann streckte er die Zunge heraus und starb.

So war das gerechte Ende des Clowns. Der Direktor nahm ihm den Ring vom Finger, denn, da das Schwein des Herrn Direktors Eigentum gewesen, ist es jetzt billiger Weise wenigstens der Ring.

Aber was hilft es, wenn die Untat gerächt ist, und wenn der Clown tot im Kobel hängt mit geplatzter Haut? Das Unternehmen Laforte steht sich um nichts besser deswegen, und, da der Zorn getilgt und beschrieben, sind wieder der Schmerz und die Wehmut in das Herz des Direktors zurückgekehrt und die Gewißheit, daß es heute mit dem Zirkus Laforte zu Ende gegangen ist wie mit dem Clown Beisel.

Das ›Schelmenlied‹, das eine Schelmenklage des Herrn Direktor Laforte geworden ist – wenn auch nicht in Reimen – ist fertig geschrieben. Der Direktor hätte sich den Ausgang wohl anders gedacht, und hätte er gewußt, was alles passieren wird, hätte er nicht begonnen, es niederzuschreiben. So ist es aber fertig, und die letzte Seite in die Maschine gespannt. Direktor Laforte wird sie zu den übrigen legen und wird dann auf den Kutschbock hinaufsteigen, um den Herrn Riesen Ruiz abzulösen.

Zwar – so weiß er es – wird der Direktor mit gekränktem Stolz auf den Ort zurückblicken, wo man ihn ausgestochen hat, und er wird sich in seinem Trotz denken: ›Wenn man uns nicht haben will, wollen wir niemanden brauchen!‹ Aber was hilft es, wenn es in Wirklichkeit nicht anders heißt als: O Schmerz, o Grausamkeit, wo soll es enden?

*

Dies war die erste – o Schmerz, o Grausamkeit – und sicher, nach den Erfahrungen mit ihr, auch die letzte Erzählung oder wie man immer das ›Schelmenlied‹ nennen darf, von dem Verfasser:

Fritz Laforte,
Zirkusdirektor.

(1956)

Eines Klassizisten Wanderung in herbstlicher Gegend

Erste Station

»Ein wirklicher Romantiker ist, wer sich als Klassizist fühlt, und wer seine Erlebnisse und Denkwürdigkeiten in einer je trockeneren Manier aufschreibt, je poetischer der denkwürdige Gegenstand oder der erlebte Tag ist, und wenn möglich mit einem Anschein von Wissenschaftlichkeit.«
Unter solchen Gedanken und unter noch anzuführenden weiteren Überlegungen trat der Titelheld dieser Studie, der Dichter und Klassizist Friedrich Weber, seine Wanderung an.
»Die klassizistische Poesie blüht nur mehr in den Städten, und die Orpheuse des Pflasters, die Troubadoure mit der Benzinlaute verkörpern die moderne Romantik.«
Auch Weber selbst, der Klassizist, war eine Blüte der Großstadt und verachtete, wie der französische Adel, das Landleben; »vielleicht aus dem Grund, weil es für einen Dichter unanständig ist, sich Ferien zu machen.« Dies die weitere Überlegung des Friedrich Weber, während er die herbstliche Wanderung bereits angetreten hatte und auf der Seestraße binnen fünf Minuten aus der kleinen Stadt hinausgekommen war.
Es ist für einen Dichter unanständig, Ferien zu machen. Nicht moralische Bedenken, die der zeitweiligen Vernachlässigung seiner Pflicht gegen die Welt, nicht geldliche Rücksichten spielen in der Verwerflichkeit der Ferien eine Rolle, sondern hauptsächlich die Bedenken, daß der ein Dichter nicht sein kann, der Ferien macht, und zwar Ferien in dem Sinn, daß er alles Berufliche, alles Dichter-Berufliche von sich nimmt, für kurze Zeit die Atlas-Last anderen über- oder auf sich selbst beruhen läßt, und, sei es auch nur für einen Tag, normaler Mensch ist. Der Dichter ist nie normaler Mensch. Ein Arzt vielleicht oder ein Spengler erlebt zum Beispiel einen Sonnenuntergang oder den herbstlichen Nachmittag des mittleren, sonnigen Oktober für sich privat. Ein

Dichter aber kann nichts für sich privat erleben. Es bemüht sich in ihm, wenn er sich nicht selbst bemüht, stets der Genius alles Erlebte zu verwerten, ja, die Erlebnisse überhaupt immer nur in Hinsicht auf eine spätere Verwendung in einem Werk zu erleben. Er sieht den Sonnenuntergang nicht als Sonnenuntergang wie der übliche Mensch, sondern als Bestandteil einer Novelle, einer Studie oder gar schon als Korrekturfahne. Private Erlebnisse gibt es für einen Dichter nicht. Seine Phantasie erfreut ihn nicht für ihn selber.
Das waren die Gedanken des Dichters und Klassizisten Friedrich Weber, während er auf der Seestraße der kleinen Stadt N., im Bezirk N. N. nach Norden spazierte. N., die Stadt N. ist eine Kur- und Sportstadt, vorzüglich für den Wintersport geeignet durch die Lage im Gebirge. In den umliegenden Bergen sind durch zwei große Seilbahnen über hundert Ski-Abfahrten erschlossen worden; vorzüglich geeignet aber auch für den Sommer-Fremdenverkehr durch den heilkräftigen Moorsee, zu dem die Seestraße, auf der Herr Weber ging, führte, hervorragend auch durch die eisenhaltigen Quellen und durch ein Spielkasino. Mitte Oktober aber ist tote Saison in N., und kein Mensch fährt hierher. Die Einwohner von N., die Ner, wissen in der toten Saison nichts mit sich anzufangen. Die Hotels, Bars, die Seilbahnen, das Kino und sogar die Kirche sind geschlossen. Jede Veranstaltung ist abgeblasen. Die Zurüstungen für die Wintersaison sind noch verfrüht. Herr Weber vermutete, daß die Leute von N. über die ›tote Saison‹ hinüberschlafen.
Im ganzen überholten den Dichter auf der, allmählich Landstraßen-Charakter annehmenden Seestraße drei Automobile; alle drei mit einheimischen Nummern. In der Hochsaison hätten ihn hier hundert Automobile mit internationalen Nummern überholt. Aber der Dichter Weber suchte die Ruhe, und sein heutiger Spaziergang, seine Wanderung sollte eine eigentlich verbotene, rechte Ferienwanderung sein, und der Dichter hatte es sich selbst und seinem Genius verboten, irgendeinen Gedanken an irgendeinen literarischen Gebrauch des heute Erlebten zu machen. Eine rein private, außerdienstliche Wanderung sollte unternommen werden.
Die erste Station – eine rein zufällige Station, denn nichts in der Wanderung war geplant, und der Dichter wollte im wirklichen Sinn des Wortes ›sich gehen lassen‹ – die erste Station der Wan-

derung war eine Bank, wenig vom Ufer des Ner Moorsees entfernt. Er hatte sie über einem Nebenweg der Seestraße und dem stillen Nebenweg in einigen Kurven folgend erreicht.
Der Dichter setzte sich. Auf der Banklehne stand mit drei Buchstaben eingebrannt: V. V. N., das heißt: Verschönerungsverein N. Zweige von wilden Brombeeren und Holunder, in Form einer natürlichen Laube, überwucherten die Bank. Gelegentliche Ameisen krochen unangenehm motorisch-geschäftig auf des Dichters Hosen. Vom Seeufer trennte die Bank zunächst der schmale weiße Weg, dann ein Zaun, der wie die Bank mit wilden Sträuchern überwachsen war. Hinter dem Zaun, bis zum flachen Seeufer war Moorsumpf. Die Farbe des moorigen Sumpfes war herbstlich brand-orange. Nur Birken wuchsen im Sumpf. Die schrägen Strahlen der Sonne ließen ihre wenig beständigen, kleinen und lichtgelb verdorrten Blätter silbrig erscheinen, warfen die schwarzen Schatten ihrer Stämme aber weit über das orangefarbene Moor.
Herr Weber war entzückt, privat, nicht als Dichter. ›Wer wollte da nicht lyrisch werden?‹ dachte er. Aber schon schien der Gedanke ihm zu nahe an ein heute verbotenes Gebiet zu führen, und so achtete er lieber auf das eigenartige Geschrei eines Vogels. ›Schau, schau‹, dachte der in der Naturkunde nicht bewanderte Dichter, ›wenn man nicht wüßte, daß dieses dissonante, fast möchte man sagen . . .‹, Herr Weber suchte einen Ausdruck und lauschte auf das Geschrei des Vogels, ›. . . metallische, ja ungeölte . . .‹, das war der Ausdruck!, ›. . . ungeölte Geräusch der Gesang, vielleicht sogar der Liebesgesang eines Vogels ist, würde er stören. Aber so, als Natur empfunden, ist er geeignet, die Stimmung, sogar, so merkwürdig es klingt, die Stille hier ringsum zu heben. Wie unendlich wichtig sind doch Bezüge!‹ Diese Gedanken erlaubte sich Herr Weber, weil er sie als dichterisch unverbindlich, eher allgemein naturphilosophisch betrachtete, außerdem wurde er bald unterbrochen, als der Motorroller auftauchte, von dem das Geräusch herrührte. Herr Weber wandte sich ärgerlich von seinen tiefsinnigen Gedanken ab.
Der Motorroller, von einem Mann in einem Ledermantel gelenkt, fuhr, vorsichtig mit vielen Lenkbewegungen den Löchern und groben Steinen des Weges ausweichend, an der Bank vorbei.
Der Dichter war unterbrochen in seiner Betrachtung. Er stand

auf, pflückte ein verwelktes Blatt von einem wilden Busch neben der Bank und ging langsam hinauf zur

Zweiten Station.

Auch die zweite Station war eine Bank. Herr Weber, der die hiesige Gegend um N. im Bezirk N. N. gut kannte, konnte sich nicht erinnern, jemals den Weg, an dem die zweite Bank lag, gegangen zu sein. Es war aber eine alte Bank, keine neulich erst aufgestellte. Die Gedanken an die Dichtkunst, berufliche Überlegungen, ließen sich aus Herrn Webers Kopf nicht mehr entfernen. – Wer wollte da nicht lyrisch werden? hatte er gedacht. Und er beschäftigte sich, während er den Weg nahe am Seeufer bis zur jetzt verlassenen Badeanstalt weiterging (wo der Motorroller von vorhin abgestellt war), beschäftigte sich mit einem alten Lieblingsplan; ein lyrisches Gedicht zu schreiben.
»Ein lyrisches Gedicht schreibt man nur mit dem klaren Verstand«, war seine erste Forderung an sich selber. Die Zeit der nebulosen Dichter ist vorbei. Und die zweite Forderung: je kürzer ein literarisches Werk ist, desto wichtiger ist das einzelne Wort. In einer Studie wie der vorliegenden mag ab und zu ein unüberlegtes Wort stehen, nicht aber in einem Gedicht, das vielleicht nur vierzig Wörter hat. Es muß deshalb vor allem, und bevor man daran denkt, ein lyrisches Gedicht zu schreiben, die Funktion der Wörter geklärt werden. Herr Dichter Weber unterbrach seine Überlegung, um sich über den Weg zu orientieren. Denn neben seinem angeführten, nahezu monologisch gesprochenen Gedanken, war in seinem Kopf eine sozusagen kontrapunktische Nebenstimme. Als er von der ersten Stationsbank weggegangen war, hatte er zwischen zwei Wegen zu wählen gehabt: der Nebenweg zur Seestraße, den der Roller gefahren war, oder ein neuerlicher Neben-Nebenweg, der einige Schritte nach der Bank hinaufführte. Der Dichter Weber hatte sich für den Neben-Nebenweg entschieden und gedacht: ›Das ist für mich symbolisch, wie ich den steilen Weg nehme und nicht den flachen; ich werde sehen, wohin mich der steile Weg führt, wie ich sehen werde, wohin mich mein Lebensweg führt.‹ Aber der schmale Weg war nichts als ein tatsächlicher Nebenweg zum flachen, zwar höher gelegen, aber nur durch eine Reihe von

Buschgruppen von ihm getrennt. Er führte anfänglich steil hinauf, aber später genauso steil hinunter, und ohne eine Abzweigung mündete er wieder in den flachen Weg, und der Dichter war zuletzt dort, wo er am Ende des verschmähten Weges auch gewesen wäre.
So unterbrach der Dichter seine monologischen Überlegungen zugunsten der damit hervortretenden kontrapunktischen Unterstimme und leugnete und verwarf zunächst die vorhin so stolz angenommene Symbolkraft des eingeschlagenen Weges.
Er drehte sich um und nahm einen letzten Blick vom herbstlichen glatten See. Eine S-Linie trennte die Oberfläche des liegenden Spiegels, hervorgerufen durch geheime, naturkräftige Wasserströmungen und Wärmegefälle. Das Wasser erschien links der S-Linie fast schwarz und zeigte, daß es moorhaltig war, rechts der S-Linie aber war es hellgrün, bitter-grün, zart, leuchtend, mit weißen Reflexen durchfahren.
Der Dichter Friedrich Weber stieg nun entschlossen einen treppenartigen Weg hinauf, der, steinig und von zwei hohen Zäunen und von Apfelbäumen gesäumt, die jetzt ebenfalls verlassenen Restaurant- und Raststätten, die weiter oben standen, mit dem Fahrweg verband. Kein Mensch war um die Häuser, und in der verschlossenen Glasveranda des unteren konnte Herr Weber sehen, wie innen die roten Gartentische wie auf einem Dachboden aufeinander gestellt waren. Das war die tote Saison.
Herr Weber nahm seine Überlegungen wieder auf, während er zwischen den Apfelbäumen hinaufstieg. ›Es gibt dreierlei Funktionen der Wörter in einem lyrischen Gedicht. Da ist einmal die rhythmische Funktion. Nicht nur, daß es Füllwörter gibt, die eine Verszeile metrisch vervollständigen, sondern rhythmisch bestimmende Wörter, die den Takt angeben, von einem bedeutenden prosodischen Wert, die für irgendeinen Versfuß charakteristisch sind, zum Beispiel das Wort *gegeben* oder *antwortete*. Ähnliche Funktionen haben Reimwörter, . . . sofern man noch gereimte Gedichte schreiben will.‹ Er schob einen Zwischengedanken ein: ›Merkwürdig – warum ist der Reim heute in Mißkredit gekommen, nicht aber die Metrik?‹ Er beantwortete seine Frage nicht, sondern fuhr fort:
›Dann ist eine weitere Funktion des Wortes die stimmungsmalende: *blau* mit dem runden au oder *die Ferne*. Stark elementar stimmungsmalend, Assoziationen hervorrufend sind Begriffe,

die dem Konzept des ganzen Gedichtes entgegenkommen: *der Weißdorn* zum Beispiel. Dieses Wort gibt eine Atmosphäre vornehmer Resignation oder ländlicher Zurückgezogenheit. Will ein Dichter diese Stimmung beschreiben, so muß er in das Gedicht eine Weißdornhecke mit einbeziehen. Evident stimmungsbildend sind heute noch *Mond* und *Nachtigall*, oder sie sind es schon wieder, oder *Paris* und *Venedig*.
Endlich gibt es eine beschreibende oder berichtende Funktion des Wortes, der epische Rest in jedem Gedicht.
Mag das einzelne Wort seiner Art und seiner Struktur nach mehr der einen dieser Funktionsarten zuneigen oder mehr der anderen, grundsätzlich kann es alle drei erfüllen, sogar gleichzeitig.‹
Der Dichter unterbrach wieder seine Überlegungen. Er war furchtbar erschrocken, denn eine Kuh war vor ihm aufgetaucht. Im allgemeinen pflegte Herr Weber fern sich ankündigenden Kuhglocken aus dem Weg zu gehen. Er fürchtete größeres Hornvieh, nicht nur die Stiere, sondern auch die Kühe. Die Kuh, die ihm jetzt den – wieder breiter gewordenen – Weg versperrte, trug keine Glocke, und der Dichter war ihr plötzlich, ungewarnt gegenübergestanden.
Die Kuh schaute den Dichter an, hörte aber nicht auf, dabei im langsamen Gehen Gras zu rupfen. Der Dichter schaute die Kuh an und warf das Blatt von sich, das er vorhin vom Busch an der Bank gebrockt. Auch er ging langsam, ohne einen Blick von ihr zu lassen; schneller ging er, als er sich weiter von ihr entfernte, und als er die ersten Erlenbäume erreicht hatte, die den Weg von der Stelle an einfaßten, begann er zu laufen. Die Kuh hörte auf Gras zu rupfen und schaute dem Dichter mit erhobenem Kopf nach. Links und rechts aus ihrem Maul hing noch ungekauter Klee.
Der Dichter Weber bewegte sich wieder in Richtung auf die Stadt, aber mitnichten wollte er in sie zurückkehren. »Ich gehe über Schloß Lebenberg und werde meine lyrischen Betrachtungen im Anblick des weißen Schlosses fortsetzen.« Aber der Dichter verfehlte den Weg. Der Weg, den er eingeschlagen hatte, war eben der, den er sich nicht erinnerte, je gegangen zu sein, und er bemerkte den Irrtum bald, korrigierte ihn aber nicht, weil er ›sich gehen lassen‹ wollte und weil er neugierig war, wohin er ihn führte. An diesem Weg lag die Bank der zweiten Station. Der Weg ging wieder von der Stadt weg noch höher hinauf in den

Wald. Zwischen der Bank der zweiten Station und dem See, dessen trennende S-Linie verschwunden war und dessen beide Farben sich zu einem grünlichen Schwarz gemischt hatten, das die Sonne bis auf den Grund zu durchleuchten schien, lag vor ihm eine breite, aber nicht tiefe Talsohle. Dort weideten noch andere Kühe. Der Dichter fühlte sich wohl in dem Bewußtsein, daß selbst eine wild gewordene Kuh den Abhang, auf den er hinunterschaute, schwerlich erstürmen würde können. Herr Weber blieb nur kurz auf dieser Bank sitzen. Er nahm den Anlaß zu gehen, als ein sehr altes Paar, einen beladenen Leiterwagen ziehend, von einem ländlich-fetten Spaniel begleitet, vorbeikam. So stand Herr Weber auf, grüßte die Alten und ging den Weg weiter hinauf zur Dritten Station. Die Sonne wärmte ihm den Rücken.

Dritte und Vierte Station

Die dritte Station war wie die beiden ersten eine Bank. Aber anders als bei den vergangenen Bänken benutzte sie Herr Weber nicht zum Sitzen, sondern nur als Anblick. Der ästhetische Wert ist vielfach dem praktischen Wert entgegengesetzt. Praktisch war die dritte Bank kaum noch von Nutzen, obwohl sie zweifellos wie die anderen auch vom Verschönerungsverein N. aufgestellt worden war. Sie war ungepflegt und zeigte keine eingebrannte Aufschrift. Was Herrn Weber von der Benutzung der Bank in praktischer Hinsicht abhielt, ihr Zustand, der es vermuten ließ, sie breche unter geringster Last zusammen, der Zustand des Rasenstückes vor der Bank, das ein Sumpf war, aus der gelbe Halme langstengelig wuchsen, um die Wespen und Sumpffliegen brummend kreuzten, verlieh der Bank den ästhetischen Wert und veranlaßte Herrn Weber zu neuem Entzücken sowie zu dem wiederholten Ausruf: »Wer wollte da nicht dennoch lyrisch werden!« Er spitzte die Lippen und ergänzte die optisch-romantische Stimmung, indem er das getragene Waldhornmotiv aus dem ersten Teil der Ouvertüre zum ›Freischütz‹ pfiff, in Es-Dur, einer romantischen wie auch klassizistischen Tonart. Ob Herr Weber, der nicht über absolutes Gehör verfügte, das namensvetterliche Es-Dur im Pfeifen wirklich traf, ist nicht mehr feststellbar.

›Klassisches Thema der Romantik‹, dachte sich Herr Weber (die

Formulierung stammte von ihm), ›ist das nicht ein Widerspruch? Nein, wenn man bedenkt, was ich am Anfang meiner Wanderung überlegt habe, und wenn man weiter überlegt, daß nach einer Definition der Romantik alles das romantisch ist, was Sehnsucht erweckt. Die deutsche Klassik, die ein Klassizismus war, ist aber nichts weiter gewesen, als eine ständige Sehnsucht nach der Antike, und Goethe hat für das Altertum geschwärmt – Auch ich in Arcadien! – wie der Wagner für das Mittelalter; für das falsche allemal, in beiden Fällen. So war der Klassizismus eine Romantik mit nichts als anderer Sehnsucht, und die eigentliche deutsche Klassik ist dafür die Romantik.‹

So überlegte Herr Weber nicht mehr ganz außerdienstlich, wie er sich eingestand. Bald wird er am Ende seiner Wanderung angelangt sein. Zwar ist er noch weit von der kleinen Stadt entfernt. Die beschriebene Bank der dritten Station steht an einer Wegabzweigung, wo ein schmalerer Weg – auf einem wie die Bank verwahrlosten Wegweiser ausdrücklich als ›Waldweg‹ bezeichnet – zum sogenannten Lebensberg-Kopf führt, dem höchsten einer Hügelgruppe, die, im Vergleich zu den Bergen der umgebenden Ner Alpen allerdings Zwerge, dennoch die kleine Stadt mächtig überragten. Diese Wegabzweigung wird Herr Weber einschlagen, aber seine Wanderung wird damit ein Ende haben. Überwältigt nämlich von der eigenen vollständigen Stimmung, beschloß er oder sprach den geheimen und unterdrückt gehüteten Plan vor sich selber aus, seine heutige Wanderung zu beschreiben, unter welchem Titel, war ihm noch ungewiß. (›Buntes Allerlei vom Maler Herbst‹ war sein erster Einfall.) Er hatte damit seine Ferien rückwirkend gestrichen und seine privaten Erlebnisse zu dienstlichen gemacht.

Er betrachtete die Bank und den verwitterten Wegweiser, und er begann ein anderes, ganz anderes, aber wie das erste ein erzromantisches Thema nicht zu pfeifen, sondern (dü – damm – da – dü) summend nachzuahmen: das Kopfmotiv aus der Vierten Symphonie von Anton Bruckner. Auswendig wußte er nicht mehr als die Wiederholung dieses Motives mit der Abwandlung der eleganten verminderten Sexte und der aufatmenden neuerlichen reinen Quinte. Er spann es einfach weiter, sicher nicht so gut wie Bruckner, aber immerhin annehmbar. Der richtige Dichter ist immer auch ein Sänger wie sein antiker Pate Orpheus. Herr Weber verband dann kühn die beiden gegensätzlichen,

erzromantischen Themen zu einem einzigen Melodiengebilde und erlebte – jetzt dienstlich – ein Bild, ein natürliches Schauspiel, das ein anderer: ›Apotheose des Herbstes‹ genannt hätte: Wie von tausend Schleiern verhängt ragten im Dunst, den selbst die mittägliche Sonne des Herbstes nicht aufzulösen imstande war, die runden, bewaldeten Berge. In den matten Farben Steingrau, Nebelblau und Stumpfgrün spielten sie den Widerpart zu den Bergwiesen, die vom schrägen Licht leuchtend rot, grün oder wie mit grobem Stift von fahlgelben Tönen stellenweise überwischt waren. Der näherstehende Wald färbte sich nahezu schwarz, und aus dem, wenn auch flachen, Tal stieg kostbarer Dunst, wie Filigran, und nur einige Fichten, zwei oder drei, in kulissenhaften Formen, mit Konturen von wie willkürlich geschnittenen Wedeln überragten den Dunst mit ihren hohen, roten Stämmen.
›Buntes Allerlei vom Maler Herbst‹ ist doch nicht der richtige Titel, sagte der Dichter, ›ich nenne das zukünftige Werk eine *Studie*, und ich gebe ihm, wenn mir nichts anderes einfällt, überhaupt keinen Titel.
Das einfachste wäre aber, die Wanderung vom ersten Schritt bis zum letzten nur genau zu beschreiben: mit einem Anfang wie: *Des Fünfzehnten ging ich aus N., einer kleinen Stadt im Bezirk N. N., auf der Richtung nach dem Ner See,* und weiter mit dem erwähnten Anschein von Wissenschaftlichkeit; erwähnte vielleicht meinen alten Gedanken, daß *der Herbst des Jahres Barock* sei, und etwas Melancholisches wie: *Das Sterben ist weich wie die Brust einer Frau,* etcetera, etcetera.‹
Die Wanderung war hier abgeschlossen, und der kurze Fußmarsch des Klassizisten durch die herbstliche Gegend nichts mehr als ein Gang an den Schreibtisch, um die geplante Beschreibung auf das Papier zu setzen. Es bliebe für jetzt – für die Studie des Autors, nicht für die des Herrn Weber – nichts mehr zu berichten, wenn es, trotz allem, nicht noch eine vierte Station gegeben hätte. Sie war keine Bank, im ästhetischen Sinne nicht und nicht im praktischen, kein Wegweiser und überhaupt kein totes Ding, sondern eine Holzsammlerin, die von Herrn Weber willkürlich als Station – in allen Ehren, es war eine sehr alte Holzsammlerin – gewählt worden war. Denn er hatte – oder es hatte in ihm – bereits begonnen, nach einer Einteilung zu suchen, und, nachdem drei bemerkenswerte Punkte gefunden

waren, dachte es sich Herr Weber als schön und abgerundet, einen vierten zu finden, denn vier Sätze hat eine Symphonie.
Herr Weber war auf der Höhe des Lebenberg-Kopfes angekommen. Die Holzsammlerin sammelte, wie nicht anders zu erwarten, Holz, achtete nicht auf Herrn Weber und ahnte nichts von der Bedeutung, die er ihr zugeteilt hatte.
Schon eilig und eher pflichtgemäß als aus Bedürfnis, schaute sich der Dichter Weber von der Höhe des Lebenberg-Kopfes aus um und prägte sich ein, wie die schrägen Sonnenstrahlen an manchen Stellen dicht wie ein Sperrfeuer die bis hoch hinauf astlosen, lilagrauen Fichtenstämme streiften, unter denen das gebückte Weiblein krabbelte.
›Ich hoffe‹, dachte sich der Dichter Weber im Weggehen, ›ich hoffe nur‹, dachte er, und blickte einmal zurück und einmal nach links ins frisch Aufgeforstete, das gegen den tiefen Wald wie lichtdurchdrungenes, seichtes Ufergewässer erschien, ›ich hoffe nur inständig‹, sagte er zu sich, ›daß unten auf der Schloßwiese keine Kühe weiden.
Die Kuh, und vor allem die eine Kuh werde ich in meiner Studie keinesfalls erwähnen. Es fehlt diesem Gegenstand an Würde. Die Liebe zum übertriebenen Detail, zum Stilleben, ist eine Angelegenheit der reinen Romantik, ja, um wieder paradox zu sein: ist der klassische Unterschied von Klassizismus und Romantik. Sie, die Romantik, kennt keine Würde des Gegenstandes, mit gewissen Augen betrachtet: keine Grenze des Geschmackes. Das heißt aber nicht, daß sich nicht auch der Klassizist (Anschein der Wissenschaftlichkeit!) zur Blume am Weg hinabbeugen dürfte, um festzustellen, ob es nicht etwa eine wilde Pimpinelle sei, und daß er nicht ein herbstlich rotes Blatt in die Hand nehmen dürfe, um es zu zerdrücken und in den wieder geöffneten Fingern den bröseligen Staub betrachten. Ich werde‹, schloß der Dichter Friedrich Weber, als er am Fuß des Lebenberg-Kopfes und ins Angesicht der kleinen Stadt mit den drei Kirchtürmen gelangt war: ›ich werde einfach meine kleine Studie *Eines Klassizisten Wanderung in herbstlicher Gegend* heißen.‹
Und der Verfasser, oder der zukünftige Verfasser, ging auf dem breiten, leicht abwärts führenden Weg der Stadt zu, und die Sonne wärmte ihm jetzt das Gesicht.

(1957)

Blaue Geschichten

erkannt [illegible] der [illegible]
haut [illegible] en [illegible]

Keine Spur von Kyselack

Mein Großvater war ein glühender Verehrer von Joseph Kyselack. Wissen Sie, wer Joseph Kyselack war? Nein, natürlich nicht. In neueren Lexika nimmt Kybernetik soviel Raum ein, daß kein Platz mehr für die Erwähnung Kyselacks bleibt. Joseph Kyselack, ein frühvollendeter k. k. Registratur-Accessist an der Hofkammer in Wien, daselbst 1795 geboren und 1831 gestorben, machte sich dadurch buchstäblich einen Namen, daß er – wie es in Meyers Konversations-Lexikon von 1896, Band 10, ›Kaustik bis Langenau‹, heißt – »seinen Namen überall, selbst an den höchsten Felsen der von Touristen besuchten Gegenden«, anbrachte. Selbstverständlich hatte Kyselack auch Kärnten bereist (zu Fuß, nebenbei bemerkt), und als ich vor vielen Jahren widerwillig mit meinen Großeltern nach Pörtschach fuhr, äußerte mein sachkundiger Großvater im Angesicht der majestätischen Karawanken, daß, wenn irgendwo, Kyselack sich hier an diesen Wänden verewigt haben müsse, an diesen Wänden, die einen – so mein Großvater – förmlich zwingen, seinen Namen in gigantischen Lettern anzubringen, selbst wenn man nur Rosendorfer und nicht Kyselack heißt. Noch im Zug beschloß mein Großvater, nach Spuren der Kyselackschen Gigantomanie zu suchen, und im Hotel fragte er den Portier, noch ehe er nach den Zimmerschlüsseln verlangte, ob der Portier Kyselack kenne.
»Der Herr wohnt nicht bei uns«, sagte der Portier.
Mich interessierte Kyselack kaum, und die Aussicht auf langwierige Spaziergänge war denkbar ungeeignet, das Interesse an dem verewigten k. k. Hofkammer-Registratur-Accessisten zu wekken. Mich faszinierte ein Umstand, der für die Erholungsindustrie Kärntens charakteristisch ist: die donnernde Nähe der Eisenbahn am Hotel.
Kärnten hat eine Reihe von Seen, die landschaftlich sozusagen erstklassig liegen. Das müssen auch die Verkehrsexperten früh erkannt haben, denn fast alle Seen sind korsettartig mit einem hautengen Straßengürtel umgeben, und wenn eine Eisenbahnstrecke in die Nähe eines Sees gelangt, so zwängt sie sich womöglich noch zwischen Straße und See. Die Hotels ›See-

blick‹, ›Waldesruhe‹, ›Alpenheim‹ oder ›Dreimäderlhaus‹ liegen dann nochmals entweder zwischen Straße und Bahn oder zwischen Bahn und Straße. Ohne Zweifel ist die Angabe auf dem Prospekt: »Herrlicher Blick auf den Wörther See« richtig. Den Blick hat man auch, wenn nicht grad der Tauernexpreß in Augenhöhe vor der Frühstücksterrasse vorübersaust und kleinere, leichtere Feriengäste durch den Sog ein paar Hotels weit mitreißt.

Nun, ich hielt mich stets am Tisch fest, und meine Großeltern zählten nicht zu den leichtgewichtigen Gästen, im Gegenteil: mein Großvater stand damals in einer Wette um ein Faß Bier, daß er bald 100 kg Lebendgewicht erreichen würde (er schaffte es nie, bei 99 kg brach der Krieg mit seinen Lebensmittelmarken aus, mein Großvater fiel auf 70, 60 Kilo zurück und erholte sich nie mehr davon), und meine Großmutter näherte sich bereits deutlich sichtbar der Kugelform. Diese Kugelform war auch der Grund, warum wir nach Kärnten fuhren. Meine Großmutter wollte abnehmen. Sie glaubte, der bloße Aufenthalt in einem für seine mineralischen Heilkräfte berühmten Landstrich mache schlank.

»Hier muß doch Kyselack«, sagte mein Großvater und blickte von der Terrasse aus versonnen über den See hinüber zu den schroffen Abhängen der Gailtaler Alpen, »hier muß doch Kyselack . . .«

Da rauschte zu meinem Entzücken der Nachmittagsexpreß in Richtung Villach. Die Kellner sprangen den leichteren Gästen nach und fingen sie nach Möglichkeit ein, meine Großmutter schrie auf, ich hielt mich fest, begeistert die Waggons zählend – ». . . heute sind *zwei* Schlafwagen dabei!« –, das Geschirr rasselte am Tisch, und als der Spuk vorbei war, tupfte mein Großvater mit der Serviette die Rußflecken von seiner weißen Lüsterjacke und fuhr fort: ». . . muß der Kyselack irgendwo Kyselack hingeschrieben haben.«

»Gestatten Sie: Bakosch ist mein Name.«

Erstaunt sahen wir, daß ein sehr kleiner alter Herr unter unserem Tisch hervorgekrochen kam. Es handelte sich um einen Gast des Hotels ›Jägerfriede‹, des übernächsten Hauses, und er war vom Eisenbahnsog zu uns geweht worden. Der Kellner erbot sich – entsprechend einer stillschweigenden Übereinkunft zwischen den Hotels – den Herrn Bakosch zurückzutragen. Herr Bakosch

lehnte aber dankend ab. »In fünfundzwanzig Minuten kommt aus der anderen Richtung der ›Panslawia‹-Expreß, mit dem gehe ich wieder mit zurück.«
Es war dann eine angeregte Unterhaltung, obwohl auch Herr Bakosch Kyselack nicht kannte. Mein Großvater bestellte Wein, Herr Bakosch trank zwei Gläser oder drei, man plauderte über dies und das. Mein Großvater erzählte von seinen 99 Kilo und von Kyselack, und plötzlich kam ein fernes Donnern.
»Gestatten, habe die Ehre«, sagte Herr Bakosch, ein mächtiger Luftzug rauschte auf, die schwarzen Räder des Expreß wirbelten vor unseren Augen, ein Flattern, noch ein kurzer Gruß, und Herr Bakosch war wieder weg.
Herr Bakosch kam dann noch öfter, manchmal schon mit dem Morgenschnellzug. Wir erfuhren viele Einzelheiten über sein Darmleiden, über Herrn Kyselack erfuhren wir nichts. Da auch der sonst so genaue Baedeker keine Auskunft gab, beschloß mein Großvater, die Eingeborenen zu befragen. »Man muß sich natürlich an die alten Leute wenden«, sagte er, »die sich noch erinnern.«
Wir nutzten die Pause zwischen einem Güterzug und dem Mittagstriebwagen und spazierten die Promenade der Bahnstrecke entlang. Da kam uns tatsächlich eine sehr alte Frau in einem bodenlangen Kleppermantel mit einer Tragtasche am Schulterriemen entgegen. Die Frau blickte mißmutig und unfreundlich.
»Das ist eine Einheimische«, konstatierte mein Großvater. Als er sie anredete, wurde ihr Gesicht noch eine Spur mißmutiger und unfreundlicher: die Dame war eine holländische Sommerfrischlerin. Nach diesem Fehlschlag wollte mein Großvater ganz sichergehen. Er ließ zahlreiche mißmutige und unfreundliche Erscheinungen in bodenlangen Kleppermänteln unangesprochen passieren und wagte eine neuerliche Anrede erst, als eine ganz besonders alte Frau mit einem schier unüberbietbar verhärmten und verrunzelten Gesicht, die eine Lodenkotze trug, uns entgegenkam. Aber selbst diese Dame war eine Holländerin. Mein Großvater schloß aus dieser Erfahrung, daß es gar keine Kärntner gäbe.
»Wenigstens nicht in der Saison«, sagte Herr Bakosch, der am Spätnachmittag wieder einmal zu uns geweht wurde. Gegen Ende unseres Sommeraufenthaltes in Kärnten rüstete mein Großvater zu einer Expedition nach Kyselacks Spuren auf eigene

Faust. Es gelang uns eines Tages, die den See umgebende Straße zu überqueren, und wir marschierten zu dritt in den dicht von Holländerinnen in bodenlangen Kleppermänteln (seltener in Lodenkotzen) bestandenen Wald. Bald ging es aufwärts. Meine Großmutter mußte an einer Bank mit Rundblick auf mindestens drei Eisenbahnknotenpunkte zurückgelassen werden. Mein Großvater und ich stiegen weiter in die immer noch stark von Holländerinnen durchsetzte Einsamkeit hinauf. Nach langem Suchen fanden wir eine, allerdings recht bescheidene, Felsenwand. Bereits recht ermüdet, untersuchte sie mein Großvater ziemlich lustlos. »Keine Spur«, sagte er. »Keine Spur von Kyselack. Ist wohl alles schon verwittert.«
So fanden wir nichts, das vom k. k. Hofkammer-Registratur-Accessisten auf uns gekommen wäre. Aber immerhin hatten wir Herrn Bakosch kennengelernt, der es sich nicht nehmen ließ, als wir abreisend mit dem Zug an seinem Hotel vorbeifuhren, sich zwei, drei Häuser weit mitsaugen zu lassen.

(1970)

Das Mittagessen wurde um zwölf Uhr eingenommen, jeden Tag. Vor dem Krieg hatte es sogar einen wöchentlichen Speisenplan gegeben, der fast genau so streng eingehalten wurde wie die Stunde der Mahlzeit. Am Dienstag gab es Lunge mit Knödel, am Freitag, dem Fasttag, Kaiserschmarrn, am Sonntag Braten, meist Schweinernes mit Knödel und Salat. An die übrigen Tage kann ich mich nicht mehr erinnern. Der Krieg vereinfachte den Speisenplan. Manchmal blieb nichts anderes übrig, als daß am Sonntag meine Großmutter Kartoffeln briet. Wie gut es uns in jenem gesegneten und bis zuletzt ein wenig wie im Wetterwinkel geschützten Landstrich im Vergleich zu anderen noch ging, zeigt, daß es zu den Bratkartoffeln nicht nur Salat, sondern für jeden ein Rührei gab. Mein Großvater, der dem Hitler immer schon mißtraut hatte, nannte die Sonntags-Bratkartoffeln ›Führerschweinsbraten‹.

»Halt den Mund, wenn dich die Wanitschek hört!«

Die Wanitschek wohnte über uns und trug das Mutterkreuz, das Parteiabzeichen, war Funktionärin des NS-Frauenvereins und sammelte für das Winterhilfswerk, allerdings nicht auf der Straße, sondern nur an der Tür, und auch das nur bei uns.

»Wieso?« sagte mein Großvater, »wieso nicht Führerschweinsbraten? Er ist doch Vegetarier, der Führer?«

Zu Abend gegessen wurde um sieben Uhr. Das Frühstück allein richtete sich nach den Gegebenheiten des einzelnen. Meine Großmutter, die an einem einzigen Tag ihres Lebens nicht um sechs Uhr in der Früh aufstand – das war viele Jahre später –, an dem Tag nämlich, an dem sie starb, meine Großmutter frühstückte in der dämmrigen Küche. Der Großvater nicht viel später. Ich durfte frühstücken, wann ich wollte, denn ich hatte Ferien, die in dem Jahr bis spät in den September hinein dauerten.

Eine vierte Mahlzeit war die Marend. Der letzte echte Habsburger, Kaiser Karl VI., der um alles in der Welt gern König von Spanien gewesen wäre und auch nach dem Frieden von Utrecht wider alle Realität den spanischen Königstitel eigensinnig wei-

terführte, hat das spanische Hofzeremoniell in Österreich eingeführt, die spanische Hoftracht, die spanische Hofreitschule und die Marend. Hoftracht und Hofzeremoniell sind in der Tiefe der Jahre versunken. Die Hofreitschule mit den Lipizzanern gibt es noch, auch die Marend. Marend kommt von la merienda: die Jause, die Vesper. Die Merienda gab es um vier Uhr nachmittags: für die Erwachsenen einen Milchkaffee, für mich einen Kakao. Auch der Duft des Marendkaffees nach Bohnen war längst nur noch Erinnerung. 1941 duftete der Marendkaffee nach ›Marke Andreas Hofer‹ oder ›Marke Franckh‹. Aber ein Kipferl für jeden gab es doch. Es ging uns, an den Verhältnissen gemessen und an anderen, noch ganz gut. Das hing zum Teil damit zusammen, daß meine Großeltern einen Laden für Textilien hatten. In einer Großstadt wäre dieser Laden ein kleiner Kramerladen gewesen. In der kleinen Stadt zwischen den hohen Bergen war der Laden ein ›Kaufhaus‹. Zwar durften die Textilien nur ganz streng nach Punkten und Bezugscheinen verkauft werden, aber es gab da ja immer Möglichkeiten, wenn auch nicht so einfache wie beim Pfarrer. Der Pfarrer radelte zum Viehsegnen zu den Bauern. Schlaff hing sein Rucksack, wenn er an unserem Haus vorbei zur Stadt hinaus radelte. Prall wäre zu viel gesagt, aber nicht mehr ganz so schlaff hing er, wenn der Pfarrer abends zurückkam. Zur Vorsicht richtete er es so ein, daß er erst zurückkam, wenn es schon dunkel war, denn auch der Pfarrer wußte, daß die Mutterkreuzträgerin Wanitschek viel Zeit hatte – Winterhilfssammlungen waren nur zwei- oder dreimal im Jahr – und gern beim Fenster hinausschaute.
Vor dem Krieg war die Wanitschek ein tätiges Mitglied der ›Legion Mariens‹ gewesen. Der Pfarrer, erzählte man sich, habe sie einmal darauf angesprochen. Es sei zu einem unschönen Wortwechsel gekommen, vor allem, als der Pfarrer gefragt habe: »Ist Wanitschek ein germanischer Name?« Besonders seit diesem Vorfall achtete der Pfarrer darauf, daß es dunkel war, wenn er vom Viehsegnen wieder zurückradelte, denn es gab keine andere Straße außer der an unserem Haus vorbei. Es wurde aber früh dunkel. Dem Haus gegenüber zog sich ein Abhang hin, der ganz hinauf mit großen, düsteren Fichten bewaldet war, die schon bald im Herbst lange Schatten über die Straße warfen. Unzählige Krähen nisteten in den Fichten und flogen bei dem geringsten Geräusch auf, zu Hunderten, kreisten aufgeregt und

krächzend über den Wipfeln, bis sie sich nach einiger Zeit wieder beruhigten.
Gegen Ende September war es um die Marendzeit um vier Uhr schon dämmrig. Die Wanitschek konnte nicht mehr sehen, wie prall der Rucksack des Pfarrers war. Außerdem war Frau Wanitscheks Schwiegersohn der Luftschutzwart und achtete darauf, daß eine Mutterkreuzträgerin bei der Verdunkelung mit gutem Beispiel voranging.
Die Essensgewohnheiten konnte der Krieg beeinflussen. Andere Gewohnheiten waren unabhängig von den Zeitläufen. Meine Großmutter stammte aus einem der hintersten Täler des Landes, wo man in ihrer Jugend noch Respekt vor den Dämonen hatte, die in den Nebelnächten über die Hochalmen johlten. Fachleute vertreten die Meinung, daß in jenen hintersten Tälern Reste der Kelten die Jahrhunderte überdauert haben. Die Kelten sind abergläubisch, und das Maß, in dem meine Großmutter abergläubisch war, wäre ein Indiz für die Richtigkeit der genannten Meinung. Sie litt daneben auch an Hühneraugen. Einmal im Monat kam deshalb der Hühneraugen-Operateur ins Haus, ein Angehöriger eines wohl inzwischen ausgestorbenen Berufs. Die Großmutter zog Schuhe und Strümpfe aus. Der Hühneraugen-Operateur stellte ein kleines Schemelchen hin, auf das meine Großmutter einen Fuß setzte. Außer dem Schemelchen hatte der Hühneraugen-Operateur noch eine große, schwere Tasche dabei. Der Beobachtung der weiteren intimen Vorgänge wurde ich entzogen. Ich wurde hinausgeschickt. Die Dienstleistung des Hühneraugen-Operateurs war nicht durch Bewirtschaftung und Bezugsschein eingeengt, man konnte sie, auch im Krieg, in Anspruch nehmen, wann man wollte. Das galt auch für die andere Gewohnheit meiner Großmutter: die Wahrsagerin kam auch im Monat einmal ins Haus. Meine Großmutter legte zwar selber Karten, hatte etwas in Kaffeesatz und Handlesen dilettiert, aber die Wahrsagerin war eben etwas anderes. Sie war professionell.
Wenn die Wahrsagerin kam – eine für die damaligen Verhältnisse sehr smart gekleidete, eher junge Frau –, ging es noch geheimnisvoller zu als beim Hühneraugen-Operateur. Ich habe Grund zu vermuten, daß die Wahrsagerin 1941 bereits Dinge gewußt hat – was Wunder bei einer Wahrsagerin –, die sich 1945 bewahrheiteten, denn auch die Wahrsagerin bevorzugte die Dunkelheit beim

Kommen und Gehen und vermied es, der NS-Frauenschaftsführerin Wanitschek zu begegnen.
Wie die Wahrsagerin und der Hühneraugen-Operateur zu meiner Großmutter, so kam zu meinem Großvater der Friseur Nowak. Er kam einmal in der Woche. Der Friseur Nowak war ein kleiner, dürrer Mann in abgewetzten Kleidern. Ein ferner Schimmer, aber nur ein ganz ferner Schimmer von dem, was sich mit dem Wort Barbier und Figaro verbindet, umleuchtete ihn. Seine spärlichen Haare waren altmodisch mit Pomade angeklebt. Es ging ihm nicht gut. Das Gewerbe des herumziehenden Friseurs war damals schon im Aussterben begriffen. Vielleicht war Nowak der letzte. Laden hatte er keinen. Er schleppte einen alten Koffer mit seinen Scheren, Kämmen und Bürsten mit sich. Bei seiner Tätigkeit ging es nicht geheimnisvoll zu. Er schnitt auch mir die Haare. Aber in erster Linie kam er, um den Großvater zu rasieren. Ich sehe die Prozedur noch vor mir. Mit dem Figaroschwung, der ihm vor Jahrzehnten eingebleut worden war – vielleicht im ›Bristol‹ in Meran oder im ›Grand Hotel Pupp‹ in Karlsbad – warf er meinem Großvater das Barbiertuch um den Hals, rührte die Seife an, schwang den Pinsel, strich das Messer mit weggestrecktem kleinen Finger. Aber es waren nur noch Gesten. Der Schwung war brüchig. Dem alten Mann ging es schlecht. Die Friseur-Salons zogen die Kundschaft an sich, auch in der kleinen Stadt zwischen den Bergen. Dabei blitzten alle Instrumente Nowaks, der Spiegel im Innern des Kofferdekkels, obwohl er an den Ecken schon blind war, die Scheren und Messer, dünn vom vielen Wetzen. Der Friseur Nowak konnte zu jeder Tageszeit kommen, er brauchte die Dämmerung nicht zu suchen, und doch hatte er etwas zu verbergen, etwas Entscheidendes.
In Tirol gab es nie viel Juden. Der Brockhaus für das Jahr 1900 verzeichnet 1008 ›Ismeliten‹ bei einer Bevölkerung von knapp unter einer Million. 1941 waren es sicher eher weniger. Und Nowak ist kein jüdischer Name, aber vielleicht war seine Mutter eine Jüdin, das genügte ja.
Ende September stand der alte Mann vor der Tür mit seinem Koffer. Auf die Jacke war der Judenstern genäht. Und neben dem Judenstern, in gleicher Höhe, direkt neben dem gelben Stern, hing die Kaiserjägermedaille.
Ob er noch rasieren dürfe? fragte er.

Mein Großvater ließ ihn herein. Ich weiß noch genau, daß er ihm diesmal fünf Mark Trinkgeld gab, zweimal soviel wie das Entgelt ausmachte. Nowak dankte mit einem tiefen Diener. Über den Judenstern wurde nicht gesprochen. Nur als sich Nowak verabschiedete, sagte er kopfschüttelnd: »Wo ich doch ein alter Kaiserjäger bin!«

Dieser bescheidene Protest des alten Mannes, die kleine Medaille neben dem Judenstern, mußte das Herz selbst des härtesten Antisemiten rühren. Es rührte in der Tat das Herz des Ortsgruppenleiters. Nach vierzehn Tagen konnte es der Ortsgruppenleiter nicht mehr mit ansehen. Er verbot Nowak, die Kaiserjägermedaille zu tragen.

Als ich in den nächsten Ferien zu meinen Großeltern kam, war Nowak nicht mehr da.

Geschichten haben fast immer einen Trost: daß sie nicht wahr sind. Dieser Geschichte fehlt dieser Trost.

(1974)

Die wahre Geschichte von Tibo, dem Hehlerkönig

Tibo möge mir verzeihen, daß ich seine Geschichte hier aufschreibe, eine Geschichte, an der alles wahr ist. Ich hätte Tibo gefragt, ob er es erlaubt, daß ich seine Geschichte veröffentliche, und ich glaube, er hätte nichts dagegen gehabt, denn er wußte, daß ich nicht gegen ihn war, aber ich weiß nicht, wo ich Tibo finden könnte. Er wird von der Staatsanwaltschaft gesucht, habe ich erfahren. Es besteht wieder einmal ein Haftbefehl gegen ihn. Das ist das letzte, das ich von Tibo weiß.

Ein Angeklagter hat wohl meist das Gefühl, daß der Richter »gegen ihn« ist, obwohl der Richter unparteiisch sein soll. Tatsächlich sind unsere Richter, meine Kollegen, weit unparteiischer als die Masse der Menschen, aus denen sich ja die bedauernswerte Sonderklasse der Angeklagten rekrutiert, und vor allem als die Kreise gewisser Journalisten es wahrhaben wollen. Aber dennoch verkörpert der Richter mehr oder weniger die Obrigkeit, die Staatsgewalt und so fort, und derlei anonyme und sogar mysteriöse Instanzen empfindet wohl jeder als »gegen sich« gerichtet oder eingenommen. Gipfel dieser voreingenommenen Instanzen ist selbstverständlich das Finanzamt; aber das ist eine Abschweifung.

Tibo wußte, das glaube ich bemerkt zu haben, daß er in mir einen Richter hatte, der ihn verstand, der vor allem verstand, daß er trotz allem und vor allem ein Opfer der Umstände war. Die Tücke des Objekts hat, soweit ich sehe, nie irgend jemandem so grausam mitgespielt wie Tibo. Ich, der Richter, habe versucht, Tibo zu helfen, aber selbst wenn ich andere, größere Möglichkeiten dazu gehabt hätte als einem Amtsrichter zur Verfügung stehen, gegen die offensichtlich finster und bis zum Äußersten entschlossenen Tücke des Objekts hätte meine Hilfe nichts ausrichten können.

Tibo hatte (oder, hoffe ich, hat) einen französisch klingenden Namen, sagen wir: F. Sein Vorname war Theobald, französisch Thibaut, was sich auf der Schwanthaler Höh' – jenem Stadtviertel hinter der Bavaria, das noch in den fünfziger Jahren das

proletarischste München beherbergte – zu dem Spitz- und Rufnamen Tibo abschliff.
Tibo war ein echter Münchner, und das trotz der für damalige Begriffe der Schwanthaler Höh' nahezu exotischen Umstände seiner Entstehung.
Während des Krieges kam ein Monsieur F., ein Belgier, nach München. Belgien war damals von den Deutschen besetzt, wie man weiß, und es gab Belgier, die sich mit der Besatzung arrangierten. Monsieur F. mußte wohl zu ihnen gehört haben, denn er kam nicht als Kriegsgefangener oder Deportierter nach München, sondern freiwillig. Was er in München tat, wovon er lebte, wußte Tibo nicht. Jedenfalls lernte er Tibos spätere Mutter kennen und heiratete sie. Tibo entstammte dieser Ehe. Die Genehmigung zur Eheschließung mit einem feindlichen Ausländer zu bekommen, war damals kompliziert. Daß die Dinge im belgischen Hintergrund des Monsieur F. noch weit komplizierter waren, stellte sich erst viel später, zu spät heraus.
Als Tibo zwei oder drei Jahre alt war, kurz vor oder nach Ende des Krieges, verschwand Monsieur F. Weder Tibo noch seine Mutter sahen ihn je wieder. Seine einzige Hinterlassenschaft war damals von unschätzbarem Wert: die belgische, nunmehr siegreiche Staatsbürgerschaft für Frau oder vielmehr Madame F. und ihren Sohn Tibo von der Schwanthaler Höh'. Der Glanz war von kurzer Dauer, letzten Endes ein Danaergeschenk.
Solang Tibo in die Schule ging, fiel weiter nichts auf. Erst als seine Mutter für ihn eine Lehrstelle suchte, stellte sich die unfaßbare belgische Staatsangehörigkeit wie ein Block quer über Tibos Lebensweg. Kleinere Versäumnisse, Ungeschicklichkeiten in bürokratischen Dingen – Dingen, denen man auf der Schwanthaler Höh' seit jeher geringe Bedeutung beimißt, ja mit Verachtung begegnet – machten Stachel um Stachel das belgische Hindernis in Tibos Leben sperriger. Ausweise, Arbeitspapiere, Führungszeugnisse, für einen normalen Menschen schwer genug zu erringen – für Tibo waren sie aus dem fernen Belgien zu holen, von dem Tibo gar nicht so recht wußte, wo es lag. Auch der Geographie, muß man leider sagen, wurde auf der Schwanthaler Höh' nicht das geringste Interesse entgegengebracht. Jahre danach erst sollte Tibo Belgien kennenlernen; kennenlernen, liebenlernen nicht.
So lernte Tibo nie etwas Rechtes. Die kargen Papiere, die er sich

beschaffen konnte, reichten nur für den Beruf eines Bauhilfsarbeiters. So weit, so gut, nur: eines Tages erwachte in Tibo, der zu einem stattlichen, von weiblicher Jugend nicht ungern gesehenen jungen Mann herangewachsen war, der Wunsch, sich zu motorisieren. Er fälschte nicht den Führerschein, aber er fälschte ein Papier, irgendein ganz kleines Papier, das man braucht, bevor man den Führerschein bekommt. Es kam auf und reichte für eine Jugendstrafe. Selbstredend war auch der Führerschein ungültig. Tibo, erst recht, nachdem er die Strafe abgesessen, mochte seines Motorrollers nicht mehr entraten. Fahren ohne Führerschein, in wiederholtem Falle: wieder eine Jugendstrafe. Eine unschöne tätliche Auseinandersetzung mit einem Polizisten beim dritten Mal – so kam eins zum anderen.
»Natürlich«, sagte mir Tibo später, »war ich selber auch schuld. Mir läuft's Haferl so schnell über. Aber warum muß auch grad *ich* Belgier sein?«
Der Jugendfürsorger im Gefängnis legte dem Tibo nahe, sich doch endlich um die deutsche Staatsbürgerschaft zu bemühen. Tibo sprang die Hürde an. Hohnlachend wies man ihm seine Strafliste vor: Mit so einer Latte wollen Sie eingebürgert werden? Es sei keine Resignation gewesen, kein Trotz, nicht, daß er damals etwa auf dem Absatz kehrtgemacht habe und in die Unterwelt getaucht sei, nein, erzählte er mir später, er habe immer gehofft, hoffe es in manchen stillen Stunden selbst heute noch, eines Tages ein bürgerliches Leben führen zu können. Aber irgendwie habe er sich damals durchschlagen müssen. Arbeit habe er keine bekommen. Wenn einmal einer einen Vorbestraften in seinen Betrieb zu nehmen bereit gewesen sei, habe er nach Schilderung der ungeklärten belgischen Umstände Tibos abgewunken.
»Ich soll nach Belgien gehen, haben sie mir überall auf den Ämtern gesagt, Herr Rat«, erzählte er, »aber, sagen Sie selber, Herr Rat, was soll ich in Belgien, wo ich nicht einmal belgisch kann.«
Er wurde Hehler. Auch in diesem Gewerbe setzt sich Phantasie und Tatkraft durch. Tibo wurde Tibo, der Hehlerkönig. Als er zu mir in die Hauptverhandlung geführt wurde, standen die einfachen Hehler, Geschäftsfreunde wie Konkurrenz, Spalier auf dem Weg zum Sitzungssaal. Tibo, der sich von seiner Braut (ich wußte das, las ja auch wegen der Zensur die Briefe, die er aus

der Untersuchungshaft schrieb) einen feschen Trachtenanzug für die Verhandlung schicken ließ, »den mit der Samtweste mit den gestickten Blumen«, Tibo, in Trachtenanzug und Samtweste, die rechte Hand in der Schelle, schritt in den Sitzungssaal. »Tibo! Tibo!« schrie das Spalier. Tibo mußte mit der linken Hand winken. Als die Vivat-Rufe nicht aufhörten, mußte ich nicht eingreifen. Tibo erledigte das selber. »Maul halten!« zischte er in den Zuhörerraum, worauf Stille eintrat.

Als ich über Tibo zu Gericht zu sitzen hatte, war er nicht wegen Hehlerei angeklagt, sondern wegen eines Delikts, von dem noch zu reden sein wird. Wegen der Hehlerei hatte er in den Jahren davor aber auch schon ein paarmal gesessen. Auch einen Hehlerkönig erwischt es ab und zu.

»Und dann«, erzählte Tibo, »wenn ich die Strafe abgesessen gehabt habe, haben sie mich immer nach Belgien abgeschoben. Und in Belgien – na ja, Vagabondage heißt man's dort, wenn man keine Arbeit, keinen Ausweis und keine Unterkunft hat. Sechs Wochen ist die Höchststrafe. Die habe ich dann immer schon gekriegt. Wissen Sie, Herr Rat, daß es in Belgien noch Arbeitshaus gibt, mit Steinbruch und so? Nein? Ich weiß es.« Danach ist er, illegal natürlich, über die Grenze nach Deutschland zurück.

Ich mußte, sagte ich schon, Tibos Briefe aus der Untersuchungshaft zensieren. Alle Briefe, die Untersuchungshäftlinge schreiben oder bekommen (mit Ausnahme der Korrespondenz mit den Anwälten), müssen zensiert werden. Das wissen die Häftlinge natürlich, und sie hüten sich, verfängliche Dinge zu schreiben. Aber wenn nicht zensiert würde, würden sie die verfänglichen Dinge schreiben. Der eine oder andere ist immer dabei, der möchte besonders schlau sein. Er schreibt solche Dinge – zum Beispiel: daß sein Freund Leo so und so aussagen soll in der Verhandlung – zwischen den Zeilen. Aber der Richter durchschaut das selbstverständlich, denn der Richter ist schlauer als der Untersuchungshäftling. Einer, der schlauer als der Richter ist, kommt nicht in Untersuchungshaft. Tibo hat nie versucht, irgendwelche krummen Dinger mit seinen Briefen zu drehen. Sicher hat er Kassiber schmuggeln lassen, mit deren Hilfe er vermutlich das Hehlergeschäft während der Haft weiter betrieb. Grad als Hehler muß man am Ball bleiben (auch das weiß ich von Tibo), man ist unheimlich schnell von der Konkurrenz überflügelt. Aus Tibos Privatpost, also aus der, die durch die Zensur lief, ging hervor, daß er ein rührend besorgter Familienvater war, vielmehr: gewesen wäre.

»Wissen S', Herr Rat«, sagte Tibo bei einem unserer Gespräche, »wo ich hinlang, bei mir bleibt der Dreck an die Finger picken. Lernt ein anderer ein Mädchen kennen, gut, kriegt sie ein Kind. Bei mir – Zwillinge.«

Die Zwillinge, zwei Mädchen, waren damals fünf oder sechs Jahre alt. Tibo hätte die Mutter schon geheiratet, wenn die Beschaffung von Papieren nicht auf unüberwindliche Schwierigkeiten gestoßen wäre. Die junge Mutter war eine eher dralle Dame, die ihre sehr stark ausgeprägten Oberschenkel nicht daran hinderten, dem ehemaligen Modediktat ›Hot pants‹ zu folgen. Das waren ganz, ganz kurze, gesäßintensive Hosen für Damen. »Zie nicht imer Deine Hotpent an wenn du auf Besuchstag kommst«, schrieb Tibo einmal, »daß regd mich so auf.«

Es war damals ein Jahr her oder zwei, da war Baudoin, der König der Belgier, auf Staatsbesuch in die Bundesrepublik gekommen. Der König besuchte auch München. Halt! sagte sich Tibo, halt! Er zog seinen besten Anzug an und stellte sich schon am frühen Morgen gegenüber der Staatskanzlei auf, wo König Baudoin, so stand es in den Zeitungen, mittags in irgendein goldenes Buch seinen Namen eintragen würde. Tibo wollte es nicht versäumen, in der ersten Reihe zu stehen.

Als der König kam, schrie Tibo »Hoch! Hoch!«, durchbrach mit seinen Bärenkräften ohne Schwierigkeiten das Polizeispalier, lief auf den Wagen zu und rief: »Majestät, Majestät, ich bin Tibo –« Weiter kam er nicht. Die motorisierten Polizisten umringten den Tibo, der verzweifelt ruderte, um in die Nähe des Königs zu kommen, der offensichtlich Tibo nicht erkannte und recht eilig in die Staatskanzlei geleitet wurde. »Laßd's mich aus!« gellte Tibo, »das geht euch nichts an. Das ist *mein* König! Hoch lebe mein König . . .«

Er habe, sagte Tibo laut Polizeiprotokoll (das lag in den Akten, die ich später zu meinem Verfahren gegen Tibo beiziehen mußte), den König nur bitten wollen, ihm einen Paß zu geben. Leider zog sich dabei ein Polizist ein blaues Auge zu, ein anderer einen gebrochenen Daumen; Tibo ein halbes Jahr ohne Bewährung.

Ganz falsch habe er das gemacht, sagte damals der Staatsanwalt, der König habe keine Pässe bei sich. Tibo solle es doch einmal beim belgischen Konsulat versuchen.

Nicht gleich, nachdem Tibo wieder heraußen war – und so kommen wir zur Sache, weswegen er sich vor mir zu verantworten hatte –, nicht gleich, aber einige Zeit später, als er wieder einmal die Schwierigkeiten seines illegalen Lebens schmerzhafter spürte als sonst, erinnerte sich Tibo an den Rat des Staatsanwalts. Er suchte im Telefonbuch: Königlich Belgisches Generalkonsulat, Franz-Joseph-Straße 15.

»Sie wünschen?« fragte der Portier des Konsulats.

»Das geht dich gar nichts an«, sagte stolz der Belgier Tibo. »Ich will zum Konsul.«

So macht natürlich kein Portier die Tür auf. Ein Wort gab das andere. Der Portier erlitt Prellungen in der Rippengegend, außerdem Quetschungen am Hals, als ihn Tibo an der Krawatte aus dem Schalterfenster der Portiersloge ziehen wollte.

»Warum«, fragte ich Tibo in der Hauptverhandlung, »haben Sie den Mann so mißhandelt? Er hat Sie doch nur freundlich gefragt, was Sie wollen?«

»Er hat aber so deutsch geschaut, wo doch ich ein Belgier bin und nicht er.«

Unter Auswringen aller legalen Möglichkeiten konnte ich die Strafe, zu der ich Tibo verurteilte, zur Bewährung aussetzen, unter der Bedingung allerdings, und die legte ich ausdrücklich im Bewährungsbeschluß fest, daß er energisch die Regelung seiner staatsbürgerlichen Verhältnisse betreiben und mir von den Schritten, die er in dieser Hinsicht unternimmt, monatlich einmal schriftlich oder mündlich Bericht erstatten müsse.

Es hatte sich nämlich inzwischen der Verdacht ergeben – Tibos Pflichtverteidiger hatte einen Briefwechsel geführt –, daß Tibos Vater, bereits bevor er nach München kam, in Belgien schon einmal verheiratet gewesen war. Das hieß, die Ehe des Monsieur F. mit Tibos Mutter war ungültig, das hieß weiter, Tibo war kein eheliches, sondern ein uneheliches Kind, das hieß letzten Endes: Tibo hatte Anspruch auf die Staatsangehörigkeit der Mutter, und die war, da die Eheschließung ungültig war, rechtens nie etwas anderes gewesen als eine deutsche. Tibo war wahrscheinlich gar kein Belgier.

Er bemühte sich redlich, aber nach drei, vier Monaten wurde es ihm wohl zu dumm. Um so verknotete bürokratische Umstände aufzulösen, hätte es eines anderen bedurft als des ungeduldigen Tibo. Auch verlor ich ihn deswegen aus den Augen, weil ich bald danach ein anderes Richterreferat übernahm, in dem ich mit Tibo nichts mehr zu tun hatte.

Ganz aus den Augen verlor ich Tibo nicht – er mich schon, ich ihn nicht. Wie ich von dem Folgenden Kenntnis erlangte, bleibt mein Geheimnis.

Es gibt unter den gar nicht so wenigen ungeklärten Entführungen den Fall des Bankiers Baron von Speckh. Der Fall ist unter anderem deswegen ungeklärt, weil der entführte und gegen ein Lösegeld in unbekannter Höhe wieder freigelassene Bankier jede, auch nur die geringste Mitwirkung bei der Fahndung ablehnte. Baron von Speckh war (und ist) ein nicht stadt-, sondern überregional bekannter Geizhals. Er ist derjenige, der sich vierzig Kilometer weit mit dem Auto fahren läßt, um sich bei einem Dorffriseur die Haare schneiden zu lassen, weil der Dorffriseur um dreißig Pfennig billiger ist als Friseure in der Stadt. Baron von Speckh ist derjenige, der bei der Beerdigung seiner Frau eine in der weichen Friedhofserde steckengebliebene linke Galosche fand und nach der Beerdigung mit seinem Chauffeur über zwei Stunden lang den ganzen Friedhof absuchte, in der Hoffnung, die passende rechte zu finden, obwohl die linke Galosche viel zu groß war. Man könne sie aber, sagte er zum Chauffeur, mit Zeitungspapier vorn ausstopfen, dann passen sie. Bankier von Speckh verlangte von der Polizei für seine Mitwirkung bei der Aufklärung seines Entführungsfalles zunächst den Ersatz der Geldsumme, die er den Entführern bezahlt hatte. Das konnte die Polizei natürlich nicht zahlen. Daraufhin verbuchte der Bankier das Geld als verlorene Investition, setzte es irgendwie von der Steuer ab und verbat sich jede weitere Belästigung in der Sache.

Tibo war der Entführer.

Er hatte, nachdem ihm die bürokratischen Finessen um seine Staatsbürgerschaft zu dumm geworden waren, beschlossen, einen ganz großen, einen endgültigen Coup zu landen, viel Geld zu machen und dann nach Neuseeland auszuwandern (»Obwohl ich nicht neuseeländisch kann; aber mit viel Geld kommt man schon durch«).

Zwei ehemalige Unter-Hehler waren am Rand beteiligt. Der Hauptwitz bei der Sache aber war die Art, wie Tibo das Geld aus

der Bundesrepublik nach Neuseeland schmuggeln wollte. Es war ein an und für sich genialer Plan, wenn nicht die Tücke des Objektes gewesen wäre.
Von den vier Millionen, die Tibo bekam, zweigte er nicht mehr als Zwanzigtausend ab, dazu die Entlohnung für die beiden Mitentführer, die je ein paar Tausender bekamen. Den Rest beerdigte Tibo, und zwar ganz echt und offiziell. Er ließ ein paar Dokumente, Totenschein und dergleichen, fälschen; das ist alles nicht sehr schwer. Er kaufte einen Sarg und bestellte bei einem Bestattungsunternehmen eine Beerdigung dritter Klasse für Jean F., seinen Vater. Dann, so plante Tibo, würde er – mit einem ebenfalls falschen Paß – nach Neuseeland fliegen und nach ein paar Monaten durch ein internationales Beerdigungsunternehmen den »Vater« aus München nach Neuseeland überführen lassen.
Es ging alles wunderbar. An einem Montag um ein Uhr sollte die Beerdigung sein. Tibo und seine Verlobte fanden sich ein, in Schwarz gekleidet. Tibo hatte einen Kranz dabei, damit die Tarnung perfekt ist. Kurz nach eins wurde ein anderer begraben, ein gewisser Zinkeisen Maximilian. Um zehn nach eins wurde Tibo unruhig. Er rannte die schaufensterartigen Sargboxen auf und ab. Kein Jean F. war da. Tibo gab den Kranz seiner Verlobten und eilte in das Büro der Friedhofsverwaltung. Der Beamte nahm gerade ein karges Mittagsmahl ein: zwei saure Heringe und ein hartes Ei.
»Entschuldigen S'«, sagte Tibo.
»Ja, bitte?« sagte der Beamte mit vollem Mund.
»Die Beerdigung von Jean F., nämlich von meinem Vater, bitte«, sagte Tibo.
»Jean F.?« sagte der Beamte, wischte zwei Finger der rechten Hand an einer trockenen Stelle des Papiers ab, in das die Heringe gewickelt waren, und blätterte in einem amtlichen Heft.
»Jean F.? 13 Uhr.«
»Jetzt ist es schon Viertel«, sagte Tibo.
»Ja und?«
»Er ist noch nicht beerdigt, das heißt, nämlich, der Sarg ist nicht da.«
»Der Sarg ist nicht da?«
»Nein, der Sarg ist nicht da.«
»Gibt's nicht«, sagte der Beamte. Er schaute nochmals ins amtli-

che Heft. »Ah! Da haben wir's schon. Sie haben eine Erdbestattung bestellt?«
»Freilich in der Erde«, sagte Tibo.
»Peinlich, peinlich«, sagte der Beamte und stand auf. «Ein Versehen. Es ist unter Feuerbestattungen eingetragen worden. Macht's Ihnen was aus?«
Zum Krematorium muß man durch den ganzen Friedhof, dann zu einem Tor hinaus, zu einem anderen wieder herein, dann einen Kiesweg hinauf – in abgehackten Worten schilderte Tibo im Laufen seiner Verlobten das Mißgeschick.
»Nimm doch den damischen Kranz wenigstens«, fauchte die Verlobte. Zweimal verzögerte sich der Lauf dadurch, daß die Verlobte einen Schuh verlor, einmal rannte Tibo in einen Gräberweg, der eine Sackgasse war. Tibo rannte dann voraus. Er kam in dem Moment ins Krematorium, wo sich der Sarg unter den Klängen eines lustlos gespielten Harmoniums (Largo von Händel) in den Ofen senkte.
Der Beamte, der hinten den dezenten Knopf bediente, gab Tibo die Hand und sagte: »Mein Beileid.«
Tibo hatte die Seelengröße – vielleicht war er auch nur vom Schock starr –, den Beamten nicht zu erwürgen. Auch seine Verlobte, die inzwischen nachgekommen war, erwürgte er nicht, obwohl er, wie er später meinem Gewährsmann anvertraute, das Gefühl gehabt hat, es hätte ihn erleichtert, wenn er irgend jemanden erwürgen hätte können.
Tibo und die Verlobte gingen an der Friedhofsmauer entlang zurück zum Auto. Als Tibo in seiner Tasche den Autoschlüssel suchte, bemerkte er, daß er immer noch den Kranz trug. Er warf ihn zornig wie einen Diskus über die Friedhofsmauer.
Es kommt selten vor, daß über eine Urne mit der Asche eines Feuerbestatteten von den Angehörigen nicht verfügt wird. Solche Urnen kommen in einen leerstehenden Keller des Krematoriums. Dort steht seit einigen Jahren auch die Urne mit der maschinengeschriebenen, schlicht aufgeklebten Aufschrift: »Sterbliche Überreste des Jean F. aus Belgien.«

(1976)

Blaßlila Briefe.
Eine Erzählung des alten Oberstaatsanwaltes F.

»Wenn Sie schon Ihren Vorgesetzten mit Fragen belästigen müssen«, sagte der alte, gutmütige Oberstaatsanwalt F. zum jungen Staatsanwalt B., »dann kommen Sie wenigstens ohne Akten. Sie werden sich ja von Ihrem Zimmer bis zu meinem merken können, was drin steht.
Sehen Sie«, fuhr er fort und schob angewidert die Akte ein wenig von sich, die der junge Kollege auf seinen Schreibtisch gelegt hatte, »sehen Sie: da meinen die Leute, weiß Gott, was ein Staatsanwalt alles ist. Staatsanwalt! ein Dämon der Gerechtigkeit . . . und was ist er wirklich? Ein beamtetes, weisungsgebundenes Würstchen, das nicht mit der Gerechtigkeit, nicht einmal mit den Verbrechen, sondern hauptsächlich mit Aktendeckeln beschäftigt ist. Ich kann diese rosaroten Aktendeckel nicht mehr sehen, meiner Seel'. Manchmal dreht's mir den Magen um in der Früh, wenn ich schon dieses Papier in dem Aktenbund sehe – die Tiefpunkte im Beamtenleben. Na ja, Sie werden's auch noch merken. Sechshundertvierundsechzig Arbeitstage, den heutigen noch mitgerechnet, dann geh' ich in Pension.«
Oberstaatsanwalt F. schlug widerstrebend, als klappe er ein angeschimmeltes Wurstbrot auseinander, die Akte auf. Es war, wie sich Staatsanwalt B. zu referieren beeilte, ein von der Sache her einfacher, aber rechtlich komplizierter Fall von Betrug. Geschädigt sei eine ältere, sehr reiche Dame.
»Was ist denn das?« unterbrach ihn Oberstaatsanwalt F. und nahm einen blaßlila Brief aus der Akte.
»Ein Brief der Geschädigten an die Behörde. Sie schreibt mindestens einmal die Woche, immer auf blaßlila Papier.«
»Was schreibt sie denn?«
»Ob die Ermittlungen nicht schneller vorwärtsgebracht werden können.«
Der Oberstaatsanwalt ließ den blaßlila Brief in die Akte zurückfallen und schloß sie. Er schaute so aufmerksam an Staatsanwalt

B.'s Kopf vorbei zum Fenster hinaus, daß der Staatsanwalt sich umdrehte und dem Blick des Chefs folgte. Es war aber nichts vor dem Fenster, außer der Glas- und Betonfront des erzbischöflichen Ordinariats, die immer da war.

»Ich weiß schon«, sagte der Oberstaatsanwalt F. nach einer Pause, »warum ich keine Akten sehen will. Blaßlila Briefe. Oder werden Sie gern an die größte Blamage Ihrer beruflichen Laufbahn erinnert? Aber Sie haben ja noch keine großen Blamagen erlebt. Kommt noch, kommt noch . . . blaßlila Briefe.«

Und dann begann Oberstaatsanwalt F. zu erzählen:

»Nicht, daß Sie meinen, ich wäre bei all' dem dabeigewesen, nein, natürlich nicht, ich bin in der Geschichte, von der ich nicht weiß, ob sie eine Komödie oder eine Tragödie war, erst ganz spät im fünften Akt aufgetreten, und auch da nur als Randfigur. Aber ich habe sehr viel darüber nachgedacht, und es kann nur so gewesen sein. Waldner hat er geheißen – nicht der Beschuldigte, aber der Hase, der im Pfeffer lag, oder wie man da sagen soll. Waldner, wie der Vater Arabellas, nur kein Graf Waldner, schlicht Waldner. Kennen Sie die ›Arabella‹? Natürlich, Sie lieben ja die Musik, haben Sie mir einmal erzählt. Waldner – ein arroganter Knopf. Ich baue auf Ihre absolute Vergeßlichkeit, wie bei allen jungen Kollegen, weil ich Ihnen den wirklichen Namen sage. Ich kann keine Geschichte erzählen und die Namen verändern; dann ändert sich die Geschichte. Waldner, Ludwig mit Vornamen, aber er hat sich Lutz genannt. Eine blöde Abkürzung, finden Sie nicht auch? Klingt wie Trutz oder Rotz . . .«

»Ich heiße«, sagte Staatsanwalt B. leise, »Lutz mit Vornamen . . .«

»Pardon«, sagte Oberstaatsanwalt F., aber ohne innere Anteilnahme, »spielt ja auch keine Rolle. Lutz Waldner, Diplom-Kaufmann; Makler war er. Damals, als die Geschichte spielte, war die einzige Sorge der Makler, daß sie Geld schneller verdienten als sie es ausgeben konnten. Sie sind schon ganz krumm herumgelaufen, so haben sie verdient. Im Schlaf. Heute ist das anders, Gott sei Dank, kann man nur sagen. Lutz Waldner. Na ja.

Die Frau hat Steinbeiß geheißen. Grete Steinbeiß. Ich habe mir nie erklären können, wie eine so schöne, so schlanke zierliche Frau einen Mann heiraten konnte, der mit dem Namen Steinbeiß behaftet ist. Sie hätte Bellarosa oder meinetwegen Leblanc oder wenigstens Petersen heißen müssen, aber nicht Steinbeiß. Bauunternehmer war der Herr Steinbeiß, aus Regensburg, vielmehr aus einem kleinen Ort in der Nähe von Regensburg. Auch die Bauunternehmer haben damals Geld verdient wie Heu, nicht grad wie die Makler im Schlaf, aber schon auch ohne größere Mühe. Sie war keine ganz junge Frau mehr, aber sehr gepflegt. Sehr gut angezogen. Hätte ohne weiteres Contessa Beatrice Priuli heißen können. Nein: hat Grete Steinbeiß geheißen.

Es war natürlich nicht viel los in dem kleinen Nest in der Nähe von Regensburg, und der Herr Steinbeiß, der eigentlich kein Bauunternehmer, sondern ein auf die Butterseite gefallener Maurermeister war, hat ihr auch nicht alles das geboten, in Regensburg, was so eine Frau, die Contessa Priuli hätte heißen können, vom Leben erwartet.

Und wie es eben so kommt: die Firma Steinbeiß war eines der Bauunternehmen, die an einem großen Bauprojekt beteiligt waren, da draußen im Osten. Eine der ersten wirklich großen anonymen Wohnmaschinen. Sie kennen's. Und der Herr Lutz Waldner war der Makler oder jedenfalls einer der Makler . . . ja, und so haben sich die beiden kennengelernt, eines Tages, der Herr Waldner und die schöne, elegante Marguerita Contessa Priuli, die durch die dumme Laune des Schicksals nur Grete Steinbeiß geheißen hat.

Man muß der Wahrheit die Ehre geben: gut ausgesehen hat der Herr Waldner. Graumeliert – sportlich. Ein vorzüglicher Tennisspieler, hat es geheißen; freilich; er hat ja Zeit genug gehabt zum Tennisspielen. Auch während des Tennisspielens hat er ständig weiter Geld verdient, nicht nur im Schlaf.

Er habe nie die Absicht gehabt, hat mir Herr Waldner später erzählt, sich wegen der Dame Steinbeiß scheiden zu lassen und sie zu heiraten, und er habe das ganz zu Anfang des Verhältnisses klipp und klar gesagt, habe nie einen Zweifel gelassen. Aber wie eben Frauen sind, auch solche oder vielleicht grad solche, die gut und gern Beatrice Marguerita Contessa di Priuli heißen könnten: sie hat es nicht geglaubt, weil sie es nicht glauben hat wollen.

Erst hat er ihr immer postlagernd geschrieben, sie ihm auch, natürlich. Bei ihm war es keine Schwierigkeit, aber bei ihr: in dem kleinen Nest. Da hat der Briefträger immer aus Freundlichkeit auch die postlagernden Briefe mitgebracht, um der schönen

Frau Steinbeiß den Weg zu ersparen. Dann hat sie gesagt, Waldner solle ihr postlagernd nach Regensburg schreiben. Aber da hat sie immer eine Gelegenheit abpassen müssen, um nach Regensburg zu fahren und die Briefe zu holen, und sie hat doch so darauf gebrannt, die Briefe zu bekommen.
Von wem der beiden dann die Idee war, weiß ich nicht. Ich weiß auch nicht, ob es eine gute oder eine schlechte Idee war, jedenfalls war es eine folgenschwere Idee: sie haben die Freundin Marion erfunden. Marion Winterfeld.
Ganz gelöst war das Problem damit natürlich noch nicht, daß jetzt, statt heimlicher Briefe postlagernd nach Regensburg, Briefe in blaßlila Kuverts direkt ins Haus kamen. Aber viel einfacher als vorher war es schon. Blaßlila Kuverts hatte sich Waldner angeschafft, aber auch blaßlila Briefpapier, denn er mußte ja jedem Brief einen fingierten Brief Marions beilegen, den Tarnbrief, wie sie ihn nannten, den Frau Grete herumliegen lassen, oder sogar ihrem Mann zeigen konnte, der sich aber wenig dafür interessierte – vorerst.
Das Abfassen dieser Tarnbriefe, gestand mir später Waldner, sei für ihn anfangs eine Qual gewesen, denn er habe ja nie gewußt, was er da schreiben solle. Grete habe ihn dann auf den an sich naheliegenden Gedanken gebracht, zum Namen Marion Winterfeld quasi eine Person hinzuzuerfinden. Auch das sei zunächst noch recht sperrig gegangen, aber mit der Zeit habe es ihm dann zu seiner eigenen Überraschung richtiges Vergnügen bereitet. Er habe die ganze Familie Winterfeld dazuerfunden, Reisen Marions, ihre Vergangenheit, ihre Vorliebe für die Oper, kleinere Liebesaffären samt den dazugehörigen Männern. Um die Garderobe Marions zusammenzustellen, sei er oft stundenlang (Zeit hatte er ja genug, der Makler) die Theatiner- und die Maximilianstraße auf- und abgegangen, habe sich die Sachen ausgesucht, die Marion ›gekauft‹ habe, habe sich sogar die Preise notiert. All das schrieb er in den Tarnbriefen, und damit nicht irgendein Irrtum vorkommt, machte er von allen Briefen einen Durchschlag. Später legte er sogar für jeden einzelnen Verwandten und Bekannten Marions eine Karteikarte an.
Das war selbstredend längst alles Selbstzweck geworden. Herrn Steinbeiß, der äußerst selten und dann eher widerwillig einen Brief Marions las, den ihm Grete aus Alibigründen förmlich aufdrängte, wäre eine Unstimmigkeit in den Briefen vermutlich

überhaupt nicht aufgefallen. Aufgefallen ist ihm allerdings, daß Marion, die so oft schrieb, ihre Freundin Grete nie besuchte und daß immer Grete nach München zu Marion fahren mußte. Ein paar Mal besuchte Marion dann ihre Freundin schon, aber immer zufällig dann, wenn Herr Steinbeiß verreist war.
Seine Liebesbriefe schrieb Lutz Waldner mit der Hand, die Tarnbriefe – um nicht die Schrift verstellen zu müssen und um leichter einen Durchschlag machen zu können – mit der Schreibmaschine. Ein Problem war der Absender: die ersten Briefe schickte Waldner ohne Absender, aber Grete meinte, das falle auf, und Lutz solle einen fingierten Absender angeben.
Herr Waldner, das habe ich schon erwähnt, war einer der Makler, die die Eigentumswohnungen in der großen Wohnmaschine draußen im Osten vermittelten oder zu vermitteln versuchten. Diese Wohnungen – meistens ziemlich luxuriöse Ein- oder Zweizimmerappartements – waren sehr teuer, was zur Folge hatte, daß zwar der Makler im einzelnen Fall viel verdiente, daß sie aber nicht grad weggingen wie warme Semmeln. Eins von den Appartements – ich kann Ihnen sogar die Nummer sagen: 626 im sechsten Stock, ich habe mir die Nummer sofort gemerkt damals, weil sie die gleiche ist, wie im Köchelverzeichnis die für Mozarts Requiem – verwendete Lutz Waldner als Absender für die Tarnbriefe. Er ließ sich sogar Briefbögen und Kuverts drukken: blaßlila natürlich, mit Futter in dunklerem Lila und mit violetter Schrift, sogar geprägt, was einen Haufen Geld kostet, daran gemessen, daß es nur eine Spielerei war.
Dieses Appartement 626 hatte selbstverständlich auch noch einen anderen Zweck, wie Sie sich denken können: dort trafen sich Waldner und Frau Steinbeiß, wenn sie in München ihre Freundin Marion besuchte. Zwei Jahre dauerte das. Waldner richtete das Appartement ein, schrieb die Einrichtung sogar von der Steuer ab, der Lump, weil er es als Musterwohnung deklarierte, das heißt: er zeigte sie – und zwar tatsächlich – den Interessenten für seine Objekte in dem Haus und in ähnlichen anderen Häusern, die noch nicht fertig waren.
Eines Tages verkaufte dann Lutz Waldner dieses Appartement – an Frau Marion Winterfeld. Wie er das machte? Mit einer notariellen Generalvollmacht von Frau Winterfeld. Als Makler kannte er ja genug Notare. Sowas geht. Es geht nicht leicht, aber es geht. Warum er das getan habe, habe ich ihn später gefragt.

Er hätte es nie, sagte er mir, übers Herz gebracht, diese Wohnung wirklich zu verkaufen, und sie ewig als Musterwohnung zu behalten, hätte er dem Bauträger und der Verwaltung gegenüber nicht plausibel machen können. Aber er bekam noch etwas anderes mit der Generalvollmacht und der polizeilichen Anmeldung usw.: einen Paß, einen richtigen, echten Paß für Marion Winterfeld. Das Paßbild war ein Bild Gretes. Auch das geht nicht leicht, aber auch das geht.
Zwei Jahre lief das, zwei schöne Sommer hindurch, zwei Winter, dreimal einen Herbst. An einem verregneten Novembertag – es war der 19., der Todestag Schuberts, deswegen habe ich mir das gemerkt – war Herr Steinbeiß, der übrigens noch dazu den für einen aus der Gegend von Regensburg stammenden ehemaligen Maurermeister völlig unangemessenen Vornamen Uwe trug – auf was für Ideen entmenschte Eltern in dieser Generation gekommen sind! – war also Herr Uwe Steinbeiß in München, wo er geschäftlich zu tun hatte, und er kam auf die unglückselige Idee, Marion Winterfeld zu besuchen.
Ich war selber bei der ersten Vernehmung Steinbeißens durch den Ermittlungsrichter – bei der Polizei hatte er keine Aussage gemacht – dabei. Es sei, sagte er, eine plötzliche, zufällige Idee von ihm gewesen. Er habe seine geschäftlichen Dinge erledigt gehabt und noch eine Stunde Zeit bis zu einer weiteren Verabredung, und da habe er sich gedacht, er wolle einmal die Freundin seiner Frau anschauen, von der er soviel gehört, und die er in den ganzen Jahren nie zu Gesicht bekommen habe.
Ich glaube, daß es keine zufällige und spontane Idee war. Steinbeiß hatte wohl schon länger Verdacht geschöpft, vielleicht sogar – das vermute ich sogar noch eher, das Verhalten Steinbeißens deutet darauf hin – waren ihm die echten Briefe Waldners in die Hände gefallen.
Es sei dem, wie ihm wolle: Steinbeiß ging in die große Wohnmaschine, erkundigte sich beim Portier nach dem Appartement der Frau Winterfeld – ein Fehler von ihm –, fuhr mit dem Lift in den sechsten Stock und läutete am Appartement 626. Es machte niemand auf. Dann rannte er die Tür ein. Er durchsuchte das Appartement, fand im Grunde genommen gar nichts, denn es war nichts zu finden, außer den Briefen Gretes an Waldner, aber die hatte Waldner im Backrohr versteckt, wo Steinbeiß nicht nachschaute. Dann ging Steinbeiß wieder.

Zwei Tage danach wurde er festgenommen. Warum? Wegen Verdacht des Mordes an Marion Winterfeld. Ja, sehen Sie: und das war meine klägliche Rolle im fünften Akt dieser Salontragödie. Sechs Monate vorher war nämlich in dem großen Haus tatsächlich ein Mord passiert, ein Mord an einer Prostituierten. Es hatten sich, wie man weiß, eine Menge Nutten der gehobeneren Klassen dort einquartiert. Eine davon war eines Tages verschwunden, und ihr Appartement war aufgebrochen, erst viele Wochen später wurde die Leiche gefunden, der Täter nie.
Ich war überzeugt, daß auch im Fall Winterfeld ein Mord vorlag. Noch am gleichen Tag bemerkte eine Putzfrau die aufgebrochene Tür des Appartements 626, der Portier erinnerte sich an den Mann, der sich nach der Wohnung Winterfeld erkundigt hatte, und noch mehr: Steinbeiß hatte in bodenlosem Leichtsinn, nachdem er das aufgebrochene Appartement verlassen hatte, telephoniert. Neben der Portiersloge sind Telephonzellen, also nicht eigentlich Zellen, so offene Muscheln, man versteht jedes Wort. Steinbeiß hatte mit dem Aufbrechen und Durchsuchen länger gebraucht, als gedacht, und er mußte seine nächste Verabredung verschieben. Er meldete sich mit vollem Namen, und weil die Sekretärin oder wer immer auf der anderen Seite am Apparat war, nicht gleich wußte, um wen es sich handelte, sagte er nochmals seinen Namen und fügte: aus Regensburg hinzu. Auch daran erinnerte sich der Portier. Steinbeiß gibt's nicht viele. Nach zwei Tagen, wie gesagt, war er festgenommen.
Daß es keine Leiche gab, störte mich nicht, wenn Sie den etwas zynischen Ausdruck erlauben; im Gegenteil: das war für mich förmlich ein Indiz, denn auch in dem scheinbaren Parallelfall das halbe Jahr davor, hatte es keine Leiche gegeben, jedenfalls nicht sofort.
Steinbeiß leugnete natürlich. Dabei machte er einen neuen Fehler: er leugnete zuviel. Er sagte, er habe geläutet, es habe niemand aufgemacht, worauf er wieder gegangen sei. Man wies ihm anhand von Fingerabdrücken unschwer nach, daß er in der Wohnung gewesen sein mußte. Nach einigen Tagen mußte er das wohl oder übel zugeben, und nun war es natürlich für mich ganz unmöglich, ihm zu glauben, daß er den Mord nicht begangen hat.
Selbstverständlich hätte die Frau mit einem Wort die ganze Sache

klären können, mit einem Wort allerdings, das ihre Untreue und ihr Verhältnis mit Waldner offenbart hätte. Aber nicht nur deshalb schwieg sie. Das heißt: geredet hat sie, eine Menge. Auch bei *ihrer* Vernehmung war ich dabei. Und das war nun – scheinbar – interessant. Frau Grete erzählte viel von ihrer Freundin und zeigte uns die vielen blaßlila Briefe. Sie habe, sagte sie, die Freundin von ihrem Mann ferngehalten, denn sie traute weder der einen noch dem andern in der gewissen Beziehung. Sie war verzweifelt, weinte, und endlich brach es aus ihr heraus: sie vermute, daß schon vor längerer Zeit ihr Mann Beziehungen zu Marion unterhalte, hinter ihrem Rücken versteht sich – andererseits wisse sie, daß Marion auch einen weiteren Freund habe . . . aber nie im Leben habe sie annehmen können, daß ihr Mann wegen dieser sozusagen illegalen Eifersucht einen Mord begehen könnte.

Diese Vernehmung – aus taktvollster Rücksicht gegenüber der schönen Frau habe ich das in ihrer Wohnung durchgeführt, aber mit Protokollführer, daß Sie ja nichts Falsches denken, und mit zwei Kriminalern – diese Vernehmung hat sich über Stunden hingezogen. Zusammenbrüche, Aufschreie, Tränen, wieder tapfere Fassung . . . alles Theater, hervorragendes Theater, aber alles gelogen. Und alles habe ich ihr geglaubt.

Ja, und um mir die Blamage vollzumachen, habe ich auch noch die Leiche gefunden. Sie staunen? Ja, ich habe die Leiche gefunden, die Leiche einer Toten, die es nicht gegeben hat. Mitte Dezember. Sie müssen nicht denken, daß der Haftbefehl gegen Steinbeiß so leicht aufrechtzuerhalten war. Die Indizien waren, bei Licht besehen, doch eher dünn. Vor allem die fehlende Leiche. Für mich war es ein Kampf gegen die Zeit. Wenn nicht Frau Steinbeiß eine so schöne Aussage gemacht hätte, wäre der Haftbefehl schon Ende November aufgehoben worden. Aber nun hatte ich die Leiche: eine nackte, weibliche Leiche, jüngere Frau . . . erwürgt. Gefunden wurde sie draußen im Landkreis irgendwo in einem Geräteschuppen einer Kleingartenanlage. Die Leiche der Nutte von damals wurde auch im Landkreis gefunden, auch nackt, und erwürgt und – in einem Geräteschuppen eines aufgelassenen Bahnhofs.

Eine Leiche, die einen Monat in einem Geräteschuppen liegt, ist nicht mehr schön, sofern Leichen überhaupt schön sein können. Na ja, Sie sind ja auch schon so lange im Geschäft, daß Sie das

kennen. Die Polizeispezialisten haben ein Foto von ihr angefertigt, das sie so lange retuschiert haben, bis sie ausgesehen hat, als würde sie noch leben. Ich bin mit dem Bild in die Wohnmaschine gegangen und habe es dem Portier, den Putzfrauen, den Nachbarn gezeigt. – Wundert es Sie, daß alle einwandfrei Marion Winterfeld wiedererkannt haben? Wenn man richtig und oft genug fragt, bekommt man die Anwort, die man haben will.
Zwei Umstände haben den Fall aufgeklärt, nicht den Fall der Toten von der Kleingartenanlage, der ist meines Wissens heute noch ungelöst, aber den Mordfall Winterfeld. Den einen dieser Umstände kenne ich aus eigener Anschauung, den anderen kann ich nur vermuten. Ich fange mit dem an, den ich vermute. Grete Steinbeiß ist zu Lutz Waldner gegangen und hat gesagt: mein Mann bekommt lebenslänglich, und ich bin frei. Sie wird unschuldig geschieden, bekommt die Kinder – zwei hatten sie – und das Vermögen. Ob Lutz Waldner, obwohl er Makler war, die Aussicht, mit dem schlechten Gewissen weiterzuleben, abgeschreckt hat, oder ob er wirklich von vornherein nie die Absicht gehabt hat, sich seinerseits scheiden zu lassen und die Grete zu nehmen, weiß ich nicht. Mir hat er gesagt, und das leuchtet mir sogar ein, daß von seiner Seite das Verhältnis eigentlich schon recht abgekühlt war. Ihn hätte eigentlich die Geschichte und das Leben der Marion Winterfeld fast schon mehr interessiert als Grete. Die blaßlila Tarnbriefe waren sozusagen echt geworden.
Kurzum: in einer, wie ich aus dem vermuten kann, was ich von der Vernehmung der Frau Steinbeiß weiß, grandiosen tragischen Szene zwischen Frau Steinbeiß und Herrn Waldner ist die illegale Liebeswelt der Dame zusammengebrochen, und in einer Stimmung von tiefster Enttäuschung ist sie heimgefahren nach Regensburg.
Aber auch für uns hat die Sache bei aller Blamage ein Trostbonbon bereitgehalten. Kennen Sie den Richter M.? Er war damals als junger Assessor bei mir, und er ist auf die geniale Idee gekommen, im Backrohr der Wohnung Winterfeld nochmals nachzuschauen – und er hat die Briefe Gretes an Waldner gefunden. (Die Wohnung war selbstverständlich versiegelt, Waldner konnte nicht dran, um sie auf die Seite zu bringen, was ihm schlaflose Nächte bereitet hat, wie er mir gestand. Ich gönnte es ihm.) Zunächst, wie ich die Briefe gelesen habe, konnte ich mir

keinen rechten Reim darauf machen, aber bei einer weiteren Vernehmung der inzwischen so tief enttäuschten Dame Grete brach sie – diesmal echt – zusammen und gab alles zu. Unter heftigem Schluckauf und einem Weinkrampf schob sie mir den falschen Paß der Marion Winterfeld über den Tisch. Noch am gleichen Tag habe ich die Aufhebung des Haftbefehls gegen Uwe Steinbeiß, Maurermeister und Bauunternehmer, beantragt.
Es hat dann zwar noch ein wenig gebrodelt: ein Verfahren wegen falscher Anschuldigung, wegen Urkundenfälschung – ich weiß im einzelnen nicht mehr, was dabei herausgekommen ist. Keine Ehescheidung übrigens, ich habe mich erkundigt. Merkwürdig? Vielleicht wegen der Kinder? Vielleicht haben sich die Steinbeißens wirklich versöhnt? Ich weiß es nicht.«
Es war dunkel geworden. Durch den Regen des frühen Novemberabends blitzten die unwirklichen Straßenlaternen in das finstere Büro. Oberstaatsanwalt F. knipste die Schreibtischlampe an.
»Das ist direkt eine spannende Geschichte«, sagte B.
»Ja«, sagte Oberstaatsanwalt F., »wenn man lang genug dabei ist, erlebt man so etwas auch ab und zu. Aber selten, selten. Viel seltener, als die Leute meinen. Fünfundzwanzig Prozent der Fälle sind Mist, Akteninhalt, nicht der Erinnerung wert. Sie werden's auch noch sehen.«
»Sie sollten die Geschichte wirklich aufschreiben«, sagte B.
»Vielleicht«, sagte Oberstaatsanwalt F., »eines Tages. Wie spät ist es? Halb sechs? Schluß für heute. Mit Ihren Akten kommen Sie morgen wieder, das heißt: mit dem Fall, aber ohne Akten. Und einen schönen Abend noch.«
Staatsanwalt B. nahm seine Akten, verabschiedete sich und ging. Oberstaatsanwalt F. schob die Laden seines Schreibtisches zu, legte die Bleistifte in die Bleistiftschale, stellte den Datumsstempel auf den nächsten Tag, zog den Mantel an, setzte den Hut auf, und bevor er die Schreibtischlampe auslöschte, hob er die gummierte Schreibunterlage auf dem Schreibtisch auf. Dort lag ein Zettel. Auf dem Zettel standen ganz klein geschrieben viele Rubriken von Zahlen. Alle waren ausgestrichen, bis auf die letzte: 664. Oberstaatsanwalt F. strich nun auch die letzte aus und schrieb darunter: 663.
»Wenn nicht«, murmelte er, »das Pensionsalter demnächst herabgesetzt wird.«

(1978)

Vierzehn Kilometer nordwestlich von Bukarest liegt Mogoşoaia (Mogoschwaia), gerechnet vom Stadtzentrum aus. Vom Stadt*rand* aus rechnen kann man nicht, weil Bukarest keinen Stadtrand hat. Bukarest, eine der häßlichsten Städte, die heute die Erde trägt, ein graues Sinnbild des freudlosen Sozialismus, hat wenige bauliche Überreste aus der Zeit bewahrt, als es das Paris des Balkans war. Hauptsächlich besteht es aus lieblosen Mietskasernen, aus Wohnblöcken, die in gräßlichem Wettstreit um den Preis der Schäbigkeit kämpfen. Der Sozialismus kann nur dann die Zukunft des Menschen sein, wenn ihm ästhetisches Gefühl aberzogen wird. Wer in solchen Wohnblöcken groß wird, meint vielleicht die Regierung, wird zwangsläufig Sozialist. (Wahrscheinlich irrt sich die Regierung.)

Gegen den Stadtrand zu, oder besser, weiter von der Stadtmitte weg, werden die Häuser nicht kleiner, verlieren sich langsam in Gärten und gehen in Landschaften über, wie anderswo, nein: die Wohnmaschinen bleiben gleich groß, werden nur spärlicher und stehen unverhüllt und unvermittelt im freien Feld. Es ist keine malerische Unordnung, es ist nicht lebendig, wie – trotz allen Elends – ein südlicher Slum, es ist nur schäbig, ein einziger großer Verladehof.

Die Jahreszeit schmeichelt nicht: es ist Anfang Dezember. Bukarest liegt weit südlich: 44°, auf der Höhe von Bordeaux und Bologna. Die ersten Dezembertage sind Spätherbsttage, von Schnee ist nichts zu sehen.

Schloß Mogoşoaia liegt an einem verschilften See in einem großen Park. Es ist ein rotes Schloß, aus unverputzten Ziegeln gebaut, entzieht sich unseren Stilbegriffen und wirkt byzantinisch oder wie ein türkisches Serail. Das Schloß ist sorgfältig restauriert. Es ist die Perle des brancovanischen oder brincoveanischen Baustils, des rumänischen Barock, was aber nur eine zeitliche Übereinstimmung bedeutet. 1702 wurde es von Konstantin Brancoveanu erbaut. Konstantin Brancoveanu (Brankowan) war von 1688 bis 1714 Hospodar, also Fürst der Walachei. Die Walachei, die südliche Hälfte Alt-Rumäniens, war seit 1529

den Türken tributpflichtig, der Hospodar von der Hohen Pforte abhängig. Die Abhängigkeit richtete sich danach, wie sich der Sultan im Augenblick jeweils politisch stand, wieviel Geld er hatte und wieviel Soldaten und wo er sie brauchte, und wie aufmümpfig der Hospodar war, oder wie gut oder schlecht er seine Aufmümpfigkeit tarnte. Es muß ein hartes und schweres Geschäft gewesen sein: als Hospodar der Walachei zu regieren. Je mehr er sich gegen die Türken ablehnend zeigte, desto beliebter war er beim Volk. Konstantin Brancoveanu war beim Volk sehr beliebt, ist heute noch eine Legendenfigur. 1714 wurde er dann auch auf Befehl des Sultans zusammen mit seinen vier Söhnen und seinem Minister Vacarescu geköpft.
Zwei Jahre noch regierte ein anderer Rumäne, Stephan Kautakuzenos, die Walachei, dann setzte der Sultan nur noch Fanarioten, reiche Griechen, Kaufmanns-Prinzen aus dem Fanar, dem griechisch gebliebenen Stadtviertel Konstantinopels, zu Hospodoren der Walachei ein, jeweils den, dem er am meisten Geld schuldete.
Das Schloß Mogoşoaia war beim Tod Konstantins unvollendet. Es finden sich Anbauten aus späterer Zeit, im Stil des Schlosses gehalten. Das eigentliche Schloß ist ein Museum. Die Führerin beantwortet die Frage nach den Besitzverhältnissen des Schlosses im 18. und 19. Jahrhundert nicht. »Das Schloß gehört dem Volk, heute«, sagt sie. Ein Teil des Schlosses gehört gleichzeitig auch dem rumänischen Schriftstellerverband. Dort sind wir Gäste.
Der rumänische Schriftstellerverband ist eine großartige Einrichtung. Wer Mitglied wird, hat ausgesorgt. Er bekommt einen Sold entsprechend der Verbreitung seiner Bücher. Er kann, zum Beispiel, hier in Mogoşoaia ein Zimmer beanspruchen, für einen Monat, für zwei, für ein halbes Jahr, um in Ruhe zu schreiben; kann seine Frau und seine Kinder mitbringen, wenn er will, oder, wenn er will, grade nicht . . . er wird hier versorgt und verpflegt, alles gratis. Die Frage: – und wenn einer *nicht* Mitglied des Schriftstellerverbandes ist? – wird nicht beantwortet. Es ist viel von Lyrik die Rede. Besteht die rumänische Literatur nur aus Lyrik? Erst hartnäckige Fragen bringen heraus, daß es auch Romane und Dramen gibt, aber die Lyrik . . . die Lyrik ist eben die Lyrik. In der Lyrik läßt sich nichts nachweisen. Wer einen Roman schreibt oder ein Theaterstück, der muß Stellung bezie-

hen. Die Lyrik muß nur tiefsinnig sein, sonst nichts. Es gibt eine Art sprach- und grenzübergreifenden internationalen Lyrikbrei, ein internationales Esperanto an Tiefsinn, verwechselbare und auswechselbare Hekatomben von Gedichten. Ein richtiger, echter Lyriker muß es heute wohl schwer haben. Wenn alle falsche Bärte tragen, glaubt man dem einen den echten nicht. Aber wahrscheinlich gibt es gar keinen echten. Wer kein Talent hat zum Schreiben, schreibt Lyrik.
Der Park von Mogoşoaia ist weniger gepflegt als die Schloßanlage. Die Wege sind nicht geräumt. Ein Bukarester Jugendclub, angeführt von einem blonden Funktionär, der auf einer gräßlichen Ziehharmonika quargelt, stapft durch die kniehohen Haufen von Blättern. Es riecht nach Fäulnis. Der ganze Boden des sanft zum See hinunter sich senkenden Parks ist mit diesen goldenen Blättern bedeckt. Der See ist still und fast ölig, violett. Die Sonne geht unter und färbt den Horizont orange. Das vertrocknete, herbstliche Schilf trennt das Ufer fast überall vom See. Ein vermoderter Kahn liegt im Schilf. Es ist eine spätherbstliche Farbenwelt ohne Grün: der violette See, der orangerote Himmel, die goldenen Blätter, das fahlgelbe Schilf. Das Schloß liegt im Schatten, schwarz.
Unter den hohen Bäumen ist es dunkel geworden. Es gibt Wege, aber sie sind unter den gleichmäßig verteilten Blättern nicht zu finden. So gehe ich gradeaus vom See zurück in das Schriftstellerhaus, wo inzwischen Stimmung aufgekommen ist. Es hat ziemlich viel Wein gegeben.
Unter den Bäumen im Park ist ein Hügel. Es ist das Begräbnis der Familie Bibescu. Die letzte Fürstin Brancoveanu, eine Nachkommin des Erbauers, hat zu Anfang des 19. Jahrhunderts den Bojaren Georg Demeter Bibescu oder Bibesco geheiratet, dessen Sohn dann auch den fürstlichen Titel Brancoveanu angenommen hat. Von dem Begräbnis, einem kleinen, steinernen Haus, in dem auf allen Seiten klassizistische Grabplatten eingelassen sind, steht nichts im Reiseführer, auch die Expertin, die uns durchs Schloß führte, hat nichts davon erwähnt.
Man hat ein schlechtes Gewissen gegen seine abgesetzten Götter, selbst gegen die toten. Es hat fast abergläubische Dimensionen, wie man sich an offiziellen Stellen windet, die alten Namen nicht aussprechen zu müssen.
Ein Fürst Georg Bibesco liegt hier: geboren 1834, gestorben

1907, und seine Frau, eine geborene Comtesse Caraman-Chimay; ein jung verstorbener Prinz Mihai Basarab-Brancoveanu, geboren 1921, gestorben, vielleicht gefallen? 1943. Das war der Sohn eines der letzten in Rumänien ansässigen Brancoveanu, des Fürsten Konstantin, dessen Schwester jene Anna Elisabeth Bibesco war, besser bekannt unter ihrem ehelichen Namen: Anne Comtesse de Nouilles, die Dichterin, exotisch und extravagant, eine von den adeligen Damen, die Marcel Proust in ihren Bann zog, eine ›Herzogin von Guermantes‹. Das Exotische in der Person dieser Comtesse de Nouilles war nicht zuletzt ihre Abkunft aus diesen wilden Wäldern hier. Ihre Mutter war übrigens die Tochter des Musurus-Pascha gewesen, eines muslimischen Kreters, kaiserlich türkischer Botschafter in London.

Auch das Begräbnis ist mit Blättern bedeckt, aber vor allem mit Moos überwuchert. Unkraut dringt aus allen Ritzen, droht das kleine Bauwerk zu sprengen, wird es eines Tages tun. Man hat nicht die Größe, so etwas zu restaurieren, und man hat Angst, es vorsätzlich zu zerstören. Ich gönne den sozialistischen Kleinbürgern ihre klammheimliche Angst vor den toten Brancoveanu.

Eine Grabplatte liegt etwas abseits, oberhalb des eigentlichen Begräbnisses.

Lady Elizabeth Asquith
Princesse Bibescu
1898–1945

Die Inschrift ist fast nicht zu entziffern, verkrustet die Lettern, verrostet und bemoost. Nur die Zeile darunter, eine bezaubernd schöne Verszeile, eine Zeile, die aus einem Juwel der englischen Romantik stammen könnte – es hat mir bisher noch niemand sagen können, ob sie ein Zitat ist und von wem – die Zeile darunter ist merkwürdigerweise freigewischt, nur diese Zeile, nicht der Name, nicht der Titel, nicht die Daten der Verstorbenen, nur diese Zeile auf ihrem Grabstein: »My soul has gained the freedom of the night.«

Kommt die uralte, verhärmte Kammerfrau der Prinzessin, die irgendwo hier in einem Dorf am Gnadenbrot dahinkümmert, heimlich immer wieder hierher, um diese Zeile freizuwischen? Es sieht nicht aus, als wäre nur einmal über die Zeile gewischt worden. An den Rändern sieht man es, die schichtweise unregelmäßig verwischt sind. Das ist eine Absicht. »My soul has gained

the freedom of the night.« Eine Zeile von männlicher Schwermut.
Bukarest liegt weit östlich. Die Nacht kommt eine Stunde früher als in Mitteleuropa. Anfang Dezember ist es um halb vier Uhr dunkel. Das Farbenspiel am See ist vorbei. Im Schloß brennen die Lichter. Lyriker diskutieren gerne. Diskutieren ist billiger als schreiben, ob sozialistisch oder kapitalistisch. »My soul has gained the freedom of the night.« Ob die Seele der Prinzessin selber –? Ich schaue um. Es ist finster um den Grabhügel unter den großen, kahlen Bäumen. Natürlich nicht jetzt, sondern um Mitternacht, wenn der dünne Dunst des Sozialismus um das Schloß Mogoşoaia verweht und die Freiheit der Nacht herniedergesunken ist.

(1978)

Bald nach Madiasch hört der Dunst und der Dampf der Industrie, der dort die Gegend einhüllt, auf und weicht der klareren Luft der Karpathen. Es begann zu schneien. Kaum, daß uns ein Auto entgegenkam auf der Straße nach Schäßburg, das die Rumänen jetzt Sigişoara nennen. Es wurde dämmrig. Der Fahrer, ein Siebenbürger Sachse, sang leise vor sich hin, als aber das Schneetreiben dichter wurde, erzählte er die Geschichte, wie er – 1950 dürfte das gewesen sein – auf einer Fahrt über den Paß vor Sinaia eingeschneit, im Schnee steckengeblieben sei, er mit seinem Auto und vier, fünf andere Wagen. Zum Glück sei ein Tanklastwagen dabei gewesen, rein aus Zufall. Nach anfänglichem hin und her hätte es der Tankwagenfahrer gestattet, daß man den Tank anzapfte. So konnte man die Motoren laufen lassen. Anders wäre man erfroren. Damals habe er, der Fahrer, die Wölfe aus einer Entfernung von vielleicht vier Meter – nein, er wolle nicht übertreiben – von sechs Metern gesehen. 1950 sei das gewesen, ein sehr strenger Winter. Nach vier Tagen, eben noch rechtzeitig, bevor der Tankwagen leer gewesen sei, seien sie von einer Schneeräumkolonne befreit worden. Oder 1951, auch da sei ein sehr strenger Winter gewesen.
Der junge Dolmetscher neben mir wurde blaß.
»Nein, nein, junger Mann«, sagte der Chauffeur, »das ist kein Märchen. Es gibt noch Wölfe in den Karpathen. Aber erstens«, er klopfte auf das Lenkrad des Mercedes, »mit so einem Wagen passiert das nicht.« Ich weiß nicht, ob er damit die Qualität des Mercedes meinte oder den quasi immunen Status des Autos, das der deutschen Botschaft in Bukarest gehörte. »Und außerdem fahren wir heute nur bis Kronstadt.«
»Brasov«, sagte der junge Dolmetscher zu mir gewandt, in der etwas merkwürdigen Verkehrung, daß er mir den deutschen Namen der Stadt ins Rumänische übersetzt, obwohl seine Aufgabe eher das Umgekehrte war.
»Eine Zeitlang hat es Stalinov oder so ähnlich geheißen«, konnte ich mir nicht verbeißen zu sagen.
Der Dolmetscher schwieg.

Der Chauffeur lachte, leitete das Lachen aber sofort in ein verbergendes Hüsteln über.
Die Wälder traten an die Straße heran. Die Trasse war tief zwischen Böschungen eingeschnitten.
Da tauchte eine Gestalt auf. Sie stand auf der Höhe der Böschung. Ich hielt sie einen Moment für ein Standbild oder einen bizarren Baumstrunk, aber es war ein Mensch, ein Mann von zwei Meter Größe, oder zumindest schien es so, weil wir ihn von unten auf der Böschung stehen sahen.
»Zigeuner«, sagte der Dolmetscher.
Wir waren schon vorbei. Ich wandte mich um und schaute durch das Rückfenster. Ich konnte nicht erkennen, ob uns der Zigeuner nachschaute, aber ich sah ihn noch stehen: zwei Meter groß, auf einen Stab gestützt, in einem bodenlangen, schweren Fellmantel, die Schultern so breit wie ein Stier.
»Der Mantel«, sagte ich zum Dolmetscher, »wäre bei uns ein Vermögen wert.«
Der Dolmetscher sagte nichts, machte aber ein Gesicht, als wüßte er das, als wäre so etwas in Rumänien nicht anders; dabei geben sie, habe ich gesehen, einen handgeschnitzten Holztrog für zwei Dutzend Plastiktüten her, wenn sie nur die Aufschrift ›Kaufhof‹ tragen.
»Den Mantel«, wiederholte ich, schon um den Dolmetscher zu ärgern, »könnte er bei uns für zweitausend Mark verkaufen, gut und gern.« Zweitausend Mark in Westgeld ist für einen durchschnittlichen Rumänen eine bereits nicht mehr vorstellbare Summe.
Der Mantel war schwarz gewesen, aus glänzenden, seidigen Fellen, zottelig und sicher schwer, so schwer, daß ihn nur ein Stier von einem Mann tragen kann. Keine Spur von weibischem Einschlag war an diesem Mantel gewesen. Ein Herr von Mandryka, der aus den Wäldern kam, hinterwärts von Esseg, hatte einst so einen Mantel getragen.
»Sind Zigeuner in Rumänien eine ›mitwohnende Völkerschaft‹ wie die Siebenbürger Sachsen und die Ungarn?« fragte ich. Die Rumänen halten sich viel darauf zugute, ihre Minderheiten – mitwohnende Völkerschaften, wie sie es nennen – gut zu behandeln. Es gibt ein deutsches Theater in Hermannstadt, deutsche Zeitungen, deutsche Bücher. Aber zweisprachige Ortsschilder gibt es nicht.

»Es gibt keine Zigeuner in Rumänien«, murrte der Dolmetscher.
»Aber Sie haben doch grade gesagt, das sei einer gewesen, der in dem Mantel auf der Böschung?«
»Ja«, sagte er gedehnt, »einige.«
»Kennen Sie die Geschichte aus Bistritza?« fragte der Chauffeur, ohne sich umzudrehen.
Der Dolmetscher wurde rot. Ich sah es, obwohl es schon fast Nacht war und ganz dunkel im Wagen. »Nein«, brummte der Dolmetscher. Und nach einiger Zeit murmelte er etwas auf Rumänisch, und obwohl ich nicht Rumänisch kann, verstand ich am unwilligen Ton, daß es ungefähr »– eine Schande –« geheißen haben mußte. –
Wir übernachteten dann aus verschiedenen Gründen, die hier nichts zur Sache tun, nicht in Kronstadt, sondern schon in Schäßburg, der Stadt, die mit einiger Übertreibung das ›Rothenburg Siebenbürgens‹ genannt wird.
Ich weiß nicht, warum die Rumänen, sonst ein freundlicher, liebenswürdiger und überaus geselliger Menschenschlag, keinen Sinn dafür haben, Gaststätten und Cafés wohnlich einzurichten. Selbst in Schäßburg, einer Stadt, die förmlich nach einem getäfelten Ratskeller schreit, ist das beste Lokal eine Art Halle mit der Ausstrahlung einer Werkskantine. ›Zum Stern‹ hieß die Gaststätte dabei, ein anheimelnder Name.
Dort, im ›Stern‹, erwarteten mich mit gedämpftem Mißtrauen die örtlichen sieben Lyriker, darunter einer, der in deutscher Sprache schrieb. Aber auch die sechs anderen konnten Deutsch. Die Abende unter Rumänen sind lang, namentlich unter Schriftstellern. Der Wein und der Zuika lösen die Zungen. Es wurden Witze erzählt, von denen ich geglaubt hätte, sie brächten den, der sie erzählt, ins Gefängnis. Nein, nein, sagte man mir. Schriftsteller hätten in gewissem Sinn Narrenfreiheit. Die Staatsführung sei – eine weise Einsicht, muß ich sagen – der Meinung, Schriftsteller seien harmlos, namentlich Lyriker. Schreiben, allerdings, sagte man mir, dürfe man so Witze natürlich nicht.
»Aber«, sagte ich, »hört denn der Geheimdienst nicht mit? Ist hier am Tisch nicht ein verstecktes Mikrophon?«
»Freilich«, sagte der deutschschreibende Lyriker, »aber da gibt es doch einen Trick. Wir haben für den Abend einen Tisch bestellt, uns dann aber natürlich an einen anderen gesetzt.«
»So blöd wird der Geheimdienst auch nicht sein«, sagte ich,

»vielleicht hat er an allen Tischen versteckte Mikrophone angebracht?«
»Das wäre vielleicht in Bukarest so«, sagte der Lyriker, »aber nicht in Schäßburg. In Schäßburg hat der Geheimdienst nur zwei solche Mikrophone. Eins davon funktioniert nicht, das ist in Reparatur. Das weiß ich, weil der Elektriker ein Vetter meiner Frau ist. Da drüben«, sagte er dann und zeigte auf einen etwas entfernten Tisch, an dem ein äußerst mißmutiger, dicklicher Herr von etwa fünfzig Jahren vor einem Bier saß, »da sitzt er.«
»Wer?«
»Na, der Geheimdienstchef. Andermann heißt er. Früher war er Schuster. Er hat schon als Schuster nichts getaugt. *Ich* hätte ihn nicht als Geheimdienstler eingestellt. Wahrscheinlich verwechselt er die Berichte so, wie er früher die Schuhe verwechselt hat, die bei ihm zum Flicken waren. Aber was tut's. In Schäßburg ist ohnedies nichts los.«
Es war zwölf Uhr. Der mürrische Andermann hatte sein Bier ausgetrunken, stand auf, warf einen giftigen Blick zu unserem Tisch herüber und ging.
Der Lyriker lachte laut. »Jetzt geht er heim. Den ganzen Abend hat er nichts gehört, nichts davon, was wir hier am Tisch gesprochen haben. Damit er keinen Anpfiff kriegt, muß er einen Bericht zusammen*dichten.*«
Später, als der Dolmetscher und alle bis auf einen der rumänischen Lyriker schon schlafen gegangen waren, gestand mir der Siebenbürger Lyriker, daß auch er einen Bericht für den Geheimdienst schreiben müsse.
»Über mich?« fragte ich.
»Freilich«, sagte er.
»Das ist mir aber unangenehm«, sagte ich, »ich meine: nicht, daß der rumänische Geheimdienst über einen Bericht über mich verfügen soll, das ist mir gleich, ich habe ein gutes Gewissen, ich habe nicht einmal Lei zum Schwarzmarktkurs umgewechselt, obwohl mir das insgesamt sechzehn Taxifahrer, vier Hotelportiers und acht Zeitungsredakteure angeboten haben – nein, es ist mir unangenehm, weil ich Ihnen solche Umstände mache.«
»Pfeif auf das *Ihnen«*, sagte der Lyriker, »ich heiße Paul. Prost.«
»Prost, Paul«, sagte ich.
Paul zog einen Zettel aus der Tasche.
»Da«, sagte er.

»Was ist das?«
»Das hat mir der Andermann gebracht, eine halbe Stunde, bevor ich dich getroffen habe. Das sind die Fragen, die ich dir geschickt stellen soll.«
Der rumänische Lyriker zog auch einen Zettel aus der Tasche. Sie verglichen und lachten.
»Ja, ja«, sagte Paul, »der gute Andermann.«
»Und was sind das für Fragen?«
»Ob du dich für die Schwerindustrie interessierst, ob du die neue Brücke vielleicht vermessen willst, ob du wissen willst, wieviel Militär in Schäßburg steht, und was du von unserem großen Partei- und Staatsführer Ceauşescu hältst.«
»Aber das hast du mich alles nicht gefragt?«
»Was werde ich so Blödsinn fragen!« sagte er.
»Und was schreibst du in dem Bericht?« fragte ich.
»Was werde ich schreiben!« rief er. »Ich werde schreiben: der Gast aus Westdeutschland hat sich nur für Mädchen interessiert. Das glaubt jeder Rumäne.«
Als mich dann mein neuer Freund Paul ins Hotel begleitete, auf der stillen, dunklen, verschneiten Straße, wagte ich nach der ›Geschichte aus Bistritza‹ zu fragen, die offenbar mit Zigeunern zu tun hat.
»Hat sich die schon bis zu euch herumgesprochen?« lachte Paul.
»Nein«, sagte ich, »aber wenn du mir sie erzählst, wird sie es.«
Und ich schilderte kurz, wie im Auto die Rede darauf gekommen war.
»In der Nähe von Bistritza«, erzählte dann Paul, »lebte vor ein paar Jahren eine Zigeunerfamilie, also eine Sippe, zwei, drei Dutzend Erwachsene und noch einmal soviel Kinder, das heißt: die Sippe lebte nicht dort, die lebt wahrscheinlich immer noch in der Gegend. Obwohl man sich höheren Orts ganz fürchterlich über sie geärgert hat, obwohl sie etwas getan hat, was in unserem Staat einfach nicht vorkommen darf, was so wenig vorkommen darf, daß man schon sagen muß: diese ganze Zigeunersippe darf es nicht geben, darf es nie gegeben haben. Aber – die Sache hat sich eben schon zu weit herumgesprochen, es haben schon zu viele gelacht darüber. So hilft es nicht einmal, daß sich unser verehrter Staatschef grün gegiftet haben soll darüber – sagt man, versteht sich, sagt man.
Ja – wie ist die Geschichte angegangen? Sie ist damit angegangen,

daß einer von der Zigeunersippe, ein beherzter Mann, zum Volksratsvorsitzenden der Gemeinde gekommen ist, eine Weile seinen Hut in der Hand gedreht hat, und auf die Frage des Genossen Volksratsvorsitzenden: ›Red' oder scheiß' Buchstaben, Zigeuner, und stiehl mir nicht die Zeit –‹ geantwortet: die Sippe brauche Pässe. Ja, Pässe. Sechsunddreißig Pässe für die Erwachsenen und . . . ja, die Kinder müsse man erst zählen, ungefähr vierzig, können auch fünfzig sein.
Der Volksratsvorsitzende schnaufte, fauchte, atmete pfeifend aus, legte – um ruhig Blut zu bewahren – seine Bleistifte schön gerade der Reihe nach hin.
›So‹, sagte er zum Zigeuner, ›sonst nichts?‹
›Nein‹, sagte der Zigeuner.
›Nur Pässe?‹
›Ja.‹
›Sechsunddreißig?‹
›Sechsunddreißig.‹
›Und wohin wollt ihr, wenn ich fragen darf, wohin beliebt es den Genossen Zigeunern fahren zu wollen?‹
›Nach Pamplona.‹
›Wohin?‹
›Nach Pamplona‹, sagte der Zigeuner bescheiden und drehte weiter seinen Hut. ›In Spanien.‹
›In Spanien‹, sagte der Volksratsvorsitzende tonlos, schluckte und richtete nochmals die Bleistifte.
›Sehr wohl, Euer Gnaden Genosse, in Spanien.‹
Da fuhr der Volksratsvorsitzende den Zigeuner an wie ein Hund, der von der Kette losgelassen wird: ob er nicht wisse, daß sich Spanien im kapitalistischen westlichen Ausland befinde? Daß dort an jeder Ecke die feindlichen propagandistischen Kräfte lauern? Daß alle halbe Jahre für den ganzen Bezirk Bistritza vielleicht fünf Pässe fürs westliche kapitalistische Ausland ausgestellt werden? Und sie wollen sechsunddreißig? Und daß treue, altbewährte Genossen jahrelang auf einen Paß warten, um ins westliche kapitalistische Ausland fahren zu dürfen? Er wiederholte: altbewährte, treue Genossen und nicht so verantwortungsloses Gesindel wie Zigeuner! Daß so ein Paß für einen treuen, altbewährten Genossen, der ja schließlich auch einmal ins westliche kapitalistische Ausland fahren will, daß für den so ein Paß ungefähr wie ein Kohinoor ist? Und daß manche nur

treue und bewährte, nicht altbewährte, nur bewährte Genossen ihr ganzes Leben lang auf einen Paß fürs westliche kapitalistische Ausland warten, vergeblich warten und auf dem Sterbebett ihren Kindern wünschen: vielleicht gelingt es euch dereinst, einen Paß zu bekommen, und daraufhin ihre Seele aushauchen? Und Sie Zigeuner wollten 36 – in Worten: sechsunddreißig Pässe? Und die Kinder müßten erst gezählt werden? Ob sie denn bei Sinnen wären?

›Ja‹, sagte der Zigeuner ruhig, ›wir müssen, weil die Große Zigeunermutter von unserem Stamm gestorben ist, und wir müssen eine neue wählen.‹

›In Pamplona‹, fauchte der Volksratsvorsitzende mit letzter Kraft.

›Richtig‹, sagte der Zigeuner, ›richtig, Euer Gnaden, in Pamplona.‹

Der Volksratsvorsitzende musterte den Zigeuner. Ein finsteres, nicht böses, nur unbelehrbares, für sozialistische Errungenschaften unaufgeschlossenes Gesicht schaute ihn an.

Der Genosse seufzte und beschloß, den Weg des geringsten Widerstandes zu gehen. Er schob dem Zigeuner ein Bündel Formulare hin: Paßanträge.

›Ausfüllen‹, sagte er.

Der Zigeuner sagte: ›Ich küsse Euer Gnaden die Hände.‹

›Schade ums Papier‹, murmelte der Volksratsvorsitzende.

Natürlich konnten die Zigeuner – womit der Genosse gerechnet hatte – die Formulare nicht ausfüllen. Aber da gab es einen Pfarrer, der half ihnen. Mit unendlicher Mühe eruierte er die Namen, die Geburtsdaten, erfand dazu, was fehlte, und nach vierzehn Tagen stand – womit der Volksratsvorsitzende nicht gerechnet hatte – der Zigeuner mit den ausgefüllten Formularen, mit Paßfotos und allem wieder da.

Der Volksratsvorsitzende sagte diesmal gar nichts mehr, nahm nur die Papiere entgegen, stempelte sie – ›Schade um die Stempelfarbe‹ – und schickte sie weiter an das vorgesetzte Amt in Bistritza.

Nun, dort, in Bistritza, hat man sich erst einen Ast gelacht über die Paßanträge der Zigeuner, aber dann – was soll man sonst tun, man kann ja inzwischen amtliche Papiere nicht einfach wegwerfen, auch wenn sie noch so blödsinnig sind – hat man sie nach Bukarest geschickt.

Und irgendwo in der großen, geheimnisvollen Maschine, die über den Pässen, diesen unbezahlbaren Kohinooren, brütet, irgendwo muß es einen Genossen gegeben haben, der ein Herz für die Zigeuner gehabt hat oder auch nur Sinn für Humor, die Maschine hat sich, unhörbar, aber gewaltig, in Bewegung gesetzt, hat gearbeitet und gearbeitet, und siehe da: hat sechsunddreißig Pässe für die Zigeuner hervorgebracht, und vierzig, fünfzig kleine Pässe für die Kinder.
So sind die Pässe nach Bistritza hinuntergereicht worden, wo ihnen im Amt vor Schreck vor dem Wunder das Lachen im Hals stecken geblieben ist, und dann weiter zum Genossen Volksratsvorsitzenden, der, wie er die Pässe gesehen hat, gemeint hat, er träumt.
Und alles miteinander, muß man sich vorstellen, hat nicht länger als vier Monate gedauert.
Kopfschüttelnd ist der Volksratsvorsitzende auf die Suche gegangen, hat hier gefragt, dort gefragt, ist mit seinem Motorrad hinausgefahren zu den schlechten Wiesen hinter den Wäldern, durch reißende Bäche gestapft und über felsige Abgründe, bis er die Zigeuner gefunden hat.
›Da‹, hat er gesagt, ›sind eure Pässe.‹
›Danke‹, hat der Zigeuner gesagt, der bei ihm im Amt gewesen war vor vier Monaten, ›wir brauchen sie nicht mehr.‹
›Wieso? Wollt ihr nicht nach Pamplona? Ins westliche, kapitalistische Ausland?‹
›Wir sind schon wieder zurück‹, sagte der Zigeuner.
Das«, sagte Paul, »ist die Geschichte von den Zigeunern von Bistritza. Sechsunddreißig und vierzig oder fünfzig Kinder, mit Pferd und Wagen, mit Kessel, Peitschenknallen, Singen, Feuer, Tanzen von Bistritza nach Pamplona und zurück, mit knarzenden Rädern über die Grenze nach Ungarn, nach Österreich, Italien, Frankreich, Spanien . . . das ist nicht möglich, das kann nicht sein. Nun, wie es mit den Grenzen im Westen gehalten wird, weiß ich nicht, aber die Grenze zwischen Rumänien und Ungarn, da kommt ja keine Maus durch, viel weniger eine ganze Zigeunersippe . . . Wie gesagt, man hat sich höheren Orts grün und blau gegiftet . . .«
»Und was hat man dann gemacht?«
»Man hat das Problem dialektisch gelöst.«
»Was heißt das?«

»Na ja«, sagte Paul, »man hat gesagt: die Geschichte ist nicht wahr. Was sollte man sonst machen? Stell' dir einen Staatschef vor, der grün ist vor Gift, wie ein Frosch. Könnte man ja gar nicht mehr die schönen Farbfotos machen.«

(1979)

Rote Geschichten

Das Frühlingsgedicht

Bekanntlich geht die Entdeckung Amerikas letztlich auf die Sache mit dem Ei zurück. Columbus neigte, wie fast alle Genueser, zur Albernheit. Aber auch andere welthistorische Ereignisse, bei denen die Urheber oder Vollstrecker durchaus keine albernen Menschen waren, sind oft auf winzige und nichtige Anlässe zurückzuführen. Wenn jener königlich preußische Bahnbeamte – als sein Name ist Armin Kniephövel überliefert, ob es stimmt, weiß man nicht – den blinden Güterzugpassagier Wladimir Iljitsch Uljanow in Lehnin in der Mark Brandenburg, wo er eigentlich hätte aussteigen wollen, aus dem Zug gelassen hätte, sähe die Welt heute anders aus. So fuhr der Zug weiter nach Rußland, und in Uljanow – der sich von da ab Lenin nannte – reifte der Plan zur Weltrevolution, aus Trotz – man kann es verstehen. Auch das aufsehenerregende Experiment, das Professor Ygdrasilović an der University of Gross Misdemeanour, Ohio, durchführte, erfuhr seinen Anstoß durch nichts als eine Zeitungsumfrage. Alljährlich zum Frühlingsanfang tritt ein großes amerikanisches Boulevardblatt an einige prominente Persönlichkeiten heran mit der Bitte, ein Frühlingsgedicht zu schreiben. Im Jahr 1965 wählte die Zeitung unter anderem Professor Ygdrasilović aus, der damals den Lehrstuhl für Technical Poetry an der genannten Universität innehatte.

Professor Ygdrasilović erinnerte sich bei diesem Ansinnen lächelnd daran, daß er in seiner Jugend einmal fast den Weg gefunden hätte, ein Dichter zu werden, und er schrieb ein vierzeiliges Frühlingsgedicht. Dann zeigte er es einem Assistenten. Der Assistent sagte, es erinnere ihn an ein Frühlingsgedicht von Juan de la Cruz (1542–1591). Ygdrasilović zerriß sein Gedicht und schrieb ein neues. Das neue Gedicht fand ein anderer Assistent einem Frühlingsgedicht Lermontows (1814–1841) ähnlich. Als ein Hilfsassistent in einem dritten Gedicht Ygdrasilović' eine verblüffende Parallele zu einem Jugendwerk von Johann Peter Uz (1720–1796) feststellte, gab Ygdrasilović auf, aber in den Worten, die er dabei sprach – »Ja, kann man denn in drei Teufels Namen kein *neues* Frühlingsgedicht mehr schreiben?« –, war

sozusagen in nuce der Plan zu dem großartigen Experiment enthalten.
In jahrelanger Arbeit sammelten Ygdrasilovićs Assistenten sämtliche Frühlingsgedichte, die jemals geschrieben wurden: vom anonymsten japanischen Haiku bis zum hinterletzten schlesischen Barockdichter, von Anakreon bis E. E. Cummings; alles, was nach Frühlingsgedicht aussah. Mit diesen Gedichten – es waren knapp achtzig Millionen – wurde der große Computer des Instituts gefüttert. Dann erhielt der Computer den Auftrag, ein *neues* Frühlingsgedicht zu produzieren. Das Ergebnis lautete:

der schneemann lacht
derweil das schneehuhn
im lenzschnee
männchen macht.

»Je, nun«, sagte Professor Ygdrasilović, als er dies las, »daß ich mir nicht vorstellen kann, wie ein Schneehuhn Männchen macht, ändert nichts am Wert des Experiments.«

(1968)

Der Bürgermeister von Kneitzlwang – gleichzeitig Postwirt – entrollte seinen kühnen Plan und malte dem Gemeinderat eine großartige Zukunftsvision aus:
»– und dann kommen die Picadores, auf die Pferd', mit bunten Bändern an den Lanzen, ein herrliches Bild, der Stier faucht, die Menge jubelt, Zehntausende von Paar Würstl werden verkauft, mit Senf, ein gigantischer Eindruck! Und wenn dann erst der Matador kommt, der Liebling der Frauen, atemberaubende Stille herrscht im Rund der Arena, der Stier schnaubt, und ständig wird frisches Bier angezapft, denn so ein Stierkampf macht Durst. Ich war voriges Jahr in Spanien auf Urlaub: ich hab noch nie so Durst gehabt wie beim Stierkampf. Es war ein gewaltiges Ereignis.«
»Na ja«, sagte der Lehrer, »was denen in Oberammergau ihr Passionsspiel ist, könnte leicht die Corrida für Kneitzlwang werden.«
Der Pfarrer wiegte bedenklich den Kopf, sagte aber dann: »Heiliger Franziskus hin, Heiliger Franziskus her. Ich habe gehört, daß die Toreros vor jedem Stierkampf in die Messe gehen. Diese Belebung des Kirchganges könnte nicht schaden.«
So wurde einstimmig die Einführung des Stierkampfes in Kneitzlwang beschlossen. Aber noch ehe die Aushubarbeiten für die Arena begannen, stellten sich Schwierigkeiten ein. Ein weithin berühmter hauptberuflicher Tierfreund, ein gewisser Professor G., bekam Wind von der Sache und wetterte im Fernsehen gegen die geplante Corrida in Kneitzlwang. Sowas müsse verboten werden, sagte er.
Die durch Professor G. und den Tierschutzverein alarmierten amtlichen Stellen standen aber vor einem schwierigen Problem: nirgends steht geschrieben, daß Stierkämpfe genehmigungspflichtig sind.
»Tierquälerei!« sagte der Tierschutzverein.
»Ja«, sagten die ratlosen Behörden, »da müssen sie in Kneitzlwang erst einmal Tiere quälen, dann!«
Immerhin bewirkte der bundesweite Aufschrei der Tierfreunde,

daß das Bundesministerium die Subventionen für die Stierkämpfe in Kneitzlwang nur unter der Auflage unblutiger Kämpfe in Aussicht stellte.
Man war in Kneitzlwang verständlicherweise etwas enttäuscht von dieser Auflage, aber ohne Subventionen war nichts zu machen, also wurden die Espadas der Matadoren unten abgerundet, die Picadores mit Gaspistolen ausgerüstet und überhaupt alles zum Schutz der Stiere eingerichtet.
»Und wer schützt uns?« fragten die Toreros, die sehr rasch eine Gewerkschaft gebildet hatten. »Wir stehen nunmehr mit unseren abgerundeten Espadas den Stieren sozusagen wehrlos gegenüber. Außerdem laufen Stiere auch schneller.« Es zeichnete sich ein Torero-Streik ab. Nach zähen Verhandlungen konnte die Streikgefahr gebannt werden. Der Kompromiß: Beibehaltung der abgerundeten Espadas und sonstigen Sicherheitsvorkehrungen; statt Stieren aber Kühe.
Es stellte sich jedoch heraus, daß auch Kühe in der Regel schneller laufen können als Toreros, und beim ersten Training zog sich der Banderillero Hammerbichler Franz, genannt El Andaluzo, einen komplizierten Nasenbeinbruch zu.
Der blessierte Kämpfer äußerte, als er die Arena verließ, ein in Bayern nicht nur unter Toreros übliches Kraftwort und fügte hinzu: »Kia san z'groß.«
Man stieg auf die etwas handlicheren Ziegenböcke um, nicht bedenkend, daß aber gerade diese Tiere mit verhältnismäßig langen Hörnern armiert und durch hartnäckige Kampfeslust ausgezeichnet sind – geschlitzte Hosenböden gehörten bald zum alltäglichen Straßenbild in Kneitzlwang.
»Zugestanden«, sagte der Lehrer, »es ist ein gewisser Stilbruch, aber wir können uns nicht jede Woche eine komplette Garnitur Torero-Hosen leisten.« Die Toreros bekamen also Lederhosen mit aluminiumverstärkten Gesäßpartien. Das bewirkte, daß die Toreros noch unbeweglicher wurden, die Ziegenböcke noch bösartiger und die Verlustquoten unter den Toreros beim Training eher größer. Außerdem betrachtete die weibliche Dorfjugend die Aluminiumauflage als unschön, der Gebirgstrachten-Erhaltungsverein als Verhöhnung eines typisch alpenländischen Kleidungsstückes, und die Legio Mariae beanstandete die vom Gesundheitsamt vorgeschriebene Schamkapsel als unsittlich. Nach vergeblichen Versuchen, die Aluminiumbeschichtung der

Lederhosen innen in denselben anzubringen, beließ man es bei einfachen Lederhosen und nahm von den Ziegenböcken Abstand.
Was aber dann? Hahnenkämpfe? Diese galten in Mitteleuropa als besonders exotisch und verwerflich. Das Bild, das einen Toreador zeigte, wie er eben einen knackwurstförmigen Kampfdackel spaltete, ging zwar durch alle Zeitungen, rief aber sofort den gellenden Protest des Verbandes postklimakterischer Dakkelfreundinnen e. V. hervor. Experimente mit Kampfkaninchen verliefen zwar insgesamt günstig, auch erlangten die Toreros rasch Geschicklichkeit darin, ihrerseits in der Erde Gänge zu graben. Die Kämpfe tobten aber somit leider nahezu unter Ausschluß der Öffentlichkeit: der Jubel, wenn ein lehmverkrusteter Matador dem Bau entstieg und im Triumph das besiegte Kaninchen an den Löffeln hochhob, war mäßig. Auch der Verkauf heißer Würstchen mit Senf blieb hinter den Erwartungen zurück.
»Kaninchen sind nichts«, sagte der Bürgermeister. »Aber die können doch nicht Fliegen fangen, die Toreadores«, sagte der Lehrer. »Wellensittiche fliegen natürlich auf und davon«, sagte der Pfarrer. »Frösche?« meinte ein Gemeinderat. »Regenwürmer«, sagte ein Dritter, »mit dem Staubsauger.«
»Das ist alles nichts«, sagte der Bürgermeister. »Man müßte Tiere haben, die langsam sind, pflegeleicht, gutartig, irgendwie gepanzert und eßbar.« – »Ameisen«, sagte der Lehrer. »Pfui Teufel«, sagte der Pfarrer, »wer ißt schon Ameisen?« – »– und vor allem«, fügte der Bürgermeister hinzu, »groß genug, daß man sie sieht.« – »Warum gepanzert?« fragte der Lehrer. »Weil uns dann der Tierschutzverein nichts vorwerfen kann.« – »Elefanten«, warf ein Gemeinderat vorsichtig ein, »werden wiederum zu groß sein?« – »Und Schnecken«, sagte ein zweiter, »wohl zu klein?«
»Ja«, sagte der Bürgermeister, »Elefanten sind gutartig und pflegeleicht, Schnecken langsam und eßbar, beide quasi gepanzert. Es müßte ein Mittelding zwischen Elefant und Schnecke sein –«
»Ich hab's«, schrie der Lehrer.
Und so lädt schon für den nächsten Sommer Kneitzlwang auch Sie, lieber Leser, zur Schildkröten-Corrida in dieses malerische Voralpenstädtchen ein.

(1969)

Die springenden Alleebäume

Jahr für Jahr geben die deutschen Autofahrerclubs und verwandte Institutionen ein Bulletin heraus, das die erschreckende Statistik der im letzten Jahr durch Alleebäume getöteten Autofahrer enthält. Dreitausend heißt es, sollen es jährlich sein. Es wäre zu einfach, diesen Problemkreis mit der Meinung des Amtsgerichtsrates Wegscheider abzutun, der dazu sagte: »Ich bin seit Jahren Richter in Straßenverkehrssachen. Mir ist noch kein Fall einer Kollision Autofahrer – Alleebaum vorgekommen, in dem nicht ein Versagen – meist zu hohe Geschwindigkeit – seitens des Autofahrers vorgelegen hat. Ich halte«, fuhr Amtsgerichtsrat Wegscheider fort, »den Alleebaum für eine bessere Institution zur Dezimierung von Verkehrsrowdies als z. B. unbeteiligte fremde Autos.«

Die Berufserfahrung des Herrn Amtsgerichtsrates Wegscheider in Ehren – aber so einfach ist die Sache nicht. Es liegt jetzt neuerdings eine ausgezeichnete und umfassende Studie aus dem Institut des weltberühmten Professors Ygdrasilović vor, die sich eingehend mit dem Verhalten des deutschen Alleebaumes befaßt.

Der deutsche Alleebaum, zu diesem Schluß kommt die erwähnte Studie, ist bösartig.

Es ist Nacht. Gemütlich tuckert ein Sportwagen mit 120 oder 140 km/h auf einer Landstraße dahin. Der Fahrer dämmert, weil eine nächtliche Fahrt auf einer Landstraße langweilig ist, im Halbschlaf. Der Alleebaum aber, der Alleebaum ist hellwach. Genüßlich – wir wissen es ja nicht genau, können ihn nicht fragen, aber alles deutet darauf hin, daß es genüßlich von ihm ist – genüßlich läßt der Alleebaum den Wagen herankommen, dann . . . ein Sprung von nicht mehr als einem Meter in die Fahrbahn des Wagens. Der Mann am Steuer, der obendrein halb schläft, kann natürlich nicht mehr ausweichen, es kracht, Blech fliegt herum, vielleicht brennt es ein wenig. Behutsam klaubt – hoffen wir es – Sankt Christopherus den zerquetschten Fahrer aus den Trümmern und führt ihn in eine möglicherweise bessere Welt. Der Alleebaum, dem ja in der Regel außer ein paar Kratzern in

der Rinde nichts passieren kann, rauscht hämisch mit den Blättern.
Es ist ganz merkwürdig, daß die Alleebäume – wenn man der Ygdrasilović-Studie glauben darf – übermüdete, schlafende oder betrunkene Autofahrer offenbar von weitem schon erkennen. Mit ganz besonderer Vorliebe springen die Alleebäume solchen Fahrern in den Weg, die ja viel langsamer reagieren als andere, also gegen die Tücken der Alleebäume so gut wie wehrlos sind. Möglicherweise senden Alleebäume radarartige Strahlen aus, wie Fledermäuse. Wie das vor sich geht, ist noch nicht geklärt. Daß die Alleebäume fast ausschließlich nachts den Autofahrern in den Weg springen, erklärt sich ganz einfach aus der angeborenen Tücke der Bäume. Wie raffiniert sie dazu noch sind, erhellt aus der Tatsache, daß drei Viertel aller Fälle, in denen Alleebäume sich Autos in den Weg stellen, bei Regen geschehen. Da das Auto nach dem Zusammenstoß oft zu brennen anfängt, wählen die Alleebäume für ihre Überfälle gern feuchtes Wetter, wo sie selber naß sind, und so der Brand nicht auf sie übergreifen kann.
Es ist ein Fall bekanntgeworden, wo ein Alleebaum in einer besonders gefährlichen Kurve hinter einem Gasthaus, das für sein gutes Bier bekannt ist, Posto gefaßt hatte, offenbar weil er wußte, daß ihm hier die wehrlosen, angetrunkenen Autofahrer in die Falle gingen, ohne daß er selber sich groß anzustrengen brauchte. Allein während eines Erntedankfestes überfiel dieser Baum dreiundzwanzig Autos. Bekannt ist auch der – behördlich überhaupt nicht genehmigte – Zuzug von Alleebäumen während des Oktoberfestes in das Stadtgebiet von München. Zwar konnte man die sehr geschickten Bäume noch nie auf ihrem ungesetzlichen Marsch ertappen, aber wie anders soll die Häufung von Auffahrunfällen auf Bäumen während des Oktoberfestes sonst erklärlich sein?
Ein besonders krasser und dreister Fall von Heimtücke eines Alleebaumes ereignete sich in der Nähe von Kulmbach. Ein Autofahrer hatte friedlich in einem Landgasthaus seine vierundzwanzig Halbe Eisbock getrunken und sich dann auf die Heimfahrt gemacht. Auf schnurgerader Strecke sprang ihm, wie nicht anders zu erwarten, ein Alleebaum in den Fahrweg. Der Autofahrer konnte aber gerade noch bremsen und kam wenige Zentimeter vor dem Baum zum Stehen. Verschreckt und voll Furcht

wendete der Autofahrer sofort und wollte zurück in die Gastwirtschaft flüchten. Der Alleebaum folgte ihm aber, überholte ihn, unbemerkt sogar, und stellte sich im umzäunten Parkplatz des Landgasthauses dem Autofahrer genau in den Weg, als dieser eben in die Einfahrt einbiegen wollte. Es kam zum Zusammenstoß, der Fahrer wurde aus seinem Wagen geschleudert, blieb aber nahezu unverletzt. Mit Recht glaubte sich der arme Kerl nun von allen Furien gehetzt und wollte nach Hause rennen, um sich in Sicherheit zu bringen. Da stellte sich ihm der Alleebaum ein drittes Mal in den Weg. Mit schwerer Gehirnerschütterung mußte der Mann ins Krankenhaus gebracht werden. Bei diesem Verbrechen muß sogar ein anderer Alleebaum Schmiere gestanden haben, der der Funkstreife, die kam, um den Baum dingfest zu machen, in den Weg sprang. Im allgemeinen trauen sich die Alleebäume sonst nicht, Funkstreifenwagen, die Feuerwehr und ähnliche Fahrzeuge, selbst wenn diese sehr schnell fahren, zu belästigen; wahrscheinlich, weil sie letzten Endes bei diesen Fahrzeugen den kürzeren ziehen, es würde nämlich in der Regel dann das Abholzen verfügt. Auch vor allen Schienenfahrzeugen haben Alleebäume einen heillosen Respekt.
So gibt uns die gründliche, wenngleich traurige Studie des Professors Ygdrasilović die Gewißheit, daß es nicht falsch ist, wenn die deutschen Autofahrervereinigungen kein anderes Mittel mehr sehen, als die restlose Ausrottung der Alleebäume zu verlangen. Keinesfalls dürfen wir es bei der leichtfertigen, ja zynischen und herzlosen Meinung des eingangs genannten Amtsgerichtsrates Wegscheider bewenden lassen, der gesagt haben soll: »Was? Dreitausend in einem Jahr? Das sind ja fast zehn am Tag. Da werde ich in Zukunft mich mit der freudigen Gewißheit in der Früh aus dem Bett erheben können, daß es, wenn ich heute wieder schlafen gehe, dank der Alleebäume zehn Verkehrsrowdies weniger gibt.«

(1969)

Eine Krone für die Armen der Welt

Die Idee kam selbstverständlich nicht vom stumpfsinnigen Adami, sondern vom Heiligen Georg. Der Heilige Georg hatte sich, als er in einer Illustrierten in seinem Stammcafé einen sehr prächtig bebilderten Bericht über ein Papstjubiläum betrachtete, an eine Zeitungsmeldung erinnert, die allerdings schon einige Jahre zurücklag. Adami war zufällig am Nebentisch gesessen, aber was heißt zufällig, wenn beide, sowohl der Adami, der auch im Sommer nie seinen unglaublich dicken und knöchellangen Salz- und Pfeffermantel ablegte – »Ich habe immer alles bei mir, was ich habe«, pflegte Adami mit seinem ungarischen Akzent zu sagen: »mein Mantel ist mein Tresor.« –, wenn beide, Adami und der Heilige Georg fast täglich ihren Mokka und Cognac im selben Café schuldig blieben. Bei erwähntem Heiligen Georg handelte es sich nicht um jenen Georg von Kappadokien, der in der lateinischen Kirche als Ritter Sankt Georg und in der griechischen als Georgios der Siegbringer verehrt wird, und als einer der vierzehn Nothelfer, als englischer Nationalheiliger und als Schirmherr der Pfadfinder gilt, sondern um einen heruntergekommenen (nach anderer Version: nie hinaufgekommenen) Dichter namens Stefan George, der sich zum Unterschied von seinem berühmten kleinkalligraphierenden Namensvetter Stefan George stets St. George nannte. Aus dem St. George entwickelte sich naheliegenderweise bald Sankt George und dann Heiliger Georg. Der Heilige Georg huldigte der Ansicht, daß *Dichten* und *Dichter sein* zwei ganz verschiedene Paar Stiefel seien, ja daß eine Existenz als Dichter den Vorgang des Dichtens förmlich ausschließe. Der Heilige Georg betrachtete sich als Dichter. Er schrieb nichts. Das mag einer der Gründe sein, warum er nie hinaufkam. Ideen allerdings hatte er immer. Nicht immer aber setzte er sie so rasch in die Tat um, wie damals die Idee nach dem sehr prächtig bebilderten Bericht über das Papstjubiläum.

Als die Kellnerin nicht herschaute, riß der Heilige Georg ein besonders buntes Bild des Papstes heraus (es stellte den Papst segnend mit Tiara dar), verwahrte es in der Brieftasche, ließ den

Mokka mit Cognac anschreiben, nahm Adami mit und stand am nächsten Tag in der Früh mit ihm an der südlichen Autobahnausfahrt.

»Wenn wir über dem Brenner sind«, sagte der Heilige Georg, »wird es leichter, weil sie in Italien keine Bahnsteigsperren haben. Da sind wir dann nicht mehr auf die ekelhaften Autofahrer angewiesen.« Eine komplizierte Verabredung für den Fall gezwungenermaßen getrennten Reisens – die Adami niemals behalten hätte; sie lautete etwa: »An jedem ungeraden Tag ein Viertel vor den vollen geraden Stunden an der hinteren linken Ecke der Piazza dell'Erbe in Verona, falls nicht . . .« und so weiter – brauchte nicht angewandt zu werden, denn ein italienischer Fernlastfahrer nahm beide Pilger bis Modena mit. Beim Schwarzfahren blieben sie dann zusammen, obwohl das naturgemäß die Schwarzfahrten erschwerte. Zwei werden leichter erwischt als einer, zumal wenn der eine davon der schwerfällige Adami ist.

Warum hat der Heilige Georg aber überhaupt den Adami mit seinem ausgebeulten Tresor-Mantel mitgenommen? Nun, für des Heiligen Georg Pläne war es am günstigsten, wenn er nicht allein kam, wenn er das Gewicht eines weiteren Pilgers mitbrachte, es hatte nicht so das Ansehen einer sektiererischen Einzelaktion. Und warum gerade Adami? Er saß eben grad am Nebentisch, als der Heilige Georg die Idee hatte. Außerdem mußte der Begleiter auch mittellos sein. Und dann: wo findet man – selbst unter Pennern und Tagedieben – einen, der so rasch entschlossen einer fremden Idee folgend eine weite, nicht ungefährliche Reise unternimmt.

Da sich Nachtzüge in Anbetracht verschlafener Zugschaffner, heruntergelassener Liegewagenbetten und überhaupt wegen der Dunkelheit besser zum Schwarzfahren eignen, kamen der Heilige Georg und Adami am frühen Morgen eines strahlenden Frühsommertages in Termini an.

Adami bat sogleich, als sie in die noch reine Kühle des römischen Morgens auf der Piazza del Cinquecento hinausgetreten waren, die Passanten um Almosen.

Der heilige Georg musterte interessiert die wartenden Omnibusse.

»Komm her, Adami«, schrie er dann, »das ist er. Nummer 64. Ein glückliches Zeichen.«

Auf dem 64er Bus stand: ›Stne Termini P-za Venezia-P.za della Città Leonina‹.
»Wo willst du hin?« fragte Adami.
»Zum Vatikan natürlich.«
»Aber da steht doch ›Città Leonina‹ nicht ›Vatikan‹. Ob wir nicht besser den Schaffner fragen?«
»Du Trottel. Willst du etwa die Fahrt bezahlen? Città Leonina – die Leo-Stadt – das muß auf jeden Fall in der Nähe vom Vatikan sein.«
Die Fahrt dauerte natürlich länger, weil der Heilige Georg und Adami mehrfach den 64er Bus wechseln mußten. Gegen zehn Uhr aber standen sie auf dem Petersplatz im Angesicht der gewaltigen, aber dennoch so mysteriös leichten, ja schwebenden Majestät der Maderno-Fassade. »Bist du nicht ergriffen?« fragte der Heilige Georg. »Nein. Warum?« sagte Adami.
»Dann los, gehen wir.«
Der Arco delle Campane ist der auffälligste Eingang zum Vatikan, direkt am Petersplatz. Zwei malerische Schweizergardisten standen dort. Das Tor war offen. Der Heilige Georg und Adami schlenderten an den Wachen vorbei, das heißt, sie versuchten es, hatten aber das bloß dekorative Moment der Schweizergardisten entschieden überschätzt. Sofort senkte sich eine Hellebarde vor eines jeden der ›Pilger‹ Nasenspitze, und in sehr bestimmten Schwyzer-Dütsch sprach einer der Gardisten: »Wo wollen Sie hin?«
»Hinein«, sagte der Heilige Georg.
»Wenn Sie in die Vatikanischen Museen wollen, müssen Sie hinten in die Viale Vaticano, denn die Kasse –.«
»Nein«, sagte der Heilige Georg, »wir wollen zum Papst.«
»Aha!« sagte der Schweizergardist, »da merken Sie sich aber vor allem, daß der Papst hier der Heilige Vater oder Seine Heiligkeit heißt, und dann gehen Sie da die Kolonnaden vor und dann links bis zum Ingresso Sant' Anna. Dort ist die Visum-Stelle.«
»Visum?« fragte Adami.
»Natürlich«, sagte der Schweizergardist, »wir sind ein eigener Staat.«
»Ah ja, natürlich«, sagte Adami.
Am Ingresso Sant' Anna war eine richtige, echte Zollschranke. Dahinter stand wieder ein Schweizergardist. Rechts neben der Schranke aber war ein kleines Büro. Dort saß eine chinesische

Nonne hinter einem Schreibtisch, die, als sie die Nationalität der beiden ›Pilger‹ erraten hatte, eine deutsche Nonne holte, der der Heilige Georg wiederum erklärte, daß die beiden ›hinein‹ wollten. »Zum Heiligen Vater«, sagte Adami, der schon gelernt hatte. Die deutsche Nonne erklärte den beiden, daß es drei Arten von Audienzen beim Papst gäbe:
1. Privataudienz, die aber, wie sie sehe, für die Herren wohl nicht in Frage käme, denn da sei Frack vorgeschrieben, außerdem eine Empfehlung zumindest eines Bischofs oder eines Gesandten am Vatikan;
2. eine gemeinschaftliche Audienz, das sei schon etwas einfacher, aber auch da brauche man mindestens einen schwarzen Anzug;
3. am ehesten noch ginge es bei den Herrn in einer allgemeinen Audienz ganz hinten in der letzten Reihe.
Dabei musterte die Nonne den ausgebeulten Salz- und Pfeffermantel Adamis.
»Da werden wir uns eben zu einer allgemeinen Audienz entschließen«, sagte der Heilige Georg und dachte: wenn wir drin sind, sind wir drin. Die werden dann schon sehen.
»Gut«, sagte die Nonne. »Geben Sie mir das Empfehlungsschreiben Ihres Heimatpfarrers?«
»Bitte was?« sagte der Heilige Georg.
»Das Empfehlungsschreiben Ihres Heimatpfarrers!« sagte die Nonne.
»Hm –«, sagte der Heilige Georg. »Sagen Sie, ehrwürdigste Mutter, ohne Audienz oder so kommt man nicht zum Papst?«
»Nein«, sagte die Nonne.
»Hm, hm – auch nicht in den Vatikan?«
»O doch«, sagte die Nonne. »Wenn Sie drinnen was zu tun haben.«
»Wir haben drinnen zu tun«, sagte der Heilige Georg.
»Was?« fragte die Nonne freundlich.
»Hören Sie, beste ehrwürdige Mutter! Hier stehen zwei alte arme Pilger vor Ihnen, die am Ende ihres mühseligen Lebens sind. Unter gräßlichen Entbehrungen sind wir nach Rom gewandert –«
»– gewandert?«
»Naja – auch gewandert! Zum Teil . . . und wir wollten zu gern, wenigstens unseren Fuß auf den geweihten Boden –«

»Wissen Sie was?« sagte die Nonne. »Sie könnten ja ein Visum beantragen, weil Sie bei der Vatikanischen Bank Geld wechseln wollen. Dann dürfen Sie hinein.«
»Und wo bekommen wir das Visum?«
»Hier bei mir.«
»Wann?«
»Sofort.«
»Was kostet es?«
»Nichts.«
Die beiden Pilger füllten je ein Formular aus, das ihnen die Nonne gab. Die Nonne nahm dann die Formulare wieder an sich.
»Als Begründung schreibe ich dann«, sagte die Nonne, »Opera religiosa.«
»Halt! Halt!« schrie der Heilige Georg, »muß ich da Beichten und Kommunizieren?«
»Nein, nein«, sagte die Nonne. »Opera religiosa heißt die vatikanische Bank.«
Bald öffnete der Schweizergardist die Schranke für die beiden Pilger, die allerdings mitnichten die Vatikanische Bank aufsuchten, sondern sich sogleich in die inneren Gassen des Vatikans verdrückten.
An der Ecke Via Pio X – Via di Belvedere stand ein Schweizergardist in weißen Handschuhen auf einem kleinen, trommelförmigen Podest und regelte den Verkehr, der allerdings nur aus einem einzigen dreirädrigen Lieferwagen bestand, der von den Magazzini Serre kam und zur Porta Sant' Anna fuhr.
»Ist das nicht imponierend«, sagte der Heilige Georg. »Ein Schweizergardist, in der von Michelangelo entworfenen Uniform, regelt den Straßenverkehr. Jahrhunderte begegnen sich hier. Bist du auch ergriffen, Adami?«
»Nein«, sagte Adami.
»Dann gehen wir weiter.«
Als es Abend war, hatten sie den Papst immer noch nicht gefunden. »Er ist doch so klein, der Vatikan, man möchte meinen, man muß ihm doch begegnen!« sagte der Heilige Georg.
»Scheinbar aber nicht«, sagte Adami.
»Anscheinend«, sagte der Heilige Georg, »nicht scheinbar.«
Die Vatikanischen Gärten, auf die die beiden Pilger große Hoffnung für eine zufällige Begegnung mit dem Heiligen Vater

gesetzt hatten, waren innerhalb des Vatikans nochmals verschlossen und auch für Visa-Inhaber nicht zugänglich.
»Der Teufel soll den ganzen Vatikan holen«, sagte der Heilige Georg.
»Wird sich hüten«, sagte Adami.
Etwa um Mitternacht wurden die beiden Pilger von der päpstlichen Gendarmerie in der Nähe der Via Marconi, wo sie sich hinter einem Busch zum Schlafen niedergelegt hatten, aufgegriffen und zum Governatoro gebracht. Die Gendarmen errieten sofort die Nationalität der Pilger – jetzt Landstreicher – und holten einen deutschen Geistlichen, der im päpstlichen Sender Dienst tat.
Nachdem der Heilige Georg durch herzergreifende Schilderungen die Mühen ihrer Pilgerfahrt seines und Adamis Alters und hinfälligen Gesundheitszustandes den jungen Geistlichen beeindruckt hatte, war es nicht mehr schwer, nicht nur der sofortigen Expedition aus dem Vatikan zu entgehen, sondern sogar eine warme Suppe und eine Notunterkunft im Ospedale Santa Maria zu bekommen. Durch so geschickte und geheimnisvolle Andeutungen über ihre Mission gelang es dem Heiligen Georg, den jungen Priester darüber hinaus so unsicher und stutzig zu machen, daß er sie am nächsten Vormittag, nachdem die beiden – nun wieder: Pilger – gebadet und glänzend gefrühstückt hatten, zu seinem Vorgesetzten, einem deutschen Geheimkämmerer führte.
Zunächst wollte der Heilige Georg auch dem Geheimkämmerer gegenüber nicht mit der Sprache herausrücken und verlangt nur eine ›Sonderaudienz‹ – beim Heiligen Vater. Bald aber merkte der Heilige Georg, daß der deutsche Geheimkämmerer weitaus das Höchste an Geistlichkeit war, das er im Vatikan zu sehen kriegen würde. »Nun gut«, sagte er, »ich will Ihnen also sagen, warum wir hier sind. Am 14. November 1964 hat der Heilige Vater in einer – wie es in der Presse hieß – bewegenden Geste seine edelsteinbesetzte Tiara den Armen der Welt zum Geschenk gemacht. Wie ich aus dieser Photographie jüngsten Datums entnehme« – der Heilige Georg hielt dem Geheimkämmerer den Zeitungsausschnitt unter die Nase – »trägt der Heilige Vater aber immer noch die Krone, die ihm nicht mehr gehört. Wir, mein Freund Adami und ich, gehören zu den Armen der Welt, wie Sie sich, Herr Geheimkämmerer, unschwer durch Augenschein

überzeugen können. Wir sind gekommen, unseren Anteil abzuholen, bitte.« Es ist nicht zu leugnen: der Geheimkämmerer war perplex. Er überlegte hin und her, endlich tuschelte er mit dem jungen deutschen Geistlichen, der dann die beiden Armen der Welt wieder in das Ospedale Santa Maria führte, wo sie ein Mittagessen bekamen.

»Siehst du«, sagte der Heilige Georg, »siehst du!«

»Ich weiß nicht recht«, sagte Adami und legte sich in dem ihnen zugewiesenen freien Krankenzimmer zum Nachmittagsschlaf hin. Adami sollte recht behalten. Gegen vier Uhr kam der junge deutsche Geistliche wieder und brachte sie neuerdings zum Geheimkämmerer. Der war diesmal nicht allein, zwei weitere, offensichtlich hohe geistliche Herren standen neben ihm.

»Meine lieben Söhne«, sagte der Geheimkämmerer, »ich glaube, ich habe die Sache zu eurer Zufriedenheit geklärt.«

»Wir bekommen das Geld?« fragte der Heilige Georg.

Der Geheimkämmerer nahm einen Zettel vom Tisch.

»Die Tiara des Heiligen Vater, die er, das ist richtig, den Armen der Welt zum Geschenk gemacht hat, ist nach vorsichtiger Schätzung fünfzigtausend Mark wert. Das ist der reine Materialwert. Altertumswert hat sie nicht, denn sie wurde erst nach der Thronbesteigung Seiner Heiligkeit angefertigt. Wenn wir davon ausgehen, daß es nur – das ist eine unverantwortlich niedrig gegriffene Zahl – fünfzig Millionen Arme auf der Welt gibt, so entfallen auf jeden Armen 0,1 Pfennig. Ihr, meine lieben Söhne, habt jeder einmal übernachtet. Setzen wir dafür jeweils zehn Mark an. Und hier hat jeder von euch noch tausend Lire, das sind ungefähr sechs Mark. Sechzehn Mark sind das Sechzehntausendfache des euch zustehenden Betrages.«

»Die Tiara ist nicht mehr wert?« sagte der Heilige Georg.

»Den würdigen Ehrenschutz, den euch nun unverzüglich die Schweizergarde bis zur Porta Sant'Anna gewähren wird, stelle ich dabei gar nicht in Rechnung. Im übrigen läßt euch Seine Heiligkeit seinen väterlichen Segen übermitteln und –«, sagte der Geheimkämmerer, »– ich zähle auf eure Verschwiegenheit. Nicht daß jetzt dann alle kommen.«

(1970)

Wie war das mit dem lieben Gott?

Meine Großeltern, bei denen ich von meinem neunten bis zum fünfzehnten Jahr lebte, verwendeten äußerste Sorgfalt auf meine religiöse Erziehung. Meine Großmutter – sie stammte aus Stilfs im oberen Vinschgau, aus einer kargen und armen Gegend, wo, der Überzeugung bin ich, heute noch so gute Kelten leben wie in Schottland oder in Wales – war so katholisch, daß sich der Papst zu Rom eine gute Scheibe oder besser zwei davon hätte abschneiden können. Manche unserer heutigen Kirchenfürsten sind, wenn ich es so rückschauend betrachte, schiere Protestanten gegen meine Großmutter. Sie vermittelte mir einen unauslöschlichen Schatz von Sprüchen, die von ›Schweig still, mein Herz, und singe‹ bis ›Tue Gutes, wirf's ins Meer, sieht's der Fisch nicht, sieht's der Herr‹ reichten, außerdem tiefe, obervinschgauerische theologische Einsichten wie etwa, daß Martin Luther während des Stuhlganges vom Teufel geholt worden sei. Die besondere Vorliebe meiner Großmutter galt dem Heiligen Antonius, besser gesagt: einem der heiligen Antonii, welchem? Hagiologischen Haarspaltereien war sie abhold. Sie war nervös, außerdem ängstlich wie alle abergläubischen Menschen, stets darauf bedacht, keinen Hut auf ein Bett zu legen (bringt häuslichen Kummer), keine Schuhe auf den Tisch zu stellen (bringt unliebsame Begegnungen) und nicht unter einer Leiter durchzugehen (man verliert Geld am dritten Tag). Sie sperrte alles zu, auch vor der Familie: die Kassette mit dem Geld, die Kassette im Schrank, den Schrank im Zimmer, das Zimmer, in dem der Schrank stand, und weil sie nervös war, war sie ständig auf der Suche nach den Schlüsseln. Der Heilige Antonius, also einer der vielen Heiligen, die Antonius heißen – vielleicht war meine Großmutter der Auffassung: derjenige wird es schon wissen, den es betrifft – wird zur glückhaften Auffindung verlorener Gegenstände angerufen. Zeitweise dürfte der betreffende Heilige Antonius vollauf damit beschäftigt gewesen sein, die Dutzende verlegter Schlüssel meiner Großmutter zu suchen. Er bekam ab und zu eine Kerze vor sein Bild in der Kirche, zumal er auch – etwas außerhalb seiner Zuständigkeit – beim Geldzählen nützlich war. Einmal zählte meine Großmutter die Tageseinnahme des Geschäftes: neun Hundertschillingscheine. Sie erschrak – laut Kassastand hätten es zehn sein müssen. Also war jemandem falsch herausgegeben worden oder dergleichen. Meine Großmutter legte das Bündel Banknoten beiseite – ein tiefinniger Stoßseufzer zum heiligen Antonius – dann zählte sie noch einmal und siehe da, es waren zehn Hundertschillingscheine. Der Heilige Antonius hatte einen dazugelegt. Wenn ich nur wüßte, seufzte meine Großmutter, *welchen*.

Unter solchen Umständen war es das wenigste, was von mir verlangt wurde, daß ich jeden Sonntag in die Kirche ging. Sehr gern hätte es meine Großmutter gesehen, wenn ich Geistlicher geworden wäre, da sich schon keiner ihrer fünf Söhne zu dieser Laufbahn entschließen hatte können. Um mich auf den geistlichen Beruf vorzubereiten, hatte sie mir – ich war vier oder fünf Jahre alt – eine klerikale Ausrüstung geschenkt, so wie man anderen Kindern eine Ritterrüstung schenkt oder eine rote Fahrdienstleitermütze mit Signalkelle und Pfeife. Ich bekam eine kleine Monstranz, einen kleinen Kelch und sogar, eigens angefertigt, ein kleines Meßgewand. Ich hätte, erzählte sie später, mit vier, fünf Jahren ganz reizend in kindlicher Weise das Lesen der Messe nachgeahmt, sie wäre sicher gewesen, daß ich dereinst Geistlicher würde. Mit zehn Jahren paßte mir das kleine Meßgewand nicht mehr, außerdem wollte ich zu der Zeit Pilot werden. Aber am Sonntag in die Messe gehen mußte ich, selbstverständlich.

Daß man bei so intensiver religiöser Erziehung als Kind nicht dazu kommt, über Gott nachzudenken, versteht sich von selbst. Man nimmt ihn samt dem Heiligen Antonius als notwendiges Übel hin, zumal es in der Messe immer fürchterlich langweilig war, da der Pfarrer so lang predigte und nie über Dinge, die mich interessierten: über Flugzeuge, nicht einmal über solche der zivilen Luftfahrt. (Erst viele Jahre später war ich imstande, den Predigten des Pfarrers Joseph Schmied von Kitzbühel zuzuhören und festzustellen, daß sie rhetorische Kunstwerke waren, die dieser äußerst kluge und witzige Mann an die stumpfen Ohren der Kitzbühler Pfeffersäcke verschwendete.)

Einmal, erinnere ich mich, predigte der Pfarrer, daß er eigentlich umsonst predige, denn diejenigen, wetterte er, die die Predigt hören, die betreffe es nicht. Diejenigen betreffe es, die draußen bleiben. Ich schlug daraufhin meinen Großeltern vor, den Pfarrer beim Wort zu nehmen und in Zukunft draußen zu bleiben, da es uns ja nichts anginge. Meine Großeltern gingen nicht auf den Vorschlag ein.

Der Religionsunterricht in der Schule, das ist vielleicht dem Erzählten nachzuschicken, war kurz, nachdem ich zu meinen Großeltern gekommen war, also etwa 1943 oder 1944, von den Nazis abgeschafft worden. Vielleicht hätte mir ein guter Katechet das verschafft, was man heute Denkanstöße nennt. Ich dachte gern nach, daran hätte es nicht gelegen. Aber die finstere Tiroler Frömmigkeit meiner Großmutter ließ keinen Raum für das Denken.

Der erste eigene Gedanke an Gott kam auf eine seltsame, blasphemische Weise. Auch um dies zu erzählen, muß ich weiter ausholen.

Fünf Söhne hatten meine Großeltern und eine Tochter. Die Tochter war in Salzburg verheiratet und weit weg. Vier Söhne waren im Feld (drei ›blieben dort‹, wie es damals euphorisch hieß), der fünfte, älteste mußte das Geschäft weiterführen, wurde eine Zeit lang unter diesen Umständen freigestellt, dann aber drohte doch auch ihm die Einberufung. Meine Großeltern überlegten hin und her – es gab nur einen Ausweg: mein Onkel mußte zur Partei und sich dort unentbehrlich machen. Mein Onkel, alles andere als ein Nazi, sträubte sich, ich weiß es noch genau; wahrscheinlich wäre er wirklich lieber zum Militär gegangen, aber meine Großeltern flehten und jammerten, auch hatte möglicherweise der Heilige Antonius seine Hand im Spiel: mein Onkel wurde stellvertretender Ortsgruppenleiter. Nun lebt man in Tirol nicht nur finster und fromm, sondern auch gemütlich und hat einen Sinn fürs Praktische. Als die Amerikaner einmarschierten, wurden alle verhaftet, die bei der Partei waren, auch mein Onkel. Es stellte sich aber heraus, daß die Ortsgruppe Kitzbühel der NSDAP Vermögen hatte: ein Haus, Geld, Schulden, Außenstände, Büroinventar und so weiter. Irgendwie mußte das abgewickelt werden. Der neue Bürgermeister sagte: es muß ein Abwickler her, ein Liquidator. Wer wußte am besten Bescheid? Natürlich der Ortsgruppenleiter und sein Stellvertreter, mein Onkel. Die beiden wurden daraufhin aus dem Gefängnis entlassen und zu Liquidatoren bestellt. Die Liquidation zog sich hin; so einfach ist so etwas nicht. Aber das

ist eine andere Geschichte, auch, daß die Korrespondenz der Liquidatoren sauber auf dem NSDAP-Papier mit dem Hakenkreuz im Briefkopf geführt wurde.
Rätselhafterweise verfügte die (muß man sagen *weiland?*) Ortsgruppe Kitzbühel auch über Spielsachen, unter anderem über eine elektrische Eisenbahn, Marke Trix, Spur HO – tipp-topp mit Schienen, Transformator, Lokomotiven und Waggons, fabrikneu verpackt. Meine Großeltern kauften diese Eisenbahn aus dem Bestand der Ex-NSDAP, und so war ich wohl das einzige Kind weit, weit um, das zu Weihnachten 1945 eine neue elektrische Eisenbahn geschenkt bekam.
Aus dem Spiel mit der elektrischen Eisenbahn entwickelte sich eine eigene Kultur im kleinen. Auf die Dauer ist es langweilig, nur den Regler aufzudrehen und die Lokomotive im Kreis herumsausen zu lassen. Ich richtete also Stationen ein, verwendete die verschiedenfarbigen Männchen aus Mensch-ärgere-dich-nicht-Spielen als Passagiere, gab Fahrkarten aus. Bald zeigte es sich als unerläßlich, daß ich einen Fahrplan erstellte, endlich kam ich nicht mehr darum herum, Geld auszugeben. Ich erinnere mich genau, daß zu diesem Zeitpunkt mein Eisenbahnspiel zu kompliziert wurde, um fremde Kinder zum Mitspiel einzuladen. Nur noch ich allein durchschaute den Zivilisationsmechanismus, der mir manchmal bereits lästig war. Aber es kam noch schlimmer: mit der Emission von Geld kam Handel auf. Ich mußte Waren herstellen, die dann natürlich mit den Güterwagen befördert wurden. Die Post kam auf, damit die Briefmarken. Waren die Geldscheine (hergestellt mit Hilfe eines Stempelkastens mit beweglichen Lettern) noch eher schlicht gehalten, so verwendete ich auf die Briefmarken große gestalterische Sorgfalt. Ich stellte mittels einer Lochzange mühsam die Zähnung her und erfand sogar ein Verfahren zur Gummierung. Wer aber sollte auf der Vorderseite im Bilde dargestellt werden? Ein Staatsoberhaupt ließ sich bald nicht mehr umgehen. Ich wählte die ansprechende Staatsform der Monarchie und krönte mich selber zum Kaiser. Herbert I. Der tiefinnerste Unterschied, das ahnte ich, zwischen der ansprechenden, märchenartigen Staatsform der Monarchie und der weit spröderen republikanischen ist, daß in der Monarchie die Staatsoberhäupter so schöne römische Nummern haben. Ich war und blieb aber Herbert I. Das gab nichts her. Also delegierte ich die Kaiserwürde an eins der

Mensch-ärgere-dich-nicht-Männchen – Herbert II. –, das durch eine Krone aus Plastilin gekennzeichnet wurde und eine Dynastie gründete. Vor einigen Jahren hatte ich noch die Stammtafel (in ein Schulheft geschrieben), die sich weit verzweigte und bis zu Herbert XIV. hinauf- oder hinunterreichte. Und dann, nachdem meine Kreatur Kaiser über meine anderen Kreaturen war, war es nur noch ein Schritt. Wo blieb ich? Ich bin, so überblickte ich die Lage, nichts anderes als Gott. Gott Herbert, der legendenhafte Gründer der Dynastie, der, zwar nicht unbewegte, aber allmächtige Beweger des Ganzen. Ich ließ die Mensch-ärgere-dich-nicht-Männchen antreten, um mich anzubeten.
Aber wie schwer ist es, ein Gott zu sein! Nicht, daß das Führen der Bankkonten, das Einziehen der Steuern (die Kaiser Herberte mußten schließlich auch von was leben) stundenlange Vorbereitungen an Papierkrieg erforderten, ehe der erste Zug sich in Bewegung setzen konnte, daß Geburt und Tod wenigstens der adeligen Oberschichten registriert werden mußten – aus welchen Schichten sich die erblichen Pfründen der Fahrdienstleiter, Bahnhofsvorstände und Rangiermeister, aber auch der Feldmarschälle und dergleichen rekrutierten –, daß ich belohnen und bestrafen mußte, ein Schloß aus Karton im passenden Maßstab bauen und an der Verfassung feilen, nicht das alles wuchs mir über den Kopf: es wurde mir zuviel, daß ich für die Männchen denken mußte. Fahre ich, mußte ich zum Beispiel für das schlichte, namenlose Männlein denken: von Herbertsburg nach Herbertstadt oder nach Herbertshofen? Und wenn nach Herbertstadt – mit dem D-Zug oder mit dem Eilzug? Und für den Kaiser mußte ich daneben die schwierigsten Staatsentscheidungen fällen. Bei Konkursen, Zugzusammenstößen und Erbfolgekriegen mußte ich sogar die konträren Gedankengänge der Kontrahenten abschreiten – was so ein Gott nicht alles leistet.
Ich war oft nahe daran, den ganzen Krempel hinzuwerfen. Aber dann bedachte ich: dann rührt sich nichts mehr. Ich war in meiner eigenen Schöpfung gefangen. Ich habe da einiges durchgemacht, was kein Erwachsener meiner Umgebung auch nur geahnt hat. Heute weiß ich, daß ich daraus zwei Erkenntnisse ableiten kann: erstens: Kinder denken mehr als man meint, und zweitens: ich könnte es mitfühlen, wenn Einer den Krempel Welt hinwürfe.

(1971)

Die Schwierigkeiten begannen, als sämtliche Unterkunftsmöglichkeiten im olympischen Dorf, in den Hotels und Gaststätten Münchens und der näheren Umgebung von den Herren des Internationalen Olympischen Komitees, der Nationalen Olympischen Komitees, von offiziellen, halboffiziellen und inoffiziellen Sportfunktionären, von Trainern, technischen, moralischen und ideologischen Begleitern, von Sportärzten, Sportmäzenen, Sportpsychologen, Sportpolitikern, sportwissenschaftlichen, sportmilitärischen und sportpolitischen Beobachtern, von eingeladenen und nichteingeladenen Mannschaftsbetreuern, von Sport-Diakonen, Sport-Kaplänen und Sport-Rabbinern belegt waren. Für die Sportler selbst war kein Platz mehr.
Nur die – erstmals in der Geschichte der Olympischen Spiele antretende – Vatikan-Mannschaft bekam ein Quartier, nachdem der Kardinal persönlich die Sache in die Hand genommen hatte. Es war allerdings kein besonderes Problem, denn die Vatikan-Mannschaft bestand lediglich aus Don Umberto Majorani, einem Hilfs-Unter-Sekretär der Riten-Kongregation (Diskuswerfen). Für ihn wurde ein Zimmer in der Privatsuite des Kardinals im Erzbischöflichen Palais frei gemacht. Für die übrigen Sportler war, wie gesagt, kein Platz vorhanden.
Wie nicht anders zu erwarten, trat – als die Schwierigkeit offensichtlich wurde – das Internationale Olympische Komitee zusammen. Die Sitzung fand in einem Extrazimmer des Hotels ›Vier Jahreszeiten‹ statt. Es wurden kleine Erfrischungen gereicht. Zum Teil mußten die Zutaten für die kleinen Erfrischungen eigens nach München eingeflogen werden.
Es waren folgende Teile der Jugend der Welt bei dieser historischen Sitzung anwesend (die Namen sind, um den Herren nicht zu nahezutreten, verschlüsselt):
1. Herr A., der den Vorsitz übernahm. Er war 85 Jahre alt, litt unter fortgeschrittener Prostata, hatte aber dennoch – oder gerade deswegen, weil er es nicht wahrhaben wollte – stets drei Freundinnen bei sich, was eine nicht unerhebliche finanzielle Belastung für das IOC ausmachte.

2. Herr van B., ein ehemaliger Fabrikant mit einer Knieverletzung aus dem Burenkrieg. Die Knieverletzung wirkte sich so aus, daß sein rechtes Bein bei jeder Bewegung scharf nach außen ausschlug. Er wurde deshalb stets links neben

3. Herrn de C., gesetzt, der infolge eines Sturzes aus einer Hollywood-Schaukel ein krankhaft erhöhtes Schlafbedürfnis hatte. Außer in stehender Haltung schlief Herr de C., er konnte machen, was er wollte, stets sofort ein. Er mußte deshalb im Stehen essen und hatte vom Papst die Dispens, die Kommunion im Stehen zu empfangen, im Knien wäre er ja unverzüglich eingeschlafen. Bei Sitzungen schlief er natürlich auch. Dadurch, daß Herr van B. links neben ihm saß, konnte er dennoch an Abstimmungen teilnehmen, denn jedesmal, wenn Herr van B. die Hand hob, schlug sein Bein nach rechts aus und weckte für kurze Zeit Herrn de C., der auch die Hand hob und dann gleich wieder einschlief.

4. Herr Dr. D. hatte eine drüsenbedingte Gesäßerweiterung und trug Hosen so groß wie ein Fesselballon. Herr A. sagte einmal verstohlen zu Herrn van B.: »Ich gäbe bare tausend, oder sagen wir, hundert Dollar dafür, den Hintern von Dr. D. einmal nackt sehen zu können.« Aus verständlichen Gründen vermied es Dr. D. jedoch, sein Gesäß nackt zu zeigen.

5. Herr Baron E., der eine von einem rötlichen Schnurrbart nur ungenügend bedeckte Hasenscharte besaß, die er aber nicht operieren ließ, weil er mit ihrer Hilfe zweistimmig pfeifen konnte.

6. Genosse Gennadij Konstantinowitsch F., der in den Revolutionswirren von 1917 (er hörte es nicht ungern, wenn man erzählte, es sei beim Sturm auf das Winterpalais passiert) mit dem Fahrrad gegen jenen Laternenpfahl fuhr, an dem der Polizei-General Fürst Alexander Dolgorukij hing. Dem Genossen Gennadij Konstantinowitsch passierte weiter nichts, auch das Fahrrad blieb unbeschädigt. Nur stellte sich im Lauf der Zeit heraus, daß die Nase des Genossen – der Körperteil, der zuerst gegen den Laternenpfahl gestoßen war und offenbar die Hauptwucht des Zusammenstoßes hatte abfangen müssen – unter prächtigen Verfärbungen zu wachsen begann. Es wuchsen und wucherten höchst pittoreske Knollen und Schwämme in des Genossen Gennadij Konstantinowitsch Gesicht, so daß er infolge Sehbehinderung seine Karriere als Radrennfahrer aufge-

ben mußte, dafür aber zum Mitglied des sowjetrussischen NOK ernannt wurde. Dank seiner Nase überstand Genosse F. sowohl den stalinistischen Terror als auch die nachstalinistischen Säuberungen, denn so eine Nase, mußte jeder zugeben, so eine Nase gibt es nicht ein zweites Mal.

7. Lord G., dessen spezielles Leiden das Komitee stets veranlaßte, ihn in der Nähe des Ventilators zu placieren.

8. Herr Prof. H., der wegen eines Blasenleidens, das er sich im Deutsch-Französischen Krieg 70/71 geholt hatte, mit einem Schlauch an die nächstgelegene Toilette angeschlossen werden mußte.

9. Herr I., ein äußerst modebewußter Kavalier alter Schule. Er trug immer einen Anzug, dessen eine Hälfte gelb, und dessen andere Hälfte blau war. »Sie sehen aus wie ein mittelalterlicher Herold«, sagte Herr A. »Aber was«, sagte Herr I. ärgerlich, »der Stoff ist so groß kariert.«

10. Herr J., der so große Füße hatte, daß Herr A. zu sagen pflegte: »Wenn er einmal stirbt, braucht man ihn nur mit dem Kopf zum Beschauer begraben, und man kann auf seine herausragenden Schuhe die Grabschrift anbringen.«

11. Prinz K., ein Vetter jenes Fürsten Dolgorukij, der an jenem Laternenpfahl hing, gegen den Genosse F. 1917 mit der Nase gestoßen war. Ganz konnte Prinz K. nicht verbergen, daß er das dem Genossen F. noch nicht verziehen hatte.

12. Herr L., der wegen seiner sehr engen Beziehung zu einer Angoraziege in allen Hotels auf Schwierigkeiten und oft auf Unverständnis stieß. Die Angoraziege hieß Aurora und war, um einer Marotte des Herrn L. entgegenzukommen, von der, wenn man so sagen kann, Hüfte abwärts rasiert und zartblau gefärbt, was Herrn L. den Ruf einbrachte, zu Perversionen zu neigen.

Als die zwölf versammelt waren, hub Herr A. also zu reden an: Ethos, Jugend der Welt. Fanal. Glühende Flamme. (»Was ist eine glühende Flamme?« fragte Herr L. den Baron E. leise. »Pst«, pfiff Baron E. zweistimmig.) Begeisterung. Höher schlagen. Ethos. Elite der Jugend. Glühendes Fanal. Edler Wettkampf. Ethos. Glühende Begeisterung. Brust an Brust. Auslese. Ethos. Glühende Jugend. Begeisterter Wettkampf. Fanalende Glühung. Jugende Fanalung. Fanalungende Begeisterung. Glühender Ethos. Glühender Ethos.

(»Wovon redet er?« fragte Prinz K. den Lord G. »Die Firma

Xididas hat gesagt, daß sie kein Geld mehr gibt, wenn nicht die Sprinter ihre Schuhe tragen«, sagte Lord G. »Achso«, sagte Prinz K.)
Nochmals glühender Ethos.
(»Wenn A. so oft vom glühenden Ethos redet«, sagte Lord G. leise, »so heißt das, daß sie in Xididas-Schuhen laufen müssen.«)
Es wurde abgestimmt, wobei, als Herr van B. die Hand hob, sein Bein nach rechts schnellte und Herrn de C. weckte, der dann auch die Hand hob und wieder einschlief. Danach kam die Sprache wieder auf die glühenden Fanale, diesmal hervorgerufen durch das Problem in der Überfüllung der Sportstätten durch Funktionäre.
»Es wäre das beste«, sagte Herr L., »wenn wir jeweils zwei Olympische Spiele veranstalteten: ein Spiel für die Funktionäre – mit Eröffnung, Sitzungen, Banketten, Staatsempfängen, Ordensverleihungen und Schlußveranstaltung – und eins für die Aktiven, mit Hüpfen und Rennen und so.«
»Kein dummer Gedanke«, sagte Herr A.
»Ein sehr guter Gedanke«, sagte Prof. H. »Mir gehen diese langweiligen Vierhundertmeter-Hürden-Dingse oder wie der Käse heißt, ohnedies längst auf die Nerven.«
»Sie brauchen ja nicht hinzugehen«, sagte Lord G.
»Ich gehe auch nicht hin«, sagte Prof. H. Glühender Wettkampf. Ethische Begeisterung. Gestählt. Herz schlägt höher.
»Oder diese Reitturniere«, sagte Prof. H., »zum Gähnkrämpfe kriegen. Selten, daß einmal einer vom Pferd fällt. Warum werden nicht endlich Formel-I-Rennen olympische Disziplin.«
Ethos schlägt höher.
Herr van B. schneuzte sich. Auch dabei schnellte sein Bein nach rechts. Herr de C. stimmte ab und schlief sofort wieder ein.
»Was den Vorschlag von Herrn L. betrifft«, sagte nun Herr A., »so finde auch ich ihn ausgezeichnet. Vor allem, wenn man bedenkt, wie sich diese halbstarken Olympioniken aufführen. Die vögeln vor, nach und sogar während den Wettkämpfen, daß es nur so kracht. Um das Kind einmal beim Namen zu nennen. Jawohl. Schon seit vier, fünf Olympiaden habe ich das immer wieder beobachtet.«
»Was ist ›vögeln‹?« fragte Herr L.
»Wenn Ihre Ziege . . .«, sagte Prof. H. unter dem Lachen fast aller Anwesenden.

»Ach so«, sagte Herr L.
»Ich halte das Benehmen der Athleten«, fuhr Herr A. fort, »für eine ernste sittliche Gefährdung der Funktionäre. Ich begrüße deshalb den Gedanken des Kollegen L., die beiden Gruppen zu trennen. Leider läßt sich der Gedanke natürlich frühestens bei den nächsten Olympischen Spielen durchführen. Das Problem, vor dem wir jetzt stehen, muß anders gelöst werden.«
»Ganz einfach«, sagte Prof. H., »die Olympischen Spiele fallen eben aus. Schluß. Ist eh besser. Es führt nur zu Kollisionen, endlosen Streitereien, Rekorde werden nicht anerkannt, weil die Russinnen in Wirklichkeit Russen sind und so. Bei den Rotchinesen, die ja jetzt, Gott sei's geklagt, auch mitspielen, kennt sowieso nicht einmal ein Arzt auseinander, ob's Männchen oder Weibchen sind. Doping, Bestechung, politische Reibereien – wir sind alles mit einem Schlag los, wenn die Spiele ganz einfach nicht stattfinden.«
»Ja, schon«, sagte Herr A., »nur – hier in München gibt es einen Oberbürgermeister. Der hat Tausende von Leuten und Millionen und Abermillionen von DM mobil gemacht, über Jahre hinaus die ganze Stadt umgekrempelt und Tag und Nacht gestrampelt und getan, daß er bei der Eröffnung auf der Tribüne stehen darf – wir können dem Mann doch das nicht antun, daß wir die Spiele einfach absagen.«
»Dann könnte man«, sagte Herr L., »die Spiele absagen und nur die feierliche Eröffnung durchführen. Es wäre ja ohnedies blöd: das olympische Feuer ist schon unterwegs, wenn die dann eigens aus Griechenland gerannt kämen und hier wär' dann nichts. Wir machen nur die Eröffnung. Da hat der Oberbürgermeister seinen Zirkus. Die Flamme wird entzündet –«
Glühendes Fanal . . .
»Schon gut, schon gut, wir wissen's. Die Flamme wird entzündet. Die Fahnen wehen. Die Nationen marschieren ein und hinten gleich wieder hinaus in die Omnibusse, und wir sind sie los. Wär' doch eine Lösung?«
»Nicht schlecht«, sagte Lord G.
»Aber –«, sagte Herr A., »was sagen die Leute?«
»Die Leute«, sagte Herr I., und es war nicht zu verkennen, daß sich immer mehr Wohlbehagen über diesen Plan verbreitete, »werden gar nichts sagen. Die Funktionäre interessieren sich für die Wettkämpfe sowieso nicht. Eintrittskarten wurden nur zwei

verkauft. Bei den Käufern handelt es sich um ein japanisches Ehepaar, das eigentlich schon 1970 zu den Passionsspielen nach Oberammergau kommen wollte, aber zu spät kam. Die beiden müssen wir eben einweihen. Im Fernsehen übertragen wir alte Sportfilme. Es ist ja doch immer der gleiche Tinnef: ein paar laufen, ein paar hüpfen, ein paar fallen vom Pferd –«

»Selten, selten!« warf Prof. H. ein. »Viel zu selten fällt einer vom Pferd.«

»– ich bin überzeugt, es merkt kein Mensch.«

»Und was sollen wir mit den eintausendeinhundertundzwölf Gold-, Silber- und Bronzemedaillen machen, die geprägt sind? Sollen wir die der APO verleihen?« sagte Prof. H.

»Wer ist APO?« fragte Genosse F.

»APO«, sagte Prof. H., »ist ein Verein, den es früher einmal hier gegeben hat.«

»Verlosen?« sagte Dr. D.

»Einen Moment«, sagte Herr L., »die Sieger stehen doch eigentlich schon fest.«

»Wieso?« fragte Prof. H.

»Na ja«, sagte Herr L. »Dreihundertfünfundsechzig von den angereisten Olympioniken, die vor der Stadt draußen warten, werden Goldmedaillen erringen. Es steht doch schon fest, wer gewinnen wird. Nur wissen wir es nicht.«

»In gewissem Sinn«, sagte Prof. H., »ist es so.«

»Wenn wir jetzt einen Computer«, sagte Herr L. langsam und krampfhaft überlegend, »mit den bisherigen sportlichen Leistungen der Athleten füttern, dazu noch die jeweils zu ermittelnden spezifischen Komponenten: Lampenfieber, Übertraining, Haschischgenuß, und so weiter, müßte doch der Computer die künftigen Ergebnisse mühelos hochrechnen können . . .«

Es mußten dann natürlich noch andere Fakten bei der Hochrechnung berücksichtigt werden: Bestechung durch Sportartikelfirmen, politische Gegebenheiten, Handgeld, Berufsförderung, die Angst vor Sibirien und so weiter. Die VR China bestand darauf, daß ihre anerkannt unfairen Methoden unbedingt zu ihren Gunsten einprogrammiert werden müßten.

Syrien drohte, daß, wenn es auch nur eine einzige Medaille weniger bekäme als Israel, die Al-Fatah unverzüglich sämtliche Alters- und Säuglingsheime in Schweden niederbrennen würde.

»Warum in Schweden?« – »Weil dort die Polizei am wenigsten

gefährlich ist.« Da Israel – wie eine vorsichtige Anfrage ergab – andere Sorgen hatte und im Grunde genommen keinen besonderen Wert auf Medaillen legte, wurde auch die syrische Forderung im Programm verankert.
Während die Eröffnungsfeierlichkeit in der oben angedeuteten Weise stattfand, surrte bereits der Computer. Nach wenigen Stunden hatte er die Sieger errechnet und den Medaillenspiegel zusammengestellt.
Kaum, daß die Ergebnisse aus dem Computer bekannt geworden waren – es war am Morgen des zweiten Tages der Olympischen Spiele, die Menschheit erfreute sich an den alten Sportfilmen, die über den Bildschirm flimmerten; die Prophezeiung des Herrn J. traf ein: niemand merkte etwas – kam der Vorsitzende des Sowjet-NOK zum Sekretariat des IOC und legte Protest ein.
»Die USA«, erklärte der Genosse NOK-Vorsitzende, »haben 59 goldene Medaillen. Die UdSSR hat nur 53. Ich protestiere.«
»Die sowjetischen Sportler sind eben nicht so gut«, sagte Herr A. »Außerdem: nicht siegen, sondern dabei sein –«
»Ich protestiere«, unterbrach der Genosse Vorsitzende, »der Computer war falsch programmiert.«
»Aber wir haben doch genau die von Ihnen angegebenen Leistungen Ihrer Athleten . . .«
»Das schon«, sagte der Genosse Vorsitzende, »aber es wurden die ewigen Gesetze der Revolution nicht berücksichtigt: daß nämlich der Sozialismus den Kapitalismus letzten Endes besiegt.«
»Letzten Endes vielleicht«, sagte Herr A., »aber –«
Der Genosse Vorsitzende schnitt mit einer karatescharfen Handbewegung die Rede des Herrn A. ab. »Die UdSSR verlangt 60 Goldmedaillen. Eine mehr als die USA.«
»Nein.«
»Ist das Ihr letztes Wort?«
»Ja.«
Ohne zu grüßen, mit düsterer Miene, stand der Genosse Vorsitzende auf und ging hinaus.
Am Abend des Tages näherte sich vom Stadtrand her ein Zug furchterregender Gestalten dem olympischen Dorf. Es war die sowjetische Ringermannschaft, verstärkt durch vier Hammerwerfer und zwei Gewichtheber.
Beim olympischen Dorf angelangt, erkundigte sich der Anfüh-

rer der Gruppe, der Verdiente Sportler des Volkes und Ringer Elektrion Transistoriewitsch Dschawdschwadse nach dem Quartier der amerikanischen Funktionäre. Verängstigt wies der Portier den Weg.

Obwohl die Tür zum Sekretariat des US-NOK nicht abgesperrt war, drückte der Gewichtheber, Sehr Verdienter Sportler des Volkes Dynamo Kautschukowitsch Sserebrjakow die Tür nebst Türstock ein.

Da der gerade anwesende Hilfsmannschaftsbetreuer des US-Olympiateams Nimrod C. Sorvil im Moment, als die Tür nebst Türstock nach innen fiel, aus eben derselben schauen wollte, um zu sehen, was das Rumoren davor bedeutete, kam er unter die Tür zu liegen und konnte keinen weiteren Widerstand leisten.

Die Medaillen waren in der dem Computer-Ergebnis entsprechenden Anzahl den jeweiligen Ländern zugestellt worden, damit sie an den festgesetzten Tagen an die ermittelten Olympioniken verteilt werden konnten. Vier Goldmedaillen hatten die Amerikaner planmäßig verteilt. Die restlichen fünfundfünfzig befanden sich in einem Safe in dem Sekretariat, das die Russen jetzt durchsuchten. Das leise Wimmern des Mr. Nimrod C. Sorvil störte niemand, zumal der Äußerst Verdiente Hammerwerfer des Volkes Barometr Lokomotivowitsch Chlestakow schon nach kurzer Zeit den Aufbewahrungsort der Medaillen fand. Nachdem die Sowjet-Athleten in aller Ruhe sieben Goldmedaillen entnommen hatten, zogen sie wieder ab.

Natürlich wußte der auch bei den Olympischen Spielen anwesende CIA längst, daß die russischen Athleten in einem getarnten Zeltlager im Dachauer Moos zusammengefaßt waren. Die Amerikaner benötigten nur fünf Stunden Vorbereitungszeit, dann überfielen drei Kolonnen gemischte Kugelstoßer, Boxer, Sprinter und Zehnkämpfer – unterstützt von einer Spezialabteilung Schwimmer – das Zeltlager, verprügelten einige sowjetische Athleten und nahmen die sieben Goldmedaillen wieder mit.

Ungefähr gleichzeitig, als das sowjetische NOK schärfsten Protest wegen dieser perfiden Aggression beim IOC einlegte, holte die russische Reiter-Equipe die abziehenden US-Sportler ein, die aufgesessenen Sowjet-Speerwerfer umzingelten die amerikanischen Sportskameraden, verprügelten *alle* und nahmen die sieben Goldmedaillen ihrerseits mit.

Nun machten die USA die NATO-Sportler mobil. Ein Heer-

wurm von einigen hundert Olympioniken wälzte das sowjetische Lager trotz tapferer Gegenwehr nieder. Die sieben Medaillen wechselten abermals den Besitzer. Übrigens verschwanden auch die anderen Goldmedaillen der Russen. Die Rotchinesen hatten sich heimlich dem Troß der NATO angeschlossen und nach der Aktion auf der verwüsteten Kampfstätte die russischen Medaillen an sich genommen.
Da die Amerikaner – wie sich herausstellte mit Recht – einen harten Gegenschlag des sozialistischen Lagers erwarteten, verschanzten sie sich im Olympiastadion. Die Ausgänge wurden verbarrikadiert. An der olympischen Flamme wurde Blei erhitzt und siedend bereitgehalten. Die US-Sportschützen lagen an eilig ausgehauenen Schießscharten. Über Telstar und Spezialsatelliten wurden der Welt nach wie vor schöne alte Sportfilme vorgeführt. Mit allem hatten die Amerikaner und ihre Verbündeten gerechnet, nur nicht mit den enormen Leistungen der sozialistischen Stabhochspringer. Wolfgang Nordwig (DDR) übersprang die NATO-Befestigung und pflanzte das olympische DDR-Banner auf das Zeltdach des Stadions. Die russischen Schwimmer waren gleichzeitig durch die Kanalisation in die Herrentoilette eingedrungen und rollten die NATO-Verteidigung von innen auf.
Ein mutiger Ausfall der italienischen Radler brachte zwar den Angriff der Russen ins Stocken, ein Wurfhagel von Steinen aus gut geschützter Stellung aber schlug eine Bresche an der hinteren Seite des Stadions und brachte die NATO-Front ins Wanken, da der vereinigte Stoßkeil aller sozialistischen Fußballer in die Bresche eindrang und mit gutgezielten Tritten die Verteidiger zu Paaren trieb. Als die erste Fußballerspitze mit der Vorhut der aus den Herrentoiletten vordringenden – verheerenden Geruch verbreitenden – Schwimmer in Fühlung kam und so die Verteidigungsfront spaltete, erklärte der NATO-Oberkommandierende (der amerikanische Zehnkämpfer Jeff Bennett) den totalen Krieg und setzte mit Hilfe des olympischen Feuers das Zeltdach in Brand. Auch die Tribünen brannten, die Metallteile schmolzen, die Schlacht artete zu unkontrollierten Einzelkämpfen aus, zum Schluß flog, als das Feuer die Gasleitungen ergriff, alles in die Luft.
»Es war ohnedies unklar«, sagte der Oberbürgermeister später, »wer die Folgelasten tragen sollte, das heißt: wer für die enor-

men Erhaltungskosten des Stadions hätte aufkommen müssen. Jetzt sind wir es wenigstens los, mitsamt dem Zeltdach.«
Bei einer Separatvorstellung im Cabaret ›Eve‹ – während das Tanzpaar Angelo und Angelique eine unzensierte Fassung einer Spezial-Nummer auf je vier Rollschuhen vorführte – sagte Herr A.: »Die bedauerlichen Vorkommnisse haben wieder einmal gezeigt, wie wichtig unser Entschluß ist, in Zukunft die sittlich gefestigten Funktionäre von den Aktiven zu trennen.«
Herr L. streichelte seine gefärbte Ziege.

(1971)

Was trägt der Mann von Welt auf dem Denkmal?

Ich hätte nicht gedacht, daß es so etwas noch gibt. Ich bin selbstverständlich, wie jeder Schriftsteller, von meiner Bedeutung überzeugt. Manche Leute meinen, ich überschätzte mich, andere wieder sind anderer – also meiner – Ansicht. Ich bilde mir ein, daß diejenigen, die mich als bedeutend einschätzen, in der Überzahl sind, aber das kann eine Täuschung sein, weil ich natürlich mit solchen, die nicht meiner Meinung über mich sind, überhaupt nicht oder jedenfalls kein zweites Mal rede. Aber daß es so etwas noch gibt, hätte ich nicht gedacht.

Am Spätnachmittag des 26. Oktober vorigen Jahres läutete es. Vor meiner Tür standen drei Herren. Es handelte sich weder um reisende Handelsvertreter noch um missionierende Mormonen. Die drei Herren waren ein Ausschuß des Gemeinderates meiner Heimatgemeinde Eichkatzlried, unter ihnen der Kultur- und Sportreferent des Ortes, in dem meine Wiege stand. Da ich, seit ich diese Wiege verlassen habe, nur mehr sehr wenig mit Eichkatzlried zu tun hatte, war ich etwas überrascht, bat aber die Herren herein und bot eine Erfrischung an. Der Kultur- und Sportreferent wählte Kaffee, die beiden anderen Ausschußmitglieder einen klaren Obstschnaps.

Sie hätten, sagte nach dem Genusse der ersten Tasse Kaffee der Kultur- und Sportreferent (Dr. Kranabitter hieß er), die lange Reise von Eichkatzlried bis hierher zu mir nach reiflicher Überlegung unternommen. Man habe, fuhr er fort, in Eichkatzlried von meinem schriftstellerischen Wirken vernommen, mehr noch: man habe seit einigen Jahren meinen Werdegang aufmerksam verfolgt. Ich sei, sagte Dr. Kranabitter, da Eichkatzlried weder einen Olympiasieger noch einen Fußballnationalspieler, weder einen General noch einen Minister hervorgebracht habe, bislang der bedeutendste Sohn Eichkatzlrieds, und im Zuge der verkehrstechnischen Neugestaltung des Marktplatzes habe sich eine unschöne leere Ecke neben dem Rathaus (zwischen der Sparkasse und dem Gasthof ›Roter Adler‹) ergeben. Dort wolle man mir ein Denkmal setzen.

Ich habe, wie gesagt, nicht gedacht, daß es so etwas noch gibt. Die drei Herren nahmen mein Erstaunen als freudige Zustimmung zur Kenntnis. Dr. Kranabitter fuhr fort: man habe einen akademischen Bildhauer der Landeshauptstadt bereits mit der Ausführung des Denkmals betraut. (Der Bildhauer hieß auch Kranabitter; er war ein Vetter des Kultur- und Sportreferenten.) Der Sockel mit der Inschrift sei bereits fertiggestellt. Man habe sich aber nun vor Anfertigung der Statue überlegt, daß ich – im Gegensatz zu zahlreichen anderen Dichtern – noch lebe. Man wolle mir die Wahl lassen.

Dr. Kranabitter legte mir vier Entwürfe des Bildhauers Kranabitter vor: Rosendorfer auf einem Pferd, mit der rechten Hand nach vorn zeigend; dito auf einer Art kurzem Kanapee sitzend, den Kopf sinnend in die Hand gelegt; dito aufrecht schreitend, ein Schriftstück vor sich ausrollend; dasselbe ohne Schriftrolle, versunken in die Ferne blickend.

»Ich pflege weder zu reiten noch auf Rollen zu schreiben«, sagte ich, »da mir das Kanapee überhaupt nicht gefällt, bleibt wohl nur Entwurf Nummer IV. Nur, meine Herren, sagen Sie selber, trage ich solche Hosen?«

Dr. Kranabitter, der die drei verworfenen Entwürfe schon wieder eingesteckt hatte, drehte betroffen den vierten Entwurf um, betrachtete abwechselnd die Zeichnung und meine Hose. Auch die beiden anderen Ausschußmitglieder zeigten sich beunruhigt.

»Hm, hm«, sagte Dr. Kranabitter.

Auf dem Denkmalsentwurf trug ich ungefähr ein Mittelding zwischen Knickerbocker und Wickelgamaschen.

»Was hat sich denn Ihr akademischer Bildhauer dabei nur gedacht?« fragte ich.

Eine Spur von Unmut mischte sich in die Stimmung der drei Herren: »Woher soll Herr akademischer Bildhauer Kranabitter wissen, was für Hosen Sie tragen.«

»Solche Hosen trägt niemand«, sagte ich. »Das sind keine Hosen, das ist – mit Verlaub gesagt – ein Strampelanzug. Ich habe noch nie jemanden mit solchen Hosen gesehen. Oder trägt vielleicht Herr akademischer Bildhauer Kranabitter derartige Beinkleider?«

»Sie sind also, mein Herr, mit dem Denkmal nicht einverstanden«, sagte Dr. Kranabitter.

»Mit dem Denkmal schon, aber nicht mit der Hose.«

»Was wünschen Sie dann für eine Hose?«
Ich bat mir Bedenkzeit aus. Es sei dies, sagte ich, ein Garderobeproblem, mit dem ich mich bisher noch nie konfrontiert gesehen habe. Man möge einsehen, daß ich das nicht so von einer Minute auf die andere entscheiden könne.
»Gut«, sagte Dr. Kranabitter. »Wir kommen morgen wieder. Wir hätten zwar gedacht, daß wir heute noch nach Eichkatzlried zurückfahren können. Aber, na ja. Wir werden hier übernachten. Diese Spesen wird der Denkmalfonds auch noch verkraften.« Den akzeptierten Entwurf ließ man mir da.
Ich heftete ihn neben den großen Schrankspiegel meiner Frau, zog einen gedeckten Flanellanzug, getöntes Hemd und eine rotkarierte Krawatte an und stellte mich in die entsprechende Positur. Ich war nicht zufrieden. Ich probierte dann den Smoking, danach eine Kombination mit schwarzem Blazer, danach eine leinene Sommerhose und meine wollene Hausjacke. Das gefiel mir noch am ehesten. Da kam aber meine Frau dazwischen.
Sie machte mich darauf aufmerksam, daß die wollene Hausjacke zwar bequem sei, aber nicht unbedingt der Nachwelt übermittelt werden müsse. Die Caritas habe sie bei der letzten Haussammlung schon nicht mehr genommen.
Ich verzichtete also auf die Jacke.
»Das rot-weiß-blau gestreifte Hemd«, sagte meine Frau weiter, »ist dir erstens zu eng, und zweitens brauchst du dir über die Farben wohl keine Gedanken zu machen. Ich nehme an, dein Denkmal ist aus Erz oder Stein, also nicht bunt.«
Das war zweifellos richtig und vereinfachte die Sache etwas. Dennoch erkannte ich, daß ich die Sache systematisch angehen müsse. Ich fuhr in die Stadt und betrachtete mir alle Denkmäler. Dabei stellte ich fest, daß man auf dem Denkmal entweder Stiefel oder Sandalen trägt. Ich weiß nicht, ob ich gegen Stiefel oder Sandalen eine größere Abneigung habe. In Stiefeln oder in Sandalen in Erz gegossen zu werden, würde mir über den Tod hinaus Unbehagen bereiten. Einige wenige der ehernen und steinernen Herren trugen, soviel ich sehen konnte, Zugstiefeletten mit seitlichem Gummieinsatz. Größere Auswahl gab es unter den Kopfbedeckungen. Ich hatte zwar zunächst gedacht, daß ich mich barhaupt verewigen lassen wollte, meine Frau aber wies mit Recht darauf hin, daß sich häufig Tauben auf Denkmä-

ler setzen. Das sieht weniger komisch aus, wenn man etwas auf dem Kopf trägt. Eine Krone oder ein Helm kam für mich nicht in Frage.
»Du kannst unmöglich deine karierte Schirmmütze tragen«, sagte meine Frau. »Nimm den Hut.«
Auch der Hut gefiel ihr nicht. Er hatte eine zu schmale Krempe, eigentlich überhaupt fast keine Krempe, es war nur so ein Jägerhütchen.
»Es müßte«, sagte meine Frau, »mehr ein weiter, breitkrempiger Schlapphut sein.«
Schlapphüte trage ich so wenig wie Sandalen.
»Dann ein Barett.«
Ich habe in meinem Leben noch nie ein Barett getragen. Barette und Baskenmützen finde ich lächerlich. Dazu gehört, für meine Vorstellung, unbedingt ein Kleppermantel und Hosen mit Fahrradspangen.
»Ein Mantel –!« sagte meine Frau. »Dann erübrigt sich fast alles andere.«
Sehr gut. Ich holte den Mantel. »Nicht den Trenchcoat, den wuzelst du immer so ins Auto, daß er ganz verknittert ist. Hol den Wintermantel.«
»Ich kann doch nicht jahraus, jahrein im Wintermantel da oben stehen. Ich weiß, wie heiß es in Eichkatzlried werden kann. Und ich im Wintermantel. Da lachen ja die Hühner.«
»Ich wüßte was«, sagte meine Frau, »aber das wirst du wohl nicht mögen.«
»Und?«
»Ganz einfach: ohne Kleider. Denke an den David von Michelangelo, zum Beispiel.«
»Hm«, sagte ich. »Irgendwie ist mir das auch nicht recht. So nackt herumstehen. Und in Eichkatzlried sind sie sehr katholisch . . .«
»Wahrscheinlich bist du nur zu prüde dazu.«
»Ich bin überhaupt nicht prüde –«
»Ja, was andere anbelangt, besonders Mädchen.«
»Kurz und gut: nein. Ich lasse mich nicht nackt abbilden.«
»Dann eine Toga.«
Toga . . . Es hätte den Vorteil, fuhr meine Frau fort, daß dann der Lorbeerkranz auf dem Haupt weniger anachronistisch aussehe als bei einem Straßenanzug.

«Von einem Lorbeerkranz hat niemand etwas erwähnt«, sagte ich.
»Willst du vielleicht einen Degen? Wie ein Feldmarschall? Wer was auf sich hält, trägt auf dem Denkmal einen Lorbeerkranz.«
»Ich weigere mich, einen Kranz aufzusetzen.«
»Das ist nur ungewohnt.«
»Ich will mich aber nicht daran gewöhnen.«
»Eine Leier wäre natürlich ein gewisser Ersatz für den Lorbeerkranz.«
»Leier!« schrie ich. »Ja – eine Leier, und zwar *so.*« Ich stellte mich in die Position: ›Rosendorfer, dem Denkmal-Ausschuß seine Leier nachwerfend‹.
»Du darfst die Leute nicht verprellen«, besänftigte mich meine Frau. »Sie meinen es gut.«
Ich beruhigte mich wieder. Wir sahen gemeinsam noch einmal den Entwurf des akademischen Bildhauers Kranabitter an. Da fiel mir ein, daß die Stadt Erewan im Kaukasus Tschaikowski ein Denkmal gesetzt hat. Das Denkmal stellte Stalin dar, Tschaikowski-Musik hörend. Wäre so etwas Ähnliches nicht eine Lösung? Stalin hat meine ja nun immerhin schon denkmalswürdigen Werke nicht gelesen. Es müßte aber auch nicht Stalin sein. Wer käme in Frage: Mao? Franco? Kennedy? Papst Johannes?
»Muß es eine politische Persönlichkeit sein?« wandte meine Frau ein.
»Du hast recht«, sagte ich. »Wer weiß, ob Stalin jemals Tschaikowski gehört hat. Ich werde vorschlagen: Goethe, Rosendorfer lesend. Dem Goethe können sie dann eine Toga anziehen.«
Als die drei Herren des Ausschusses am nächsten Tag wiederkamen, unterbreitete ich ihnen den Vorschlag mit Goethe. Die Herren zeigten sich etwas betroffen. Das wäre nicht in ihrem Sinne, sagte Dr. Kranabitter. Ich sah alle Probleme, die ich weggeräumt gedacht, mit einem Schlag wieder vor mir aufgetürmt. Ich erzählte von den Schwierigkeiten, der Toga, der Leier und von all dem. Dr. Kranabitter lachte:
»Da können Sie ganz erleichtert sein. Das Problem ist längst gelöst: Sie tragen auf dem Denkmal die original Eichkatzlrieder Standschützen-Tracht.«
Kniehosen mit großem Latz, Wadenstrümpfe, bestickte Hosenträger und einen kühnen Schlapphut mit Quasten. Ich wagte nicht, es Herrn Dr. Kranabitter ins Gesicht zu sagen: ich habe

nie in meinem Leben die originale und dennoch für meinen Begriff unkleidsame Eichkatzlrieder Standschützen-Tracht getragen. Ich käme mir darin vor wie ein Clown.
»Und einen Stutzen über die Schulter«, sagte Dr. Kranabitter, »das gehört zur Tracht.«
Ich konnte meinen Mund nicht schnell genug halten und fügte hinzu: »– und eine Fahne in der Hand.« Ich befürchtete, daß mir Dr. Kranabitter eine Ohrfeige gäbe, er sagte aber nur: »Wenn Sie wollen . . . nicht schlecht, im Grund genommen. Hier ist übrigens der Entwurf des Herrn akademischen Bildhauers Kranabitter für den Kopf des Denkmals. Wir haben vergessen, Ihnen das Blatt gestern zu zeigen. Aber Sie wissen ja wohl, wie Sie aussehen. Der Kopf ist nach dem Foto gearbeitet, das auf Ihrem letzten Buch hinten drauf ist. Nur der Bart ist Zusatz des Künstlers.«
»Wieso einen Bart?«
»Der Bildhauer glaubt, Ihren Kopf ohne Bart künstlerisch nicht vertreten zu können.«
»Aha«, sagte ich. Einen Schnurrbart hätte ich mir noch eingehen lassen. Aber von dem Entwurf blickte mir ein finsterer Rübezahl mit einer filzigen Matratze bis zum unteren Bildrand entgegen.
»Mit Stutzen und Fahne«, sagte ich, »und in der Tracht mit Schlapphut . . . das ist ja der reinste Andreas Hofer.«
Dies hätte ich nicht sagen sollen. Die drei Herren sahen sich an. Nachzutragen wäre hier, daß Eichkatzlried, meine Heimat, in dem schönen Tirol liegt. Die drei Herren sahen sich lange an. Und so bekam Eichkatzlried ein Andreas-Hofer-Denkmal.

(1973)

Zwei Tage in Innsbruck

In zwei Tagen sehe ich natürlich von dieser Stadt gar nichts. Es ist erstaunlich, daß es sich Menschen in ihrem Eigensinn nicht nehmen lassen, in einer geographisch wie klimatisch so gut wie unbewohnbaren Gegend eine Großstadt nicht nur zu bauen, sondern auch zu benutzen. Hammerfest, wie man weiß, ist mehr eine Notunterkunft, wo sie eben sein muß. Dort leben 900 Einwohner. Ich kann mir nicht vorstellen, daß alle 114 712 Innsbrucker (laut Zählung am 1. 1. 1970) unbedingt in Innsbruck leben *müssen*. Aber sie leben dort. Es ist also eine Großstadt. Ihr höchster Punkt ist die Westliche Praxmarerkarspitze (2642 m), der tiefste Punkt die Gemeindegrenze gegen Ampaß: 564 m ›über dem Adriatischen Meere‹. Größte lineare Ausdehnung Nord–Süd: 18,2 km, Umfang der Stadt: 67 km. Dabei stehen die Berge so nahe beisammen. Nur der Eigensinn, der die Tiroler in aller Welt so bekannt gemacht hat, kann eine Großstadt in der Lage bauen. 114 712 Einwohner am 1. 1. 1970. In den Jahren seitdem sind das bestimmt noch mehr geworden. Das soll ich alles in zwei Tagen anschauen. Ich werde so gut wie nichts sehen in der kurzen Zeit.

Der Portier des Hotels stimmte mir zu: »– auch mit einem Fremdenführer sehen Sie so gut wie nichts; aber ein bißchen mehr sehen Sie schon als ohne Fremdenführer. Schauen Sie: allein um die mit fast heimtückischer Präzision versteckte Zufahrt zum Schloß Ambras zu finden, brauchen Sie allein einen halben Tag. Und erst den alten Friedhof von Mühlau! –«

Was ist auf dem alten Friedhof von Mühlau?

»Trakl«, sagte der Portier. »In Innsbruck gibt es nicht nur Skilehrer. Trakl ist dort begraben.«

Es hat sich um einen Aushilfsportier gehandelt. Er war Werkstudent, Hauptfach Germanistik.

Der Aushilfsportier empfahl mir einen Fremdenführer: einen nicht-konzessionierten. »Wir hatten 1964 den bekannten Nationalisten- und Chauvinisten-Zirkus hier. Olympische Winterspiele oder so ähnlich heißt er. Damals ist alles teurer geworden. Es ist teuer geblieben. Wenn Sie einen nicht-konzessionierten

Fremdenführer nehmen, sparen Sie viel Geld.« – »Ist der nichtkonzessionierte Fremdenführer auch Werkstudent?« – »Nicht direkt.«
Er hieß Alois Kranewitter. Er hieß natürlich nicht Alois Kranewitter, aber ich möchte ihm keine Schwierigkeiten machen. Für einen Fremdenführer, selbst (oder gerade?) einen nicht-konzessionierten, war er sehr wortkarg. Er war sehr groß, trug Bluejeans, etwas drahtig-lockiges langes Haar, runde Nickel-Brille und einen schwarzen Tolstoi-Hut.
»Das Wichtigste«, sagte er, »ist das Riesenrundgemälde.«
Das Riesenrundgemälde ist eine höchst eigenwillige Darstellung der Schlacht am Berg Isel. Es ist nicht zuviel gesagt, wenn man dieses Bild von sowiesovielhundert Quadratmeter (die größte bemalte Leinwand der Welt; die zweitgrößte – 7×22 m – hat ein gewisser Tintoretto gemalt: ›Das Paradies‹, es hängt im Dogenpalast in der Sala del Maggior Consiglio) als den Gipfel, fast schon die Transzendenz des Naturalismus anspricht. Die nächste Stufe wäre die Pantomime. Zeno Diemer, ein Defregger-Schüler, hat 1895 dieses Rundgemälde geschaffen. Es stellt exakt 15 Uhr 23 Minuten des 13. August 1809 dar, und zwar in Panoramaform. Die Schlacht tobt. Tote Tiroler, mehr aber tote Bayern und Franzosen, liegen herum. Die Naht, wo das Riesenleinwandstück zusammengenäht ist, hat Zeno Diemer durch einen Baum kaschiert. Ein Markstein in der Malerei. Echte Steine, Geschütz- und Leichenteile ragen unten plastisch aus dem Bild heraus und verstärken den Eindruck auf das wirkungsvollste. Besonders ans Herz gewachsen, erzählte mein illegaler Fremdenführer, seien ihm die *gefangenen Sachsen*, die die Tiroler als Kugelfang vor ihre Verwundeten-Hüttel gestellt haben. In der Tat sind diese gefangenen Sachsen, wie sie so zerknittert vor der Hütte stehen, äußerst eindrucksvoll. »Woher aber«, fragte ich, »wissen Sie, daß das Sachsen sind?« – »Die Sachsen waren mit Napoleon verbündet, und außerdem kann nur ein Sachse so verkniffen schauen. Denken Sie an Wagner.«
Hätte mich diese Bemerkung stutzig machen sollen?
Nach dem Krieg, so 46 oder 47, hätte ein reicher Amerikaner das Riesenrundgemälde gekauft. Er hat eine Million Dollar geboten. Aber der Kauf ist nicht zustande gekommen. Manche Innsbrukker verübeln das heute noch – wem? Ja, deswegen ist auch der Verkauf gescheitert. Man weiß nicht, wem das Riesenrundge-

mälde gehört. Der Stadt? Dem Land? Dem Bund? Der Stiftung ›Zum ewigen Gedenken an die vier Tiroler Kaiserjägerregimenter‹? Dem Haus Habsburg? »Einiges spricht dafür, daß das Riesenrundgemälde Paul Flora gehört«, sagte der illegale Fremdenführer, »der wohnt gleich oberhalb auf der Hungerburg.« Ich war beeindruckt. Aber ob das wirklich das Wichtigste war – von ganz Innsbruck? »Wenn Sie meinen«, sagte der nicht-lizenzierte Alois Kranewitter etwas spitz, »dann fahren wir eben auf den Berg Isel selber. Sie brauchen keine Angst zu haben; die Schlacht ist vorbei.«

Das Museum auf dem Berg Isel gehört nun unstreitig der Stiftung ›Zum ewigen Gedenken an die vier Tiroler Kaiserjägerregimenter‹. Das Museum hätte der Amerikaner kaufen können. Er wollte aber das Rundgemälde. Dabei beherbergt das Berg-Isel-Museum nicht nur erbeutete italienische Gasmasken und eigenartigerweise die Sänfte Garibaldis, sondern: ein Unterhemd, ein Paar Socken und ein Jagd-Taschentuch Kaiser Franz Josephs nebst Zertifikat des Kammerdieners des Kaisers, in dem an Eides statt versichert ist, daß Sr. Majestät dieses höchstselbst getragen respektive benutzt habe, und zwar auf der Jagd in Mürzsteg. Daneben liegt eine Landkarte, auf der der Weg eingezeichnet ist, den der Kaiser in den ausgestellten Socken genommen hat.

Dem Museum angefügt ist die Kreuzkapelle, in der seit 1912 die Gebeine des Feldmarschalleutnants Franz Philipp Fenner, Freiherr von Fenneberg (gest. 1824), Gründer der Kaiserjäger, bestattet sind. »Interessant aber«, sagte Alois Kranewitter, »ist dessen Sohn: Daniel Ferdinand Fenner von Fenneberg. Auch der junge Fenner war Offizier, wurde aber aus der Armee ausgestoßen, weil er ein Pamphlet gegen die Mißwirtschaft beim Militär geschrieben hatte. Er wurde dann einer der Anführer des Märzaufstandes von 1848 in Wien, mußte nach dessen Zusammenbruch fliehen, führte 1849 als Generalstabschef die Insurrektion in der Pfalz, überwarf sich aber auch mit den Revolutionären, floh nach Amerika, wurde dort Zirkusdirektor, schrieb – NB! lang vor Morgenstern – ›Galgenlieder‹, wurde entadelt, in Abwesenheit zum Tode verurteilt, begnadigt, durfte nach Österreich zurückkehren, allerdings nicht weiter als bis Bregenz, heiratete eine griechische Gräfin und starb im Irrenhaus. Seine beiden Töchter wurden wieder zurückgeadelt, aber zur Vorsicht ins Kloster –«

Er zog mich zur Seite. »Passen Sie auf –«, zischte er. – »Worauf?« – »Gehen wir Abendessen – wir sind hier eh schon fast in Igls . . .«
Ein Lizenzierter war mit einer Gruppe von Belgiern gekommen und begann eben das vor dem Museum befindliche Andreas-Hofer-Denkmal (von Heinrich Natterer, Bronze, 1893 enthüllt, der Künstler konnte allerdings, da er bereits 1892 verstarb, sein Werk nicht mehr sehen . . .) zu erklären.
Eine ›Tiroler Küche‹ gibt es. Ihre Spezialitäten sind: Speckknödel (die ›zu Wasser‹ oder ›zu Land‹ gegessen werden, d. h. in der Suppe oder mit Salat oder Kraut), Gröstl, Plent (d. i. Maisgriesauflauf, die italienische Polenta) und Muaß (= Mus, eine Art eingebrannten, sehr fetten Mehlauflaufs). Wer eine unverwüstliche Konstitution, einen Magen wie ein Roß und vor allem einen Humor hat, der durch nichts zu erschüttern ist, kann eine dieser Spezialitäten versuchen. Empfindlicheren Naturen empfiehlt sich: der ›Wilde Mann‹ in Igls oder ›Das alte Haus Delewo‹ in der Maria-Theresien-Straße, zwei Etablissements, die geeignet sind, Innsbruck zur kulinarischen Weltstadt zu machen.
»Warum«, sagte ich, als wir nach dem Abendessen wieder in die Stadt hinunterfuhren, »haben Sie mir davon nichts gesagt? Dieser Blick über die Stadt – Tausende Lichter in diesem engen Tal, und das matt glänzende Band des Inn . . .« – »Sie sehen es ja. Warum soll ich es Ihnen dazu noch sagen?«
Wir kamen in die Stadt zurück. Von den 114 712 Einwohnern sind 87,8% katholisch, haben bei den letzten Wahlen 50% ÖVP – also die Schwarzen – gewählt. Das wirkt sich natürlich auf das Nachtleben aus. »Den nächsten Strip gibt es in Bozen, oder in München natürlich«, sagte Kranewitter. »Wir gehen ins ›Papillon‹; vielleicht kriegen wir noch einen Kaffee, bevor sie die Stühle auf die Tische stellen.«
Wir bekamen noch eine Tasse Kaffee, danach sogar noch einen Schnaps. Man kam sich näher. »Sagen Sie, Herr Kranewitter, Ihr Freund, der Hilfsportier im Hotel, erzählte mir, Sie seien ›nicht ganz‹ Werkstudent. Da mich natürlich auch das Soziologische . . . etc. etc. . . . darf ich Sie fragen, was Sie sind?« Er drückte herum. »*Was* ich bin, kann man eigentlich nicht gut fragen, Sie müßten fragen . . . *wer* ich bin . . .«
»Wer –?« – »Wolfgang Amadeus Mozart«, sagte Alois Kranewitter – sein Auge wetterleuchtete geheimnisvoll, »ist mit knapp

sechsunddreißig Jahren gestorben. Es ist doch klar, daß die sparsame Natur nicht ein derartiges Genie hervorbringen wird, um es nicht mehr als sechsunddreißig Jahre zu verwenden. Der Tod Mozarts spielt natürlich keine Rolle. Er wird wiedergeboren. Ich bin jetzt zweiundvierzig. Sechsunddreißig und zweiundvierzig gibt achtundsiebzig – sicher bin ich nicht der letzte. Vielleicht wird Mozart tausend Jahre alt.« – »Sie sind –?« fragte ich. Er nickte. »Ich bin Wolfgang Amadeus Mozart.« Leider habe man das, führte Mozart aus, nicht früh genug erkannt. Er habe lediglich das Zitherspielen erlernen dürfen. So sei der zweiten Reinkarnation Mozarts der Weg ins Symphonische verschlossen, auch die Vollendung des Requiems. Köchel-Verzeichnis Nr. 704 habe er letzthin beim Rundfunk abgeliefert: Suite für 4 Zithern ›Der Inn‹. Bedauerlicherweise sei nur der 8. Satz ›Abendgebet an der Martinswand‹ gesendet worden, und dazu nur unter dem Namen Kranewitter.

Die Inzucht ist ein altes Problem Tirols, wie das aller Alpenländer. Die Größe der Nervenheilanstalt bei Hall in der Nähe von Innsbruck sagt alles. Dabei kommen dort nur die schlimmeren Fälle hin. Wer sich für nichts mehr als Mozart hält, gilt als ungefährlich. Da muß einer schon den Wahn haben, der Bischof zu sein, um eingewiesen zu werden. Übrigens war einer der bedeutendsten Tiroler Dichter, der selbstverständlich verkannte Daniel Sailer, Narrenlehrer in Hall, solang, bis er selber zu spinnen hat angefangen. –

»Wenn Sie einen ganzen Tag mit einem Scharlatan verschwendet haben«, sagte am nächsten Vormittag der lizenzierte Fremdenführer, »geschieht es Ihnen natürlich recht. Sieht man schon in zwei Tagen so gut wie nichts – wie wenig dann erst an einem. Los – schauen wir, daß wir wenigstens die Altstadt machen können.«

Erstaunlicherweise ist Innsbruck eine barocke Stadt. Vom Klima, der geographischen Lage und der Mentalität ihrer Bewohner her hätte man Blockhütten und Iglus erwartet: nein – eine barocke, leicht nach vorn gewölbte Front einer Hofburg, Bürgerhäuser, eine alte Jesuiten-Universität mit einer astreinen Kollegienkirche von römischer Eleganz. Kaiser Maximilian I., dieser schillernde Renaissance-Fürst, ein fortschrittlicher letzter Ritter und liberaler Humanist, ist in dieser Stadt noch lebendig, respektive tot in seinem Grab mit den ›Schwarzen Mandern‹, vierzig erzgegossenen Fürstenfiguren, Meisterwerke Peter

Vischers des Älteren. Das Marmorgrab inmitten der vierzig stummen Erzfürsten ist allerdings leer – Maximilian ist hier nicht begraben, sondern in Wiener-Neustadt. Tirol hat stets unter dem österreichischen Zentralismus gelitten. Zum 450. Todestag hat man aber Maximilians Zeughaus gesäubert. Der Zweckbau war nie von kunsthistorischem Interesse, wurde deshalb zwar schamlos mißbraucht – als Hühnerbrutstätte, als Medizinaldepot, als Leichenwaschanstalt –, aber wenigstens nie zugrunderestauriert. So ist heute das, was zu Maximilians Zeiten eine schlichte Kaserne war, ein Kleinod stilreiner Renaissance. – Und das Goldene Dachl natürlich . . .

Als es später Nachmittag war, kamen wir doch noch nach Schloß Ambras hinaus. Der – lizenzierte – Führer erzählte mir auf dem Weg dorthin Wunderdinge: allein die Kamine von Ambras wären eine Welt für sich; der Spanische Saal, in dem der Erzherzog Ferdinand II., der Urenkel Maximilians, für seine nichtstandesgemäße Gattin Philippine Welser die schönsten Feste gegeben habe; die Waffensäle mit den Rüstungen des Hofzwerges und des Hofriesen; ein ausgestopfter Haifisch; eine Sammlung von Spielkarten; die Bacchusgrotte und ihr Gästebuch, in dem sich jeder eintragen durfte, der einen bestimmten Humpen auf einen Zug austrinken konnte – auch der Humpen sei noch da, Frau Dr. von Sauter, die äußerst verdienstvolle Kustodin, habe es ausprobieren lassen: die Gäste des Erzherzogs müssen fürchterlich gesoffen haben, der Humpen faßt an die 2 Liter . . .

Als wir zum Schloß kamen, war es geschlossen. Eine Aushilfsschloßherrin, eine Werkstudentin (Hauptfach: Kunstgeschichte) erklärte, Führungen nur von sechs Personen an aufwärts durchzuführen . . . Was dann passierte, ist schon eine andere Geschichte.

»Weil wir schon hier heroben sind«, sagte der lizenzierte Fremdenführer hernach, »und wir schon nicht ins Schloß können, so zeige ich Ihnen wenigstens den ›Wilden Mann‹ in Igls, ein Gasthof, der geeignet ist, Innsbruck zur kulinarischen Weltstadt . . .« – »Gern«, sagte ich. »Den hat mir gestern allerdings schon Ihr illegaler Kollege gezeigt.«

»Immerhin«, mußte der Legale anerkennend einräumen.

(1973)

Wenn ich das gewußt hätte, was da alles nachgekommen ist – und zwar, das muß man sich gleich merken: im wörtlichen Sinn nachgekommen ist –, hätte ich selbstverständlich von vornherein »Nein« gesagt, ganz scharf und klar »Nein«. Da hätte Albert, der Lyriker, beleidigt sein können, wie er wollen hätte, hätte von Solidarität und von den Brüdern und Schwestern in der DDR reden können, ich hätte »Nein« gesagt.
Aber wer kann das ahnen.
In gewissem Sinn war daran natürlich auch schuld, daß grad die beiden Kautlers ausgezogen waren, nicht die Schwestern Kautlers – es hat mit der Geschichte nichts zu tun, ich sage es nur der Vollständigkeit halber – nicht die Schwestern Kautler, die aus Steinen mit Ölfarbe Käfer machen und sie für mexikanisch verkaufen, nicht die, sondern das Ehepaar Kautler, also der berühmte Kautler, der Satiriker, wie sie ihn heißen. Albert, der Lyriker, hat einmal gesagt, dieser Kautler kann sich nur deswegen einen Satiriker heißen, weil diese Bezeichnung nicht geschützt ist. Ich weiß nicht, ob das stimmt. Ich bin Maler. Ich lese nichts, nicht die Satiren vom Kautler und auch nicht die Gedichte vom Albert, die schon gar nicht. Auch das, was dieser Herr Wetterling geschrieben hat, habe ich nie gelesen. Jetzt, nach allem, lese ich es natürlich erst recht nicht.
Herr Wetterling, Hans-Günther Wetterling, ist aus der DDR gekommen.
So weit, so gut. Ich verstehe nichts von Literatur, aber soviel weiß ich natürlich auch, daß jeder deutsche Schriftsteller, der etwas auf sich hält, irgendwann einmal aus der DDR gekommen ist. (Nur ein paar gibt es, habe ich mir sagen lassen, die kommen aus Kärnten oder aus der Steiermark. Das wird auch noch akzeptiert. Aber DDR ist besser, sagt Albert.) Hans-Günther Wetterling also ist aus der DDR gekommen. Das heißt: gekommen ist nicht ganz der richtige Ausdruck. Er war, sagt Albert, auf einer Vortragsreise im Westen, sollte auch irgeneinen Literaturpreis entgegennehmen in Hannover oder wo, und grad in dem Moment, wo sie ihm den Literaturpreis übergeben haben, ist ein

Telegramm vom Ministerpräsidenten der DDR gekommen. Ihr könnt ihn gleich behalten, den Wetterling.
So geht das nicht, hat Albert gesagt. Wetterling sei ein aufrechter Sozialist. Er glaubt an die Zukunft des Sozialismus. Er verabscheut den Kapitalismus. Er ist ein ganz bedeutender Lyriker, vielleicht überhaupt der bedeutendste Lyriker deutscher Sprache in unserem Jahrhundert. (Ich habe das Gefühl: in der DDR haben sie nur bedeutendste Lyriker deutscher Sprache unseres Jahrhunderts.) Und es geht also absolut nicht, daß die Verbrecher in dem DDR-Ministerium einfach so einem Mann den Stuhl vor die Tür setzen, auch wenn er dem Regime dort ein wenig unbequem ist.
Insgesamt aber war die Sache natürlich sehr großartig. Albert hat den Wetterling einmal bei einem Lyrikerkongreß kennengelernt, und wie er davon erfahren hat – noch bevor etwas in den Nachrichten darüber gekommen ist –, ist er zu mir gerannt und hat es erzählt. Die Kautlers haben an dem Tag ihren Fernseher noch nicht abgeholt gehabt. Wir haben ihn dann eingeschaltet, und da war auch schon der Wetterling in der Tagesschau. In einem grünlichen Zimmer – selbstverständlich haben die Kautlers einen Fernseher mit Farbe – hat der Loewenthal geschimpft, daß es so nicht geht und daß man einen Lyriker nicht so behandeln kann. Danach hat in einem bräunlichen Zimmer ein untersetzter Mensch, der Zerwenz heißt oder so ähnlich, geschimpft. Albert hat schrecklich gelacht und hat gesagt: das wird den Zerwenz fürchterlich giften, wenn er nachher erfährt, daß er fast das gleiche gesagt hat wie der Loewenthal.
Herr Wetterling selber kam auch im Fernsehen. »Schau«, sagte Albert, »er weint.« – »Ich glaube eher«, sagte ich, »er schwitzt.« – »Nein«, sagte Albert, »wenn du genau hinschaust, siehst du, daß er weint.« Heute weiß ich, daß *ich* recht gehabt habe. Ich sollte ja später, nein, sehr bald schon Gelegenheit haben, den Dichter Wetterling aus nächster Nähe kennenzulernen. Er schwitzt eher, als daß er weint. Aber das wäre das wenigste gewesen.
Ich habe schon erwähnt, daß Kautlers kurz vorher ausgezogen waren. Sie zogen aufs Land, weil Kautler immer das tut, was chic ist. Aber das hat mit der Geschichte nichts zu tun, nur, daß ich eben die zwei Zimmer frei hatte. »Es ist eine Frage der Solidarität«, sagte mir der Mann – ich glaube, das war auch ein Lyriker

–, den Albert am anderen Tag mitbrachte, »eine Frage der Menschlichkeit. Sie wohnen hier allein in einer Wohnung mit vier Zimmern und –«

»Allein kann man nicht sagen«, sagte ich. »Ich mache Sie darauf aufmerksam, daß ich eine Katze habe. Ramses heißt sie, respektive er. Es ist ein Kater.«

»Ich glaube nicht«, sagte der Lyriker, dessen Namen ich vergessen habe, »daß sich Wetterling an der Katze stört. Außerdem soll es ja nur für ein paar Tage sein.«

So zog Herr Wetterling in die zwei Zimmer ein, die ich eigentlich an zwei Studentinnen vermieten wollte. Ich hatte mir das sehr schön ausgemalt, seit mir Kautler gesagt hatten, daß sie ausziehen wollten. Ich möbliere, malte ich mir aus, die beiden Zimmer mit hübschem Sperrmüll, streiche die Wände neu, vielleicht bringe ich sogar Vorhänge an, und dann vermiete ich die Zimmer an Studentinnen. Natürlich könnte ich ganz gut eins von den Zimmern brauchen, dann hätte ich Schlafzimmer, Atelier *und* Wohnzimmer. Aber nur ein Zimmer vermieten ist schlecht. *Eine* Studentin ist zu gefährlich. (Student ist langweilig.) *Eine* Studentin – in die verliebt man sich womöglich. Ich nehme selbstverständlich nur hübsche. Also muß ich an zwei Studentinnen vermieten. Anfangs, malte ich mir aus, sind sie noch scheu, huschen im Morgenmantel über den Gang ins Bad und so weiter. Aber mit der Zeit werden sie zutraulicher, nachlässiger. Nach und nach gewöhnen sie sich an mich, vergessen, daß ich ein Mann bin, werden ungeniert, lassen den Morgenmantel vorn offen, gehen im Höschen zur Küche – ich tue, als schaute ich nicht hin – und legen sich im Sommer nackt auf den Balkon, sogar dann, wenn ich daneben sitze und Zeitung lese. Eine erotische Idylle, oder wie man das sonst bezeichnen soll. Ja: so habe ich mir das ausgemalt. Statt dessen kam Herr Wetterling. Er schwitzte übrigens sogar beim Reden. Alles strengte ihn an. Aber ich will nicht ungerecht sein. Wetterling hat mir auch Vorteile gebracht. Die vielen Pressekonferenzen am Anfang, die ganzen Journalisten, die gekommen sind, haben nicht umhin gekonnt, auch meinen Namen zu erwähnen. Ein Photo von Wetterling, auf dem er unter einem Bild von mir zu sehen ist, ist durch die ganze Presse gegangen. Ich bilde mir zwar ein, daß ich kein schlechter Maler bin, und ich habe auch vorher ganz gut vom Verkauf meiner Bilder leben können – ich hätte es mir leisten können, von meinen Studentinnen eine ganz geringe Miete zu verlangen, was auch den Vorteil gehabt hätte, daß der Andrang und also die Auswahl größer gewesen wäre –, aber so gut, wie in der Zeit mit dem Rummel um Wetterling, habe ich vorher nicht verkauft.

Ich möchte auch nichts gegen Wetterling persönlich sagen. Daß er so leicht schwitzt, dafür kann er nichts. Daß er mir seine Gedichte vorgelesen hat, liegt wohl in seiner Natur als Lyriker. Daß ich die Gedichte langweilig gefunden habe, liegt wahrscheinlich an mir. Nein, an und für sich war Wetterling sehr sympathisch. Man kam sich auch näher, wo man in einer Wohnung wohnte, und immer waren ja nicht die Journalisten da.

»Ich fürchte mich«, sagte Wetterling eines Tages sehr düster. »Ich fürchte mich davor, daß sich die Kerle drüben rächen werden.«

»Wofür?« fragte ich.

Er schien etwas beleidigt über die Frage und sagte eine Zeitlang nichts. Dann drehte er sich aber doch wieder zu mir. Schweißperlen liefen über seine Stirnglatze, und er sagte: »Weil ich sie doch laufend geärgert habe.«

»Aber Sie sind doch jetzt hier in Sicherheit?«

Wetterling seufzte tief.

»Sie dürfen sich nicht solche Sorgen machen«, sagte ich. »Was sollen die Ihnen tun? Ich möchte Ihnen nicht zu nahetreten, aber meinen Sie, die Volksarmee marschiert wegen Ihnen in Westdeutschland ein? Nein. Oder daß einer kommt, der Sie umbringt? Das machen sie nicht einmal mehr bei übergelaufenen Sportlern. Nein, nein – Sie machen sich da unnötige Sorgen.«

Er schaute mich mit einem Blick an: wenn du wüßtest . . .!

Er sollte natürlich recht behalten.

Nach ungefähr drei Wochen, es war so um die Zeit, wo die Redaktionen anfingen, Wetterlings Gedichte zurückzuschikken, passierte es dann. Es war kurz nach zehn Uhr abends. Wir, Wetterling und ich, saßen mit Albert im Zimmer und plauderten.

»Der Schriftsteller«, sagte eben Albert, »ist an und für sich Sozialist. Nur wenn er aus der DDR oder den verlorenen Ostgebieten kommt, dann gilt er auch dann als Sozialist, wenn er kein Sozialist ist, quasi – ich weiß nicht, ob du das verstehst«, wandte er sich an mich.

Ich konnte nicht mehr antworten, denn in dem Moment läutete es. Wetterling schrie auf, begann fürchterlich zu schwitzen und keuchte: »Macht nicht auf, macht nicht auf – das sind sie –.« Auch Albert sagte, daß das lächerlich sei mit seiner Angst, und ich ging doch aufmachen. Wetterling floh in das hinterste Zimmer.

Vor der Tür stand eine etwas knochige Dame in einem grünbeige gewürfelten Kostüm und mit einer Tellermütze. Sie hatte zwei Koffer bei sich.

»Guten Abend«, sagte sie, »mein Name ist Wetterling. Gertrud Wetterling.«

Albert bat die Dame herein. Ich ging hinter und schrie: »Seien Sie nicht kindisch, Wetterling, kommen Sie aus dem Schrank! Es ist Ihre Mutter.«

Es war aber nicht die Mutter, es war die Frau, genauer gesagt: die geschiedene Frau; noch genauer gesagt: die geschiedene zweite Frau Wetterling.

Er habe sie, erzählte mir Wetterling an einem der nächsten Tage, als Ex-Frau Wetterling grad beim Friseur war, nach der Scheidung von der ersten Frau geheiratet, weil er irgendwie eine Leere um sich verspürt habe. Gertrud habe so mütterlich gewirkt. Allerdings sei sie knapp zehn Jahre älter als er, aber damals sei er sechsundzwanzig gewesen . . . da sei ihm der Altersunterschied nicht so aufgefallen. Außerdem habe er doch nicht wissen können, daß sie so schnell altern würde.

Gertrud Wetterling hatte eine Ausfertigung eines Unterhaltsurteils des Kreisgerichts Querfurt bei sich. Wetterling ließ es nicht darauf ankommen, daß Gertrud das Dokument hier dem Gerichtsvollzieher geben würde und gab ihr seufzend die Hälfte von den spärlicher werdenden Honoraren. Im gleichen Zimmer mit ihr zu schlafen weigerte er sich aber.

Nach wenig mehr als acht Tagen kam Martha Wetterling, die dritte Ehefrau, mit der der Dichter streng genommen immer noch verheiratet war, mit einem Kind. Vier Tage danach kam die erste Geschiedene mit zwei Kindern. Es vereinfachte die Sache nicht, wie man sich denken kann, daß die erste auch Gertrud hieß. Die Kinder der ersten übrigens waren schon recht groß, zwei Knaben, Ulf und Are. Are mochte ich trotz des Vornamens recht gern, weil er sich für meine Bilder interessierte und mir beim Malen zuschaute, soweit ich überhaupt in dem abgetrenn-

ten Eck in dem einen Zimmer, wo hinter einem Verschlag mein Bett und Ramses Kiste standen, noch malen konnte.
Die Frauen vertrugen sich übrigens gut miteinander. Nur die zweite Gertrud – also die erste . . . ich meine: die erste Ex-Frau Gertrud, die als letzte gekommen war, war manchmal etwas komisch. Das erste Mal bin ich erschrocken, aber mit der Zeit habe ich mich daran gewöhnt: sie schaute einen an, tiefsinnig und starr und so fest, daß man gar nicht wegschauen konnte, und dann machte sie leise: »Sch-sch-sch-sch-.«
Das sei so seit der Scheidung, sagte Wetterling. Es habe nichts zu bedeuten. Wetterling hielt sich, nachdem er nach der Ankunft der ersten – also der zweiten – Gertrud den Schrecken überwunden hatte, recht gut. Nur als kurz vor Weihnachten Fräulein Doris Tiefenberg mit einem sehr kleinen Kind namens Jeannette kam und mit einem Unterhaltsurteil des Kreisgerichts Eisenhüttenstadt, brach Wetterling zusammen. Er schwitzte nicht einmal mehr.
Auch mir wurde es mulmig. Nicht nur sah ich meine zwei knackigen Untermiet-Studentinnen in unerreichbare Fernen verschwinden, ich fürchtete für meine verbliebene Ecke mit dem Bett. Am zweiten Weihnachtsfeiertag, in aller Früh, packte ich meine Sachen – eine ganze Menge, was mir nicht so wichtig war, ließ ich zurück –, nahm den Ramses auf den Arm und zog aus. Es war so früh, daß ich meinte, von den anderen sei noch niemand auf. Aber wie ich ins Bad schlich, um meine Zahnbürste zu holen, saß Wetterling auf dem Klo. Er schaute mich an wie seine erste – also zweite – Ex-Gertrud, bevor sie zu zischen beginnt, und sagte dumpf: »Sehen Sie. Sehen Sie.«
Das war das Letzte, was ich von Wetterling hörte. Auch gelesen habe ich von ihm nie mehr was, aber das heißt nichts, denn, wie gesagt, um Lyrik kümmere ich mich wenig.

(1979)

Grüne Geschichten

Ein Besuch auf Schloß Thordvang

Von Stavanger führt eine wenig befahrene, aber recht gute Straße nach Osten ins Innere des Landes, auf der man in etwa einer und einer halben Stunde mit dem Auto den kleinen Ort Sinnes, der am Oberlauf des idyllischen Stre-Alf liegt, erreichen kann. Aber nicht Sinnes, auch nicht der idyllische Stre-Alf war unser Ziel, sondern das nur wenige Kilometer südwärts Sinnes gelegene Schloß Thordvang. Es war ein herrlicher norwegischer Sommertag, und wir – mein einheimischer Freund Axel Kyrre und ich – waren schon um acht Uhr in Stavanger aufgebrochen. Die lichtgrauen Wolken zogen wie spielerisch über den Lyse-Fjord, der Regen war mild und warm, und der Nebel begann sich schon gegen neun Uhr zu verflüchtigen. Hie und da rüttelte eine kleine Bö launisch an unserem Wagen.
»Thordvang«, sagte Axel Kyrre, »heißt soviel wie Thors, also Donars Au, Donars Gefilde. Das Schloß, wie es jetzt ist, wurde zwar erst unter König Magnus III., dem Bloßfüßigen (1093 bis 1103) erbaut, steht aber auf viel älterem, ehrwürdigem historischen Boden. Man kann förmlich von einem nordischen Olymp sprechen. Thordvang! Drei der norwegischen Nationalheiligtümer werden dort aufbewahrt: Miolnir, Thors nie sein Ziel verfehlender Hammer, sein Machtgürtel Megingjärdar und seine Eisenhandschuhe.«
»Im Ernst?« sagte ich.
»Na ja«, sagte Axel. »Der Miolnir soll übrigens bumerangartig stets wieder in die Hand des Werfers zurückkehren. Ausprobiert hat man es freilich noch nicht. Vielleicht will man das Ansehen dieses Nationalheiligtums nicht leichtfertig aufs Spiel setzen. Du wirst ja sehen.«
»Wenn man ihn aber nicht werfen darf!« raunzte ich.
»Vielleicht wirft ihn der Kastellan«, tröstete mich Axel, »wenn wir ihm ein entsprechendes Trinkgeld geben.« Wir machten eine Rast. Ein zauberhaft heller Fleck hinter den Wolkenschleiern ließ uns förmlich ahnen, wo die Sonne war. Wir stiegen aus,

zogen das leichte Sommerölzeug enger um uns und spazierten auf einen nahegelegenen Hügel.
»Dort!« sagte Axel und wies mit ausgestrecktem Arm nach Südosten, »kannst du, weil wir gutes Wetter haben, schon die mächtigen Quadern des Schlosses sehen.«
Mich fesselte aber ein anderes Phänomen.
»Schau«, sagte ich zu Axel, »was krabbelt dort unten im Moos? Mir scheint, es spielen Kinder mit kleinen Tieren. Das sind womöglich Lemminge?«
»Wo?« fragte Axel.
Ich zeigte zum Fuß des Hügels hinunter. Axel lachte laut. Wir stiegen hinab. Was ich für Kinder mit Lemmingen gehalten hatte, war eine fünfköpfige Liliputanerfamilie beim Picknick. Der Liliputanervater, ein kaum kniehoher Kerl mit mächtigem Schnauzbart, goß aus einer Aquavitflasche, die fast so groß war wie er, für seine Frau und für sich ein und grüßte uns – als wir freundlich unsere Südwester zogen – mit erhobenem Glase. Die Kinder, die ich für Lemminge gehalten hatte, jagten im Moos nach Fröschen.
»Es gibt verhältnismäßig viel Zwerge in Norwegen«, sagte Axel, »was nicht Wunder nehmen darf, denn es handelt sich ganz einfach um die Nachkommen der Nibelungen, die ein ganz besonders zähes Geschlecht sind. Den Lichtgöttern ist es nicht gelungen, sie auszurotten. Im Gegenteil. Die Asen sind verschwunden. Die Nibelungen – du hast selber gesehen. Sie sind, im Vertrauen gesagt, nicht ungefährlich. Sie haben heute noch den ihnen eigenen, unbändigen Stolz.«
Wir aßen dann in der Nähe von Sinnes zu Mittag, wo Axel ein vorzügliches Landgasthaus wußte. Der Auguststurm trieb den Regen gegen die Fenster, und das herunterrinnende Wasser bildete – unter dem Druck des Windes – bizarre Bänder und Kringel an den leise zitternden Scheiben. Axel wies mich auf diese Erscheinung hin: »Wenn du die altnordischen Ornamente unserer Stabkirchen, von Urnes etwa oder von Torpo studiert hättest, würdest du in ihnen diese Wasserfiguren an den Fenstern wiedererkennen. Nichts hatte so großen Einfluß auf die norwegische Volkskunst wie der Regen.«
So betrachteten wir in der wohlig geheizten Wirtsstube die Naturornamente an den Scheiben und rauchten gemütlich unsere Pfeifen.

»Thor«, sagte Axel, »war der Sohn Odins und der Jord. Er genoß unter den Asen höchstes Ansehen und wird als ein Wesen von jugendlicher Frische, mit rotem Bart und von ungeheurer Stärke geschildert. Von seinen drei Kleinodien, die ihm furchterregende Macht verliehen, habe ich dir vorhin schon erzählt. Wir werden sie bald sehen. In stolzer Fehde lag Thor mit der Jormungandr genannten Midgardschlange und mit dem Riesengeschlecht der Joten und Thursen, was ihn aber nicht hinderte, mit der Jotin Jarnsaxa zwei Söhne – Magni und Modi – zu zeugen. An ehelichen Kindern hatte er nur eine Tochter, Thrud. Außerdem lebte in der Familie noch der Sohn von Thors Gattin Sif aus erster Ehe: der Schneeschuhgott Ullr. Sif, der Göttin des Ackerbaus, wurden vom listigen Loki oder Loge ihre goldglänzenden Haare heimtückischerweise geschoren. Thor ließ von den kunstreichen Zwergen – da hast du wieder die Zwerge! – eine Perücke aus Goldgespinst schmieden, das so geschickt gemacht war, daß es sogar wie richtiges Haar weiterwuchs. Am Tag der großen Schlacht auf der Ebene Wigrid, nach dem drei Jahre dauernden Fimbulwinter, als der Fenrirwolf seine Bande zerrissen hatte und von Süden her die grausigen Söhne Muspels herangeritten kamen, am letzten Tag des Ragnarok also, den ihr seit eurem Richard Wagner unsinnigerweise Götterdämmerung nennt, gelingt es Thor, seine Feindin, die Midgardschlange, zu töten. Er kommt aber selber im Kampf durch den Gifthauch der Schlange um. Nun, lange hätte er ohnehin seinen Sieg nicht feiern können, weil gleich darauf der Weltenbrand die ganzen Asen vernichtete.«

»Nicht aber die Zwerge?« fragte ich.

»Nicht aber die Zwerge, die ja unter der Erde in Nibelheim lebten, damals, heute nicht mehr«, sagte Axel leise, denn eben trat eine Gruppe von Zwergen fröhlich lärmend in die Wirtsstube, lauter Männer, offenbar ältere, denn sie hatten fast durchwegs Glatzen und übermäßig mächtige, weiße Schnauzbärte. Sie schrien durcheinander.

Ich verstand nicht, was sie sagten.

Der Wirt brachte Krüge voll Bier – norwegisches Bier heißt Öl und schmeckt wie Wasser –, und drei Hausdiener trugen Arme voll Bücher herein.

»Schau!« sagte Axel, »in diesen Büchern steht all das, was ich dir erzählt habe. Es sind die kostbaren zweiunddreißig Bände von

Sbwibdaggersens Ausgabe der Geschichten des Goden Snurri und des Skalden Egil.«
»Lesen sie sich das jetzt vor?« fragte ich. »Womöglich singen sie es?«
Sie setzten sich aber nur drauf, um auf dem Tisch ihre Bierkrüge bequemer zu erreichen.
Wir blieben nicht mehr lange. Der Regen hatte aufgehört. Als wir weiter gegen Thordvang hinauffuhren, begannen einzelne Schneeflocken gegen die Windschutzscheibe zu tänzeln. »Was für ein herrlicher Sommer«, sagte Axel, »wir haben schon Ende August, und es hat insgesamt nur viermal geschneit seit der Sommersonnenwende.«
Schloß Thordvang war zu unserer Überraschung geschlossen. Wir läuteten und klopften gegen das Tor. Es rührte sich nichts. Erst als Axel wie wild ein paar Minuten lang gehupt hatte, öffnete sich eine kleine Nebenpforte, und ein junges, blasses Mädchen erschien. Das Mädchen war nicht unhübsch, mich störte an ihr nur, daß ein Bein, ohne verformt oder verkrüppelt zu sein, etwas dünner war als das andere. Axel redete lange mit ihr, das Mädchen schien unwirsch zu werden und schloß endlich die Pforte wieder hinter sich zu. Axel kam zum Auto zurück.
»Was ist?« fragte ich.
»Das dumme Luder«, sagte Axel. »In den Ferien sind immer Kunststudenten aus Oslo hier als Aushilfskastellane. Die Gans da war so eine. Sie sagt, ohne Führung sei kein Einlaß, und eine Führung mache sie – so sei die Vorschrift – erst von sechs Besuchern aufwärts.«
»Und was machen wir jetzt?«
»Zum Glück«, sagte Axel und wischte den leichten Schnee fort, der sich inzwischen auf der Windschutzscheibe gesammelt hatte, »haben wir ja herrliches Wetter und damit die Chance, daß noch ein paar Ausflügler kommen.«
Wir warteten eine halbe Stunde. Es kam aber niemand.
»Vielleicht«, sagte Axel dann, »sollten wir schnell noch einmal nach Sinnes hinunterfahren. Es gondeln hier immer irgendwelche amerikanische Touristen herum, die oft von dem Schloß gar nichts wissen. Möglicherweise finden wir ein paar, die wir überreden können, mit heraufzukommen.«
So fuhren wir nach Sinnes zurück. Axel wollte am Hauptplatz vor der Kirche warten. Ich mußte unterdessen die Straße nach

Thordvang bewachen, um Axel sofort verständigen zu können, wenn etwa ohne unser Zutun Besucher zum Schloß fahren sollten.

Ich saß einigermaßen geschützt unter dem Vordach eines Schuppens. Axel hatte mir eine Decke dagelassen, in die ich mich einwickelte. Gegen drei Uhr hörte ich Axels Auto kommen. Schon von weitem hupte er laut und freudig. Er hatte tatsächlich – allerdings nur zwei – Amerikaner aufgegabelt, die mit dem Postbus gekommen waren. Die beiden Amerikaner, lange Jünglinge in Bluejeans, mit Gesundheitssandalen und riesigen Armeerucksäcken, jeder das Büchlein ›Europe, 5 Dollars a day‹ in der Hand, saßen gottergeben auf den Rücksitzen. Ich stieg ein, und wir fuhren los.

»Ich habe ihnen gesagt«, sagte Axel, »es ist das Geburtshaus von Christoph Columbus. Sie verstehen sowieso nichts.«

Am Schloß trommelten wir wieder die ungleichbeinige Kunststudentin heraus. Axel diskutierte aufs neue mit ihr und sagte dann: »Sie ist ausnahmsweise bereit, uns vier durch das Schloß zu führen, wenn jeder den eineinhalbfachen Preis zahlt.« Dazu waren die Amerikaner, die kurz in ihrem Büchlein blätterten, jedoch nicht bereit.

Als die Kunststudentin sah, daß die Amerikaner die Köpfe schüttelten, schlug sie gleich wieder ihre Pforte zu und war verschwunden. »Halt!« schrie ich, »dann zahlen wir eben für zwei dazu.«

»Macht nichts«, sagte Axel. »Wir finden schon noch welche.«

Nun wurde beschlossen, daß ich mit den zwei Amerikanern vor dem Tor zum Schloß warten und aufpassen sollte, daß sie nicht davonliefen. Axel fuhr mit dem Wagen weg. Die Unterhaltung mit den Amerikanern war ziemlich mühsam. Sie waren mürrisch und hörten meiner poetischen Erzählung von Donars Eisenhandschuhen, von Ragnarok und der Midgardschlange nicht sehr aufmerksam zu. Von Christoph Columbus wagte ich nichts zu erzählen.

Als ich schon verzweifelt die Hoffnung auf Axels Rückkehr aufgegeben hatte – es ging gegen vier Uhr, ich stellte mich in den schützenden Torbogen, die Amerikaner spielten mit ihren Zehen im Sommerschnee –, ertönte von ferne Axels freudiges Hupen. Er war dann auch gleich wieder da und sprang aus seinem Wagen.

»Das war eine Arbeit!« rief er und half einem uralten, sehr gebrechlichen Norweger aus dem Auto. »Das ist ein Bauer, der zeit seines Lebens hier in der Nähe gelebt und das Schloß noch nie besichtigt hat. So ein sturer Teufel. Er interessiert sich nicht für altes Gerümpel und wollte heim zum Fernsehen. Dem habe ich was erzählt! Er mußte einfach mit.«
Diesmal kam die Kunststudentin auf das Hupen gar nicht an die Pforte. Sie machte nur oben ein Fenster auf, schrie ein einziges norwegisches Wort – ich vermutete richtig, daß es ›sechs‹ hieß – und verschwand sofort wieder.
Axel sank erschöpft auf seinen Fahrersitz.
»Es hat keinen Zweck, Axel«, sagte ich.
Wortlos ließ Axel den Motor an, wir stiegen alle ein. Langsam fuhren wir bergab. Der alte Bauer war eingeschlafen, nur die beiden Amerikaner betrachteten aufmerksam die Gegend. Als wir vielleicht fünf Minuten gefahren waren, schrie einer der Amerikaner auf und deutete auf einen einzelnen Baum, der etwas abseits von der Straße stand. Auf dem Baum saß etwas, was ich für eine Dohle hielt.
»Das ist die Rettung!« rief Axel.
»Eine Dohle?« sagte ich.
Es war aber ein Zwerg, der vom Baum aus die Gegend mit einem Feldstecher betrachtete. Axel lief zum Baum und redete hinauf. Es dauerte eine Weile, dann kam der Zwerg heruntergeklettert und mit Axel zum Wagen.
»Er geht mit!« schrie Axel von weitem. »Kinder, er geht mit!«
Ich mußte den Zwerg, der einen nach seinem Maß wadenlangen Vollbart und einen triefend nassen Sommerpelz trug, auf die Knie nehmen. Axel wendete den Wagen, und wir fuhren nach Thordvang zurück. Vor dem Schloß wuzelten wir uns aus dem inzwischen übervollen Auto, Axel hupte nach bewährter Art, und als die Kunststudentin erschien, gruppierte sich alles wie von selber und zwanglos in einem, gegen die Studentin hin offenen Halbkreis, in dem der Zwerg stand. Fünf Zeigefinger wiesen auf den Zwerg. Wir glaubten, nicht nur die amtlichen Bedingungen erfüllt, sondern auch Anerkennung verdient zu haben, kein weiteres Wort mehr sagen zu müssen, und lächelten. Aber die Miene der inkongruentbeinigen Kunststudentin verdüsterte sich.
Der Kleine, so habe sie gesagt, übersetzte mir Axel später, der

Kleine zählt nicht für einen Ganzen. Außerdem sei es halb fünf, und da schließe das Museum.
Die Pforte des Schlosses flog zu, nun wohl unwiderruflich zum letzten Mal für heute. Der alte Bauer trottete, ohne etwas weiteres zu sagen, davon. Die zwei Amerikaner knipsten Christoph Columbus Geburtshaus wenigstens von außen, bevor sie mit uns nach Sinnes zurückfuhren. Der Zwerg, der auf die Rede der Kunststudentin einen hochroten Kopf bekommen hatte, warf uns, als Axel ihn fragte, ob auch er mit zurückfahren wollte, nur einen haßerfüllten Blick zu.
»Aber wir können doch gar nichts dafür?« fragte ich.
»Mit Zwergen«, sagte Axel, schon im Fahren, »ist es oft nicht einfach.«
Ich blickte mich um. Ich sah gerade noch, ehe wir die erste Kurve hügelab nahmen, wie der Zwerg bebenden Bartes das Tor zum Schloß fixierte, eines seiner kleinen Ärmchen in die Hüften gestemmt, ein Bein erhoben, als wolle er einen fürchterlichen rituellen Tanz beginnen.
Auf der Rückfahrt nach Stavanger hatten wir, was wegen des Schneetreibens besonders unangenehm war, eine Reifenpanne.
»Der Zwerg!« sagte Axel und setzte den Wagenheber an, der aber zunächst nicht den Wagen hob, sondern im Schlamm versank, »der Zwerg! Er ist glimpflich mit uns verfahren. Das Schloß ist vielleicht schon abgebrannt, zumindest die Studentin mit einem schwarzen Ferkel schwanger, oder so etwas.«
»Das gönne ich ihr«, sagte ich.
Die Kleinodien Thors habe ich, da mich Axel zu keinem weiteren Ausflug nach Thordvang mehr bewegen konnte, nie gesehen. Vielleicht sind sie ohnehin nicht echt.

(1968)

28. Februar
Jetzt ist es tatsächlich soweit. Ich habe es nicht glauben können. Es ist so gekommen, wie es kommen mußte. Eine eifersüchtige Macht (Schicksal?) will mich zermürben. Ich bin verzweifelt. 35 DM für den Arzt. Der Furunkel kommt auf der rechten Wange. Warum ausgerechnet auf der rechten? Andere haben Furunkel auf der linken Wange.

1. März
Zwei Aufträge sind an meiner linken Seite gescheitert: Rasiercrème und Armbanduhr. Die Rasiercrème hat F. gemacht, bei der Armbanduhr haben sie W. genommen. Das wären jeweils mindestens 250 Mark gewesen, außerdem hätte ich einen Berg Rasiercrème behalten dürfen, soviel, daß es für ein halbes Jahr gereicht hätte – was sage ich: für ein Jahr, denn die rechte Seite darf ich wegen des Furunkels ohnehin nicht rasieren, und der Arzt meint, es würde sicher ziemlich lange dauern. Schneiden laß ich es auf keinen Fall, wegen der Narbe, die dann bleibt. Warum kann ich den Furunkel nicht am Hintern bekommen? Wann wird schon mein Hintern photographiert? Bei einem weiblichen Mannequin wäre natürlich ein Furunkel am Hintern eine Katastrophe.

2. März
Wenn ich nicht den Schönheitswettbewerb der Haarwasserfirma A. B. gewonnen habe – Ende der Woche soll das Ergebnis herauskommen –, so weiß ich nicht mehr, was ich tun soll. Langsam muß ich dann daran denken, die Miete zu bezahlen. 136,95 Telephon. Wo habe ich da nur überall hintelephoniert? Und da sagen alle, Dressmen verdienen klotzig. Ja, wenn sie kein Furunkel auf ihrer besseren Wange aus der Bahn wirft.

3. März
Ich möchte wissen, warum mir der Kerl mit dem karierten Käppchen den ganzen Tag nachgelaufen ist. Taxi: 4,50 DM. Aber ich habe ihn wenigstens abgeschüttelt.

4. März
Ein saumäßiges Wetter. Langsam könnte es doch aufhören zu schneien. – Beate. –

5. März
Der Kerl mit dem karierten Käppchen war schon wieder da, sogar auf dem Friedhof. Einesteils ist es ja gut, daß es so schlechtes Wetter ist und daß es schneit. Ich drapiere meinen Schal um die rechte Gesichtshälfte, behaupte, das sei irrsinnig ›in‹. So recht glaubt man es nicht. Wenn es nicht so kalt wäre, glaubte es aber überhaupt niemand. Es hat also alles seine zwei Seiten. Ich habe den Kerl mit dem karierten Käppchen seit vorgestern mindestens zehnmal gesehen. Wenn ich ihn anschaue, schaut er weg. Auch Beate hat ihn gesehen. Es ist schon unwürdig, wenn man sich so verstecken muß. Heute konnte Beate von Zuhause nur weg, weil sie zur Beerdigung einer Cousine ihrer Mutter ging. Da Beates Mann Beerdigungen nicht leiden kann – er behauptet, sagt sie, er verlöre immer seine Galoschen, vielmehr: eine Galosche, was fast noch ärgerlicher ist – durfte Beate allein gehen. Es gibt wirklich Veranstaltungen, auf die ich lieber gehe als Beerdigungen. Aber was hilft es. Ich meinte, daß wir ruhig die Cousine der Mutter ohne uns eingraben lassen, und daß wir statt dessen zu mir kommen und uns einen schönen Nachmittag machen könnten. Nein – sagte Beate, erstens wäre es pietätlos: ein Ehebruch, während die Tante zur letzten Ruhe gebettet würde, und zweitens müsse sie ihrem Mann schon erzählen, wer alles dagewesen sei. Danach, meinte Beate, könnten wir vielleicht eine halbe Stunde in ein Café gehen. Aber da kam der Kerl im karierten Käppchen. Beate ist fürchterlich erschrocken. Ich mußte sofort weg. »Der Kerl spioniert bestimmt mir nach, womöglich ist er von meinem Mann beauftragt.« Ich schloß mich einem anderen Trauerzug an. Es wurde ein gewisser Leo Zwirnsteiner, Oberrechtsrat a. D., beerdigt. Den Reden am Grabe nach muß Oberrechtsrat a. D. Zwirnsteiner ein bedeutender Mann auf dem Gebiete des Brauchtums und der Volksmusik gewesen sein. Ich habe meinen Kranz dazugelegt zu Zwirnsteiners anderen Kränzen. 34,– DM. Ich habe noch ganze 50 Mark. (Den Schönheitspreis hat Frank L. gewonnen.) Beate habe ich nachher gesucht, habe sie nicht mehr gefunden. Am besten, ich bleibe übers Wochenende im Bett. Ich glaube, ich

habe noch zwei Dosen Thunfisch und ein fast volles Päckchen Pumpernickel. Das muß reichen.

7. März

Sonntag. Es schneit in einem fort. Beate hat gestern angerufen. Sie steht Todesängste aus wegen des Mannes in dem karierten Käppchen. Auch habe, sagte sie, ihr Mann eine so komische Bemerkung gemacht. Sie hat dann sehr rasch eingehängt. Ich war wohl auch nicht sehr freundlich zu ihr. Ist mir das zu verdenken? Wenn man berücksichtigt, daß ich für die Beerdigung eines Herrn Zwirnsteiner a. D. 34 (vierunddreißig) Mark ausgegeben habe, eines Herrn Zwirnsteiner, den ich nie im Leben gesehen habe? 34 DM von 84, so daß mir noch 50 DM bleiben, d. h. blieben, denn von zwei Dosen Thunfisch kann auch ein Dressman nicht ein Wochenende leben.

1 Dose Tee: 4,80 DM; 100 g Hackfleisch: 2,20 DM; 4 Eier: –,80 DPf; die Zeitung sind sie kassieren gekommen: 7,80 DM; 1 Flasche Aprikosenschnaps: 16,– DM; 2 Schachteln Zigaretten: 2,– DM. Es müßten mir also von meinem Fünfziger 17,40 DM geblieben sein. Es sind aber nur 16,70 DM übrig. Wo die 70 Pfennig geblieben sind? Da haben sie mir wohl irgendwo falsch herausgegeben.

Heute in der Früh sehe ich den Mann im karierten Käppchen vor dem Haus gegenüber stehen. Offensichtlich friert er. Ich gehe erst einmal in die Küche, koche mir zwei von den 4 Eiern und eine Tasse Tee. Dann gehe ich wieder ans Fenster: er ist noch immer da. Bald wird er eingeschneit sein. – Ich frühstücke gemütlich, rauche eine Zigarette (2. Schachtel, 1.). Wenn ich die Zeitung schon zahle, lese ich sie auch. Sehr uninteressant. Nur bei Kleinanzeigen ›Vermischtes‹ habe ich ein wenig gelacht: »Stellungsloser Geistlicher erteilt Privat-Segen; Konfession spielt keine Rolle.« Oder: »Suche Anschluß an Laien-Striptease-Gruppe.« Oder: »Vampyrologe sucht Kontakt mit Leuten, die schon einmal von Vampyren gebissen wurden.« – Um ¼ nach 12 schaue ich wieder zum Fenster hinaus. Tatsächlich steht er noch da. Blaugefroren stapft er hin und her. Kein Zweifel: er läßt meine Haustüre nicht aus den Augen. Soll ich Beates Mann anrufen? »Hallo, Herr Sternberger. Hier ist Gustav Kling, der, mit dem Ihre Frau usw. Sie können Ihren Detektiv ruhig für heute abziehen. Ich geh nicht mehr aus dem Haus.«

Nein; es gäbe nur für Beate einen Wirbel und dem Detektiv würde es nicht helfen, denn der Herr Ehemann Sternberger würde dann grad erst recht nicht den Detektiv abziehen.
Abends –
Ich habe es anders gemacht; direkter. Gut, daß ich den Aprikosenschnaps gekauft habe. Ich habe mich angezogen, habe ein Gläschen voll eingeschenkt und bin hinuntergegangen. »Grüß Gott«, habe ich gesagt, ich habe mir alles vorher genau überlegt: »Ich bin Gustav Kling, aber das wissen Sie ja wohl. Hier ist ein Gläschen Aprikosengeist. Er wird Ihnen guttun, bei der Kälte.« Er hat große Augen gemacht, ist noch eine Schattierung bläulicher geworden und ist auf und davon. Den Schnaps hat er allerdings vorher noch ausgetrunken. Er hat erstaunlich große Ohren, die fast flügelartig vom Kopf abstehen. Gesagt hat er nichts.

8. März
Beate konnte anrufen, weil ihr Mann für eine Stunde aus dem Haus ging. Sie hat mich um Entschuldigung gebeten, daß sie am Samstag so häßlich zu mir war. Aber nein, sagte ich, *ich* war häßlich zu *dir*. Nein, nein, sagte sie, *ich* zu *dir*. – Nein, sagte ich, glaube mir, *ich*, *ich* war ganz, ganz häßlich zu dir. Wir konnten uns leider nicht versöhnen, denn schon nach knapp 50 Minuten kam ihr Mann zurück.
1 Paar Würstchen und Kartoffel-Salat im Stehimbiß: 2,80 DM. Ein Bier: 1,– DM. Eine Schachtel Zigaretten. Es bleiben mir knappe 12 Mark. Leider habe ich davon fast 3 Mark im Spielautomaten verspielt, nachdem ich eine Gewinnserie gehabt habe: dreimal hintereinander . . . Aber dann ging es wieder abwärts. Frank L., der Kollege, der den Schönheitspreis gewonnen hat, war in Lindau und hat beim Roulette drei*hundert* Mark verspielt. Dabei hat er Gummiwaden. Das hat diese blinde Jury offenbar nicht gemerkt.
Die Agentur angerufen: nichts. Die Sekretärin, eine ganz dumme Ziege, hat so getan, als kenne sie meinen Namen gar nicht, mußte erst in der Kartei nachsehen. Aber Frank L. fährt nach Lindau. Mit Gummiwaden.
Der Mann mit dem karierten Käppchen hat sich nicht mehr blicken lassen.

9. März
Johann Müller heißt er. Er stand heute vormittag um 10 Uhr vor der Tür, zog sein kariertes Käppchen und streckte mir einen Hundertmarkschein hin. »Wenn ich mich nicht irre«, sagte der Mann, »so besitzen Sie jetzt noch 9 Mark 50 und haben nicht einmal mehr Zigaretten.« – »Nein«, sagte ich, »ich habe nur mehr 8 Mark 80, weil man mir vermutlich 70 Pfennig zu wenig herausgegeben hat. Aber wie kommen Sie mir überhaupt vor?«
Nun: wie gesagt, er heißt Johann Müller. Ein feiner Mann. Er wußte, daß mich Beate um 9 Uhr angerufen und mir gesagt hatte, sie habe heute nachmittag zwei Stunden Zeit für mich.
»Sie sind in einer schlimmen Lage, nehme ich an«, sagte er, »Sie mit Ihrem Furunkel und 9 Mark 50 respektive 8 Mark 80. Das reicht ja nicht vorne und nicht hinten, kaum zum Straßenbahnfahren. Sie haben also, vermute ich, keine Verabredung mit Frau Sternberger für heute getroffen?«
Ich mußte das zugeben.
»Sie haben, vermute ich weiter, Ihr Furunkel vorgeschützt, denn Sie gehen – nebenbei mit Recht – davon aus, daß es auf die Dame keinen großen Eindruck machen wird, wenn sie hört, Sie seien pleite.«
Auch das mußte ich zugeben.
»Sehen Sie«, sagte Herr Müller weiter, »Sie waren neulich gut zu mir mit dem Schnaps. Heute bin ich gut zu Ihnen. Hier haben Sie hundert Mark. Bei ›Hungertobler‹ draußen – auf Ihren Namen – ist ein dezenter Tisch bestellt. Die Konsumation geht auf meine Rechnung. Ich denke, daß Sie um ½ 5 wieder hier in Ihrer Wohnung sind. Um 5 Uhr komme ich, denn um 6 Uhr treffe ich Herrn Sternberger und muß ihm berichten, was seine Frau in der Zwischenzeit alles getrieben hat.«
»Ich verstehe Sie nicht ganz –«
»Das ist doch einfach: Sie haben richtig vermutet, daß ich Privatdetektiv bin, von Herrn Sternberger beauftragt, seine Frau zu beschatten. Nun haben Sie aber kein Geld, es passiert nichts, was ich meinem Auftraggeber berichten könnte. Außerdem dieses Scheißwetter. Wenn wir zusammenarbeiten, haben wir es doch beide besser.« –
Um ½ 6 Uhr ist er dann wieder gegangen. Beate war zwar wieder recht anstrengend, außerdem war das Rebhuhn eher zäh. Aber jetzt habe ich wieder ein paar Mark und werde ganz gemütlich

essen gehen und dann ins Kino. Morgen kommt Müller wieder. Er hofft, daß er auf Grund seines heutigen ›Erfolges‹ einen größeren Vorschuß bekommt.

10. März
Am Wochenende fliegt Sternberger nach London. Müller wird einen Ausflug für Beate und mich nach Lindau arrangieren. 500 Mark darf ich auf seine Rechnung in der Spielbank verlieren. Das Hotelzimmer hat der Gute schon bestellt. Ich brauche nur sein Tonbandgerät mitzunehmen und heimlich unters Bett zu stellen. Er hat mir noch genau aufgeschrieben, was ich sagen soll, damit das Richtige aufs Tonband kommt. Ich lerne es eben auswendig; Beate darf natürlich nichts merken.
Übrigens: wenn ich gewinne, darf ich den Gewinn behalten.
Der Furunkel beginnt zu verschwinden.

12. März
Morgen soll ich mit Beate nach Lindau. Gestern habe ich Hans getroffen (also Johann Müller). Wir waren zuerst sehr chic zum Essen, dann in einer Bar, und zum Schluß haben wir hier bei mir die Flasche Aprikosenschnaps ausgetrunken. »Weißt du was, Hans«, habe ich dann gesagt, »ich pfeife auf Lindau. Ich lerne sowieso so schwer auswendig. Ich spreche dir das Zeug hier auf das Tonband. Beate soll wirklich zu ihrer Freundin Heidi fahren, und wir teilen uns die Lindau-Spesen.«
Hans zögerte zunächst, war aber dann einverstanden. Er habe, sagte er, doch ein wenig ein schlechtes Gewissen: Berufsethos und so. Aber sicher wäre das Tonband besser, wenn es unter seiner Aufsicht aufgenommen würde.
Wir haben eine Riesengaudi gehabt, als wir das Tonband aufgenommen haben. Hans hat die Rolle Beates übernommen und gestöhnt. Sehr echt. Herr Sternberger wird seine Freude haben.

15. März – Montag
Die Agentur hat angerufen. Neue Herrenparfum-Serie, drei Tage nach Korsika. Habe mein Furunkel vorgeschoben. Blöd werde ich sein. Heute abend kommt Hans. Er bringt dem alten Sternberger um 6 Uhr das Tonband. Zwischen 7 und ½ 8 wird Hans dann zu mir kommen. Mit dem Zaster, hoffe ich.

16. März
Es war mehr, als wir vermutet haben. Hans hat erster Klasse berechnet, auch das teuerste Hotel genommen. 684,70 DM Spesen plus 11% Mehrwertsteuer, dazu 5,– DM für das Tonband. Über das Stöhnen hat sich der alte Sternberger so aufgeregt, er hat – erzählte Hans – so unmäßig getobt, daß er gleich einen ganzen Tausender Sonderhonorar herausgerückt hat. Bleibt für jeden von uns rein netto 844,85 DM. Und dazu hat Hans noch zwei ziemlich lange Gedichte geschrieben, die er nicht schreiben hätte können, wenn er mir nachspionieren hätte müssen. Die Lyrik sei seine eigentliche Berufung, sagte Hans.

17. März
Hans hat vor, seine ganzen anderen Aufträge an eine befreundete Agentur abzugeben und sich nur Beate und mir, respektive dem alten Sternberger zu widmen. Alles andere störe ihn, sagte Hans. Ich muß jetzt immer eine genaue Aufstellung all dessen machen, was ich unterwegs so tue. Hans schreibt das ab und gibt es als vertraulichen Bericht an Sternberger. Sternberger soll sich begeistert über die Genauigkeit der Berichte geäußert haben. »Wie bringen Sie das nur alles heraus?« hat Sternberger gesagt. Hans hat hintergründig gelächelt.
Für das nächste Wochenende, meint Hans, müssen wir uns wieder etwas Besonderes einfallen lassen. Am Montag muß der Alte zwei Tausender herausrücken. Vielleicht macht Hans heimlich ein Photo von Beate und mir. Oder wir bauen einen neuen Liebhaber auf, so daß zweispurig überwacht werden muß und alle Spesen doppelt anfallen.

19. März
Der Alte hat selber doch immer die besten Ideen, das muß ihm der Neid lassen. Heute war Hans bei ihm: Sternberger will mich umbringen lassen. Hans soll einen Mörder dingen. Auch Hans gibt zu, daß er auf sowas nicht gekommen wäre. 10 000 Vorschuß, bar.

22. März
Heute war ich mit Beate im Café; sehr ungern. Aber Hans hat gesagt, ich müsse sie hie und da treffen, weil er sonst Sternbergers Zorn nicht wachhalten kann. Beate hat geredet. Hat sie

immer so viel geredet? Ich glaube, wenn man ihr den Mund zuklebt, redet sie mit den Ohren weiter. In Gedanken war ich ganz woanders: wie legen wir das Geld an? Hans meint: Beteiligungen an sicheren Industrieunternehmen.

23. März
Hans hat den Mordplan ausgearbeitet. Sternberger hat ihn gebilligt: Ich soll nach Australien gelockt werden, dort mit einem präparierten Leihwagen ins Meer fallen und von Haifischen aufgefressen werden. 100 000 DM plus 40 000 Spesen plus 20 000 für Helfershelfer plus Mehrwertsteuer. – Sternberger muß Kredit aufnehmen. Möglicherweise räumen wir ihm mit dem Geld, das er uns gibt, den Kredit ein. Wenn genug Zinsen aufgelaufen sind, werfen wir ihn dann aus seinem Unternehmen hinaus. Termin für den Mord: 23. April. Übergabe des Geldes: 24. April.

25. April
Der alte Geizkragen. Er hat sich scheiden lassen, das war billiger. Ich bin zu Hans gezogen, daß mich Beate nicht findet. Wenn wir mit dem Geld, das uns Sternberger vorgeschossen hat, besser gewirtschaftet hätten . . .
Hans hat mir seinen Lyrikband gewidmet: ›Sag Adieu auch zu den Schwänen.‹
Na ja. Zwei Dosen Heringssalat sind noch da. Der Furunkel ist verheilt.
Morgen werde ich die Agentur anrufen.

(1969)

Registerarie für Leporello

Leporello: Ed io vado all' osteria
a trovar padron miglior

Nach dem Ende des Sextetts, das bekanntlich das zweite Finale des ›Don Giovanni‹ und damit die ganze Oper abschließt, schlich sich Leporello ziemlich rasch und so unauffällig wie möglich vom Schauplatz des letzten Aktes, »denn«, so sagte er sich, »mit der Inquisition ist es so eine eigene Sache. Zwar kann ich als Diener natürlich nichts dafür, was mein Herr angestellt hat. Im Grunde genommen bin ich sogar dagegen gewesen. Aber die Inquisition . . . nachdem die neidischen, so gut wie kastrierten Hochwürdigen Gockel ihren Zorn an meinem zur Hölle gefahrenen Don Giovanni nicht mehr auslassen können, traue ich ihnen zu, daß sie wenigstens den Diener aufzuhängen versuchen.«

Er ging in eine jener Gastwirtschaften, die als Gesindemärkte bekannt waren, beschloß, sich Ramiretto zu nennen und unter diesem neuen Namen einen neuen Herrn zu suchen.

In der Gastwirtschaft ›Zum Fuchs im Loch‹, unmittelbar neben der Puerta Real, saßen drei Dutzend Kutscher, Läufer, Köche, Zofen, Gärtner, die alle auf einen neuen Herrn warteten. Es gab große, dicke, dünne, kleine Gärtner und Köchinnen und Zofen, alte und junge, hübsche und häßliche, ansehnliche und – meist – weniger ansehnliche, und auch einen Zwerg. Näherte sich ein Haushofmeister, der einen Domestiken suchte, so schrien alle sofort durcheinander, priesen in schrillen Tönen ihre Vorzüge (der Zwerg schrie am lautesten), fuchtelten mit ihren Zeugnissen, was meist alte, schmierige Fetzen waren, und gerieten nicht selten in ein Handgemenge, wenn eine gute Stelle in Aussicht stand. Die Kutscher hatten es etwas leichter, denn sie schnalzten mit ihren langen Peitschen, daß die Schnüre den anderen armen Teufeln nur so um die Ohren schnellten. Kutscher hielten sich schon immer für etwas Besseres.

Als Leporello-Ramiretto den ›Fuchs im Loch‹ betrat, waren die ganzen Kutscher und Gärtner mit dem Bereden des Ereignisses beschäftigt, dessen Kunde sich wie ein Lauffeuer durch die Stadt verbreitet hatte und selbstredend sofort auch in die sozialen Niederungen hinabgegurgelt war, wobei die Kunde je monströser wurde, desto tiefer sie sank. Die brotlosen Domestiken im ›Fuchs im Loch‹ wußten bereits genau, wie die vierundsechzig Teufel ausgesehen hatten, die in Begleitung des steinernen Komturs in Don Juans Haus eingedrungen waren, und schilderten sie in den gräßlichsten Farben, die aber längst nicht so gräßlich waren wie die Wirklichkeit, die nur einer kannte: Leporello, der sich bescheiden in die Ecke der Wirtsstube drückte und hoffte, nicht als Diener dieses vielbeschrienen Untiers entdeckt zu werden.

Aber wenn man, wie Leporello, lang genug im Dienst eines Herrn stand, der so bekannt war wie ein bunter Hund, hilft es einem auch nichts, wenn man sich zehnmal Ramiretto nennt. Als zwei Haushofmeister (der von Exzellenz Silva und der des Präfekten der Kapitel-Bibliothek) mit den Aufträgen, einen Kellermeister bzw. eine Hemdenbüglerin zu engagieren, fast gleichzeitig in die Wirtschaft traten, das ganze, ziemlich ungewaschene Gesindel sich um sie drängte und prügelte, sahen sie – ebenfalls fast gleichzeitig – den ›Ramiretto‹ ganz hinten sitzen, der sich nicht drängte und prügelte; Grund genug, sich für ihn zu interessieren. Nun wurden auch die anderen Domestiken-Aspiranten auf ›Ramiretto‹ aufmerksam, und sogleich schrien zwei oder drei: »Das ist doch Leporello, der Diener Don Giovannis.« Leporello schrie: »Nein, nein, das bin ich nicht, ich heiße Ramiretto.« Aber die Tatsache, daß er zum Ausgang rannte, mit Gewalt das Freie suchte und draußen davonschoß wie der Blitz, strafte seine Behauptung Lügen genug. Die beiden Haushofmeister und so zehn von den stellungslosen Burschen eilten dem Leporello nach, im übrigen erhob sich ein Mordsgeschrei, und bald lief auch die Nachricht, daß Don Juans Diener eine neue Stelle suche, von Mund zu Mund.

Leporello sprang wie ein gejagter Hase durch die Gassen, aber bald wurde er von inzwischen vierunddreißig Haushofmeistern gestellt – darunter die zweier Herzöge, des Kardinals von Sevilla, vier hoher Prälaten und dem eines durchreisenden polnischen Prinzen –, die ihn bedrängten, in den Dienst ihres Herrn zu treten. Sie versuchten, sich gegenseitig mit den Angeboten zu übertrumpfen, boten mehr und mehr Geld, und das Gedränge verebbte erst dann allmählich, als sich Leporello dem Haushofmeister der verwitweten, steinreichen Herzogin von San Telmo verdingte, der ihm zugesichert hatte, daß er keine, aber auch wirklich keine Arbeit zu leisten habe und dafür ein Gehalt, das einen königlichen Admiral vor Neid erblassen hätte lassen, sowie viereinhalbtausend Tage vollkommenen Ablaß monatlich, sofern Leporello auch nur einen einzigen Rosenkranz im Monat bete. Die verwitwete Herzogin hatte nämlich ausgezeichnete Beziehungen zur hohen Geistlichkeit. Falls aber Leporello vorzöge, überhaupt keinen Rosenkranz zu beten, verblieben ihm desungeachtet dreitausendsiebenhundertfünfzig vollkommene Ablaßtage, so daß er pro Monat – vorausgesetzt, er verspiele beim Kegeln oder Tarockieren nicht mehr als zweitausend Tage – hundert Mal gotteslästerlich fluchen, drei unbescholtene, respektive sechs bescholtene Mädchen verführen, acht Kleriker verprügeln und einen Mohren ermorden durfte, wobei ihm immer noch an die dreihundert Tage für unvorhergesehene Fälle blieben, etwa, wenn er einmal am Sonntag die Messe verschlafe oder wenn ihm während der Wandlung ein Furz entfahre (was bekanntlich allein soviel Ablaß kostet wie die Unterschlagung von nicht mehr als tausend Dublonen einem Christen, von unbegrenzter Höhe einem Juden gegenüber).

»Vielleicht«, sagte sich Leporello, »ist es gar nicht so schlecht, daß ich in ein so wahnsinnig frommes Haus gekommen bin, nachdem ich vier Jahre lang einem Burlador gedient habe, der vor meinen Augen zur Hölle gefahren ist. Ich kann ja zwar nichts dafür, aber der spanische liebe Gott ist womöglich so neidisch wie die Inquisition, die, wenn man dem Ehrwürdigen Monsignore Don Mauricio, dem Busenfreund Ihrer Durchlaucht glauben darf, sogar dem lieben Herrgott neuerdings übergeordnet ist und Weisungen nur noch seitens der Allerheiligsten Jungfrau respektiert.« Leporello riskierte also keinen einzigen Tag Ablaß beim Spiel, sondern hortete, soviel er konnte, um seine möglicherweise enorme Sündenschuld abzutragen. Im übrigen ging es ihm sehr gut, denn gerade, weil das Haus der Herzogin von Patres, Almosenieren, Dekanen, Monsignori, Äbten, Pröpsten und Prälaten wimmelte und Bischöfe aus- und eingingen wie in ihren eigenen Häusern, war es ein lustiges Leben. Wenn nicht gerade Rosenkränze, Litaneien, Novenen,

Herz-Jesu-Freitage oder sonst etwas gebetet, gefastet oder abgehalten wurden, gab es Feste, Bälle, Spiel und Unsinn, und die Herzogin hatte die besten Köche der ganzen Granden Erster Klasse des Königreichs, was bis auf die Domestikenküche hinunter abfärbte.

Die Herzogin hatte Leporello nur ein einziges Mal gesehen, damals, als er am Tag seines Dienstantrittes seiner neuen, hohen Herrin vorgestellt wurde. Selbstverständlich kümmerte sich die Herzogin sonst nicht um die Dienerschaft, aber den Leporello ließ sie sich zeigen. Die Herzogin war ganz in Schwarz gekleidet, in kostbare Seiden und Tafte und so weiter. Sie war noch nicht sehr alt, aber schon ein wenig fett. Die Wangen wabbelten merklich, und das Fleisch an ihren Handrücken schoppte über die kleinen, kurzen und prallen Fingerchen, in die eine Menge Ringe schnitten. Leporello fielen sofort die Nasenflügel der Herzogin auf, die gewissen zarten, schön deutlich gerundeten Nasenflügel. »Teufel, Teufel«, dachte Leporello. Er war lang genug Don Giovannis Diener gewesen, um zu wissen, was solche Nasenflügel bedeuteten.

Leporello hatte die Herzogin nur einmal gesehen. Nicht so die Herzogin den Leporello. In der Hauskapelle der Herzogin – eine sehr prächtige Kapelle, fast schon eine mittlere Kirche – wurde dem Leporello ein Platz angewiesen, der von der Loge der Herzogin aus gut zu sehen war. Auch hatte Leporello die Genehmigung, im inneren Garten spazieren zu gehen, der von den Gemächern der Durchlaucht aus zu überblicken war. Spazieren ging Leporello zwar nicht, aber er setzte sich ganz gern hierher, wo die unteren Diener sonst nichts zu suchen hatten, dachte hie und da nach, meist langweilte er sich nur. – »Ob das ein richtiges Leben für mich ist?« – Er erinnerte sich, einmal zu Don Juan – Gott hab' ihn . . . nein, pardon – zu Don Juan also gesagt zu haben, daß er selber gern den Herrn machen wollte. Nun lebte Leporello fast wie ein Herr, langweilte sich wie die meisten Herren, hatte mehr Geld als mancher Herr, aber ein Herr war er eher weniger als zuvor. Er war ein Museumsstück. »Wenn nicht der immense Ablaß wäre, ich hätte mich längst bei dem Gedanken ertappt davonzulaufen.«
Am 13. August feierte man im Palast der Herzoginwitwe das

Fest des Heiligen Hippolyt, denn die Herzogin hieß mit einem ihrer zahlreichen Vornamen Hippolyta, und sie hatte eine besondere Inklination zu diesem ihrem Schutzpatron. Es gab zwölf gebratene Ferkel und pro Nase zweihundert Tage Ablaß extra für das Gesinde. Leporello ließ der Haushofmeister zu sich rufen. Es war angeordnet worden, daß alle zu Ehren des Namenspatrons Ihrer Durchlaucht zum Beichten gehen sollten, und zwar vormittags. »Du«, sagte der Haushofmeister, »gehst aber am Abend.« Es würde Leporello als besondere Gnade der Herzogin eine vom Papst geweihte Kopie des Sandalenabdrucks vom Erzengel Gabriel nach der Beichte überreicht, was nicht alle zu wissen bräuchten. Jeder einigermaßen inbrünstige Kuß auf diese Sandalenabdruck-Kopie sühne die weltlichen Sündenstrafen für einen unabsichtlichen Totschlag oder die Unzucht mit einer Nonne an einem Freitag.
Na ja, also ging Leporello am Abend zur Beichte. Die Kirche war finster und menschenleer. Wenige Kerzen brannten am Altar. Sie ließen die schweren, goldenen Rahmen der Altarbilder rötlich aufzüngeln . . . nicht viel anders, als es damals in Don Giovannis Speisezimmer gezüngelt hatte, nachdem der steinerne Komtur gekommen war. So nahe, dachte Leporello, liegen oft Heiliges und das Gegenteil beisammen. Scheinbar, selbstverständlich, scheinbar.
Leporello kniete sich in den Beichtstuhl, da öffnete sich das kleine Gittertürchen, durch das man sonst seine Sünden zu murmeln hatte, und heraus kam ein nackter, runder Arm, der ohne Zweifel weiblichen Ursprungs war. Leporello hörte gezischte und gepreßte Wörter nahe seinem Ohr, die gewiß keinem Beichtvatermund entstammten, während der nackte, runde Arm in die Öffnung seines Hemdes fuhr und die Haare auf der Brust kraulte. Dann öffnete sich vorn die Tür des Beichtstuhls. Leporello schlüpfte hinein. Da waren zwar Brüste und Schenkel und Beine, die alsbald strampelten – ein Beichtstuhl ist gar nicht so eng –, vor allem aber waren da diese kräftig gerundeten Nasenflügel . . .
Zum Schluß bekam Leporello die Sandalenabdruck-Kopie mit einigem zärtlichen Zischen zugeschoben, während die Herzogin immer noch ein wenig nachstrampelte und -zuckte, wie es eben häufig bei Weibern mit solchen Nasenflügeln ist.
Man muß Leporello zugute halten, daß ihm seine so veränderten

Umstände im Haus der verwitweten Herzogin gleich nicht ganz geheuer waren. Zwar zuckte und strampelte die Herzogin infolge Bemühung Leporellos bald ziemlich häufig und nicht mehr im Beichtstuhl, sondern bei bequemeren Gelegenheiten, aber Leporello war nun wieder eindeutig Diener. Er suchte deshalb nach ungefähr drei Wochen um Audienz beim Haushofmeister nach, seinem nominellen Vorgesetzten.
Der Haushofmeister, ein langer, dürrer, ziemlich affiger Kerl, der nach Kräften bemüht war, alles Personal zu schikanieren, saß, ganz in nobles Schwarz gekleidet, in einem fast leeren, weißen Raum hinter einem Tisch. Das Zimmer war wegen der Hitze abgedunkelt. Daß der Haushofmeister trotz seines vornehmen Getues kein vornehmer Mensch war, bewies zwar nicht sein ununterbrochenes Olivenkauen, wohl aber, daß er ungeniert Kerne in die Ecke spuckte.
»Was gibt's?« fragte der Haushofmeister.
»Herr Haushofmeister«, sagte Leporello, »es war ausgemacht, daß ich keinerlei Dienst zu verrichten habe.«
»Ja. Und?«
»Nun«, Leporello drückte herum, »Sie wissen . . .«
»Du kannst nicht erwarten, daß die Herzogin auch noch eine Venus ist.« Ein Olivenkern flutschte aus des Haushofmeisters Mund an Leporellos Ohr vorbei in die Zimmerecke.
»Ich verstehe nicht . . .«
»Also rund heraus: ich habe nie mit Ihrer Durchlaucht zu schlafen die Ehre etc. etc. gehabt, habe sie auch nie im stato naturae purae gesehen – ich war ja schließlich nicht Diener eines Höllenhundes –, aber ich kann mir denken, wenn ich Ihrer Durchlaucht schicklicherweise sichtbare Körperteile betrachte, daß die unsichtbaren . . .«
»O nein, ganz im Gegenteil«, sagte Leporello. »Eine wahre, wenngleich ungewöhnliche Schicklichkeit sollte Ihre Durchlaucht eher veranlassen, die jetzt unsichtbaren Körperteile sehen zu lassen und das Gesicht zu verbergen. Ich sage Ihnen: Hüften, wie sie sonst nur . . .«
»Genug, genug. Was paßt dir dann nicht? Fürchtest du, daß dich die Sünden zuviel Ablaß kosten?«
»Ich habe Ablaß für zehn Herzoginnen. Nein, Herr Haushofmeister. Es geht ums Prinzip. Dienst ist Dienst, ob man ihn mit den Händen, mit den Füßen oder mit . . .«

»Du willst also Gehaltsaufbesserung.«
»Nein«, sagte Leporello. »Ich möchte den Dienst Ihrer Durchlaucht verlassen.«
»Das geht nicht«, sagte der Haushofmeister, »jetzt am allerwenigsten, denn nächste Woche kommt die Schwester Ihrer Durchlaucht, die Ehrwürdige Äbtissin von Santa Riparata, und zwar – im Vertrauen gesagt – einzig, weil sie von dir gehört hat.«
»Um Gottes willen.«
»Wegen des Ablasses brauchst du dich nicht zu sorgen. Die Hochwürdige Äbtissin ist die älteste Schwester Ihrer Durchlaucht. Ist über fünfzig. Und die Unzucht mit Nonnen über fünfzig gilt, theologisch gesehen, bereits wieder als Kasteiung.«
Die Audienz schloß mit einem Leporello nachgespuckten Olivenkern.

Die Herzogin hatte nicht nur insgesamt acht Schwestern (von denen nicht weniger als drei Äbtissinnen waren), sondern auch zwanzig, dreißig Cousinen und Freundinnen, die es alle nach einem Abglanz des inzwischen atemberaubend legendären Rufes, den der zur Hölle gefahrene Don Juan genoß, gelüstete.

Den Anstoß zu Leporellos endlicher Flucht gab die schöngeistige Neigung der Herzogin. Sie verfaßte nämlich eine ziemlich direkte Ode auf Leporello und war sehr stolz darauf. Sie rezitierte sie in Gegenwart Leporellos immer wieder, und es war nur eine Frage der Zeit, bis sie sie – selbstverständlich anonym – drucken ließ. Peinlich dabei war nicht, daß die Ode detaillierte Vorzüge des von der Herzogin an Leporello besonders geschätzten Körperteiles haarklein beschrieb. Leporello genierte eine Strophe, die – in Prosa – etwa folgendermaßen lautete: So wie der Sandalenabdruck einen Abglanz himmlischer Gnade vermittelt, so läßt dein Füchslein, das den Teufel gerochen, jeden Bau in höllischer Lust erbeben.
»Wenn das«, fürchtete Leporello, »der Inquisition zu Ohren kommt, bin ich erledigt.«
Eines Tages packte er seine Sachen, vernähte sein Geld in das Wams – die gehäuften Ablässe brauchte er nicht zu vernähen –, schlich sich grußlos aus dem Palast, mietete einen Esel und ritt zwei Tage, zwei Nächte und wieder einen halben Tag. Dann war er daheim, wo ihn jeder kannte und wo niemand etwas wußte, in

einem Dorf weit oben in den Bergen. Dort hatte er, erinnerte er sich, eine Frau und ein paar Kinder (vier? drei?), von dort aus hatte ihn sein erster Herr, dem auf der Reise sein Diener verunglückt war, mitgenommen.

Von den Ablässen soll nicht weiter die Rede sein. Das Geld aber, das Leporello im ›Dienst‹ der Herzogin von San Telmo gespart hatte, war bereits in der Stadt ein nicht unansehnlicher Batzen, auf dem Dorf war es ein Vermögen. Leporello war weitaus der reichste Mann der ganzen Gegend, selbst der Alcalde, selbst der reiche Müller, ja sogar die beiden kleinen Landedelleute und Gutsbesitzer dort waren Schlucker gegen ihn.
Nachdem er sich von seiner Reise erholt hatte, ließ er sein Haus neu streichen, Zinnen auf das Dach setzen, sich ein Wams aus weinrotem Brokat mit eingewebten Fasanen nähen und verführte zunächst die beiden Töchter des Alcalden, dann die Müllerin, dann die Pfarrersköchin, dazwischen diverse Mägde, dann Rosaura, dann Clara, dann Pilar, Assunción, Ramona, Caterina, Dorothea, Annunciata, Elvira, Teresita, Eusebia, noch eine Caterina, eine durchreisende Engländerin, alle übrigen Mägde, die Zofen der durchreisenden Engländerin, und der bucklige Fernando, der Neffe des Wirtes, wurde von Leporello in den Dienst genommen und führte das Register.

Als Fernando wieder einmal am Abend Leporello das Register vorlas – Leporellos zweitliebste Unterhaltung – fragte der Bucklige mittendrin:
»Ob man nicht Ihre Geschichten aus Sevilla, die Sie mir erzählt haben, mit der Herzogin und so fort, nicht auch ins Register aufnehmen soll?«
»Nein«, sagte Leporello. »Da war ich Diener. Jetzt, jetzt bin ich Herr.«

Was aus Leporello geworden ist? Ja – was ist aus ihm geworden? Jupiter versetzte ihn partiell an den Himmel. In jener Gegend Spaniens wird manchmal heute noch das bei uns als ›Großer Bär‹ bekannte Sternbild der ›Phallus des Leporello‹ genannt, was nun gewiß auch eine Form der Unsterblichkeit ist.

(1970)

Föhn

Die alte Volksschule an der Weilerstraße ist ein großer, grauer Kasten, der am Hochufer der Isar ungefähr zwischen den Stadtvierteln Au und Haidhausen steht. Wäre die Schule nicht so häßlich, könnte man sagen, sie stehe wie ein Schloß über den niedrigeren Stadtteilen. Aber vom Zimmer des Oberlehrers Stöckl aus sah man den häßlichen Kasten nicht, dafür hatte man den Blick über die Dächer und Türme der Stadt und heute sogar hinein ins Land und bis an die Berge. Watzmann und Benediktenwand und Karwendel, die ganze Kette war so deutlich zu sehen, daß man einzelne Schneefelder und Baumgruppen unterscheiden konnte; überhaupt sah es so aus wie auf den gewissen Postkarten, die den fernen Preußen vorgaukeln sollen, die Alpen lägen gleich draußen bei Icking und nicht erst hinter Garmisch.
Der Herr Oberlehrer Stöckl stand ächzend am Fenster und wischte sich die tränenden Augen. Der Schüler Bernhard Laudam hatte auch Tränen in den Augen, aber aus anderen Gründen.
»Du weißt also nicht die rechten Nebenflüsse der Donau –«
»Isar, Iller – Isar, Iller . . .«, murmelte der Schüler Bernhard Laudam.
»In Rechnen ungenügend, in Deutsch ungenügend, in Religion mangelhaft – und in Heimatkunde, deiner letzten Chance, versagst du. Eine letzte Frage: wer hat München, deine Heimatstadt, gegründet?«
Der Schüler Bernhard Laudam überlegte. Schweiß trat auf seine Stirn, die kleinen Backenknochen mahlten.
»Vielleicht –«, sagte er dann, »vielleicht der König Ludwig?«
Oberlehrer Stöckl trat wieder ans Fenster und legte die Hände hinter seinem Rücken ineinander. »Sag mir, Bernhard Laudam, spürst du etwas?«
»Nein, was? Herr Oberlehrer?«
»Spürst du den Föhn?«
»Ich spüre nichts, Herr Oberlehrer.«
»Dann bist du wirklich nur faul und dumm; und hiermit durchgefallen.«

Das war das erstemal, daß Bernhard Laudam wegen seiner Unempfindlichkeit gegenüber dem Föhn Nachteile hinnehmen mußte.

Der Föhn ist eine fürchterliche, unfaßbare Erscheinung, angeblich ein Wind – ein milder Fallwind aus dem Süden –, der in München alles bewirkt und alles verhindert, der unsichtbare, allmächtige König, der gottgleiche Herrscher über alle Münchner, dem die Münchner in einer nahezu unerklärlichen Haßliebe anhängen.

Ganz recht hatte der Oberlehrer Stöckl bezüglich des Schülers Bernhard Laudam nicht gehabt. Laudam war zwar keine Leuchte, aber dumm und faul war er eigentlich nicht. Er war nur etwas verklemmt und übermäßig schüchtern, und überdies war er von der Natur insofern benachteiligt, als er tatsächlich nicht unterm Föhn litt.

Die Eltern Laudam gaben ihren Sohn bei einem Lebensmittelkaufmann in die Lehre. Bereits im ersten Lehrjahr ereignete sich jener Vorfall, der Bernhards Lebensweg entscheidend beeinflussen sollte.

»Bernhard«, sagte der Kaufmann Piechler, »geh in den Keller und hole einen Karton Eier. Aber laß sie nicht fallen.«

Der Stift Bernhard nahm den Kellerschlüssel, stieg in den Keller hinunter, kam nach einiger Zeit wieder herauf und brachte keine Eier mit.

»Ich habe dir doch gesagt, du sollst –«

»Es sind keine Eier im Keller, Herr Piechler.«

»Das ist doch zum Rasend werden!« schrie Piechler, riß dem Lehrling den Kellerschlüssel aus der Hand und rannte selber hinunter. Bernhard trat inzwischen aus dem Laden. Frau Schneemoser, eine Kundin, kam gerade vorüber.

»Frau Schneemoser«, sagte Bernhard, »entschuldigen'S . . .«

»Was ist, Bernhard?«

»Ist heut Föhn?«

»Nein, nein, heut ist kein Föhn. Ja du lieber Gott, wenn Föhn wär', könnt ich ja gar nicht auf die Straßen.«

»Dankschön, Frau Schneemoser.«

Bernhard ging wieder in den Laden. Schwer schnaufend kam der Kaufmann und Lehrherr Piechler aus dem Keller heraufgeschossen – auch ohne Eier –, raste ins Magazin hinterm Hof: Dort

waren die Kartons mit Eiern. Piechler nahm einen Karton, rannte in den Laden zurück, stolperte über seine eigenen Füße und fiel mitsamt dem Karton hin. Von den vierundzwanzig Eiern waren dreiundzwanzig zerbrochen. Das vierundzwanzigste warf Herr Piechler noch im Liegen an die Wand.
»Rotzbua, gottverreckter«, schrie Piechler.
Bernhard wußte nicht, was er sagen sollte. »Aber«, sagte er nur, »aber . . .«
Da gab ihm der Lehrherr Piechler eine Ohrfeige.
Das war am Vormittag. Am Nachmittag zeigte sich Piechler wieder versöhnlicher. Als gerade kein Kunde im Laden war und sich Piechler eine frische Virginia anzündete, rief er den Buben zu sich.
»Weißt, Bernhard«, sagte der Lehrherr, »sowas wie mit die Eier, das darfst mit mir nicht mehr machen, wenn Föhn ist.«
»Aber es ist doch gar kein Föhn, Herr Piechler.«
»Ah, da schau her. Wie nachher das?«
»Die Frau Schneemoser hat gesagt, heut ist kein Föhn, sie weiß es sicher, weil sie sonst nicht auf die Straße gehen könnte.«
Herr Piechler lief rot an, atmete tief ein, warf die eben erst genüßlich angezündete Virginia zu Boden und schrie: »Natürlich ist kein Föhn. Aber ich bin ein Vorföhner. Das könntest du dir doch denken. Wenn der Föhn da ist, macht er mir nix. Aber den Tag vorher! Den Tag vorher!«
Der Lehrherr trat wütend auf seine Virginia. »Jetzt ist die Zigarren auch hin. Hundskrüppel, verdammter!« Dann bekam Bernhard die zweite Ohrfeige.

Bernhard Laudam litt weder vor noch während des Föhns. Er spürte ihn überhaupt nicht. Nach jenem Ereignis in seinem ersten Lehrjahr begann Bernhard sorgfältig in sich hineinzuhorchen, genau jede seiner eigenen mißmutigen Regungen zu registrieren: sie hatten nichts mit dem Föhn zu tun. Wenn Frau Schneemoser wie ein getretener Hund trotz des Föhns auf die Straße ging und in den Laden geschlichen kam (statt Käse Seife kaufte, das Portemonnaie vergessen und nur einen Schuh angezogen hatte), so war Bernhard fidel und lustig, aufreizend für alle Föhnkranken. Bernhard erkannte bald, daß es gut für ihn war, sich anzupassen. Aber das war nicht so einfach. Woher soll man wissen, daß Föhn ist, wenn man ihn nicht spürt?

Nach beendeter Lehre trat Bernhard Laudam als Verkäufer in ein größeres Kaufhaus in der Innenstadt ein. Nach einigen Monaten hatte er sich die Anzahlung für ein Motorrad gespart. Mit dem Motorrad fuhr er bei Rot über eine Kreuzung und wurde von einem Polizisten aufgehalten.
»Sie sind bei Rot über die Kreuzung gefahren.«
»Unabsichtlich, Herr Wachtmeister«, sagte Laudam, »bei dem Föhn!«
»Wieso Föhn?« sagte der Polizist.
»Wie –«, sagte Laudam, »Sie spüren den Föhn nicht?«
»*Ich* den Föhn nicht spüren?« sagte der Polizist, »was erlauben Sie sich? Ich leide ganz speziell unter dem Föhn, ich möchte sagen: ich bin derjenige Beamte auf unserem Revier, der am allermeisten unter dem Föhn leidet. Sie! Ich bin kombinierter Vor-, Haupt- und Nachföhner! Ich spüre den Föhn Tage, bevor er kommt, an Föhntagen winde ich mich in Krämpfen und bin dienstunfähig, und erst *nach* dem Föhntag . . .«
»Aber heute –«, sagte Laudam schüchtern.
»Heute ist absolut föhnfrei. Ihnen werde ich es zeigen, mir Föhn vorzutäuschen. Sie kriegen eine Anzeige, Sie Preiß.«
Ja, sogar ein so echter Münchner wie Bernhard Laudam kann selbst von einer Amtsperson für einen Preußen gehalten werden, wenn er den Föhn nicht spürt.

Bernhard zeigte sich in dem Kaufhaus, in dem er arbeitete, als freundlich, anstellig und fleißig, aber er kam nicht vorwärts. Ein Mensch, der nicht unter dem Föhn leidet, ist irgendwie unheimlich. Und die zaghaften und erfolglosen Versuche Laudams, Föhnempfindlichkeit zu simulieren, brachten ihn in den Verdacht, ein Heuchler zu sein. Rundherum machten seine Kollegen Karriere, wurden befördert, wurden Abteilungs- und Gruppenleiter und Prokuristen. Laudam kam in die besonders unbeliebte, staubige Bettfedernabteilung im Tiefparterre. »Wenn Sie den Föhn eh nicht spüren, ist es Ihnen ja Wurscht«, sagte der Chef.
Der Bettfedernkeller hatte einen Vorteil: Bärbel. Bärbel, eine junge Verkäuferin, war nicht wegen Föhnunempfindlic' keit in den Keller verbannt worden, sie war eben erst einges it und sollte hier ihren Aufstieg in der Firma beginnen.
Bettfedern werden nicht häufig gekauft. Gewiß: sie sind ein

wichtiger Artikel, und wenn einmal jemand Bettfedern kauft, so läßt er einen größeren Geldbatzen da als eben bei ›Parfumerie‹ oder ›für Küche und Haushalt‹, aber es ist eben ruhiger in der Bettfedernabteilung, ruhiger, staubiger und langweiliger. Bernhard Laudam und Bärbel kamen sich, wie man so sagt, näher, wohl fast zwangsläufig.

Die Katastrophe trat bei einem Motorradausflug ein. Bärbel wollte zum Baden fahren, Bernhard wollte gleich nach Andechs auf eine Maß Bier. Bärbel bestand nicht auf ihrem Wunsch, war aber beleidigt. Bernhard ärgerte sich, daß Bärbel im Klostergarten von Andechs nicht lustig war, wie es eben so geht.

»Warum hast du mir nicht gesagt, daß du so gern zum Baden gefahren wärst?« fragte Bernhard.

»Ich habe es ja gesagt.«

»Aber dann hast du gesagt: Gut, fahren wir nach Andechs. Oder nicht?«

»Ja, aber das habe ich nicht so gemeint.«

»Woher soll ich das wissen?«

»Das hättest du eben wissen müssen. Außerdem ist Föhn.«

»So ein Quatsch«, sagte Bernhard, »Föhn ist ein warmer, südlicher Fallwind, steht im Lexikon . . .« Bernhard hob den angefeuchteten Finger, ». . . also ein Wind. Heute ist absolute Windstille. Also kann kein Föhn sein.«

Da heulte Bärbel auf, schrie allerhand und rannte davon. Es war nicht so, daß Bernhard Bärbel nie wieder gesehen hätte. Hie und da sah er sie, die jetzt bei ›Vorhang- und Dekorationsstoffen‹ bediente, im ersten Stock, und sie nickte ihm buchstäblich von oben herab zu.

Bärbel hatte recht: der Föhn, obzwar ein Südwind, hat die Fähigkeit, auch bei Windstille zu wehen, ja selbst bei scharfem Nordwind. Man kann jeden Münchner fragen, er wird das bestätigen. Wie allerdings dieses Phänomen zustande kommt, wird er nicht zu erklären wissen.

Als Bernhard das stets aufs Neue verwundende Grüßen der Bärbel von oben herab nicht mehr ertragen konnte, kündigte er und bewarb sich in einem hochrenommierten Delikatessengeschäft. Die Bezahlung war gut, das Arbeitsklima ausgezeichnet, das Geschäft war ein altes, hochvornehmes Haus und hatte nur den einen Nachteil, daß sein Inhaber ein angeheirateter Neffe des vorletzten Kardinals und zudem ein Konvertit war. Der Chef war so katholisch, daß mancher Bischof vor Neid hätte erblassen können. Er glaubte an Heilige, die es gar nie gegeben hatte, und ließ jeden Tag sein Dienstmädchen in die Messe gehen. Von den Angestellten, die er einstellte, verlangte er die Vorlage der lückenlosen Kette von Osterbeichtzetteln ab dem 14. Lebensjahr. Da erinnerte sich die Mutter Laudam des Nachlasses der Großmutter. Tatsächlich fanden sich unter den Papieren der frommen Frau die Osterbeichtzettel aller vergangenen Jahre. Nur das laufende Jahr fehlte, denn da bezog die Oma ihre Absolution bereits oben im Großhandel, sozusagen.

»Dann gehst eben heuer beichten«, sagte die Mutter, »schadet eh nichts, beichtest gleich den Betrug von den falschen Beichtzetteln mit.«

»So, so«, sagte der Pfarrer im Beichtstuhl und ächzte vor lauter Föhn wie ein knorriger, alleinstehender Baum im Sturm, »du bist ein Münchner, mein Sohn, und leidest nicht unterm Föhn. Ich habe Bedenken, dir die Sünden zu vergeben, denn: bist du überhaupt getauft?«

Da ging Bernhard Laudam hin und erhängte sich auf dem Speicher an einem Balken mit Hilfe der Wäscheschnur.

»O mei, o mei«, sagten die Hausbewohner, als man den Erhängten fand, »der Föhn!«

Zu spät.

(1971)

Das Beispiel Horst Koslowskys zeigt, daß man auch – oder gerade? – heute vermeiden soll, den Teufel an die Wand zu malen.
Auch jetzt noch, nach der Katastrophe, schreibt Horst Koslowsky: Features, Fernsehspiele, Dokumentationen für diese oder jene Rundfunkanstalt. Arbeiten zu verfassen, die zu drukken wären, lehnt Koslowsky ab. Dabei ist Koslowsky noch vor wenigen Jahren als aufgehender Stern, als Hoffnung, als Erneuerer der deutschen Literatur betrachtet und öffentlich gelobt worden. Sehr schnell hintereinander hat er drei Bücher geschrieben – *seine* drei Bücher, es werden nicht mehr werden: ›Die wechselhaften Jahre einer Mond-Innung‹, ›Der Müßigläufer‹ und ›Ich habe noch gut und gern 40 Löcher, aus denen ich pfeife‹. Koslowsky nannte seine Arbeiten nicht Romane, nicht Novellen, nicht Erzählungen. Er nannte sie in uniformer Originalität *texte*. Früher hatte Koslowsky ganz anders geschrieben. (*»Jeder hat einmal groß angefangen«*, pflegte Koslowsky, darauf angesprochen, zu sagen.) Auch Koslowsky schrieb seine Benn-Verse, seine Hemingway-Kurzgeschichten, seine Inneren Monologe. Das blieb fast alles in der Schublade. Koslowskys Durchbruch kam erst, als er sich auf seine Art der *texte* spezialisierte. Es ist ziemlich leicht, sie zu beschreiben; aber draufkommen muß man doch erst einmal. Koslowsky reihte verballhornte Sprichwörter, Zitate und Redensarten aneinander. »Ich fahre ins Rote, sagte der Briefträger, der ohnehin schon blau war.« Oder: »Das Bier der frommen Denkungsart.« Oder: »Es ist noch nicht aller Tage Gabelfrühstückszeit.« Koslowskys Bücher waren nicht dick. Selbst ein dünnes Buch mit solchen Sätzen zu füllen – *trau, schau, wessen* – ist nicht einfach. Aber mit einem bißchen Sitzfleisch geht es. (»Mit Sitzkartoffeln und gemischtem Sitzsalat«, hätte Horst Koslowsky früher gesagt.)
In der Zeit, als Koslowsky von den Kritikern gelobt wurde und auf der literarischen Szene prominent war, wurde er natürlich auch von der alljährlichen Welle der Silvesterumfragen erfaßt. Eine bedeutende Tageszeitung fragte damals wieder einmal, wel-

che drei Bücher man auf die berühmte Insel mitnehmen möchte.
Horst Koslowsky schrieb:
»Wehe dem, der die Wahrheit sagt.« – Er wolle seine eigenen drei Bücher mitnehmen, denn er halte diese Bücher für das Beste, das man schreiben könne. Er wisse zwar, daß das ein subjektiver Standpunkt sei, daß andere anderer Meinung sein könnten, aber er halte eben seine Art zu schreiben für die beste, sonst schriebe er nicht so.
Horst Koslowsky hätte – auch, und, wie gesagt, vielleicht gerade heute – den Teufel nicht an die Wand malen sollen. (»Malen Sie auch keinen Erzengel an die Wand«, hätte Koslowsky sonst vielleicht gesagt.)
Man braucht eigentlich gar nicht weitererzählen. Es kam, wie es kommen mußte. Die Antwort auf die Silvesterumfrage hatte Koslowsky gegen Mitte Dezember an die Zeitung geschickt. Als die betreffende Silvesterausgabe erschien, war Koslowsky schon auf der Skihütte. Er fuhr gar nicht Ski. Er fuhr nur auf die Hütte mit, weil er im November ein paar Leute kennengelernt hatte – zwei Männer und ein Mädchen –, die ihn mitnahmen.
Am Neujahrstag schneite es. Langsam ging das Schneien in einen Schneesturm über. Das Mädchen, die zwei Skifreunde des Mädchens und Koslowsky saßen in der Stube. Das Kaminfeuer prasselte. Der Schneesturm pfiff ums Haus, türmte Barrikaden von Schnee auf. Es wurde Nacht. Das Mädchen stopfte ein Loch in einem Skisocken des einen Skifreundes. Sie trank, sie gähnte, hielt die Hand vor den Mund, bekam einen Schluckauf, beruhigte sich, wollte weiternähen und schrie auf.
»Die Nadel ist weg.«
»Hast du keine andere Nadel?«
»Ich glaube, ich habe sie verschluckt.«
Der ganze Zauber des Kaminfeuers, die Geborgenheit mitten im Schneesturm war weg. Alle vier suchten die Nadel. Man fand sie nicht. Die Nadel konnte sich natürlich leicht in irgendeine Ritze im Fußboden verschlüpft haben. Diese Möglichkeit half aber nichts, denn das Mädchen blieb dabei: sie glaube, sie habe die Nadel verschluckt. Langsam wälzte sich der frostig-feuchte Gedanke in die vor kurzem noch so heimelige getäfelte Stube: wir müssen zum Arzt. Zunächst versuchte man, diesem Gedanken den Rücken zuzukehren und suchte weiter; in Polstern, in den Kleidern, noch einmal am Boden, stellte ein Licht hinunter,

schaute schräg über die Bohlen, ob es nicht irgendwo blitzt. Nichts blitzte. Aber der erwähnte Gedanke wurde übermächtig, so daß sich die Männer schon sozusagen mit Händen und Füßen wehren mußten, um ihn nicht auszusprechen. Das Mädchen begann zu weinen, Krämpfe begannen sie zu schütteln, Suchen allein konnte sie nicht mehr beruhigen. Die heimelige Atmosphäre war rettungslos aufgerissen. Es schien, als wehe der Schneesturm im Zimmer. Der Gedanke brauchte dann gar nicht mehr ausgesprochen zu werden. »Fahren wir also«, sagte der eine.

Die drei machten sich fertig, umschalten sich mit den unzähligen komplizierten Skifahrer-Requisiten – man kann das ja kaum noch Kleidung nennen –, hoben sich gegenseitig in die geschweißten Fuß-Rüstungen und schritten hinaus. Koslowsky, der, wie gesagt, nicht Skifahren konnte, mußte dableiben. Koslowsky beneidete die drei nicht, obwohl eine Art stiller gerechter Selbstbewunderung die drei, namentlich die zwei Männer, ergriffen hatte, nachdem sie einmal das »Fahren wir also« ausgesprochen hatten, eine Art Stolz auf ein nützliches Abenteuer. Koslowsky wollte höflich sein und unter der Tür stehenbleiben, bis die drei ihre Ski angeschnallt hatten und sich in die Spur ins Tal schwangen – oder wie man da so sagt. In solcher Situation ist nicht Raum für Höflichkeit.

»Mach die Tür zu«, schrie der eine Skifahrer, »es weht ja die Hütte voll.«

Koslowsky schloß die Tür. Als er sie kurz darauf wieder aufmachte, weil er die Nadel gefunden hatte (sie lag unter einem während des Suchens sicher fünfmal aufgehobenen Aschenbecher), waren die drei schon weg. Der Schnee reichte bis knapp unter die Oberkante der Fenster.

Die drei hatten Koslowsky eingeladen. Das heißt: sie hatten ihn nicht nur aufgefordert mitzukommen, er brauchte für Aufenthalt und Verpflegung nicht aufzukommen. Er war Gast. Koslowsky hatte sich revanchiert, indem er jedem der drei seine drei Bücher – »Die wechselhaften Jahre einer Mond-Innung«, »Der Müßigläufer« und »Ich habe noch gut und gern 40 Löcher, aus denen ich pfeife« – mit handschriftlicher Widmung versehen schenkte. Koslowsky hatte die jeweils drei Bücher am Silvesterabend überreicht. Die Situation unterschied sich von der des

Mannes mit den drei Büchern auf der Insel also nur dadurch, daß jedes der drei Bücher dreimal vorhanden war.
Koslowsky befiel oder überfiel die Erkenntnis von seiner Lage schlagartig, als er die Tür – mit der wiedergefundenen Nadel in der Hand – das zweite Mal schloß. Die Erkenntnis fuhr, wenn es bildlich zu sprechen erlaubt ist, mit einer kalten Hand in Koslowskys Mund, stieß den Hals hinunter, ballte im Magen eine Faust und riß alles miteinander herauf, schlug Koslowsky seine eigen Eingeweide um die Ohren.
Die drei würden erst zurückkommen, wenn der Schneesturm aufgehört hatte. Der konnte, wie es sich anhörte, noch Tage dauern. Ein Radio gab es, aber die Antenne war kaputt. Er gab keinen Laut von sich. Fernsehapparat war keiner da, keine Zeitung, nicht einmal eine alte; nur drei Bücher, jedes dreimal. Koslowsky legte sich ins Bett und nahm eines – die »Mond-Innung«, das älteste – zur Hand. Nachdem er die erste Zeile gelesen hatte, ballte die oben beschriebene Erkenntnis wieder die Faust im Magen, und Koslowsky warf das Buch gegen den Schrank. Es dröhnte hohl. Koslowsky sprang aus dem Bett, nahm ein Wasserglas, füllte es mit Schnaps, trank es aus, füllte es wieder, trank es – obwohl er das Gefühl hatte, der erste Schnaps drücke von unten dagegen –, füllte ein drittes Glas und trank es wieder mit unmenschlicher Anstrengung, worauf ihm schwarz vor den Augen wurde.
Er fand sich auf dem Boden liegend, als er erwachte. Sein erster Blick fiel auf die von der Schrankkante an der einen Seite leicht eingedrückte »Mond-Innung«, die auch auf dem Boden lag. Koslowskys Magen hatte stark eckige Konturen angenommen und stieß von innen gegen die Rippen, gegen die anderen Eingeweide, und ein knorriger Magenast ragte bis in den Mund herauf und sperrte die Zähne auseinander. Koslowsky erbrach. Er erkannte bald, daß er einen Fehler gemacht hatte. Im Gegensatz zu Lesestoff war Schnaps genügend in der Hütte. Wenn Koslowsky sich langsam und mit Verstand angesoffen hätte, hätte der Schnaps ausgereicht, um ihn drei Wochen lang in einem sanften Delirium zu halten. (Und so lange würden die drei anderen ja wohl nicht ausbleiben.) So aber, nach diesem gewissermaßen viehischen Magenguß, sträubte sich sein ganzer Leib schon gegen den Anblick der Schnapsflasche. Kein Gedanke mehr an einen Rausch.

Völlig nüchtern ergriff Koslowsky nun sein letztes Buch, die »40 Löcher«. Er näherte sich dem Kern des Buches höchst vorsichtig. Zunächst las er die Verlagsanzeigen auf der letzten Seite, dann das Impressum. Er ging ganz gut. Dadurch ermutigt, schlug er die erste Seite auf, und las den ersten Satz: »›Viel Brei verdirbt den Koch‹, sagte der Neunhundertneunundneunzig-Sassa.«
Die Wirkung des Schnapses wiederholte sich auf höherer Ebene. Koslowsky wurde es schwarz vor den Augen. Er stieß einen Schrei aus und warf auch dieses Buch gegen den Kasten.
»Man *muß* doch nicht lesen«, keuchte er. Er raste in die Küche, trank eine Flasche Milch auf einen Zug aus, worauf ihm wurde, als paarten sich Frösche in seinem Bauch. Dumpf hörte man das Quaken. Durchfall stellte sich ein. Völlig geschwächt kroch, ja kroch Koslowsky in sein Bett, deckte sich zu, soweit seine entkräftete Hand es gestattete, und stellte fest, daß er hellwach war; verkatert, zerrüttet, aber hellwach. Draußen tobte immer noch der Schneesturm. Die Tageszeit war nicht auszumachen. Die Uhr zeigte zehn nach neun. Neun Uhr abends oder vormittags?
Ganz vorsichtig tastete Koslowskys Hand zu dem letzten Buch, das auf dem Tisch lag. »Lächerlich«, sagte Koslowsky laut und fuhr in Gedanken fort: ›Meine Bücher sind – für mich – die besten. Das ist nicht anmaßend, das ist logisch; wie ich in der Silvesterumfrage geschrieben habe‹. Die Hand ergriff den Band. »Der Müßigläufer«. Mit einem Ruck, ohne Umweg über Impressum und Verlagsanzeigen, schlug er den »Müßigläufer« in der Mitte auf:
»Man geht offenbar davon aus, daß hie und da ein Lehrling vom Himmel fällt.«
Nicht ein Dampfhammer von oben, nicht ein eiserner Griff ins Innere war es diesmal; es war wie ein Schwall lauwarmer Jauche, der von unten her an Koslowsky emporschwappte, sich etwa in Brusthöhe brach, aber noch stark genug war, um Autor und Buch aus dem Bett zu heben und an die gegenüberliegende Wand zu schleudern.
Koslowsky schrie und versuchte an der Wand hochzurennen. Immer wieder nahm er einen Anlauf, blind, weil ihm schon das Blut über die Augen rann, raste gegen die Wand, stemmte sich waagrecht, manchmal gelangen ihm zwei oder drei senkrechte

Schritte hinauf, immer fiel er hart auf den Boden zurück, schlug sich eine neue Wunde, sprang aber sofort wieder auf, nahm einen neuen Anlauf, brüllte so etwas wie einen heiseren Kampfschrei (einen Schlachtruf gegen sich selber?) und rannte von neuem los. Wie es geendet hätte, wäre nicht abzusehen gewesen. Erstens aber kamen die drei anderen Hüttenbewohner im Lauf des dritten Tages zurück, und zweitens gelang es Koslowsky während seines Tobens, vielleicht, weil sich seine Wut gegen sich selber noch steigerte, vielleicht, weil er trotz aller Wut einige Übung erlangte, *vier* Schritte die Wand hinauf zu machen. Das bedeutete, daß er aufs Fenster trat und waagrecht hinaus in den Schnee schoß. Jäh fand sich Koslowsky, ohne daß er erkannte, was geschehen war, eingebettet in weiße, pulvrige Nässe.
Später nach seinen Empfindungen bei diesem ungewöhnlichen, waagrechten Fenstersturz gefragt, sagte Koslowsky, er habe gedacht: jetzt sei er ›hinüber‹. Zu erläutern, was er damit meinte, weigerte sich Koslowsky. Es gäbe mehrere Deutungen.
Koslowsky fand allein zurück ins Haus. Noch bevor die drei Kameraden wiederkamen, tat Koslowsky das Gelübde, nie wieder eine Zeile von einem Buch zu schreiben. Es hätte des Gelübdes nicht bedurft. Nach einigen Monaten konnte Koslowsky wieder Schnaps trinken. Des Anblicks eines eigenen Buches mußte sich Koslowsky noch nach Jahren streng enthalten.

(1972)

Das verhängnisvolle Violinkonzert

Daß die Musik eine große und heilige, vielleicht auch eine geheimnisvolle Kunst ist, war für Walerjan Semjonowitsch Kapuzow seit früher Jugend klar. Welche Gefahren diese Kunst mit sich bringen kann, erfuhr er erst, nachdem am 17. September 1973 sein Violinkonzert (mit dem Untertitel ›Ährengarben‹) im Großen Konzertsaal des Tschaikowski-Konservatoriums in Moskau uraufgeführt worden war. Das Konzert war ausverkauft. (»– um so schlimmer«, sagte später der Genosse des Staatssicherheitsamtes, der sich Foma Alexejewitsch Degen nannte.) An erster Stelle wurde ›Kamarinskaja‹ von Glinka gegeben, dann kam Kapuzows Violinkonzert mit Jewgenij Oistrach als Solisten, dem zweitjüngsten Neffen des legendären Oistrach. Das Konzert wurde freundlich aufgenommen und mit Applaus bedacht. Der Dirigent – Sudislaw Oistrach, der ältere Sohn eines Vetters des legendären Oistrach – beglückwünschte den Komponisten am Podium unter Anschwellen des Beifalles. Der Stellvertretende Sekretär der Moskauer Sektion des Sowjetischen Komponistenverbandes, Genosse Gennadij Wolodjewitsch Aslamas, überbrachte einen Blumenstrauß und küßte den Komponisten. Der Komponist küßte den Dirigenten, der Dirigent küßte den Solisten, der Solist küßte den Komponisten, den Stellvertretenden Sekretär sowie die beiden Ersten Geiger des Orchesters und den Konzertmeister der Celli.

Es ist für diese Geschichte nicht wichtig aufzuzählen, wen der Konzertmeister der Celli küßte usw. Der Applaus ebbte ab. Das Publikum strömte hinaus und später wieder herein. Nach der Pause gab es die Suite aus ›Romeo und Julia‹ von Berlioz.

Kapuzow verließ nach der Pause den Konzertsaal, nicht, weil er Berlioz Musik nicht mochte – im Gegenteil: er verehrte diesen eigensinnigen, einseitigen, aber konsequenten Meister aus Frankreich –, sondern weil er allein sein wollte. Nachher, nach dem Konzert, würden sich Solist und Dirigent des Abends mit Freunden und Bekannten in der Kantine des Konservatoriums treffen, um die Uraufführung zu feiern. Kapuzow war selbstverständlich auch eingeladen, und er hatte versprochen hinzukommen, aber bis dahin wollte er ein wenig mit seinen Gedanken allein sein. Er ließ sich an der Garderobe seinen Mantel geben, zog ihn an: als er aber auf den Majakowskiplatz hinaustrat, zog er ihn wieder aus, weil es ein warmer Herbstabend war, der ihn mit milder Luft umfing. Es war gerade neun Uhr. Kapuzow ging die Gorkistraße hinunter, bog aber dann bald nach rechts ein in die stilleren Straßen, die sich hinter dem Revolutions-Museum bis zum Twerskoi-Boulevard hinzogen.

Es war längst nicht das erste Werk Kapuzows, das heute uraufgeführt worden war. Abgesehen von einigen Kammermusikwerken waren hier im Tschaikowski-Saal schon zwei Symphonien und ein Symphonisches Poem ›Puschkins Briefe‹ zu Gehör gebracht worden, das Ballett ›Die Frösche‹ (nach Aristophanes) hatte man in Tiflis gespielt, und der bisher größte Triumph war die Uraufführung seiner III. Symphonie (mit Chor) in Leningrad gewesen. Kapuzow war ein junger Komponist, aber kein Neuling mehr. Das Violinkonzert von heute abend trug immerhin schon die Opuszahl 38.

Dennoch befand sich Kapuzow auch heute wieder nach der Uraufführung in einem Zustand von befriedigender Leere, der auf die Nerven einen so großen Reiz ausübte, daß sie quasi bloß und nackt daliegen und schutzlos jedem Eindruck von außen preisgegeben sind. Kapuzow war froh um diese Stunde in der milden Herbstluft – den Mantel hatte er über die Schulter geworfen, die Hände in die Taschen gesteckt –, in der er seinen Nerven Gelegenheit geben konnte, sich wieder in die Bahnen vernünftiger Zweifel zurückzubegeben und ihr Gleichgewicht wiederzufinden. Aber er wurde jäh unterbrochen. In einer Gasse, ungefähr hinter dem Zentralen Telegraphenamt, holte ihn ein Mann ein, der ihm, wie sich ergab, aus dem Konzertsaal gefolgt war. Der Mann war eher klein, trug eine Baskenmütze und einen sehr unkleidsamen Regenmantel, der ihm fast bis auf die Füße ging, und blinzelte, soweit man bei der schlechten Beleuchtung in dieser Gasse sehen konnte, säuerlich und mißmutig mit wimpernlosen Augen.

»Aha!« sagte der Mann, »Sie haben es vorgezogen den Saal zu verlassen, Bürger Walerjan Semjonowitsch!«

Die Musikkritiker und Konzertfunktionäre kannte Kapuzow alle. Der kleine mißmutige Mann gehörte nicht dazu. Kapuzow, obwohl ärgerlich über die Störung, war doch erleichtert. Ein Schöngeist, der ihn über das neue Werk ausfragen (oder wahrscheinlicher in einem Schwall von Besserwisserei darüber reden) wollte, hätte ihn eher entsetzt.

»Ich bin«, fuhr der Mann fort: »Ich bin niemand anderer als Fjodor Wladimirowitsch Sipotkin!«

Kapuzow hatte den Namen nie gehört. »Freut mich, Bürger Fjodor Wladimirowitsch –«, sagte Kapuzow verlegen, aber der säuerliche kleine Mann mit der Baskenmütze unterbrach ihn.

»So, so, das freut Sie auch noch, Bürger Walerjan Semjonowitsch! Das freut Sie auch noch! Aber eins kann ich sagen: *ich* habe schon verstanden, *ich* habe verstanden. Heute abend haben Sie sich verraten. Ein Glück, daß ich im Konzert war. Sie werden noch von mir hören, Bürger Walerjan Semjonowitsch. Guten Abend.« Der Fremde drehte sich um und verschwand in der Dunkelheit.

Kapuzow schüttelte den Kopf. Einen weiteren Spaziergang zur Beruhigung seiner Nerven hatte der Komponist nach dieser merkwürdigen Unterbrechung nicht mehr nötig. Er wandte sich um und ging direkt zum Konservatorium, wo er sich schon in die Kantine setzte und auf das Eintreffen seiner Freunde und der Musiker wartete. Es wurde dann mancher Toast auf Kapuzow und sein neues Werk bis spät in die Nacht hinein ausgebracht, aber Kapuzow war nicht ganz bei der Sache. Der eine oder andere der Freunde fragte wohl, was er denn habe, wo doch heute sozusagen sein Ehrentag sei. Irgendwie scheute sich Kapuzow, von dem Irren – es war wohl ein Irrer – zu berichten, als sei die Begegnung etwas Unanständiges gewesen.

Wenige Tage später erhielt Kapuzow eine Vorladung. Kein Sowjetbürger kennt alle Komitees, die das Recht haben, Vorladungen auszusprechen. Auch Kapuzow sagten der Briefbogen und der Stempel gar nichts, aber es empfiehlt sich jedenfalls, so einer Vorladung Folge zu leisten. Kapuzow wurde in ein Haus am Tschistopruduj-Boulevard bestellt. Das Haus war ein altes Gebäude im Stil der Jahrhundertwende. Es sah aus, als wäre es früher ein Hotel oder das Stadthaus eines reichgewordenen jüdischen Kaufmanns gewesen. Jetzt befanden sich Wohnungen in dem Haus und nach dem Schild neben dem Eingang zu urteilen, das Komitee im dritten Stock. Der Lift ging nicht. Kapuzow stieg die drei Stockwerke hinauf. Auf sein Läuten öffnete ein

Mann mittleren Alters, der sich dann später Foma Alexejewitsch Degen nannte.

Genosse Foma Alexejewitsch ließ Kapuzow eine Zeitlang in einem Flur warten, der mit einigen kleinbürgerlich-kümmerlichen Möbelstücken eingerichtet war. Dann rief er ihn in ein Büro am Ende des Flurs.

Genosse Foma Alexejewitsch war ziemlich groß, sprach mit ungemein sonorer Stimme und hatte einen langen Schädel mit einem auffallenden Höcker. Der Schädel wirkte kahl, aber er war nicht kahl, die Haare waren nur so dünn und farblos und lagen dicht am Schädel an. Das auffallendste aber war der Hökker. Es war, als hätte der Genosse Degen zwei Schädel perspektivisch hintereinander, wenn man ihn von vorn betrachtete. Genosse Degen schien seinen Doppelschädel schön zu finden, denn er strich mehrmals mit den Händen darüber und betrachtete sich während des Verhörs wohlgefällig in der spiegelnden Fensterscheibe. Der Schreibtisch Degens war mit Akten und Schriftstücken bedeckt, vor allem aber mit Aschenbechern, Zigarettenschachteln und Asche. Genosse Foma Alexejewitsch rauchte ununterbrochen Zigaretten, wobei er die Zigaretten mit sozusagen eleganten Gesten aus den Schachteln stieß, lässig in den Mund steckte und mit einem Schwung anzündete, wie man es sonst nur in westlichen Filmen sieht. Er bot Kapuzow keine Zigarette an.

Das Verhör dauerte eine halbe Stunde. Zunächst ließ Genosse Degen Kapuzow seinen Lebenslauf erzählen und verglich die Daten mit einem Schriftstück, das vor ihm lag.

»Stimmt«, sagte er dann, als Kapuzow fertig erzählt hatte.

»Warum?« fragte Kapuzow, »haben Sie angenommen, ich schäme mich meines Lebenslaufes; haben Sie gemeint, ich erzähle einen anderen, Genosse Foma Alexejewitsch?«

»Lassen Sie das dumme Gerede, Bürger Walerjan Semjonowitsch«, sagte Degen mit sonorer Stimme und blies den Rauch wie ein Westernheld nach oben. »Und dann haben Sie also ein Violinkonzert verfaßt?«

»Ja«, sagte Kapuzow, »wenn Sie nichts dagegen haben.«

»Antworten Sie sachlich und lassen Sie, sage ich zum zweiten Mal, das dumme Gerede. Und was –«, Degen suchte nach einem passenden Ausdruck, »– was bedeutet nun dieses Violinkonzert? Das beste ist, Sie geben es gleich zu.«

Kapuzow war sprachlos. »Was soll ich zugeben?« fragte er dann.
»Gut, Sie wollen nicht, Bürger Walerjan Semjonowitsch, wie Sie wollen. Wir hätten es vereinfachen können . . . aber«, Degens Stimme wurde noch eine Nuance sonorer, »wie Sie wollen. Fangen wir also von vorn an: was bedeutet Ihr Violinkonzert?«
»Das ist schwer zu sagen. Was bedeutet Musik? *Bedeutet* Musik irgend etwas? Sicher –«
»Werden Sie nicht philosophisch, Bürger Walerjan Semjonowitsch, ich erbitte mir klare Antworten.«
»Das geht nicht. Auf Ihre Frage kann man keine klare Antwort geben, Genosse Foma Alexejewitsch.«
»Ach! Auf meine Frage kann man keine klare Antwort geben!«
»Also: wenn Sie fragen wollten, was ich ausdrücken will, was ich sagen will mit meiner Musik –«
»Nicht mit Ihrer Musik, mit dem Violinkonzert, wenn ich bitten darf.«
»Das Konzert hat den Untertitel ›Ährengarben‹. Waren Sie einmal in der Ukraine?«
»Das geht Sie gar nichts an.«
»Ich meine, ob Sie schon einmal die Kornfelder gesehen haben, weit wie das Meer? Wie sich die Ähren wiegen im Sommerwind, und der Duft der Erde weht über das Land –? Das, Genosse Foma Alexejewitsch, habe ich auszudrücken versucht.
»So. Und sonst nichts?«
»Ich weiß nicht, worauf Sie hinauswollen. Genosse Jewgenij Oistrach, der Solist der Uraufführung, der immerhin Verdienter Künstler des Volkes ist, hat das Werk gespielt, und den Leuten hat es gefallen. Das Konzert war ausverkauft.«
»Um so schlimmer.«
»Wieso?«
»Es enthält subversive Stellen. Um genau zu sein: es enthält, soviel wir bisher herausbekommen haben, *eine* subversive Stelle. Waren Sie einmal im Westen?«
»Nein.«
»Haben Sie Kontakte mit westlichen Besuchern?«
»Mit Musikern, ja, gelegentlich.«
»Stehen Sie in Briefwechsel mit solchen Musikern?«
»Nein.«
»Halten Sie sich in den nächsten Tagen zur Verfügung, Bürger Walerjan Semjonowitsch. Jetzt können Sie gehen.«

Kapuzow lag fast die ganze Nacht lang wach und dachte nach. Man kann schnell etwas verkehrt machen – aber was hatte er verkehrt gemacht? Sein Violinkonzert war eher zahmer und konservativer, also linientreuer als vergleichbare Werke von, sagen wir Rodien Schtschedrin und Aram Chatschaturian, gar nicht zu reden von Schostakowitsch. Zur Politik hatte sich Kapuzow nie geäußert, sein Vater stammte aus der Arbeiterklasse; Kapuzow hatte schon vor Jahren seine ›Massenlieder‹ (op. 9) abgeliefert und vor kurzem erst einen ›Lenin-Festmarsch‹ für das Blasorchester der Eisenbahnergewerkschaft Gorki (op. 34) geschrieben. Niemand konnte ihn einen schlechten Kommunisten schimpfen. Ob dieser merkwürdige Sipotkin, der Irre mit der Baskenmütze, etwas damit zu tun hatte? Kapuzow hatte bis heute an einer kleinen ›Suite im klassischen Stil‹ für Flöte, Oboe, Klarinette, Horn und Fagott (op. 39) gearbeitet. Daran war jetzt nicht mehr zu denken. Sein Violinkonzert stand wie ein riesiger Drache vor ihm (ein Drache mit einem Doppelschädel) und hauchte lähmenden Dunst über seinen Schöpfer.
Eine Möglichkeit wäre, dachte sich Kapuzow, zu dem Genossen Degen hinzugehen und rundheraus alles zuzugeben. Was er speziell zugeben sollte, wußte Kapuzow zwar nicht, aber wenn er *alles* zugab, war ja wohl das dabei, was Genosse Degen wollte. Wenn man bedenkt, wie unordentlich des Genossen Degen Schreibtisch ausgesehen hat, war es nicht ausgeschlossen, eher sogar wahrscheinlich, daß das Geständnis und das ganze Dossier in der papierenen Sintflut jenes Schreibtisches untergehen und nie mehr wieder auftauchen würde. Anderseits konnte das Ganze aber auch ein Irrtum sein – auch dafür könnte die Unordnung auf Degens Schreibtisch verantwortlich zeichnen –, und möglicherweise klärte es sich auf oder geriet ohne Folgen in Vergessenheit. Vielleicht war es eine Namensverwechslung. Dann wäre es natürlich das falscheste zu Degen freiwillig hinzugehen.
Übernächtig, hungrig und zugleich appetitlos machte sich Kapuzow am nächsten Vormittag auf den Weg zu Wawrik. Andrej Iwanowitsch Wawrik war Kapuzows Kontrapunktlehrer am Konservatorium gewesen. Wawrik war ein gütiger, humorvoller alter Herr, hatte einen gewissen Ruf als Komponist, vor allem aber unglaublich viele Verbindungen. Kapuzow wollte sich Wawrik anvertrauen und ihn in der rätselhaften Sache

um Rat bitten. Zur Vorsicht nahm er die Partitur seines Violinkonzertes mit.

Wawrik war seit längerem schon pensioniert und hielt sich fast den ganzen Tag im Club des Komponistenverbandes auf, wo er Tee trank und mit allen möglichen Leuten Karten spielte. Als Kapuzow mit seiner Partitur unter dem Arm den Club betreten wollte, kam ihm Praskowja Nikolajewna Zwetkowa entgegen. Fräulein Zwetkowa war eine außerordentlich attraktive Dame, die ebenso gern mit ihrem Dekolleté wie mit ihrer Intelligenz prunkte und deshalb hinter ihrem Rücken ›Kleopatra‹ genannt wurde. Sie schrieb die bissigsten Musikkritiken von ganz Moskau (vielleicht sogar der ganzen Sowjetunion). Es wurden ihr auch zahlreiche Affären nachgesagt, aber niemand wußte etwas Bestimmtes.

Bisher hatte Praskowja Zwetkowa Kapuzows Werke immer wohlwollend, wenn auch herablassend gewürdigt. Als sie jetzt an der Tür Kapuzow begegnete, warf sie ihm einen wütenden Blick zu, einen zweiten fast noch wütenderen Blick warf sie auf die Partitur, die Kapuzow unter dem Arm trug, und sagte: »Sie hätten immerhin daran denken können, daß ich eine Dame bin. Pfui Teufel!« drehte sich um, daß ihre roten Haare flogen, und schritt davon.

Kapuzow entglitt der Türgriff. Er mußte erst einen neuen innerlichen Anlauf nehmen, um seinen Entschluß, seinen alten Lehrer Wawrik aufzusuchen, doch noch auszuführen. Wäre Kapuzow nicht schon fast im Club gewesen, hätte er alles sein lassen und wäre in voller Verzweiflung heimgerannt, nicht ohne auf dem Weg die Partitur seines Violinkonzerts in die Moskwa zu werfen.

Aber es war richtig, daß Kapuzow doch hineinging, denn Wawrik wußte bereits Bescheid. Er machte ein bei ihm ganz ungewohnt ernstes Gesicht, als er Kapuzow auf sich zukommen sah, unterbrach seine Kartenpartie mit dem Choreographen Pawel Rubin-Oistrach (dem Sohn einer Halbschwester des legendären Oistrach) und ging mit Kapuzow in ein Nebenzimmer.

»Eine böse Geschichte«, sagte Wawrik. »Wie konnten Sie die Kleopatra dermaßen bloßstellen, Walerjan Semjonowitsch.«

»Ich verstehe Sie nicht, Andrej Iwanowitsch –«

»Stellen Sie sich nicht dumm. Die ganzen Musiker Moskaus reden doch schon darüber.«

Wawrik griff nach der Partitur und schlug den Anfang des dritten Satzes auf. Was Kapuzow da gemacht hatte, war im Prinzip nicht neu: bevor der eigentliche dritte Satz begann, hatte die Solovioline, begleitet nur von einigen Akkorden der Streicher, ein einleitendes Rezitativ zu spielen, nachgebildet dem Sprechgesang in der Oper. Schon Haydn hatte diese Spielerei in seiner ›Sinfonia concertante‹ von 1792 verwendet. Berühmt ist das große Rezitativ der Celli und Contrabässe im Schlußsatz der ›Neunten Symphonie‹ von Beethoven, und auch Schostakowitsch hatte in seiner so ganz anderen ›Neunten‹ in dem kurzen Zwischenstück, das vom langsamen Satz zum Schlußsatz überleitet, ein großes Rezitativ für ein Solo-Fagott komponiert.
»Was ist daran so besonders?« fragte Kapuzow.
Wawrik summte den Sprechgesang der Violine aus Kapuzows Konzert nach. »Merken Sie nichts?«
»Nein«, sagte Kapuzow.
»Soll ich den Text dazu singen?«
»Es gibt keinen Text dazu.«
»Ach, gehen Sie, lieber Walerjan Semjonowitsch.« Wawrik sang zu Kapuzows Melodie einen Vers, der ziemlich derb war und ungefähr lautete:
Als sich Kleopatra im Landhaus des Poeten Kraschew aufhielt, läuteten die Osterglocken und das Sofa krachte zusammen. Der Vers paßte genau auf die Melodie.
»Aber das – das ist –«, stotterte Kapuzow.
»Haben Sie denn nicht diesen Vers im Sinn gehabt, als Sie dieses Rezitativ schrieben?«
»Nie im Leben, Andrej Iwanowitsch.«
»Hm«, sagte Wawrik, »das Peinliche ist nur: es stimmt.
Kein Mensch hat gewußt, daß es die Kleopatra mit Kraschew treibt. Alle möglichen waren im Gespräch, wie Sie wissen, nur Kraschew nicht. Und nun weiß es ganz Moskau. Und zu Ostern ist ihnen tatsächlich in Kraschews Datscha das Sofa zusammengekracht. Sie erinnern sich doch, daß die Kleopatra eine Zeitlang eine verstauchte Hand hatte. Möglicherweise hat sie sich auch noch einiges andere verstaucht, was aber ein Außenstehender nicht sieht. Jedenfalls hat sie jetzt eine fürchterliche Wut auf Sie.«
»Und was geht das Ganze den Staatssicherheitsdienst an?«
»Wieso den Staatssicherheitsdienst?«

Kapuzow erzählte vom Verhör bei dem Genossen Degen. Für diesen Vorgang hatte Wawrik keine Erklärung. Kapuzow erzählte nun auch von der rätselhaften Begegnung mit dem Bürger Sipotkin am Abend der Uraufführung. Wawrik kannte zwar einen Sipotkin, der aber nicht Fjodor Wladimirowitsch sondern Pawel Pawlowitsch hieß, und dessen Aussehen mit der Beschreibung, die Kapuzow von dem Mann gab, nicht übereinstimmte.

Als Kapuzow heimkam, fand er drei Dinge vor: einen Zettel mit dem Vermerk »Ich hoffe, daß ich Sie das nächste Mal antreffe, damit ich Ihnen die Knochen brechen kann, Sie Warzenschwein. Gez. Ilja Danilowitsch Kraschew«. Das war Kleopatras Freund. Er hatte den Zettel brutal mit einem Reißnagel mitten an die Tür geheftet. Zweitens fand Kapuzow eine weitere Vorladung von dem Genossen Degen vor. Die Vorladung war, etwas dezenter, unter der Tür durchgeschoben worden. Und drittens – oder eigentlich erstens, denn das war von den drei Dingen das erste, das Kapuzow bemerkte – saß der Bürger Fjodor Wladimirowitsch Sipotkin am Treppenabsatz auf der Fensterbank und schlief. Kapuzow schlich auf Zehenspitzen vorbei, um ihn nicht zu wecken, aber es half nicht viel, denn kaum, daß er in seiner Wohnung war, läutete es.

»Machen Sie nur auf, Bürger Walerjan Semjonowitsch, ich weiß genau, daß Sie da sind, weil der Zettel nicht mehr an der Tür ist.« Sipotkin trommelte unverschämt an die Tür. Kapuzow riß sie auf, so daß Sipotkin fast hereinfiel und schrie nun seinerseits:

»He, he! Was erlauben Sie sich, Bürger Fjodor Wladimirowitsch.«

»Wenn Sie keinen Skandal wollen«, sagte Sipotkin, »dann lassen Sie mich herein.« Das war ohne Zweifel einleuchtend. Kapuzow schloß hinter Sipotkin die Tür und ging voraus in sein Wohn- und Arbeitszimmer.

Sipotkin streifte mit einem mißmutigen und säuerlichen Blick den Flügel und setzte sich dann unaufgefordert. Er trug wieder die Baskenmütze und den unkleidsamen grauen Mantel.

»Nun«, sagte Kapuzow, »was veranlaßt Sie, so unverschämt gegen meine Tür zu poltern?«

»Also gut«, sagte Sipotkin, »Bürger Walerjan Semjonowitsch, Sie sollen sie haben.«

»Wen soll ich haben?«

»Ja, wen denn wohl, ich habe nur eine. Lächerlich!« sagte Sipotkin.
»Ich verstehe Sie immer noch nicht, Bürger Fjodor Wladimirowitsch, Sie müssen verzeihen –«
»Ja – Olga Michailowna, selbstverständlich.«
»Welche Olga Michailowna?«
»Ich habe sie lange schon in Verdacht gehabt, das Luder. Aber ich bin ums Verrecken nicht dahinter gekommen, wer der Hund ist. Aber ich will nicht nachtragend sein. Nehmen Sie sie.«
»Ich weiß wirklich nicht, von wem Sie sprechen –«
»Von Olga Michailowna, habe ich das nicht deutlich genug gesagt? Von Olga Michailowna Sipotkina, meiner – Gott sei's geklagt – meiner Frau.«
»Ich kenne Ihre Frau aber doch gar nicht.«
»Jetzt machen Sie einen Punkt.«
»Wenn ich es Ihnen schwöre!«
»Aber in Ihrem Konzert hat es die Geige gespielt, ich habe es doch selber mit meinen eigenen Ohren gehört, Bürger Walerjan Semjonowitsch –«, Sipotkin sang mit brüchiger und säuerlicher Stimme, aber mit erstaunlicher Musikalität (in Anbetracht des Umstandes, daß er die Musik nur einmal gehört haben konnte) das Rezitativ aus Kapuzows Violinkonzert, und zwar auf den Text: *O holde Olga Michailowna, deine Brüste leuchten wie Blitze über der Steppe.*
»Nein, nein«, sagte Kapuzow tonlos und wankte ans Klavier, wo er auf den Klavierstuhl niedersank, wobei er fast mit dem wackeligen, weil dreibeinigen Stuhl umfiel, »nein – nein – nein.«
»Ich lasse mich scheiden«, sagte Sipotkin, »Sie können sie haben. Sie müssen mir nur die Mandeloperation ersetzen, die ich voriges Jahr an ihr vornehmen habe lassen.«
»Ich will sie nicht«, hauchte Kapuzow.
»Aha!« sagte Sipotkin, »ein solcher sind Sie. Sie genießen die Früchte der Sünde, und wenn es ernst wird, ergreifen Sie das Hasenpanier.«
»Aber wenn ich Ihnen schwöre, daß ich Ihre Olga Michailowna wirklich nicht kenne! Ich kenne sie nicht, habe sie nie gesehen, will sie auch nie sehen, nie – nie!«
»Wollte Gott, ich hätte sie auch nie gesehen«, sagte Sipotkin, »aber Sie haben sie doch in Ihrem Konzert angesungen, in obszöner Weise.«

»Es ist reiner Zufall, daß der Text paßt. Ich habe nichts dergleichen im Sinn gehabt. Ich habe –«
»Das glaube ich Ihnen nicht«, sagte Sipotkin.
»Bürger Fjodor Wladimirowitsch, hören Sie mir zu: es ist Zufall, daß der Text, den Sie heraushören wollen, paßt –«
»Und wie lautet der richtige Text?« fragte Sipotkin mißtrauisch.
Da schoß Kapuzow ein Gedanke durch den Kopf – und er erzählte die Geschichte mit der Kleopatra, dem Dichter Kraschew, den Osterglocken und dem zusammengebrochenen Sofa. Er sang auch den Vers, den ihm Wawrik mitgeteilt hatte, um Sipotkin zu überzeugen.
»*So* ist das«, sagte Sipotkin enttäuscht. »Sie wollen also nicht – hier ist ein Bild von Olga Michailowna. Eine Schönheit ist sie nicht, im Gesicht nicht, aber sonst hat sie ein paar recht passable Stellen, haben Sie ja selber in Ihrem Konzert gesagt –«
»Raus!« sagte Kapuzow.
»Ich würde sogar auch auf den Ersatz der Mandeloperation verzichten –«
Kapuzow war nahe daran, den Klavierstuhl zu ergreifen, um ihn auf Sipotkin zu schleudern, da stand der säuerliche und ärmliche Mann auf und machte ein derart elendes Gesicht unter seiner Baskenmütze, daß er einem nur leid tun konnte.
»Sie wollen also nicht«, sagte er und steckte Olga Michailownas Bild wieder in seine abgewetzte Brieftasche. »Und ich habe schon gehofft –«
»Nein«, sagte Kapuzow.
»Nein«, wiederholte tonlos Sipotkin und ging ohne einen Gruß hinaus.

Trotz der Aufregung war Kapuzow etwas erleichtert. Er kochte sich Tee und nahm die Zeitungen zur Hand, die ihm die Konzertverwaltung geschickt hatte. Die Kritiken waren durch die Bank gut, nur die Kritik Praskowja Zwetkowas war vernichtend. Sie ließ kein gutes Haar an dem Konzert. Die Hauptmelodien, schrieb sie, seien so primitiv, daß sie selbst einem notorischen Langweiler, wie etwa Hans Pfitzner, für die Führung einer Nebenstimme, zu uninteressant wären; über die Harmonien hätte der alte Haydn seinen Zopf geschüttelt, und der Rhythmus sei etwa so aufregend wie das Geräusch einer Kaffeemühle. Kapuzow hatte noch nie in seinem Leben so eine vernichtende

Kritik gelesen, und wenn er den Hintergrund nicht gekannt hätte, wäre er zerschmettert gewesen. So aber pfiff er das Rezitativ aus seinem Violinkonzert, trank seinen Tee aus, setzte sich ans Klavier und arbeitete an seiner Bläser-Suite weiter.

Die Vorladung zum neuerlichen Verhör bei Genosse Degen war auf den nächsten Tag um zehn Uhr vormittags anberaumt. Kapuzow war nicht mehr beunruhigt, denn er wußte, was ihn erwartete, er wußte aber auch, wie er sich – mit guter Aussicht auf Erfolg – verteidigen würde können. Vor allem aber hatte er dank der freundlichen Stunde, auf die das Verhör festgesetzt war, Zeit, ordentlich zu frühstücken. In der Morgenzeitung, die er dabei las, fand er einen Artikel von Praskowja Zwetkowa, der sich mit Literatur befaßte. Das machte Kapuzow stutzig. Er überwand seine Abneigung – der Verriß gestern hatte trotz allem doch ein bitteres Gefühl zurückgelassen – und las ihn. Der Artikel war in seinen ersten Absätzen ein versteckter und in den weiteren ein ungeschminkter Angriff auf die Werke Kraschews. Gegen die Bösartigkeit, mit der die Dame über die Arbeiten Kraschews herzog, wirkte die gestrige Rezension des Violinkonzertes wie eine Schmeichelei. Kraschews großer Vorzug sei, stand da zu lesen, daß man seine Gedichte unter intelligenten Leuten als Gesellschaftsspiel verwenden könne: einer lese vor und die anderen raten, bei welchem Dichter er die einzelnen Zeilen gestohlen hat. Kapuzow staunte. Hatte der Artikel etwas zu bedeuten?

Als er sich eben fertigmachte, um fortzugehen, kam der Hausmeister herauf und richtete aus, daß Genosse Professor Wawrik angerufen habe. Kapuzow solle so schnell wie möglich in den Club des Komponisten-Verbandes kommen, der Professor warte dort auf ihn.

Kapuzow beschloß, gleich nach dem Verhör hinzugehen.

Genosse Degen empfing Kapuzow mit ebenso sonorer Stimme wie neulich, aber es waren zwei Veränderungen vorgegangen: Degen war eine Spur freundlicher, und in seinem Büro stand ein Klavier.

»Inzwischen, Genosse Foma Alexejewitsch«, begann Kapuzow, der sich vorgenommen hatte, sofort in die Offensive zu gehen, »habe ich herausbekommen, was Sie wissen wollten. Und ich kann Ihnen gleich sagen: Sie irren sich.«

»Ich weiß, ich weiß«, sagte Degen und bot Kapuzow eine Zigarette an.
»Wieso wissen Sie das? Ich nehme an –«
»Professor Nurdschakow hat das Werk gehört. Seien Sie beruhigt, es ist alles in Ordnung. Ich brauche nur Ihre Unterschrift unter diese Schriftstücke und dann können Sie gehen. Ich gratuliere.«
»Ah – wer ist Professor Nurdschakow?«
»Jetzt machen Sie aber Witze, Walerjan Semjonowitsch.«
»Ist das ein Musiker?«
»Aber Walerjan Semjonowitsch! Vor mir brauchen Sie doch nicht Verstecken zu spielen. Bitte hier: Ihre Unterschrift.«
»Genosse Foma Alexejewitsch, ich beschwöre Sie: ich habe nie etwas mit Professor Nurdeschin zu tun gehabt –«
»Nurdschakow –«
»Ich kann alles aufklären!«
»Es ist alles aufgeklärt. Leben Sie wohl, Bürger Walerjan Semjonowitsch. Alles Gute für Ihre Zukunft.«
»Sie meinen das Rezitativ in meinem Violinkonzert –« Kapuzow schlug die Partitur, die er mitgebracht hatte, auf (die Partitur fiel schon von allein an der betreffenden Stelle auseinander), deutete auf die Stelle und sagte: »Ich kann Ihnen sagen, was das bedeutet. Was immer Sie oder irgendeine andere Stelle annehmen, das ist, mit Verlaub gesagt, falsch.«
»Wie hartnäckig Sie sind. Damit Sie es endlich glauben. Hier haben Sie den Zettel von neulich. Es ist das Original der Anzeige, die uns zugespielt wurde. Sie können ihn verbrennen.«
Kapuzow schaute auf den Zettel. Auf dem Zettel stand ein Vers. Er lautete: *Das einzige Kapital, das keine Zinsen bringt, ist das Marx'sche. Ob wir jemals eine Bank finden, die es ihm zurücküberweist?* Kapuzows inzwischen geschultes Auge erkannte sofort, daß dieser Vers genau auf sein Rezitativ paßte.
»Sie brauchen überhaupt nichts zu sagen, Bürger Walerjan Semjonowitsch«, sagte Genosse Degen, »es ist alles erledigt.«
Kapuzow war das alles unverständlich, aber er wußte, wo und wen man besser nichts fragt. Fragen sind oft gefährlicher als Antworten. Kapuzow nahm seine Partitur, den Zettel mit dem Spottvers, verabschiedete sich kurz und ging hinaus. Unter der Tür wandte er sich aber doch noch einmal an Degen:
»Wie hieß der Professor?«

»Nurdschakow«, sagte Degen, »Filaret Antonowitsch Nurdschakow.«
»Darf ich mir das aufschreiben?«
»Aber ich bitte, Bürger Walerjan Semjonowitsch«, sagte Degen mit sonorer Stimme, aber fast schon unterwürfig, »wünschen Sie ein Blatt Papier?«
»Danke, ich schreib's gleich auf diesen Zettel.« Kapuzow schrieb den Namen auf die Rückseite des Blattes mit dem Spottvers.

»Kennen Sie einen Professor namens Nurdschakow, Andrej Iwanowitsch?« fragte Kapuzow, noch ehe er sich neben Wawrik hingesetzt hatte. Kapuzow war, wie er sich vorgenommen hatte, von Degen aus direkt in den Club des Komponisten-Verbandes gegangen.
»Setzen Sie sich erst einmal. Wie soll er heißen?«
»Nurdschakow, Filaret Antonowitsch –«
»Soll das ein Musiker sein?«
»Ich weiß es nicht –«
»Ich kannte einen Nurdschakow, aber der hieß Oleg Ossipowitsch und war mein Schuster, als ich noch in Brjansk lebte. Er ist schon gestorben. Aber sämtliche Nurdschakowe der ganzen Sowjetunion können nicht so interessant sein, wie das, was ich Ihnen zu erzählen habe. Haben Sie den Artikel von der Kleopatra über Kraschew gelesen? Ja? Und jetzt halten Sie sich aufrecht –«
Wawrik erzählte, daß es dem Vernehmen nach zu einem ungeheuren Krach zwischen Kraschew und der Kleopatra gekommen sei. Ob es auch Prügel gesetzt habe und wer gegebenenfalls wen verprügelt hat, wußte man noch nicht. Jedenfalls ging es darum, daß jeder der beiden den anderen verdächtigt hatte, die Sache mit dem zusammengebrochenen Sofa ausgeplaudert zu haben. Die Kleopatra habe hier im Club heute früh mehrfach laut geäußert, daß sie endlich den wahren Charakter *dieses Kraschew* erkannt habe, und daß sie das niemandem anderen als Kapuzow zu verdanken habe, den es sie deswegen zu küssen dränge. Überhaupt mache sie sich Vorwürfe, sich den fabelhaften Kapuzow nicht längst schon genauer angesehen zu haben. »Der Mann«, habe sie wörtlich gesagt, »müsse Fähigkeiten haben.«
Kapuzow nahm Wawrik mit zu sich nach Hause. Er lud ihn zum

Mittagessen ein. Auf dem Weg und während des Essens erzählte Kapuzow von dem zweiten Verhör bei Degen, wenn man das ein Verhör nennen kann.
»Was das Klavier in Degens Zimmer zu bedeuten hat«, sagte Wawrik danach, »ist mir natürlich klar. Ein Angehöriger der Unterabteilung Musik des Staatssicherheitsdienstes – ich bin sicher, daß es so eine Unterabteilung gibt – hat Ihre gesamten Kompositionen auf versteckte unbotmäßige Verse geprüft.«
»Und ich habe gedacht, Andrej Iwanowitsch«, sagte Kapuzow, »die Musik sei eine unschuldige Kunst . . .«
»Aber einen Nurdschakow kenne ich nicht, außer, wie gesagt, den Schuster in Brjansk; wenn er ein Professor ist, so ist er sicher kein Musikprofessor, zumindest nicht in Moskau.«
Nach dem Essen nahm Wawrik zwar noch ein Schnäpschen, aber dann drängte es ihn, wieder in den Club zu kommen, um die unterbrochene Kartenpartie (diesmal mit dem Harfenisten Lew Nechbudow-Oistrach, dem Adoptivsohn der ersten Frau des legendären Oistrach) wiederaufzunehmen. Da läutete es. Kapuzow öffnete. Vor der Tür stand ein Riese, ein relativ junger Riese, von dessen Aussehen Kapuzow zunächst nichts anderes wahrnahm als zwei enorm große Hände, die wie Ruder wegstanden.
»Ich bin Kraschew, der Dichter«, sagte der junge Riese und grinste, wobei er sich durch die Tür schob.
Kapuzow war sonst kein Feigling, aber da er sah, daß es keine Möglichkeit gab, die Tür wieder zuzuschlagen, schlüpfte er, bevor Kraschew noch ganz in der Wohnung war, ins Klosett und sperrte sich ein.
Wawrik schrie: »Ich bin Wawrik, ich bin nicht Kapuzow, ich bin Wawrik, Andrej Iwanowitsch Wawrik«, und hielt dem Riesen seinen Ausweis hin.
»Sehr erfreut«, sagte Kraschew.
Wawrik steckte seinen Ausweis in rascher Folge nacheinander in nahezu alle Taschen seines Anzugs, wobei er den Dichter nicht aus den Augen ließ. »Gestatten Sie«, sagte er dann, »gestatten Sie, daß ich mich zurückziehe. Ich möchte nicht länger stören . . .«
»Aber was!« sagte Kraschew, »ich will niemand vertreiben, Bürger Andrej Iwanowitsch. Mein Name und Vatersname ist übrigens: Ilja Danilowitsch. Bleiben Sie!«

»Jawohl«, sagte Wawrik und setzte sich auf den Rand eines Stuhles.
Es entstand eine längere Pause. Kraschew machte eine eher allgemeine Bemerkung über das Wetter, die Wawrik ebenfalls mit »Jawohl« quittierte. Nach einer weiteren Pause sagte Kraschew: »Er hat eine schlechte Verdauung?«
»Jawohl«, sagte Wawrik. »Wie meinen Sie, Bürger Ilja Danilowitsch?«
»Weil er so lang auf dem Klosett sitzt.«
»Aha«, sagte Wawrik. »Nein, solange Sie da sind, wird er wohl nicht herauskommen.«
»Ich will ihn nicht drängen«, sagte Kraschew. »Das wäre gesundheitsschädlich. Ich habe schon noch ein wenig Zeit.«
Wieder entstand eine Pause.
Dann machte Kraschew eine Bemerkung, die eine turbulente Szene zur Folge hatte.
»Eine kleine Wohnung«, sagte Kraschew, »aber eine hübsche Wohnung. Ist Walerjan Semjonowitsch nicht verheiratet? Hat er keine Kinder?«
»Nein«, schrie Wawrik auf, »aber er hat eine Mutter. Sinaida Borissowna, eine herzensgute Frau, die erst letztes Jahr ein Darmgeschwür hatte. Es wird sie töten, Bürger Ilja Danilowitsch, es wird sie töten. Wenn Sie schon kein Mitleid mit Walerjan Semjonowitsch haben, denken Sie doch an die arme alte Frau!«
»Aber wieso soll ich –«
»Ich schwöre Ihnen, er hat es nicht so gemeint!«
»Sitzt er gar nicht auf dem Klosett, ich meine –«
»Ilja Danilowitsch!« flehte Wawrik.
»He!« schrie Kraschew, »Walerjan Semjonowitsch, kommen Sie heraus! Ich tu Ihnen nichts, ich komme als Freund!«
Kapuzow rührte sich nicht.
»Haben Sie sich doch nicht so«, schrie Kraschew durch die Tür.
Wawrik flehte immer noch. Da läutete es wieder an der Tür.
»O Gott, o Gott«, sagte Wawrik.
»Ich tue Ihnen ja nichts«, sagte Kraschew, »ich komme ja wegen ganz etwas anderem.«
Es läutete noch einmal.
»Ich möchte Ihnen den Vorschlag machen«, schrie Kraschew in voller Lautstärke durch die Klosett-Türe, »daß wir zusammen

eine Oper schreiben. Ja, sicher war ich wütend, zunächst, aber dann habe ich über die Sache nachgedacht –«
Es läutete ein paar Mal hintereinander.
»– und ich habe furchtbar gelacht. Und ich habe mir gedacht, das mit Ihrem Rezitativ, das ist doch ein herrlicher Stoff für eine komische Oper: ›Das verhängnisvolle Violinkonzert‹ –«
Es läutete jetzt andauernd. Wawrik öffnete. Herein stürzte Kleopatra.
»Das verbitte ich mir«, schrie sie. »Ich habe alles gehört. Da wird keine Oper draus. Schau, daß du von hier verschwindest, du Skorpion.«
»Was tust du denn hier, Mäuschen?« stotterte Kraschew.
»Ich bin nicht mehr dein Mäuschen. Und damit du es weißt: ich besuche den Bürger Walerjan Semjonowitsch, meinen Freund Kapuzow.«
»Da könnte er genausogut *mein Freund* sein.«
»Daß ich nicht lache«, kreischte die Kleopatra, »Walerjan Semjonowitsch und ich heiraten – bald – vielleicht –«
»Ist das wahr, Walerjan Semjonowitsch?« schrie Kraschew.
»Bürger!« flehte Wawrik, »Bürger, was macht ihr für einen Lärm.«
»Ist das wahr?« schrie Kraschew.
»Nein!« tönte es dumpf aus dem Klosett.
»Was für ein Lärm«, sagte Wawrik, »ich bitte doch – ich bitte doch –«
Da läutete es zum dritten Mal. Die drei wandten sich zur Tür. Das Läuten war mehr von symbolischem Charakter gewesen, denn die Kleopatra hatte die Tür hinter sich nicht geschlossen, und ein Herr in einem grauen Anzug trat ein.
»Verzeihung«, sagte der Herr, »wer von Ihnen ist Bürger Walerjan Semjonowitsch Kapuzow?«
»Walerjan Semjonowitsch ist«, sagte Wawrik, »ist im Moment nicht zu sprechen.«
»Schade«, sagte der Herr, »ich bin Professor Nurdschakow – von der Agronomischen Akademie. Schade, ich hätte ihn gern gesprochen. Ich weiß nicht, ob Sie es wissen: Bürger Walerjan Semjonowitsch hat eine Formel für die Züchtung winterfester Bleixen-Hirse entdeckt, die er – ein geistreicher Einfall – in das Rezitativ eines Violinkonzerts verkleidet hat. Schade, daß er nicht da ist. Grüßen Sie ihn, bitte.«

Professor Nurdschakow verbeugte sich kurz und ging wieder. Kleopatra und Kraschew schauten sich an, dann gingen sie auch. »Sie sind fort«, wollte Wawrik sagen, aber seine Stimme versagte. Er klopfte dreimal an die Klosett-Türe und ging dann auch.
Kapuzow zog sich noch am selben Tag für drei Monate zu einem entfernten Vetter seiner Mutter aufs Land zurück und ließ sich drei Monate lang nicht mehr in Moskau blicken. Draußen schrieb er sein Bläserquintett zu Ende. Im letzten Satz findet sich ein Rezitativ der Klarinette, ein sehr kurzes, markantes Rezitativ. Er sagte niemanden, was es bedeutet.

(1974)

Eichenlaub und Judenstern

Ob man sagen soll: Das Unglück begann damit, daß Albin Kessel in dem Kurzgeschichten-Wettbewerb *keinen* Preis bekam? War es überhaupt ein Unglück? Gelegentlich gibt Albin Kessel sogar zu, daß es ein paar lustige Wochen waren, wenn auch nicht gerade ungefährliche.

»Zum Glück«, sagte Kessel, als er die Geschichte erzählte, »hat zum Schluß eine Bombe das Hotel getroffen, da habe ich wenigstens die Hotelrechnung nicht bezahlen müssen. Es hat mich eh eine Stange Geld gekostet; und daß ich von den Banditen nie einen Pfennig sehe, ist ja klar.«

Mit den Banditen meint Albin Kessel die Inhaber einer Filmgesellschaft. Nicht, daß wir zu zimperlich wären, die Gesellschaft beim Namen zu nennen, Albin Kessel kann sich auf den Namen absolut nicht mehr besinnen, was den, der Albin Kessel kennt, nicht wundert.

Der Kurzgeschichten-Wettbewerb war vor Jahren von einer norddeutschen Kleinstadt ausgeschrieben worden, und Albin Kessel, der bis dahin nie etwas anderes als Gedichte verfaßt hatte, versuchte es mit einer Kurzgeschichte, ›nicht mehr als fünf Seiten à 30 Zeilen zu maximal 65 Anschlägen‹. Hätte Albin Kessel den Preis gewonnen, wäre er um dreitausend Mark reicher gewesen und die Sache hätte sich gehabt. Aber Albin Kessel bekam seine Kurzgeschichte zurückgeschickt, ärgerte sich und brachte es tatsächlich fertig, sein Manuskript bei einer großen Zeitung unterzubringen. Und so nahm das Unglück – wenn man bei der Bezeichnung bleiben will – seinen Lauf.

In der Geschichte verarbeitete Kessel ein Kriegserlebnis seines Vaters aus dem Nordafrika-Feldzug. Es handelte von einem jungen deutschen Juden, dem es irgendwie gelungen war, seine jüdische Herkunft zu verschleiern und Soldat zu werden. (»Für einen Juden ist es in Deutschland gefährlicher als an der Front«, sagte der junge Jude zu den wenigen, denen er sich anvertraute; Albin Kessels Vater gehörte dazu.) Nicht genug damit: Der junge Jude war ein tapferer und zudem noch intelligenter Soldat. Er erhielt das Eiserne Kreuz zweiter und erster Klasse, wurde

Unteroffizier, bekam – was im ganzen Krieg nur ein dutzendmal vorkam – als Unteroffizier das Ritterkreuz, wurde vor El-Alamein von Rommel unter Umgehung aller Vorschriften zum Leutnant befördert und im Wehrmachtsbericht namentlich erwähnt. (Er hieß Siegfried Klausnik, ein Name, der den Kenner eigentlich hätte stutzig machen müssen.) Nach einer Verwundung – Klausnik war schon Oberleutnant und sollte das Eichenlaub zum Ritterkreuz bekommen – entdeckte ein Feldarzt, daß Klausnik beschnitten war, und hatte nichts Eiligeres zu tun, als das zu melden.

Es sei eine der peinlichsten Situationen gewesen, soll Hitler gesagt haben, in die die Wehrmacht je gekommen sei. Die Verleihung des Eichenlaubs konnte gerade noch rückgängig gemacht werden. Die Sache wäre noch zu richten gewesen, wenn sich Klausnik damit einverstanden erklärt hätte, zum Ehrenarier ernannt zu werden. Aber er lehnte ab. Er sei Jude. Rommel selber verwandte sich für den Verbleib Klausniks in der Wehrmacht. Es wurde abgelehnt. (Diese Düpierung sei einer der Gründe für Rommels Zerwürfnis mit dem Oberkommando der Wehrmacht gewesen, meinen einige Rommel-Biographen.) Klausnik verschwand. Was aus ihm geworden ist, hat nie jemand erfahren . . .

Ist das ein Filmstoff oder ist das keiner? Natürlich ist das ein Filmstoff. »Wissen Sie«, sagte der Produzent zu Kessel, »das ist sogar der ideale Filmstoff. Rommel und ein Jude, ein toller Hecht mit Ritterkreuz und doch kein Nazi . . . Herrschaftsseiten, daß uns das nicht früher eingefallen ist. Wir können es krachen lassen nach Herzenslust, und keiner kann uns vorwerfen, daß wir dafür sind. Klare, kritische Stellungnahme. Wissen Sie, im Grunde genommen wird es den Leuten doch warm ums Herz, wenn sie die alten Uniformen sehen und den Rommel mit der Staubbrille am Käppi. Ihr Titel ist natürlich Scheiße: ›*Der blonde Siegfried*‹. Da finden wir was anderes. ›*Eichenlaub und Judenstern*‹ oder so.«

An den Originalschauplätzen, in Libyen, konnte nicht gefilmt werden. Da ist für so etwas keine Erlaubnis zu bekommen. Also drehte man in einem Land, das kein Erdöl hat und gerne das Geld sieht, das eine Filmfirma zahlt: in der Republik Ubangi. Sie liegt zwar schon ziemlich weit südlich, aber Sand haben sie da gerade noch, im Norden reicht ein Zipfel der Sahara hin.

Es wurde ein Riesenaufwand getrieben. Es sollte ein ganz großer Film werden: ›*Eichenlaub und Judenstern*‹.
»17 Millionen«, sagte Albin Kessel, »kann auch sein, 34 Millionen, ich weiß das nicht mehr so genau. Ich Blödmann wollte superschlau sein und habe mir keine Pauschale für das Drehbuch geben lassen – 15 000 hätten sie bezahlt –, sondern habe auf fünf Prozent vom Einspielergebnis beharrt. Ich habe damals noch nicht gewußt, daß es nur einen einzigen Film gegeben hat, bei dem die Produzenten nicht anders konnten, als auch dem Drehbuchautor seinen Anteil am Einspielergebnis zu bezahlen, und das war ›*Vom Winde verweht*‹. Alle anderen Filme haben kein Einspielergebnis, wenn der Drehbuchautor wegen seiner fünf Prozent daherkommt. Na ja – wenigstens mußte ich die Hotelrechnung von ›Ubangi Palace‹ nicht bezahlen.«
Drei alte Fieseler-Storch, zwei Ju 88, mehr als ein Dutzend Feldhaubitzen, deutsche und englische Panzer – alles in Wüstengelb –, Wehrmachtslastwagen, Zelte, Maschinengewehre, Feldküche, Lazarett, sogar Munitionskisten und nicht genug damit: auch Munition wurde angeschafft und nach Ubangi transportiert. Ursprünglich dachte man daran, die ubangische Armee als Komparserie anzuheuern und in Rommel-Khaki zu stecken, aber die Ubangi sind ja Schwarze. Also mußte man auch die Statisten mitbringen. Zum Schluß wurde dann Curd Jürgens eingeflogen, der den Rommel spielen sollte, und Klaus Kinski als Darsteller des Siegfried Klausnik.
»Als ich von dieser Besetzung erfuhr«, sagte Albin Kessel, »wußte ich natürlich, daß von meiner ursprünglichen Geschichte gar nichts mehr übrig bleiben würde. Bedenken hatte ich schon, als mir gesagt wurde, ein äußerst routinierter Autor, ein hervorragender Mann, hätte mein Drehbuch überarbeitet. Immerhin war mir gestattet worden, die neue Fassung zu lesen. Es war natürlich Käse, allerdings routinierter Käse. Aber als ich von Curd Jürgens erfuhr und Klaus Kinski, sagte ich mir: gute Nacht . . .«
Curd Jürgens und Klaus Kinski kamen erst, als die Statisten und das Personal – insgesamt knapp 500 Leute – schon da waren.
»Was für einen Stellenwert, um einmal das dumme Wort zu gebrauchen, der Autor beim Produzenten hat«, sagte Albin Kessel, »war an den Zimmern abzulesen, die für uns im ›Ubangi Palace‹ bestellt waren. Kinski kam mit drei Freundinnen und

erhielt eine Suite. Jürgens reiste mit einer Freundin an und bekam eine noch größere Suite. Meine Verflossene, die damals, wenn ich mich nicht irre, dem Papier nach immer noch mit mir verheiratet war, wäre natürlich auch gern mitgefahren – aber nichts da, sagte ich ihr. Schließlich will sie sonst auch nichts von mir wissen. Ich kam also allein, und für mich war natürlich keine Suite reserviert. Da das ganze Hotel mit Leuten von unserer Produktion belegt war, hätte ich glatt wieder abreisen können – es gibt nur ein Hotel in Ubangi –, wenn mir nicht der Aufnahmeleiter, ein gewisser Lochner Karl, angeboten hätte, seine Suite mit mir zu teilen.«

Lochner war nicht nur Aufnahmeleiter, er war auch der Ersatz für den wissenschaftlichen Berater, das heißt, für einen, der Bescheid weiß, wie es damals im Krieg zuging. Lochner, ein etwa fünfzigjähriger kleiner, dicker Mann mit einer Glatze, war im Krieg Hauptmann gewesen, und dem Ton nach, mit dem er die Leute anherrschte, war zu schließen, daß er ein sehr unangenehmer Hauptmann gewesen war. Aber die Produzenten nahmen ihn gern, weil er immer noch die Dienstvorschriften der Wehrmacht aus dem Effeff beherrschte, und wenn er sagte: ein Oberfeldveterinär trug geflochtene Achselstücke in Silber, so konnte man Gift darauf nehmen, daß ein Oberfeldveterinär geflochtene Achselstücke in Silber getragen hatte. Wer Lochner bei einem Kriegsfilm engagierte, sparte zwei Professoren.

Als Jürgens im ›Ubangi Palace‹ ankam, hielt er als erstes eine Pressekonferenz ab. Er sagte, daß dieser Film, hier in der Wüste, am Rand der Zivilisation gedreht, eine echte Herausforderung für ihn sei. So ein Film – das sei fast die letzte Gelegenheit in unserer Welt, sich als Mann zu bewähren. Nach dem Interview mußten alle Journalisten hinaus, bevor Jürgens aufstand, weil er sich schwer damit tat. Er hatte irgendeinen eingeklemmten Nerv am Gesäß oder so etwas. Er machte dem Hotelmanager auch ein fürchterliches Spektakel, weil das warme Wasser im Bidet nicht richtig lief.

Das alles war nur Vorspiel, und die eigentliche Geschichte fing erst an, nachdem fast die Hälfte des Films abgedreht war.

Eines Tages brachte ein Bote auf einem Motorrad einen versiegelten Brief ins Hotel. Der Umschlag war ›An den Film Eichenlaub und Judenstern‹ adressiert. Der Aufnahmeleiter überreichte

ihn dem Produzenten. Der Brief enthielt eine mehr allgemein gehaltene Einladung an ›die Herren vom Film‹, ins Präsidentenpalais zu kommen.
»Je nachdem, wie man das liest«, sagte der Produzent, »kann damit ein Galadiner oder ein Verhör gemeint sein.«
Da der Brief nicht an eine bestimmte Person gerichtet war und unmöglich alle Herren vom Film gemeint sein konnten, entschied der Produzent, daß er selber nicht hingehen würde. Auch der Regisseur lehnte ab: »Auf ein Verhör lege ich keinen Wert, und wenn es ein Galadiner sein sollte: Ich mag keinen gebratenen Missionar.«
»Sie sind ein Rassist?« sagte der Produzent.
Jürgens hatte sich einen Knöchel vertreten (er mußte zum Drehen getragen werden), Kinski war gerade beleidigt, da fiel dem Produzenten der Drehbuchautor Albin Kessel ein. Damit die Delegation nicht gar so kläglich aussah, wurde ihm ein Kameraassistent und ein Scriptgirl mitgegeben.
Präsident Kona Konega saß auf einem erhöhten Thron und hatte ein Tischchen mit Speisen neben sich. Für die anderen Gäste war ein langer Tisch gedeckt. Es gab Heringe mit Bandnudeln, geeisten Gurkensalat und gebratene Himbeeren. Der Chefkoch hatte im ›Sacher‹ in Wien gelernt, war aber von schwachem Gedächtnis. Wenn er etwas nicht wußte, rief er in Wien in der Küche vom ›Sacher‹ an und fragte seinen ehemaligen Lehrmeister. Da die Verbindung oft gestört wurde, ergaben sich Mißverständnisse.
Peinlich war, daß sichtlich eine größere Anzahl der ›Herren vom Film‹ erwartet worden war. Auf der einen Seite des Tisches saßen mindestens achtzig Einheimische, alle tadellos im Smoking, wohl die Creme des Landes. Jedem Einheimischen gegenüber war ein freies Gedeck. Man hatte mit achtzig Gästen gerechnet.
»Setzt euch wenigstens weit auseinander«, zischte Kessel, »daß wir wie mehr wirken – naja.« Es half nicht viel.
Albin Kessel überlegte schon, ob er in seine Begrüßungsworte eine Entschuldigung wegen der geringen Zahl der Filmleute einflechten solle, aber der Präsident übersah den Fauxpas. »Man muß es ihm lassen«, erzählte Albin Kessel, »er behandelte uns, als wären wir dreißig.«
Nach dem Essen wurden die Gäste zu einem Gespräch in kleinerem Rahmen gebeten. In einem Rauchsalon mit Kamin, in dem

trotz der Hitze ein Feuer brannte, wurden Getränke und Zigarren gereicht. Außer dem Präsidenten waren noch ein älterer Schwarzer in Uniform und ein junger Mann dabei. Der junge Schwarze war ein Dolmetscher, aber da Kessel Französisch sprach, brauchte man ihn nicht.
Auf einem runden Marmortisch lagen die Einfuhrdeklarationen für das Filmmaterial. Der Präsident las Kessel die Liste vor. Er überflog schnell die eigentliche Filmausrüstung, Kameras, Scheinwerfer, Mikrophone und so weiter, las aber sehr genau die einzelnen Posten der Kriegsstaffage: 70 Maschinengewehre, 400 Gewehre, 14 Panzerabwehrkanonen . . . »Außerdem«, sagte der Präsident zum Schluß lächelnd, und nahm die einzige Zeitung des Landes, den ›*Etoile d'Ubangi*‹ zur Hand, auf der ein ganzseitiges Foto von Curd Jürgens als Rommel prangte – »haben Sie einen sehr schönen General.«
Albin Kessel wurde es heiß, worauf wollte der Präsident hinaus? »Jenseits des Simbana-Flusses liegt die Republik Schatschari«, sagte der Präsident plötzlich, »dort regiert mein Vetter Georges Zimbu, ein Halbaffe. Dort werden Sie einmarschieren.«
Kessel redete jetzt wie ein Buch. »Ich habe Sachen gesagt, die mich an den Galgen hätten bringen können, dort unten ist man gar nicht zimperlich mit so etwas. Mir ist sogar in der Not das französische Wort für Schnapsidee eingefallen, aber der Präsident hat überhaupt nicht zugehört. Er hat nur immer liebenswürdig gelächelt, und dann eine Landkarte bringen lassen, auf der die beiden Republiken eingezeichnet waren. Schatschari war zum Teil schraffiert. Dort wohnten angeblich Ubangis, die von den Schatscharis unterdrückt wurden und befreit werden mußten. Wie man eben so die Kriege moralisch unterfüttert – war ja bei uns früher auch nicht anders. Und dort unten sind sie noch nicht recht viel weiter, als wir Anno 1870 auf dem Balkan.«
Zum Schluß, es war schon gegen elf Uhr, brachte der Präsident Kona Konega einen Toast auf Feldmarschall Rommel aus und sagte auf Deutsch: »Ab fünf Uhr wird zurückgeschossen.« Hinzuzufügen wäre an dieser Stelle vielleicht, daß es sich bei dem Staate Ubangi um eine sozialistische Volksrepublik handelt.

»Der ist wahnsinnig«, sagte Curd Jürgens bei der eilig einberufenen Besprechung nach Kessels Rückkehr ins Hotel. »Fünf Uhr, da müßten wir ja mitten in der Nacht aufstehen.«

»Ich glaube«, sagte Albin Kessel, »daß das eher ein untergeordneter Punkt ist. Das war nur ein Zitat.«
»Ungenau«, sagte der Aufnahmeleiter Lochner, »Hitler hat nicht gesagt ›Ab fünf Uhr wird zurückgeschossen‹, er hat gesagt ›Seit fünf Uhr 45 wird zurückgeschossen‹. Das war am 1. September '39.«
»Fünf oder dreiviertel sechs«, sagte Jürgens, »das ist doch so gut wie das gleiche.«
»Wenn wir«, sagte Albin Kessel, »ab halb elf Uhr zurückschießen, würde das, nehme ich an, dem Präsidenten auch recht sein.«
»Ich kann keinesfalls mit«, sagte Curd Jürgens, »wegen meines Knöchels.«
»Ihr lächerlicher Knöchel«, sagte der Aufnahmeleiter, »das reicht nicht einmal für einen Fronturlaub.«
Curd Jürgens begann leise zu weinen und sagte, er müsse sich sogleich auf das Sofa legen.
Der Produzent sagte: »Also Kinder, das ist absoluter Mist. Wir können doch nicht – und außerdem – das wäre ja, also die diplomatischen Verwicklungen – und wir haben überhaupt keine scharfe Munition.«
»Doch«, sagte Aufnahmeleiter Lochner, »ein paar Kisten scharfer Munition waren bei dem Restposten, den wir von der Bundeswehr gekauft haben, auch dabei. Ich habe sie zur Vorsicht auf die Seite getan. Damit den Statisten nichts passiert. Weil wir die ja immer einfliegen müssen.«
»Wie wäre es«, sagte Kessel, »wenn wir den deutschen Botschafter verständigten?«
Der Botschafter war gerade in Bonn. Es kam ein verschlafener Chargé d'affaires, ein junger Legationsrat oder so etwas, und wackelte bedenklich mit dem Kopf. Das beste sei, meinte er, die Filmleute würden so schnell wie möglich abreisen. Um eins ginge noch ein Flugzeug nach Kairo.
»Unmöglich«, sagte der Produzent, »erstens haben wir nicht alle in der Maschine Platz, wir sind fast fünfhundert Leute, und zweitens: wir können doch nicht zu drehen aufhören. Da stekken ja schon fünf Millionen drin.«
Der Chargé d'affaires wackelte wieder mit dem Kopf, sagte, daß er alles tun würde, was in seiner Macht stünde und ging. Er tat dann auch alles, was in seiner Macht stand: er legte sich wieder ins Bett.

»Wir tun so«, sagte der Produzent, »als ob gar nichts gewesen wäre. Wir drehen weiter. Morgen hat der Gorilla das Ganze vergessen.«
Da kam ein weiterer Bote vom Präsidenten. Er brachte für den Feldmarschall Rommel den höchsten Ubangi-Orden und einen Brief, dessen Inhalt den Produzenten anderer Meinung werden ließ.
»Rommel, das bin ich«, sagte Jürgens, »her mit dem Orden. Her mit dem Orden, sage ich! Daß mir keiner das Ding anrührt.«
»Und wenn«, sagte der Produzent und wandte sich das allererste Mal an Kessel, »wenn wir nun in drei Teufels Namen einen oder zwei Tage opfern – und«, er merkte, daß er sich an Kessel gewandt hatte und nicht an den Aufnahmeleiter Lochner, »und – Lochner, wo bist du? Ach, da bist du – wie lang würde es denn dauern, bis wir diese, wie heißen sie? – Schatschani . . . oder? Die jagen wir doch durch Sonne und Mond . . .«
»Da bin ich nicht so sicher«, sagte Lochner, »wir haben nicht die geringste Ahnung von der Stärke und den Stellungen des Gegners.«
»Hm – glaubst du nicht, daß wir wenigstens eine Stadt oder so erobern könnten? Vielleicht ist er dann zufrieden.«
»Ich habe mir das Gelände auf der Karte angesehen«, sagte Lochner. »Ungünstig. Der Simbana-Fluß. Wir haben keine Pioniere.«
»Ja, dann können wir einpacken! Stellen Sie sich vor. Fünf Millionen stecken schon drin. Das ist mein Ruin . . .«
»Da wird ganz was anderes zu Ihrem Ruin werden«, sagte Kessel, der inzwischen den Brief des Präsidenten gelesen hatte. »Keiner von uns kommt aus Ubangi lebend hinaus.«
»Er muß uns hinauslassen«, schrie der Produzent. »Und er wird Schadenersatz zahlen.«
»Wenn er könnte«, sagte Kessel. »Ubangi schuldet aus der Zeit, wo es noch nicht Volksrepublik war, den Amerikanern nicht fünf, sondern fünfzig Millionen Dollar. Und wenn die schon keinen Pfennig sehen, dann . . .«
»Dieser verfluchte Kanake«, unterbrach ihn der Produzent.
»Keinen Rassismus!« antwortete Kessel.
»Ich sage ja nicht, daß er ein Neger ist, ich sage ja nur, er ist ein Gauner«, rief der Produzent. »Was will er denn machen, wenn wir gehen wollen?«

»Er läßt uns einsperren«, sagte Kessel.
»Aber wir sind doch bis an die Zähne bewaffnet!«
Da blickten sich alle plötzlich an.
Und so kam es zum Präventivschlag. Aufnahmeleiter Lochner übernahm das Kommando. Es wurde mobilgemacht, das heißt, die Statisten wurden geweckt und, soweit nötig, informiert. Man muß schon sagen: Lochners schneidiger Ton verfehlte nicht seine Wirkung. Kaum einer murrte.
Kurz vor Tagesanbruch besetzte die Filmproduktion das Präsidentenpalais, den Sender, das Kriegsministerium, den Flugplatz, den Bahnhof und einige andere wichtige Plätze der Hauptstadt. Nur vereinzelt kam es zum Widerstand, der jedoch sofort gebrochen werden konnte.
»Ich schäme mich«, erzählte Albin Kessel später, »aber – ich habe eine Leutnantsuniform angezogen. Es muß irgendwie ein Instinkt sein. Ich kann nichts dafür. Es war ja auch nur ein Tag, wenn es länger gedauert hätte, wäre ich wieder zu Vernunft gekommen. Aber so?! Ich hatte einen Panzerspähwagen und zwei Lastautos. ›Aufsitzen!‹ befahl ich. Die Leute sprangen auf, und wir fuhren los. Die Hand am Abzug und Herzklopfen, ihr könnt mich erschlagen . . . Die Häuser fallen hinter uns ins Knie, die Gassen biegen sich uns schief entgegen . . . Stahlgewitter. Ich weiß, daß es Scheiße ist, aber immerhin: ich hab das Rathaus erobert. Ein Handstreich. Vierzig Gefangene.«
Leider entkam der Präsident und versuchte, von einem Vorort aus, seine versprengten Truppen zu sammeln. General Lochner bildete, gestützt auf seine Erfahrungen, eine Eliteeinheit, stieß blitzschnell nach und zersprengte die sich eben sammelnden Gegner aufs neue. Doch der Präsident entkam erneut; außerdem stellte sich heraus, daß Ubangi im Süden des Landes noch einen zweiten Flugplatz hatte, wo auch eine Jagdbomberstaffel stationiert war. Vier Flugzeuge waren einsatzbereit, und zwei Piloten gelang es, ihre Maschinen tatsächlich zu starten. Eine wurde von den Filmleuten abgeschossen, die andere warf ihre Bomben aufs Hotel ›Ubangi Palace‹. Ob Zufall oder Können – im Hotel wohnten ja schließlich alle Filmleute – war nicht zu erkennen. Eine Stunde lang herrschte große Aufregung um Curd Jürgens. Er war der einzige, der nicht mitmarschiert war. Aber zum Glück war er zum Zeitpunkt der Bombardierung schon vom Hotel ins Präsidentenpalais übergesiedelt.

Und dann kam die überraschende Wendung: abends um sieben erschien ein Parlamentär und hinter ihm ein kleiner Konvoi, reguläre, aber unbewaffnete, ubangische Truppen, die den gefangenen Präsidenten Kona Konega mit sich führten. Sie lieferten ihn den Filmleuten aus und waren nur mit Mühe davon abzubringen, den Aufnahmeleiter Lochner zum neuen Präsidenten von Ubangi auszurufen.
»An und für sich«, erzählte Kessel, »wäre die Ausgangsbasis für die Fortführung der Filmarbeiten gut gewesen. Die neue Revolutionsregierung hätte uns jede Freiheit gelassen, nur Jürgens wollte nicht mehr mitmachen. Er kündigte seinen Vertrag; formell wegen seines plötzlich ausgebrochenen Magenleidens, in Wirklichkeit aber war er beleidigt, daß man nicht ihn zum Präsidenten machen wollte, sondern den Aufnahmeleiter Lochner. Kinski kündigte gleich mit.
Und dann sind bei der Bombardierung des Hotels sämtliche bisher belichteten Filmrollen vernichtet worden und alle Drehbücher. Nein, nicht alle, eins hatte ich in meinem Panzerspähwagen dabei – aber das habe ich niemandem gesagt.
Einen Teil der Verluste zahlte die Versicherung dem Produzenten, der mitnichten ruiniert war, sondern um eine kostbare Erfahrung reicher. Er drehte danach den Film: *›Die Mühle im Schwarzwald‹*.
Ja, so war das. *›Eichenlaub und Judenstern‹*. Wenn ihr ein Bild von Curd Jürgens seht, schaut genau hin. Hie und da trägt er den ubangischen Orden in Gold, allerdings nur bei festlichen Anlässen.«

(1977)

Der erste Kuß

Wenn er nicht blaue Schuhe gehabt hätte, hätte sich kein Mensch um ihn gekümmert. Ohne die blauen Schuhe wäre er einer von den dreihundertfünfzig Internatsschülern gewesen: unauffällig, mausgrau, schlecht ernährt. Man vergißt heute oft, daß das Wirtschaftswunder gar nicht so schlagartig mit der Währungsreform angefangen hat, jedenfalls nicht für alle, längst nicht für alle. Für die meisten hat die R-Mark-Zeit, die Zeit vor der Währung, viel weiter in die fünfziger Jahre hineingereicht, als man heute in der Erinnerung meint. Eine kurze Hose, eine lange Hose, zwei Hemden, einen Pullover mit Ärmel und einen ohne und eine Jacke, alles mehr oder weniger in Beige, Mittelbraun oder Grau, höchstens ein unkleidsamer Lodenmantel in Jägergrün, alles Tarnfarben, das war die Ausrüstung der dreihundertfünfzig Buben im Internat ›Kreuzstein‹, selbst derer, die von daheim aus bessergestellt waren. Meist paßte die Kleidung den Buben in den Mittelklassen, in den 4. bis 6. nach damaliger Zählung. In den unteren Klassen waren die Kleidungsstücke meistens zu groß, in den oberen zu klein. Sich eine Eitelkeit anmerken zu lassen, gilt unter Buben als unangemessen. Man achtete also nicht auf die Kleidung. Ab und zu kam es natürlich vor, daß einer in der 8. Klasse aufschoß, bis ihm nichts mehr paßte, und er kam aus den Weihnachtsferien mit neuen Kleidern zurück, das heißt: mit Kleidern, aus denen ein älterer Bruder herausgewachsen war, oder vom Vater.

Ich, kann ich mich erinnern, bekam in den Weihnachtsferien, bevor Nikolaus – der neue Schüler mit den blauen Schuhen – zu uns stieß, auch einen neuen Anzug. Elf Jahre lang hatte damals meine Mutter die Anzüge meines Vaters aufbewahrt gehabt, mit Mottenkugeln in den Taschen, dann hat sie mich angeschaut am Tag vor Heiligabend, hatte geseufzt und einen Anzug, einen hellbraunen, aus dem Schrank geholt. Bezeichnenderweise sagte man selbst damals noch, 1956, Friedensqualität zu so einem Stoff, der sich anfühlte wie eine Mischung aus Sackrupfen und Sperrholz. Als ich nach den Ferien in meinem hellbraunen Anzug, der ›sportlich‹ im Schnitt von etwa 1937 gearbeitet war,

das heißt mit widerwärtigen Raglanärmeln und einem halben Gürtel am Rücken und Quetschfalten an den Taschen, empfing mich die Klasse mit lautem Röhren. Ich war der einzige mit einem Anzug. Ich genierte mich. »Es fehlt dir nur noch so eine Mütze, du weißt schon«, sagte mein Banknachbar, »und du siehst aus wie bei der Erstbesteigung vom Matterhorn.« Der Vergleich – durchaus zutreffend, muß ich heute sagen, wenn ich das Klassenbild von damals anschaue – kam den anderen, weil ein großer Öldruck, die bekannte Darstellung des traurigen Absturzes von Lord Whymper, im Stiegenhaus hing. Der Direktor war ein begeisterter Alpinist.
Das Röhren aber war noch gar nichts gegen das Gelächter, das den neuen Schüler Nikolaus empfing, als er mit seinen blauen Schuhen das erste Mal unseren Schlafsaal betrat. Es machte ihm nichts aus. Vielleicht, dachte ich damals, weil ich ihn schon gewarnt hatte. Nein, sagte er mir später, es mache ihm nichts etwas aus, weil er alles *ableite*. Er liebte sibyllinische Sätze.
Nikolaus kam aus irgendeinem Grund mitten im Schuljahr, am 1. Februar. Ich kann mich nicht erinnern, ihn jemals gefragt zu haben, warum er die Schule gewechselt hatte. Vielleicht waren seine Eltern in die Nähe von ›Kreuzstein‹ gezogen, vielleicht hatte der Wechsel Nikolaus auch einen ganz anderen Grund, mit Sicherheit aber nicht den, daß er von einer anderen Schule oder aus einem anderen Internat geflogen wäre, denn er war ein ausgesprochen guter Schüler: kein Streber, kein Mucker, sondern einfach souverän gut, und zwar in fast allen Fächern, so gut, daß manche Lehrer nicht umhin konnten, ihn wie einen Erwachsenen zu behandeln.
Das Internat ›Kreuzstein‹, ein ehemaliges Kloster, aber längst, schon vor dem Krieg, umgebaut und erweitert – eigentlich erinnerte nur noch die barocke Kirche an die ehemalige Funktion – liegt an der sanften Flanke eines Berges etwa hundert Meter oberhalb des Städtchens. Wenn man flott ging, war es ein Marsch von einer dreiviertel Stunde zur Bahnstation hinunter. Wenn ein neuer Schüler während des Schuljahres ankam, wurde ihm einer aus dem Schlafsaal, dem er zugeteilt wurde, zum Bahnhof entgegengeschickt. Da wir streng gehalten wurden und selten Ausgang hatten, allein schon gar nicht in den Ort hinuntergehen durften, war dieser Abholdienst sehr beliebt, obwohl eine Schikane dabei war: man mußte eine Tafel mitnehmen, ein

querformatiges, etwa eineinhalb Meter langes Holzschild mit der in Zierbuchstaben gefertigten Aufschrift ›Internat Kreuzstein‹ an einer fast zwei Meter langen Stange: damit der neue Schüler sofort wußte, wo der Kamerad stand, der ihn abholte. Es kam nicht sehr oft vor, daß ein neuer Schüler mitten im Schuljahr von der Bahn abzuholen war. Meist lag die Holztafel verkehrt herum, mit dem Stiel nach oben, unbenutzt hinter der Tür des Ganges, der zur Hausmeisterwohnung führte. Wenn es aber einmal vorkam, war in den späteren Jahren meistens ich derjenige, der den Neuen abholen durfte. Ich war einer der kräftigsten und galt dennoch als relativ zuverlässig. Meist war ja – außer der schweren Tafel – noch Gepäck mit heraufzuschleppen, besonders, wenn es ein Kleiner war, den man abholen mußte.

»Mensch«, sagte ich, als der Neue, von dem ich noch nicht wußte, daß er Nikolaus hieß, auf mich und mein Holzschild zutrat, »was hast denn du für Schuhe an?«

»Wieso?« sagte er.

»Mensch«, sagte ich, »wenn das kein Gelächter gibt.«

Es waren blaue Schuhe. Ich habe in meinem Leben nicht vorher und auch seitdem nie wieder an einem Mann – bei Frauen ist es ja was anderes – so blaue Schuhe gesehen. Die Schuhe waren blitzblau, aus blauem, glänzendem Lackleder, etwas abgetragen schon, etwas brüchig an der einen oder anderen Stelle, auch staubig von der langen Fahrt in der Eisenbahn, aber dennoch spiegelte sich der Himmel in den Schuhen, nicht der diesig bedeckte Februarhimmel über ›Kreuzstein‹, sondern ein ferner, südlicher Himmel, den keiner von uns damals noch kannte. Die blauen Schuhe wären nicht aufgefallen, wenn nicht die Hose des neuen Schülers so kurz gewesen wäre. Eine richtig lange Hose hätte die blauen Schuhe verdeckt, hätte höchstens die blauen Schuhspitzen herausragen lassen, was auch schon genug gewesen wäre, genug für ein Gelächter. Aber die bodenscheue Hochwasserhose des neuen Schülers ließ die blauen Schuhe in ihrer ganzen Pracht frei aufleuchten, zumal – so schien es mir sofort – das Blau dieser Schuhe eine so impertinente Farbe war, daß nicht Staub, nicht Schmutz, keine Risse ihr schrilles Geschrei zu brechen vermochten. Das Blau sprang von den Schuhen auf. Das Blau zog magnetisch jedes Auge an. Das Blau fuhr wie ein Blitz in jedes Auge.

»Du kannst unmöglich mit solchen Schuhen ...«, sagte ich.
»Soll ich barfuß gehen?«
»Hast du keine anderen?«
»Nein.«
Als Kind und auch als Halbwüchsiger neigt man dazu, weil man in den Tag hineinlebt, die Dinge zu nehmen, wie sie sind. Später tut es einem dann leid, daß man manchen rätselhaften Erscheinungen nicht auf den Grund gegangen ist, etwa diesen blauen Schuhen. Was geht in einem Schuster vor, der so blaue Schuhe macht? Oder in dem Menschen, der solche Schuhe kauft oder gar bestellt? Wie kommt es, daß der Weltlauf die Entstehung solcher Schuhe zuläßt? Es war mir klar, daß Nikolaus diese Schuhe nicht freiwillig trug, daß er sie vererbt bekommen hatte, daß ihre Anschaffung womöglich eine Laune eines exzentrischen Onkels war, der die Schuhe dann doch nur einmal – auf Grund einer Wette vielleicht? – getragen und hinterher in einen Schrank gestellt hatte, wo sie Nikolaus Mutter fand, so gut wie neu, und entschied, daß sie aufgetragen werden müßten ... so ähnlich war es wohl, aber es konnte auch ganz anders gewesen sein. Ich fragte Nikolaus nicht. Ich füchtete mich nur vor dem Gelächter, das sich – obwohl ich ja nichts dafür konnte – auch über mich ergießen würde. Mitgefangen, mitgehangen, ist die grausame Devise der Kinder. Wenn einer einen von der Bahn abholt, der blaue Schuhe anhat, so hat er sich das selber zuzuschreiben.
Merkwürdigerweise hieß der Spitzname Nikolaus nicht Blauschuh, wie zu erwarten gewesen wäre, sondern ›Blaustrumpf‹, vielleicht weil dieses vorgeformte Schimpfwort – dessen Bedeutung keinem von uns genau bekannt war – die Logik überschattete. Zwar schrie der erste Schüler, genau wie ich befürchtet hatte, sobald er Nikolaus und meiner ansichtig war: »Da kommen zwei Blaustrümpfe –!«, aber mich rettete mein eben erst auf Grund meines steifen Anzuges erworbener Spitzname (›Alpenlord‹) vor dem neuen Namen. Nikolaus blieb der Name natürlich. Übrigens hieß er, laut Eintragung in seinen Dokumenten, Niklas, wie der Klaßleiter feststellte, aber Nikolaus bat, das O und das U belassen zu dürfen. Er erläuterte, klar, ruhig und fast erwachsen, dem Lehrer, daß ihn die Abkürzung störe, daß der eigentliche Name Nikolaus, genau genommen sogar Nikolaos heiße, und daß er, sobald er volljährig sein werde, den Vornamen ändern oder, besser gesagt, ergänzen lassen werde.

Der Lehrer war etwas erstaunt, aber überzeugt. Er beließ es bei Nikolaus in den Schulpapieren. Die Schüler hörten Blaustrumpfs fremdartigen Ausführungen mit offenem Mund zu. Daß aus Nikolaus neuer Eigenart kein weiterer Spitzname entstand, erklärt sich wohl daraus, daß die Mitschüler seinen kurzen Vortrag über Namenskunde nicht verstanden.

Warum Nikolaus, der Blaustrumpf, eine freundschaftliche Neigung zu mir faßte, weiß ich nicht. Vielleicht vermutete er bei mir mehr Verständnis für seine heikle Auffassung in Vornamensfragen, vielleicht war ich ihm allgemein sympathisch, etwa weil ich ihn kameradschaftlich zu warnen versucht hatte, was seine blauen Schuhe betraf, vielleicht war es auch nur deswegen, weil ich der erste gewesen war, den er sah. Oft bleibt bei Kindern ein freundschaftliches Gefühl im Vorüberstreifen durch Zufall hängen. Jedenfalls weihte mich Nikolaus ein. (Ich nannte ihn, wenn wir unter vier Augen waren, Nikolaus und nicht Blaustrumpf. Ihn öffentlich mit seinem richtigen Namen zu nennen, wagte ich nicht. Vielleicht fürchtete ich, daß die Bezeichnung ›Blaustrumpf‹ dann doch noch auf mich überspringen könne.) Er weihte mich also ein, schon ziemlich bald. Er brauchte jemanden, den er einweihen konnte, denn er hatte keinen Selbstauslöser.
In Nikolaus Gepäck, das aus nicht mehr als einem Koffer bestand, aus einem besonders schäbigen Koffer aus Preßpappe – keine Mutter gab dem Sohn einen guten Koffer mit ins Internat – waren zwei Gegenstände verborgen, als er anreiste, mit denen es eine eigene Bewandtnis hatte. Der eine Gegenstand war ein Photoapparat. Das war selten, damals, daß ein Sechzehnjähriger schon einen Photoapparat hatte. Ich wußte von keinem Schüler im ganzen Internat, der über so etwas verfügt hätte. Den anderen Gegenstand bekam ich erst am letzten Tag des Schuljahres zu Gesicht. Der war fast noch aufregender als die Kamera.
»Aber daß du ja schweigst, Alpenlord«, sagte Nikolaus. Er drückte sich gewählt aus. Er sagte nicht: daß du den Mund hältst, oder gar: das Maul hältst. Nein, er sagte: daß du ja schweigst. »Erstens geht es keinen was an, daß ich einen Photoapparat habe, und zweitens würde ihn nur der eine oder andere ausleihen wollen und letzten Endes kaputtmachen.« Er drückte ihn mir in die Hand. Ich mußte ihn photographieren.

»Es ist zwar ein Schwindel«, sagte er, »aber es läßt sich oft nicht anders machen.« Ich mußte ihn photographieren, wie er grad mit dem Koffer in der Hand durch das Tor des Internats ging.
»Ich wollte dich schon drum bitten«, sagte er, »als ich wirklich hier angekommen bin. Aber das ist ja nicht gegangen. Da hätten die Flegel noch mehr gelacht. Es ist heute also eben eine Art Rekonstruktion.« Er versuchte mit der Rekonstruktion so genau wie möglich zu sein, wartete ähnliches Wetter und die gleiche Stunde ab, sogar den gleichen Wochentag, »– obwohl man das auf dem Bild natürlich nicht sieht.« Dann holte er den Koffer, packte ihn vorher sogar, wir gingen hinunter, und ich mußte ihn photographieren.
»Meine Sorge ist«, vertraute er mir an, als wir dann wieder nach oben gingen, »daß ich richtig photographiert werde, wenn ich sterbe.«
»Hm«, sagte ich.
Es ist ein Irrtum, zu glauben, junge Menschen dächten nicht an den eigenen Tod. Gerade junge Menschen denken dran, und zwar naheliegenderweise ohne Furcht. Erwachsene und besonders Alte tun nur so, als dächten sie oft ans Sterben. Dabei denken sie nur an Beerdigungen, und zwar an die anderer Leute.
»Ich möchte«, sagte Nikolaus, »daß *genau* der Moment meines Todes festgehalten wird, wenn du verstehst, was ich meine, Alpenlord.«
»Schon«, sagte ich. »Ist auch der Moment deiner Geburt festgehalten worden?«
»Eben nicht«, sagte Nikolaus, »darum ist es so wichtig, daß der Moment meines Todes festgehalten wird.«
Er führte nicht nur Tagebuch, er führte verschiedene Tagebücher. Er maß zweimal am Tag – auch wenn er nicht krank war – seine Temperatur, zählte den Puls und vermerkte es in einem der Tagebücher zusammen mit Angaben über Urinieren und Stuhlgang. Er wog sich täglich, vermerkte sein Gewicht, vermerkte sein Allgemeinbefinden in körperlicher und seelischer Hinsicht. Er schrieb in einem anderen Tagebuch seine Träume auf. Einmal in der Woche kam der Friseur aus dem Ort herauf. Abwechselnd wurde dabei jeweils einem Viertel der Schüler (und danach, allerdings hinter verschlossener Tür, den Lehrern) die Haare geschnitten. Man kam also etwa einmal im Monat dran. Wenn der Lehrling danach zusammenkehrte, türmte sich ein nußfarbe-

ner Haufen von Filz in einer Ecke zusammen. Der Mathematiklehrer Kalb machte angesichts dieses Haufens immer denselben Witz: »Damit könnte man vier Roßhaarkissen füllen.« (Ein sehr frecher Schüler, der dann auch das nächste Jahr vom Internat flog, hatte den Kalb einmal nach diesem stereotypen Witz gefragt: »Kann man aus Lehrerhaaren Kamelhaarmäntel machen?«) Nikolaus Haare waren immer auch in diesem filzigen Haufen, nur das erstemal nicht. Da hatte er den Friseur gebeten, die Haare – ». . . zum Zwecke der Dokumentation . . .« – in ein Kuvert zu füllen.

Ich halte es nicht für ausgeschlossen, daß unser Klaßleiter der Mutter Nikolaus einen Wink gab wegen der blauen Schuhe; einen Wink, sie solle ihr Kind von diesem Makel erlösen. Die ganz schlechten Zeiten, in denen man selbst blaue Schuhe aufzutragen gezwungen sei, seien doch wohl vorbei. Außerdem komme der Sommer, da könne der Knabe Sandalen anziehen . . . Ich vermute das deswegen, weil mich der Klaßleiter einmal beiseitegenommen hat: »Sie sind doch mit dem Nikolaus befreundet, sagen Sie: trägt er gern diese blauen Schuhe? Ob er von daheim finanziell sehr schlecht gestellt ist?« Ich wußte nichts, konnte nur sagen, daß es bei Nikolaus nicht so sehr schlecht stehen konnte, weil er immerhin zu etwa der Hälfte der Schüler zählte, deren Väter aus dem Krieg mehr oder weniger gesund nach Hause gekommen waren.
Eine Erlösung für Nikolaus waren die braunen Sandalen doch, die Anfang Mai per Post kamen. Ich war dabei, als er sie auspackte (mußte den Augenblick auch photographieren), und da gestand er mir, daß er heimlich die blauen Schuhe manchmal verflucht hatte. Er zog gleich die – auch sehr häßlichen, aber immerhin nur braunen – Sandalen an und, nein, warf die blauen Schuhe nicht erleichtert weg, sondern konservierte sie.
»Nicht, daß ich alles aufhebe«, sagte er mir, während er eine dicke Schicht farblose Schuhcreme einrieb, »was mich betrifft. Ich hebe nur das auf, was dokumentarischen Wert hat. Und diese Schuhe sind ja sozusagen ein Wendepunkt in meinem Leben gewesen. Ihnen ist mein Spitzname zuzuschreiben. Wer weiß, wie lang mir der bleibt. Wahrscheinlich lebenslang. Wenn wir unser fünfzigjähriges Abitur feiern, werden mich die, die noch leben, Blaustrumpf nennen.«

»Und mich Alpenlord?«
»Wahrscheinlich.« Er stopfte die Schuhe mit Holzwolle aus, daß sie ganz prall wurden. »Es ist auch nicht so, daß ich meiner Person übertriebene Bedeutung beimäße –« (beimäße sagte er; er war der einzige Schüler im ›Kreuzstein‹, der den Konjunktiv gebrauchte) »– wenn du das meinst, Alpenlord, weil ich alles archiviere. Ich meine nur: es muß doch einen Menschen geben, der lückenlos dokumentarisch belegt ist. Dessen Leben in späteren Jahrhunderten minutiös nachvollzogen werden kann. Wie froh wären wir, wenn das einer im fünfzehnten Jahrhundert gemacht hätte.« Er legte die Schuhe in eine Schachtel, die er vorher genau passend gemacht hatte. »Es ist nicht so, Alpenlord, daß ich mir auf meine Dokumentation was einbilde. Im Gegenteil. Ich opfere mich. Das kannst du mir glauben.« Er legte eine Photographie zu den Schuhen, die ihn, die Schuhe tragend, zeigte (auch die hatte ich gemacht), und auf der auf der Rückseite die Daten vermerkt waren, von wann bis wann – und zwar nicht nur auf den Tag, sondern auf die Stunde genau – er die Schuhe getragen hatte. Dann schloß er die Schachtel, verklebte und versiegelte sie. »Dabei«, sagte er, »ist es wahrscheinlich jetzt noch einfach, in der Schule. Wenn ich erst im Berufsleben stehen werde, dann wird die Dokumentation kompliziert.«

Gisela hieß sie. Sie war etwas älter als Nikolaus und Lehrmädchen, vielleicht sogar schon ausgelernte Verkäuferin in einem Lebensmittelgeschäft im Ort unten. Wie Blaustrumpf das Mädchen kennengelernt hatte, weiß ich nicht. Gelegenheiten gab es nicht viele, aber für findige Knaben, die auf Mädchen schon Wert legten, fanden sich doch Durchschlüpfe aus der Kasernierung. Wieviel allerdings von dem beginnenden erotischen Geraune und Gemunkel über nächtliche Exkursionen, über heimliche Stelldicheins im Wald, über atemberaubende Wettläufe mit der Zeit bis zum Wecken wahr, wieviel erfunden war, ist natürlich nie aufgeklärt worden, zumal man sich immer als Kavalier gab, es mit kühnen Andeutungen bewenden ließ und es nicht ungern sah, wenn die Kameraden aus Neid oder Sensationslust die nötigen Ausschmückungen nachträglich hinzufügten.
Daß mich Nikolaus auch bei der Sache mit Gisela ins Vertrauen zog, hatte seinen ganz realen, praktischen Grund.

Es war an einem Freitagnachmittag, die Woche war praktisch vorbei, am Samstag hatten wir nur Zeichnen und eine Stunde Deutsch, also relativ ungefährliche Fächer, dazu für die, die ein Instrument spielten, Orchesterprobe; aber das war schon eher Vergnügen und kein Unterricht mehr. Der mühsame Teil der Woche war am Freitag um vier Uhr mit dem Ende der ›Studierstunde‹ vorbei.

»Sag einmal«, sagte Blaustrumpf.

»Ja?« fragte ich. Ich merkte, daß Blaustrumpf das erste Mal, seit ich ihn kannte, in Verlegenheit darüber war, wie er etwas sagen sollte.

»Du kennst doch die Gisela?« brachte er endlich heraus.

»Selbstverständlich«, sagte ich.

»Also –«, sagte er, »kannst du wirklich schweigen, Alpenlord?«

Einen Augenblick später fürchtete ich, auf diese Frage etwas zu pathetisch reagiert zu haben. Ich blieb nämlich stehen – bis dahin waren wir langsam aus dem ›Studiersaal‹ den Gang entlanggegangen, wandte mich zu ihm und streckte meine Hand hin, feierlich und wortlos. Aber er nahm die Geste, die etwa einem Schwur gleichkam, mit vollem Ernst entgegen, offenbar war ihm die Sache, die er erzählen wollte, sehr wichtig, er nahm meine Hand und drückte sie.

Dann gingen wir – nein, es kam mir vor nach diesem ernsten Schwur: dann schritten wir weiter.

»Ich habe nämlich . . .«, fuhr Nikolaus fort, ». . . also um ehrlich zu sein: ich habe noch nie empfunden.«

Das hieß im geheimen Sprachgebrauch des Internats: noch nie mit einem Mädchen etwas zu tun gehabt. Um ›empfunden‹ zu haben, genügte es, wenn man ein Mädchen, selbst gegen deren Willen, geküßt hatte. Das Geständnis, noch nicht empfunden zu haben, brachte man nur schwer über die Lippen, eigentlich gar nicht. Man hätte damit den Bankrott der eigenen Männlichkeit manifestiert.

»Ich auch nicht, Blaustrumpf«, sagte ich mit belegter Stimme, aber ehrlich.

»Darum dreht es sich jetzt nicht, Alpenlord«, sagte er und hatte, nachdem das Schwerste heraußen war, seine Sprache wieder in seiner Gewalt, »es dreht sich um die Dokumentation, denn heute –«, er senkte seine Stimme, *»– ist es soweit.«*

Wir schlichen uns nach Ausrufung der Bettruhe, also kurz nach zehn, in die Kirche und durch die Sakristei mit Hilfe eines geheimen Nachschlüssels, den vor Jahren schon Ministranten angefertigt hatten, und der seitdem zirkulierte wie ein Wanderpokal, auch gehandelt wurde (gegen Nachspeisen, Zigaretten, Schulaufgabenhilfen, selbst gegen Geld) hinaus. Um halb elf traf Nikolaus die Gisela am Stadtplatz. Ich hatte mich vorher schon an der verabredeten Stelle zu postieren. Es gab da – an dem dem Internat gegenüberliegenden Berghang – eine Kapelle. Vor der Kapelle stand eine Bank, von der aus man das ganze Tal aus mäßiger Höhe idyllisch überblicken konnte. Von hintenher umfaßte dichter Wald die kleine Kapelle, überschattete das Bauwerk und die Bank wie eine Grotte.

Meine Postierung hier hatte zwei Funktionen: erstens sollte ich dadurch, daß ich saß, verhindern, daß ein anderes Liebespaar womöglich den Platz besetzte. Und zweitens hatte ich Nikolaus Kamera dabei. »Das ist ja nun doch«, hatte Nikolaus gesagt, »ein ganz entscheidender neuer Abschnitt in meinem Leben. Daß das dokumentiert gehört, leuchtet dir wohl ein. Ich habe hin und her überlegt, Alpenlord, aber es geht nicht anders. Es geht nur so.«

Ich saß also auf der Bank. Es war Juni, aber der Abend kühl. Die Sterne blitzten. Die Lichter des Städtchens leuchteten im Tal. Das Kreuzhorn ragte wie ein schwerer Schatten drüben auf, ganz unten an seiner Flanke, aber doch hoch über den Lichtern des Städtchens, wußte ich das Internat.

Ich gähnte. Ein Zug – eine winzige Kette kleiner Lichter – kam das Tal herein. Das Rasseln der fernen Räder, der Pfiff der Lokomotive klang übermäßig laut durch die stille Nacht. Der Zug hielt, man hörte die Bahnhofslautsprecher undeutlich herauf. Bald pfiff die Lokomotive wieder, der Zug fuhr talaufwärts weiter, das Rasseln verrollte, und wieder war nur mehr das behäbige Rauschen der Bäume zu hören. Es wurde mir unheimlich. Wenn ich nicht gewußt hätte, daß Blaustrumpf mit Gisela auf dem Weg hierher wäre, hätte ich mich gefürchtet.

Dann hörte ich Schritte. Nikolaus hatte natürlich alles minutiös geplant. Ich mußte ja rechtzeitig verschwinden. Also pfiff Nikolaus in einiger Entfernung, aber so, daß er sicher war, ich konnte ihn hören (alles war am Nachmittag noch ausprobiert worden) eine vereinbarte Tonfolge: die bekannte Kopfmelodie der ›Kleinen Nachtmusik‹.

Ich schwang mich über die Banklehne und kletterte auf die Anhöhe hinter der Kapelle. Komischerweise pfiff Nikolaus nicht nur die Anfangstakte der ›Kleinen Nachtmusik‹, sondern pfiff weiter, pfiff und pfiff, fast den ganzen Satz. Ich zweifelte schon: ob er es womöglich nicht war . . . aber er war es, ich erkannte dann seine Stimme. Später erklärte er es mir. Es sei gar nicht so einfach gewesen, denn Gisela, offenbar in erotischen Dingen weit versierter als er angenommen, habe ihn schon, kaum daß die beiden den Bereich der größeren Straßenlaternen am Marktplatz verlassen hatten, küssen wollen. Sie sei ihm um den Hals gefallen, habe ihn fast vergewaltigt.

»Na, ja –«, sagte ich. »Doch«, sagte er, »ich konnte mich ihrer kaum erwehren.«

Er habe, damit es wirklich erst auf der Bank zum ersten Kuß käme, und gleichzeitig um zu motivieren, daß er die ›Kleine Nachtmusik‹ zu pfeifen beginnen würde, ein Gespräch, vielmehr einen Monolog über Musik begonnen. Es habe Gisela nicht sehr interessiert. Dennoch habe er natürlich nach so einem ausführlichen Vortrag nicht nach zwei Takten zu pfeifen aufhören können. Das wäre wieder aufgefallen.

Ich lauerte unter einem Busch, strengte meine Augen an, versuchte die Dunkelheit zu durchdringen. Ich sah zwei Silhouetten auf der Bank, zwei Schatten gegen den immerhin etwas helleren Hintergrund des Tales. Aber ich brauchte nicht zu befürchten, den entscheidenden Augenblick zu versäumen, denn auch das war geplant. Blaustrumpf hob, unsichtbar für das Mädchen, das nun endlich in seine Arme sank, die linke Hand.

Ich drückte den Auslöser. Das Blitzlicht flammte auf, erhellte für einen Moment die Szene. Gisela schrie auf. Auch Nikolaus schrie. Er stürzte zu mir her – selbstverständlich war dieser Nebeneffekt ebenfalls auskalkuliert –, riß mir die Kamera aus der Hand, schlug sich ein paar Mal auf die Schenkel. Das sollte so klingen, als gäbe er dem Sittenstrolch einige Ohrfeigen. Ich floh.

Ein Kunstwerk wurde die Photographie nicht. Ich war dabei, als Nikolaus sie abholte. »Später«, sagte Nikolaus, »werde ich solche Photographien natürlich selber entwickeln und vergrößern. Wenn ich einmal das Geld dazu verdiene. Es könnte ja sein, daß es da Vorkommnisse zu dokumentieren gibt, die niemandem in einem Photogeschäft etwas angehen.« Ich nickte weltmännisch.

Wir betraten das Photogeschäft. Ich merkte, daß Nikolaus gespannt auf die Bilder war. Heute scheint es mir, er war aufgeregter als bei dem festgehaltenen Ereignis selber: aber es kann sein, ich täusche mich da. Der Photograph schob Nikolaus ein Kuvert hin. Nikolaus unterdrückte mit Gewalt das Verlangen, es sofort aufzumachen, zahlte nur – was ein spürbares Loch in sein Taschengeld riß – und ging mit mir hinaus.
Auf einer Bank in dem kleinen Grasquadrat mit vielleicht fünfzehn Bäumen und drei Papierkörben, das die Gemeindeverwaltung von Kreuzstein ›Bürgerpark‹ nannte, schauten wir die Photographien an: mattglänzend, klein, mit breitem, weißen gezackten Rand. Auf einem waren undeutlich zwei zueinandergebeugte Schatten zu erkennen.
Ich wollte die schlechte Qualität des Bildes schon mit den ungünstigen Umständen entschuldigen, da bemerkte ich, daß Blaustrumpf das Photo mit strahlendem Blick anschaute. »Zeigst du es der Gisela?« fragte ich dann.
»Spinnst du?« sagte er.
An Ort und Stelle schritt er zu einer nahezu kultischen Handlung. Er hatte eine Keksdose aus Blech bei sich. In die Keksdose legte er ein Kuvert und einen zusammengefalteten Bogen Packpapier. »Da habe ich die Landkarte, die ganz genaue Karte vom Kreuzsteiner Tal abgezeichnet. Damit man die Lage von der Kapelle weiß, und von der Bank.« Er faltete den Bogen nochmals zusammen und legte ihn in die Keksdose. In dem Kuvert war eine genaue Schilderung des Vorgangs einschließlich Barometerstand, Luftfeuchtigkeit, Blutdruck und Temperatur. Auch meine Mitwirkung war in vollem Umfang erwähnt. »Unterschreibe«, sagte Nikolaus mit Ernst.
Ich war geschmeichelt, daß ich etwas unterschreiben durfte und schrieb unten an den Rand »Alpenlord«. »Deinen richtigen Namen, du Trottel«, sagte Blaustrumpf. So schrieb ich also über Alpenlord meinen Namen. Nikolaus fügte dazwischen: »... genannt:«
Dann legte er das Kuvert in die Dose, das Negativ zu dem Bild und endlich – nachdem wir es noch einmal angeschaut – das Bild selber. Dann machte Nikolaus die Dose zu, und wir gingen zum Spengler Maxl, wo Nikolaus die Dose zulöten ließ. (Zehn Pfennig verlangte Maxl dafür.) Und außen schrieb Blaustrumpf auf die Dose: »Nach meinem Tode zu öffnen.«

Ende Juli war das Schuljahr zu Ende. Die halb aufgeregte, halb wehmütige Stimmung, die immer herrschte, wenn man nach dem Ende des Schuljahrs das Internat verließ, dauerte nur wenige Stunden. Das Glücksgefühl der Ferien überwölbte bald jede andere Empfindung.
Am Bahnhof Kreuzstein war man noch lärmend unter sich. Der ganze Bahnhof war voll von Schülern aus dem Internat. Aber sie waren schon geteilt: die einen warteten auf den Zug in diese, die anderen auf den in jene Richtung. Im Zug waren dann ein, zwei Waggons von uns besetzt, aber am nächsten größeren Bahnhof stiegen welche um, man selber stieg dann mit einer kleingewordenen Gruppe um. Wie ein gemeinsamer Geruch hielt uns etwas noch eine Weile zusammen, dann kam ein Bahnknotenpunkt, an dem sich die Gruppe teilte, zum Schluß saß man mit einem Schüler aus einer entfernten Klasse, den man eigentlich gar nicht kannte, ein paar Stationen zusammen, dann stieg auch der aus, und man war allein.
Kaum einer der Knaben hatte mehr als ein Gepäckstück. Nur Blaustrumpf hatte *zwei* Koffer. Wie kam das? Er war doch nur mit einem gekommen? Der zweite Koffer war das andere Geheimnis. Es war ein Spezialkoffer, den man zusammenlegen und aufklappen konnte, ein höchst sonderbares Ding, wie ich es nie wieder in meinem Leben gesehen habe. »Aber höchst praktisch«, sagte Nikolaus. »Von meinem Großvater. Ich habe es einmal auf dem Speicher gefunden und sofort an mich genommen. Ich werde das mein ganzes Leben lang brauchen.« Der zweite Koffer enthielt das Archivmaterial, das sich im Lauf des Schuljahres angesammelt hatte.
Ich kam – was ich beim Abschied noch nicht wußte – nicht mehr zurück ins Internat. Ich habe Blaustrumpf nie wiedergesehen. Ich habe nie wieder etwas von ihm gehört. Aber ich habe die Gewißheit in mir: er wird eine Möglichkeit finden, seine Archive atomsicher zu verwahren, und so, was also auch immer geschieht, werde ich in ihnen weiterleben, solange die Welt steht.

(1979)

Schwarze Geschichten

Bilanz

So einen Entschluß faßt man nicht spontan. Das heißt: es mag sein, daß hie und da so ein Entschluß spontan gefaßt und auch ausgeführt wird. Bei einem Mann wie Raimund Späth reift so ein Entschluß langsam heran, schleicht sich zunächst ungenannt in das Bewußtsein ein und wächst unheilbar wie der Krebs. Eines Tages ist dann der Entschluß da, ohne daß er eigentlich gefaßt ist. Es ist fast falsch, *Entschluß* zu sagen. Es war keine Aktivität der Gedanken mehr dabei, es war ein Zustand. Es war eben einfach so. Was man allenfalls hätte Entschluß nennen können, also einen datierbaren Einschnitt in Herrn Späths Bewußtsein, war die endgültige Bereitschaft, die bisherige Entwicklung anzuerkennen und den Lauf der Dinge nicht mehr aufzuhalten. Das war an einem Dienstag gewesen. An einem Dienstag – vormittags gegen zehn Uhr – nannte Späth die Dinge, oder vielmehr: das Ding, für sich beim Namen, nannte in Gedanken das Wort. An sich hatte der Dienstag keine Bedeutung für Raimund Späth. Er saß an Dienstagen genauso an seinem alten Schreibtisch wie an allen anderen Wochentagen und oft auch am Sonntag. Aber an den Dienstagen, genauer gesagt an Dienstagvormittagen schrien immer die Schweine. Späth vermied deshalb nach Möglichkeit, am Dienstagvormittag zu Hause zu sein, aber manchmal war es unumgänglich, wenn er dringende Arbeiten erledigen mußte. Raimund Späth war Buchhalter. Er lebte seit dem Krieg in dieser merkwürdigen kleinen Stadt in den Bergen, in die er, damals noch ein junger Mann, in den Nachkriegswirren verschlagen worden war. Es war eine dunkle, graue und braune Stadt mit hohen Türmen und finsteren Toren. Alles in jener Gegend hatte etwas Gewaltsames: der Wechsel der Jahreszeiten war jedesmal ein Ringen und Toben der Elemente, eine blutige Revolution der Natur. Auch die Jahreszeiten selber, die niederschmetternde Hitze des kurzen Sommers und die unmäßige Kälte des langen Winters, die wie Keulenschläge aufeinanderfolgten, waren wie von einer düsteren, blinden Wut. Einen Frühling gab es fast nicht, der Herbst war kurz, dafür aber allerdings in manchen Jahren in den finsteren Wäldern um den

Ort überirdisch schön, auch wieder fast gewaltsam schön, wenn einsame Bussarde über die flammenfarbenen Hochmoore kreisten. Der Ort war zu den üblichen Ferienzeiten im Winter und im Sommer einige Wochen lang von Fremden überschwemmt, die ein unpassendes, aufgesetztes, hektisches Leben in die Stadt brachten. Außerhalb der Saison war der Ort tot. Die feindseligen Alteingesessenen zogen sich dann in ihre großen steinernen Häuser mit den alten eisernen Schwellen zurück wie Wespen in ihr Nest.

In diesen Ort war Raimund Späth gekommen, als er Ende der Zwanzig war. Heute war er einundfünfzig. Es war nicht zu leugnen, daß er es zu nichts gebracht hatte. Man brachte es hier in den seltensten Fällen zu etwas, wenn man nicht ein Alteingesessener war oder wenigstens eingeheiratet hatte. Späth hatte sich als Buchhalter etabliert, und zwar als quasi Wander-Buchhalter. Er machte für ein paar mittlere und kleinere Läden und Handwerker, bei denen es sich nicht rentierte, einen festen Buchhalter einzustellen, die Bilanzen und für manche auch die Korrespondenzen, was eben so anfiel. Bei manchen seiner Kunden arbeitete er dort, meistens nahm er aber die Sachen mit nach Hause, wo er dann vor seinem alten dunkelbraunen Schreibtisch saß, den er einmal beim Konkurs eines seiner Kunden für seinen ausstehenden Lohn bekommen hatte.

Bald nachdem er in den Ort gekommen war, hatte Späth geheiratet. Auch seine Frau war keine Alteingesessene. Sie war ein paar Jahre älter als er, heute war sie eine Greisin. »Sie ist eine Greisin«, sagte Späth oft zu sich selber, »eine Greisin.« Kinder hatten sie nicht. Seit langer Zeit – genau gesagt: seit vier Jahren nach ihrer Hochzeit – wohnten sie in dieser Wohnung in einem kleinen Haus, das dicht am Fuß des Hügels stand, der die eigentliche Altstadt trug. Sie hatten zwei Zimmer. Die Fenster beider Zimmer gingen auf die alte, fahlgelbe Quadermauer hinaus, die einen fast burgartigen Bau stützte, der sich gewaltig über dem kleinen Haus erhob. Zwischen dem Haus und der Quadermauer zog sich ein schmaler Weg nach rechts die Mauer hinauf entlang, der bald zur Stiege wurde und in eines der finsteren Tore mündete. Der Weg und die Quadermauer waren die einzigen Ausblicke der Wohnung. Wenn man sich aus dem Fenster beugte und steil nach oben sah, konnte man den Turm der Burg, die Erker und auch den Himmel sehen.

Aber die Wohnung war eben billig. An den engen Ausblick hatte sich Späth gewöhnt, nicht daran gewöhnt hatte er sich, daß am Dienstag immer die Schweine schrien. In der alten Burg nämlich war ein Metzger, der nicht im Schlachthof, sondern im eigenen Haus schlachtete. Die Schlachträume gingen hinten hinaus und hatten ihre Fenster ziemlich genau über dem kleinen Haus mit Späths Wohnung. Dieser Metzger schlachtete jeden Dienstag. Späth hatte es nie gesehen, aber die Geräusche waren so deutlich, so plastisch, daß er sich alles genau vorstellen konnte. Die Schweine, die wohl ihr Schicksal ahnten, wurden in den heißen, dampfenden, gekachelten Raum getrieben. Die Metzgergesellen sangen und schrien dabei, trieben vermutlich rohe Späße mit den Tieren, die, sobald das erste abgeschlachtet wurde, gräßlich zu schreien anfingen. Kälber und Rinder blökten offenbar nur ganz kurz, und dann war es vorbei. Schweine aber schrien. Es war ein hohes, quiekendes, irgendwie würdeloses Schreien, das leider manchmal sehr menschlich klang. Dann kamen die dumpfen, satten, schmatzenden Schläge. Manchmal entkam, schien's, den Metzgern ein Schwein. Es raste dann wohl verzweifelt im Schlachtraum herum. Es war jedesmal eine große Gaudi für die Metzger, die johlend das Schwein wieder fingen. Immer weniger Schweine schrien, zum Schluß nur noch eins, dann noch ein satter, saftiger Schlag, und es war vorbei bis zum nächsten Dienstag.

Anfangs war dieser Dienstagvormittag Raimund Späth auf die Nerven gegangen. Er konnte dann nicht arbeiten, ging außer Haus. Mit der Zeit aber überwand er es, gewöhnen konnte er sich nie daran, und den Schinken kaufte er immer bei einem anderen Metzger, obwohl der Schinken des Metzgers in der Burg als der beste galt.

Raimund Späth hatte es zu nichts gebracht. Nicht, daß er nicht fleißig gewesen wäre, es waren eben die Möglichkeiten beschränkt. Es gab außer ihm noch zwei oder drei freie Buchhalter in dem Ort. Die Kunden wurden aber nicht mehr. Es war nicht zu übersehen, daß Späth vor einigen Jahren das volle Maß seiner Möglichkeiten ausgeschöpft hatte. Mehr würde er nicht erreichen. Es zeichnete sich eher ein Abwärtstrend ab, denn die mittleren Unternehmen wuchsen, stellten feste Buchhalter an, und Späth war ja auch nicht mehr der Jüngste. Er versuchte, seinen Tätigkeitsbereich geographisch zu erweitern. Er mußte

sich deswegen ein Motorrad, später wegen seines Nierenleidens statt dessen ein kleines Auto anschaffen, und das schluckte fast mehr, als die Arbeit in den Nachbargemeinden brachte.
Als es einmal ganz schlecht aussah – das war vor zwei Jahren gewesen, als Späth binnen eines Monats vier Kunden verloren hatte –, ließ er sich von einem kleinen Winkeladvokaten, einem seiner ältesten Kunden, der nebenbei auch ein wenig Grundstücke makelte und – meist halbseriöse – Geschäfte vermittelte, dazu verleiten, ›Steuermanipulationen‹ mitzumachen. Der Winkeladvokat war auf ein gewisses System gekommen, wie man Steuerrückvergütungen erschwindeln konnte; das konnte er aber nicht ohne seinen Buchhalter verwirklichen. Er bot also dem Buchhalter die Beteiligung an dem angeblich harmlosen und völlig ungefährlichen Schwindel an. Raimund Späth stand vor der Wahl, entweder das illegale Geschäft mitzumachen oder in dem Monat den fünften Kunden zu verlieren. Er hätte dann wohl auch das Auto hergeben müssen, hätte die Arbeit bei den Kunden außen nicht mehr machen können; das Fernsehgerät und eine etwas voreilig angeschaffte Sitzgarnitur in gestreiftem Kunstleder waren noch abzuzahlen . . . Späth konnte nicht anders, als die Beteiligung an des Winkeladvokaten Manipulationen zu akzeptieren. Er konnte nicht anders, aber kriminell war es, streng genommen, doch.
Vielleicht war das damals der heimliche Anfang des Entschlusses, denn Späth gewöhnte sich an den Gedanken, daß er Mitwisser und sogar Gehilfe eines gar nicht so arg kleinen Betruges war, fast noch weniger als an das Geschrei der Schweine am Dienstagvormittag, zumal die Ausbeute aus dem Schwindel für Späth eher kärglich war. Der Winkeladvokat hielt ihn kurz, denn leider konnte Späth nicht verbergen, daß er mehr Angst hatte als sein schäbiger Kunde.
Zwei Jahre ging der Schwindel gut. Er ging auch noch dieses Jahr gut, aber Späth, der ja in mehrere Betriebe Einblick hatte und dadurch auch einen besseren Überblick über das Gebaren des Finanzamtes, bemerkte so um den 1. März herum – vorsichtige Anfragen bestätigten seine Beobachtung – daß die Revisoren nur Firmen, die mit G anfingen, überprüften. Sie machten also heuer nicht Stichproben wie sonst, sondern hatten sich eine zwar zufällige, aber fest umrissene Gruppe herausgegriffen. Späths Winkeladvokat hieß Grillhuber (*Dr.* Grillhuber ließ er sich nicht

ungern nennen, obwohl er keinen Dr. hatte). Es wäre vielleicht noch Zeit gewesen, wenn schon nicht den ganzen Schwindel, so doch seinen Umfang durch neuerliche Manipulationen zu vertuschen. Aber Raimund Späth wollte nicht mehr.

Irmgard war Verkäuferin in einem kleinen Papier- und Zeitungsladen (nebst Leihbücherei), den Späth ›buchhalterisch‹ – merkwürdigerweise wird das Wort unter Buchhaltern in jenem Landstrich auf der dritten Silbe betont – betreute. Späth kannte – als Bearbeiter ihrer Lohnunterlagen – selbstverständlich ihre Daten. Sie war genau in dem Monat geboren, in dem er in die Stadt kam. Ein Vierteljahr, nachdem Späth sie zum ersten Mal gesehen hatte, sagte er ihr das. Irmgard schien nicht beeindruckt. Späth bereute es sofort, so etwas offensichtlich Plumpes gesagt zu haben.

»Ich meine nur«, sagte er, und machte wohl alles nur schlimmer, weil er bis über die Glatze rot dabei wurde, »ich meine nur: was für ein Zufall.«

Späth glaubte sich nicht zu täuschen, als er das nächste Mal, das er in den Laden kam, Irmgard und die andere Verkäuferin hinter seinem Rücken kichern hörte. Ein Mann von einundfünfzig Jahren, auch wenn er nur Buchhalter, klein, glatzköpfig und kurzsichtig ist, kann verliebt sein wie ein Zwanzigjähriger. Aber wehe, wenn er es zeigt. Die Zwanzigjährigen balzen auf der Straße herum, und alles lächelt: »San halt a so, die jungen Leut'.« Bei einem Einundfünfzigjährigen heißt es nur: »Der verliebte alte Trottel.« Jahrhunderte der Commedia dell'arte haben davon gelebt, sich über einen alten Mann lustig zu machen, dessen einziges Verbrechen darin bestand, auch verliebt zu sein. Warum? Es scheint, als sei Jungsein ein Verdienst. »Die Menschheit ist ein primitives Volk«, dachte sich Raimund Späth. Es war einer seiner Lieblingssprüche: »›Die Menschheit ist ein primitives Volk.‹ Vielleicht werde ich mir das auf den Grabstein meißeln lassen.«

So kam alles zu allem, und eines Dienstagvormittags, als aus dem düster-fahlgelben Turm die Schweine schrien, faßte Raimund Späth den Entschluß. Das heißt: er stellte fest, daß er den Entschluß gefaßt hatte. Es war ein finsterer Märztag, der Schnee war schon aufgeweicht, aber der Himmel war mit jenen schwefelfarbenen Wolken verhangen, die einen Schneesturm ankündigen, der dann auch bald kam und die Welt in die kalte Enge des tiefen Winters zurücktrieb. Es gibt Momente, in denen auch ein Wander-Buchhalter von einundfünfzig Jahren ›außer sich‹ ist. Raimund Späth sah zwei Gestalten draußen im beginnenden Schneegestöber: ein junges, schlankes Mädchen in hohen engen Stiefeln, wie sie jetzt Mode waren, und einen alten Mann in einem abgetragenen Fischgrätenmuster-Mantel, mit einer abgewetzten Aktentasche und auf dem Kopf einen viel zu breitrandigen, braunen Hut. Es half nichts, daß der alte Mann den unkleidsamen Hut abnahm, denn die Glatze darunter war noch weniger kleidsam. Irmgard und der Buchhalter Späth. Es war außer jeder Frage, daß er – Späth – keine *Attraktion* für Irmgard war und auch nie werden konnte. Vielleicht war der Moment dieser Erkenntnis der Moment, in dem es sich in Raimund Späth entschied, ›freiwillig aus dem Leben zu scheiden‹, wie es verschämt in bürgerlichem Sprachgebrauch heißt. Da war aber noch eine dritte Gestalt im Schnee: ein kleiner schwarzer Schatten. Der sollte später Bedeutung erlangen.

Raimund Späth entschied sich fürs Erhängen. Als Ort wählte er den Dachboden. Dort war ein geeigneter freier Balken in genügender Höhe. Späth kaufte eine Wäscheleine und nahm einen Hocker mit auf den Dachboden. Er würde auf den Hocker steigen und, nachdem er die zuvor am Balken befestigte Schnur um den Hals geschlungen hatte, den Hocker mit dem Fuß wegstoßen. Die Wäscheleine war, in saubere Schlingen gelegt, in eine Klarsichtfolie verpackt. Späth beließ sie vorerst in der Folie, die Leine sollte nicht staubig werden. Späth wollte sich nicht mit einer staubigen Leine aufhängen, und es war noch einiges zu tun. Er verwahrte die Leine und den Hocker in einer Ecke des Dachbodens und stieg wieder hinunter.

Ein Testament brauchte Späth nicht zu machen, denn erstens hatte er nichts, und zweitens war ja nur seine Frau da, und die war Erbin von Gesetzes wegen. Die Lebensversicherung war in Ordnung. Margarethe Späth würde nicht viel bekommen, aber sie würde nicht verhungern. Sie konnte außerdem nach seinem Tod das eine Zimmer untervermieten. Die Lebensversicherung wurde auch fällig – Späth las nochmals genau den Versicherungsvertrag durch (auch das Kleingedruckte) – »wenn der Tod des Versicherungsnehmers durch dessen eigene Hand eintritt«. Mit

den monatlichen Versicherungsbeiträgen war Späth immer, auch in schlechteren Zeiten, auf dem laufenden geblieben. Das Finanzielle war soweit klar, nur: der neue Herd und das Farbfernsehgerät waren noch nicht abbezahlt. Der Herd war dringend notwendig gewesen, das Farbfernsehgerät hatte Margarethe – kaum daß jenes Gerät, von dem oben die Rede war, bezahlt war – ertrotzt. Margarethe liebte Quiz-Sendungen, und es war ihr unerträglich, daß sie einen bestimmten Quiz-Meister, jetzt, wo das möglich war, nicht in Farbe sehen konnte. Die Begründung Margarethes, das Gerät amortisiere sich dadurch, daß sie bei sämtlichen Fernsehlotterien und ähnlichem mitmache, bestach Raimund nicht, denn Margarethe hatte bislang nicht mehr als einmal einen Kugelschreiber und zweimal eine Großpackung Waschpulver gewonnen. Nichts konnte Raimund Späth aber gegen das Argument Margarethes einwenden: sie habe ja sonst nichts vom Leben. Also wurde das Fernsehgerät gekauft. Für den Herd waren nicht mehr viel Raten zu bezahlen, wohl aber für den Farbfernseher. Auch das, beschloß Raimund, wird er vorher noch bereinigen. Er rechnete nach, zählte die Raten zusammen und kalkulierte den Nachlaß für vorzeitige Ratenzahlung ein: wenn er sein Auto günstig verkaufen konnte, würde er die noch ausstehenden Raten bezahlen können.
Er befestigte einen Anschlag mit Kaufpreis usw. innen am Fenster seines Wagens, rückte auch eine kleine Annonce in das Bezirksblatt ein. Das Wichtigste aber: er wickelte seine Geschäftsbeziehungen zu den Kunden außerhalb der Stadt – die er ohne Auto nicht mehr bedienen konnte – ab. Es war ihm schmerzlich, aber irgendwie befriedigte ihn dieser ordentliche, saubere Abschied, von dem niemand etwas ahnte. Bei allen auswärtigen Kunden ging die Abwicklung schnell vor sich, nur bei einem war die Jahresbilanz zu erstellen, bei der gewisse Schwierigkeiten auftauchten. Ein anderer Buchhalter hätte unverhältnismäßig lange gebraucht, sich einzuarbeiten. Späth hätte es als unkorrekt betrachtet, diese Bilanz nicht mehr zu erledigen. Am 30. April mußte die Bilanz erstellt sein. Späth setzte also den Termin seines Selbstmordes auf den 1. Mai fest. Dummerweise war gerade dieser Kunde (es war ein allumfassender Lebensmittel- und Landwirtschaftsbedarf-Laden) in einem kleinen Nest, das durch öffentliche Verkehrsmittel außerordentlich ungünstig zu erreichen war. Späth mußte also sein Auto bis

Ende April behalten, wodurch sich wiederum die vorzeitige Ratenzahlung für Herd und Farbfernseher verzögerte.
Ausgerechnet beim letzten Mal, als Späth zu dem Laden in das Nest fuhr (so um den 27. April herum), beobachtete ein unvorsichtiger Bauer, der mit seinem Traktor von einem Feldweg in die Straße einbog, den Verkehr nicht sorgsam genug und fuhr Späth an den Wagen. Es war nicht viel passiert, aber immerhin war der rechte vordere Kotflügel von Späths Wagen beschädigt. Der Bauer gab nach einigem Hin und Her (mit leidvollen Ausführungen über die darbende Landwirtschaft) zu, daß er schuld sei, außerdem hatte ein Straßenarbeiter den Unfallhergang gesehen und stellte sich zur Verfügung, Späths Unschuld an dem Unfall zu bezeugen. Da der Schaden nicht sehr hoch war, zahlte die Versicherung des Bauern zwar anstandslos, aber Späth mußte den Wagen, bevor er ihn verkaufte, herrichten lassen. Ein, wenn auch unverschuldet eingebeulter Kotflügel drückt den Preis.
Die Reparatur nahm vier Tage in Anspruch, die Versicherung zahlte nach weiteren acht Tagen. Der erste Mai war längst verstrichen.
Raimund Späth ging – am ersten Dienstagvormittag im Mai – auf den Dachboden und kontrollierte den Hocker und die immer noch in saubere Folie verpackte Leine.
1. Juni, sagte sich Späth. Die Sache mit dem Auto war nämlich gar nicht das eigentlich Aufhaltsame. Späth, der seine auswärtigen Kunden ›abgestoßen‹ hatte, mußte für die ›Übergangszeit‹, wie er es nannte – ein tiefer Gedanke, diese Spanne Übergangszeit zu nennen –, einen finanziellen Ausgleich herbeiführen. Er nahm deshalb eine befristete Arbeit in einer größeren Firma an, die gerade verkauft werden sollte, und bei der irgendwelche unvorhergesehenen buchhalterischen (auf der dritten Silbe betont) Bereinigungen vorgenommen werden mußten, für die das fest angestellte Personal nicht ausreichte.
Als der erste Juni herannahte, das Auto verkauft und die noch ausstehenden Raten für Herd und Farbfernseher getilgt waren, stellte sich erstens heraus, daß die befristete ›Übergangs‹-Arbeit schwieriger und langwieriger war, als man, und insbesondere als Späth ursprünglich gemeint hatte. Da Späth sich nicht auf eine gewisse Zeit, sondern bis zur Fertigstellung dieser Arbeit der betreffenden Firma verpflichtet hatte, wurde es schon deswegen

auch mit dem 1. Juni nichts. Zweitens verschwand Mitte Juni Herr Winkeladvokat ›Dr.‹ Grillhuber spurlos aus der Stadt. Er hatte wohl von anderer Seite von der drohenden Revision durch das Finanzamt Wind bekommen. Selbstverständlich geriet Späth sofort in den Sog des Ermittlungsverfahrens. Nun war es Raimund Späth nicht um die Reinheit seines Namens und Andenkens zu tun. Es war ihm völlig klar, daß, wenn es ihm gelungen wäre, vor der Grillhuberschen Revision ›freiwillig aus dem Leben zu scheiden‹, Grillhuber sich auf Kosten des toten Späth herausgeredet hätte. Jetzt aber, da ein Ermittlungsverfahren gegen den flüchtigen Grillhuber und auch gegen ihn, Späth, lief, wäre es Späth unerträglich gewesen, vor Bereinigung der Sache sich umzubringen. Das wäre für das Gefühl Späths etwa so gewesen, als hätte er sich mit einem staubigen Strick aufgehängt. Die Sache ging übrigens ziemlich glimpflich ab. Die Finanzrevisoren, bei denen der bescheidene und harmlose Späth eher beliebt war, gingen – im Grunde auch richtig – von vornherein davon aus, daß Grillhuber der eigentliche Gauner war. Späth brauchte sich fast nicht auf Kosten des verschwundenen Winkeladvokaten herauszureden, dann wurde die Sache, soweit sie Späth betraf, niedergeschlagen. Das war gegen Ende Juli. Mitte Juli aber war – drittens – der ganz große Triumph in Margarethe Späths Leben eingetreten: sie gewann einen Preis.
Margarethe Späth verfolgte nicht nur mit Passion die Quiz-Sendungen im Fernsehen, sie beteiligte sich ebenso gewissenhaft wie leidenschaftlich an allen Wettbewerben, mochten sie geartet sein, wie sie wollten.
»Warte!« hatte Späth gesagt, früher, als er noch mehr mit ihr redete, »warte! Du gewinnst womöglich ein Akkordeon. Und was dann?«
Margarethe Späth ließ sich nicht abhalten. Auch auf die Gefahr hin, ein Akkordeon zu gewinnen, füllte sie die vorgedruckten, beim Gemischtwarenhändler verteilten oder Zeitschriften beigelegenen oder sonstwie ins Haus gekommenen Reklame-Wettbewerbs-Karten aus und brachte sie unermüdlich zur Post. Abgesehen von dem schon erwähnten Kugelschreiber und den beiden Großpackungen Waschpulver – die auf Fernsehlotterien zurückzuführen waren – verfügte Margarethe Späth über eine bereits recht reichhaltige Sammlung von Trostpreisen in Form von Schlüsselanhängern, nichtrostenden Aschenbechern, Pla-

stik-Einkaufstaschen und Patent-Dosenöffnern, als der Triumph, das ganz große Glück, eintraf. Das heißt: das ganz große Glück, also der erste Preis, wäre eine Reise nach Hongkong (inklusive Rundfahrt mit Dschunke im Hafen) gewesen. Margarethe gewann den zweiten Preis: ein Flug für zwei Personen nach Holland zur Tulpenblüte.
Ein Vertreter der Firma, die das Preisausschreiben veranstaltet hatte, kam ins Haus, brachte Blumen und Glückwünsche, auch eine Fahrkarte in die Hauptstadt, wo Margarethe den eigentlichen Preis im Rahmen einer Feierstunde entgegennehmen durfte. Raimund Späth wollte gleich – er argumentierte: im August blühen auch in Holland keine Tulpen – den Preis in Geld umwandeln lassen, aber erstens ging das nach den Wettbewerbsvorschriften nicht, und dann hätte sich Margarethe nie dazu bereitgefunden. »Wenn du nicht mitfahren willst, fahre ich alleine, und die anderen Gutscheine verfallen eben.« Die Gutscheine und das Flugbillett verfallen zu lassen, wäre Raimunds Natur hart gegen den Strich gegangen. Sie fuhren also, zunächst mit dem Zug in die nächste Stadt mit Flughafen, von dort mit dem Flugzeug nach Amsterdam. Die Tulpen blühten tatsächlich nicht mehr, aber es war dennoch eine große Aufregung. Für die Reise ließ sich Margarethe einen Hut aus weißem Netz, das mit Veilchen und Maiglöckchen bestickt war, machen. Während sie unten den Hut vor der Abreise auf den Kopf drapierte, betrachtete Raimund auf dem Dachboden den Hocker und die Leine. »1. September«, sagte er leise und blies den Staub von der Klarsichtpackung.

Der September war anfangs heiß, ein später, aber vollgültiger Ausläufer des Sommers. Der wolkenlose Himmel war, wie nicht selten im Herbst, tiefblau, von einem düsteren, drückenden Blau: ein transparentes blaues Tuch, das die schwarze Tiefe des Abgrunds durchschimmern ließ. ›Oben‹ und ›Abgrund‹ sind ja keine Widersprüche, wenn man in Kategorien des Alls rechnet. Erst um die Septembermitte schlug das Wetter um. Es wurde regnerisch und bald kalt. Es war diesmal ein Mittwochvormittag, und die Schweine schrien, denn der Metzger hatte am Dienstag ein Firmenjubiläum gefeiert und schlachtete ausnahmsweise am Mittwoch. Raimund Späth saß an seinem Schreibtisch und schaute in den Regen hinaus. Der Wind schlug den Regen gegen

die Quadern der Burgmauer, deren Verputz bald eine nicht zu beschreibende Nicht-Farbe aus Fahlgelb und Grautönen annahm. Raimund Späth schaute – zwangsläufig, denn er konnte durch sein Fenster kaum woanders hinschauen – auf die Stelle, wo damals die drei Gestalten erschienen waren. Irmgards und Späths Schemen waren längst verschwunden. Nur der kleine schwarze Schatten war wieder da. Es war eine kleine Katze, die, so gut es ging, in einer Mauerecke saß, in die der Regen nicht so heftig fiel.
Späth stand auf und ging unmittelbar ans Fenster. Nun bemerkte die Katze ihn, legte den Kopf schief und schaute zum Fenster herauf. Wahrscheinlich war die Katze gar nicht so klein, sie war nur abgemagert, völlig durchnäßt und wirkte klein. Raimund Späth nahm seinen Regenschirm, ging hinunter, ums Haus herum und dorthin, wo die Katze saß. Sie kam ihm bereits entgegen und folgte ihm ins Haus. Am Fuß der Treppe hob Späth die Katze auf und trug sie hinauf.
»Sie heißt Sophia«, sagte er zu seiner Frau.
»Du wirst wohl nicht dieses Vieh in der Wohnung halten wollen?« sagte die Frau.
»Doch«, sagte Späth.
»Das Vieh kommt mir nicht in die Wohnung. Oder ich ziehe aus.«
Späth sagte gar nichts und nahm die Katze mit ins andere Zimmer. Sie legte sich unter den Schreibtisch und begann sich trokken zu lecken. Es wäre zuviel gesagt, daß Sophia gehorcht hätte, aber immerhin hörte sie auf den Namen. Wie sie früher geheißen und ob sie überhaupt einen Namen gehabt hatte, erfuhr Späth natürlich nie. Übrigens zog Frau Späth nicht aus, wenngleich sie nie aufhörte, wegen der Katze zu giften.
»Vielleicht gewinne ich einen Hund«, sagte sie, »der deine Katze vertreibt«, und füllte verbissen die bunten Reklame-Wettbewerbskarten aus. Sie gewann Tauchsieder, Aluminium-Bestecke und Nähnadelfutterale, einmal sogar ein tiefgefrorenes Huhn; einen Hund gewann sie nicht.
Ende November kaufte Raimund Späth wieder ein Auto, denn eine neue ›Übergangsarbeit‹ fand sich auswärts. Mit einer gewissen Beklemmung bemerkte Späth, daß es mit seiner Buchhalterei bergauf ging, denn einer der anderen freien Buchhalter des Bezirks hatte eine feste Tätigkeit angenommen, und die meisten

von dessen Kunden kamen zu Raimund Späth. Späth hatte auch diese ›Übergangs‹-Beschäftigungen angenommen, denn es mußte ja jemand für Sophia sorgen.
Sophia saß – wenn sie nicht einen ihrer Spaziergänge machte – an der rechten hinteren Ecke des alten Schreibtisches. Ihr Schwanz hing über die Tischplatte hinab und verriet durch gelegentliches Zucken die Anteilnahme Sophias an Späths Arbeit. Späth hatte keinen Zweifel daran, daß Sophia die Buchhaltungskunst nach wenigen Wochen bereits erlernt hatte. Sie verfolgte aufmerksam mit den Augen jede Bewegung von Späths Stift. Setzte Späth einen Schlußstrich unter eine besonders saftige Zahlenkolonne, so schnellte der Schwanz, wie von einem unsichtbaren Faden angerissen, in einem Kringel in die Höhe. Mit besonderem Interesse registrierte Sophia Späths Tätigkeit an seiner Rechenmaschine. Die alte Rechenmaschine (sie war zwar ein elektrisches Modell, aber sicher eines der ersten) stand an der linken hinteren Ecke des Schreibtisches. Zuweilen, wenn die Maschine surrte und rasselte, stand Sophia auf und schritt über den Tisch hinüber, drehte ihren Kopf fast um hundertachtzig Grad und beobachtete die glänzenden Tasten.
Zu Kunden in die nähere Umgebung begleitete Sophia Späth. Ging Späth weiter fort, so wartete die Katze bei schönem Wetter auf einem bestimmten Zaunpfosten, bei schlechtem unter einer Bank. Nicht lange, nachdem Späth seinen neuen Wagen gekauft hatte, begann er die Katze mitzunehmen, wenn er fortfuhr. Sie schlief dann – das Fenster blieb einen Spalt offen – auf dem Fahrersitz oder spielte mit einer Glocke, die eigens zu diesem Zweck am Rückspiegel hing. Wenn Späth außer Haus war, blieb die Katze erst dann in der Wohnung, als Margarethe Späth (etwa ein Jahr nach der Tulpenfahrt) ins Krankenhaus eingeliefert wurde. Die Nachricht, daß sie Krebs hatte, erschütterte Späth wenig. Noch einmal kam Frau Späth für einige Monate aus dem Krankenhaus heraus, dann mußte sie wieder hinein, gewann ihr letztes Spezialküchentuch und verschied.
Manchmal überlegte Raimund Späth, ob er die Katze nicht ›mitnehmen‹ solle. Aber er entschied immer: nein. Er habe, sagte er zu sich, kein Recht, das Leben des Tieres abzukürzen. In Wirklichkeit war es natürlich so, daß aus dem Leben zu scheiden, nachdem er Sophia etwas angetan hatte, Späth der schiere Gipfel an Welt-Unordnung erschienen wäre. Die Katze im

Ungewissen zurückzulassen, war für ihn ohne jede Frage ausgeschlossen.
So stieg Späth hie und da, allerdings zunehmend seltener, in den Dachboden hinauf und blies den Staub von der Klarsichtpakkung. Die neugierige Sophia, die diese Prozedur immer aus nächster Nähe musterte, mußte meist ziemlich heftig dabei niesen.

(1970)

Eine Begegnung im Park

Alles ist relativ. Nach einer Aufführung des ›Parsifal‹ im Festspielhaus erscheint der Park hinter dem Schloß besonders ruhig, obwohl da und so spät noch eine Menge Geräusche zu hören sind: das Gurgeln des Wassers, das Schnattern einer verschlafenen Ente, das Rauschen der hohen Bäume im leichten Sommerwind und hie und da Schritte auf dem Kies im Dunkeln. Die Schritte wurden allerdings zunehmend seltener. Ich war schon allein im Park, als ein Mann neben meiner Bank stand, offenbar unschlüssig, ob er mich ansprechen sollte oder nicht.
»Kein Platz in keinem Gasthaus«, sagte er dann endlich, ziemlich beiläufig, nachdem er schon zu lange vor der Bank, auf der ich saß, gestanden war, um noch ohne ein Wort weiterzugehen. Er sprach mit österreichischem Akzent.
Ich rückte auf meiner Bank etwas zur Seite, um anzudeuten, daß es mir nicht unangenehm sei, wenn er sich setze.
»Kein einziger Stuhl frei, in ganz Bayreuth nicht«, sagte er und setzte sich. Er war, wie man so sagt, untersetzt und ein klein wenig füllig – deutlich körperhaft, um höflich zu bleiben. Ein Schwan zog auf dem leicht bewegten Wasser vorbei, kostbar weiß im Mondlicht, und schaukelte auf den kleinen Wellen wie die welken Blätter, die auf dem Wasser lagen.
»Jaja«, sagte ich, »das ist hier so zur Festspielzeit. Ich habe schon Knappertsbusch in der ›Eule‹ mit einem umgedrehten Kübel als Sitzgelegenheit vorliebnehmen sehen.«
»Wen, bitte?« fragte er.
»Knappertsbusch.«
»Ah, so.« Ich hatte den Eindruck, er kannte Knappertsbusch nicht.
»Sie sind zum ersten Mal in Bayreuth?« fragte ich nach einer Weile.
»Ja«, sagte er. »Es ist schon sehr ein eigenartiger Eindruck.«
»Das kann man wohl sagen.«
»Ich möcht ja nicht unbedingt etwas sagen, ich weiß nicht, ob ich legitimiert dafür bin, aber es war schon ein eher sehr merkwürdiger Eindruck für mich.«

»Sie sind kein Wagnerianer?«
»Kein was nicht?«
»Wagnerianer – einer von den Anhängern Wagners . . .«
»Wagner«, sagte er, »das ist der, der die Oper von heut abend geschrieben hat?«
Ich staunte den Mann an. Er war jung, so Mitte dreißig, hatte eine ziemlich große Nase, und diese Nase kam mir irgendwie bekannt vor. Irgendwo, da war ich ganz sicher, hatte ich diese Nase schon gesehen. Eine verwischte Assoziation, so verwischt, daß ich sie nicht fassen konnte, huschte in meinem Gedächtnis ganz hinten vorüber . . . Leibhaftig hatte ich dem Mann aber sicherlich nie gegenüber gesessen.
»Ja«, sagte ich etwas verwirrt, »natürlich – Richard Wagner.«
»Und da gibt es«, sagte er, »auch Wagnerianer?«
Ich lachte. »Leben Sie hinter dem Mond?«
Er schaute mich ernst an. Nein, ich lasse es mir nicht nehmen, dachte ich, dieses Gesicht kenne ich.
»Ja«, sagte er langsam, »ja, ich lebe hinter dem Mond, wenn man so sagen will.«
»Verzeihen Sie meine Bemerkung – ich wollte Sie nicht kränken. Ich wußte nicht, daß Sie von so weit her kommen.«
»Ich komme von weit her, das stimmt«, sagte er, »deswegen ist das alles so merkwürdig für mich.«
Er ist ein emigrierter Österreicher, dachte ich, wahrscheinlich 1938 als Kind mit seinen Eltern vor den Nazis geflohen, nach Australien vielleicht oder Neuseeland. Aber woher kenne ich dann sein Gesicht?
»Sind die Leute«, sagte er, »eigentlich glücklich, wenn sie das hören, diese Oper heute abend? Ich möchte nicht unhöflich sein, wissen Sie, ich sage nichts dagegen, es steht mir ja gar nicht zu, und es interessiert mich nur – aus Profession . . .«
»Sie sind Musiker?«
»Sind die Leute glücklich dabei? Hören Sie das gern?«
Meine Frage, ob er Musiker sei, hatte er absichtlich überhört. Was war der Mann? Der Mond war zwischen zwei Ästen durchgekommen und beleuchtete unsere Bank. Der Mann war jung und uralt zugleich. Unsinn – vielleicht war er nur müde . . . Kein Wunder nach dem ›Parsifal‹, und im Mondlicht sieht ohnedies jeder bleich aus.
»Eine eigenartige Frage«, sagte ich. »Sicher – im gewissen Sinn

sind die Menschen glücklich, wenn sie das hören. Es ist eine ganz andere Art von Glück, als jenes, das man vielleicht bei Beethoven empfindet –«

»Bei wem?«

»Bei *Beethoven*«, war er schwerhörig?

»Ah –«, sagte er, »ja, ja, Beethoven ... richtig, warten Sie, Louis von Beethoven.«

Ich lachte.

»Warum lachen Sie?« sagte er.

»Weil Sie Louis von Beethoven sagen.«

»Heißt er nicht so?«

»Naja«, sagte ich, »allgemein sagt man Ludwig van Beethoven – aber mag sein, er hat sich Louis genannt.«

»Was ist aus ihm geworden?«

»Wie bitte?«

»Er ist wohl ein sehr berühmter Komponist geworden?«

In Bayreuth gibt es – nahe dem Festspielhaus – die große Nervenheilanstalt des Regierungsbezirks Oberfranken. Ich rückte etwas von dem Mann ab. Haben die Insassen so spät noch Ausgang? War der Mann entsprungen?

»Ein sehr berühmter Komponist«, sagte ich vorsichtig, «voriges Jahr, zu seinem 200. Geburtstag, konnte man sich gar nicht genug tun mit Beethoven-Büchern und Beethoven-Feiern ...«

»200. Geburtstag?« fragte er.

»Ja doch«, sagte ich.

»Wie die Zeit vergeht ...«

Der Mann trug einen Smoking, einen recht elegant geschnittenen Smoking, aber er wirkte irgendwie verkleidet. Wenn ein konservativer Indianer einen Smoking trüge, sähe das wohl so aus. Der Smoking war dem Mann ›verpaßt‹ wie eine militärische Uniform. Er fühlte sich in der Kleidung auch sichtlich nicht wohl, suchte Taschen, wo keine waren, knöpfte überall herum und zupfte an allen Enden. Ob die Irren, die ungefährlichen, sanfteren, mit anstaltseigenen Smokings hie und da eine Festspielaufführung besuchen dürfen? Vielleicht auf Grund einer Stiftung eines Wagner-Vereins (oder eines Anti-Wagner-Vereins?).

»Ich war überwältigt von der Präzision, mit der das Stück exekutiert worden ist«, sagte er. »Ich habe das Orchester zwar nicht gesehen, aber die Banda, soviel ich im Hören gezählt habe, waren mindestens vier Corni, drei Trompeten und vier Trombo-

nen, ungezählt die von der Bühnenmusik – und so exakt – beneidenswert.«
»Ja«, sagte ich, »das Orchester ist gut.«
»Nur sehr lang ist das Stück«, sagte er, »sehr lang.«
»Es hat Ihnen also nicht gefallen?«
»Mir steht nicht zu, etwas darüber zu sagen; mich würde nur interessieren: sind die Menschen glücklich, wenn sie das hören?«
»Sie wären – bis auf wenige – sicher unglücklich, wenn sie *nur* das hören könnten.«
»Man hört auch anderes?«
»Aber doch freilich – allerdings nicht hier.«
»Hier hört man nur Wagner?«
»Ja. Nur Wagner.«
»Warum?«
»Das Festspielhaus wurde von Wagner für seine Bühnenwerke gebaut. Das hat man beibehalten –«
»Woanders wird Wagners Musik nicht gespielt?«
»Doch, doch –«
»Gibt es für alle Compositeurs solche Häuser?«
»Wie bitte? Ach so – nein, nein. Komische Fragen stellen Sie –«
»Ich weiß, entschuldigen Sie –«, er spielte interessiert mit seinen Manschettenknöpfen, knöpfte sie heraus und brachte sie nicht wieder hinein.
»Nein, für andere Compositeurs, wie Sie sagen, gibt es keine solchen Häuser.«
»Warum nicht?«
»Die haben keine Zeit oder kein Geld gehabt, solche Häuser zu bauen.«
»Und ihre Musik wird dann wohl nicht so oft gespielt, wie die von Wagner?«
»Das kann man nicht einmal sagen –«
»Tatsächlich?«
»Gewiß – zum Beispiel Beethoven, wie gesagt, den hat man voriges Jahr fast zu oft gehört; auch Bach –«
»Wirklich? Bach? Das freut mich –«
»Ja«, sagte ich, »die ›Matthäus-Passion‹ wird sicher zehnmal so häufig aufgeführt wie der ›Parsifal‹.«
»Bach hat eine ›Matthäus-Passion‹ geschrieben?«
»Entschuldigen Sie«, sagte ich, »ich weiß nicht –«
»Ich kannte die ›Sonaten und Rondos für Kenner und Liebha-

ber‹, und ›Herrn Professor Gellerts Geistliche Oden und Lieder‹ –«
»Ah! Sie meinen Carl Philipp Emanuel Bach –«
»Ja, aus Berlin –«
»Ich meine Johann Sebastian –«
»Den *alten* Bach?«
»Natürlich. Bach ohne Vornamen ist Johann Sebastian.«
»Interessant. Den kennt man noch?«
»Und wie!«
»Sagen Sie«, er schabte mit seinem Fuß im Kies, »kennt man – auch – einen Compositeur – namens . . .«
»Namens?«
»Wissen Sie«, sagte er dann ganz schnell, »es steht mir natürlich nicht zu, etwas darüber zu sagen, aber am Anfang dieser Oper ist es mir akkurat so vorgekommen, als wäre alles, das Riesenorchester und die Sänger, die so furchtbar schreien, und der Chor und diese Finsternis auf der Bühne ein einziges Durcheinander. Es hat so schrecklich falsch geklungen; aber wenn man genau hinhört, merkt man doch, daß es Absicht ist, und hie und da hörte ich – verzeihen Sie, ich sollte das wohl überhaupt nicht sagen – quasi eine Insel aus einer mir bekannten Tonwelt . . . ich weiß nicht, wie ich das sagen soll. Es ist mir so fremd. Und diese Inseln sind, entschuldigens', banal. Aber großartig ist wohl das andere, das ich nicht verstanden habe –«
Der kriegt vom Wagner-Verein mit Sicherheit keine Karte mehr, dachte ich mir, wenn er das in der Anstalt auch seinen Gönnern erzählt.
»Ja nun«, sagte ich, »man kann gegen Wagner natürlich viel sagen –«
»Ich will nichts gegen den Herrn sagen, steht mir nicht zu; wird wohl so gehören die Musik. Nur: die Oper ist schon unmäßig lang.«
»Wagner hat sie nicht als zu lang empfunden.«
»Ob Compositeurs, ob Schreiber und Auteurs, sie halten sich merkwürdigerweise immer was drauf zugute, ihrem Publico an Länge Unheimliches zuzumuten. Komisch – als ob es heldenhaft wäre, eine Oper von sechs Stunden zu schreiben. Höchstens ist es heldenmäßig, eine solche Oper anzuhören.«
»Aber wenn der Meister eben diese Zeit brauchte, das auszudrücken, was ihm vorschwebt –«

»Wenn ihm was Sechsstündiges vorschwebt, soll er's gefälligst nicht fürs Theater schreiben.«
Wie so ein Narr redet, dachte ich mir und schaute in die Bäume hinaus. Nach einer Weile sagte ich:
»Ich glaube –«
Er war verschwunden. Ich schaute herum. Wo der kleine Seitenweg, an dem meine Bank stand, zwischen hohen Büschen in den Hauptweg mündete, sah ich ihn stehen. Ein unheimlicher Mensch, dachte ich, ob man die Polizei verständigen sollte? Er stand dort und winkte mir. Ich lief hin. Nach einigen Schritten sah ich, daß das nicht der Mann, sondern eine von der Bank aus merkwürdig menschenähnliche Konstellation zweier Hecken war. Ein Nachtvogel hatte sich auf einen Ast gesetzt, der mir immer noch winkte . . .
Alles war verstummt. Auch der leichte Sommerwind hatte sich gelegt, und die Bäume rauschten nicht mehr. Da hörte ich auf einmal ganz deutlich, wie Musik erklang. Das war nicht ›Parsifal‹, das war – ich hörte hin – ja, das war es: »Voi, che sapete che cosa è amor . . .« Es hätte mich nicht gewundert, wenn eine der steinernen Nymphen auf der Insel im Park das gesungen hätte. Die Musik kam aber aus einem der erleuchteten Fenster des Freimaurer-Museums, das direkt am Park steht.
»Donne vedete, s'io l'ho nel cor . . .«
Ich ging langsam aus dem Park. Die Musik begleitete mich wie ein flatterndes Band.

(1971)

Bénédiction de Dieux
dans la Solitude
(für Dr. Rudolf de le Roi)

Herr und Frau Kapellmeister de Iwanowsky stiegen am 4. September im Gasthof ›Zur Sonne‹ ab. Die Herrschaften waren, erfuhr man noch am gleichen Tag, bis Kufstein mit der aus München kommenden Extrapost gefahren und hatten dort den Wagen bis Eichkatzlried gemietet. Die Herrschaften führten fünfzehn große, vier mittlere und acht kleine Reisekoffer mit sich, außerdem zwölf Hutschachteln, elf Reisetaschen und ein violett-ledernes Reisenecessaire, das so schwer war, daß es der Hausknecht der ›Sonne‹ allein kaum tragen konnte, und auf dem in Gold die Buchstaben C. W. eingelassen waren.
»Das ist vielleicht der Mädchenname der Frau«, sagte der Wirt, »und übrigens haben sie im voraus bezahlt. Trag es hinauf.«
Was aber vor allem auffiel, war der türkische Hausmantel des Herrn Kapellmeisters: aus weinrotem Samt, mit schwarzseidenen Aufschlägen und Revers, über und über mit goldenen Greifen, Pfauen und Einhörnern bestickt. Herr de Iwanowsky trug den Hausmantel selber ins Zimmer hinauf. Er war nicht eingepackt gewesen, weil ihn der Herr auf der Fahrt eine Zeitlang getragen hatte.
Madame de Iwanowsky konnte entweder nicht deutsch oder wollte es nicht können. Wenn sie – was selten war – mit dem Personal verkehrte, deutete sie mit Händen, was sie wollte. Mit ihrem Mann sprach sie französisch. (Der Wirt glaubte, diese Sprache zu erkennen.) Herr de Iwanowsky, ein hochgewachsener, schlanker Mann von sicher nicht mehr als vierzig Jahren, mit langen, glatten, blonden Haaren, sprach deutsch. Madame war eine schöne, sehr feine Frau, wohl Anfang der dreißig, mit einer Taille – so schmal, wie sie sich in ganz Eichkatzlried nicht fand. Sie galt den Leuten bald als etwas hochnäsig, aber – sagte der Wirt – »vielleicht liegt das nur daran, daß wir sie nicht verstehen.«
Das Abendessen und das Frühstück am nächsten Tag nahmen die erschöpften Herrschaften in ihrem Zimmer ein. Erst zum

Mittagessen erschienen sie im Extrazimmer – Herr de Iwanowsky im türkischen Hausmantel. Nach dem Essen ließ der Herr den Wirt rufen.

»Sagen Sie«, sagte er zu ihm, »gibt es hier im Ort ein Klavier? Ein Flügel wäre noch besser.«

»Hm, hm«, sagte der Wirt.

Eichkatzlried war eine alte, kleine Stadt im Gebirge. Sie hatte, obwohl Bezirksstadt und Gerichtssitz, keine dreitausend Einwohner. Seelen, sagte man damals. Ob eine dieser knapp dreitausend Seelen ein Klavier oder gar einen Flügel hatte? Der Wirt versprach, sich zu erkundigen.

»Das Reisenecessaire muß voll Goldgulden sein«, sagte der Wirt zu seiner Frau.

»Wahrscheinlich gestohlen«, sagte die Wirtin.

»Von gestohlen kann überhaupt keine Rede sein«, fuhr der Wirt auf. »Das C. W. kann gut der Mädchenname der Frau sein.«

»Oder sie ist ihrem Mann durchgebrannt, und die beiden bei uns sind gar nicht verheiratet.«

»Mit fünfzehn großen, vier mittleren und acht kleinen Reisekoffern dem Mann durchgebrannt? Unmöglich –«

»Warum sollten sie so viele Goldgulden dabei haben?«

Des Wirtes Erkundigungen hatten Erfolg gehabt. Der k. k. Bezirkshauptmann, Herr von Singer, hatte einen Flügel. Frau von Singer, eine Dame von schöngeistigen Neigungen, hatte den Flügel mit in die Ehe und, als der Gatte nach Eichkatzlried versetzt wurde, mit hierher gebracht. Schon viele Jahre vor ihrem Tod – Herr von Singer war fast zwanzig Jahre lang Bezirkshauptmann – hatte die schöngeistige Natur der Frau von Singer, welche Natur in Eichkatzlried keine Nahrung erhielt, das Klavierspielen aufgegeben. Seit ihrem Tod hatte wohl niemand mehr, außer dem Dienstmädchen, das es abstaubte, das Instrument angerührt. Herr Kapellmeister de Iwanowsky machte beim Bezirkshauptmann seine Aufwartung. Er traf Herrn von Singer im Tarockspiel mit dem Pfarrer, dem k. k. Kreisveterinär und einem pensionierten Major begriffen. Herr von Singer unterbrach die Partie. Herr de Iwanowsky trug sein Anliegen vor. Ob es tatsächlich wahr war, und wie die Nachricht davon nach außen drang, ist ungeklärt: es hieß, Herr de Iwanowsky habe dem Bezirkshauptmann eine Sicherheit von tau-

send Gulden geboten, wenn er ihm den Flügel leihe. Herr von Singer habe, hieß es, abgelehnt. Das heißt: er hat abgelehnt, eine Sicherheit anzunehmen, mit dem Flügel wollte er dem fremden Herrn – der übrigens nicht Tarock spielte, wie er sich sofort bedauernd vergewisserte – gerne behilflich sein.
Herr de Iwanowsky dankte, wollte demnächst eine neuerliche Aufwartung machen, um das weitere zu vereinbaren, bat nur darum, kurz auf dem Flügel spielen zu dürfen und bot dem Bezirkshauptmann eine Prise Schnupftabak an, den er in einer goldenen, mit mehreren Brillanten gezierten Dose verwahrte, »– einer Dose«, sagte später der Bezirkshauptmann, »wie ich sie sonst bei Fürsten kaum gesehen habe.«
Die Dose war mit den Initialen F. L. geziert. »Also doch gestohlen«, sagte die Wirtin, denn auch dieses Detail machte bald die Runde durch die Stadt, »*er* wird ja wohl keinen Mädchennamen haben.«
Der Bezirkshauptmann führte den fremden Herrn in den Salon, in dem der verstaubte Flügel stand. Nach einigem Suchen fand sich der Schlüssel. Herr de Iwanowsky setzte sich an das Instrument so vorsichtig, als nähere er sich einem glühenden Ofen. Er drückte schnell ein paar Tasten nieder, zuckte zurück und rümpfte seine – übrigens ziemlich große – Nase. Der Flügel war freilich völlig verstimmt.
»Trotzdem«, sagte der Wirt, »hat er ihm tausend Gulden Sicherheit geboten. Er muß einen Koffer voll Goldstücke dabeihaben.«

Eine gewisse Beruhigung war am Sonntagmittag in der Bevölkerung eingetreten, als sich nämlich herumsprach, daß Herr und Frau de Iwanowsky die Messe besucht hatten. Bescheiden und andächtig, aber doch sichtbar eingedenk ihrer besonderen Stellung, war das Paar in einer der vordersten Reihen gekniet. Die Bauern waren scheu zur Seite gerückt. Leider hatte der Organist erst zu spät von dem Besuch erfahren, sonst hätte er sich – sagte er mit hochrotem Gesicht nach der Messe zum Pfarrer – ganz anders ins Zeug gelegt. So hatte er seinen alten Stiefel gespielt . . . Aber der Pfarrer konnte ihn beschwichtigen: der fremde Herr Kapellmeister hat auch bei den falschesten Tönen mit keiner Wimper gezuckt. »*Wie* hätte er nicken können – nicht zucken, anerkennend nicken! –, wenn ich mich anders ins Zeug

gelegt hätte.« Der Organist raufte sich die Haare. Er hatte das Gefühl, die Chance seines Lebens versäumt zu haben. »Sie werden sehen«, rief er im Haareraufen dem Pfarrer zu, »er reist unter der Woche ab! Am nächsten Sonntag ist er nicht mehr da . . .«
Die Beruhigung unter der Bevölkerung hielt nicht lang an, denn am selben Tag traf ein weiterer geheimnisvoller Gast ein. Es handelte sich bei diesem um einen gut vierzigjährigen, etwas untersetzten und eher dicken Herrn mit einer Scheitelglatze und kunstvoll wild abstehenden Locken. Er hatte eine etwas breite, bis gut zur Oberlippe herabhängende Nase, trug wehende, ebenfalls wilde Koteletten und rauchte Pfeife. Der Herr kam allein, führte allerdings ein mit rostfarbenem, bereits stark abgewetztem Samt bezogenes Kästchen mit sich, in dem es klapperte. Der geheimnisvolle Mann fragte, kaum daß er der Ordinair-Chaise entstiegen war, nach dem Herrn de Iwanowsky und wurde zu der kaum hundert Schritt entfernten ›Sonne‹ gewiesen. Unruhe verbreitete sich sogleich, die Wellen dieser Unruhe trafen sich mit den von der Kirche ausgehenden Wellen der Beruhigung etwa am Ausgang der unteren Hinterstadt, auf halbem Weg zur Kirche, dort, wo die ehrsame – das sagt man so, was in Wirklichkeit ist, weiß niemand – Witwe Salvermoser ihr Offizin hatte. Die gegensätzlichen Wellen schnitten sich, schäumten, und hie und da gab es schon einen Strudel.
Der Geheimnisvolle zog mächtig an seiner Pfeife, schüttelte seine mähnenartigen Koteletten, setzte seinen Zylinder auf, nahm das Kästchen, in dem es klapperte, und ging mit kleinen, stampfenden Schritten geradewegs in die ›Sonne‹. Dort erfuhr er, daß Herr de Iwanowsky in die Messe gegangen sei.
Der Mann erklärte, daß er warten wolle und bestellte ein Bier.
»Sie wollen Herrn de Iwanowsky sprechen«, fragte der Wirt nach einer Weile, während er Gläser spülte, »nicht Madame de Iwanowsky?«
»Herrn de Iwanowsky«, sagte der Fremde.
»Es hätte auch nichts geändert«, sagte der Wirt, »denn auch Madame de Iwanowsky ist in der Messe.«

Der geheimnisvolle Mann war ein Klavierstimmer. Er hieß Kranabitter, gab sich sehr weltmännisch, konnte aber auf die Dauer nicht verbergen, daß er nicht von weiter her als von

Innsbruck kam. Herr de Iwanowsky hatte ihn von dort kommen lassen. Diese Order war bereits Ende August aus Weimar in Innsbruck eingetroffen.
»Aus Weimar?« fragte der Wirt.
»Wieso nicht aus Weimar?« sagte Kranabitter.
»Ich dachte, wenn einer Iwanowsky heißt, so kommt er zumindest aus Petersburg«, sagte der Wirt.
»Nicht weit her mit der Bildung hier, scheint's«, sagte Kranabitter.
Der Wirt schüttelte den Kopf. »Aus Weimar – wo ist Weimar?«
»In Sachsen«, sagte Kranabitter, »oder genauer gesagt: in Thüringen. Dein Gast«, in Tirol duzte man damals, heute auch noch zuweilen, alle Leute, »ist dorten Hofkapellmeister. Unlängst erst hat er ein ganz bedeutendes Werk uraufgeführt, letzte Woche erst: Lohengrin, eine Oper von Wagner.«
»Von Wagner!« sagte der Wirt.
»Du hast natürlich noch nie etwas von Wagner gehört?«
»Wahrscheinlich nicht, wenn es nicht der Viehdoktor von Söll ist.«
»Ein Revolutionär – dieser Wagner. Konnte bei der Uraufführung seines Werkes gar nicht dabei sein, weil er von der Polizei gesucht wird! *Aber* – ein großer Künstler.«
»Und Herr de Iwanowsky?« fragte der Wirt zaghaft.
»Das ist kein Revolutionär«, beruhigte ihn der Klavierstimmer. »Ich habe ja schon gesagt: er ist Hofkapellmeister, und erst letztes oder vorletztes Jahr hat ihm der Kaiser von Brasilien einen Orden geschickt.«
»Naja«, sagte der Wirt, »Brasilien . . .«
»Aber immerhin!« sagte Kranabitter.
»Soll es gut sein«, sagte der Wirt und wischte den Tisch ab, eine Geste, mit der seit altersher die Wirte eine Diskussion auslaufen lassen, »ich bitte dich um eins, Herr Kranabitter: in meinem Haus ist nie nicht von Revolutionären geredet worden.«
Der Wirt wischte weiter, obwohl der Tisch längst sauber war. »Niemals nicht!« bekräftigte er dann.
»Also diese Angst«, brummte Kranabitter, »als ob das Wort schon beißen könnte.«
»So, so«, lenkte der Wirt ab, »dann ist Herr de Iwanowsky aus Sachsen und nicht von Rußland.«
»Er heißt natürlich gar nicht de Iwanowsky.«

»Was du nicht sagst, Herr Kranabitter, da ist er also doch ...«
»Ach, was! Berühmte Leute, Kaiser und Kardinäle und große Künstler reisen nicht gern unter ihrem wirklichen Namen. Da rennt doch alles zusammen und gafft und zupft an den Kleidern. Sie heißen sich viel lieber ... so und so und so ... und haben ihre Ruhe.«
»... de Iwanowsky ...«
»Zum Beispiel. Ich weiß natürlich, wer dieser bedeutende Mann wirklich ist. Aber ich darf es nicht sagen.«
Gegen Mitternacht, als Kranabitter die dritte Literflasche kommen hatte lassen, sagte er den Namen aber doch. Zu seiner Enttäuschung machte der Name keinen Eindruck. Das war aber wohl wirklich auf die sehr mangelhafte kulturelle Bildung, die damals in Eichkatzlried herrschte, zurückzuführen.

Am Montag, als der Fuhrmann und die drei Fuhrknechte bereits in der Wirtsstube warteten, mußte der völlig verkaterte Klavierstimmer Kranabitter mit Gewalt aus seinem Bett geholt werden. (Der Wirt stellte bei der Gelegenheit fest, daß Kranabitter ein kariertes Nachthemd trug.) Kranabitter strich sorgfältig seine Koteletten auseinander, trank einen Schnaps, wies alles andere Frühstück weit von sich, zündete seine Pfeife an und ging äußerst mürrisch mit den Fuhrknechten zum Bezirkshauptmann.
Das Dienstmädchen hatte bereits die Nippes und die grünseidene Zierdecke vom Flügel geräumt – denn das war selbstverständlich nicht mitgemietet – und das Instrument abgestaubt.
»Das wäre nicht nötig gewesen«, sagte Kranabitter, »es wird heute noch dreckig genug.«
Dann gab er den Fuhrknechten Anweisung – legte bei besonders kitzligen Griffen wohl auch mit Hand an –, wie die Beine abzuschrauben waren, und wie sie das Instrument hinuntertragen mußten. Abgesehen von einem abgeschlagenen Eck in der Stuckeinfassung der Salontür und einem eingequetschten Daumen des Fuhrknechtes Alois vulgo Loisei – der aber taubstumm war und nur unhörbar, aber trotzdem und vielleicht gerade deswegen besonders eindrucksvoll fluchen konnte – brachte man den Flügel ohne Schwierigkeiten auf den Wagen. Es waren Decken untergelegt worden, auch über das Instrument kamen Decken, dann wurde es mittels jener Stricke mit groben Holzha-

ken an den Enden festgezurrt, die normalerweise zum Festmachen der hohen Heufuder dienen.
»Hoffentlich regnet es nicht«, sagte Kranabitter.
Aber das Wetter hielt. Der Herbst ist meist sehr beständig in Eichkatzlried.
Zunächst ging es ohne weiteres. Bis Hagstein, einem Hof auf der halben Höhe des Eichkatzlrieder Hornes, fuhren oft genau so schwere und schwerere Fuhren.
Dann aber wurde der Transport problematisch. Weiter hinauf (besser eigentlich: von oben herunter) gab es nur eine Rinne, durch die im Winter die Holzknechte die Baumstämme herunterziehen. Aber Kranabitter, dessen technische Erfindungskraft sich durch den Enzianwurzenschnaps, den der Hagsteiner selber brannte, voll entfaltete, ließ eine Art Schlitten bauen: zwei feste, starke Kufen, so schmal, wie die Zarge des Flügels hoch, durch Bretter verbunden, vorn mit einer normalen Wagendeichsel versehen. Vier Pferde wurden vorgespannt. Kranabitter mußte namens des Herrn de Iwanowsky einige Goldstücke extra springen lassen: aber: Geld, hatte der Auftraggeber gesagt, solle keine Rolle spielen. Die Pferde mußten, weil die Rinne so schmal war, quasi im Gänsemarsch hintereinander gespannt werden. So ging es am Dienstag in aller Früh bis zur ›Adlersruh‹ hinauf, dem höchsten Hof.
Die Pferde mußten sich mächtig ins Geschirr legen, der Fuhrmann knallte mit der Peitsche, an steilen Stellen schoben die schwitzenden Fuhrknechte. Das Instrument, in graue Decken und Sackleinwand gewickelt, hochkant gestellt, wackelte bedrohlich, holperte über Wurzeln und Steine und gab in der Stille des Waldes dumpfe, nachdröhnende Töne von sich.
Herr Kranabitter beschränkte sich darauf, aufgeregt hinterherzuklettern und ständig zur Vorsicht zu mahnen. Er hatte eine Flasche des Hagsteinerschen Enzianwurzenschnapses mitgenommen, was sich aber als überflüssig herausstellte. Der ›Adlersruh‹-Bauer brannte einen noch besseren.

Von der ›Adlersruh‹ aus gab es keinen Weg mehr nach oben. Nur ein Jägersteig führte durch den hohen Fichtenwald hinauf. Es war keine andere Möglichkeit zu sehen, als den Flügel zu tragen. Am Mittwoch kurz nach Sonnenaufgang erfüllten Lärm und Geschäftigkeit die klare, frische Luft um den Bergbauernhof.

Die Rosse wurden zusammengekoppelt und von einem jungen Burschen – dem Sohn des ›Adlersruh‹-Bauern – wieder hinunter nach Hagstein geführt. Kranabitter, der äußerst unbequem geschlafen hatte: auf der Ofenbank, das ist ein Verschlag über dem großen, kuppelartigen Kachelofen, knapp unter der verrußten Holzdecke der Stube, mußte geweckt werden. Dem taubstummen Loisei wurden die Verbände um sein Schienbein entfernt – gestern war ihm der Flügel aufs rechte Bein gefallen, er hatte wieder lautlos geflucht, aber er vergaß über dem neuen Schmerz wenigstens seinen eingequetschten Daumen vom Montag –, die Bäuerin kochte einen Sterz, ein äußerst fettes, nahezu geschmackloses, nur für die so gut wie unempfindlichen Mägen der Tiroler verdauliches Gericht aus Mehl, Fett und Salz, der uralte ›Adlersruh‹-Großvater, ein Veteran des Tiroler Freiheitskampfes von anno 9, hielt den eingewickelten Flügel für eine Kanone und glaubte, es gehe nun endlich weiter gegen die Bayern. Er holte seine Trommel und sang mit brüchiger Stimme das Sturmlied der Eichkatzlrieder Schützen. Der Bäuerin gelang es, nachdem sie ihm gestattet hatte, die Trommel mitzunehmen, den Alten wieder ins Bett zu stecken. Er trommelte mit knöchernen Fingern noch eine Zeitlang unter der Decke weiter, schlief aber dann doch ein.
Es war ausgemacht, daß heute, also am Mittwoch, Herr und Madame de Iwanowsky auf Maultieren zu Mittag nach ›Adlersruh‹ heraufkämen und von hier aus am frühen Nachmittag den Aufstieg zum Grünen Wildsee antreten würden. Man rechnete von der ›Adlersruh‹ zu dem Wildsee – wenn man kein Klavier dabei hat – eine Stunde für einen Hirten oder Jäger; die Herrschaften aus der Stadt, erklärte man, dürften mit zwei Stunden rechnen. Das hieß für Kranabitter: gegen vier Uhr war die Ankunft der Herrschaften am Grünen Wildsee zu erwarten.
Der Transport durch den Hochwald über den Jägersteig war das schwierigste Stück. Als sich der Wald gegen die Baumgrenze hin lichtete, dann ganz zurücktrat und den Latschen und Zirbelkiefern den Platz überließ, wurde es eher wieder einfacher. Zum Schluß, gegen den See hin, wurde der Weg sogar eben. Daß er von steilaufragenden, zum Teil überhängenden Wänden überschattet war, machte den kühnen Tirolern wenig aus.
Sehr zeitraubend war es, daß Loisei an der schmalsten Stelle des Weges in eine Schlucht fiel. Das kam wohl daher, daß er wegen

seines Schienbeines nicht richtig gehen konnte. Der Weg führte über einen schmalen Steg, das heißt: ein paar Balken, die die Jäger über die Schlucht gelegt hatten. Kranabitter blieb schier das Herz stehen, als er sah, wie das wertvolle Instrument über den Steg wackelte. Er schrie hundert Mal: »Vorsicht! Vorsicht!«
Loisei, der wegen seiner Verletzung am Schienbein nur die abgeschraubten Füße des Flügels trug, wollte sich noch neben dem Flügel hinüberdrängen, um auch irgendwelche Kommandos zu deuten. Dabei rutschte er aus und fiel hinunter.

Zunächst konnte man gar nichts tun. Erst als man den Flügel drüben und abgestellt hatte, schauten alle in die Schlucht hinunter. Loisei hing in den Ästen einer Fichte, die am Grund der Schlucht wuchs. Er rührte sich nicht.

»Hm, hm«, sagte der älteste Fuhrknecht, »ob er hin ist oder nicht. Wir müssen ihn holen, weil er die Klavierfüß dabei hat.«

Tatsächlich hielt der pflichtbewußte Loisei auf der Fichte die Klavierfüße krampfhaft fest.

Man lehnte den Flügel vorsichtig gegen einen bemoosten Felsbrocken. Dann stiegen alle, auch Kranabitter, in die Schlucht hinab. Hoch oben an den Felsen kreisten zwei Habichte.

Alles in allem dauerte es etwa eine Stunde, bis der Transport weitergehen konnte. Nachdem man vergeblich versucht hatte, auf die Fichte zu steigen, an der Loisei hing, entschied man sich dafür, zu schütteln. Selbst das war nicht einfach. Es war ein dicker Stamm, und alle mußten schon kräftig hinlangen, bis der Baum in Bewegung kam. Loisei fiel herab und ließ im Fallen die Klavierfüße aus. Einer davon fiel in den Bach, wurde davongetragen, blieb aber bald an Gestrüpp hängen und konnte unschwer gerettet werden. Er war naß, aber unbeschädigt. Der zweite Fuß fiel auf Loisei und blieb dadurch ebenfalls unbeschädigt. Nur der dritte Fuß fiel auf den steinigen Grund und war ziemlich zerschrammt, aber noch brauchbar.

Loisei atmete noch. Sein Kopf wurde von den Kameraden in das eiskalte Wasser des Bergbaches getaucht. Da wachte Loisei wieder auf. Er fluchte – unhörbar – sehr lange und eindrucksvoll. Ob er sich die linke Schulter beim Fall von oben, beim Fall vom Baum oder durch das Aufprallen des Klavierfußes ausgekegelt hatte, wußte man nicht zu sagen. Der kräftigste der Burschen holte weit aus und gab Loisei einen fürchterlichen Schlag auf die Schulter. Loisei schrie auf – das heißt: er gab einen kehlig-

gurgelnden Laut von sich. Die Schulter war wieder eingerenkt. Die Kräuter-Wabi im Tal, hieß es, würde dann als Nachkur ein paar Kräuter auflegen.
Trotzdem: es war nicht zu verkennen, daß der Loisei auf dem ganzen weiteren Weg mit dem Schicksal haderte.

Der Grüne Wildsee lag in einem völlig einsamen Hochtal. Ein Felsentor öffnete sich zu einem Kessel, um den hohe, aber gar nicht bedrohliche Felsen aufragten. Der See in der Mitte des Kessels war kreisrund, unauslotbar tief – also wohl vulkanischen Ursprungs – klar und rein und von der Farbe eines hochkarätigen Smaragdes. Der Rand des Kessels bis zum Ufer des Sees war eine sanft abfallende, mit bunten Bergblumen übersäte grüne Matte, in der hie und da ein moosüberwucherter Felsen lag. Es war wie ein Märchen, und man hätte nicht erstaunt sein dürfen, wenn eine Valandin oder ein Wassergeist in dieser klaren, zitternd-stillen Mittagsstunde aus dem wohl eiskalten, kristallenen Wasser gestiegen wäre und die Klavierträger verzaubert hätte.
Aber die Leute aus der Gegend von Eichkatzlried sind strohtrocken und nüchtern. Sie wickelten das Klavier aus, schraubten die Füße an und stellten das Instrument auf eine ebene Stelle, wobei Loiseis linker Fuß unter den Flügel geriet. Kranabitter, dem der Mann allmählich leid tat, opferte den Rest aus der einen der beiden Flaschen, in der er Enzianwurzenschnaps vom ›Adlersruh‹-Bauern mitgenommen hatte. Loisei rieb sich den Fuß damit ein.
Die Fuhrknechte setzten sich auf der Wiese zur Ruhe oder legten sich schlafen. Kranabitter öffnete sein weinrot-samtenes Kästchen und begann den Flügel zu stimmen.

Tatsächlich um vier Uhr nachmittags kamen Madame und Herr de Iwanowsky, gefolgt von gut einem Dutzend Leuten, die alle möglichen Schachteln und Koffer – und einen Klavierstuhl – trugen. Man errichtete eine Art Paravent-Zelt, in dem sich Madame umzog. Zum Aufstieg hatte sie ein bequemes blaues Reisekleid aus festem Tuch getragen. Jetzt wählte sie ein Nachmittags-Complet aus perlhuhnfarbener Seide. Auch Herr de Iwanowsky wechselte die Kleider.
Danach nahm man einen Imbiß zu sich. Dann mußten sich alle, das Personal, das das Gepäck getragen hatte, die Fuhrknechte

und sogar Herr Kranabitter zurückziehen. Sie mußten entweder hinaus aus dem Kessel hinters Felsentor oder sich hinter großen Findlingen verstecken. Herr Kranabitter stieg, ehe auch er verschwand, auf den Klavierstuhl und blickte in die Runde. Hie und da war noch ein Bein oder ein Kopf zu sehen. Kranabitter verscheuchte unerbittlich alles, bis nur noch die Natur in ihrer großen Ruhe um den Grünen Wildsee wob. Nun schlich auch Kranabitter davon. Herr de Iwanowsky setzte sich an den Flügel. Madame küßte Herrn de Iwanowsky auf die Stirn, spannte dann ihren Sonnenschirm auf und setzte sich in einiger Entfernung auf einen Stein.
Herr de Iwanowsky blickte zunächst über den Flügel hinweg auf den Bergsee, dann wanderte sein Blick hinauf in die Felswände. Die zwei Habichte waren dem Zug gefolgt und kreisten nun hier. Die Sonne sank früh am Tag über den westlichen Rand der Felswände hinab. Die schrägen Sonnenstrahlen streiften über die Matten, und die Myriaden von Bergblumen funkelten wie Edelsteine im Gras.
Da schlug Herr de Iwanowsky den ersten, feierlichen Akkord an –

Bénédiction de Dieux dans la Solitude

– nannte er später die Komposition, die ihm hier die Inspiration zutrug.

Am Samstag – die Herrschaften de Iwanowsky und auch Herr Kranabitter waren schon am Vortag abgereist – stand der Flügel wieder im Salon des Bezirkshauptmannes. Der Bezirkshauptmann befühlte das lädierte dritte Bein des Instruments. Ein Zug von später Reue umspielte seinen Mund.
Loisei, der sich beim Zutal-Transport noch eine Rippe gebrochen und den Unterkiefer ausgerenkt hatte, lag über und über mit Kräutern der Wabi eingewickelt im Bett. Aber es tröstete ihn das Sondertrinkgeld, das ihm Herr de Iwanowsky geschickt hatte.
Still und einsam wie seit Äonen aber lag oben der Bergsee. Mag sein, einer der Wassergeister oder der Seligen Fräulein, die dort oben hausen, haben den einen oder anderen der göttlichen Töne bewahrt und spinnen ihn fort in der klaren Luft zwischen den Felswänden und über dem smaragdenen See.

(1972)

Die letzte Attacke

I

Mit dem Ende der Wintersaison 1964/65 stellte das unrentabel gewordene Berghotel ›Adlerhof‹ am Gauer-Paß in den Berchtesgadener Alpen seinen Betrieb ein. Die örtliche Zeitung widmete dem ehemals berühmten Hotel einen Nachruf. Das Haus war eines der ersten Berghotels gewesen, ein im Stil der Gründerzeit erbauter Komplex, halb maurische Moschee, halb Trutzburg. Die ersten Schneeschuhläufer – damals noch englische Lords oder Bankierssöhne aus Frankfurt oder Amsterdam – waren dort abgestiegen. Das Hotel war mit der Geschichte des Fremdenverkehrs jener Region unlösbar verbunden. In der maßvoll rustikalen Eingangshalle hatten Prinzessinnen und Konsuln den Zofen und Grooms die Leinen ihrer Windspiele in die Hand gedrückt, bevor sie ihre Handschuhe auszogen, um in das Anmeldebuch der Rezeption ihre erlauchten Namen einzutragen. Diese Bücher – einige Konvoluten – spiegeln die Geschichte fast eines Jahrhunderts; sie werden im Heimatmuseum der nächsten Kreisstadt aufbewahrt.
Der Chefportier war immer ein Gentleman; im Grünen Salon oder im Wintergarten des ›Adlerhofes‹ bedient zu haben, und sei es nur eine Saison, galt als hinreichendes Zeugnis für jede Vertrauensstellung in der Gastronomie.
Aber, schrieb das Blatt, die Zeit sei über das Hotel hinweggegangen. Modernisierungen seien versucht worden, aber um das zu erreichen, was heutige Touristen an Komfort erwarten, hätte man das ganze alte Haus umkrempeln müssen. Die heutigen Skifahrer begnügen sich für die Nacht mit Löchern, verlangen aber Schwimmbad, Sauna und Kegelbahn und nicht einen maurischen Wintergarten mit Blick auf die Gletscher, vor dem ein Kellner den Tee serviert und die *Times*. Es sei, schrieb das Blatt, billiger gewesen, ein neues Hotel zu bauen, als das alte umzugestalten.
Mit Beginn der Wintersaison 1968/69 eröffnete – auch diesem Ereignis widmete die örtliche Zeitung einen ausführlichen Arti-

kel – das in über zweijähriger Bauzeit errichtete neue Hotel ›Adlerhof‹ seine Pforten: ein Hotel im Alpenstil, mit Schwimmbad, Kegelbahn und Sauna, mit halbgotischen Madonnen in indirekt beleuchteten Nischen an Rauhputzwänden, mit Schmiedeeisen und Kuhglocken, mit Ochsenjoch und Zirbentäfelung, praktisch, hygienisch und mit alpengrün gekleideten Kellnern, der Oberkellner sowie der Portier mit Talerketten geschmückt. Stilvol, schrieb das Blatt.

Vom alten Hotel ›Adlerhof‹ – das etwa fünfzig Meter neben dem neuen gestanden hatte – lag zu dieser Zeit kein Stein mehr auf dem anderen. Die Abbruchkosten hatte die Gesellschaft, der das alte Hotel gehörte und die das neue baute, gespart. Sie hatte ein Abkommen mit der Bundeswehr getroffen. Nach Räumung des Hotels und unter den gehörigen Sicherungsvorkehrungen wurde das alte Haus am 2. August 1965 von einer Abteilung der Gebirgsartillerie im Rahmen eines Bergmanövers beschossen und nach etwas über einstündigem Feuer dem Erdboden gleichgemacht.

Im Herbst 1965, bei den Applanierungsarbeiten im Zuge des Neubaus, wurde unter den Trümmern des Hotels eine verkohlte Leiche gefunden.

II

Die Ermittlungen der Staatsanwaltschaft und der Kriminalpolizei im Zusammenhang mit der Leiche in der Ruine des zerschossenen Berghotels ›Adlerhof‹ gestalteten sich mehr als schwierig, das heißt: es war wenig zu ermitteln, es war kein Anhaltspunkt, kein Ansatz da. Dabei war klar, daß die Sache kaum mit rechten Dingen zugegangen sein konnte.

Selbstverständlich hatte längst vor der Beschießung des Hotels das Personal das Haus verlassen. Mitte März war, nach der Abreise der letzten Gäste, der Betrieb eingestellt worden. Noch im Lauf dieses Monats war das Mobiliar und überhaupt alles Inventar, soweit es irgend von einem Wert war, abtransportiert worden. Eine Anzahl alter Möbelstücke, auch abgetretene Teppiche und unansehnliche Vorhänge, waren im Haus belassen worden, aber diese Dinge wurden – schon unter Aufsicht der Bundeswehr – von einigen Altwarenhändlern oder sonstigen Interessenten abgeräumt, die nichts dafür zahlen, nur für den

Transport sorgen mußten. Der Geschäftsführer des Hotels und der zuständige Offizier der Bundeswehr erinnerten sich an ergötzliche – wie der Offizier vermerkte – und an Plündereien gemahnende Szenen und daran, wie sich die Trödler um den alten Plunder, den sie gratis haben konnten, prügelten. Die meisten Altwarenhändler kamen mit dem Auto, zwei oder drei mit einem Pferdefuhrwerk. Ein buckliges Trödlerpaar kam zu Fuß – berichtete der Offizier dem Staatsanwalt –, ergatterte ein ziemlich schweres, durchgesessenes meergrünes Plüschsofa mit goldenen Troddeln und trug es zu Tal. Es sei sehr komisch gewesen: der Mann, der vorn ging, habe auf dem linken, die Frau auf dem rechten Bein gehinkt. Das Sofa habe geschwankt wie ein Schiff, als es mit den Trödlern im Wald bergab verschwand. Außerdem habe es bald danach zu regnen angefangen . . .
Auch der Staatsanwalt fand diese Schilderung des Offiziers belustigend. Für die Ermittlungen förderlich war sie nicht.
Nach dem Abzug der Trödler war das alte Haus leer. Auch das wurde überprüft. Einige Tage vor Beginn des Manövers – also Ende Juli – wurde das Haus nochmals besichtigt, wiederum leer gefunden, sodann wurde bis zur Beschießung ein Cordon von Wachen in einer Entfernung von zwei- bis dreihundert Metern um den Platz gezogen. Bei Beginn des Manövers wurde dann ohnedies die ganze Berghöhe abgeriegelt. Daß irgend jemand unbefugt in dieser Zeit in das Hotel gelangt sei, war ausgeschlossen. Natürlich wurde die Möglichkeit erwogen, daß eine Leiche heimlich ins Haus geschleppt worden wäre. (Von einem der Trödler? Um einen Mord, anderswo begangen, zu vertuschen?) Aber dies wäre ja bei der letzten, sorgfältigen Besichtigung, bei der jedes, wirklich jedes Zimmer, jede Kammer, jedes Kellerloch überprüft worden war, nicht verborgen geblieben.
Assessor R., der Witzbold der Staatsanwaltschaft, warf eine Theorie in die Debatte: früher habe es in Bayern die weitverbreitete Sitte gegeben, beim Bau größerer Anwesen schikanöse oder sonst mißliebige Poliere einzumauern . . . Die Theorie wurde nicht ernsthaft weiter in Erwägung gezogen.
Erschwert wurden die Ermittlungen nicht zuletzt dadurch, daß die Leiche erst einige Wochen nach der Zerstörung des Hauses gefunden wurde, daß sie völlig verkohlt war, und daß es zu der Zeit keinerlei auf den Fall passende Vermißtenanzeige gegeben hatte. Die Obduktion – die auch sehr schwierig war – ergab nur,

daß es sich bei dem Toten um einen Mann mittlerer Größe und eher vorgerückten Alters gehandelt hatte. Einige Reste von Textilfäden wurden chemisch analysiert, außerdem wurden einige Messingknöpfe in der Nähe der Leiche entdeckt. Auch das brachte die Ermittlungen nicht weiter.
Da bis zum Fund der Leiche schon eine Menge Schutt weggeschaufelt und weggebaggert, auch schon abgefahren und mit anderem Schutt untrennbar vermischt war, war es nicht ausgeschlossen, daß dadurch Spuren zerstört worden waren.
Ein Gegenstand allerdings, ein längliches, verbogenes und zerschmolzenes Ding aus Metall, gab einen Hauch von Anhaltspunkt: ein zerstörtes Ding, das – nach materialkundlichen Ermittlungen des Landeskriminalamtes – einmal ein Säbel gewesen war.

III

Nicht die Staatsanwaltschaft, auch nicht die Kriminalpolizei, sondern ein gar nicht mit dem Fall befaßter Amtsgerichtsdirektor in Traunstein – dem zuständigen Bezirk – gab den ersten Anstoß zur Aufklärung des Falles. Der Amtsgerichtsdirektor, er hieß Knöller, war, obwohl oder vielleicht gerade weil er selber nie Soldat gewesen war, ein ausgezeichneter Militärhistoriker. Namentlich interessierten ihn die Schicksale militärischer Verbände. Aber auch die Benennung, der Standort und die Adjustierung aller Regimenter der deutschen, bayerischen und auch österreichisch-ungarischen Heere waren ihm geläufig. Dennoch wäre es auch zu diesem Anstoß nicht gekommen, wenn nicht außerdem der Amtsgerichtsdirektor Knöller und der in dem Fall der Leiche vom Hotel ›Adlerhof‹ federführende Erste Staatsanwalt Dr. Walther einem losen Kreis von Schafkopfspielern angehört hätten, der sich jede Woche am Mittwochnachmittag von vier bis sieben Uhr im Café ›Lobendanck‹ am Stadtplatz traf. Während des Mischens der Karten erkundigte sich Knöller eher beiläufig, wohl eigentlich ohne größeres wirkliches Interesse und vielleicht nur, um eine gewisse Anteilnahme an der Arbeit des Kollegen zu zeigen, nach dem Fortgang der Ermittlungen in dem ›Adlerhof‹-Fall. Nach dem darauffolgenden Spiel – einem Solo, das der erwähnte Assessor R., ein gefürchteter Schafkopfer, mit drei Laufenden nebst einem voreilig von Knöller gegebe-

nen Stoß gewann – beim neuerlichen Mischen gab Erster Staatsanwalt Dr. Walther das oben geschilderte Ermittlungsergebnis in dürren Worten, dürr wie das Ergebnis, bekannt. Auch das mit dem Säbel erwähnte Dr. Walther.
Das folgende Spiel verloren Amtsgerichtsdirektor Knöller und Assessor R., allerdings knapp und nur – wie R. mit gebührendem Respekt zu vermerken sich erlaubte –, weil Knöller nach dem dritten Stich Farbe nachgespielt hat, anstatt seinen Laub-Unter vorzulegen. Es kostete Knöller und R. je 20 Pfennige, weil geklopft worden war.
Nun war Direktor Knöller am Mischen. »Das mit dem Säbel«, sagte er und gab aus, »interessiert mich.«
»Hm«, sagte Dr. Walther, der links neben Knöller und also *vorn* saß, »hm«, sagte er, musterte die ersten vier Karten, »dann kommen Sie morgen zu mir. Ich zeige Ihnen die Asservaten. – Ich spiele mit der Schellen-As.« (Dr. Walther, ein für Traunsteiner Verhältnisse grandseigneurhafter Beamter, pflegte sich gewählt auszudrücken: Schellen-As sagte er, nicht Schellen-Sau.)

IV

Am nächsten Tag besuchte, wie vereinbart, der Amtsgerichtsdirektor Knöller den Ersten Staatsanwalt Dr. Walther in dessen Dienstzimmer. Dr. Walther hatte die Asservate und die diversen Befunde der Gerichtsmedizin und des Landeskriminalamts schon vorbereitet. Die medizinischen Ausführungen interessierten Knöller wenig, schob sie samt den naturgemäß wenig ansprechenden Photographien der verkohlten Leiche beiseite und nahm das Wrack des Säbels, das in einem durchsichtigen Plastiksack stak, in die Hand.
»Darf ich?« fragte Knöller.
»Selbstredend«, sagte Dr. Walther. »Es waren keinerlei Fingerspuren dran.«
»Säbelhiebe auf dem Schädel? Ist da irgend etwas festgestellt worden?«
»Der Schädel war zertrümmert. Ob das von den herunterstürzenden Plafondbrocken gekommen ist oder von einem Säbelhieb –«
»– kann kein Gerichtsmediziner der Welt nachprüfen«, vollen-

dete Knöller den Satz und nickte. »Ein österreichischer Infanteriesäbel«, sagte Knöller dann.

»Ach«, sagte Dr. Walther, »das ist interessant. Kämpft das österreichische Bundesheer noch mit Säbeln? Also, ich meine –«

»Nein«, sagte Knöller, »nicht von heute; ein *alter* Säbel, k.u.k.«

»Recht viel wird uns das wahrscheinlich auch nicht weiterbringen. Aber immerhin – wie alt ist so ein Säbel?«

»Auswendig weiß ich das nicht; ich müßte erst daheim nachschauen. Jedenfalls aus dem Ersten Weltkrieg. Und das«, sagte Knöller und schüttete aus einem anderen, kleineren Plastiksack die verschmorten Messingknöpfe auf die Hand, »das sind Uniformknöpfe. Darf ich den Bericht der Analyse sehen, den das Landeskriminalamt –?«

»Bitte«, sagte Dr. Walther und reichte Knöller einen schmalen Aktenhefter. Knöller las, hielt winzige, farbige Faserspuren – in Cellophan eingeschweißte Anlagen zum Bericht – gegen das Fenster, blätterte, las weiter, legte dann den Bericht zur Seite und sagte: *»Hechtgrau, rosenrote* Egalisierung, *gelbe* Knöpfe. Sagt Ihnen das nichts?«

»Ehrlich gesagt, nein«, sagte Dr. Walther.

»Das berühmte Hechtgrau«, sagte Knöller in einem schon nahezu schwärmerischen Ton, »das zumindest seinerzeit so berühmte Hechtgrau. Nicht eigentlich ein Grau, eher schon ein Graublau oder Blaugrau. Hechtgrau! Die einheitliche Farbe der k.u.k. Infanterie seit 1909 –«

»Hochinteressant«, sagte Dr. Walther. »Aber diese Farbe dürfte doch wohl –«

»Kein Zufall«, rief Knöller, »isoliert vielleicht ja, aber sehen Sie: das Asservat . . . das war die Egalisierung, also die Kragenaufschläge und die Messingknöpfe . . . und schließlich und endlich der Säbel. Kein Zweifel: der Tote hat eine kaiserlich und königliche österreichisch-ungarische Infanterieuniform getragen.«

»Das wäre allerdings in der Tat recht merkwürdig«, sagte Dr. Walther.

»Die genaueren Einzelheiten sage ich Ihnen morgen«, sagte Knöller in steigender Begeisterung. »Ich muß nur daheim nachschauen. Auswendig weiß ich's nicht ganz genau. Vier Regimenter haben Rosenrote Aufschläge getragen, nehme ich an, vier . . .«

»Hochinteressant«, sagte Dr. Walther.

V

Nicht erst am nächsten Tag, noch am gleichen Nachmittag kam Amtsgerichtsdirektor Knöller – unter dem Arm ein Paket alter Bücher, darunter ein in Packpapier eingeschlagenes Konvolut – wieder zu Dr. Walther Knöller hatte sich das Mittagessen versagt und war schnell heimgefahren (er wohnte etwas außerhalb), um den angerissenen Dingen auf den Grund zu gehen.

»Das«, sagte Knöller und schlug eines der Bücher auf, »ist das so berühmte ›Farbenkastl‹ der k.u.k. Infanterie. Von oben nach unten: Hosen und Knöpfe, von rechts nach links: die Farben. Die Zahlen in den Kästchen, die sich so ergeben, beziehen sich auf die 102 Infanterieregimenter. Es war natürlich nicht einfach«, dozierte Knöller, »für ein-hundert-und-zwei Infanterieregimenter verschiedene Egalisierungsfarben zu finden. 102 verschiedene Farben gibt es gar nicht. Also hat man Farbschattierungen einführen müssen. So wurde Gelb – sehen Sie hier – eingeteilt in *Schwefel-*, *Kaiser-* und *Orange*gelb, Grün in *Meer-*, *Apfel-*, *Meergras-*, *Papagei-*, *Gras-* und *Stahl*grün. Es bedurfte schon eines geübten Auges – der Kaiser soll es gehabt haben –, um Meergrün, Grasgrün und Meergrasgrün voneinander zu unterscheiden. Man hat«, sprach Knöller mit beruhigendem Ton, »vernünftigerweise allerdings etwa meer- und meergrasgrün adjustierte Regimenter, also farblich benachbarte, geographisch weit voneinander entfernt stationiert. Zum Beispiel: Meergrün . . .« Knöller fuhr in der betreffenden Rubrik seines ›Farbenkastls‹ mit dem Finger nach unten »– Nummer 87 . . .« dann schlug er ein anderes Buch auf, »das ist der Schematismus der Infanterieregimenter . . . 87 . . . 87 . . . 87 . . .«, er blätterte, »hier: k.u.k. Infanterieregiment No. 87 ›Freiherr von Succovaty‹, errichtet 1883, Stab und zwei Bataillone in Pola, die beiden anderen in Cilli und Skutari, also im Süden der Monarchie, dann – sehen wir, wer noch Meergrün getragen hat – aha – 21 . . .«, wieder blätterte er, »k.u.k. Infanterieregiment No. 21 ›Graf von Abensperg und Traun‹, errichtet 1833, Stab und zwei Bataillone in Kuttenberg und Časlau . . ., also im Norden der Monarchie.«

»Hochinteressant«, sagte Dr. Walther.

»Ja«, sagte Knöller feurig. »Und denken Sie sich: es gibt heute noch Leute, die wissen das alles auswendig.«

»Erstaunlich.«
Knöller bemerkte die Ironie in Dr. Walthers Stimme nicht und fuhr unbeirrt und begeistert fort: »Von Rot gab es die meisten Nuancen. Sehen Sie: *Scharlach-*, *Amarant-*, *Krebs-*, *Krapp-*, *Bordeaux-* usw., und hier *Rosen*rot.«
»Aber woher wissen Sie, daß das Rot, das diese paar Fäden mühsam erkennen lassen, Ihr ärarisches k.u.k. Rosenrot ist?«
»Ja!« lachte Knöller verschmitzt und band den Konvolut auf, den er dabei hatte. »Ein Fund, um den mich viele Sammler beneiden. In einer Trödlerei in St. Pölten. Der Trödler hat es für den Nachlaß eines Textilvertreters gehalten. Aber es ist das authentische Musterbuch der Heeresschneiderei Wiener-Neustadt! Hier –«, Knöller nahm das Farbmuster ›Rosenrot‹ heraus und hielt es neben das Präparat des Landeskriminalamts. »Was sagen Sie jetzt?«
»Hochinteressant«, sagte Dr. Walther und dachte – sagte es aber nicht –, daß schon bald danach, damals, die ganzen Meergrasgrün, Hechtgrau und Lichtblau von anderen Nuancen: vorwiegend Durchfallbraun, Uringelb, Rußschwarz und namentlich Hämoglobinrot überspült worden waren.
»Nun«, dozierte Knöller weiter, »hat es also vier Infanterieregimenter mit rosenroter Egalisierung gegeben: 5 – ›Freiherr von Klobučar‹; 6 – ›Carol I. König von Rumänien‹; 13 – ›Jung-Starhemberg‹ und 97 – ›Freiherr von Waldstätten‹. No. 6 und No. 97 fallen weg, denn die hatten Silberknöpfe, wie sie am ›Farbenkastl‹ unschwer erkennen können.«
»Unschwer«, nickte Dr. Walther.
»Bleiben No. 5 und 13. – Man müßte wissen«, sagte Amtsgerichtsdirektor Knöller, »welche Hosen!«
»Ich verstehe nicht?«
»Die Hosen! Ob der Tote die österreichischen Pantalons getragen hat – dann wäre es das Regiment Nr. 13 – oder die bestickte, enge sogenannte Ungarische Hose – dann wäre es No. 5?«
»Das wird sich wohl nie mehr feststellen lassen.«
Knöller nickte bedauernd und klappte seine Nachschlagewerke zu.
»Glauben Sie, daß sich ein Angehöriger dieses Regiments –«, Dr. Walther rechnete – »von 1918 bis 1965 . . . siebenundvierzig Jahre lang im Keller des Hotels ›Adlerhof‹ in Berchtesgaden verschanzt gehalten hat? Meines Wissens hat die k.u.k. Armee

nicht in der Gegend von Berchtesgaden operiert, jedenfalls nicht im Ersten Weltkrieg.«
»Ausgeschlossen«, sagte Knöller.
»Da wird uns also das ganze schöne Rosenrot und Hechtgrau nichts bringen«, sagte Dr. Walther nicht ohne einen leisen – und wie er schnell danach zugeben mußte: ungerechten – Unterton des Vorwurfs.
»Ich habe nur gesagt, was ich weiß«, sagte Knöller beleidigt. »Schließlich: besser als gar nichts.«
»Selbstverständlich«, beeilte sich Dr. Walther zu versichern, »da haben Sie ganz recht. Besser als gar nichts.«
Er sollte bald erfahren, daß die Erkenntnisse Knöllers *weit* besser als gar nichts waren.

Die Sache mit der Uniform und der genaue Sachverhalt, soweit bekannt, wurden rundum allen Polizeidienststellen bekannt gemacht, gelangte auch zu den Instanzen der Bundeswehr, die – weil ja ein Zusammenhang mit einem Manöver bestand – in die Ermittlungen eingeschaltet waren.
Der Oberstleutnant – er hieß Semmelknie –, der für die Sicherheitsvorkehrungen bei der Beschießung des ehemaligen Hotels verantwortlich gewesen war und wegen der Leiche zahllose Berichte und Rapporte hatte schreiben müssen, las die Mitteilung von der k.u.k. Uniform mit großer Aufmerksamkeit.
Abgesehen von den lästigen Ermittlungen der Polizei, hatte Oberstleutnant Semmelknie einen raumgreifenden Anpfiff seitens des Divisionskommandeurs wegen der Leiche im Hotel erdulden müssen. Der Anpfiff gipfelte in dem Befehl: »Entweder Sie bekommen binnen 24 Stunden heraus, wer der Kretin war, den Sie da niedermähen haben lassen, oder –«
Was die Alternative war, verschluckte der Divisionskommandeur. Oberstleutnant Semmelknie zog es vor, nicht danach zu fragen, raffte seine Akten zusammen, salutierte und ging hinaus. Er herrschte nun seinerseits alle Soldaten an, die damals Posten geschoben hatten, und vergatterte sie, ihre Spatzenhirne zusammenzunehmen und angestrengt nachzudenken, ob nicht irgend jemand in der Nacht vor der Beschießung das Hotel betreten hatte. Niemand. Absolut niemand. Auch nicht der Versuch. Keine Maus.
Dem ersten der Berichte, die Oberstleutnant Semmelknie vor-

legte und in dem er die Aussagen der Wachtposten zusammenfaßte und darlegte, wie minutiös die Sicherheitsbestimmungen gerade in diesem Fall eingehalten worden waren, konnte der Divisionskommandeur nichts anderes als ein unwilliges Brummen entgegensetzen.
Nun, nachdem der Oberstleutnant das mit der alten Uniform gelesen hatte, rührte sich der Ärger in seiner Seele wieder, und er wendete seine Gedanken hin und her. Ein Bild, das dem Dossier beigegeben war, ließ ihn nicht los. Das Bild war die Kopie einer Darstellung, die Amtsgerichtsdirektor Knöller aus seinen privaten Materialien zur Verfügung gestellt hatte: ein k.u.k. Infanterieoffizier in vorschriftsmäßiger Kleidung, flott, ein Bein vors andere gestellt, den Säbel lässig in beiden Händen, ein schmales kleines Schnurrbärtchen im Gesicht, die Uniform unter Aufsicht Knöllers koloriert: Hechtgrau mit rosenroten Aufschlägen. Ein – sozusagen idealer – Hauptmann der k. und k. Infanterie.
Oberstleutnant Semmelknie suchte die Liste mit den Soldaten, die damals Wache geschoben hatten, heraus. Schon am nächsten Tag machte er sich auf den Weg zu der Einheit, der die Mehrzahl dieser Soldaten angehörte. Einen nach dem anderen ließ er kommen, einem nach dem anderen zeigte er dieses Bild. Daß es ausgerechnet der dreizehnte Soldat war, der angesichts dieses Bildes stutzig wurde, berührte Semmelknie eigenartig. Er vermerkte dieses Detail später in seinem Aufsehen erregenden Bericht aber nicht.
»Ach so –«, sagte der dreizehnte Soldat. Es handelte sich um einen Wehrpflichtigen namens Kassian.
»Was: ach so?«
»Der da –«
»Wieso? Kennen Sie so einen?«
»Kennen nicht. Aber gesehen habe ich ihn schon.«
Der Oberstleutnant sprang auf. »Wo? Wann?«
Der Soldat Kassian rückte nach mehreren strengen Ermahnungen und nach der Zusicherung, daß die Sache für ihn glimpflicher ausgehen würde, wenn er gleich alles sage, mit seinem Wissen heraus. Die Ausgangssperre, die er später bekam, wurde übrigens versüßt durch sein Drittel Anteil an den 5000 Mark Belohnung, die die Polizei inzwischen für Hinweise zur Klärung des Falles ausgesetzt hatte.
Ein Mann in so einer Uniform sei, rapportierte Kassian, in der

fraglichen Nacht an ihm vorbeigegangen. Er, Kassian, habe den Unbekannten vorschriftsmäßig angehalten, der fremde Offizier in der merkwürdigen Uniform habe ihn aber derart fachmännisch – ». . . ich möchte sagen«, sagte Kassian, »routiniert . . .« – angeschnauzt, vollkommen offiziersmäßig, wenngleich mit fremdem Akzent, daß er – Kassian – den Fremden auch ohne Parole habe passieren lassen. Er habe den Offizier für einen ausländischen Manövergast gehalten, für ein hohes Tier, einen Militärattaché oder so.

»Und wo ist der hin?«

»Im Dunkeln verschwunden.«

»In Richtung Hotel?«

»Jawohl, Herr Oberstleutnant.«

Warum Kassian am nächsten Tag diesen Vorfall nicht gemeldet habe? Er habe nicht mehr daran gedacht. Auch später bei den Vernehmungen hätten alle immer nur von Zivilisten gesprochen, die sich da eventuell herumgetrieben hätten. Von einem Militärattaché sei nie die Rede gewesen.

VI

In München, im eher übelbeleumundeten Stadtteil Giesing, in Untergiesing in der Pilgersheimer Straße auf Nummer 11, befindet sich eine von der katholischen Kirche betriebene Sozialeinrichtung, die offiziell ›Männerübernachtungsheim‹, im Volksmund, jedenfalls in den einschlägigen Kreisen, aber schlicht das ›Pilgersheim‹ heißt. Es ist Zufall, daß sich dieses traurige Haus, das für viele oft die letzte Rettung vor dem Erfrieren ist, in der Pilgersheimer Straße befindet, ausgerechnet in der Straße mit diesem Namen, und dennoch ist die abgeschliffene Bezeichnung ›Pilgersheim‹ nicht ohne tiefen Sinn. *Wohnen* dürfen die bedauernswürdigen Pilger dort nicht, nur schlafen. Um acht Uhr früh werden sie von der mit Recht – es geht nicht anders bei solchen Dingen – strengen Hausleitung aus dem Haus geschickt – und ab und zu geworfen –, dann pilgern sie durch die Stadt, ziellos wie durch ihr ganzes Leben, pilgern ab und zu, eher selten und fast immer vergeblich zum Arbeitsamt, oder pilgern zur Großmarkthalle, wo sie hoffen, für eine Stunde oder zwei beim Abladen von Obst oder Gemüse ein paar Mark zu verdienen, pilgern zu den mildtätigen Stellen, wo gratis Essen verteilt wird,

pilgern zu ihren Stamm-Bettelplätzen, pilgern sehr häufig von Stehausschank zu Stehausschank, und nicht selten führt ihre Pilgerreise über den Schnellrichter im Polizeipräsidium und die ebenfalls in Giesing gelegene Justizvollzugsanstalt – weil in der Stadelheimer Straße gelegen ›St. Adelheim‹ genannt – nach einigen Tagen oder Wochen zum ›Pilgersheim‹ zurück.
Ein paar gibt es im ›Pilgersheim‹, die genießen ein bescheidenes Privileg: während die normalen Pilgersheimer ihren Besitz, meist ein weder hechtgraues noch rosenrotes, sondern eher abfallolives Bündel oder einen Rucksack und ein paar Plastiktüten mitnehmen müssen, wenn sie in der Früh das Haus verlassen, dürfen einige, die sich durch brave Führung, relative Ordnung, womöglich Sauberkeit und Pünktlichkeit hervorgetan haben, ihre Habseligkeiten über Tag in einem Spind verwahren.
Lotzi gehörte zu ihnen.
Lotzi, erzählte der Leiter des Heimes der Polizei – ein katholischer Geistlicher – habe man sogar darüber hinaus die noch seltenere Vorzugsbehandlung angedeihen lassen, daß er sich mit der Adresse des Heimes polizeilich melden habe dürfen. Lotzi, der in Kreisen der Stammbewohner des ›Pilgersheimes‹ auch ›der Oberst‹ genannt wurde, sei ein ruhiger, sehr sauberer, aber verschlossener, alter Mann gewesen, der – auch weil er sich nie an den Besäufnissen beteiligte – deswegen bei manchen Kameraden als hochmütig galt. Lotzi – mit wirklichem Namen Łoczwadowski Michael – sei Ende Juli oder Anfang August verschwunden, sagte der Geistliche, genau wann, könne er nicht sagen; Buch geführt werde nicht, und sei bis heute, und jetzt haben wir Dezember, nicht wieder aufgetaucht. Ab und zu sei Lotzi auch früher schon ein paar Tage weggeblieben. Aber so lange nicht.
»Als ich das«, sagte der Geistliche, »mit der Uniform in dem polizeilichen Aufruf in der Zeitung gelesen habe, ist mir sofort Lotzi eingefallen. An und für sich war Lotzi sehr wortkarg, aber einmal hat er mir doch erzählt, was in der verschnürten Schachtel war, die er in seinem Spind verwahrt hatte. Lotzi war für unsere Verhältnisse in ›Pilgersheim‹ geradezu penibel auf seine Garderobe bedacht, wenn man von den uralten Klamotten, die er hatte, überhaupt so reden kann. Einen großen Teil seiner ganz kleinen Rente gab er für Zwirn und Flicken und Knöpfe aus. Oft saß er da und flickte seine Sachen. Bügelte sogar. Das Bügeleisen hat er sich ausgeliehen. Die altmodische Formulierung: ›ärm-

lich, aber sauber‹ hätte auf ihn zugetroffen. In der Schachtel aber hatte er eine tadellose Uniform, eine uralte, aber picobello gestriegelte und geschniegelte Uniform mit Tschako, Stiefel, Koppel, Säbel und ich weiß nicht was. Fragen Sie mich nicht, was es für eine Uniform war. Menschenskind, Lotzi, sagte ich oft zu ihm, da laufen Sie bei so einem Wetter in zerrissenen Schuhen herum. Ziehen Sie doch die tadellosen Stiefel an. – Nein, sagte er, wer weiß, wozu ich die noch brauchen werde. Hie und da verdiente er sich übrigens ein paar Mark, wenn er polnisch dolmetschen konnte. Aber wann braucht schon irgend jemand einen polnischen Dolmetscher.«

Der Spind Lotzis wurde von der Polizei geöffnet. Die verschnürte Schachtel fehlte.

VII

Michael Łoczwadowski, geboren 1890 in Krakau, Beruf: Oberst a. D., polizeilich gemeldet seit 1953 in München, zuletzt in der Pilgersheimer Straße 11, vorher wohnhaft in der ›Familienpension Frieda‹ in der Kaiserstraße in Schwabing, 1953 aus den Vereinigten Staaten nach München zugezogen.

Über die amerikanische Vergangenheit Łoczwadowskis konnte mangels irgendwelcher näherer Angaben nichts in Erfahrung gebracht werden. Die ›Familienpension Frieda‹ gab es nicht mehr. Die Tochter ihrer verstorbenen Inhaberin aber konnte ausfindig gemacht werden. Sie erinnerte sich dunkel an den ›Herrn Oberst‹, einen Polen, der aus Amerika gekommen war und in der Familienpension ein ruhiges und bescheidenes Leben geführt hatte. Ob er etwas und wenn ja, was er tat, hatte man nie erfahren.

»Eine für damalige Begriffe nicht unerhebliche Summe aus dem Lastenausgleich oder so etwas hat er gehabt«, sagte die Tochter der Pensionsinhaberin, »aber er hat wohl von der Substanz gelebt. Am Dienstag und am Donnerstag hat er mit der Mutter immer Rommé gespielt. Die letzte Monatsmiete – war das 1958 oder 1959? – konnte er nicht mehr zahlen. Er hat meiner Mutter dafür zwei alte Bilder gegeben. Dann ist er ausgezogen. Ich habe die Bilder nach dem Tod meiner Mutter verkauft mit dem ganzen anderen Plunder aus der Pension. Sie können sich gar nicht

vorstellen, was das für Zeug war. Uhren unter einem Glassturz. Samttischdecken mit Quasten. Zimmerlinden. Und eben die Bilder vom Herrn Oberst. An den Namen hätte ich mich nicht mehr erinnert. Aber Łoczwadowski oder so stimmt schon. Seine Eltern sind es gewesen, auf den Bildern. An das Bild mit dem Mann erinnere ich mich: in Uniform und mit einem Schnauzbart so groß wie ein Handfeger.«
Auch an die alte Uniform konnte sich die Tochter der verstorbenen Pensionswirtin erinnern. Schon damals habe er die Uniform, auch die Stiefel, den Tschako und den Säbel immer sorgfältig verwahrt gehabt – in einem Lederkoffer, in einem sehr altmodischen Koffer aus ganz dickem Leder mit Messingbeschlägen. Der Koffer sei förmlich ein Wertstück gewesen, wahrscheinlich mehr wert als die dummen, alten, nachgedunkelten Bilder. Die Mutter hätte lieber den Koffer gehabt. Der Oberst habe geschwankt, habe sich aber dann doch lieber – wenngleich auch das schweren Herzens, könne man ja verstehen – von den Bildern getrennt, nicht vom Koffer. Wahrscheinlich habe er aber dann später den Koffer auch noch verkaufen müssen, in der Not. Daß der ›Herr Oberst‹ die Uniform jemals angehabt habe, daran konnte sich die Tochter nicht erinnern. Aber hergezeigt habe er sie einmal. – Hechtgrau? Kann sein, Hechtgrau. Einzelheiten wisse sie nicht mehr, aber das, daß der Oberst gesagt hat: das sei seine Leutnants-, kann auch sein Oberleutnantsuniform aus dem Ersten Weltkrieg. Sie sei mehr als ein Andenken. Das sei seine Heimat.

VIII

Oberst a. D. Michael Łoczwadowski hatte einen Fremdenpaß gehabt. Seine Staatsangehörigkeit war, wie sich aus den Unterlagen des Paß- und des Ausländeramtes ergab, ungeklärt. Er wurde als ›staatenlos‹ geführt. Der Paß war bei den wenigen Habseligkeiten, die im Spind des Heimes in der Pilgersheimer Straße sichergestellt wurden, nicht dabei. Falls es sich bei dem Toten des Hotels ›Adlerhof‹ um den ehemaligen polnischen Oberst und noch ehemaligeren k.u.k. Leutnant oder Oberleutnant Łoczwadowski gehandelt hat, war also anzunehmen, daß er seinen Paß mitgenommen hat, und daß er mit verbrannt ist.
Ein Paßbild war allerdings bei den Unterlagen des Ausländeram-

tes: ein langes, etwas unregelmäßiges, zerfurchtes Gesicht mit einer Adlernase.

Auf die Veröffentlichung des Bildes und eine neuerliche Beschreibung aller Umstände in den Zeitungen meldete sich ein Mann namens Vorländer bei der Polizei.

Er habe, sagte Herr Vorländer, wohl die Aufrufe mit dem Hinweis auf die komische Uniform nicht gelesen, sonst hätte er sich schon früher gemeldet. Auf das nun abgedruckte Bild hin erkenne er den Mann wieder, aber besonders gut erinnere er sich an die Uniform. Er habe schon fragen wollen: gehen Sie im August auf einen Maskenball? Das sei ihm schon auf der Zunge gelegen, aber er habe es dann doch nicht gefragt, um den Mann nicht zu beleidigen.

Um das vorwegzunehmen: auf äußerst dringende Veranlassung des Amtsgerichtsdirektors Knöller wurde Herr Vorländer bald nach seiner Vernehmung ein zweites Mal vernommen. Bei der ersten Vernehmung war für Knöllers Begriffe nicht genau genug nach den Einzelheiten der Uniform gefragt worden. Das wurde das zweite Mal nachgeholt. Vorländer erinnerte sich gut: die Hose war *nicht* bestickt.

»Also!« sagte Knöller befriedigt, als sei der Fall damit geklärt, »österreichische, respektive cisleithanische Pantalons. Dann ist es klar: k.u.k. Infanterieregiment No. 13 ›Jung-Starhemberg‹.«

»Hochinteressant«, sagte Dr. Walther.

Es sei ihm aufgefallen, sagte Herr Vorländer, daß sich der Anhalter vorgestellt habe. Er sei viel beruflich unterwegs (Vertreter in Baumaschinen), immer allein, und er nehme zu seiner Unterhaltung gern Anhalter mit. Er habe schon unzählige Anhalter mitgenommen, aber daß einer, bevor er einstieg, sich vorgestellt habe, das sei ihm noch nie passiert. Den Namen des alten Mannes allerdings habe er nicht behalten, weil er ihn gar nicht verstanden habe.

Die ganze Sache, gab Herr Vorländer zu Protokoll, sei ihm natürlich äußerst merkwürdig vorgekommen. An und für sich nehme man als erfahrener Autofahrer selbstverständlich keine offensichtlichen Narren mit. »Wer weiß, was so einer macht im Auto, ob er nicht einen Anfall kriegt oder weiß der Himmel was bei sich hat, das entweder verboten ist oder noch im günstigsten Fall zu stinken anfängt.« Nein, so Spinner nehme er nicht mit, aber der Alte in seiner Uniform am Straßenrand habe *so* komisch

ausgeschaut, daß er – Vorländer – quasi automatisch gebremst habe, und als er gemerkt habe, daß das nur ein Narr sein könne, habe der Narr schon gemerkt gehabt, daß er – Vorländer – gebremst habe, habe so bittend und erwartungsvoll geschaut, daß er sich vor sich selber geniert habe, weiterzufahren. Dann sei der Alte an das Auto herangetreten, habe sich mit einer knappen Verbeugung vorgestellt – was Vorländer, wie gesagt, noch nie passiert sei in all den Jahren –, und dann sei es zu spät gewesen, abzuwinken, ohne daß der Alte gekränkt gewesen wäre.
»So *direkt* ins Gesicht hinein beleidigen«, berichtete Herr Vorländer, »kann ich niemanden.«
»Gestatten – Łoczwadowski, Oberst Michael Łoczwadowski, erlauben Sie die Frage: wie weit belieben Sie zu fahren?«
Er habe mit Akzent gesprochen, mit so einem angenehmen, rauhen Akzent. Er – Vorländer – kenne sich zwar im Bereich Baumaschinen aus, nicht aber bei Sprachen. Was für ein Akzent das war? Das könne er nicht sagen. »Es gibt einen Schauspieler, ich kann mich jetzt an den Namen nicht erinnern, der erzählt jüdische Witze mit dem Akzent.«
»Bis Berchtesgaden«, sagte Vorländer.
»Erlauben Sie, daß ich Ihnen Gesellschaft leiste? Bis Berchtesgaden?« fragte der Alte.
Das habe er wörtlich gesagt; nicht: Nehmen Sie mich mit? Oder sowas, oder gar nichts, nur fragend geschaut wie die meisten Anhalter, braucht man ja nichts fragen, ist ja eh klar, was sie wollen, sondern: Darf ich Ihnen Gesellschaft leisten?
Am Rand der Straße stand hinter einem Busch eine mit Spagat zugebundene Schachtel.
»Steigen Sie ein –«, sagte Vorländer. »Gehört die Schachtel dort Ihnen?«
»N – nein«, sagte Łoczwadowski zögernd und stieg, den Säbel klemmte er zwischen die Beine, in das Auto ein. Im Auto nahm er den Tschako ab und hängte ihn wie auf einen Kleiderhaken über den Griff des Säbels.
Abgesehen von seinem Äußeren, erzählte Herr Vorländer, sei der Unterhaltungswert des Offiziers gleich Null gewesen. Trotz einiger Anläufe von seiner – Vorländers – Seite, sei ein Gespräch nicht zustande gekommen.
»Recht warm jetzt«, sagte Vorländer.
»Jawohl«, sagte der Alte.

»Aber das tut ganz gut, nach dem ganzen Regen in den letzten Wochen«, sagte Vorländer.
»Ihrer Meinung«, sagte der Alte.
Im übrigen habe sich der Alte völlig korrekt verhalten, habe weder einen Anfall bekommen noch gestunken. In Berchtesgaden, bevor man in den Ortsbereich kam, habe der Alte gebeten, aussteigen zu dürfen. Er – Vorländer – habe angehalten. Der Alte sei ausgestiegen, habe die Haken zusammengeschlagen, salutiert und gesagt: »Erlaube mir verbindlichst zu danken.«
Im Rückspiegel habe Vorländer dann gesehen, daß der Alte eine kleine Landkarte aus einer Tasche seiner Uniformbluse gezogen, sie entfaltet und studiert, sich dabei umgesehen hat. Offenbar habe er begonnen, sich im Gelände zu orientieren.
Er – Vorländer – habe nach längerem Nachdenken über den kuriosen Fall angenommen, daß es sich bei dem Offizier um irgendeinen ausländischen Militärbeobachter der Manöver gehandelt habe, der seinen Transport oder was verpaßt und kein inländisches Geld dabei gehabt hat und deswegen – was ihm ja sichtlich peinlich war – per Anhalter schauen mußte, daß er zu den Manövern käme. Daß es sich um einen Spion handeln könne, habe er – Vorländer – schon auch überlegt, den Gedanken aber sofort verworfen. Ein Spion wird sich ja nicht gerade anziehen wie ein bunter Hund.
Der spagatverschnürte, weiße Karton, von dem Herr Vorländer gesprochen hatte, wurde – durchweicht – an der angegebenen Stelle gefunden. Er enthielt Kleidungsstücke. Der Heimleiter des ›Pilgersheimes‹ identifizierte sie mit Sicherheit als die, die Lotzi getragen hatte.

IX

Michael Łoczwadowski, Oberleutnant im k.u.k.-Infanterieregiment No. 13 ›Jung-Starhemberg‹, stieg – der Weg war für den alten Mann in der unbequemen und ungewohnten Uniform eher beschwerlich – an den letzten Häusern des Ortes vorbei die Berglehne hinauf. Ab und zu begegnete ihm ein sonntäglicher Spaziergänger. Łoczwadowski achtete nicht darauf. Wenn aber – was nicht oft vorkam – ein militärisches Fahrzeug herannahte, trat er hinter einen Busch oder hinter einen Stadel und wartete, bis es außer Sichtweite war.

Die kleine Landkarte brauchte er nicht mehr zu Rate zu ziehen. Er hatte sich einmal den Weg eingeprägt, und das behielt er. Als ein kleiner Steig von der geteerten Straße abzweigte, folgte Łoczwadowski diesem Steig, der ihn bald in den Wald führte. Auf einer Bank ruhte er aus, nahm den Tschako ab, wischte mit dem ärarischen Taschentuch innen über den Mützenrand und legte den Tschako mit der Öffnung nach oben neben sich. Den Säbel legte er über die Knie und schaute ins Tal. Ein leichter Wind kam auf, fuhr in die Bäume und schüttelte sie. Łoczwadowski empfand den Luftzug als kühlend und angenehm.

Es war eines zum anderen gekommen, und rückschauend erschien Łoczwadowski die Entwicklung als folgerichtig und vielleicht sogar vorbestimmt. Gibt es eine Vorher-Bestimmung? Glaubte der Oberst an Gott? Łoczwadowski war katholisch, er glaubte an Gott in der quasi dienstpragmatischen Form, wie ihn die k.u.k. Armee für ihre Angehörigen römisch-katholischer Konfession vorschrieb. Der kürzeste und schlüssigste Extrakt dieses Glaubens war das Kommando: Helm ab zum Gebet.

Łoczwadowski konnte sich Gott nicht anders als einen höchsten, allerdings gütigen und etwas weltfernen Generalstabschef vorstellen (in flaschengrüner Uniform, versteht sich), als eine Art Über-Radetzky. Es gibt – nicht, daß sich Łoczwadowski Gedanken darüber gemacht hätte, das ist nur die Umgrenzung der Seelenwelt des alten Offiziers, zu der er gekommen wäre, wenn er darüber nachgedacht hätte – es gibt den Gott der französischen Armee, der ähnelt natürlich Napoleon, hält die Tricolore und reitet bleich über die elysischen Felder, hinter ihm der Knochenmann, der die Marseillaise bläst und die alten Krieger aus ihren Gräbern weckt; es gibt den Gott der britischen Armee, Her Majesty's Own God, eine Art Lord Nelson mit einerseits heroischen Zügen, anderseits verhaltenem Club-Charakter; dann gibt es den bekannten preußischen Gott, hat ihn zumindest gegeben, der finster am Rhein saß und im wesentlichen damit beschäftigt war, das Eisen wachsen zu lassen. Der k.u.k. Gott in flaschengrüner Generalstabsuniform war eher ein gemütlicher Herr, sofern alle Vorschriften genau befolgt und keine unangenehmen Turbulenzen verursacht wurden. In seiner Freizeit spielte er wahrscheinlich Tarock oder Preferenzeln.

Als Łoczwadowski vor etwas mehr als einer Woche so wie jetzt über dem Tal (nur nicht in Uniform natürlich) auf einer Bank in

den Isaranlagen in der Nähe der Maximilianskirche gesessen war, im Regen, und in die durchweichte ›Abendzeitung‹, die irgend jemand auf der Bank liegengelassen hatte, ohne sie anzufassen hineinschaute, achtlos und gedankenlos auf die Zeitung schaute und die Notiz über die bevorstehende Beschießung des Hotels ›Adlerhof‹ las, war ihm klar – nach dem, was vorhergegangen war an dem Vormittag –, daß diese Notiz eine Art Gestellungsbefehl des Alten Herrn in Flaschengrün war, die letzte Einberufung zur Großen Armee.
Natürlich waren damals, in den Jahren vor dem Ersten Weltkrieg und dann erst recht im Krieg, die panslawistischen Gedanken und Feuerfunken auch in den Offizierskasinos der galizischen Regimenter umgegangen. Im Gegensetz aber zu den kroatischen oder gar den tschechischen Soldaten zündeten diese Funken bei den Polen kaum jemals. Das beschämende Verhalten des Infanterieregiments No. 11, des Prager Hausregiments, das mit ›klingendem Spiel‹, mit allen Fahnen geschlossen zu den Russen überlief, wiederholte sich bei den polnischen Regimentern im ganzen Krieg nie. Die Polen hatten sich im Schoß der habsburgischen Monarchie immer wohl gefühlt, und die Proklamation einer selbständigen polnischen Republik wurde zwar nicht ablehnend, aber mit recht gemischten Gefühlen begrüßt.
Dennoch trat Łoczwadowski, dem als Berufsoffizier auch gar nicht viel anderes übrigblieb, in die neue polnische Armee über, wurde im gleichen Rang als Oberleutnant übernommen und durfte die ›Große Silberne‹ mit dem Bild Kaiser Franz Josephs auch auf der neuen Uniform tragen. 1939, als die Deutschen – für einen Großteil der Polen hieß das: die Preußen – und die Russen gemeinsam über Polen herfielen, war Łoczwadowski Oberst, wehrte sich so gut es ging, wie dieses ganze tapfere Volk, floh nach dem Zusammenbruch des polnischen Widerstandes mit vielen seiner Kameraden über die noch freie Südgrenze nach Rumänien, später nach Frankreich, nach Amerika.
Ein politischer Kopf war Łoczwadowski nie gewesen. Auf eine derartige Ausbildung hatte die k.u.k. Kadettenanstalt keinen Wert gelegt. In Amerika verfolgte Łoczwadowski die Nachrichten in den Zeitungen und wunderte sich nur, daß man 1945 nicht die Gelegenheit ergriff, in dem ganzen Durcheinander die alte Habsburger Monarchie wieder aufzurichten, um Ordnung und Geborgenheit neu herzustellen. Zur polnischen Legion hatte

sich Łoczwadowski wohl gemeldet, aber da war er schon gesundheitlich recht angeschlagen gewesen. Man hatte ihn nicht gerade abgelehnt, aber eigentlich auch nicht genommen. Die Alliierten legten keinen Wert auf marode alte Offiziere. Manchmal hatte man den Eindruck, sie legten keinen Wert auf die Polen überhaupt. Nach dem Krieg kehrte Łozwadowski nach Europa zurück. Das kommunistische – russische, sagte der Oberst – Polen kam für ihn nicht in Frage. Am liebsten wäre er nach Wien gezogen oder nach Graz, aber in Österreich bekam er keine Rente, wohl aber in der neuen Bundesrepublik. So ging er nach München.

Den Koffer mit seiner alten österreichischen Uniform hatte er mit ein paar anderen Sachen nicht nur über die polnisch-rumänische Grenze weg, sondern auch über die ganze schwere Zeit hin gerettet.

Heute vormittag war er in die Stadt gegangen. Trotz des kalten Regens hatte er geschwitzt. In der Passage vom ›Loden-Frey‹ hatte er sich müde an einen der Pfeiler gelehnt. Wenn er sonst müde war von seinen ziellosen Spaziergängen durch die Stadt, setzte er sich immer auf eine Parkbank, aber die waren heute alle triefend naß. Also lehnte er sich an einen Pfeiler. Er nahm seinen Hut ab, wischte sich die Stirn mit dem Taschentuch. Er schloß die Augen für einen Moment. Als er sie wieder öffnete, sah er, daß ein Passant ein Markstück in den zufällig wie einen Topf hingehaltenen Hut geworfen hatte.

Łoczwadowski nahm das Markstück aus dem Hut. Es kam ihm vor, als glühe es. An einem anderen Pfeiler der Passage saß ein einbeiniger Greis und verkaufte selbstgezeichnete Postkarten. Der Alte war dem Obersten schon oft aufgefallen, weil er immer an dieser Stelle saß und sommers wie winters eine dicke lederne, pelzgefütterte Fliegermütze trug. Den straffen Kinngurt der Mütze hatte der Alte umgeschnallt, die Brille hatte er auf die Stirn geschoben. Die schneidigen Kameraden vom k.u.k.-Fliegercorps hatten solche Mützen gehabt. Einen hatte er einmal auf einem seiner letzten Urlaube in Wien näher kennengelernt: Gottfried, Freiher von Banfield. Er sei, hatte er später gehört, bei der Niederschlagung der Insurrektion von Cattaro mit seinem Aeroplan abgestürzt und umgekommen.

Łoczwadowski warf dem Alten in der Fliegermütze das heiße Markstück zu. Der Alte dankte und hielt dem Oberst eine

Handvoll Postkarten hin zur Auswahl. Łoczwadowski nahm aber keine, rannte hinaus in den Regen.
Noch zielloser als sonst lief er durch die Stadt, wagte nicht stehenzubleiben. Das Schlimmste ist, dachte er immer wieder, daß die Zeit nicht vergeht. An der Maximilianskirche setzte er sich, obwohl in andauerndem Regen, auf eine Anlagenbank. Die Turmuhr der Kirche zeigte dreiviertel Vier. Erst um fünf Uhr durfte man ins ›Pilgersheim‹.
Da sah Łoczwadowski seinen Einberufungsbefehl in der durchnäßten ›Abendzeitung‹, die jemand hier liegengelassen hatte.

X

Der k.u.k. Oberleutnant Łoczwadowski setzte seinen Tschako wieder auf und stieg durch den Wald weiter hinauf, bis er das Hochplateau erreichte, auf dem das Hotel stand. Sein geübtes Auge machte die Wachtposten aus. Er prägte sich ein, wo sie standen, dann suchte er sich einen Heustadel, in den er nicht ohne Mühe kletterte, um sich für ein paar Stunden hinzulegen.
»Herr Oberleutnant«, hörte er seinen Burschen sagen, »legen Sie sich aufs Heu. Ich setz' mich vor den Stadel. Ich wecke Sie. Es geht früh genug los.«
Der Bursche war ein braver Kerl gewesen. Geldzahler hatte er geheißen, ein galizischer Jude. Später, es könnte um 1930 gewesen sein, hatte er ihn zufällig in Krakau wiedergesehen. Er hatte geheiratet, erzählte er freudig, vier Kinder und einen Schusterladen aufgemacht in einem kleinen Nest in der Nähe der Stadt. Er wird es wohl auch nicht überlebt haben, er und seine Familie, dachte Łoczwadowski. Dabei hieß er Siegfried.
Es war wenig Heu in dem Stadel. Łoczwadowski raffte in einer Ecke einige Bündel zusammen und machte es sich bequem. Er gab sich den Befehl: zwei Uhr.
Pünktlich um zwei Uhr wachte er auf, klopfte sich das Heu von der Uniform, schnallte den Säbel wieder um und kletterte hinaus. Es war eine sternklare Nacht. Mit zwei Blicken hatte sich Łoczwadowski orientiert. An der Wache vorbeizukommen, war kein Problem. Den Kommandoton beherrschte er noch.
Das Hotel war nicht verschlossen, die große Eingangstür sogar nur angelehnt.

Łoczwadowski stieg in den ersten Stock hinauf und schaute aus dem Fenster.

Um fünf Uhr krachte die erste Salve. Sie war zwanzig, fünfundzwanzig Meter zu kurz. Sand und Geröll prasselte gegen die Front des Hotels, zertrümmerte ein paar Fensterscheiben. Die nächste Salve war zu weit, sie ging hinter dem Hotel nieder.

»Ihr habt auch zuviel Pulver«, sagte Łoczwadowski und zog den Säbel. »Auf!« schrie er, »es geht los!«

Die Einschläge hagelten. Die ersten Geschosse trafen das Haus. Die Erde dröhnte. Da sprang die große Doppeltür zum Nebenzimmer auf. »Majestät!« schrie Łoczwadowski, »sie hier? Majestät – bringen Sie sich in Sicherheit –«

»Oberleutnant Łoczwadowski? Oder?« sagte der Kaiser. Łoczwadowski traten die Tränen in die Augen: der alte Kaiser hatte ihn erkannt, obwohl er ihm nur ein einziges Mal begegnet war, bei den Kaisermanövern 1913. »Zu Befehl, Majestät«, konnte Łoczwadowski sagen und bemühte sich, dem Monarchen seine Rührung nicht anmerken zu lassen.

»Brav, brav«, sagte der Kaiser, klopfte den Oberleutnant auf die Schulter und ging hinaus. Als die Tür zufiel, wurde die Musik lauter. Die Trompeten züngelten die alte, die süße, die herzbewegende Melodie über dem alles mitreißenden Rhythmus der Bässe: der Radetzkymarsch. »Jetzt!« schrie Łoczwadowski, »jetzt Leute, kann nichts mehr passieren!« Er wandte sich wieder ans Fenster. »Es lebe Seine Majestät, der Kaiser! Sprung auf, marsch – marsch!«

Die Trompeten gellten auf. Die nächste Salve traf das Hotel voll. Die Mauern barsten, legten sich zur Seite und sanken langsam nach innen.

Die Sonne ging über den Bergen auf. »Sie haben sich brav gehalten«, sagte der auch schon längst pensionierte Gott in Flaschengrün, als sich sein letzter Oberleutnant des k.u.k.-Infanterieregiments No. 13 ›Jung-Starhemberg‹ endlich zur Stelle meldete.

(1980)

Nachwort

Am 4. September 1963, an ihrem fünfzigsten Geburtstag, den wir drei Kinder mit ihr und einigen Freunden beim ›Milan‹ mit einem kleinen Essen feierten, erklärte meine Mutter, daß sie beschlossen habe, nunmehr eine Dame zu werden. Nicht sie noch eines von uns Kindern hatte die leiseste Ahnung, daß ihr nur vier Wochen zur Ausführung dieses Entschlusses zur Verfügung stehen sollten. Anfang Oktober erkrankte sie an einer zunächst rätselhaften Krankheit, die ein Arzt merkwürdigerweise als Schwarze Pocken diagnostizierte, kam nach drei Tagen ins Krankenhaus und starb, noch bevor zwei Wochen vergangen waren, an Myelotischer Leukämie. Bei Ordnung ihres Nachlasses – eines sehr bescheidenen Nachlasses – fanden wir unter anderem eine Spanschachtel, in der ein kleiner Zettel mit dem handschriftlichen Vermerk von unserer Mutter lag: »Leer.«
Meine Mutter hat sehr jung geheiratet: im Februar 1933, da war sie keine zwanzig Jahre alt. Im Februar 1934 kam ich zur Welt, zwei Jahre später mein Bruder. Oft wurde unsere Mutter später – als wir achtzehn, zwanzig Jahre alt waren – für unsere ältere Schwester gehalten. Sie war blond, sah immer jung und frech aus, und ich erinnere mich, daß wir einmal bei einem der Tanzabende in der ›Goldenen Gams‹ in Kitzbühel einem besonders hartnäckigen Verehrer unserer ›Schwester‹ durch Vorlage unserer Pässe das Verwandtschaftsverhältnis klarlegten.
Unsere wirkliche – jüngere – Schwester Marlene, die aber seit ihrer Geburt aus nicht mehr feststellbaren Gründen ›Muschi‹ genannt wird, kam 1940 zur Welt, als wir, Gott sei's geklagt, dem Ruf eines Herrn, der sich Führer nannte, gefolgt und vom sonnigen Bozen in die unwirtlichen Tundren nördlich der Alpen übersiedelt waren. (Was für ein Gelübde meine Mutter in dem Zusammenhang abgelegt hat, habe ich in der Geschichte »Ich geh zu Fuß nach Bozen« beschrieben.) Damals, 1940, war mein Vater schon Soldat. Er ist 1943 in Italien gefallen. Ich habe zwar eigene – wenige, sie rühren von den seltenen, kurzen Fronturlauben her – Erinnerungen an meinen Vater. Kennen tu' ich ihn nur aus den Erzählungen meiner Mutter.

Mein Vater war Sparkasseninspektor. Nach seinem Tod erhielt unsere Mutter eine Pension, die – wenn man bedenkt, daß mein Vater im Alter von dreiunddreißig Jahren gefallen war und nicht Gelegenheit gehabt hat, viele Dienstjahre anzusammeln – sehr bescheiden war. Wie unsere Mutter es geschafft hat, uns alle drei auf das Gymnasium zu schicken und dann noch studieren zu lassen (zu einer Zeit, wo es noch kein BaFöG und dergleichen gegeben hat), ist mir heute ein vollkommenes Rätsel.
Zwar waren wir alle drei recht brave Schüler, meine Schwester aber war sogar eine Musterschülerin. »Was für ein Glück«, sagte mein Bruder später, »daß sie jünger ist. Nicht auszudenken, wie sie uns als Vorbild hingestellt worden wäre, wenn sie die Älteste gewesen wäre.« Übrigens ließ es meine Mutter mit dem Gymnasium nicht bewenden: meine Geschwister bekamen noch private Geigenstunden, mein Bruder und ich Harmonielehre, ich Cello- und Klavierstunden. Und dabei waren mein Bruder und ich noch ausgesprochene Fresser, ich außerdem unglaublich heikel mit dem Essen . . . es ist mir ein Rätsel. So hatte (und habe) ich eine, wie ich meine, angeborene Abneigung gegen Zwiebeln (komischerweise nicht gegen Knoblauch), und alles mußte für mich extra ohne Zwiebeln zubereitet werden, sogar in einer eigenen Pfanne, denn ich merkte – merke heute noch –, wenn in einer inzwischen ausgespülten Pfanne vorher etwas mit Zwiebeln gebraten worden war.
Nach dem Abitur, das muß ich zur Ehre von uns beiden Söhnen sagen, halfen wir aber schon mit: wir verdienten in den Semesterferien Geld mit allen möglichen Hilfsarbeiten. Es gab keine Semesterferien für uns, in denen wir nicht gearbeitet hätten. Mein Bruder war zeitweilig auf dem Bau, dann in einer Azetylenfabrik und später in einem Unternehmen ›Apparatebau‹ beschäftigt, das Gegenstand einer längeren Erzählung für sich wäre, die er aber selber schreiben müßte. Ich verdingte mich in noch mehr verschiedenen Branchen: ich kuvertierte Postwurfsendungen für eine Hagelversicherung, verlegte elektrische Leitungen in einer Papierfabrik, war Werkbote in der ›Südbremse‹, Werkstudent mit der Aufgabe, Besoldungsdienstaltersfestsetzungen für Lehrer auszufüllen im Kultusministerium (nannte mich Ministerialwerkstudent) und verteilte Werbebroschüren für eine Agentur, die Auswanderungen organisierte. Diese ganzen Arbeiten vermittelte das Studentenwerk. Man mußte vor

einem Schalter anstehen. Wer am längsten angestanden hatte, bekam den Job. Zweimal durfte man ablehnen. Wenn man den dritten Job nicht nahm – es war ja oft brutale Dreckarbeit dabei –, mußte man sich wieder hinten anstellen. Einmal, glaubte ich, lachte mir das Glück. Ich stand ganz vorn, als der Schalter aufging: »Hilfsarbeit in Miederfabrik, zwei Mann.« Die Kommilitonen machten neidische Witze, als ich zusammen mit dem nächsten in der Schlange loszog. Aber wir mußten nur vor der Miederfabrik – sie hieß Lewandowski, das werde ich nie vergessen – Erde schaufeln, acht Tage lang. Wir sahen kein einziges Mieder.

Beliebt waren Jobs wie: Baby-Sitten, Einspringen für Trauzeugen, Hundeausführen – oder gar ein Auto nach Teheran überführen mit Rückreise im Flugzeug. Solche Nobelarbeiten habe ich nie bekommen. Gelegentlich behaupte ich, es sei einmal beim Glockenspiel am Rathausturm einer von den Lanzenstechern ausgefallen und ich wäre – rasch in ein Kostüm gesteckt – einige Tage lang eingesprungen, bis der hölzerne Ritter repariert war. Aber ich gebe hier zu, daß das – leider – nicht wahr ist.

So zwängten wir uns durch das Studium. Gegen Ende meiner Semester erhielt ich dann meine erste bessere Beschäftigung: durch Vermittlung meines Freundes und Studienkollegen Dieter Simon (er ist heute Professor in Frankfurt) bekam ich ein Drittel einer Assistentenstelle im Römisch-rechtlichen Institut der Universität. Ich mußte den ungeheuren Bestand an Büchern katalogisieren, den ein ehemaliger Professor – Leopold Wenger, das Institut wurde dann nach ihm benannt – dem Institut vermacht hatte. Es waren Tausende von Bänden, ein unglaublicher Schatz an Büchern und – es ist mir unbegreiflich – alle von Leopold Wenger nicht nur gelesen, sondern durchgearbeitet: mit Anmerkungen und Verweisungen in zierlicher, altmodischer Gelehrtenschrift versehen. Chef des Instituts war damals Professor Wolfgang Kunkel, heute längst emeritiert, ein Mann, dessen wissenschaftliche Verdienste ich gleichermaßen wie seine menschliche Größe bewundere. Er ist einer der drei oder vier Lehrer meines Lebens gewesen, und ihm verdanke ich – auch wenn ich kein Römisch-Rechtler geworden bin – die Liebe zur Geschichte der alten Welt. (Ein anderer Lehrer an der Universität, aber das ist schon fast wieder ein Kapitel für sich, war Professor Murad Ferid, von dem ich das Denken lernte.)

Wenn auch unsere Mutter mit fünfzig Jahren, also recht früh, gestorben ist, so hat sie doch zumindest erlebt, daß alle ihre drei Kinder endlich auf eigenen Füßen standen und versorgt waren: meine Schwester war verheiratet, mein Bruder war Chemiker geworden und hatte eine Anstellung, ich hatte mein Assessorexamen gemacht. Sie dürfte das Gefühl gehabt haben, daß sie – unter anderem – die neunundneunzig gefüllten Knödel von *Steuerberg* in uns nicht umsonst investiert hatte.

Steuerberg – genauer gesagt: der Hof Hintersteuerberg – steht auf einem Hügel im Biechlach, einem Hochmoorgebiet in der Nähe von Kitzbühel. Durch eine Verkettung von Umständen bewohnten meine Großeltern mütterlicherseits eine Wohnküche und ein Zimmer in diesem Bauernhaus während des Krieges. Als es meiner Mutter zu Anfang der fünfziger Jahre gelang – das war gar nicht so einfach damals –, die Großeltern, also ihre Eltern, aus Kitzbühel wieder nach München zu holen, behielt sie (es kostete eine minimale Miete) diese zwei Räume beim Hintersteuerberger. So hatten wir, obwohl im übrigen alles andere, als mit weltlichen Gütern gesegnet, eine Sommerwohnung in Kitzbühel. Im Sommer 1953, nach meinem Abitur, waren dort: meine Mutter, wir drei Geschwister, eine Freundin meiner Schwester, ein Freund meines Bruders, die Schwester des Freundes meines Bruders und die Freundin meines Bruders. (Nicht alle wohnten in den zwei Zimmern. Es wurden im Haus noch andere Zimmer angemietet.) Einmal kochte meine Mutter gefüllte Knödel, das sind etwa kindskopfgroße Knödel mit Füllung aus Hackfleisch. Gekocht wurden die Knödel in einem großen Waschkessel. Neunundneunzig Knödel. Mein Bruder aß – bei einer Mahlzeit – 33 davon, ich 29; dann kam der Freund meines Bruders mit 17. Den Rest teilten sich die Damen. Wieso sowohl mein Bruder als auch ich damals immer so dünn wie Heringe waren, ist mir ein anderes Rätsel meiner Jugend.

So musikalisch meine Mutter war, so wenig geläufig war ihr die Literatur. Ein Instrument spielte sie zwar nicht, hatte aber eine sehr schöne Stimme. Ihre Darbietung des ›Erzherzog-Johann-Jodlers‹ ist meiner Ansicht nach unerreicht. Das ist eine objektive Ansicht, denn sie hat sich bei der Hochzeit meines Bruders als richtig erwiesen. Mein Bruder heiratete in Uffing die Tochter einer äußerst renommierten dort ansässigen Familie. Der Großvater meiner Schwägerin war lange Jahre Bürgermeister dort gewesen, Ehrenbürger des Ortes, Gründungsmitglied des Trachtenvereins, ehemaliger Feuerwehrhauptmann, usw. Die Hochzeit – sie dauerte drei Tage und zwei Nächte – war ein gigantisches Fest. Auch das ist eine Geschichte für sich. Welche Position meine Schwägerin in Uffing hatte, erfuhr ich bei der standesamtlichen Trauung am Morgen des Hochzeitstages. Die Trauung vollzog der Bürgermeister, Nachfolger des alten Großvaters. Ich war der eine Trauzeuge, der andere war ein Onkel der Braut. Mein Bruder und ich mußten unsere Pässe vorzeigen, bei der Braut und dem Onkel diktierte der Bürgermeister nur ins Protokoll: »Persönlich bekannt.«

Die Uffinger schauten bei der Hochzeit natürlich mit einem gewissen bäuerlichen Stolz auf uns Stadtleute herunter, aber nur, bis meine Mutter im Verlauf des ländlichen Balles am Abend aufstand, meine Schwester an der Hand nahm, auf die Bühne ging und – meine Schwester übernahm die zweite Stimme – den ›Erzherzog-Johann-Jodler‹ sang. Der Beifall war frenetisch. Der amtierende Feuerwehrhauptmann drückte mir – der ich ja eigentlich gar nichts geleistet hatte – die Hand. Er sagte nichts, aber seine Miene verriet höchsten Respekt.

Daß meiner Mutter die deutsche Literatur nicht geläufig war, dafür konnte sie nichts. Sie kam 1919 in die Schule, als Südtirol schon italienisch, der Unterricht ausschließlich in dieser Sprache abgehalten wurde. Die klassische italienische Literatur kannte meine Mutter, noch in späteren Jahren konnte sie ganze Partien der ›Divina Commedia‹ und der ›Promessi sposi‹ auswendig, besonders aber liebte sie den ›Sabbato del villaggio‹ von Giacomo Leopardi. Deutsch war zwar die Muttersprache unserer Mutter, aber ihre Schriftsprache war Italienisch. Mit der deutschen Orthographie stand sie nicht auf dem vertrautesten Fuß, im Italienischen machte sie keine Fehler. Sie sprach Italienisch – soweit ich das beurteilen kann – so, daß sie in Italien für eine Italienerin gehalten wurde, sie sprach es – wenn sie nicht darauf achtete – wohl mit einem winzigen Etsch-Akzent, also einem leichten tridentinischen Zungenschlag, allerdings konnte sie anderseits sogar die gezierte Sprechweise der Toscaner einschließlich der Florentiner und Sieneser Abarten nachahmen.

Eine andere Fremdsprache hat sie in der Schule nicht gelernt – das heißt: Fremdsprache hat sie überhaupt keine gelernt, denn Italienisch war ja Unterrichtssprache. Als aber 1945 die Amerikaner nach Kitzbühel kamen, lernte sie buchstäblich im Handumdrehen soviel Englisch, daß sie für den ganzen Steinerbachhof – dort lebten zu der Zeit zehn Angehörige der Bauernfamilie und gut und gern fünfundzwanzig Flüchtlinge – dolmetschen konnte. 1946 oder 1947 setzte ihr jemand den Floh ins Ohr, nach Südamerika auszuwandern (einen Plan, den schon vor dem Krieg mein offenbar plänereicher Vater erwogen hatte), und zwar nach Bolivien. Sie belegte einen Spanischkurs an einer Art Volkshochschule. Nach einem halben Jahr stellte sich die Emigrations-Agentur, die die Auswanderung vermitteln wollte, als dubioses Unternehmen heraus. Meine Mutter gab den Spanischkurs auf, aber in der kurzen Zeit hatte sie soviel gelernt, daß sie spanische Zeitungen lesen konnte.

Ihre Sprachenbegabung setzte sie auch zu unlauteren Zwecken ein: als sie einmal am Stachus von einem Polizisten gemaßregelt wurde, weil sie bei Rot über die Straße gegangen war, überschüttete sie den Polizisten mit einem italienischen Wortschwall, worauf der Polizist seinen Verwarnungsblock wieder einsteckte. Ich war dabei. Danach, als der Polizist außer Hörweite war, beruhigte sie ihr südtirolisch-patriotisches Gewissen mit der Äußerung: »Not kennt kein Gebot.«

Die eminente Sprachbegabung meiner Mutter habe ich leider nicht geerbt, aber sie hat mir – trotz sonst eher mäßigen Italienischkenntnissen – »für einen«, sage ich immer, »der nicht italienisch kann, kann ich es ganz gut« – ein feines Ohr für den italienischen Tonfall mitgegeben, die Liebe zur italienischen Küche (die unsere Mutter beherrschte) und die Kenntnis einiger ausgefeilter italienischer Flüche. 1970 war ich in Neapel. Ich war mit dem Auto im Abendstraßenverkehr auf der Suche nach der Zufahrt nach Capodimonte. Der Straßenverkehr in Neapel ist zu Recht berüchtigt. In sieben Reihen fuhren die Autos hupend und stinkend kreuz und quer durcheinander. Ich hatte mich falsch eingeordnet, ganz rechts, wo ich links abbiegen mußte. Ich drängelte hinüber, schnitt die Fahrbahn eines Neapolitaners. Der bremste, sah natürlich die deutsche Nummer, kurbelte sein Fenster herunter und sollte etwas sagen. Aber da hatte ich auch mein Fenster heruntergekurbelt und schleuderte ihm einen mir aus dem Nachlaß meiner Mutter geläufigen, speziell neapolitanischen Kern-Fluch entgegen. Der Italiener sagte nichts mehr. Ich glaubte Hochachtung in seinem Blick zu lesen.

Nicht nur mit Hilfe ihrer Sprachbegabung – muß ich leider einräumen – ging unsere Mutter unlauteren Dingen nach. Sie hatte überhaupt einen Hang zum Unfug, der in die Kleinkriminalität hinüberschimmerte. Mehr als einmal mußten wir Geschwister uns unserer Mutter schämen. Im Botanischen Garten stahl sie aus einem Gewächshaus einen Blumentopf. Mein Bruder schimpfte. Meine Mutter argumentierte: »Zähl einmal! Da stehen neunundvierzig gleiche Blumentöpfe. Warum soll der Botanische Garten nicht mit achtundvierzig auch auskommen.« Ich wandte ein, daß sie mit dem ziemlich großen Topf nicht am Wärter vorbei hinauskommen würde. Das sollten wir, sagte sie, ihre Sorge sein lassen.

Es gelang ihr. An dem Blumentopf – was für Blumen das waren, weiß ich nicht mehr, seltene waren es, wofür unsere Mutter eine Vorliebe hatte, blau-violett blühende – bewahrheitete sich dann eines der Lieblingswörter unserer Mutter: daß gestohlene Brennende Lieb' am schönsten blühen.

Das kriminalistische Hauptvergnügen unserer Mutter aber war der Schmuggel. Zweimal im Lauf der Jahre zwischen 1945 und 1948 – also unter sozusagen verschärften Bedingungen, weil nicht nur die Grenzer, sondern auch die Besatzungssoldaten kontrollierten – schmuggelte sie mich, einen lebenden etwa zwölfjährigen Knaben, zu Besuchszwecken von Kitzbühel nach München und zurück. Später schmuggelte sie Kaffee, Zigaretten, Schokolade über diverse Grenzen, meist für andere, häufig sogar für sie wildfremde Leute, was uns Kinder oft erboste: was gingen sie diese Leute an? sagten wir. Aber wir verstanden nicht, daß für sie das Schmuggeln Selbstzweck war. Einmal schmuggelte sie ein Faltboot von München nach Bozen (also über zwei Grenzen), einmal einen Kanonenofen. Den Kanonenofen hätte sie völlig legal mit nach Bozen nehmen können, wenn sie vorher ein Formular ausgefüllt hätte. Aber sie zog es vor, zu schmuggeln. In München an die Bahn bringen mußten den Kanonenofen wir Buben. Wir mußten auf Anweisung unserer Mutter den Ofen in eines der Zug-Klosette stellen. Sie selber setzte sich in ein Abteil eines anderen Waggons. In Kufstein habe es dann – erzählte sie später – bei den Grenzern eine große Aufregung gegeben: die Beamten wären herumgelaufen und hätten gefragt, wem der Ofen gehöre. Niemand habe sich gemeldet. Auch meine Mutter war natürlich ganz still geblieben. Der Zug habe

Verspätung bekommen, sei aber dann doch – mitsamt Kanonenofen – weitergefahren. Meine Mutter hatte richtig gerechnet: es war für die Grenzer einfacher, den Kanonenofen auf sich beruhen zu lassen, als ihn sicherzustellen (wohin damit? waren die österreichischen oder die deutschen Grenzer zur Verwahrung verpflichtet?) und ein Protokoll anzufertigen.

Einmal stahl meine Mutter ein schönes Votivbild aus einer Wallfahrtskirche (»– ob dort 348 oder 347 hängen, fällt niemand auf –«), einmal ein lockeres Stück, eine schön geschnitzte gotische Rosette, von einem Beichtstuhl. In Schloß Runkelstein bei Bozen stahl sie – während der Führung – eine steinerne Kanonenkugel. Erschwerend kam in dem Fall die Tücke des Objektes dazu: als Proviant für den Ausflug nach Runkelstein hatte meine Mutter in einer Konditorei in Bozen Kuchen gekauft. Mein Bruder – ich esse kaum Kuchen – aß den Kuchen sehr bald auf. Nicht so sehr aus Gründen des Umweltschutzes, sondern aus Sparsamkeit warf meine Mutter die papierene Tragtüte – eine schöne, bodenverstärkte Tüte mit weißrot gedrehten Schnüren zum Tragen – nicht weg, sondern faltete sie zusammen und steckte sie in die Handtasche. »Siehst du«, sagte sie dann leise zu mir, »wie gut, daß ich sie nicht weggeworfen habe«, und verwahrte die Kanonenkugel in der Kuchentüte, die sie dann unauffällig neben ihrer Handtasche trug. Nach kurzer Zeit aber, keine drei Räume auf der Führungslinie weiter, brach die Kugel natürlich durch und krachte zu Boden. Der Führer stutzte kurz, aber meine Mutter tat geistesgegenwärtig so, als sei ihr – was den Krach nur mühsam erklärte – die Handtasche hinuntergefallen und deckte die nun bodenlose Tüte über die Kugel. Mein Bruder – er hatte ja schließlich auch den Kuchen alleine gegessen – mußte dann die Tüte mit der Kanonenkugel unterm Arm durch das restliche Schloß tragen.

Meine Schwester, die überhaupt immer die Bravste der ganzen Familie war, hat offenbar nichts von der kriminellen Ader unserer Mutter geerbt. Für meinen Bruder und mich würde ich, wenn man so sagen kann, nicht die Hand ins Feuer legen. In der Regel habe ich nur – früher; heute bemühe ich mich längst schon von Berufs wegen um ein möglichst einwandfreies Leben – immer mehr Angst gehabt als meine Mutter. Mein Bruder nicht, weshalb ich bei den zwei gewichtigen Diebstählen, die ohne unsere Mutter ausgeführt wurden, eher untergeordnete Funktionen erfüllte. Es handelte sich um die Entwendungen eines Bierfasses und eines Krokodiles. Ich muß dabei gleich voranschicken: die Sache wurde dadurch erleichtert, daß das Bierfaß leer und das Krokodil ausgestopft war.

Das Bierfaß – ein Fünfundzwanzigliter-Faß – stahlen wir im Augustiner in der Neuhauser Straße. Mein Bruder nahm beim Hinausgehen das Faß unter dem Mantel vor den Bauch. Er sah aus wie im neunten Monat. Mein Bruder und ich wollten uns für unser Zimmer einen Radio in das Faß einbauen lassen. Meines Wissens kam das Faß dann beim Elektriker abhanden.

Das ausgestopfte Krokodil gehörte – gehört, streng genommen, juristisch gesehen, heute noch – dem Gymnasium, auf das meine Schwester ging. Als meine Schwester siebzehn oder achtzehn Jahre alt war, fand in der Schule ein Sommernachtsfest statt. Da es sich um eine reine Mädchenschule handelte, war Herrenbesuch erwünscht, sofern sich die Herren ordentlich benahmen, wobei allerdings von den Lehrern wohl eher Verfehlungen sittlicher Art befürchtet wurden als Krokodildiebstähle. Mein Bruder und ich und zwei Freunde von uns (Gigo hieß der eine, Curtius der andere) gingen mit meiner Schwester, die einige ausnehmend hübsche Schulfreundinnen hatte, auf das Fest, und dort entdeckten wir im Verlauf des Abends auf einem Schrank ein etwa eineinhalb Meter langes, ausgestopftes, verstaubtes Krokodil. Zu unserer Ehrenrettung muß ich sagen, daß das Krokodil sichtlich aus dem Inventar der Gründerzeit der damals hundert Jahre alten Schule stammte, so schlecht und unförmig präpariert war, daß es als Anschauungsobjekt moderneren biologischen Lehrplänen Hohn gesprochen hätte, nach den Angaben unserer Schwester nie verwendet und wahrscheinlich vom Hausmeister nur deshalb nicht beseitigt wurde, weil es in der Mülltonne nicht Platz hatte.

Dennoch war die Entwendung nicht einfach, denn überall standen Lehrer herum, und bekanntlich wird dem Eigentümer überflüssige Habe dann wertvoll, wenn sie ihm streitig gemacht wird. Unser Freund Curtius (nicht identisch oder auch nur verwandt mit dem großen Romanisten, Curtius war hier nur ein Spitzname) verursachte einen partiellen Kurzschluß, der zwar bald behoben war, aber die Aufmerksamkeit der Lehrer – es waren ja noch andere Zeiten damals – erhöht auf die Sittlichkeit der Schüler hin- und von den ausgestopften Unterrichtsgegenstän-

den ablenkte, und uns Zeit genug ließ, das Krokodil in den Hof zu transportieren. Dort lehnten wir es an einen Baum.
Als weit schwieriger erwies sich der weitere Transport. Curtius war als einziger von uns motorisiert. Er hatte bei einem Preisausschreiben eine *Isetta* gewonnen, ein winziges Gefährt, ein, wie es die Firma nannte, Motor-Coupé, in dem zwei Leute nur Platz hatten, wenn sie sich hineinzwängten. Als das Fest zu Ende ging, fuhr Curtius mit seiner *Isetta* außen an die Hofmauer heran, mein Bruder hob von innen das Krokodil hinauf, ich streckte mich außen hoch, nahm es in Empfang. Curtius, ich und das Krokodil hatten in der *Isetta* nur Platz, wenn das Dach zurückgeschoben wurde (das konnte man bei dem Gefährt) und ich das Tier senkrecht hielt. Der Schwanz schaute oben heraus. Soweit so gut, nur: bald darauf begann es zu regnen. Wir wurden in der *Isetta* tropfnaß, außerdem färbte das Krokodil ab.
Die Untaten sind verjährt. Dies festzustellen, gebietet mir meine juristische Seele. Das Krokodil aber – damit man nicht meint, ich hätte das alles nur erfunden – ist im Arbeitszimmer meines Bruders zu besichtigen; dort liegt auf dem Schreibtisch als Briefbeschwerer auch die Kanonenkugel aus Stein. Die geschnitzte Rosette steht hier bei mir. Unsere Mutter, die nun schon fast zwanzig Jahre tot ist, liegt in der kalten Erde des Ostfriedhofs begraben.
Der Arzt, der meine Mutter im Schwabinger Krankenhaus behandelte, ein sehr junger Arzt, war Praktikant meines Bruders gewesen, das heißt: der Arzt, damals noch Medizinstudent, hatte bei meinem Bruder, der eine Zeitlang eine Art Assistent im Chemischen Institut war, sein chemisches Praktikum gemacht. So fühlte sich der Arzt verpflichtet, mit meinem Bruder offener und ehrlicher zu reden als mit anderen Patienten-Angehörigen. Wir wußten damit sehr bald, daß es für unsere Mutter keine Rettung mehr gab. Als mich mein Bruder am Abend des 9. Oktober 1963 – es war ein Mittwoch – anrief und mir sagte, daß unsere Mutter die Nacht vielleicht nicht mehr überleben würde, fuhr ich – ich wohnte damals im trostlosen Fürstenried – hinein in die Stadt.
Ich traf mich mit meinen Geschwistern vor dem Krankenhaus. Es war zehn Uhr abends. Meine Schwester sagte, daß wir unmöglich alle drei zu unserer Mutter um diese Zeit hinaufgehen könnten, weil sie dann merken würde, was los ist.

Meine Schwester und mein Bruder sagten: *ich* solle hinaufgehen, der Älteste.
Meine Mutter war hellwach. Ich sagte ihr, daß ich zufällig noch vorbeigekommen sei, von irgendeinem Besuch, den ich in der Nähe gemacht hätte. Ich nehme an, sie hat die Lüge nicht geglaubt. Daß ich die Nacht nicht bei meiner Mutter geblieben bin, ist eine Gewissenswunde, die bis heute nicht verheilt ist. Ich saß vielleicht zwei Stunden dort, redete dies und das mit meiner Mutter. Sie schlief ein, wachte wieder auf.
Die Nachtschwester, eine erfahrene Frau, hatte den richtigen Blick für den ernsten Zustand der Patientin. Der Arzt kam um Mitternacht. Er untersuchte meine Mutter, die dann wieder einschlief. Draußen redete ich mit dem Arzt. Er sagte: sein könne alles, man müsse mit allem rechnen; es sei nicht sinnvoll, die Nacht durch zu warten. Es könne noch einige Tage dauern, vielleicht sogar ein, zwei Wochen. Ich solle jetzt gehen. Natürlich könne ich auch bleiben . . .
Ich schaute noch einmal zu meiner Mutter hinein. Sie schlief. Dann ging ich. Ich hätte bleiben sollen.
Am Donnerstag, den 10. Oktober, früh um sechs Uhr . . . die Nachtschwester sagte meinem Bruder: unsere Mutter habe noch einen merkwürdigen, lauten Schrei getan, einen Schrei, der gar nicht wie von ihrer Stimme klang, dann sei sie gestorben.
Ich bin viele Monate lang jeden Donnerstag um sechs Uhr aufgewacht. Im Lauf der Jahre hat sich das verloren. Drei Jahre später – ich war inzwischen Assessor bei der Staatsanwaltschaft in Bayreuth – wachte ich wieder an einem Donnerstag um sechs Uhr früh auf. Ich wachte nicht auf, wie man gewöhnlich aufwacht, ich wachte auf, als ob ich schlagartig von jemandem geweckt worden wäre. Es war mir, als habe jemand eben das Zimmer verlassen. Ein unendlich wohliges, ein unbeschreiblich angenehmes Gefühl durchzog mich, ein seliges, behutsames Gefühl der Geborgenheit. Ich bin sicher, daß meine Mutter zur Wiederkehr der Stunde ihres Todes mich besucht hatte.
Was meine Mutter von meiner Schriftstellerei gehalten hat, weiß ich nicht. Geäußert hat sie sich nie. Ich habe sie auch nie gefragt. Über ernsthafte Dinge wurde in der Familie nicht gesprochen. Wir stimmten in allen wesentlichen Fragen unserer Existenz überein, und es genügte, wenn wir das wußten. Darüber zu sprechen erübrigte sich. Große tragische Auseinandersetzun-

gen, Davonlaufen, Türenschlagen gab es nicht. Nicht nur das Moralische, auch das überhaupt Existentielle verstand sich von selbst. Dafür wurde sehr viel gelacht. Unsere Mutter hatte – und hat es uns entweder vererbt oder durch ihr Beispiel weitergegeben – großen Hang zu Albernheiten und Witzen. Sie klagte einmal mir gegenüber, daß sie in Gesellschaft, wenn Witze erzählt würden, namentlich bei unanständigen, immer als allererste lachen müsse. Sie sei schon mehrfach unangenehm aufgefallen. Aber das werde sie abstellen, sagte sie, mit fünfzig Jahren werde sie eine Dame. – Es war ihr nicht länger als einen Monat vergönnt.

Was sie von meiner Schriftstellerei hielt, habe ich also nie gewußt. In den Weg gelegt hätte sie uns Kindern nie etwas; höchstens, daß sie ganz verhalten abgeraten hat. Eine Zeitlang bildete ich mir ein, Komponist werden zu müssen. Ich komponierte eine Symphonie, eine richtige, ausgewachsene Symphonie mit vier Sätzen für großes Orchester. Nur noch an die Tonart kann ich mich erinnern: d-Moll, und daß ich den Dur-Schlußsatz originellerweise, wie ich meinte, nicht in der Dur-Variante D-Dur, sondern in der Dur-Parallele F-Dur schrieb. Ich erinnere mich, daß ich einmal – ich weiß es wie heute – in der Küche saß. Meine Mutter hantierte hauswirtschaftlich, ich blätterte genüßlich in der fertigen Partitur, um mich am Anblick der vielen, schönen selbstgefertigten Notenköpfe zu erfreuen. Da schaute meine Mutter zweifelnd her und sagte: »Meinst du wirklich, daß das was ist?«

Ich war zunächst erbost und gekränkt, aber nach kurzer Zeit kamen mir selber berechtigte Zweifel. Zum Glück hatte ich die Symphonie mit Bleistift geschrieben. Ich radierte sie aus und verwendete die kostbaren Notenblätter anderweitig. Viele Jahre später, jetzt, in diesen Jahren habe ich einen Bogen, vier Seiten, dieser Partitur gefunden, die nicht ausradiert waren. Unter anderem enthielt das Fragment das Kopfthema des ersten Satzes. Es erinnerte in mehr als peinlicher Weise an ein Thema von Chopin. Sehr geniert verbrannte ich dann auch dieses Relikt.

Mehr hielt meine Mutter von meiner zeichnerischen Begabung, die sie sehr förderte. Als es uns finanziell etwas besser ging, zu Anfang der fünfziger Jahre, schenkte sie mir sogar einen Ölfarbenkasten. Auch von meinen Ölgemälden hat sich keines erhalten. Wo sie hingekommen sind, weiß ich nicht. An ein Bild kann ich mich erinnern, es hieß: ›Zwei Konzertflügel in arkadischer Landschaft‹. Als ich nach dem Abitur die bildende Kunst zu meinem Beruf machen wollte, hatte meine Mutter zwar nichts dagegen, aber als ich ein Jahr später dann von der Kunstakademie zur Juristischen Fakultät der Universität überwechselte, war sie doch erleichtert.

Ich hatte damals schon meine ersten literarischen Arbeiten geschrieben, einige davon sind in diesem Band enthalten. Gedruckt worden ist zu Lebzeiten meiner Mutter fast nichts, nur ganz spärlich die eine oder andere kurze Erzählung in den ›Dolomiten‹ oder der ›Tiroler Tageszeitung‹ und die Erzählung ›Die Glasglocke‹ in dem Jahrbuch ›Wort im Gebirge‹, das damals Gertrud Fussenegger herausgab, die meine ›Entdeckerin‹ ist. Ich hatte eine innere Sperre, meine Manuskripte vorzuzeigen. Ich schämte mich, daß sie eigentlich niemand haben wollte. Dadurch wollte sie aber natürlich erst recht wieder niemand haben, weil ich sie ja nicht hergab. Auch an Verlage schickte ich sie sehr selten, und nur, wenn mich jemand dazu drängte. Daß das Manuskript der ›Glasglocke‹ Gertrud Fussenegger in die Hände kam, die es dann in ihre Anthologie aufnahm und andere Manuskripte an die erwähnten Zeitungen vermittelte, verdanke ich meinem Freund Helmut Schinagl, der damals schon als Schriftsteller zumindest in Tirol einen Namen hatte. Er gab Frau Fussenegger die ›Glasglocke‹. Heute weiß ich, daß damals, wo der literarische Nachwuchs sich ausschließlich in inneren Monologen, in psychologischer Lyrik und in der Imitation amerikanischer Prosa ergoß, und wo von einem, der (scheinbar) nur erzählte, kein Hund einen Knochen nahm, meine Zeit noch nicht gekommen war.

So hat meine Mutter von meinen Arbeiten wohl nur die ›Glasglocke‹ gelesen. Gekannt hat sie auch den ›Besuch‹, weil sie dabei war, als ich – das war mein Debut in München – diese Erzählung in der Max-Halbe-Gesellschaft las. Anneliese Halbe, Tochter Max Halbes, die durch Vermittlung Wieland Schmieds auf mich aufmerksam wurde, verdanke ich dieses Debut. Weder über die ›Glasglocke‹ noch über den ›Besuch‹ äußerte meine Mutter eine Kritik. Aber ein bißchen stolz war sie schon.

Der Abend in der Max-Halbe-Gesellschaft war auch aus anderen Gründen denkwürdig. Ich fungierte dort nur als Einleitung, als jugendliches Vorspiel für den eigentlichen Autor des Abends, einen Dichter, der sich Peter Dießen-Vickersund nannte. Das war ein hemmungsloser Lyriker, der Gedichte, hauptsächlich Balladen, in deutsch, englisch und – glaube ich – norwegisch vortrug, und zwar sehr viele Gedichte. Er hatte alle Ereignisse der jüngeren Geschichte zu Balladen im Stil Uhlands verarbeitet, unter anderem die berühmte Geschichte des Uhrmachers von Scapa Flow, der ein deutscher Spion war und das Eindringen Kapitän Priens und seines U-Bootes in die Bucht von Scapa Flow ermöglichte. Die Ballade gehörte zu den englischen Gedichten und hatte den Refrain »Sevenhundred drunken sailors . . .« Meine Mutter mit ihrem ausgezeichneten Gedächtnis konnte das Gedicht nach nur einmaligem Hören fast auswendig und rezitierte es dann, allerdings in einer Interpretation, die kaum im Sinn des Autors gewesen sein dürfte, noch häufig.

Der Dichter, der irgendwie anders hieß, sein Pseudonym nach seinen zwei Wohnsitzen in Dießen am Ammersee und – angeblich – auf Gut Vickersund in Norwegen gewählt hatte, war ein Kerl von Nerven, wie sie nur Lyriker und Eisenflechter haben. Er las und las, hatte ganze Leitz-Ordner mit Gedichten dabei und kümmerte sich nicht um das nach und nach immer lauter werdende Scharren und Murren des Publikums. Frau Halbe versuchte, dem Dichter dezente Zeichen zu geben: er solle aufhören. Dießen-Vickersund übersah das. Erst als mein schon erwähnter Freund Curtius laut »Zugabe!« rief und alle lachten, schaute Dießen-Vickersund betrübt auf, zuckte etwas, las nur noch fünf oder sechs Gedichte und schloß dann den Vortrag.

Ich habe vom Dichter Dießen-Vickersund nie mehr etwas gehört, habe ihn auch nie mehr gesehen, wohl aber ist ihm mein Vetter Karl Rosendorfer, der damals bei uns lebte, weil er in München arbeitete, später noch einmal begegnet. Es war im Frühjahr, und viele Flüsse waren übers Ufer getreten. Auch die Isar führte viel Wasser. Mein Vetter ging über die Reichenbachbrücke nach Hause, da sah er Dießen-Vickersund am Geländer stehen. Mein Vetter erkannte den Dichter wieder und sprach ihn an. Der Dichter war erfreut und erzählte, daß er hier warte, weil in der Zeitung gestanden habe: für heute werde in München Hochwasser erwartet. Er rechne, sagte Dießen-Vickersund, mit einer Katastrophe. Die wollte er beobachten und zu einer Ballade verarbeiten.

Es kam übrigens in dem Jahr doch kein Hochwasser. Die Regenfälle ließen nach, und das Wasser der Isar verlief sich noch oberhalb der Stadt. Der Dichter mußte ohne Stoff für eine Ballade nach Dießen (oder nach Vickersund) heimkehren.

In der Ohlmüllerstraße, wo wir wohnten, gab es einen Bäckermeister, der hieß Karl Ulrich. Mit der Bäckerei Ulrich verband uns mehr, als daß unsere Mutter die ganzen Jahre das Brot dort einkaufte, denn der einzige Sohn des Bäckermeisters Ulrich, der auch Karl Ulrich hieß – im Sprachgebrauch der Au: der Ulrich Karä – war gleich alt wie mein Bruder, ging mit ihm in die gleiche Klasse und war sein Freund. Da der Ulrich Karä dadurch sehr viel bei uns verkehrte, lernte auch ich ihn besser kennen und schätzen. Der Ulrich Karä war ein äußerst aufgeweckter Kerl, wußte mit erfrischender Natürlichkeit, wann er frech, wann er vernünftig sein mußte, interessierte sich für viele Dinge: fürs Theater, namentlich auch für Malerei. Im Zeichnen war er sehr talentiert, auch spielte er recht gut Trompete. Nach der Mittleren Reife ging der Ulrich Karä von der Schule ab, weil er ja nicht studieren sollte, sondern Bäckermeister werden. Das wurde er auch, danach wurde er auch noch Konditormeister – zwei Handwerksmeisterbriefe sind eine Leistung, vor der man Respekt haben darf, das macht dem Ulrich Karä nicht so schnell einer nach. Heute hat er längst den Betrieb übernommen, sein Vater ist vor Jahren schon gestorben, der ›alte‹ Bäckermeister Ulrich. Der war für uns Kinder eine Respektsperson. Er war groß und dick, hatte einen richtigen Münchner Schnauzbart; jeden Morgen, wenn er, der ja um drei Uhr oder gar um zwei Uhr aufstand, seine Tagesarbeit beendet hatte, ging er in seiner weißen Schürze, in den Bäckerschlapfen zum Friseur, um sich rasieren zu lassen. Er wechselte genau ab: einen Tag ging er zum einen, am nächsten Tag zum anderen Friseur der Ohlmüllerstraße. Beide Friseure waren Kunden bei ihm.

Der alte Bäckermeister Ulrich war nicht unfreundlich zu uns Kindern: er sah von der Warte seiner in sich ruhenden, gewichtigen Persönlichkeit über uns hinweg. Das war nicht Hochmut, es war höherer Überblick. Er mochte Kinder, redete ab und zu ein Wort mit uns, streichelte uns übers Haar sozusagen, aber etwa so wie ein großer Jagdherr seine Hunde streichelt, die er gar nicht alle kennt.

Meine Mutter, habe ich gesagt, war doch stolz darauf, als die ›Glasglocke‹ in der erwähnten Anthologie erschien. Sie erzählte

diesen für die Ohlmüllerstraße aufsehenerregenden Sachverhalt der Bäckermeisterin beim Broteinkauf, die es dann ihrem Mann weiterberichtete. Seit Menschengedenken hat es in der Ohlmüllerstraße niemanden gegeben, von dem etwas Selbstverfaßtes gedruckt worden wäre. Mein Bild rückte quasi ins Exotische.
Da kam eines Tages der Ulrich Karä zu uns herüber und sagte: der Herr Vater lasse ausrichten, er habe von meiner gedruckten Erzählung gehört, und er bitte um leihweise Überlassung auf zwei Tage. Ich gab dem Ulrich Karä das Buch mit. Korrekt, wie nicht anders zu erwarten, brachte er es pünktlich nach zwei Tagen zurück, mit Dank vom Vater. Der Vater habe die Erzählung gelesen. Sie habe ihm gefallen.
Viel später erfuhr ich, daß meine Erzählung das Leben des Bäckermeisters Ulrich ein wenig geändert hatte. Zwar war meine Erzählung unstreitig ein gedruckter Tatbestand, aber der Bäkkermeister hatte eine so hohe Meinung von der Literatur, daß er unmöglich annehmen konnte, ein lediglich in der Ohlmüllerstraße wohnhafter Mensch, der noch dazu ungefähr mit seinem Sohn in die Schule gegangen war und dessen Mutter bei ihm das Brot kaufte, könne Verfasser *wirklicher* Literatur sein. Fast verschämt, erfuhr ich, sei der Bäckermeister bald darauf einmal in die Innenstadt hineingefahren und habe ein Buch von einem richtigen Schriftsteller, also einem Schriftsteller, den er *nicht* kannte, gekauft. Das Buch hat er nicht nur gekauft, sondern auch gelesen: wahrscheinlich langsam, sorgfältig und genau, so wie er seine Semmeln und Torten herstellte. Es sei nicht das einzige Buch geblieben, wurde mir berichtet. So habe ich zumindest dieses Verdienst in der Literatur.
Ich wollte, ich könnte meiner Mutter meine Bücher in die Hand drücken, könnte sie mitnehmen, wenn ein Theaterstück von mir gespielt wird. So liegt sie aber nun schon fast zwanzig Jahre unter dem schmiedeeisernen Kreuz auf dem Ostfriedhof, nicht auf dem Friedhof von Aldein in Südtirol, wie sie es sich gewünscht hat. Aber immerhin hat mein Bruder, der ein großer Bergsteiger ist, ein paar Steine vom Rosengarten mitgebracht, ihrem Lieblingsberg, den sie mit unserem Vater oft erklettert hat; wir haben die Steine in die Einfassung des Grabes eingießen lassen, einen fernen Gruß aus ihrer sonnigeren Heimat, in die zurückzukehren ihr nicht mehr vergönnt war.

NYMPHENBURGER
Herbert Rosendorfer
Große Prosa
JUBILÄUMSAUSGABE